ZIMOWY MONARCHA

BERNARD CORNWELL

ZIMOWY MONARCHA

tłumaczenie Jerzy Żebrowski

OTWARTE
Kraków 2017

Tytuł oryginału: *The Winter King*

Wydawca prowadzący: Olga Orzeł-Wargskog

Redaktor prowadzący: Agnieszka Urbanowska

Opracowanie typograficzne książki: Daniel Malak

Korekta: Magdalena Kędzierska-Zaporowska / d2d.pl

Łamanie: Alicja Listwan / d2d.pl

Projekt okładki: Eliza Luty

Ilustracje na okładce: miecz – © michelaubryphoto / Shutterstock.com;
lód – © Park Wontae / Shutterstock.com;
śnieg – © Avesun / Shutterstock.com, © photosoft / Shutterstock.com;
okrągły ozdobnik – © Oleg Zhevelev / Shutterstock.com

ISBN 978-83-7515-464-1

OTWARTE

www.otwarte.eu

Dystrybucja: SIW Znak. Zapraszamy na www.znak.com.pl

Dla Judy z wyrazami miłości

Osoby

AELLE	Król Saksonów
AGRYKOLA	Naczelny wódz Gwentu, poddany króla Tewdrika
AILLEANN	Kochanka Artura, matka jego synów bliźniaków, Amhara i Loholta
AMHAR	Nieślubny syn Artura
ANNA	Siostra Artura, żona króla Budika z Broceliandii
ARTUR	Nieślubny syn Uthera i opiekun Mordreda
BALISE	Stary druid z Dumnonii
BAN	Król Benoic, ojciec Lancelota i Galahada
BEDWIN	Biskup Dumnonii, główny doradca króla
BLEIDDIG	Wódz Benoic
BORS	Czempion Benoic
BROCHVAEL	Król Powys po śmierci Artura
CADWALLON	Król Gwynedd
CADWY	Lennik Dumnonii, strzegący granicy z Kernow
CALEDDIN	Dawno zmarły druid, autor manuskryptu odnalezionego przez Merlina
CAVAN	Zastępca Derfla

CEI	Towarzysz Artura z dzieciństwa, obecnie jeden z jego wojowników
CEINWYN	Księżniczka Powys, siostra Cuneglasa, córka Gorfyddyda
CELWIN	Ksiądz studiujący rękopisy w Ynys Trebes
CERDIK	Saksoński król
CULHWCH	Kuzyn Artura, jeden z jego wojowników
CUNEGLAS	Książę Powys, następca tronu, syn Gorfyddyda
DAFYDD AP GRUFFUD	Urzędnik tłumaczący opowieść Derfla
DERFEL CADARN	Narrator saksońskiego pochodzenia, podopieczny Merlina i jeden z wojowników Artura
DIWRNACH	Irlandzki król Lleyn, krainy zwanej poprzednio Henis Wyren
DRUIDAN	Karzeł, dowódca straży Merlina
ELAINE	Królowa Benoic, matka Lancelota
GALAHAD	Książę Benoic, przyrodni brat Lancelota
GEREINT	Książę, lennik Dumnonii, Władca Kamieni
GINEWRA	Księżniczka Henis Wyren
GORFYDDYD	Król Powys, ojciec Cuneglasa i Ceinwyn
GRIFFID AP ANNAN	Zastępca Owaina
GUDOVAN	Skryba Merlina
GUNDLEUS	Król Sylurii
GWENDOLYN	Porzucona żona Merlina
GWLYDDYN	Cieśla z Ynys Wydryn
HELLEDD	Księżniczka Elmet, która poślubiła Cuneglasa z Powys
HYGWYDD	Sługa Artura
HYWEL	Zarządca Merlina

IGRAINE	Królowa Powys, żona Brochvaela, opiekująca się Derflem w Dinnewrac
IGRAINE Z GWYNEDD	Matka Artura (a także Morgany, Anny i Morgause)
IORWETH	Druid z Powys
ISSA	Jeden z włóczników Derfla
LADWYS	Kochanka Gundleusa
LANCELOT	Książę Benoic, następca tronu, syn Bana
LANVAL	Jeden z wojowników Artura, dowódca straży Ginewry
LEODEGAN	Wygnany król Henis Wyren, ojciec Ginewry
LIGESSAK	Pierwszy dowódca straży Mordreda, który później służył Gundleusowi
LLYWARCH	Drugi dowódca straży Mordreda
LOHOLT	Nieślubny syn Artura, brat bliźniak Amhara
LUNETE	Towarzyszka życia młodego Derfla, potem służąca Ginewry
LWELLWYN	Skarbnik Dumnonii
MAELGWYN	Mnich z Dinnewrac
MARK	Król Kernow, ojciec Tristana
MELWAS	Król Belgów, lennik Dumnonii
MERLIN	Druid, władca Awalonii
MEURIG	Następca tronu Gwentu, syn Tewdrika
MORDRED	Niepełnoletni król Dumnonii
MORFANS	„Brzydal", jeden z wojowników Artura
MORGANA	Siostra Artura, jedna z kapłanek Merlina
MORGAUSE	Siostra Artura, żona króla Lota z Locji
NABUR	Chrześcijański sędzia z Durnovarii, prawny opiekun Mordreda
NIMUE	Kochanka Merlina, kapłanka

NORWENNA	Synowa Uthera, matka Mordreda
OENGUS MAC AIREM	Irlandzki król Demetii, wódz Czarnych Tarcz
OWAIN	Czempion Uthera, naczelny wódz Dumnonii
PELLINOR	Szalony król więziony w Ynys Wydryn
RALLA	Żona Gwlyddyna, mamka Mordreda
SAGRAMOR	Numidyjski dowódca wojsk Artura
SANSUM	Chrześcijański kapłan i biskup, zwierzchnik Derfla w Dinnewrac
SARLINNA	Dziewczynka ocalała z masakry w Dartmoor
SYBILLA	Saksońska niewolnica Morgany
TANABURS	Druid z Sylurii
TEWDRIK	Król Gwentu
TRISTAN	Następca tronu królestwa Kernow
TUDWAL	Młody mnich z Dinnewrac
UTHER	Król Dumnonii, Wielki Król Brytanii, Pendragon
VALERIN	Wódz Powys zaręczony kiedyś z Ginewrą

Miejsca

Nazwy oznaczone gwiazdką
są odnotowane w zapisach historycznych.

ABONA*	Avonmouth, Avon
AQUAE SULIS*	Bath, Avon
BRANOGENIUM*	Rzymski fort. Leintwardine, Hereford & Worcester
BURRIUM*	Stolica Tewdrika. Usk, Gwent
CAER CADARN	Królewskie wzgórze Dumnonii. South Cadbury Hill, Somerset
CAER DOLFORWYN*	Królewskie wzgórze Powys. W pobliżu Newtown, Powys
CAER LUD*	Ludlow, Shropshire
CAER MAES	White Sheet Hill, Mere, Wiltshire
CAER SWS*	Stolica Gorfyddyda. Caersws, Powys
CALLEVA*	Przygraniczna forteca. Silchester, Hampshire
COEL'S HILL*	Cole's Hill, Hereford & Worcester
CORINIUM*	Cirencester, Gloucestershire
CUNETIO*	Mildenhall, Wiltshire
DINNEWRAC	Klasztor w Powys
DURNOVARIA*	Dorchester, Dorset
DUROCOBRIVIS*	Dunstable, Bedfordshire
GLEVUM*	Gloucester

ISCA*	Exeter, Devon
WYSPA UMARŁYCH*	Portland Bill, Dorset
LINDINIS*	Rzymskie miasto. Ilchester, Somerset
LUGG YALE*	Mortimer's Cross, Hereford & Worcester
MAGNIS*	Rzymski fort. Kenchester, Hereford & Worcester
MAI DUN*	Zamek Panny, Dorchester, Dorset
RATAE*	Leicester
KAMIENIE*	Stonehenge
VENTA*	Winchester, Hampshire
YNYS MON*	Anglesey
YNYS TREBES	Stolica Benoic. Mont Saint-Michel, Francja
YNYS WAIR*	Lundy Island
YNYS WYDRYN*	Glastonbury, Somerset

CZĘŚĆ PIERWSZA

ZIMOWE NARODZINY

Zdarzyło się to w krainie zwanej Brytanią. Zdaniem biskupa Sansuma, którego Bóg musi błogosławić ponad wszystkich świętych, żyjących i zmarłych, niniejsze wspomnienia należałoby wrzucić w bezdenną czeluść wraz z wszelkim innym plugastwem upadłej ludzkości, są to bowiem opowieści o ostatnich dniach przed nastaniem wielkich ciemności, które przyćmiły światło naszego Pana Jezusa Chrystusa. Dzieje krainy, którą zwiemy Lloegyrią, co oznacza Utracone Ziemie, krainy należącej niegdyś do nas, a teraz nazywanej przez naszych wrogów Anglią. Są to opowieści o Arturze, Walecznym Wodzu, Niedoszłym Królu, Nieprzyjacielu Boga i – niech żyjący Chrystus i biskup Sansum mi wybaczą – najlepszym człowieku, jakiego znałem. Jakże go opłakiwałem!

Jest dziś zimno. Wzgórza są trupio białe, a chmury ciemne. Przed zmrokiem będzie padał śnieg, ale Sansum z pewnością nie pozwoli nam ogrzać się przy ogniu. Nasz święty twierdzi, że dobrze jest umartwiać ciało. Mam już swoje lata, ale Sansum, niech Bóg obdarzy go długim życiem, jest jeszcze starszy, nie mogę więc domagać się otwarcia drewutni z uwagi na mój wiek. Sansum uważa, że nasze cierpienia są ofiarą składaną Bogu, który wycierpiał więcej niż my wszyscy, będziemy więc w szóstkę drżeć w półśnie z zimna, a jutro brat

Maelgwyn będzie musiał zejść po łańcuchu do zamarzniętej studni i rąbać kamieniem lód, abyśmy mogli napić się wody.

Najbardziej jednak ubolewam nad tym, że gdy śnieg zasypie drogi, przestanie przychodzić do klasztoru Igraine. To nasza królowa, żona króla Brochvaela, ciemnowłosa, szczupła, młoda i radosna jak ciepło słońca w zimowy dzień. Przychodzi tu się modlić, aby Bóg dał jej syna, ale poświęca więcej czasu na rozmowę ze mną niż na modlitwy do Świętej Panienki czy Jezusa. Rozmawia ze mną, bo lubi słuchać opowieści o Arturze. Latem opowiedziałem jej wszystko, co pamiętam, a kiedy nie mogłem już sobie przypomnieć nic więcej, przyniosła mi stos pergaminu, rogowy kałamarz i garść gęsich piór. Artur przyozdabiał gęsimi piórami swój hełm. Te nie są tak duże ani tak białe jak tamte, ale gdy wczoraj trzymałem je w ręku na tle zimowego nieba, wydawało mi się przez moment, że widzę jego twarz. W tej wspaniałej, bolesnej chwili nad Brytanią rozległ się znowu ryk smoka i niedźwiedzia, siejąc postrach wśród pogan, zaraz jednak kichnąłem i zobaczyłem, że trzymam w ręku tylko garść piór upstrzonych gęsimi odchodami i niezbyt nadających się do pisania. Atrament jest równie kiepski: zwykła sadza zmieszana z żywicą z kory jabłoni. Pergaminy są lepszej jakości. Zrobiono je z jagnięcej skóry, zachowanej z czasów rzymskich. Były kiedyś zapisane tekstem, którego nikt z nas nie potrafił odczytać, ale służące Igraine dokładnie je wyskrobały. Sansum twierdzi, że z tak dużej ilości skóry należałoby raczej zrobić buty, jest ona jednak zbyt cienka do zszywania, a poza tym biskup nie ośmieliłby się urazić Igraine i stracić przyjaźni króla Brochvaela. Nie więcej niż pół dnia drogi od klasztoru można już napotkać wrogich włóczników i nawet nasza mała spiżarnia mogłaby ich skusić do przeprawy przez Czarny Strumień i góry w dolinę Dinnewrac, gdyby wojownicy Brochvaela nie mieli rozkazu nas bronić. Sadzę jednak, że nawet pod groźbą utraty przyjaźni Brochvaela Sansum nie zgodziłby się, aby brat Derfel spisywał opowieść o Arturze, wrogu Boga, tak więc Igraine i ja okłamaliśmy świętego męża, mówiąc mu, iż piszę saksoński przekład Ewangelii naszego Pana Jezusa Chrystusa. Czcigodny święty nie zna języka wrogów ani nie potrafi czytać, zapewne więc uda nam się oszukiwać go dostatecznie długo, by skończyć tę opowieść.

Będzie to teraz konieczne, bo gdy tylko zacząłem pisać na pergaminie, świątobliwy Sansum wszedł do pokoju, stanął przy oknie i spojrzawszy na posępne niebo, potarł chude dłonie.

– Lubię, gdy jest zimno – powiedział, wiedząc, że nie podzielam jego zdania.

– Mnie dokucza wtedy najbardziej okaleczona ręka – odparłem cicho. Nie mam lewej dłoni i kiedy piszę, przytrzymuję pergamin kikutem.

– Wszelki ból jest błogosławioną pamiątką męki naszego drogiego Pana – stwierdził biskup zgodnie z moimi oczekiwaniami, po czym pochylił się nad stołem, żeby zobaczyć, co napisałem, i rzekł rozkazującym tonem: – Powiedz mi, Derfel, co znaczą te słowa.

– Piszę historię narodzenia Chrystusa – skłamałem.

Biskup spojrzał na pergamin i wskazał w tekście brudnym paznokciem swoje imię. Potrafił rozpoznać niektóre litery i musiało mu się ono rzucić w oczy jak kruk na śniegu. Zachichotał jak złośliwy dzieciak, skręcając w palcach zwój moich siwych włosów.

– Nie było mnie przy narodzinach naszego Pana, Derfel, a widzę tu swoje imię. Wypisujesz jakieś herezje, antychryście?

– Panie – odrzekłem pokornie, gdy trzymając mnie za włosy, zbliżył mą twarz do pergaminu – zacząłem Ewangelię od wzmianki, że tylko dzięki łasce naszego Pana Jezusa Chrystusa i za pozwoleniem Sansuma, Jego najbardziej świątobliwego sługi – tu wskazałem palcem imię biskupa – jestem w stanie spisać dobrą nowinę o Zbawcy.

Pociągnął mnie za włosy, wyrywając kilka, po czym odszedł od stołu i rzekł:

– Jesteś nasieniem saksońskiej dziwki, a żadnemu Saksonowi nie można ufać. Uważaj, żebyś mnie nie obraził.

– Niech mnie Bóg broni – odparłem, ale już go nie było. Kiedyś klękał przede mną i całował mój miecz, ale teraz jest świętym, a ja tylko najnędzniejszym z grzeszników. W dodatku odczuwam chłód, bo światło za murami klasztoru jest zamglone, szare i złowróżbne. Wkrótce spadnie pierwszy śnieg.

Historia Artura także zaczyna się wśród śniegu, za życia poprzedniego pokolenia, w ostatnim roku panowania Wielkiego Króla Uthera. Według kalendarza używanego przez Rzymian było to 1233 lata po założeniu ich miasta, ale my w Brytanii określamy zwykle czas od Czarnego Roku, w którym Rzymianie pokonali druidów na Ynys Mon. Biorąc to pod uwagę, dzieje Artura zaczynałyby się w roku 420, choć Sansum, niech go Bóg błogosławi, uznaje za początek nowej ery datę narodzin naszego Pana Jezusa Chrystusa, które – jego zdaniem – miały miejsce 480 zim przed opisywanymi zdarzeniami. Jakkolwiek jednak liczylibyśmy lata, zdarzyło się to w dalekiej przeszłości w krainie zwanej Brytanią i ja tam byłem. Oto, co zaszło.

Wszystko zaczęło się od narodzin dziecka.

W mroźną noc ciche i białe królestwo oświetlał księżyc w nowiu.

A w wielkiej sali zamku krzyczała Norwenna.

Ani na chwilę nie przestawała.

Była północ. Czyste i jasne niebo lśniło gwiazdami. Ziemia zmarzła na kość, a strumienie były skute lodem. Sierp księżyca stanowił zły znak. W jego posępnym świetle rozległe zachodnie ziemie wydawały się lśnić bladym, zimnym blaskiem. Od trzech dni nie padał śnieg, nie było też odwilży, cały więc świat spowijała biel, jedynie drzewa omiecione przez wiatr stały czarne i powyginane na tle surowego zimowego krajobrazu. Z ust leciała nam para, ale zastygała w powietrzu, gdyż noc była całkowicie bezwietrzna. Ziemia wydawała się martwa i trwała w bezruchu, jakby Belenos, bóg Słońca, opuścił ją i pozostawił, by unosiła się w nieskończonej lodowatej próżni między światami. Było przenikliwie zimno. Długie sople zwisały z okapu dachu wielkiej sali Caer Cadarn i z łukowatego sklepienia bramy, przez którą weszła niedawno świta Wielkiego Króla, brnąc w głębokim śniegu, aby dotrzeć z naszą księżniczką do tego przybytku monarchów. W Caer Cadarn przechowywano królewski kamień. Było to miejsce, gdzie proklamowano władców, tylko tam zatem, zdaniem króla, mógł się narodzić jego następca.

Norwenna znowu krzyknęła.

Nigdy nie widziałem narodzin dziecka i jeśli Bóg pozwoli, nigdy ich nie zobaczę. Obserwowałem źrebiącą się klacz i przychodzące na świat cielęta, słyszałem ciche skomlenie szczeniącej się suki, byłem świadkiem konwulsji wydającej potomstwo kotki, ale nigdy nie widziałem krwi ani śluzu, które towarzyszą porodowi kobiety. Norwenna strasznie krzyczała, choć starała się panować nad sobą – tak przynajmniej twierdziły później służące. Co chwilę jej krzyki nagle ustawały i w całym forcie zalegała cisza, a król unosił spomiędzy futer wielką głowę i nasłuchiwał tak uważnie, jakby czaił się w zaroślach, mając w pobliżu Saksonów. Tym razem jednak nadstawiał ucha z nadzieją, że nagła cisza oznacza chwilę narodzin dziedzica tronu jego królestwa. Nasłuchiwał, a w lodowatej ciszy fortu słyszeliśmy straszny, chrapliwy oddech jego synowej i raz, tylko raz, żałosne kwilenie. Wielki Król odwrócił się, jakby chciał coś powiedzieć, ale wtedy znowu zaczęły się krzyki i jego głowa opadła nisko, tak że widać było tylko oczy, których blask przebijał spod futrzanego kaptura i kołnierza.

– Nie powinieneś być na wałach, panie – rzekł biskup Bedwin.

Uther machnął dłonią w skórzanej rękawicy, jakby dawał do zrozumienia, że Bedwin może wejść do fortu, w którym płonie ogień, ale on, Wielki Król Uther, Pendragon Brytanii, nie ruszy się z miejsca. Chciał być na wałach Caer Cadarn, aby wpatrywać się w śnieżną krainę i w niebo, gdzie czaiły się demony. Bedwin miał jednak rację: król nie powinien był w tę mroźną noc stawiać czoła demonom. Uther był stary i schorowany, lecz na barkach tego otyłego, ociężałego i smutnego człowieka spoczywało bezpieczeństwo królestwa. Jeszcze pół roku wcześniej, nim nadeszła wieść o śmierci jego potomka, był pełen wigoru. Mordred, najukochańszy syn króla i jedyny pozostały przy życiu prawowity dziedzic, padł od ciosu saksońskiego topora i wykrwawił się na śmierć pod Wzgórzem Białego Konia. Jego śmierć pozbawiła królestwo następcy tronu, a takie królestwo jest przeklęte. Tej jednak nocy, za przyzwoleniem bogów, wdowa po Mordredzie miała urodzić

Utherowi nowego dziedzica. Jeśli, oczywiście, niemowlę nie okazałoby się dziewczynką, bo wtedy wszystkie jej cierpienia poszłyby na marne, a królestwo czekałaby zguba.

Uther uniósł potężną głowę znad futer, pokrytych szronem od jego oddechu, i zapytał:

– Czy robicie wszystko, co w waszej mocy, Bedwinie?

– Tak, panie – odparł biskup.

Był najbardziej zaufanym doradcą króla i, podobnie jak księżniczka Norwenna, chrześcijaninem. Norwenna, przeciwna zabieraniu jej z ciepłej rzymskiej rezydencji w pobliskim Lindinis, oświadczyła teściowi podniesionym głosem, że pojedzie do Caer Cadarn tylko pod warunkiem, iż wiedźmy służące dawnym bogom będą trzymały się od niej z daleka. Chciała urodzić dziecko jako chrześcijanka i Uther, rozpaczliwie potrzebujący dziedzica, przystał na jej żądania. Teraz kapłani Bedwina odprawiali modły w komnacie przylegającej do sali, którą skropiono święconą wodą, zawieszając jeden krzyż nad łóżkiem Norwenny, a drugi kładąc pod jej plecami.

– Modlimy się do błogosławionej Dziewicy Maryi – wyjaśnił Bedwin – która, nie brukając swego świętego ciała fizycznym aktem, została Matką Chrystusa i...

– Dość tego! – warknął Uther.

Nie był chrześcijaninem i nie chciał, by ktokolwiek próbował nawracać go na nową wiarę, choć uznawał, że chrześcijański Bóg ma zapewne nie mniejszą moc niż większość innych bóstw. Wydarzenia owej nocy poddały ten pogląd ciężkiej próbie.

Właśnie dlatego tam się znalazłem. Byłem jeszcze młokosem, chłopcem na posyłki. Tkwiłem, kuląc się z zimna, obok fotela króla na wałach Caer Cadarn. Pochodziłem z Ynys Wydryn, widocznej na horyzoncie od północy posiadłości

Merlina. Miałem za zadanie sprowadzić na rozkaz króla Morganę i jej pomocnice, czekające w lepiance świniopasa u podnóża zachodniego zbocza Caer Cadarn. Księżniczka Norwenna chciała mieć za akuszerkę matkę Chrystusa, ale Uther gotów był wezwać na pomoc starych bogów, gdyby ten nowy zawiódł.

Chrześcijański Bóg rzeczywiście nie spełnił oczekiwań. Krzyki Norwenny słabły, ale jej jęki brzmiały coraz bardziej rozpaczliwie. W końcu żona biskupa Bedwina Ellin wyszła z wielkiej sali i uklęknęła drżąca obok fotela króla, oznajmiając, że poród się nie udaje i matka dziecka zapewne umrze. Uther zbył tę ostatnią uwagę machnięciem ręki. Matka się nie liczyła, tylko dziecko i to pod warunkiem, że było płci męskiej.

– Panie… – zaczęła zdenerwowana Ellin, ale Uther już jej nie słuchał. Poklepał mnie po głowie i powiedział: „Ruszaj, chłopcze".

Wysunąłem się z cienia, zeskoczyłem z wałów w głąb fortu i popędziłem w poświacie księżyca po spowitej śniegiem ziemi między zabudowaniami. Minąwszy strażników przy zachodniej bramie, poślizgnąłem się i wywróciłem na oblodzonej, biegnącej w dół drodze. Zarywszy się w śniegu, rozdarłem płaszcz o drewniany pniak i upadłem ciężko na oszroniony krzak jeżyn. Czułem jednak tylko spoczywające na moich młodych barkach brzemię odpowiedzialności za losy królestwa.

– Lady Morgano! – krzyknąłem, zbliżając się do lepianki. – Lady Morgano!

Musiała już na mnie czekać, gdyż drzwi natychmiast się otworzyły i w świetle księżyca zalśniła przesłaniająca jej twarz złota maska.

– Prowadź! – powiedziała skrzekliwym głosem. Odwróciłem się i zacząłem wchodzić z powrotem na zbocze. Wokół mnie brnęła w śniegu cała czereda sierot przygarniętych przez Merlina. Dzieci niosły garnki, brzęcząc nimi w biegu, ale gdy stok stał się zbyt stromy i zdradliwy, były zmuszone rzucać je przed siebie i z wysiłkiem piąć się w górę. Morgana posuwała się wolniej. Pomagała jej niewolnica Sybilla, która wzięła niezbędne przybory i zioła.

– Każ zapalić ogniska, Derfel! – zawołała Morgana.

– Zapalić ogniska! – krzyknąłem zdyszany, przedzierając się przez bramę. – Zapalcie ogniska na wałach!

Biskup Bedwin protestował przeciwko przybyciu Morgany, ale król ostro go skarcił i biskup pokornie ustąpił przed kapłanką dawnej wiary. Jego księża i mnisi zostali wyproszeni z prowizorycznej kaplicy. Kazano im zanieść na wały głownie i rozpalić tam ogniska z drewna i łoziny, wydartej ze ścian chat przylegających do północnych murów fortu. Ogień zapłonął z trzaskiem, rozświetlając mrok. Dym zawisł w powietrzu jak baldachim, który miał zmylić złe duchy i odpędzić je od miejsca, gdzie umierały księżniczka i jej dziecko. My, najmłodsi, biegaliśmy po wałach, tłukąc w garnki, aby nieznośny hałas zdezorientował jeszcze bardziej złe moce. Przykazałem dzieciakom z Ynys Wydryn, żeby głośno krzyczały. Dołączyły do nas wkrótce dzieci z fortecznych lepianek. Strażnicy uderzali drzewcami włóczni o tarcze, księża dokładali drewna do kilkunastu płonących stosów, a my wrzeszczeliśmy, rzucając wyzwanie widmom, które czaiły się w mroku, aby nie dopuścić do narodzin dziecka Norwenny.

Morgana weszła do sali z Sybillą, Nimue i małą dziewczynką. Norwenna głośno krzyknęła, choć nie potrafiliśmy powiedzieć, z jakiego powodu: czy w proteście przeciwko przybyciu czarownic Merlina, czy też dlatego, że uparte niemowlę rozrywało ją na pół. Potem rozległy się kolejne krzyki, gdy Morgana odprawiła chrześcijańskie akuszerki, cisnęła w śnieg dwa krzyże i wrzuciła do ognia garść bylicy. Nimue powiedziała mi później, że nowo przybyłe położyły na wilgotne łóżko bryłki żelaza, aby odegnać obecne tam już złe moce, a wokół głowy wijącej się z bólu kobiety umieściły siedem magicznych kamieni, aby ściągnąć z niebios dobre duchy.

Sybilla, niewolnica Morgany, powiesiła nad drzwiami gałązkę brzozy, a drugą machała nad umierającą księżniczką. Nimue przykucnęła w progu i oddała mocz, aby złe duchy nie miały wstępu do sali, a potem wzięła trochę moczu w dłonie i spryskała nim słomę na łożu Norwenny, by w momencie narodzin moce piekielne nie wykradły duszy dziecka. Morgana, na której twarzy lśniła w blasku ognia złota maska, rozłożyła Norwennie ręce, aby włożyć jej między piersi amulet z cennego bursztynu. Towarzysząca jej dziewczynka, jedna z sierot Merlina, czekała przerażona w nogach łóżka.

Dym z rozpalonych ognisk zasłonił gwiazdy. W lasach u podnóża Caer Cadarn wyły zbudzone piekielnym hałasem zwierzęta. Król Uther wzniósł oczy do bladnącego księżyca i modlił się w nadziei, że nie wezwał Morgany zbyt późno. Morgana była jego naturalną córką, pierwszym z czworga nieślubnych dzieci, które urodziła mu Igraine z Gwynedd. Uther wolałby z pewnością sprowadzić do zamku Merlina, który jednak zniknął gdzieś przed wieloma miesiącami, wydawało się, że już na zawsze. Morgana, która nauczyła się czarów od Merlina, musiała zastąpić go w tę mroźną noc, gdy waliliśmy z całych sił w garnki i krzyczeliśmy aż do ochrypnięcia, by odpędzić od Caer Cadarn złe duchy. Nawet Uther pomagał nam w czynieniu hałasu, choć odgłos uderzeń jego berła o wały był ledwo dosłyszalny. Biskup Bedwin modlił się na klęczkach, a jego żona, wyrzucona z sali, w której odbywał się poród, płakała i lamentowała, prosząc chrześcijańskiego Boga, by wybaczył pogańskim wiedźmom.

Czary jednak podziałały, bo dziecko urodziło się żywe. Krzyk, który Norwenna wydała w chwili wydania go na świat, był straszliwszy od wszystkich poprzednich. Brzmiał jak przeszywający mrok nocy skowyt udręczonego zwierzęcia. Nimue powiedziała mi później, że Morgana sprawiła Norwennie potworny ból, wkładając jej rękę do kanału rodnego i brutalnie wyciągając dziecko na świat. Gdy zakrwawione niemowlę wyszło z łona umęczonej matki, Morgana kazała stojącej obok przestraszonej dziewczynce podnieść je, aby Nimue mogła związać i odgryźć pępowinę. Dziecko powinna wziąć pierwsza na ręce dziewica, dlatego właśnie przyprowadzono tę dziewczynkę, była ona jednak tak przerażona, że nie chciała podejść do zasłanego pokrwawioną słomą łoża, na którym leżała dysząca ciężko Norwenna i nieruchome, umazane krwią niemowlę.

– Podnieś dziecko! – krzyknęła Morgana, ale dziewczynka uciekła z płaczem, więc Nimue chwyciła noworodka i oczyściła mu usta, aby mógł wciągnąć pierwszy haust powietrza.

Wszystko to stanowiło bardzo złą wróżbę: zamglony księżyc w nowiu i dziewica uciekająca od dziecka, które teraz zaczęło głośno płakać. Uther usłyszał jego głos. Widziałem, że zamknął oczy i modlił się do bogów, aby był to chłopiec.

– Czy mam tam pójść? – zapytał niepewnie biskup Bedwin.

– Idź – mruknął Uther.

Biskup zszedł z trudem po drewnianej drabinie i podciągnąwszy habit, pobiegł po udeptanym śniegu do wielkiej sali. Stał przez chwilę w drzwiach, po czym wrócił na wały, machając rękami.

– Dobre wieści, panie! – zawołał, wspiąwszy się niezdarnie po drabinie. – Bardzo dobre wieści!

– Chłopiec... – wyszeptał z nadzieją Uther.

– Tak! – potwierdził Bedwin. – Wspaniały chłopiec! Byłem tuż obok króla i widziałem, jak w jego wpatrzonych w niebo oczach pojawiły się łzy.

– Następca tronu! – powiedział z takim zdziwieniem, jakby nie ośmielał się naprawdę mieć nadziei, że bogowie go wysłuchają. Otarłszy łzy futrzaną rękawicą, dodał: – Teraz królestwo jest bezpieczne, Bedwinie.

– Tak, panie, chwała Bogu – przytaknął Bedwin.

– Chłopiec... – powtórzył Uther, po czym jego potężnym ciałem wstrząsnął nagle potworny kaszel. Zaczął ciężko dyszeć. – Chłopiec... – powiedział raz jeszcze, gdy mógł znów spokojniej oddychać.

Wkrótce przyszła Morgana. Wspięła się po drabinie i padła na kolana przed królem. Złota maska na twarzy ukrywała jej przerażenie. Uther dotknął berłem jej ramienia, mówiąc:

– Wstań, Morgano. – Potem sięgnął pod szatę, aby wyjąć złotą broszkę, którą zamierzał ją wynagrodzić.

Morgana nie chciała jednak przyjąć podarunku. Oznajmiła złowieszczo:

– Chłopiec jest kaleką. Ma skrzywioną stopę.

Widziałem, że Bedwin uczynił znak krzyża, bo narodziny ułomnego księcia były najgorszą rzeczą, jaka mogła się zdarzyć tej mroźnej nocy.

– Czy to coś poważnego? – zapytał Uther.

– Tylko skrzywienie stopy – powtórzyła ochrypłym głosem Morgana. – Noga jest właściwie ukształtowana, panie, ale książę nigdy nie będzie mógł biegać.

Uther zaśmiał się głucho spod grubego futra.

– Królowie nie muszą biegać, Morgano – oznajmił. – Oni chodzą, rządzą, jeżdżą konno i nagradzają za dobrą, wierną służbę. Weź to złoto. – Znów wyciągnął rękę, podając jej broszkę. Był to talizman Uthera, wykuty z grubego kawałka złota smok.

Ale Morgana nadal nie chciała go przyjąć.

– Norwenna nie będzie już miała dzieci, panie – ostrzegła Uthera. – Gdy paliłyśmy błony płodowe, nie wydały żadnego dźwięku.

Błony płodowe wkładano zawsze po porodzie do ognia, a gdy pękały z trzaskiem, liczono, ile jeszcze dzieci urodzi kobieta.

– Słuchałam uważnie – powiedziała Morgana. – Nie było żadnego trzasku.

– Tak chcieli bogowie! – odparł ze złością Uther. – Mój syn nie żyje – dodał smętnie – więc któż inny mógłby dać Norwennie potomka godnego zostać królem?

Morgana zamilkła, ale po chwili znów się odezwała:

– Może ty, panie?

Uther chrząknął, a potem zaczął się śmiać i dostał znów bolesnego, rwącego płuca ataku kaszlu. Gdy w końcu się opanował, pokręcił głową i rzekł, dysząc ciężko:

– Jedynym zadaniem Norwenny, Morgano, było wydanie na świat chłopca, i to uczyniła. Naszym obowiązkiem jest zapewnienie mu opieki.

– Przy użyciu całej potęgi Dumnonii – dodał z zapałem Bedwin.

– Noworodki często umierają – ostrzegła Morgana posępnym tonem.

– Ale nie on – powiedział z przejęciem Uther. – Nie on. Przybędzie do ciebie, Morgano, do Ynys Wydryn i użyjesz całego swego kunsztu, aby przeżył. Weź tę broszkę.

Morgana przyjęła w końcu złotego smoka. Kalekie niemowlę nadal płakało, a jego matka jęczała z bólu, ale na wałach Caer Cadarn dzieci z garnkami i strażnicy ognisk cieszyli się z wiadomości, że nasze królestwo ma znowu dziedzica. Dumnonia miała następcę tronu, a jego narodziny oznaczały wielkie święto i hojne dary. Zakrwawioną słomę przyniesiono z fortu i wrzucono w ogień. Płomienie strzeliły wysoko i jasno. Dziecko przyszło na świat. Teraz brakowało mu tylko imienia i nikt nie miał najmniejszych wątpliwości, jak zostanie nazwane. Uther podźwignął się z fotela i stanął, potężny i groźny, na wałach Caer Cadarn, aby obwieścić narodziny swojego wnuka, dziedzica i następcy tronu królestwa. Urodzone zimą dziecko otrzymało po swoim ojcu imię Mordred.

Norwennę i niemowlę przywieziono do Ynys Wydryn na wozie zaprzężonym w woły przez wschodni most u podnóża góry Tor. Obserwowałem ze smaganego wiatrem szczytu wzgórza, jak obolałą matkę i jej okaleczone dziecko podźwignięto z wyścielonego grubymi futrami wozu i niesiono w płóciennej lektyce ścieżką prowadzącą w kierunku palisady. Tego dnia było przenikliwie zimno. Mroźne, ostre powietrze raniło płuca i skórę. Norwenna jęczała, gdy przenoszono ją przez bramę z owiniętym w bety niemowlęciem.

Tak oto Mordred, następca tronu Dumnonii, znalazł się w królestwie Merlina.

Ynys Wydryn, wbrew swojej nazwie, która oznaczała Szklaną Wyspę, nie było w istocie wyspą, lecz górzystym cyplem wrzynającym się w morskie bagna, zatoczki i okolone wierzbami trzęsawiska, porośnięte gęsto turzycą i trzcinami. Okolica była zasobna w dzikie ptactwo i ryby. Ze wzgórz sąsiadujących z mokradłami wydobywano glinę i wapień. Przez bagna wiodły drewniane pomosty. Tonęli tam czasem nieostrożni przybysze, gdy wiatr powiewał gwałtownie z zachodu i wysokie fale zalewały nagle rozległe zielone mokradła. Na zachodzie górzysty teren pokryty był sadami jabłoni i polami pszenicy, a na północy, gdzie szare wzgórza graniczyły z bagnami, pasły się krowy i owce. W sercu owej urodzajnej krainy leżało Ynys Wydryn.

Była to ziemia czarnoksiężnika Merlina, zwana Awalonią. Wcześniej władali nią jego ojciec i dziadek. Wszyscy chłopi i niewolnicy, których widać było ze szczytu Tor, pracowali dla Merlina. Właśnie dzięki płodom tej ziemi, rybom schwytanym w zatokach i uprawom z żyznych pól w dolinach rzek Merlin miał dość bogactwa i wolności, aby pozostać druidem. Brytania była kiedyś ojczyzną druidów, ale Rzymianie najpierw ich mordowali, a potem zwalczali ich religię, choć więc nie rządzą tymi ziemiami już od dwóch pokoleń, pozostała do dziś tylko garstka kapłanów dawnej wiary. Ich miejsce zajęli chrześcijanie. Chrześcijaństwo atakowało pełne demonów trzęsawiska Awalonii jak niesiona wiatrem fala przypływu.

Ynys Wydryn tworzyły porośnięte trawą wzgórza. Niemal wszystkie były niezamieszkane. Wyjątek stanowiło Tor – najwyższe i najbardziej strome. Na jego szczycie znajdowała się grań, na której zbudowano dwór Merlina. Poniżej ciągnęły się mniejsze zabudowania, otoczone drewnianą palisadą, stojącą niebezpiecznie na stromych trawiastych zboczach Tor. Między wyżłobionymi tam tarasami, które pochodziły jeszcze z czasów przed przybyciem Rzymian, wiodła w kierunku szczytu wąska, kręta ścieżka. Musiał nią iść każdy, kto odwiedzał dwór, licząc na uzdrowienie lub proroctwo. Kręta droga miała zmylić złe duchy, które mogły nawiedzić posiadłość Merlina, by rzucić na nią urok. Dwie inne ścieżki wiodły po zboczach Tor prosto w dół, jedna na wschód, w kierunku mostu, prowadzącego do Ynys Wydryn od strony lądu, druga na zachód, do położonej u stóp wzgórza nadmorskiej osady, którą zamieszkiwali rybacy, myśliwi, wytwórcy koszy i pasterze. Tymi ścieżkami wchodzono na co dzień do dworu i Morgana strzegła je od złych duchów za pomocą nieustannych modlitw i czarów.

Zwracała szczególną uwagę na zachodnią drogę, ponieważ prowadziła ona nie tylko do osady, ale także do chrześcijańskiej świątyni. Za czasów rzymskich pradziadek Merlina pozwolił chrześcijanom osiedlić się na wyspie i od tamtej pory nie można było się ich pozbyć. Nas, dzieci, nakłaniano do tego, byśmy ciskali kamieniami w mnichów, wrzucali im nawóz za drewnianą palisadę i szydzili z pielgrzymów, przemykających przez furtkę w bramie, aby modlić się przy cierniowym drzewie, które rosło obok zbudowanego przez Rzymian ogromnego kamiennego kościoła, górującego nadal nad chrześcijańską dzielnicą. Któregoś roku Merlin zasadził na Tor podobne drzewo i wszyscy oddawaliśmy mu cześć, śpiewając, tańcząc i bijąc pokłony. Mieszkający w wiosce chrześcijanie mówili, że Bóg nas pokarze, ale nic takiego się nie stało. Spaliliśmy w końcu to drzewo i zmieszaliśmy jego popioły z karmą dla świń, ale chrześcijański Bóg nadal nie zwracał na nas uwagi. Chrześcijanie twierdzili, że ich drzewo ma magiczną moc i że sprowadził je do Ynys Wydryn cudzoziemiec, który widział chrześcijańskiego Boga przybitego do krzyża. Niech Bóg mi wybaczy, ale w tamtych odległych czasach wyśmiewałem się z takich opowieści. Nie pojmowałem wtedy, co ma wspólnego drzewo cierniowe ze śmiercią Boga. Teraz już to rozumiem, ale muszę stwierdzić, że owo Święte Drzewo, jeśli nadal rośnie na Ynys Wydryn, nie jest drzewem wyrosłym z kija Józefa z Arymatei. Wiem to, bo pewnej ciemnej zimowej nocy, gdy posłano mnie, abym przyniósł Merlinowi butelkę czystej wody ze świętego strumienia u południowego podnóża Tor, zobaczyłem, jak chrześcijańscy mnisi wykopują mały cierniowy krzew, aby zasadzić go w miejsce drzewa, które uschło właśnie za ich palisadą. Święte Drzewo ciągle usychało, może z powodu krowiego łajna, którym je obrzucaliśmy, a może dlatego że pielgrzymi przywiązywali do niego zbyt wiele wstążek. Tak czy inaczej, strzegący go mnisi bardzo się bogacili i obrastali sadłem dzięki hojnym datkom od pielgrzymów.

Mnisi z Ynys Wydryn byli zadowoleni z przybycia Norwenny, bo mieli teraz powód, by wspinać się stromą ścieżką do warowni Merlina i zanosić tam swoje modły. Księżniczka pozostała żarliwą chrześcijanką i choć Święta Panienka nie pomogła jej w urodzeniu dziecka, domagała się, by co rano wpuszczano do niej mnichów. Nie wiem, czy Merlin pozwoliłby na to. Nimue z pewnością przeklinała Morganę, że wyraziła zgodę. Merlina nie było wówczas na dworze. Nie widzieliśmy naszego pana od ponad roku, ale i bez niego życie płynęło zaskakująco szybko.

A było to dziwne życie. Merlin, najstarszy z mieszkańców Ynys Wydryn, z upodobaniem gromadził wokół siebie tłumy ludzi ułomnych, okaleczonych i na poły obłąkanych. Trzymał ich w ryzach dowódca zamkowej straży karzeł Druidan. Miał wzrost pięcioletniego dziecka, ale był groźny jak prawdziwy wojownik. Nosił na co dzień pancerz, nagolenniki, hełm, płaszcz i miecz. Złorzeczył losowi, że uczynił go karłem, i mścił się na jedynych istotach mniejszych od siebie: na sierotach, które Merlin tak beztrosko przygarniał. Nie popuścił niemal żadnej dziewczynie, ale gdy próbował zaciągnąć do łóżka Nimue, dostał solidne cięgi. Merlin bił go po głowie, raniąc uszy, kiereszując wargi i podsiniaczając oczy, ku uciesze dzieci i stojących na palisadach strażników. Wszyscy strażnicy, którymi dowodził Druidan, byli kulawi, ślepi lub obłąkani, ale żaden nie był na tyle szalony, by lubić złośliwego karła.

Nimue, moja przyjaciółka i towarzyszka dziecinnych zabaw, była Irlandką. Irlandczycy też byli Brytami, ale nigdy nie rządzili nimi Rzymianie i z tego powodu uważali się za lepszych niż Brytowie z kontynentu, których napadali, grabili, brali w niewolę i kolonizowali. Gdyby Saksonowie nie byli tak straszliwymi wrogami, uznawalibyśmy pewnie Irlandczyków za najgorsze istoty na świecie, choć od czasu do czasu zawieraliśmy z nimi sojusze przeciw innym plemionom Brytów. Nimue została porwana, gdy Uther napadł na irlandzkie osady w Demetii, położonej za wodami zatoki Severn. Szesnastu pojmanych jeńców odesłano do Dumnonii, ale na morzu rozszalał się sztorm i statek z niewolnikami zatonął w pobliżu Ynys Wair. Ocalała tylko Nimue. Mówiono, że wyszła z morza zupełnie sucha. Zdaniem Merlina był to znak, iż darzył ją względami Manawydan, bóg morza. Sama Nimue natomiast twierdziła, że uratowała ją potężna bogini Don. Merlin chciał nadać dziewczynie imię Vivien, poświęcone bogu morza, ale Nimue wolała zachować własne. Zawsze potrafiła postawić na swoim. Dorastała w szalonym domu Merlina pewna siebie i ciekawa świata. Gdy skończyła trzynaście czy czternaście lat, Merlin zaciągnął ją do łóżka. Przystała na to, jakby zawsze wiedziała, że jest jej przeznaczone zostać jego kochanką, a co za tym idzie, drugą najważniejszą osobą w całym Ynys Wydryn.

Morgana, najbardziej groteskowa ze wszystkich dziwacznych postaci zamieszkujących dwór Merlina, nie oddała jednak swej uprzywilejowanej pozycji bez walki. Gdy Norwenna i Mordred trafili pod jej opiekę, była trzydziestoletnią wdową. Nadawała się na piastunkę księcia, gdyż płynęła w niej królewska krew. Była pierwszym z czworga nieślubnych dzieci króla Uthera, któremu Igraine z Gwynedd urodziła trzy dziewczynki i chłopca. Jej bratem był Artur. Można by sądzić, że mężczyźni będą się dobijać do wrót samego piekła, aby zdobyć rękę wdowy mającej takie pochodzenie. Niestety, w młodości zdarzył jej się straszny wypadek. Została uwięziona w płonącym domu. Jej niedawno poślubiony mąż zginął w ogniu, a ona sama uległa potwornym poparzeniom. Płomienie spaliły jej ucho i oko. Miała zniekształconą całą lewą połowę ciała. Nimue mówiła, że skóra Morgany była pomarszczona i zniszczona. Przypominała zgniłe jabłko i wyglądała strasznie. Morgana była postacią z sennego koszmaru, ale pasowała do dworu Merlina, który uczynił z niej wieszczkę. Polecił jednemu z królewskich kowali, aby zrobił maskę, która osłaniała jak hełm jej oszpeconą twarz. Miała otwór na jedno oko i szczelinę na zdeformowane usta. Była wykonana z cienkiego, delikatnego złota i ozdobiona spiralnymi ornamentami, smokami oraz wizerunkiem Cernunnosa, rogatego boga, patrona Merlina. Morgana zawsze nosiła tę maskę, ubierała się na czarno i osłaniała rękawicą zdeformowaną lewą dłoń. Słynęła z tego, że potrafiła uzdrawiać dotykiem i miała dar przewidywania przyszłości. Była też najbardziej porywczą kobietą, jaką znałem.

Sybilla, niewolnica i towarzyszka Morgany, olśniewała urodą i miała włosy koloru jasnego złota. Schwytano ją podczas napadu na osadę Saksonów. Wiele razy ją gwałcono i gdy przybyła do Ynys Wydryn, mamrocząc coś pod nosem, Morgana musiała leczyć ją z obłędu. Nadal była niespełna rozumu. Nie szalona, lecz po prostu niewyobrażalnie głupia. Szła do łóżka z każdym mężczyzną, nie dlatego że chciała, lecz z obawy przed konsekwencjami odmowy. Morgana nie potrafiła w żaden sposób jej od tego odwieść. Co roku zachodziła w ciążę, a nieliczne z jej jasnowłosych dzieci, które pozostały przy życiu, Merlin sprzedał w niewolę ludziom ceniącym ich urodę. Sybilla bawiła go, ale nie uważał, by jej szaleństwo było darem bogów.

Lubiłem Sybillę, bo byłem również Saksonem. Rozmawiała ze mną w języku mojej matki, dorastałem więc w Ynys Wydryn, posługując się zarówno mową Brytów, jak i saksońską. Powinienem zostać niewolnikiem, ale gdy byłem małym chłopcem, mniejszym nawet niż karzeł Druidan, król Gundleus z Sylurii napadł na północne wybrzeża Dumnonii i opanował osadę, w której mieszkała moja matka. Musiała być podobna do Sybilli. Została zgwałcona, a mnie wrzucono do wilczego dołu, w którym Tanaburs, druid z Sylurii, miał złożyć w ofierze kilkunastu jeńców, aby podziękować Wielkiemu Bogu Belowi za obfite łupy, jakie przyniosła wyprawa. Dobry Boże, jak dokładnie pamiętam tę noc... Łuny pożarów, krzyki gwałconych kobiet, dzikie tańce, a potem ta chwila, gdy Tanaburs wrzucił mnie do czarnej jamy z ostrym palem. Nie doznałem żadnego uszczerbku i wyszedłem stamtąd równie spokojnie jak Nimue z morskiej otchłani. Znalazłszy mnie, Merlin powiedział, że jestem dzieckiem Bela. Nadał mi imię Derfel, zapewnił dach nad głową i uczynił ze mnie wolnego człowieka.

Na górze Tor było wiele takich dzieci, które zostały odebrane bogom. Merlin wierzył, że jesteśmy niezwykli i wyrośnie z nas nowe pokolenie druidów i kapłanek, które pomoże mu rozkrzewić na nowo prawdziwą, starą wiarę w otumanionej przez Rzymian Brytanii. Nigdy jednak nie miał czasu nas uczyć i chłopcy zostali w większości rolnikami lub rybakami, a dziewczyny żonami. Podczas mojego pobytu na górze Tor tylko Nimue miała zadatki na kapłankę. Ja chciałem zdecydowanie zostać wojownikiem.

Skłonił mnie do tego Pellinor, ulubieniec Merlina. Był królem, ale Saksonowie odebrali mu ziemię i wyłupili oczy, a bogowie pozbawili rozumu. Powinien trafić na Wyspę Umarłych, gdzie posyłano niebezpiecznych szaleńców, ale Merlin kazał zatrzymać go na górze Tor i zamknąć w komórce, takiej jak ta, w której Druidan hodował świnie. Pellinor był zawsze nagi, miał długie, sięgające do kolan siwe włosy i łzawiące, puste oczodoły. Ciągle coś wykrzykiwał, obwieszczając całemu światu swoje myśli. Merlin słuchał tych bredni, uważając, że przemawiają przez niego bogowie. Wszyscy bali się Pellinora. Był bezgranicznie szalony i nieokiełznany. Usmażył kiedyś na ogniu jedno z dzieci Sybilli. Ja jednak, o dziwo, przypadłem mu do gustu. Przeciskałem się przez kraty do jego celi, a on gładził mnie po głowie i opowiadał historie bitew i polowań na dzikiego zwierza. Nie wydawał mi się obłąkany i nigdy nie zrobił nic złego ani mnie, ani Nimue. Ale też, jak powtarzał Merlin, byliśmy dziećmi, które bóg Bel darzył szczególnymi względami.

Bel zapewne nas kochał, ale Gwendolyn nienawidziła. Była żoną Merlina, starą już i bezzębną. Podobnie jak Morgana znała się doskonale na czarach i ziołach, lecz gdy choroba zniekształciła jej twarz, Merlin ją porzucił. Zdarzyło się to na długo przed moim przybyciem na górę Tor, w okresie, który wszyscy nazywali Złymi Czasami. Merlin wrócił wtedy z północy wzburzony i roztrzęsiony, ale nawet gdy się już uspokoił, nie przyjął Gwendolyn z powrotem. Pozwolił jej mieszkać w małej chacie obok palisady. Rzucała stamtąd na niego i na nas wszystkich przekleństwa i obelgi. Najbardziej nienawidziła Druidana. Czasem siarczyście go opluwała, uganiając się za nim między chatami. Podjudzaliśmy ją, żądni krwi karła, ale jemu zawsze udawało się uciec.

Do takiego to dziwnego miejsca przybyli Norwenna z księciem Mordredem i choć przedstawiłem je może w przerażającym świetle, żyło się tam w istocie bardzo dobrze. Byliśmy ulubionymi dziećmi czarnoksiężnika Merlina, cieszyliśmy się wolnością, mieliśmy niewiele obowiązków, ciągle się śmialiśmy. Ynys Wydryn, Szklana Wyspa, była dla nas szczęśliwym miejscem.

Norwenna zjawiła się tam w zimie, gdy bagna Awalonii były przysypane śniegiem. Mieszkający w osadzie cieśla, niejaki Gwlyddyn, który miał syna w wieku Mordreda, zrobił dla nas sanki. Wzbijaliśmy z krzykiem w powietrze, zjeżdżając z ośnieżonych zboczy góry Tor. Ralla, żona Gwlyddyna, została mamką Mordreda i książę mimo skrzywionej stopy rósł zdrowo dzięki jej pokarmowi. Także Norwenna poczuła się lepiej, gdy mróz zelżał, a na ciernistych krzewach przy świętym źródle u podnóża góry Tor zalśniły pierwsze pączki. Księżniczka była ciągle słaba, ale Morgana i Gwendolyn dawały jej zioła, a mnisi modlili się o jej zdrowie, była więc szansa na to, że wreszcie odzyska siły. Co tydzień posłaniec informował o zdrowiu księcia jego dziadka, Wielkiego Króla, a każda dobra wiadomość była wynagradzana bryłką złota, solą lub butelką wybornego wina, które kradł zwykle Druidan.

Czekaliśmy wciąż na powrót Merlina. Góra Tor wydawała się bez niego pusta, choć nasze codzienne życie niewiele się zmieniło. Trzeba było jak zwykle napełniać spiżarnie, zabijać szczury, przynosić trzy razy dziennie drewno na opał i źródlaną wodę. Gudovan, skryba Merlina, zajmował się księgowaniem opłat wnoszonych przez dzierżawców, a zarządca Hywel wizytował majątki, sprawdzając, czy nikt nie oszukuje ich nieobecnego właściciela. Gudovan i Hywel byli ludźmi zrównoważonymi, praktycznymi i pracowitymi.

Zdaniem Nimue stanowiło to dowód, że ekscentryczność Merlina kończyła się z chwilą, gdy w grę wchodziły pieniądze. Właśnie Gudovan nauczył mnie czytać i pisać. Nie chciałem zdobywać tych niegodnych wojownika umiejętności, ale Nimue z uporem na to nalegała.

– Nie masz ojca – mówiła – i będziesz musiał sam radzić sobie w życiu.

– Chcę być żołnierzem – powtarzałem.

– Będziesz – obiecywała – ale najpierw musisz nauczyć się czytać i pisać.

Była dla mnie taką wyrocznią, że jej uwierzyłem i zdobyłem urzędnicze wykształcenie, zanim przekonałem się, iż żaden żołnierz go nie potrzebuje.

Tak więc Gudovan sprawił, że przestałem być analfabetą, zarządca Hywel zaś nauczył mnie walczyć. Szkolił mnie, jak posługiwać się kijem, zwykłą drewnianą pałką, którą można nie tylko rozpłatać komuś czaszkę, ale też wykorzystać jako substytut miecza albo włóczni. Hywel był niegdyś sławnym wojownikiem w armii Uthera, lecz saksoński topór odrąbał mu nogę. Szkolił mnie tak długo, aż byłem dość silny, by podnosić ciężki miecz równie szybko jak kij. Powtarzał, że większość wojowników to nadużywające alkoholu i pozbawione zręczności dzikusy. Powiedział, że spotkam wielu zataczających się pod wpływem miodu i piwa ludzi, których jedynym atutem jest potężny cios, zdolny powalić wołu, ale znający dziewięć ruchów miecza trzeźwy mężczyzna zawsze każdego z nich pokona.

– Byłem pijany – przyznał – kiedy Sakson imieniem Octha odrąbał mi nogę. Żwawiej, chłopcze, żwawiej! Twój miecz musi zrobić na nich wrażenie. Żwawiej!

Dobrze mnie wyszkolił, o czym przekonali się jako pierwsi synowie mnichów z osady pod zamkiem. Nie cierpieli nas, wybrańców z góry Tor, bo leniuchowaliśmy i cieszyliśmy się wolnością, gdy oni ciężko pracowali. Polowali więc na nas i starali się nam dołożyć. Pewnego dnia zabrałem do osady mój kij i solidnie poturbowałem trzech chrześcijan. Za sprawą bogów byłem zawsze wysoki jak na swój wiek i silny jak wół, im więc przypisałem swoje zwycięstwo. Hywel sprawił mi lanie za to, co zrobiłem, mówiąc, że wybrańcy niebios nie powinni nigdy bić słabszych. Myślę jednak, że mimo wszystko był zadowolony, bo następnego dnia zabrał mnie na polowanie, podczas którego zabiłem prawdziwą włócznią pierwszego dzika. Było to w spowitych mgłą zaroślach nad rzeką Cam. Miałem wtedy zaledwie dwanaście lat. Hywel wysmarował mi twarz krwią dzika, dał mi do noszenia na szyi jego kły, a potem zaniósł ubite zwierzę do świątyni Mitrasa i urządził tam ucztę dla starych wojowników, czcicieli owego boga żołnierzy. Mnie nie pozwolono wziąć w niej udziału, ale Hywel przyrzekł, że pewnego dnia, gdy urośnie mi broda i zabiję w walce pierwszego Saksona, zostanę wtajemniczony w obrzędy Mitrasa.

Trzy lata później nadal marzyłem o zabijaniu Saksonów. Może wydać się to dziwne, że ja, Sakson o jasnych włosach, byłem tak żarliwym sojusznikiem Brytów, ale przecież wychowywałem się wśród nich od dziecka, byli moimi przyjaciółmi, mówiłem ich językiem, słuchałem ich opowieści, z nimi nienawidziłem, kochałem i marzyłem. Moje włosy nie miały zresztą tak niezwykłego koloru. Rzymianie zaludnili przecież Brytanię wszelkiej maści cudzoziemcami. Obłąkany Pellinor opowiadał mi kiedyś o dwóch braciach, którzy mieli skórę czarną jak węgiel. Myślałem, że to tylko majaczenia szaleńca, dopóki nie spotkałem Sagramora, numidyjskiego dowódcy oddziału Artura.

Kiedy Mordred i jego matka przybyli na górę Tor, zrobiło się tam tłoczno, gdyż Norwennie towarzyszyły nie tylko służące, ale także zastęp wojowników, którzy mieli chronić księcia. Spaliśmy w chatach po cztery, pięć osób. Do dworskich komnat miały wstęp tylko Nimue i Morgana. Były to apartamenty Merlina i jedynie tej pierwszej wolno było tam spać. Norwenna i jej dworki mieszkały w wielkiej sali, wypełnionej dymem z dwóch płonących dzień i noc ognisk. Miała ona sufit wsparty na dwudziestu dębowych filarach, ściany z oblepionej gliną łoziny i kryty strzechą dach. Podłogę stanowiło klepisko wyścielone sitowiem, które zapalało się czasem od ognia, wywołując ogólny popłoch. Komnaty Merlina dzieliła od tej sali ściana z pokrytych gliną prętów, w którą wstawiono małe, drewniane drzwi. Wiedzieliśmy, że Merlin spał, studiował księgi i snuł marzenia w tych apartamentach, nad którymi wznosiła się drewniana wieża, zbudowana na samym szczycie góry Tor. Tylko Merlin, Morgana i Nimue wiedzieli, co się w niej odbywało, nie chcieli jednak zdradzić nikomu tej tajemnicy. Wieśniacy, którzy widzieli wieżę Merlina w promieniu wielu mil, przysięgali, że była pełna skarbów, pochodzących z grobów przodków.

Strażą Mordreda dowodził chrześcijanin imieniem Ligessak – wysoki, szczupły, chciwy człowiek, który był doskonałym łucznikiem. Potrafił rozszczepić strzałą gałązkę z odległości pięćdziesięciu kroków. Musiał jednak być trzeźwy, a to rzadko mu się zdarzało. Uczył mnie czasem swego kunsztu, ale towarzystwo małego chłopca szybko go nudziło. Wolał grać w kości ze swoimi ludźmi. To on opowiedział mi, jak naprawdę zginął książę Mordred i dlaczego Wielki Król Uther przeklął Artura.

– Artur nic nie zawinił – stwierdził, rzucając kostkę na swoją planszę. Takie plansze mieli wszyscy żołnierze. Niektóre były pięknie wykonane z kości. – Szóstka! – wykrzyknął, a ja czekałem cierpliwie na dalszy ciąg jego opowieści.

– Podwajam – powiedział Menw, jeden ze strażników księcia i rzucił kostkę. Poturlała się po planszy i zatrzymała na jedynce. Strażnik potrzebował dwójki, żeby wygrać, zaklął więc siarczyście, zbierając kostki z planszy.

Ligessak kazał mu przynieść sakiewkę i uregulować dług, a mnie opowiedział tymczasem, jak to Uther wezwał Artura z Armoryki, aby pomógł mu pokonać wielką armię Saksonów, którzy wtargnęli w głąb naszych ziem. Artur ściągnął ludzi, ale nie sprowadził swoich słynnych koni, gdyż bardzo się spieszył i miał za mało okrętów.

– Właściwie nie potrzebował wierzchowców – stwierdził z podziwem Ligessak – bo i tak udało mu się zastawić pułapkę na tych przeklętych Saksonów w Dolinie Białego Konia. Ale Mordred chciał być mądrzejszy od Artura. Pragnął przypisać sobie wszystkie zasługi. – Ligessak otarł rękawem zakatarzony nos i rozejrzawszy się, czy nikt nie podsłuchuje, dodał ściszonym głosem: – Mordred był już wtedy pijany, a jego ludzie wykrzykiwali, że potrafią pokonać nawet dziesięciokrotnie od nich liczniejsze oddziały nieprzyjaciela. Należało zaczekać na Artura, ale książę wydał nam rozkaz do ataku.

– Pan tam był? – zapytałem z młodzieńczym zaciekawieniem. Ligessak skinął głową, mówiąc:

– Byłem z Mordredem. Dobry Boże, jak oni walczyli. Otoczyli nas i w jednej chwili oddział pięćdziesięciu Brytów został zdziesiątkowany. Ci, którzy uszli z życiem, błyskawicznie wytrzeźwieli. Wypuszczałem z łuku jedną strzałę za drugą. Nasi włócznicy zrobili ścianę z tarcz, ale tamci siekli nas mieczami i toporami. Słychać było grzmienie ich bębnów i wycie czarowników. Myślałem, że już po mnie. Zabrakło mi strzał i broniłem się włócznią. Zostało nas przy życiu najwyżej dwudziestu i byliśmy wszyscy u kresu sił. Nieprzyjaciel zdobył nasz sztandar ze smokiem. Mordred wykrwawiał się na śmierć, a my zbiliśmy się w gromadę, oczekując końca. I wtedy zjawili się ludzie Artura. – Zamilkł, a potem smętnie pokręcił głową. – Bardowie śpiewają, że Mordred zrosił owego dnia ziemię krwią Saksonów, ale tak naprawdę, mój chłopcze, uczynił to Artur. Zabijał bez pamięci. Odebrał im chorągiew, uśmiercił czarowników, spalił bębny, ścigał ocalałych wrogów aż do zmroku i zabił ich wodza przy świetle księżyca pod Edwy's Hangstone. Saksonowie są teraz, mój chłopcze, tak potulnymi sąsiadami nie dlatego, że pobił ich Mordred, lecz z obawy przed powrotem Artura.

– Ale Artur nie wrócił do Brytanii – rzekłem ze smutkiem.

– Wielki Król nie chce go tu widzieć. Obarcza go winą za to, co się stało. – Ligessak przerwał i znów rozejrzał się wokół, sprawdzając, czy nikt nas nie podsłuchuje. – Uther uważa, że Artur chciał śmierci Mordreda, aby zostać królem, ale to nieprawda. Artur nie jest taki.

– A jaki jest? – zapytałem.

Ligessak wzruszył ramionami, jakby chciał dać do zrozumienia, że niełatwo odpowiedzieć na to pytanie. Zanim zdążył cokolwiek dodać, zobaczył wracającego strażnika.

– Teraz już ani słowa, chłopcze – ostrzegł. – Ani słowa!

Wszyscy znaliśmy podobne opowieści, ale Ligessak był pierwszym napotkanym przeze mnie człowiekiem, który twierdził, że brał udział w bitwie w Dolinie Białego Konia. Uznałem później, że zmyślił tę historię, by wzbudzić podziw łatwowiernego chłopca, ale jego relacja brzmiała dość przekonująco. Mordred był faktycznie pijanym głupcem, a Artur zwycięskim wodzem, a jednak Uther wysłał go za morze. Obaj byli jego synami, tyle że swego ukochanego Mordreda król uważał za prawowitego następcę tronu, Artura zaś za bękarta. A jednak wygnanie Artura nie osłabiło wiary mieszkańców Dumnonii, że to właśnie on jest największą nadzieją naszego kraju, że ten młody wojownik zza morza ocali nas od Saksonów i odzyska utracone ziemie Lloegyrii.

Druga połowa zimy była łagodna. Za ziemnym wałem, który osłaniał most prowadzący do Ynys Wydryn od strony lądu, widziano wilki, ale żaden nie odważył się zbliżyć do góry Tor. Młodsze dzieci zrobiły dla nich przynęty i ukryły je za chatą Druidana w nadziei, że jakaś wygłodniała dzika bestia przeskoczy przez palisadę i schrupie karła na kolację. Czary jednak nie podziałały. Z końcem zimy zaczęliśmy się wszyscy przygotowywać do Beltain, wspaniałego święta wiosny, któremu towarzyszą nocne zabawy i palenie wielkich ognisk. W tym czasie zdarzyło się coś jeszcze bardziej emocjonującego.

Odwiedził nas Gundleus z Sylurii.

Pierwszy zjawił się biskup Bedwin. Był najbardziej zaufanym doradcą Uthera i jego przybycie zwiastowało jakieś ważne wydarzenie. Służącym Norwenny kazano opuścić wielką salę i na podłogach rozłożono kobierce, co stanowiło nieomylny znak, że przyjedzie ktoś ważny. Sądziliśmy, że będzie to sam Uther, ale na sztandarze, który ujrzałem na moście tydzień przed świętem Beltain, widniał lis Gundleusa, a nie smok Uthera. W jasny poranek zobaczyłem jeźdźców zeskakujących z koni u podnóża góry Tor. Wiatr rozwiewał ich płaszcze i łopotał wystrzępionym sztandarem, na którym dostrzegłem znienawidzoną głowę lisa. Krzyknąłem z oburzenia i wykonałem gest, który miał odpędzić złe duchy.

– O co chodzi? – zapytała Nimue, stojąca obok mnie na wschodniej platformie strażniczej.

– To sztandar Gundleusa – odparłem. Ujrzałem w jej oczach zdziwienie, Gundleus bowiem był władcą Sylurii, sojusznikiem króla Gorfyddyda z Powys, zaprzysięgłego wroga Dumnonii.

– Jesteś tego pewien? – zapytała Nimue.

– To on porwał moją matkę – wyjaśniłem. – A jego druid wrzucił mnie do wilczego dołu. – Splunąłem za palisadę w kierunku kilkunastu mężczyzn, wspinających się po zboczu góry Tor, które było zbyt strome dla koni. Zobaczyłem, że jest wśród nich Tanaburs, druid Gundleusa i mój zły duch. Był to wysoki starzec z plecioną brodą i długimi siwymi włosami, zgolonymi z przodu głowy w formie tonsury, jaką nosili druidzi i chrześcijańscy księża. W połowie drogi na wzgórze zrzucił płaszcz i zaczął magiczny taniec, który zapewne miał pozbawić mocy duchy strzegące bramy rezydencji Merlina. Zobaczywszy, jak starzec podskakuje niepewnie na jednej nodze na stromym zboczu, Nimue splunęła w powietrze i pobiegła w kierunku komnat Merlina. Ruszyłem za nią, odpędziła mnie jednak, mówiąc, że nie zdaję sobie sprawy z zagrożenia.

– Zagrożenia? – powtórzyłem zdziwiony, już jej jednak nie było. Nic nie wskazywało na to, by groziło nam niebezpieczeństwo, skoro Bedwin kazał otworzyć bramę na oścież i próbował teraz zapanować nad podekscytowanymi mieszkańcami góry Tor, aby powitać należycie przybyszy. Morgana była tego dnia nieobecna, bo zajmowała się wróżeniem w Świątyni Snów na wschodnich wzgórzach, ale wszyscy pozostali pospieszyli gościom na spotkanie. Druidan i Ligessak ustawili w szyku swoich ludzi, nagi Pellinor ujadał do chmur, bezzębna Gwendolyn miotała przekleństwa na biskupa Bedwina, a dzieci przepychały się wzajemnie, chcąc jak najlepiej widzieć przybyszy. Powitanie miało być dostojne, ale Lunete, irlandzka znajda o rok młodsza od Nimue, wypuściła z zagrody stado świń Druidana, więc Tanaburs, który pierwszy minął bramę, usłyszał tylko głośne kwiczenie.

Wystraszone prosiaki nie były jednak w stanie przerazić druida. Tanaburs, odziany w brudnoszarą szatę z wyhaftowanymi zającami i półksiężycami, stanął w bramie i uniósł nad wygoloną głową obie ręce. Trzymał w nich laskę zwieńczoną księżycem. Trzykrotnie zakreślił nią koło zgodnie z kierunkiem ruchu słońca, po czym zawył w stronę wieży Merlina. Prosiak, który przemknął mu pod nogami, poślizgnął się na błotnistym podłożu i popędził w dół zbocza. Tanaburs ponownie zawył, tkwiąc nieruchomo w jednym miejscu. Sprawdzał, czy na górze Tor nie czai się niewidoczny wróg.

Przez kilka sekund słychać było tylko łopot chorągwi i ciężkie oddechy wojowników, którzy wspinali się na szczyt za druidem. Podszedł do mnie Gudovan, skryba Merlina. Dla ochrony przed zimnem ręce owinął w poplamione atramentem kawałki materiału.

– Kto to? – zapytał, po czym wzdrygnął się, gdy w odpowiedzi na skowyt Tanabursa z wnętrza dworu rozległ się przeraźliwy pisk. Wiedziałem, że to Nimue.

Tanaburs był wyraźnie zły. Szczeknął jak lis, dotknął swych genitaliów i wykonawszy złowrogi gest, zaczął skakać na jednej nodze w kierunku dworu. Zatrzymał się po zrobieniu pięciu kroków i znowu zawył wyzywająco, ale tym razem nie było żadnej odpowiedzi, postawił więc nogę na ziemi i wskazując swemu panu bramę, zawołał:

– Jest bezpieczna! Możesz wejść, panie!

– Czy to król? – zapytał mnie Gudovan.

Powiedziałem mu, kim są przybysze, a potem spytałem, dlaczego Gundleus, który jest naszym wrogiem, zjawił się na górze Tor. Gudovan podrapał się pod koszulą, bo dokuczały mu wszy, i wzruszając ramionami, oświadczył:

– To polityka, mój chłopcze, polityka.

– Wyjaśnij mi to, panie – poprosiłem.

Gudovan westchnął, jakbym dał właśnie świadectwo nieuleczalnej głupoty, co było zresztą jego zwykłą reakcją na wszelkie moje pytania, po czym odpowiedział:

– Norwenna może ponownie wyjść za mąż, a mały Mordred wymaga opieki. Kto zajmie się księciem lepiej niż król? A zwłaszcza władca wrogiego królestwa, które może stać się sojusznikiem Dumnonii? To doprawdy proste, mój chłopcze. Wystarczyło się chwilę zastanowić, a nie musiałbyś zajmować mi cennego czasu. – Za karę trzepnął mnie lekko w ucho, po czym dodał, chichocząc: – Król będzie teraz musiał zrezygnować na jakiś czas z Ladwys.

– Ladwys? – zdziwiłem się.

– To jego kochanka, ty głupcze. Myślisz, że którykolwiek król sypia samotnie? Ludzie mówią, że Gundleus za nią szaleje i nawet wziął ją za żonę. Podobno pojechali do Lleu's Mound i tam druid udzielił im ślubu, ale nie wierzę, żeby okazał się aż takim głupcem. Ona nie jest szlachetnie urodzona. Czy nie miałeś dzisiaj przypadkiem pomagać Hywlowi przy poborze podatków?

Puściłem to pytanie mimo uszu i przyglądałem się, jak Gundleus i jego strażnicy przechodzą ostrożnie przez śliski, zabłocony trakt prowadzący przez bramę. Syluryjski król był wysokim, dobrze zbudowanym trzydziestoletnim mężczyzną. Od owej ponurej i krwawej nocy, gdy jego wojownicy schwytali moją matkę, a mnie wtrącili do wilczego dołu, minęło ponad dziesięć lat, ale czas okazał się dla niego łaskawy. Był nadal przystojny, miał długie czarne włosy i splecioną brodę bez śladów siwizny. Nosił futro z lisa, skórzane buty do kolan, brunatny płaszcz i miecz w czerwonej pochwie. Jego ludzie mieli podobne stroje. Wszyscy byli wysocy i górowali nad wyglądającym opłakanie zastępem kalekich włóczników Druidana. Nie mieli włóczni ani tarcz, co dowodziło, że przybywali w pokojowych zamiarach.

Cofnąłem się, gdy mijał mnie Tanaburs. Nie było możliwe, by rozpoznał po latach małe dziecko, które wrzucił do wilczego dołu, a poza tym skoro uniknąłem śmierci, nie musiałem się go już bać, skuliłem się jednak na jego widok. Druid miał niebieskie oczy, długi nos i obwisłe, zaślinione wargi. Na końcach jego długich i prostych siwych włosów wisiały niewielkie kości, pobrzękujące przy każdym kroku. Szedł przed królem, któremu towarzyszył teraz biskup Bedwin, witając go i mówiąc, jak zaszczyceni są jego wizytą mieszkańcy góry Tor. Dwaj syluryjscy strażnicy nieśli ciężką skrzynię, w której były zapewne dary dla Norwenny.

Delegacja zniknęła w zamku. Chorągiew z lisem rzucono na ziemię przy bramie, przez którą ludzie Ligessaka nie pozwalali nikomu wejść. Ale ci z nas, którzy wychowali się na górze Tor, wiedzieli, jak prześlizgnąć się do rezydencji Merlina. Pobiegłem wzdłuż południowych murów, wspiąłem się na stos drew i odsunąłem jedną ze skórzanych zasłon w oknach. Potem zeskoczyłem na podłogę i ukryłem się za wiklinowymi kuframi, w których przechowywano odświętne stroje. Zauważyła mnie jedna z niewolnic Norwenny i przypuszczalnie także niektórzy strażnicy Gundleusa, ale najwyraźniej nie przejmowali się moją obecnością.

Norwenna siedziała na drewnianym krześle na środku sali. Owdowiała księżniczka nie była pięknością. Miała pucołowatą twarz, małe świńskie oczka, wąskie, skrzywione usta i krosty, pozostałe po jakiejś chorobie z dzieciństwa. Nie miało to jednak znaczenia. Wielcy ludzie nie żenią się z księżniczkami dla ich urody, tylko dla posagu. Tak czy inaczej, Norwenna przygotowała się starannie do tej wizyty. Służące ubrały ją w jasnoniebieską wełnianą szatę, która opadała delikatnie na podłogę, zaplotły jej ciemne włosy w kok i wpięły weń kwiat tarniny. Na szyi księżniczka miała ciężką złotą kolię, na przegubie trzy złote bransolety, a między piersiami prosty drewniany krzyż. Obracała go nerwowo w palcach, drugą ręką tuląc do siebie księcia Mordreda, następcę tronu Dumnonii, owiniętego w płócienne pieluszki i nasyconą pszczelim woskiem kosztowną złotą tkaninę.

Król Gundleus rzucił tylko okiem na Norwennę, po czym rozsiadł się w fotelu naprzeciwko niej. Sprawiał wrażenie, jakby nudziła go śmiertelnie cała ta ceremonia. Tanaburs przemykał między kolumnami, mrucząc zaklęcia i plując naokoło. Kiedy przechodził obok mojej kryjówki, skuliłem się i wyjrzałem dopiero wtedy, gdy przestałem czuć jego zapach. W kominkach po obu stronach sali buzował ogień, a dym kłębił się pod czarnym od sadzy sufitem. Nimue gdzieś zniknęła.

Przybyszom podano wino, wędzone ryby i placki, po czym biskup Bedwin wygłosił mowę, wyjaśniając Norwennie, że Gundleus, król Sylurii, zaproszony przez Wielkiego Króla Uthera, przejeżdżał przypadkiem w pobliżu Ynys Wydryn i uznał, że stosownie będzie złożyć kurtuazyjną wizytę księciu Mordredowi i jego matce. Król przywiózł księciu dary. Gdy Bedwin to powiedział, Gundleus skinął na ludzi, którzy dźwigali skrzynię. Dwaj strażnicy postawili ją u stóp Norwenny. Księżniczka nie odezwała się dotąd ani słowem. Milczała także, gdy złożono przed nią na dywanie dary: futro z wilka, skóry bobra i jelenia, nieduży złoty naszyjnik, broszki, oprawny w srebro róg do picia wina i rzymską karafkę z jasnozielonego szkła z pięknym delikatnym dzióbkiem i rączką w kształcie wieńca. Gdy zabrano pustą skrzynię, zapadła niezręczna cisza. Nikt nie wiedział, co powiedzieć. Gundleus wskazał niedbałym gestem na dary. Biskup Bedwin promieniał ze szczęścia. Tanaburs splunął znów na wszelki wypadek na jeden z filarów. Norwenna patrzyła niepewnie na prezenty od króla, które nie były, prawdę mówiąc, zbyt hojne. Ze skóry jelenia dałoby się zrobić parę ładnych rękawic, futra były niebrzydkie, ale Norwenna miała zapewne sporo lepszych w swoich wiklinowych koszach, a kolia zdobiąca szyję księżniczki była cztery razy cięższa niż naszyjnik leżący u jej stóp. Broszki zrobiono z cienkiego złota, a róg miał na brzegu szczerbę. Tylko zielona rzymska karafka była naprawdę wartościowa. Bedwin przerwał w końcu kłopotliwe milczenie, mówiąc:

– Dary są wspaniałe! Cenne i wspaniałe. Jesteś naprawdę hojny, panie!

Norwenna skinęła posłusznie głową. Niemowlę zaczęło płakać, więc Ralla zabrała je w głąb sali, za filary, i zaczęła karmić piersią.

– Czy książę zdrowo się chowa? – zapytał Gundleus, odzywając się po raz pierwszy od wejścia na dwór.

– Tak, niech będą dzięki Bogu i wszystkim świętym – odparła Norwenna.

– A co z jego lewą nogą? – zapytał nietaktownie Gundleus. – Czy jest poprawa?

– Będzie zdolny jeździć konno, trzymać miecz i zasiadać na tronie – odparła zdecydowanie Norwenna.

– Z pewnością – przyznał Gundleus, spoglądając na zgłodniałe niemowlę. Uśmiechnął się, po czym rozprostował długie ramiona i rozejrzał się po sali. Nie wspominał o małżeństwie, bo nie był to temat do rozmowy w tym towarzystwie. Gdyby chciał ożenić się z Norwenną, prosiłby o to Uthera, a nie ją. Ta wizyta stanowiła tylko okazję, by poznać ewentualną kandydatkę na żonę. Rzucił jej przelotne spojrzenie, które nie wyrażało większego zainteresowania, i zaczął rozglądać się znowu po ciemnej sali.

– A więc to jest przybytek lorda Merlina, tak? – zapytał. – Gdzie on się teraz podziewa?

Nikt mu nie odpowiedział. Tanaburs szperał pod jednym z dywanów. Domyśliłem się, że zagrzebuje w klepisku jakiś amulet. Później, gdy Syluryjczycy już odjechali, przeszukałem to miejsce i znalazłem tam figurkę dzika wyrzeźbionego w kości. Wrzuciłem ją w ogień. Paliła się niebieskim płomieniem, głośno sycząc. Nimue powiedziała, że dobrze zrobiłem.

– Przypuszczamy, że lord Merlin jest w Irlandii – odparł w końcu biskup Bedwin. – Albo na dzikiej północy – dodał niepewnie.

– A może nie żyje? – zasugerował Gundleus.

– Modlę się, by ocalał – powiedział żarliwie biskup.

– Doprawdy? – Gundleus obrócił się na fotelu, by spojrzeć w postarzałą twarz Bedwina. – Popierasz Merlina, biskupie?

– Jest moim przyjacielem, panie – odparł Bedwin. Był dostojnym, zażywnym człowiekiem, który zawsze pragnął, by ludzie różnej wiary żyli w pokoju.

– Lord Merlin jest druidem, biskupie, i nienawidzi chrześcijan – próbował sprowokować go Gundleus.

– W Brytanii jest teraz wielu chrześcijan – odrzekł Bedwin – i niewielu druidów. Myślę, że my, ludzie prawdziwej wiary, nie mamy się czego obawiać.

– Słyszysz, Tanaburs? – zawołał Gundleus do swego druida.

– Biskup się ciebie nie boi!

Tanaburs nic nie odpowiedział. Myszkując po sali, dotarł właśnie do amuletów, strzegących przed duchami wejścia do komnat Merlina. Były to po prostu zawieszone po obu stronach drzwi dwie czaszki, ale tylko druid odważyłby się przekroczyć ową niewidzialną barierę, a nawet i on obawiałby się czarów rzuconych przez Merlina.

– Przenocujesz tu, panie? – zapytał biskup Bedwin, próbując zmienić temat.

– Nie – odparł szorstko Gundleus, wstając z miejsca. Myślałem, że zbiera się do wyjścia, on jednak spojrzał na widoczne za plecami Norwenny strzeżone przez czaszki niewielkie czarne drzwi, przed którymi Tanaburs trząsł się jak ogar wietrzący niewidzialnego dzika.

– Co tam jest?

– Komnaty mego pana, lorda Merlina – odrzekł Bedwin.

– Miejsce pełne tajemnic? – zapytał drapieżnie Gundleus.

– To tylko sypialnia, nic więcej – odpowiedział wymijająco biskup.

Tanaburs uniósł drżącą laskę i skierował ją w stronę drzwi. Król Gundleus przyglądał się poczynaniom swego druida. Po chwili dopił wino i rzuciwszy na podłogę rogowy kielich, stwierdził:

– Może jednak zostanę tu na noc, ale najpierw musimy obejrzeć sypialnię.

Dał znak Tanabursowi, aby otworzył drzwi, ale druid bał się to zrobić. Merlin był największym czarownikiem w Brytanii, budzącym lęk nawet za Morzem Irlandzkim, i nikt nie chciał z nim zadzierać. Od dłuższego czasu go jednak nie widziano i ludzie szeptali, że śmierć księcia Mordreda dowodziła, iż Merlin traci swoją moc. Tanaburs, podobnie jak jego pan, był z pewnością zaintrygowany, co znajduje się w komnatach czarnoksiężnika, bo mógł tam odkryć tajemnice, które uczyniłyby go równie potężnym i uczonym jak Merlin.

– Otwórz te drzwi! – rozkazał Gundleus.

Druid zbliżył niepewnie koniec laski do jednej z czaszek i dotknął pożółkłej kości. Nic się nie stało. Splunął na czaszkę, przewrócił ją i cofnął laskę jak człowiek, który szturcha śpiącego węża. Dalej nic się nie działo, sięgnął więc wolną ręką do drewnianej zasuwy przy drzwiach.

Nagle znieruchomiał z przerażenia.

W zadymionej, mrocznej sali rozległ się upiorny skowyt, przypominający krzyk torturowanej dziewczyny. Druid się cofnął. Norwenna krzyknęła głośno ze strachu i przeżegnała się. Niemowlę zaczęło płakać i Ralla w żaden sposób nie mogła go uspokoić. Gundleus nasłuchiwał przez chwilę, a gdy wycie ustało, roześmiał się i rzekł do zdenerwowanej świty:

– Wojownik nie boi się krzyku dziewczyny.

Podszedł do drzwi, nie zwracając uwagi na biskupa Bedwina, który machał rękami i próbował go zatrzymać.

Nagle usłyszeliśmy głośny huk. W strzeżone przez duchy drzwi coś uderzyło z taką siłą, że wszyscy podskoczyliśmy. Sądziłem początkowo, że drzwi upadły pod nogi króla, ale po chwili zobaczyłem, że są przebite na wylot włócznią. Jej srebrny grot wystawał groźnie ze starego, sczerniałego od ognia dębowego drewna. Próbowałem sobie wyobrazić, jak nadludzkiej siły wymagało przebicie go stalowym ostrzem.

Na widok włóczni nawet Gundleus zawahał się przez moment, ale nie mógł okazać słabości wobec swych wojowników, bo ucierpiałaby na tym jego duma. Wykonał gest odpędzający złe duchy, splunął na włócznię, podszedł do drzwi i podniósłszy zasuwę, otworzył je.

Natychmiast jednak cofnął się zatrwożony. Zobaczyłem w jego oczach paniczny strach. Odstąpił jeszcze o krok od otwartych drzwi i chwilę później usłyszałem przeraźliwy krzyk wchodzącej do sali Nimue. Tanaburs wymachiwał gwałtownie laską, Bedwin modlił się, niemowlę ciągle płakało, a Norwenna siedziała odwrócona w fotelu z wyrazem przerażenia na twarzy.

Gdy Nimue przeszła przez drzwi, nawet ja zadrżałem na jej widok. Szczupłe, nagie ciało dziewczyny było umazane krwią, która skapywała z włosów i spływała cienkimi strużkami po jej drobnych piersiach i udach. Na głowie miała śmiertelną maskę, zrobioną z twarzy złożonego w ofierze śniadego mężczyzny i przywiązaną do szyi paskami ze skóry zdartej z jego ramion. Maska żyła jakby własnym życiem, gdyż wykrzywiała się, gdy Nimue szła w kierunku syluryjskiego króla. Zbliżała się do niego powoli, stawiając małe, nieregularne kroki. Z pleców zwisała jej luźno sucha i pożółkła skóra zmarłego. Z umazanej krwią twarzy wyzierały tylko białka jej oczu. Wykrzykiwała najbardziej ordynarne przekleństwa, trzymając w rękach dwie lśniące, czarne żmije, które wyciągały ruchliwe głowy w kierunku króla.

Gundleus cofnął się, odpędzając ręką złe duchy, po chwili jednak przypomniał sobie, że jest mężczyzną, królem i wojownikiem, położył więc dłoń na rękojeści miecza. Wówczas Nimue potrząsnęła głową, z twarzy opadła jej maska i zobaczyliśmy, że w upiętych wysoko włosach dziewczyny siedzi nietoperz. Rozpostarł nagle swe czarne pomarszczone skrzydła i rozdziawił czerwony pysk w kierunku Gundleusa.

Norwenna krzyknęła na jego widok i rzuciła się ratować swoje dziecko, a my patrzyliśmy przerażeni na zwierzę zaplątane we włosach Nimue. Nietoperz wyrywał się, walczył i trzepotał skrzydłami, próbując odlecieć. Węże wiły się w rękach dziewczyny. Nagle sala opustoszała. Norwenna uciekła pierwsza, Tanaburs za nią, a potem wszyscy, nawet król, wybiegli na zewnątrz.

Nimue stała przez chwilę bez ruchu, po czym wywróciła oczami, podeszła do paleniska i niedbałym gestem wrzuciła do ognia dwa węże. Wiły się i skwierczały, ginąc w płomieniach. Uwolniła nietoperza, który poleciał natychmiast w kierunku krokwi pod sufitem, a potem zdjęła z szyi maskę i zwinęła ją w rulon. Wziąwszy do ręki przywiezioną przez Gundleusa delikatną rzymską karafkę, przyglądała jej się chwilę, po czym cisnęła nią z całej siły o dębowy filar, rozbijając drogocenny dar w drobny mak.

– Derfel – rzuciła nagle, przerywając grobową ciszę. – Wiem, że tu jesteś.

– Tak? – powiedziałem zdenerwowanym głosem, wychodząc zza wiklinowego kufra. Byłem przerażony. Płonące węże skwierczały w ogniu, a pod sufitem nadal fruwał nietoperz.

Nimue uśmiechnęła się do mnie i rzekła:

– Potrzebuję wody.

– Wody? – powtórzyłem bezmyślnie.

– Muszę zmyć z siebie krew kurczęcia – wyjaśniła.

– Kurczęcia?

– Daj mi wody – poprosiła ponownie. – Przy drzwiach stoi dzban. Przynieś mi go.

– Do środka? – zapytałem zdumiony, bo jej gest zdawał się sugerować, że mam zanieść wodę do komnat Merlina.

– Dlaczego nie? – powiedziała i przeszła przez drzwi, w których tkwiła nadal wielka włócznia do polowań na dziki.

Podniosłem ciężki dzban i podążyłem za nią. Stała przed miedzianym zwierciadłem, w którym odbijało się jej nagie ciało. Nie była zawstydzona, pewnie dlatego że jako dzieci zawsze biegaliśmy nago, ale ja czułem się niezręcznie, bo przecież nie byliśmy już dziećmi.

– Postawić go tutaj? – zapytałem.

Nimue skinęła głową. Postawiłem dzban i ruszyłem w kierunku wyjścia.

– Zostań – powiedziała. – Nie odchodź, proszę. I zamknij drzwi.

Żeby to zrobić, musiałem najpierw wyrwać włócznię z dębowego drewna. Nie chciałem pytać Nimue, w jaki sposób ją tam wbiła, bo najwyraźniej nie była w nastroju, żeby cokolwiek wyjaśniać. Zachowując więc milczenie, wyciągnąłem włócznię z drzwi. Nimue obmyła tymczasem z krwi swe białe ciało i zakrywszy je czarną szatą, powiedziała:

– Chodź tutaj.

Podszedłem posłusznie do posłania z futer i wełnianych koców, leżących na niskim drewnianym podeście. Najwyraźniej tam właśnie sypiała. Nad legowiskiem była rozpostarta ciemna zapleśniała tkanina. Usiadłem w jej cieniu i wziąłem Nimue w ramiona. Wyczuwałem pod miękkim materiałem jej żebra. Nimue płakała. Nie wiedziałem, dlaczego, więc trzymałem ją niezdarnie w objęciach, rozglądając się po komnacie Merlina.

Było to niezwykłe miejsce. Stały tam jedne na drugich niezliczone drewniane kufry i wiklinowe kosze, tworząc labirynt korytarzy, po których spacerowały gromady wychudzonych kotów. Gdzieniegdzie skrzynie były poprzewracane, jakby ktoś, kto szukał czegoś w jednej ze stojących na dole, nie chciał zawracać sobie głowy przestawianiem pozostałych. Wszędzie leżał kurz. Sitowia na podłodze nie zmieniano z pewnością od lat. Było ono prawie wszędzie przykryte zbutwiałymi już dywanami lub kocami. W komnacie panował nieznośny fetor. Był to zapach kurzu, kocich odchodów, wilgoci, zgnilizny i pleśni, zmieszany z bardziej subtelnym aromatem ziół zwisających z powały. Na stole obok drzwi leżała sterta pozwijanych, rozsypujących się pergaminów. Nad stołem wisiała zakurzona półka z czaszkami zwierząt. Gdy mój wzrok przywykł już do grobowych ciemności, zobaczyłem, że są tam również co najmniej dwie ludzkie czaszki. Z ogromnego glinianego dzbana sterczały włócznie oplecione pajęczyną, a obok stały wyblakłe tarcze. Na ścianie wisiał miecz. Na stosie szarego popiołu stał dymiący piecyk. Tuż obok znajdowało się duże miedziane zwierciadło, na którym, o dziwo, zawieszono chrześcijański krzyż z figurą martwego Boga. Był przybrany jemiołą, co miało chronić przed jego niechybnie złym wpływem. Spod sufitu zwisały liczne poroża jeleni i wiązki suszonej jemioły. Siedziały tam również stada nietoperzy, których odchodami upstrzona była podłoga. Obecność nietoperzy w domu stanowiła bardzo złą wróżbę, ale wielcy czarnoksiężnicy, jak Merlin czy Nimue, nie musieli się z pewnością przejmować tak prozaicznym zagrożeniem. Na drugim stole stały misy, moździerze, tłuczki, metalowa waga, karafki i zapieczętowane woskiem dzbany. Jak później odkryłem, była w nich rosa zebrana z grobów zamordowanych ludzi, sproszkowane kości oraz wywary z ziół: belladony, mandragory i dziędzierzawy. W dziwnej kamiennej urnie obok stołu znajdowała się kolekcja amuletów, magicznych kamieni i krzemiennych grotów, przemieszanych z ptasimi piórami, muszlami i szyszkami. Nigdy nie widziałem miejsca równie zagraconego i brudnego, a zarazem równie fascynującego. Zastanawiałem się, czy znajdująca się obok Wieża Merlina jest tak samo wspaniała i niesamowita.

Nimue przestała płakać i leżała teraz bez ruchu w moich ramionach. Wyczuła zapewne, jakie wrażenie zrobiła na mnie komnata Merlina, bo powiedziała znużonym głosem:

– On niczego nie wyrzuca. Niczego.

Nie odzywałem się, tylko głaskałem ją i tuliłem do siebie. Przez chwilę leżała nieruchomo, ale gdy sięgnąłem ręką pod czarną szatę i dotknąłem jej drobnej piersi, odwróciła się ze złością i powiedziała:

– Jeśli tego ci trzeba, idź do Sybilli.

Okryła się szczelnie, wstała z posłania i podeszła do stołu, zagraconego rzeczami Merlina. Wybąkałem niezdarne przeprosiny.

– Nie ma o czym mówić – zbyła moje słowa.

Słyszeliśmy głosy, dochodzące z góry Tor i z sali obok, ale nikt nie próbował nam przeszkodzić. Nimue poszperała wśród mis, dzbanków i chochli, aż znalazła w końcu to, czego szukała: czarny kamienny nóż o ostrzu z białymi jak kości krawędziami. Wróciwszy do zatęchłego posłania, uklękła przy nim, aby móc spojrzeć mi prosto w oczy. Zmieszałem się, widząc pod rozsuniętymi połami czarnej szaty jej nagie ciało. Nimue utkwiła jednak spojrzenie w moich oczach i nie pozostało mi nic innego jak je odwzajemnić.

Nie odzywała się przez dłuższą chwilę. W głębokiej ciszy słyszałem niemal, jak wali mi serce. Wyglądało na to, że podejmuje ważną decyzję, jedną z tych, które zmieniają na zawsze bieg ludzkiego życia. Czekałem bezradny i pełen obaw, nie ośmielając się poruszyć. Rozwichrzone czarne włosy Nimue okalały jej trójkątną twarz, która nie była ani brzydka, ani piękna, za to na tyle inteligentna i wyrazista, że nie musiała olśniewać urodą. Nimue miała wysokie czoło, ciemne i przenikliwe oczy, ostry nos, szerokie usta i wąski podbródek. Była najmądrzejszą kobietą, jaką znałem, ale nawet w tamtych czasach, gdy dopiero dorastała, owa mądrość przepełniała ją smutkiem. Wiedziała przecież tak dużo. Musiała urodzić się z tą wiedzą albo została nią obdarzona, gdy bogowie uratowali ją od utonięcia. Jako dziecko często psociła, ale teraz, pozbawiona opieki Merlina i obarczona ciężkim brzemieniem odpowiedzialności za bezpieczeństwo jego osady, bardzo spoważniała. Ja oczywiście też się zmieniałem, ale w typowy sposób: chuderlawy chłopak wyrastał na wysokiego mężczyznę. Nimue natomiast przeistaczała się z dziecka w osobę obdarzoną władzą, która miała swoje źródło w jej marzeniach. Dzieliła je z Merlinem, ale w przeciwieństwie do niego nigdy nie była gotowa do kompromisu. Pragnęła mieć wszystko albo nic. Wolałaby raczej pogrążyć cały świat w lodowatej otchłani bezbożności, niż ustąpić o cal tym, którzy zeszpeciliby jej obraz idealnej Brytanii, czczącej swych własnych bogów. Zdawałem sobie sprawę, że klęcząc przede mną, zastanawia się, czy jestem godzien być cząstką jej żarliwego marzenia.

W końcu powzięła decyzję i przysunąwszy się do mnie, powiedziała:

– Daj mi lewą rękę. Spełniłem jej prośbę.

Odwróciła moją dłoń i zaczęła wymawiać jakieś zaklęcia. Rozpoznałem imiona niektórych wymienianych przez nią bogów. Był wśród nich Camulos, bóg wojny, Manawydan fab Llyr, czczony przez Nimue bóg morza, Agrona, bogini mordu, i Aranrhod, złota bogini świtu. Większość imion i słów brzmiała dla mnie obco, ale Nimue wymawiała je tak hipnotyzującym głosem, że byłem na wpół uśpiony i nie baczyłem na to, co mówi i robi. Gdy jednak nagle przesunęła ostrzem noża po mojej dłoni, krzyknąłem ze strachu. Powiedziała, żebym się niczego nie obawiał. Po chwili spod przeciętej skóry trysnęła krew.

Nimue rozcięła sobie w ten sam sposób lewą dłoń i przytknęła ją do mojej. Rzuciwszy, nóż uniosła brzeg szaty i owinęła nią mocno nasze krwawiące ręce.

– Derfel – powiedziała cicho – dopóki pozostaną nam te blizny, będziemy złączeni nierozerwalnymi więzami. Zgoda?

Spojrzawszy jej w oczy, zrozumiałem, że to nie żarty ani dziecinna zabawa, lecz przysięga, która będzie mnie obowiązywała do końca życia, a może i dłużej. Przez chwilę byłem przerażony tym, co miało nastąpić, skinąłem mimo to głową i wykrztusiłem:

– Zgoda.

– Dopóki nie znikną z naszych dłoni te blizny, Derfel – dodała Nimue – twoje życie należy do mnie, a moje do ciebie. Zrozumiałeś?

– Tak – odparłem. Drżała mi ręka. Czułem, że jest rozpalona i spuchnięta, podczas gdy spleciona z nią drobna dłoń dziewczyny była zupełnie chłodna.

– Pewnego dnia, Derfel – powiedziała Nimue – wezwę cię i jeśli się nie zjawisz, bogowie poznają po tej bliźnie, że jesteś fałszywym przyjacielem, zdrajcą i wrogiem.

– Tak – odrzekłem.

Przez kilka sekund przyglądała mi się w milczeniu, po czym weszła na czworakach na stertę futer i koców i wtuliła się w moje ramiona. Było nam niewygodnie leżeć obok siebie, bo lewe ręce mieliśmy nadal związane, ale zdołaliśmy się jakoś ułożyć. Słyszeliśmy głosy dochodzące z zewnątrz. W ciemnej komnacie, w której spały nietoperze i polowały koty, unosił się kurz. Było zimno, ale Nimue przykryła nas futrem, a potem zasnęła na moim prawym ramieniu. Leżałem z otwartymi oczami, pełen obaw i niepewności, co przyniesie to przymierze krwi.

Obudziła się późnym popołudniem i oznajmiła sennie:

– Gundleus odjechał.

Nie mam pojęcia, skąd o tym wiedziała. Uwolniwszy się z moich ramion, wypełzła spod sterty futer i rozsupłała węzeł, który nadal krępował nasze dłonie. Rozłączając je, zerwaliśmy strupy z zakrzepłych już ran. Nimue podeszła do dzbana z włóczniami, ściągnęła z nich pajęczynę i oblepiła nią moją krwawiącą rękę.

– Wkrótce się zagoi – powiedziała jakby mimochodem. Swoją dłoń owinęła kawałkiem tkaniny. Znalazłszy trochę chleba i sera, zapytała: – Nie jesteś głodny?

– Jak zwykle – odparłem.

Podzieliliśmy się jedzeniem. Chleb był suchy i twardy, a ser obgryziony przez myszy. Przynajmniej tak sądziła Nimue.

– Może pogryzły go nietoperze – zastanawiała się. – Czy one jedzą ser?

– Nie wiem – odrzekłem, po czym zapytałem nieśmiało:

– Czy ten nietoperz był oswojony?

Miałem na myśli stworzenie, które przywiązała sobie do włosów. Widywałem już przedtem takie rzeczy, ale ani Merlin, ani jego pomocnicy nigdy o tym nie opowiadali, a przypuszczałem, że po dziwnej ceremonii przymierza krwi Nimue zechce wtajemniczyć mnie w swoje sekrety.

I rzeczywiście. Pokręciła głową w odpowiedzi, mówiąc wymijająco:

– To stara sztuczka, która napędza strachu głupcom. Nauczył mnie jej Merlin. Na łapki nietoperza zakłada się pęta, takie jak u sokoła, a potem przywiązuje się je do włosów. – Przeczesała palcami swoje czarne włosy i roześmiała się. - Tanaburs był przerażony! Coś niebywałego! Jest przecież druidem!

Wcale mnie to nie bawiło. Chciałem wierzyć w jej magiczne zdolności, a nie dowiadywać się, że to tylko sztuczki.

- A te węże? - zapytałem.

- Merlin trzyma je w koszu. Muszę je karmić. - Wzdrygnęła się i zauważywszy moje rozczarowanie, dodała: - O co ci chodzi?

- Więc to wszystko mistyfikacja? - zapytałem.

Zmarszczyła brwi i zamilkła na dłuższą chwilę. Sądziłem, że nie zamierza w ogóle odpowiedzieć, ale w końcu zaczęła mówić. Wiedziałem, że przekazuje mi wiedzę, którą uzyskała od Merlina. Powiedziała, że magiczne wydarzenia mają miejsce wtedy, gdy schodzą się drogi bogów i ludzi, ale nie ludzie o tym decydują.

- Nie mogę strzelić palcami i wypełnić tej komnaty mgłą - oznajmiła - choć widziałam już takie przypadki. Nie potrafię wskrzeszać umarłych, chociaż Merlin twierdzi, że był świadkiem podobnych zdarzeń. Nie sprawię, niestety, by piorun zabił Gundleusa, bo mogą to uczynić tylko bogowie. Ale były czasy, Derfel, gdy umieliśmy robić takie rzeczy, bo żyliśmy z bogami w zgodzie, cieszyliśmy się ich przychylnością i korzystaliśmy z ich potęgi, zachowując Brytanię taką, jaka im odpowiadała. Wykonywaliśmy ich rozkazy, ale były one zgodne z naszymi pragnieniami. - Złożyła dłonie, jakby chcąc zaakcentować swoje słowa, lecz w tym momencie drgnęła z bólu, podrażniwszy świeżą ranę. - Potem jednak przybyli Rzymianie - dodała - i zniszczyli nasze przymierze.

- Ale dlaczego? - przerwałem zniecierpliwiony, bo słyszałem to już wiele razy. Merlin zawsze nam powtarzał, że Rzym zniszczył przymierze Brytanii z bogami, ale nigdy nie wyjaśnił, dlaczego do tego doszło, skoro bogowie byli tak potężni. – Czemu nie pokonaliśmy Rzymian? – dopytywałem się.

– Ponieważ bogowie tego nie chcieli – stwierdziła Nimue. – Niektórzy z nich są nikczemni, Derfel. A poza tym nie mają wobec nas żadnych zobowiązań. Może ich to bawiło? A może nasi przodkowie zerwali przymierze i bogowie ukarali ich, przysyłając Rzymian? Nikt tego nie wie. Wiadomo jednak, że Rzymianie odeszli, i zdaniem Merlina mamy teraz niepowtarzalną szansę na odrodzenie Brytanii. – Mówiła cicho i dobitnie. – Musimy wskrzesić dawną, prawdziwą Brytanię, krainę bogów i ludzi, a jeśli to uczynimy, Derfel, jeśli zdołamy to uczynić, staniemy się znowu potężni jak bogowie.

Chciałem jej wierzyć. Jakże pragnąłem, by nasze krótkie, nękane chorobami i napiętnowane śmiercią życie mogło zyskać nowy wymiar dzięki dobrej woli potężnych, nadprzyrodzonych istot.

– Ale twoje czary to tylko mistyfikacja? – zapytałem ponownie, nie ukrywając rozczarowania.

– Och, Derfel – odparła z rezygnacją Nimue. – Zastanów się. Nie każdy odczuwa obecność bogów, więc ci, którzy to potrafią, mają szczególne obowiązki. Gdybym okazała słabość, chwilę zwątpienia, jaka nadzieja pozostałaby tym, którzy chcą zachować wiarę? Przedmioty, którymi się posługuję, to… – przerwała, szukając właściwego słowa – …atrybuty wiary. Tak jak korona Uthera, jego berło, sztandar i kamień w Caer Cadarn są atrybutami władzy. Te przedmioty mówią nam, że Uther jest Wielkim Królem, więc odpowiednio go traktujemy. Kiedy Merlin pokazuje się ludziom, też musi nosić swoje insygnia. Świadczą one o tym, że ma kontakt z bogami, i wzbudzają respekt. – Nimue wskazała drzwi, na których pozostał ślad po grocie włóczni. – Kiedy wyszłam naga z tej komnaty, z dwoma wężami w rękach i nietoperzem ukrytym pod maską z ludzkiej skóry, stawiłam czoło królowi, jego druidowi i wojownikom. Samotna dziewczyna, Derfel, rzuciła wyzwanie monarsze, czarownikowi i królewskiej gwardii. I kto zwyciężył?

– Ty.

– A więc mistyfikacja się udała, ale jedynie dzięki mocy otrzymanej od bogów. Musiałam w nią wierzyć, żeby podziałała. A żeby uwierzyć, Derfel, trzeba bez reszty się temu poświęcić – mówiła teraz z niezwykłą pasją. – Zawsze, w dzień i w nocy, musisz być otwarty na bogów, a wtedy oni przyjdą. Oczywiście, nie na każde wezwanie, ale jeśli nigdy nie będziesz się do nich zwracał, nie odpowiedzą. Ale kiedy już się odezwą, Derfel, o, kiedy się odezwą, jest tak wspaniale, tak niesamowicie, jakby człowiek miał skrzydła i wznosił się ku niebu.

Gdy to mówiła, miała błyski w oczach. Nigdy przedtem nie słyszałem z jej ust takich słów. Jeszcze niedawno była małą dziewczynką, ale odkąd została nałożnicą Merlina, otrzymała od niego tajemną wiedzę i moc. Nie podobało mi się to. Byłem zazdrosny, zły i nie rozumiałem, co się z nią dzieje. Coraz bardziej się ode mnie oddalała i nie mogłem nic na to poradzić.

– Jestem otwarty na bogów – powiedziałem z urazą. – Wierzę im i oczekuję ich pomocy. Dotknęła obandażowaną ręką mojej twarzy.

– Będziesz wojownikiem, Derfel, i to wspaniałym. Jesteś dobrym, uczciwym człowiekiem, niewzruszonym jak zamkowa wieża i nie ma w tobie śladu szaleństwa. Ani krztyny. Czy myślisz, że chcę pójść w ślady Merlina?

– Tak – odparłem urażony. – Wiem o tym! – Miałem do niej, oczywiście, pretensję o to, że nie chciała zostać ze mną.

Nimue westchnęła ciężko i podniosła wzrok na pogrążony w mroku sufit. Trzepotały się tam dwa gołębie, które wleciały przez komin.

– Czasami myślę – powiedziała – że chciałabym wyjść za mąż, mieć dzieci, patrzeć, jak rosną, zestarzeć się i umrzeć, ale ze wszystkich tych rzeczy, Derfel – dodała, znowu na mnie spoglądając – będę miała tylko ostatnią. Nie potrafię myśleć spokojnie o tym, co mnie czeka, o Trzech Ranach Mądrości, które zostaną mi zadane. Ale muszę się z tym pogodzić. Muszę!

– Trzy Rany Mądrości? – zapytałem zdziwiony, bo nigdy o nich nie słyszałem.

– Chodzi o ranę ciała – wyjaśniła Nimue – ranę zadaną dumie – tu dotknęła swego krocza – i ranę umysłu, którą jest szaleństwo. – Zamilkła, a na jej twarzy odmalowało się przerażenie. – Merlin doświadczył wszystkich trzech, dlatego jest takim mędrcem. Morgana cierpiała z powodu najgorszej rany ciała, jaką można sobie wyobrazić, ale nie zaznała dwóch pozostałych, nigdy więc nie będzie należała naprawdę do bogów. Mnie nie zadano dotąd żadnej z tych ran, ale to musi się stać. Muszę cierpieć, bo jestem wybrana! – powiedziała z pasją.

– Dlaczego nie ja? – zapytałem.

– Nic nie rozumiesz, Derfel – odparła, kręcąc głową. – Sama dokonałam takiego wyboru. Trzeba się zdecydować. To może być udziałem każdego z nas. Dlatego właśnie Merlin przygarnia osierocone dzieci, bo wierzy, że są one obdarzone nadprzyrodzonymi zdolnościami. Niestety, wykazują je tylko nieliczne.

– I ty do nich należysz – powiedziałem.

– Wszędzie widzę bogów – oznajmiła. – A oni dostrzegają mnie.

– Ja nigdy nie oglądałem boga – stwierdziłem z uporem. Uśmiechnęła się, widząc, że wciąż jestem obrażony.

– Zobaczysz go, Derfel – powiedziała. – Wyobraź sobie całą Brytanię ozdobioną nitkami rzednącej mgły. Są wiotkie i delikatne, unoszą się w powietrzu i znikają. To bogowie. Kiedy zdołamy ich odnaleźć i zdobyć ich przychylność, kiedy oddamy im utracone ziemie, wtedy nitki staną się grubsze, połączą się i utworzą wspaniałą, gęstą mgłę, która zasnuje cały kraj i osłoni nas od zewnętrznego świata. Dlatego mieszkamy właśnie tutaj, na górze Tor. Merlin wie, że bogowie kochają to miejsce. Tu święta mgła jest gęsta, ale naszym zadaniem jest ją rozprzestrzenić.

– Czy Merlin tym się zajmuje? – zapytałem.

– W tej chwili Merlin śpi – odparła z uśmiechem. – I ja też muszę się położyć. Nie masz nic do roboty?

– Muszę zliczać podatki – odrzekłem zakłopotany. Dolne magazyny wypełniały się wędzonymi rybami, słojami soli, koszami z wierzbiny, suknem, sztabkami ołowiu, beczkami węgla drzewnego, a nawet cennymi bryłkami bursztynu i gagatu. Była to danina, ściągana zimą w okresie święta Beltain. Hywel musiał wszystko kontrolować, księgować i określać część należną Merlinowi i poborcom podatkowym króla.

– Więc idź i licz – powiedziała Nimue, jakby nie zaszło między nami nic niezwykłego. Obdarzyła mnie siostrzanym pocałunkiem i powtórzyła: – Idź.

Wyszedłem oszołomiony z komnaty Merlina, napotykając oburzone i zdziwione spojrzenia służących Norwenny, które zdążyły już wrócić do wielkiej sali.

Nastąpiło zrównanie dnia z nocą. Chrześcijanie rozpamiętywali śmierć swego Boga, a my paliliśmy wielkie ogniska z okazji święta Beltain. Płomienie strzelały w ciemnościach, zwiastując odradzanie się świata do nowego życia. Daleko na wschodzie widziano pierwszych saksońskich najeźdźców, ale żaden nie zbliżył się do Ynys Wydryn.

Nie ujrzeliśmy też już więcej Gundleusa z Sylurii. Skryba Gudovan uważał, że z jego oświadczyn nic nie wyszło, i przepowiadał nową wojnę z północnymi królestwami.

Merlin nie wracał i nie mieliśmy o nim żadnych wiadomości.

Mordredowi rosły pierwsze ząbki. Pojawiły się na dolnym dziąśle, co wróżyło długie życie. Niemowlę gryzło do krwi piersi Ralli, ale ona nadal je karmiła, chcąc, by jej własny pulchny syn ssał to samo mleko co książę. Przybywało dnia i Nimue miała wyraźnie lepszy nastrój. Blizny na naszych dłoniach zaróżowiły się, potem zbielały, a wreszcie stały się niemal niewidoczne. Nimue nigdy o nich nie wspominała.

Wielki Król spędził tydzień w Caer Cadarn i księcia zawieziono tam do dziadka w odwiedziny. Uther był najprawdopodobniej zadowolony z tego, co zobaczył, a i wiosenne wróżby musiały okazać się pomyślne, bo trzy tygodnie po święcie Beltain usłyszeliśmy, że wkrótce o przyszłości królestwa, Norwenny i Mordreda zadecyduje Wysoka Rada, która miała obradować w Brytanii po raz pierwszy od ponad sześćdziesięciu lat.

Była wiosna, zieleniły się liście i zbudzonej do życia ziemi świtała nowa nadzieja.

Wysoka Rada obradowała w Glevum, rzymskim mieście nad rzeką Severn, tuż przy północnej granicy Dumnonii z Gwentem. Uther jechał tam na wozie zaprzężonym w cztery woły. Zwierzęta były przybrane gałązkami kwitnącego głogu i miały na grzbietach płachty z zielonego sukna. Król rozkoszował się żmudnym przejazdem przez swoje królestwo, przeczuwając, że po raz ostatni podziwia urok Brytanii, wkrótce bowiem będzie musiał przejść przez Jaskinię Cruachana i Most Mieczy do świata zmarłych. Woły kroczyły z wysiłkiem między obsypanymi białym kwieciem krzakami głogów, lasy tonęły w powodzi dzwonków, a wśród pszenicy, żyta i jęczmienia płonęły maki. Było ich też pełno na bujnych łąkach, gdzie hałasowały stada derkaczy. Królewski orszak posuwał się powoli. Uther przystawał często obok osad i domostw, oglądał pola i zabudowania, doradzał wieśniakom, jak wykopać sadzawkę lub wykastrować wieprza, choć znali się na tym lepiej niż on. Po kąpieli w gorących źródłach Aquae Sulis był tak odprężony, że za miastem przeszedł na piechotę całą milę, nim wsadzono go ponownie na wyścielony futrami wóz. Towarzyszyli mu bardowie, doradcy, lekarz, chór, cała gromada służących i oddział wojowników, którymi dowodził Owain, królewski czempion i komendant straży. Wszyscy nieśli kwiaty, a wojownicy mieli tarcze odwrócone do góry nogami, aby dać świadectwo, że są pokojowo usposobieni. Uther był jednak na tyle doświadczony i ostrożny, że dbał o to, by ostrzyli codziennie groty włóczni.

Ja też wyruszyłem z królewskim orszakiem do Glevum, choć nie miałem tam właściwie czego szukać. Uther wezwał Morganę na posiedzenie Wysokiej Rady. Kobiety nie brały zwykle udziału w takich zgromadzeniach, wyższej czy niższej rangi, ale król uważał, że pod nieobecność Merlina nikt nie może się wypowiadać w jego imieniu lepiej niż ona. Była poza tym naturalną córką Uthera i król lubił powtarzać, że w ukrytej pod złotą maską głowie ma więcej rozumu niż połowa jego doradców razem wziętych. Morgana odpowiadała też za zdrowie Norwenny, o której losie miała zadecydować rada, choć jej samej nie zaproszono ani nie zapytano o zdanie. Pozostała w Ynys Wydryn pod opieką żony Merlina Gwendolyn. Morgana zamierzała zabrać do Glevum tylko swoją niewolnicę Sybillę, ale w ostatniej chwili Nimue oświadczyła ze stoickim spokojem, że ona też jedzie i że mam jej towarzyszyć.

Morgana oczywiście stanowczo zaprotestowała, ale Nimue oświadczyła niewzruszonym tonem:

– Otrzymałam takie polecenie.

Gdy Morgana zapytała napastliwie, od kogo, Nimue tylko się uśmiechnęła. Odkąd Merlin zaczął z nią sypiać, miała władzę w Ynys Wydryn i choć Morgana była od niej dwa razy tęższa i dwukrotnie starsza, w takich sytuacjach okazywała się bezradna. Nadal jednak nie chciała pozwolić, bym towarzyszył Nimue. Dopytywała się, dlaczego nie bierze ze sobą Lunete, irlandzkiej sieroty. Twierdziła, że chłopak taki jak ja nie jest odpowiednim towarzystwem dla młodej kobiety. Ponieważ Nimue tylko się uśmiechała, Morgana zagroziła, że powie Merlinowi o jej sympatii do mnie i w ten sposób ją pogrąży. Usłyszawszy tę nieporadną pogróżkę, Nimue roześmiała się i odeszła.

Niewiele mnie obchodziły ich kłótnie. Chciałem jedynie znaleźć się w Glevum, zobaczyć turniej, posłuchać bardów, obejrzeć tańce, a przede wszystkim być z Nimue.

Wyruszyliśmy tam więc we czwórkę. Morgana kuśtykała na przedzie, mając w dłoni laskę z tarniny, a na twarzy złotą maskę lśniącą w letnim słońcu. Każdym krokiem zdawała się protestować przeciw obecności Nimue. Sybilla, jej saksońska niewolnica, podążała dwa kroki za swoją panią, dźwigając na plecach tobołek z pościelą, suszonymi ziołami i garnkami. Nimue i ja szliśmy z tyłu, na bosaka, z gołymi głowami i bez bagażu. Nimue była ubrana w długi czarny płaszcz i białą suknię, ściągniętą w pasie rzemykiem. Upięła wysoko długie czarne włosy. Nie miała żadnych kosztowności, nawet kościanej zapinki przy płaszczu. Szyję Morgany zdobił natomiast ciężki złoty łańcuch, a poły jej ciemnobrązowego płaszcza były spięte na wysokości piersi dwiema złotymi broszkami. Jedna miała kształt trójrogiego jelenia, a druga, podarowana jej w Caer Cadarn przez Uthera, przedstawiała smoka.

Upajałem się trwającą trzy dni podróżą. Posuwaliśmy się powoli, gdyż Morganie ciężko było iść, ale nad nami świeciło słońce, a rzymska droga ułatwiała wędrówkę. O zmierzchu docieraliśmy do najbliższej osady i nocowaliśmy jako honorowi goście w wypełnionej słomą stodole. Inni podróżni ustępowali nam miejsca na widok złotych ozdób Morgany, które świadczyły o jej pozycji. Ostrzegano nas przed włóczęgami, którzy okradali kupców na górskich traktach, ale nie napotkaliśmy żadnego z nich, może dlatego że przed obradami Wysokiej Rady żołnierze Uthera przeczesali lasy i wzgórza w poszukiwaniu złoczyńców. Widzieliśmy przy drodze przywiązane do słupów rozkładające się zwłoki co najmniej kilkunastu z nich. Chłopi i niewolnicy, których spotykaliśmy, klękali przed Morganą, kupcy przepuszczali ją i tylko jeden człowiek ośmielił się rzucić jej wyzwanie. Był to ksiądz z gęstą brodą, za którym podążała gromada chrześcijanek – odzianych w łachmany, rozczochranych kobiet. Tańczyły na drodze, sławiąc swego ukrzyżowanego Boga. Kiedy ksiądz zobaczył złotą maskę na twarzy Morgany i broszki z trójrogim jeleniem i smokiem o szerokim ogonie, zaczął jej wygrażać jak istocie opętanej przez szatana. Musiał sądzić, że takiej okaleczonej, kulejącej kobiecie można bezkarnie urągać, ale wędrowny kaznodzieja, któremu towarzyszyła żona i świątobliwe kurwy, nie był godnym przeciwnikiem dla córki Igraine, podopiecznej Merlina i siostry Artura. Uderzony w głowę ciężkim kosturem wpadł do rowu pełnego pokrzyw, a Morgana poszła dalej, nie oglądając się za siebie. Kobiety rozstąpiły się z krzykiem. Niektóre modliły się, inne ciskały przekleństwa, ale Nimue przemknęła między nimi jak duch.

Nie miałem broni, chyba że laskę i nóż można uznać za ekwipunek żołnierza. Chciałem zabrać miecz i włócznię, aby wyglądać jak mężczyzna, ale Hywel kpił ze mnie, że nie liczą się chęci, lecz czyny. Dał mi dla ochrony naszyjnik z brązu, przedstawiający rogatego boga. Twierdził, że nikt nie ośmieli się rzucić wyzwania Merlinowi. A jednak nie mając broni, czułem się niepotrzebny. Zapytałem Nimue, po co właściwie mnie zabrała.

– Ponieważ zawarliśmy przymierze, mój mały – powiedziała pieszczotliwie, choć byłem już od niej wyższy. – I ponieważ jesteśmy oboje wybrańcami Bela, a skoro nas wybrał, zostaliśmy sobie przeznaczeni.

– Ale po co idziemy razem do Glevum? – dopytywałem się.

– Bo Merlin sobie tego życzył.

– Czy on tam będzie? – zapytałem z nadzieją. Nie widziałem go od tak dawna, a bez niego Ynys Wydryn przypominało niebo pozbawione słońca.

– Nie – odparła spokojnie Nimue.

Nie mam pojęcia, skąd wiedziała, czego życzył sobie Merlin, skoro nie było go tyle czasu, a posiedzenie Wysokiej Rady zostało zwołane długo po jego wyjeździe.

– A co będziemy robili, kiedy dotrzemy do Glevum? – dopytywałem się.

– To się okaże – stwierdziła tajemniczo i nie powiedziała nic więcej.

Gdy przywykłem do potwornego smrodu nieczystości, Glevum zrobiło na mnie oszałamiające wrażenie. Widywałem już wiejskie posiadłości na ziemiach Merlina, ale po raz pierwszy znalazłem się w prawdziwym rzymskim mieście i przyglądałem się wszystkiemu jak świeżo wyklute kurczę. Ulice były wybrukowane ociosanymi kamieniami, które zapadły się nieco od czasu odejścia Rzymian, ale ludzie króla Tewdrika czynili wysiłki, aby naprawić zniszczenia. Wyrywali chwasty i zamiatali regularnie wszystkie dziewięć ulic, tak że wyglądały one jak kamienne koryta rzek w porze suszy. Trudno było po nich chodzić. Nimue i ja śmialiśmy się na widok koni, stąpających niepewnie po kamiennych kostkach. Gmachy były tam równie zadziwiające jak ulice. My budowaliśmy grody i domy z drewna, słomy, gliny i wikliny. Rzymskie budynki przylegały ściśle do siebie i były wykonane z kamienia i dziwnych wąskich cegieł. Z biegiem czasu niektóre się zawaliły, pozostawiając wyrwy w zwartej zabudowie niskich, krytych dachówkami domów. Otoczone murami miasto strzegło przeprawy przez rzekę Severn. Leżało między dwoma innymi królestwami i w pobliżu trzeciego, było więc znaczącym ośrodkiem handlowym. Garncarze i złotnicy pracowali w swoich warsztatach, w rzeźni ryczały cielaki, a obok, na zatłoczonym targowisku, wieśniacy sprzedawali masło, orzechy, skórę, wędzone ryby, miód, kolorowe tkaniny i świeżo strzyżoną wełnę. Największe jednak wrażenie zrobili na mnie żołnierze króla Tewdrika. Nimue powiedziała mi, że to Rzymianie albo przynajmniej wyszkoleni na wzór rzymski Brytowie. Wszyscy mieli krótko przystrzyżone brody i byli ubrani w solidne buty ze skóry, wełniane rajstopy i krótkie skórzane spódniczki, do których starsi żołnierze przyszywali płytki z brązu. Kiedy szli, pobrzękiwały one jak krowie dzwonki. Każdy żołnierz miał połyskujący napierśnik, długi brunatny płaszcz i zwieńczony grzebieniem skórzany hełm, który zdobiły czasem kolorowe pióra, a uzbrojony był w krótki miecz o szerokim ostrzu, długą włócznię z wypolerowanym drzewcem i prostokątną tarczę z drewna i skóry, na której widniał byk, godło króla Tewdrika. Wszyscy żołnierze mieli tarcze tej samej wielkości, włócznie tej samej długości i maszerowali idealnie równym krokiem. Ich widok początkowo mnie śmieszył, ale potem do niego przywykłem.

W środku miasta, gdzie zbiegały się na rozległym placu cztery ulice prowadzące do czterech bram, stał ogromny, zadziwiający budynek. Nawet Nimue przyglądała mu się zafascynowana, bo ten wysoki biały gmach o ostrych narożnikach nie mógł być dziełem śmiertelnej istoty. Dach podpierały strzeliste kolumny, a trójkątną przestrzeń między szczytem dachu a szczytami kolumn wypełniały fantastyczne płaskorzeźby z białego kamienia, przedstawiające wspaniałych mężczyzn na koniach, które tratują kopytami wrogów. Kamienni jeźdźcy mieli kamienne włócznie i hełmy z kamiennymi grzebieniami. Te płaskorzeźby były dla mnie objawieniem, choć niektóre ich fragmenty odpadły lub popękały na mrozie. Natomiast Nimue, przyjrzawszy się im, splunęła, by odczynić zło.

– Nie podobają ci się? – zapytałem urażonym tonem.

– Rzymianie pragnęli być bogami – odparła – i dlatego bogowie ich upokorzyli. Wysoka Rada nie powinna obradować w takim miejscu.

Jednak właśnie w Glevum zwołano jej posiedzenie i Nimue nie mogła temu zaradzić. Tutaj, w mieście otoczonym rzymskimi umocnieniami z ziemi i drewna, miały się rozstrzygnąć losy królestwa Uthera.

Gdy dotarliśmy do Glevum, Wielki Król już tam był. Zamieszkał w wysokim gmachu naprzeciwko budynku ze strzelistymi kolumnami. Ujrzawszy Nimue, nie okazał zdziwienia ani niezadowolenia. Może sądził, że należy ona po prostu do świty Merlina. Przydzielił nam wszystkim wspólny pokój z tyłu domu. Docierały tam opary z kuchni i krzyki służby. Żołnierze Wielkiego Króla wyglądali nędznie przy ludziach Tewdrika.

Mieli długie włosy i zmierzwione brody, połatane i wystrzępione płaszcze, każdy w innym kolorze. Nosili długie, ciężkie miecze, włócznie z nieoszlifowanymi drzewcami i okrągłe tarcze, na których smok Uthera wyglądał prymitywnie w porównaniu ze starannie wymalowanym bykiem Tewdrika.

Przez pierwsze dwa dni świętowano. Wojownicy obu królestw odbywali za murami pozorowane walki. Gdy wszedł na arenę Owain, czempion Uthera, król Tewdrik musiał wystawić przeciw niemu swoich dwóch najlepszych ludzi. Bohater Dumnonii uchodził za niezwyciężonego. I faktycznie robił takie wrażenie, stojąc w słońcu z długim mieczem w ręce.

Był potężnym mężczyzną. Miał wytatuowane ramiona, lśniący nagi tors i szczeciniastą brodę, ozdobioną pierścieniami wykutymi z broni pokonanych wrogów. Jego walka z dwoma wojownikami Tewdrika miała być pozorowana, ale gdy bohaterowie Gwentu zaczęli go kolejno atakować, nie wyglądało to na igraszki. Trzej mężczyźni walczyli tak, jakby pałali do siebie nienawiścią, a odgłos uderzeń ich mieczy musiał docierać aż do leżącego daleko na północy Powys. Po kilku minutach ich pot zmieszał się z krwią, krawędzie tępych mieczy były wyszczerbione i wszyscy powłóczyli nogami, ale Owain nadal spisywał się najlepiej. Mimo masywnej postury zręcznie operował mieczem, a jego ciosy miały miażdżącą siłę. W tłumie ludzi, przybyłych z różnych stron, byli poddani zarówno Uthera, jak i Tewdrika. Dzikimi okrzykami zachęcali swoich wojowników do uśmiercenia przeciwnika. Słysząc to, Tewdrik rzucił berło i rozkazał zakończyć walkę.

– Pamiętajcie, że jesteśmy przyjaciółmi – powiedział do trzech wojowników. Uther, siedzący o jeden stopień wyżej, jak przystało na Wielkiego Króla, przytaknął skinieniem głowy.

Uther był otyły i schorowany. Miał opuchnięte ciało, obwisłą, pożółkłą twarz i chrapliwy oddech. Przyniesiono go na arenę w lektyce. Siedział na tronie owinięty w ciężki płaszcz, który przesłaniał wysadzany kamieniami pas i lśniący naszyjnik. Król Tewdrik ubierał się jak Rzymianin. *De facto* jego dziadek był Rzymianinem i zapewne dlatego król otrzymał tak obco brzmiące imię. Miał bardzo krótko przystrzyżone włosy i nie nosił brody. Był w białej todze, udrapowanej wymyślnie na jednym ramieniu. Ten wysoki, szczupły i poruszający się wytwornie młody człowiek miał jednak smutne, zamyślone spojrzenie, które sprawiało, że wyglądał o wiele starzej. Jego żona, królowa Enid, nosiła włosy upięte tak niepewnie w kok na czubku głowy, że musiała chodzić cały czas wyprostowana, jakby połknęła kij. Twarz miała wysmarowaną białym kremem, co sprawiało, że wyglądała na wiecznie znudzoną. U stóp królowej siedział jej syn Meurig, książę Gwentu, niesforny dziesięciolatek, którego ojciec poszturchiwał za każdym razem, gdy tylko zaczynał dłubać w nosie.

Po turnieju zaczęli swe występy harfiści i bardowie. Cynyr, główny bard Gwentu, śpiewał balladę o zwycięstwie Uthera nad Saksonami pod Caer Idern. Uświadomiłem sobie później, że Tewdrik musiał ją zamówić, robiąc ukłon w stronę Wielkiego Króla. Niewątpliwie występ sprawił Utherowi przyjemność. Uśmiechał się, słuchając kolejnych zwrotek, i kiwał głową, gdy słowa pieśni sławiły konkretnego bohatera. Cynyr opiewał ich zwycięstwa dźwięcznym głosem. Gdy doszedł do zwrotki mówiącej o tym, jak Owain uśmiercił setki Saksonów, zwrócił się do zmęczonego, sponiewieranego wojownika, a wtedy jeden z ludzi Tewdrika, który zaledwie przed godziną próbował zapowalić olbrzyma, wstał i uniósł w górę jego rękę. Tłum zaczął wiwatować, a potem wybuchnął śmiechem, kiedy Cynyr kobiecym głosem naśladował błagających o litość Saksonów. Biegał po arenie drobnymi kroczkami, przykucając co chwilę, jakby próbował się ukryć. Tłum szalał z zachwytu. Ja także, bo przyjemnie było wyobrazić sobie, jak znienawidzeni Saksonowie drżą ze strachu, czuć niemal smród ich krwi i słyszeć szum skrzydeł kruków, które przylatywały żerować na trupach wrogów. Potem Cynyr wyprostował się, zrzucił płaszcz i ukazawszy swe pomalowane na niebiesko nagie ciało, zaśpiewał hymn ku czci bogów, którzy byli świadkami, jak Uther, Wielki Król Dumnonii i władca Brytanii, pokonuje nieprzyjacielskich królów, wodzów i wojowników. Skończywszy występ, nagi bard padł na twarz przed Utherem.

Król sięgnął pod futrzany płaszcz, wydobył złoty naszyjnik i rzucił go Cynyrowi. Zrobił to za mało energicznie, gdyż cenny przedmiot upadł na skraj drewnianego podium, na którym siedzieli obaj władcy. Nimue zbladła, dostrzegając w tym złą wróżbę, ale Tewdrik spokojnie podniósł naszyjnik i podał go siwemu bardowi, pomagając mu wstać z ziemi.

Po występach pieśniarzy, gdy słońce zaczęło zachodzić za wąskie pasemka wzgórz, wyznaczających granice ziem Sylurii, orszak dziewcząt przyniósł kwiaty dla królowych. Ponieważ jednak na podium była tylko jedna królowa, Enid, przez kilka sekund dziewczyny niosące bukiety dla żony gościa nie wiedziały, co począć. Po chwili Uther wskazał im Morganę, która siedziała obok na osobnej ławie. Dziewczyny podeszły do niej i złożyły u jej stóp stosy irysów, tawuł i orchidei.

– Wygląda jak knedel ozdobiony pietruszką – syknęła mi do ucha Nimue.

W noc przed posiedzeniem Wysokiej Rady odprawiono w wielkiej sali gmachu w centrum miasta chrześcijańskie nabożeństwo. Tewdrik był gorliwym chrześcijaninem i jego współwyznawcy zapełnili salę, oświetloną płonącymi pochodniami wetkniętymi w żelazne uchwyty na ścianach. Tego wieczoru padał deszcz i w zatłoczonym pomieszczeniu cuchnęło potem, mokrą wełną i dymem z płonącego drewna. Kobiety zajmowały lewą stronę sali, a mężczyźni prawą, ale Nimue, nie zwracając na to uwagi, wspięła się spokojnie na cokół za plecami całego tłumu odzianych w ciemne płaszcze mężczyzn. Stały tam też inne cokoły, na ogół z posągami, ale nasz był pusty, dzięki czemu mogliśmy na nim wygodnie usiąść i przyglądać się chrześcijańskim rytuałom. Początkowo fascynowała mnie najbardziej ogromna rzymska sala – wyższa, szersza i dłuższa niż wszystkie, które dotąd oglądałem. Była tak wielka, że mieszkające pod dachem wróble musiały uważać ją za cały świat. Kopulasty sufit podpierały przysadziste ceglane kolumny, pokryte niegdyś gładkim białym tynkiem, na którym malowano obrazy. Zachowały się ich fragmenty. Widziałem czerwoną sylwetkę biegnącego jelenia, morskiego potwora z rogami i rozwidlonym ogonem oraz dwie kobiety, trzymające wazę z dwoma uchwytami.

Uthera nie było w sali, ale przybyli jego chrześcijańscy wojownicy. Biskup Bedwin, doradca Wielkiego Króla, również brał udział w ceremonii, którą Nimue i ja obserwowaliśmy z naszego orlego gniazda jak dwoje niesfornych dzieci, podglądających, co robią dorośli. Na nabożeństwo przybył król Tewdrik, a z nim wasalni królowie i książęta, którzy następnego dnia mieli uczestniczyć w posiedzeniu rady. Ci ważni goście zasiadali z przodu, ale pochodnie oświetlały nie ich, lecz zgromadzonych przy stole chrześcijańskich kapłanów. Widziałem wtedy po raz pierwszy, jak odprawiają mszę.

– Kim właściwie jest biskup? – zapytałem Nimue.

– Kimś w rodzaju druida – odparła. W istocie, chrześcijańscy księża mieli wygolone z przodu głowy, podobnie jak druidzi. – Tyle że biskupom brakuje wykształcenia i nic nie wiedzą – dodała pogardliwie.

– Czy oni wszyscy są biskupami? – zapytałem, gdyż do jasno oświetlonego stołu w głębi sali podchodziło wielu wygolonych mężczyzn, na przemian przyklękając i wstając.

– Część z nich to tylko księża. Wiedzą jeszcze mniej niż biskupi – powiedziała ze śmiechem.

– Nie ma kapłanek? – zapytałem.

– Zgodnie z zasadami ich religii – odparła z pogardą – kobiety muszą słuchać mężczyzn.

Splunęła, aby odpędzić urok. Niektórzy ze stojących w pobliżu wojowników spojrzeli na nią z dezaprobatą, ale Nimue się tym nie przejęła. Siedziała, otulona czarnym płaszczem, z podkurczonymi pod brodę nogami, obejmując rękami kolana. Morgana zabroniła nam brać udział w ceremoniach chrześcijan, ale Nimue nie słuchała już tych poleceń. W świetle ognia widać było zarys jej szczupłej twarzy i błyszczące oczy.

Dziwni kapłani śpiewali i modlili się po grecku, nic więc nie rozumieliśmy. Co chwila przyklękali, a cały tłum szedł za ich przykładem. Z prawej strony sali słychać było wtedy szczęk z górą stu spoczywających w pochwach mieczy, które uderzały o posadzkę. Księża, podobnie jak druidzi, odprawiając modły trzymali broń przy boku. Nosili dziwne szaty, przypominające nieco togę Tewdrika i osłonięte krótkimi ozdobnymi płaszczami. Gdy śpiewali, tłum odpowiadał im również śpiewem. Niektóre kobiety stojące za wątłą i bladą królową Enid zaczęły krzyczeć i drżeć w ekstatycznym uniesieniu, ale księża nie zwracali uwagi na powstałe zamieszanie, tylko dalej się modlili. Na stole, przed którym bili pokłony, stał zwykły krzyż. Nimue wymruczała odpowiednie zaklęcie, aby nie stanowił dla nas zagrożenia. Wkrótce ceremonia zaczęła nas nudzić i chcieliśmy się wymknąć, aby zająć sobie dobre miejsca w sali Uthera, gdzie po nabożeństwie miała się odbyć wspaniała uroczystość. Nagle jednak młody kapłan przemówił do tłumu w języku, którego używano w Brytanii.

Kapłanem tym był Sansum. Owej nocy ujrzałem po raz pierwszy tego świętego męża. Był wtedy jeszcze bardzo młody, o wiele młodszy od biskupów, ale uchodził za niezwykle obiecującego kapłana, nadzieję chrześcijaństwa, nie bez powodu więc przypadł mu zaszczyt wygłoszenia kazania.

Sansum był szczupłym, niskim mężczyzną o ostrym, gładko wygolonym podbródku i cofniętym czole, nad którym jak gałązki głogu sterczały wokół tonsury sztywne czarne włosy. U góry były krótko przycięte, ale nad uszami tworzyły gęste kępki.

– Wygląda jak Lughtigern – szepnęła do mnie Nimue.

Zaśmiałem się na głos. Lughtigern był Mysim Królem z bajek dla dzieci. Zawsze chełpił się swoją odwagą, ale zmykał, gdy tylko zobaczył kota. Ale ten Mysi Król z tonsurą był znakomitym kaznodzieją. Nigdy przedtem nie słyszałem Świętej Ewangelii Naszego Pana Jezusa Chrystusa i przechodzą mnie ciarki, kiedy sobie przypominam, jak niestosownie się wtedy zachowywałem. Nie zapomnę, z jaką pasją Sansum wygłaszał swoje kazanie. Wszedł na stół, aby wszyscy mogli go widzieć, i chwilami mówił z takim zapamiętaniem, że z trudem utrzymywał równowagę i inni kapłani musieli go podtrzymywać. Miałem nadzieję, że w końcu spadnie, ale jakoś do tego nie doszło.

Zaczął kazanie w dość konwencjonalny sposób. Podziękował Bogu za obecność wielkich królów i potężnych książąt, którzy przybyli wysłuchać Ewangelii, potem obsypał komplementami króla Tewdrika, a na koniec wygłosił diatrybę, zawierającą chrześcijański punkt widzenia na sytuację Brytanii. Później zdałem sobie sprawę, że była to bardziej mowa polityczna niż kazanie.

Brytania, mówił Sansum, jest wyspą ukochaną przez Boga, wybraną krainą, oddzieloną od innych ziem i otoczoną morzem, chroniącym ją od epidemii, herezji i nieprzyjaciół. Ma szczęście do wspaniałych władców i dzielnych wojowników, ostatnio jednak jej pola i wioski plądrują obcy przybysze. Pogańscy Saksonowie odbierają ziemie naszych przodków i obracają je w perzynę. Straszliwi najeźdźcy bezczeszczą groby naszych ojców, gwałcą nasze żony i mordują dzieci. Takie rzeczy nie mogą się dziać, grzmiał Sansum, wbrew woli Boga. Dlaczego więc Bóg odwrócił się od swoich wybrańców?

Ponieważ nie chcą słuchać jego świętych nakazów. Synowie i córki Brytanii nadal oddają cześć drzewom i kamieniom. Wciąż stoją tak zwane święte gaje, a w świątyniach przechowuje się czaszki zmarłych i składa krwawe ofiary. Nie widuje się tego może w miastach, gdzie przeważają chrześcijanie, ale na wsi, ostrzegał Sansum, roi się od pogan. W Brytanii pozostało niewielu druidów, lecz w każdej dolinie czy osadzie są kobiety i mężczyźni, którzy kontynuują ich dzieło, składają na kamieniu ofiary, używają czarów i amuletów, aby omamiać prostych ludzi. Nawet chrześcijanie – tu Sansum podniósł głos – prowadzą chorych do pogańskich czarownic i proszą wieszczki o interpretację snów. Dopóki istnieją takie praktyki, Bóg będzie zsyłał na Brytanię gwałty i rzezie. Młody kapłan przerwał, aby złapać oddech, a ja dotknąłem swojego naszyjnika, wiedząc, że ten wygłaszający przemowę Mysi Król jest wrogiem mojego pana Merlina i mej przyjaciółki Nimue.

– Zgrzeszyliśmy i musimy okazać skruchę! – zawołał nagle Sansum, rozkładając ręce i balansując na krawędzi stołu. – Królowie Brytanii muszą kochać Chrystusa i jego Świętą Matkę. Dopiero gdy wszyscy Brytowie zjednoczą się w Bogu, Bóg zjednoczy ich kraj!

Teraz tłum reagował już żywiołowo na jego słowa, wykrzykując wyrazy poparcia, modląc się głośno do Boga o zmiłowanie i domagając się śmierci druidów oraz ich zwolenników. Było to przerażające.

– Chodź – szepnęła do mnie Nimue. – Mam już tego dosyć.

Zsunęliśmy się z cokołu i zaczęliśmy przeciskać się przez

tłum, wypełniający szczelnie przedsionek pod zewnętrznymi kolumnami. Ze wstydem zaciskałem płaszcz pod brodą, aby nikt nie zauważył mojego naszyjnika. Zszedłem za Nimue po schodach na omiatany wiatrem plac, który oświetlały ze wszystkich stron migocące pochodnie. Mżył lekki deszcz i kamienny bruk lśnił w ich płomieniach. Strażnicy Tewdrika stali bez ruchu na obrzeżach placu. Nimue zaprowadziła mnie na sam jego środek i nagle zaczęła się śmiać. Początkowo cicho, potem coraz głośniej. W końcu jej wyzywający, szyderczy śmiech zmienił się w dziki skowyt, który przypominał śmiertelny krzyk osaczonego zwierzęcia. Odbijał się echem o dachy domów Glevum i ginął wśród chmur. Nimue obracała się wkoło zgodnie z kierunkiem ruchu słońca. Żaden ze strażników nie zwrócił na nią uwagi. Niektórzy chrześcijanie patrzyli na nas gniewnie z przedsionka wielkiego gmachu, ale nikt nie interweniował. Nawet oni dostrzegali, że Nimue jest wysłanniczką bogów, i nie ważyliby się podnieść na nią ręki.

Kiedy zbrakło jej tchu, osunęła się na bruk. Siedziała skulona u moich stóp, owinięta czarnym płaszczem, drobna i milcząca.

– Och, mój mały – powiedziała w końcu znużonym głosem. – Mój mały…

– Co takiego? – zapytałem, choć przyznaję, że bardziej interesował mnie w tym momencie dochodzący z sali Uthera kuszący zapach pieczonego prosiaka niż chwilowy trans, który tak wyczerpał Nimue.

Moja przyjaciółka wyciągnęła do mnie lewą rękę, abym pomógł jej wstać, i oznajmiła cichym, drżącym głosem:

– Mamy tylko jedną szansę. Tylko jedną. Jeśli ją zaprzepaścimy, bogowie nas opuszczą, a wtedy zawładnie nami brutalna siła. Ci głupcy, Mysi Król i jego zwolennicy, zmarnują tę szansę, jeśli ich nie pokonamy. Ale ich jest tak wielu, a nas tak mało. – Spojrzała mi w oczy z rozpaczą.

Nie wiedziałem, co powiedzieć. Nie znałem się na czarach, chociaż byłem sierotą przygarniętym przez Merlina i dzieckiem Bela.

– Bel nam pomoże, prawda? – zapytałem bezradnie. – On nas przecież kocha?

– Kocha nas! – Wyrwała rękę z mojej dłoni. – Kocha! – powtórzyła z pogardą. – To nie jest zadaniem boga. Czy ty kochasz świnie Druidana? Dlaczego, na Bela, bóg miałby nas kochać? Miłość! Cóż ty o niej wiesz, synu Saksona?

– Wiem, że kocham ciebie – powiedziałem.

Do dzisiaj czerwienię się na myśl, z jaką desperacją starałem się wtedy zdobyć względy kobiety. Wypowiedzenie tych słów kosztowało mnie wiele wysiłku, a gdy się już na to odważyłem, spłoniłem się jak rak i żałowałem swojej decyzji.

– Wiem, że mnie kochasz – powiedziała z uśmiechem Nimue. – Wiem. A teraz chodź. Pora na ucztę.

Dzisiaj, gdy na stare lata spisuję w klasztorze na wzgórzach Powys swoje wspomnienia, zamykam czasem oczy i widzę Nimue. Nie taką, jaką się stała, lecz jaką była wtedy: pełną ognia, energiczną, pewną siebie. Wiem, że odnalazłem Chrystusa i dzięki Jego łasce zdobyłem cały świat, ale tego, co utraciłem, co utracił każdy z nas, nie da się już odzyskać. Postradaliśmy wszystko.

Uczta była wspaniała.

Posiedzenie Wysokiej Rady rozpoczęło się późnym rankiem, po kolejnym nabożeństwie chrześcijan. Odprawiali ich strasznie dużo. Wydawało się, że co godzinę muszą z jakiegoś powodu klękać przed krzyżem. Dzięki temu książęta i wojownicy mieli czas, żeby oprzytomnieć po nocnej pijatyce, przechwałkach i potyczkach. Rada obradowała w wielkiej sali, którą oświetlono pochodniami, bo choć wiosenne słońce świeciło jasno, umieszczone wysoko nieliczne i małe okienka nadawały się bardziej do wypuszczania dymu niż wpuszczania światła, choć i tak żadnej z tych funkcji nie spełniały jak należy.

Uther siedział na podwyższeniu górującym nad podium zarezerwowanym dla królów, następców tronu i książąt. Po obu stronach tronu Tewdrika z Gwentu, przewodniczącego Rady, stało kilka innych tronów, które zajmowali tego dnia lenni królowie i książęta podlegli Utherowi lub Tewdrikowi. Był tam książę Cadwy z Iski, Melwas, król Belgów, i książę Gereint, Władca Kamieni. Odległe królestwo Kernow, zajmujące dzikie obszary na zachodnich rubieżach Brytanii, przysłało następcę tronu, księcia Tristana, który siedział owinięty w wilcze futro na skraju podium obok jednego z dwóch pustych tronów.

Owe trony były w istocie krzesłami, które przyniesiono z sali balowej i okryto derkami. Przed każdym z nich stała na podłodze oparta o podium tarcza z godłem królestwa. W dawnych czasach było ich trzydzieści trzy, ale teraz plemiona Brytanii walczyły ze sobą, a niektóre ziemie padły łupem Saksonów. Jednym z zadań Wysokiej Rady było zawarcie pokoju między pozostałymi królestwami, który już był zagrożony, gdyż przedstawiciele Powys i Sylurii nie przybyli do Glevum. Ich trony stały puste, dając nieme świadectwo tego, że królestwa te były nadal wrogo nastawione do Gwentu i Dumnonii.

Tuż przed królami i książętami, za niewielką wolną przestrzenią, którą pozostawiono dla mówców wygłaszających przemówienia, siedzieli doradcy i główni sędziowie królestw.

Niektóre delegacje, na przykład Gwentu i Dumnonii, były liczne, inne składały się tylko z garstki ludzi. Sędziowie i doradcy siedzieli na podłodze, przyozdobionej tysiącami kolorowych kamyków, które tworzyły duży obraz. Wszyscy doradcy przynieśli derki, aby zrobić sobie z nich poduszki, gdyż wiedzieli, że obrady mogą przeciągnąć się długo w noc. Za doradcami stali uzbrojeni wojownicy, występujący tylko w roli obserwatorów. Niektórzy trzymali na smyczy swe ulubione psy myśliwskie. Stałem obok nich, uzasadniając swoją obecność brązowym naszyjnikiem z podobizną Cernunnosa.

Na obrady przybyły tylko dwie kobiety, ale i to spowodowało pomruki protestu wśród oczekujących. Uciszyło je dopiero gniewne spojrzenie Uthera.

Morgana usiadła bezpośrednio przed Wielkim Królem. Doradcy odsunęli się od niej, siedziała więc sama do momentu, gdy Nimue weszła odważnie do sali i przecisnąwszy się między zgromadzonymi tam mężczyznami, zajęła miejsce obok. Kroczyła tak pewnie, że nikt nie próbował jej zatrzymać. Usiadłszy, rzuciła Utherowi wyzywające spojrzenie, ale król nie zwrócił na nią uwagi. Morgana także zignorowała swą młodą rywalkę. Nimue siedziała wyprostowana i nieporuszona. Miała na sobie białą lnianą suknię z cienkim skórzanym paskiem i wśród posiwiałych mężczyzn odzianych w ciężkie płaszcze wydawała się drobna i bezbronna.

Wysoka Rada zaczęła się, jak zawsze, od modlitwy. Merlin oddałby cześć dawnym bogom, ale biskup Conrad z Gwentu zwrócił się do Boga chrześcijan. Widziałem, jak zasiadający wśród doradców z Gwentu Sansum rzuca nienawistne spojrzenie dwóm kobietom, które nie pochyliły głów, gdy biskup odprawiał modły. Sansum wiedział, że zastępują one Merlina.

Po modlitwie zabrał głos Owain, czempion Dumnonii, który dwa dni wcześniej walczył z najlepszymi wojownikami Tewdrika. Merlin nazywał go zawsze dzikusem. Faktycznie zasługiwał na to miano. Stał przed Wielkim Królem z twarzą pokrytą nadal strupami. Trzymał w ręce miecz, a na umięśnionych, potężnych ramionach miał grube, wilcze futro.

– Czy ktokolwiek z tu obecnych – krzyknął – kwestionuje prawo Uthera do najwyższego tronu?

Nikt się nie odezwał. Owain, wyglądając na trochę zawiedzionego, że nie ma okazji uśmiercić żadnego uzurpatora, wsunął miecz do pochwy i usiadł w gronie doradców. Czuł się tam trochę nieswojo. Wolałby stać obok wojowników.

Potem przyszła kolej na informacje, co dzieje się w Brytanii. Biskup Bedwin, występując w imieniu Wielkiego Króla, oznajmił, że zmniejszyło się zagrożenie ze strony Saksonów na wschodzie Dumnonii, lecz zapłacono za to zbyt wysoką cenę. Książę Mordred, następca tronu królestwa i wojownik, którego sława sięgała krańców ziemi, zginął w zwycięskiej bitwie. Twarz Uthera nie wyrażała żadnych emocji, gdy słuchał powtarzanej wielokrotnie opowieści o śmierci swego syna. Bedwin nie wspomniał o Arturze, choć to on odniósł zwycięstwo, przejmując dowodzenie po nieudolnym Mordredzie, o czym wszyscy na sali wiedzieli. Biskup oznajmił, że pokonani Saksonowie przybyli z ziem rządzonych kiedyś przez plemię Katuwelaunów. Co prawda nie zostali stamtąd wysiedleni, lecz zgodzili się płacić Wielkiemu Królowi coroczną daninę w złocie, pszenicy i wołach.

– Módlmy się – dodał biskup – by pokój okazał się trwały.

– Módlmy się – wtrącił król Tewdrik – by Saksonowie zostali przepędzeni z tych ziem!

Jego słowa sprawiły, że wojownicy stojący z tyłu i po bokach sali zaczęli uderzać drzewcami włóczni o posadzkę, niszcząc co najmniej w jednym miejscu kolorową mozaikę. Towarzyszyło temu wycie psów.

– Na północy Dumnonii – kontynuował spokojnie Bedwin, gdy ucichł zgiełk – panuje pokój, który zawdzięczamy mądremu traktatowi przyjaźni, zawartemu przez Wielkiego Króla Uthera i szlachetnego króla Tewdrika. Na zachodzie – tu biskup przerwał, obdarzając uśmiechem przystojnego, młodego księcia Tristana – także jest spokojnie. Królestwo Kernow – ciągnął dalej – żyje swoimi sprawami. O ile nam wiadomo, król Mark pojął nową żonę. Modlimy się, by podobnie jak jej czcigodne poprzedniczki nie pozostawiała swemu panu żadnej wolnej chwili. – Uwaga ta wywołała na sali falę śmiechu.

– Która to jego żona? – zapytał niespodziewanie Uther. – Czwarta czy piąta?

– Myślę, panie, że mój ojciec już stracił rachubę – odparł Tristan.

Zebrani wybuchnęli śmiechem. Pod drzewcami włóczni pękały kolejne fragmenty mozaiki. Jeden z nich znalazł się nagle obok mojej nogi.

Jako następny przemawiał Agrykola. Nosił rzymskie imię i słynął z przywiązania do rzymskich tradycji. Agrykola był dowódcą oddziałów Tewdrika i choć miał już swoje lata, jego żołnierski kunszt budził nadal lęk. Był wysoki i mimo podeszłego wieku trzymał się prosto. Włosy miał krótko przystrzyżone i siwe jak ostrze miecza, a jego pokryta bliznami twarz była gładko ogolona. Nosił rzymski uniform, o wiele jednak bogatszy niż stroje jego żołnierzy. Miał szkarłatną tunikę, srebrny napierśnik i nagolenniki, a pod pachą srebrny hełm, ozdobiony ciemnoczerwonym grzebieniem z końskiego włosia. Potwierdził, że na wschodnich rubieżach królestwa jego pana Saksonowie zostali pokonani, ale z Utraconych Ziem Lloegyrii nadchodziły niepokojące wieści. Słyszał, że zza Morza Niemieckiego przypływają kolejne łodzie. Oznaczało to, że z czasem Saksonowie zaczną znów ekspansję na zachód, w głąb Brytanii. Agrykola ostrzegał też przed ich nowym przywódcą imieniem Aelle, który dążył do zdobycia władzy. Usłyszałem o nim wtedy po raz pierwszy. Tylko bogowie wiedzą, jakie później budził w nas przerażenie.

Agrykola mówił dalej, że chwilowo Saksonowie są niegroźni, ale w królestwie Gwentu nie ma pokoju. Oddziały Brytów wyruszyły z Powys na południe, a inne maszerowały z Sylurii na zachód, by zaatakować ziemie Tewdrika. Do obu królestw wyprawiono posłańców, aby zaprosić ich władców na posiedzenie Rady, ale – tu Agrykola wskazał na dwa puste krzesła na podium – ani Gorfyddyd z Powys, ani Gundleus z Sylurii nie przybyli. Tewdrik nie ukrywał rozczarowania, bo miał oczywiście nadzieję, że Gwent i Dumnonia będą mogły zawrzeć pokój z sąsiadami z północy. Zapewne również z tego powodu Uther zaprosił wiosną Gundleusa do odwiedzenia Norwenny, ale puste trony świadczyły wymownie o wrogości obu monarchów. Agrykola ostrzegł, że jeśli pokój nie zostanie zachowany, król Gwentu będzie musiał wystąpić zbrojnie przeciwko Gorfyddydowi z Powys i jego sojusznikowi Gundleusowi z Sylurii. Uther skinął głową, przychylając się do tego zdania.

Z dalekiej północy, mówił dalej Agrykola, nadeszły wieści, że irlandzki najeźdźca Diwrnach pozbawił królestwa Leodegana, króla Henis Wyren, i nadał podbitym ziemiom nową nazwę, Lleyn. Wydziedziczony Leodegan schronił się u króla Gorfyddyda w Powys, ponieważ Cadwallon z Gwynedd nie chciał go przyjąć. Zebrani zareagowali na tę wiadomość śmiechem, gdyż król Leodegan słynął z głupoty.

– Słyszę też – kontynuował Agrykola, gdy zapanowała cisza – że irlandzcy najeźdźcy wkroczyli do Demetii i napierają na zachodnie granice Powys i Sylurii.

– O Sylurii będę mówił tylko ja – rozległ się w drzwiach donośny głos.

Wśród zebranych powstało ogromne poruszenie. Wszyscy patrzyli w kierunku drzwi, w których stał Gundleus.

Król Sylurii wszedł do sali jak bohater. Nie okazywał skruchy ani pokory, choć jego wojownicy najeżdżali bez przerwy ziemie Tewdrika i robili wypady na południe, za rzekę Severn, nękając poddanych Uthera. Gundleus był tak pewny siebie, że nie mogłem wprost uwierzyć, iż uciekał przed Nimue w forcie Merlina. Za królem podążał druid Tanaburs. Powłóczył nogami, stawiając drobne kroki. Ponownie ukryłem się przed nim, przypomniawszy sobie wilczy dół. Merlin mówił mi kiedyś, że skoro Tanaburs nie zdołał mnie zabić, mam władzę nad jego duszą, ale nadal drżałem ze strachu na widok tego starca z włosami splecionymi w cienkie warkoczyki, na których pobrzękiwały drobne kostki.

Za Tanabursem szli żołnierze Gundleusa. Ich miecze tkwiły w pochwach owiniętych czerwonym suknem. Mieli splecione włosy i wąsy oraz długie brody. Stanęli obok innych żołnierzy, odsuwając ich na bok, aby pokazać, że oto dumni wojownicy przybyli na posiedzenie Wysokiej Rady wroga. Tanaburs, odziany w brudnoszarą szatę, haftowaną w półksiężyce i biegnące zające, zasiadł między doradcami. Żądny krwi Owain zagrodził Gundleusowi drogę, ale król podał mu rękojeść miecza, dając do zrozumienia, że przybywa w pokojowych zamiarach, po czym upadł na twarz przed tronem Uthera.

– Wstań, Gundleusie ap Meilyrze, królu Sylurii – rozkazał Uther, wyciągając rękę na powitanie.

Gundleus wspiął się na podium, ucałował jego dłoń i zdjąwszy z pleców tarczę ze swym godłem, głową lisa, postawił ją obok innych. Potem zajął miejsce na tronie i zaczął rozglądać się po sali, jakby był rad, że się tam znalazł. Pozdrawiał skinieniem głowy znane mu osoby, na widok jednych okazując zdziwienie, drugich zaś obdarzając uśmiechem. Wszyscy ci ludzie byli jego wrogami, co nie przeszkadzało mu rozsiąść się na krześle, jakby był we własnym domu. Przewiesił nawet nogę przez poręcz. Ujrzawszy dwie kobiety, uniósł brew i wydawało mi się, że zobaczyłem w jego oku groźny błysk, gdy rozpoznał Nimue, natychmiast jednak przeniósł wzrok na salę. Tewdrik zaproponował, by przekazał Wysokiej Radzie wieści ze swego kraju, ale Gundleus tylko się uśmiechnął, mówiąc, że w Sylurii nie dzieje się nic złego.

Nie chcę nikogo nużyć szczegółowym opisem przebiegu tego dnia. Nad Glevum gromadziły się chmury, a w sali obrad rozpatrywano spory, kojarzono małżeństwa i wydawano sądy. Gundleus nie przyznał się do swoich przewinień, ale zgodził się złożyć Tewdrikowi i Wielkiemu Królowi daninę w postaci bydła, owiec i złota. Pomniejsze skargi rozstrzygnięto w ten sam sposób. Niektóre sprawy okazywały się czasochłonne i zawiłe, ale wszystkie stopniowo załatwiano. Większość decyzji podejmował Tewdrik, zawsze jednak spoglądając ukradkiem na Wielkiego Króla, który ledwo dostrzegalnymi gestami wyrażał swoje zdanie. Poza tym Uther prawie się nie poruszał, co najwyżej wtedy, gdy niewolnica przynosiła mu wodę, chleb albo syrop na kaszel, zrobiony przez Morganę z moczonego w miodzie podbiału. Opuścił podium tylko raz, żeby oddać mocz pod tylną ścianą sali, gdy Tewdrik, jak zawsze cierpliwy i rozważny, rozstrzygał graniczny spór między dwoma wodzami ze swego królestwa. Uther splunął na mocz, aby odczynić urok, i pokuśtykał z powrotem na podium. Tewdrik wydawał właśnie osąd, który – jak wszystkie inne – zapisali na pergaminie trzej siedzący z tyłu przy stole urzędnicy.

Uther zachowywał resztki sił na najważniejszą ceremonię, która miała się odbyć o zmierzchu. Panował już mrok, więc słudzy Tewdrika wnieśli do sali jeszcze kilkanaście płonących pochodni. Zaczął padać ulewny deszcz i zrobiło się zimno. Woda lała się strumieniami przez dziury w dachu, kapała na posadzkę i spływała po nieotynkowanych ceglanych murach. Zapanował nagle tak przenikliwy chłód, że musiano napełnić drewnianymi kłodami żelazny piec – kosz o przekroju czterech stóp – i w nim rozpalić. Postawiono go w pobliżu nóg Uthera, przesuwając królewskie tarcze i tron Tewdrika w taki sposób, by ciepło docierało do Wielkiego Króla. W sali zaczął się unosić dym. Wirował w półmroku pod sufitem, szukając ujścia na zewnątrz, gdzie szalała ulewa.

Uther w końcu wstał, aby przemówić do Wysokiej Rady. Był tak osłabiony, że musiał wspierać się na włóczni. Mówił o swoim królestwie. Dumnonia doczekała się nowego następcy tronu. Należało dziękować bogom za tę łaskę, ale książę był wątłym niemowlęciem i miał skrzywioną stopę. Po sali przeszedł szmer, gdy król potwierdził krążące od dawna złowróżbne pogłoski, ale Uther uciszył zebranych podniesieniem ręki. Był otoczony mglistym całunem dymu, wyglądając tak, jakby jego dusza odeszła już w zaświaty. Na szyi miał złoty łańcuch, na przegubach złote bransolety, a na siwej głowie królewską koronę.

– Jestem już stary – oznajmił – i nie pożyję długo. – Uciszył protesty zebranych, znów podnosząc z wysiłkiem rękę. – Nie uważam, by moje królestwo było lepsze od innych, twierdzę jednak, że jeśli Saksonowie pokonają Dumnonię, upadnie cała Brytania. Klęska Dumnonii będzie oznaczała utratę więzi z Armoryką i naszymi braćmi zza morza. Saksonowie podzielą nasze ziemie, a podzielony kraj nie przetrwa. - Król zamilkł i przez chwilę myślałem, że jest zbyt zmęczony, by mówić dalej, szybko jednak uniósł swą potężną głowę i kontynuował: - Saksonowie nie mogą dotrzeć do zatoki Severn! - zawołał z pasją. Było to od lat jego główną troską. Dopóki Brytowie otaczali Saksonów, istniała szansa, że pewnego dnia uda się ich wyprzeć za Morze Niemieckie, gdyby jednak dotarli do naszych zachodnich wybrzeży, oddzieliliby Dumnonię od Gwentu i Brytów z południa od Brytów z północy. - Wojownicy z Gwentu - ciągnął dalej Uther - są naszymi najlepszymi żołnierzami - tu spojrzał z uznaniem na Agrykolę - ale nie jest tajemnicą, że żywi ich Dumnonia. Jeśli jej nie obronimy, utracimy całą Brytanię. Mam wnuka i królestwo należy do niego! Kiedy umrę, Mordred ma zostać królem. Taka jest moja decyzja!

Uderzył włócznią o podium i jego oczy zapłonęły przez chwilę dawnym blaskiem. Cokolwiek by teraz postanowiono, królestwo miał odziedziczyć wnuk Uthera, bo taka była jego wola i wszyscy na sali zdawali sobie z tego sprawę. Pozostało więc tylko ustalić, jak zapewnić opiekę kalekiemu chłopcu do czasu, gdy dorośnie i będzie mógł objąć władzę.

Zaczęły się więc dyskusje, choć wiedziano, że decyzja już właściwie zapadła. Gdyby było inaczej, Gundleus nie rozpierałby się tak bezczelnie na swoim tronie. Zgłaszano jednak nadal kandydatów do ręki Norwenny. Książę Gereint, Władca Kamieni, który strzegł granic Dumnonii przed Saksonami, zaproponował Meuriga ap Tewdrika, następcę tronu Gwentu, ale wszyscy wiedzieli, że to tylko kurtuazyjny gest. Meurig był jeszcze małym chłopcem i nie mógłby bronić królestwa.

Spełniwszy swą powinność, Gereint usiadł i słuchał, jak jeden z doradców Tewdrika zgłasza kandydaturę księcia Cuneglasa, najstarszego syna Gorfyddyda i zarazem dziedzica tronu Powys. Zdaniem doradcy małżeństwo Norwenny z przyszłym władcą wrogiego kraju gwarantowałoby pokój między Powys i Dumnonią, dwoma najpotężniejszymi królestwami Brytanii, ale propozycja ta została bezwzględnie odrzucona przez biskupa Bedwina, który wiedział, że jego pan nie oddałby nigdy władzy w ręce człowieka będącego największym wrogiem syna Tewdrika.

Kolejnym kandydatem był Tristan, książę Kernow. Nie wyraził jednak zgody, wiedząc aż nadto dobrze, że nikt w Dumnonii nie ufałby jego ojcu królowi Markowi. Zaproponowano również Meriadoka, księcia Stronggore, królestwa położonego na wschód od Gwentu. Było ono jednak już w połowie zajęte przez Saksonów, a skoro władca nie potrafił ustrzec własnych ziem, jak mógł bronić cudzych? Wspomniano też o zamorskich książętach z Armoryki, ale nikt nie potrafił powiedzieć, czy zechcą oni opuścić swoje nowe ziemie w Bretanii, aby bronić Dumnonii.

Pozostał więc Gundleus. Był jedynym kandydatem. Wtedy jednak Agrykola wymówił imię, które niemal wszyscy chcieli usłyszeć, choć zarazem się tego obawiali. Stary żołnierz w lśniącej rzymskiej zbroi stanął wyprostowany przed królem i powiedział, patrząc mu prosto w oczy:

– Proponuję Artura.

Dźwięk tego imienia rozbrzmiał echem po całej sali, lecz zagłuszyli je zaraz wojownicy Dumnonii, uderzając rytmicznie o posadzkę drzewcami włóczni. Byli to ludzie, których Artur prowadził do boju i którzy znali jego męstwo. Ich zryw trwał jednak krótko.

Wielki Król Uther wzniósł swoją włócznię i tylko raz uderzył nią o podłogę. Natychmiast zapadła cisza. Jedynie Agrykola odważył się przemówić.

– Proponuję, żeby Artur ożenił się z Norwenną – powiedział z szacunkiem.

Nawet ja, choć byłem bardzo młody, zdawałem sobie sprawę, że mówi w imieniu swego pana, króla Tewdrika. Zaskoczyło mnie to, ponieważ sądziłem, że jego kandydatem jest Gundleus. Gdyby Gundleus zerwał przymierze z Gorfyddydem, nowy sojusz Dumnonii, Gwentu i Sylurii oznaczałby zjednoczenie wszystkich ziem po obu stronach rzeki Severn, co stanowiłoby zaporę przeciw najazdom zarówno ze strony władcy Powys, jak i Saksonów. Powinienem był oczywiście się domyślić, że proponując kandydaturę Artura, Tewdrik oczekiwał odmowy i liczył na jakąś rekompensatę.

– Artur ap Neb – powiedział Uther – nie jest królewskim potomkiem. – Jego słowa wzbudziły wielkie poruszenie. Wyrok był jednoznaczny. Agrykola, uznając swoją porażkę, ukłonił się i usiadł. Słowo „neb" oznaczało „nikt". Uther wyparł się ojcostwa Artura, uznając tym samym, że w jego żyłach nie płynie królewska krew, nie może więc poślubić Norwenny. Jeden z biskupów stanął w obronie Artura, stwierdzając, że w przeszłości wybierano królów spośród szlachty i należałoby powrócić do tej tradycji, ale Uther uciszył jego nieśmiały protest jednym groźnym spojrzeniem. Słychać było syk kropli deszczu, wpadających do ognia przez jedno z umieszczonych wysoko okien.

Biskup Bedwin ponownie wstał. Mogło się wydawać, że cała dotychczasowa dyskusja o przyszłości Norwenny była stratą czasu, ale przedstawiono przynajmniej wszelkie ewentualności i rozsądnie myślące osoby mogły teraz lepiej zrozumieć to, co Bedwin miał do przekazania.

Oznajmił spokojnie, że Gundleus z Sylurii nie jest żonaty. Po sali przeszedł szmer. Pamiętano pogłoski o skandalicznym małżeństwie Gundleusa z Ladwys, jego nisko urodzoną kochanką. Bedwin nie zwracał uwagi na powstałe na sali poruszenie i ze stoickim spokojem ciągnął dalej. Kilka tygodni temu, mówił, Gundleus odwiedził Uthera i zawarł z nim pokój. Wielki Król zgadza się z radością, by Gundleus poślubił Norwennę i został opiekunem – wymówił to słowo z naciskiem – królestwa Mordreda. Aby dać gwarancję swych dobrych intencji, Gundleus złożył królowi stosowną daninę w złocie. Istnieją na pewno ludzie, przyznał biskup, którzy nie są skłonni ufać niedawnemu wrogowi królestwa, ale by ich przekonać o swojej przemianie, Gundleus z Sylurii zgodził się zrezygnować z pretensji do ziem Gwentu, a co więcej przejść na chrześcijaństwo, przyjmując publicznie chrzest w rzece Severn pod murami Glevum. Miał się on odbyć już nazajutrz. Obecni na sali chrześcijanie wykrzyknęli głośno „alleluja", ja natomiast patrzyłem na druida Tanabursa, zastanawiając się, dlaczego ten nikczemny stary dureń nie okazuje nawet cienia dezaprobaty, gdy jego pan tak publicznie wypiera się dawnej wiary.

Zastanawiałem się też, dlaczego ci wszyscy ludzie tak szybko zaakceptowali niegdysiejszego wroga. Właściwie nie mieli wyjścia. Królestwo dziedziczyło kalekie dziecko, a Gundleus, choć zdrajca, był słynnym wojownikiem. Jeśli miał uczciwe zamiary, Dumnonia i Gwent żyłyby w pokoju. Uther nie był jednak głupcem i zrobił wszystko, by zabezpieczyć swego wnuka przed ewentualną zdradą ze strony Gundleusa. Nakazał, aby do czasu, gdy Mordred nauczy się władać mieczem, rządziła Dumnonią sześcioosobowa rada pod przewodnictwem Gundleusa. Biskup Bedwin miał stanąć na czele grupy jego doradców, złożonej między innymi z dwóch przedstawicieli Tewdrika z Gwentu, niezawodnego sojusznika Dumnonii. Utworzona w ten sposób rada miała sprawować rządy w królestwie. Gundleus nie był zachwycony tą decyzją. Nie zapłacił dwóch koszy złota za prawo do zasiadania w radzie starców, wolał jednak nie protestować. Zachował spokój, gdy obwarowywano zastrzeżeniami jego prawa do nowej narzeczonej i królestwa przybranego syna.

Uther wydał jeszcze kolejne rozporządzenia. Oznajmił, że Mordred będzie miał trzech zaprzysiężonych protektorów, ludzi, którzy zobowiążą się bronić za wszelką cenę jego życia. Gdyby ktokolwiek skrzywdził księcia, będą musieli go pomścić lub sami zginą. Gundleus wysłuchał bez zmrużenia oka królewskiego edyktu, ale poruszył się niespokojnie, gdy wymieniono zaprzysiężonych protektorów księcia. Jednym z nich był król Tewdrik z Gwentu, drugim Owain, czempion Dumnonii, a trzecim Merlin, władca Awalonii.

Ludzie pragnęli usłyszeć coś o Merlinie tak samo jak o Arturze. Uther nie podejmował zwykle żadnych ważnych decyzji bez zasięgnięcia jego rady. Ale Merlina nie było. Nie widziano go w Dumnonii od wielu miesięcy. Może nawet już nie żył.

Gdy ogłoszono edykt, Uther spojrzał po raz pierwszy na Morganę. Musiało ją zaboleć, że wyparł się ojcostwa jej brata, a tym samym nie przyznawał się i do niej, ale też nie została wezwana na posiedzenie Wysokiej Rady jako nieślubna córka króla, lecz jako zaufana wieszczka Merlina. Kiedy Tewdrik i Owain złożyli przysięgę, Uther spojrzał na jednooką, ułomną kobietę. Obecni na sali chrześcijanie przeżegnali się, chcąc odpędzić złe duchy.

– A więc? – zapytał Uther.

Morgana bardzo się zdenerwowała. Oczekiwano od niej zapewnienia, że Merlin, z którym dzieliła tajemną wiedzę, będzie gotów złożyć przysięgę i wziąć na siebie wielką odpowiedzialność. Uczestniczyła w obradach jako kapłanka, a nie doradczyni. Popełniła błąd, odpowiadając:

– Mój pan Merlin będzie zaszczycony tą nominacją, królu.

W tym momencie usłyszałem krzyk Nimue. Był tak straszliwy i niespodziewany, że wszyscy obecni na sali chwycili w panice za włócznie. Myśliwskim psom zjeżyła się skóra na grzbietach. Po chwili krzyk zamarł i zapadła martwa cisza. W mrocznej przestrzeni pod sufitem kłębił się w blasku ognia dym. Deszcz bębnił w dach. I nagle w ciemnościach nocy rozległ się z oddali potężny grzmot.

Chrześcijanie znów zaczęli się żegnać, ale nikt z obecnych nie miał wątpliwości, co oznacza ten odgłos. Taranis, bogini burzy, obwieszczała przybycie bogów na posiedzenie Wysokiej Rady. Zjawiali się na wezwanie dziewczyny, która miała na sobie tylko przepasaną rzemykiem suknię, choć otuleni płaszczami mężczyźni drżeli z zimna.

Nikt nie ruszył się z miejsca, nie powiedział słowa, ani nawet nie drgnął. Nie pito miodu z rogowych pucharów ani nie rozgniatano wszy. W sali nie było już królów, wojowników, biskupów, kapłanów ani mędrców. Był tylko milczący tłum, który patrzył z przerażeniem, jak Nimue rozpuszcza swe długie czarne włosy i podchodzi do miejsca dla mówców obok rozpalonego pieca. Morgana wbiła wzrok w podłogę, Tanaburs rozdziawił usta, a biskup Bedwin odmawiał bezgłośnie modlitwy. Nimue rozłożyła ręce i zaczęła obracać się powoli zgodnie z kierunkiem ruchu słońca. Jej twarz wyglądała okropnie. Widać było tylko białka oczu, a z wykrzywionych ust wystawał język. Obracała się coraz szybciej i przysiągłbym, że wszystkich przeszedł nagle dreszcz. Wirując, zbliżała się niebezpiecznie do buchającego ognia i wydawało się, że wpadnie w płomienie, nagle jednak podskoczyła w górę i opadła z krzykiem na posadzkę. Potem, węsząc jak zwierzę, przeszła na czworakach wzdłuż szeregu tarcz, które wcześniej rozsunięto, aby Wielki Król mógł ogrzać nogi przy ogniu. Gdy dotarła do tarczy Gundleusa, uniosła głowę jak atakujący wąż i splunęła na jego godło.

Gundleus poderwał się z miejsca, ale Tewdrik go powstrzymał. Tanaburs również próbował wstać, lecz Nimue spojrzała na niego białkami swych oczu i krzyknęła. Przejmujący krzyk rozszedł się echem po wielkiej rzymskiej sali. Obezwładniony czarami dziewczyny Tanaburs osunął się na podłogę.

Nagle Nimue drgnęła, przewróciła oczami i zobaczyliśmy znowu jej brązowe źrenice. Popatrzyła na zatłoczoną salę, jakby była zdziwiona, że się tam znajduje, a potem, stojąc tyłem do Wielkiego Króla, zupełnie znieruchomiała. Oznaczało to, że jest w mocy bogów i będzie przemawiała w ich imieniu.

– Czy Merlin żyje? – zapytał ostrożnie Tewdrik.

– Oczywiście. – Głos Nimue brzmiał lekceważąco.

Nie mówiła do króla „panie". Obcowała z bogami i nie musiała okazywać szacunku zwykłym śmiertelnikom.

– Gdzie on jest?

– Odszedł – odparła Nimue, odwracając się, by spojrzeć na odzianego w togę króla.

– Dokąd? – dopytywał się Tewdrik.

– Szukać Mądrości Brytanii – odrzekła Nimue.

Wszyscy słuchali jej w skupieniu, bo były to wreszcie konkretne informacje. Widziałem, jak Sansum, Mysi Król, kręci się rozpaczliwie, próbując zaprotestować przeciwko tej pogańskiej ingerencji w posiedzenie Wysokiej Rady, ale dopóki król Tewdrik zadawał dziewczynie pytania, zwykły ksiądz nie mógł mu przerywać.

– Co to jest Mądrość Brytanii? – wtrącił się Uther. Nimue znowu obróciła się w kółko. Najwyraźniej musiała zebrać myśli, aby udzielić odpowiedzi. W końcu odezwała się śpiewnym, hipnotycznym głosem:

– Mądrość Brytanii to wiedza naszych przodków, dary bogów, Trzynaście Właściwości Trzynastu Skarbów, których zgromadzenie przywróci nam zdolność odzyskania utraconych ziem. – Zamilkła, a gdy przemówiła ponownie, jej głos miał już normalne brzmienie. – Merlin stara się zjednoczyć Brytanię – tu Nimue znów obróciła się na pięcie i spoglądała przez chwilę wprost w małe, pałające oburzeniem oczy Sansuma – i chce przywrócić ją dawnym bogom. A jeśli mu się to nie uda, królu Utherze, wszyscy zginiemy.

Po sali przeszedł szmer. Sansum i chrześcijanie zaczęli głośno protestować, ale Tewdrik, chrześcijański władca, uciszył ich gestem ręki.

– Czy to są słowa Merlina? – zapytał. Nimue wzruszyła lekceważąco ramionami.

– Nie są to moje słowa – stwierdziła zuchwale.

Uther nie miał wątpliwości, że Nimue, będąca jeszcze dzieckiem, wyraża poglądy swego pana, pochylił się więc do przodu i zmarszczywszy groźnie brwi, powiedział:

– Dowiedz się, czy Merlin złoży przysięgę. Zapytaj go, czy będzie chronił mojego wnuka!

Nimue milczała przez dłuższą chwilę. Myślę, że przeczuwała losy Brytanii wcześniej niż ktokolwiek z nas, wcześniej nawet niż Merlin, a zwłaszcza Artur, ale jakiś instynkt nie pozwolił jej powiedzieć prawdy temu umierającemu, upartemu starcowi.

– Merlin, mój panie – rzekła w końcu znużonym głosem, jakby spełniała ciążący na niej obowiązek – uroczyście obiecuje, że zobowiąże się pod przysięgą strzec twojego wnuka.

– Ale stawia jeden warunek! – przerwała jej niespodziewanie Morgana, podnosząc się z miejsca. Była bardziej śniada i krępa niż Nimue. Jej złoty hełm lśnił w blasku ognia. – Jest pewien warunek! – krzyknęła ponownie, po czym zaczęła kołysać się rytmicznie w obłoku dymu, jakby próbując zademonstrować, że jej ciałem władają bogowie. – Merlin chce, by Artur też złożył przysięgę, Artur i jego wojownicy powinni chronić twojego wnuka. Tak uważa Merlin! – Powiedziała to z namaszczeniem, jak prorokini nawykła do występowania w roli wyroczni, zauważyłem jednak, choć może nie dostrzegł tego nikt inny, że mimo szalejącej burzy jej słowom nie towarzyszył żaden grzmot.

Gundleus zerwał się na równe nogi, protestując przeciwko propozycji Morgany. Jego władzę miała już ograniczać sześcioosobowa rada i trzech zaprzysiężonych opiekunów księcia, a teraz sugerowano dodatkowo, by królestwo, które otrzymywał, wspierało oddziały potencjalnego wroga.

– Nie! – krzyknął ponownie, ale Tewdrik, nie zwracając uwagi na jego protesty, zszedł z podium i stanął przed Wielkim Królem obok Morgany.

Zdaliśmy sobie wszyscy sprawę, że jeśli nawet Morgana przemawiała głosem Merlina, wyrażała to, co chciał powiedzieć Tewdrik. Król Gwentu był może dobrym chrześcijaninem, ale jeszcze lepszym politykiem i doskonale wiedział, kiedy wezwać na pomoc dawnych bogów.

– Artur ap Neb i jego wojownicy – powiedział do Wielkiego Króla – zapewnią twojemu wnukowi pewniejszą ochronę niż moje uroczyste ślubowanie, choć Bóg mi świadkiem, że przysięgałem szczerze.

Książę Gereint – bratanek Uthera i drugi po Owainie najpotężniejszy wódz Dumnonii – mógłby protestować przeciwko zaprzysiężeniu Artura, ale Władca Kamieni był uczciwym człowiekiem o skromnych ambicjach, który nie wierzył, że potrafi dowodzić całą armią Dumnonii, stanął więc obok Tewdrika, wyrażając dla niego poparcie.

Owain, dowódca Królewskiej Gwardii Uthera i czempion króla, wydawał się mniej zadowolony z kandydatury rywala, ale w końcu i on dołączył do Tewdrika, godząc się niechętnie na jego propozycję.

Uther nadal się wahał. Trójka była szczęśliwą liczbą i zaprzysiężenie trzech ludzi powinno wystarczyć. Dołączenie czwartej osoby mogło rozgniewać bogów. Ale Wielki Król winien był Tewdrikowi rekompensatę za odrzucenie kandydatury Artura do ręki Norwenny, postanowił więc spłacić swój dług.

– Niech Artur złoży przysięgę – powiedział. Tylko bogowie wiedzieli, jak ciężko było mu powierzyć opiekę nad księciem człowiekowi, którego obarczał winą za śmierć swego ukochanego syna, ale podjął taką decyzję. Przyjęto ją gromką owacją. Drzewce włóczni uderzały o posadzkę, a radosne okrzyki wojowników odbijały się echem w mrocznej, zadymionej sali. Milczeli tylko Syluryjczycy Gundleusa.

Tak oto decyzją Wysokiej Rady wyklęty przez ojca Artur miał zostać zaprzysiężony jako jeden z opiekunów Mordreda.

Norwenna i Gundleus wzięli ślub dwa tygodnie po zakończeniu obrad Wysokiej Rady. Ceremonia odbyła się w chrześcijańskiej świątyni w Abonie, portowym mieście na północnym wybrzeżu, graniczącym przez zatokę Severn z Sylurią. Nie była to zapewne radosna uroczystość, gdyż Norwenna jeszcze tego samego wieczoru wróciła do Ynys Wydryn. Towarzyszyła jej jedynie grupa mnichów i ich żon. Powróciła do nas jako królowa Sylurii, ale nie przybyło jej żołnierzy ani służby. Gundleus popłynął z powrotem do swojego kraju, gdyż podobno dochodziło tam do utarczek z Ui Liathain, czyli Czarnymi Tarczami. Byli to Irlandczycy, którzy skolonizowali dawne brytyjskie królestwo Dyfedu, zwane przez nich Demetią.

Choć na górze Tor mieszkała teraz królowa, nasze życie niewiele się zmieniło. Może w oczach wieśniaków z osady byliśmy próżniakami, ale mieliśmy swoje obowiązki. Kosiliśmy trawę i suszyliśmy ją, pomagaliśmy przy strzyżeniu owiec, moczyliśmy łodygi lnu w cuchnących sadzawkach. Wszystkie kobiety z Ynys Wydryn miały kądziele i wrzeciona, na których przędły świeżo strzyżoną wełnę. Tylko królowa, Morgana i Nimue nie wykonywały tej żmudnej pracy. Druidan kastrował świnie, Pellinor dowodził fikcyjnymi armiami, a zarządca Hywel przygotowywał liczydła do ściągania letniej dzierżawy. Merlin nie wrócił do Awalonii i nie mieliśmy o nim żadnych wiadomości. Uther odpoczywał w pałacu w Durnovarii, a Mordred, jego dziedzic, rósł pod opieką Morgany i Gwendolyn.

Artur pozostał w Armoryce. Mówiono, że przybędzie w końcu do Dumnonii, ale musi najpierw wywiązać się z zobowiązań wobec Bana, władcy królestwa Benoic, sąsiadującego z Broceliandią, którą rządził król Budik, mąż Anny, siostry Artura. Owe położone w Bretanii królestwa stanowiły dla nas tajemnicę, gdyż nikt z Ynys Wydryn nie popłynął nigdy za morze, by poznać miejsca, gdzie znalazło schronienie tak wielu Brytów wygnanych przez Saksonów. Wiedzieliśmy, że Artur dowodzi oddziałami króla Bana i pustoszy ziemie na zachód od Benoic, aby utrzymać w ryzach Franków. Zimowe wieczory wypełniały nam opowieści wędrowców o wyczynach Artura i budzące zazdrość historie o królu Banie. Władca Benoic miał żonę imieniem Elaine i stworzyli razem wspaniałe królestwo, w którym panowała sprawiedliwość. Nawet najbiedniejszy wieśniak otrzymywał tam zimą pożywienie z królewskich spichlerzy. Brzmiało to zbyt pięknie, aby mogło być prawdą, ale odwiedzając wiele lat później królestwo Benoic, przekonałem się, że w opowieściach tych nie było wcale przesady. Ban założył stolicę na słynącej z poetów ufortyfikowanej wyspie Ynys Trebes. Nie żałował pieniędzy na rozwój miasta, które było ponoć piękniejsze niż sam Rzym. Mówiono, że wybudował system kanałów doprowadzających źródlaną wodę w pobliże domów. Kazał kontrolować dokładność kupieckich wag, a królewski pałac był otwarty dzień i noc dla ludzi, którzy szukali zadośćuczynienia za doznane krzywdy. Wyznawcy różnych religii musieli żyć w zgodzie, w przeciwnym razie bowiem ich świątynie mogły zostać zburzone i starte w pył. Ynys Trebes było oazą spokoju, ale tylko tak długo, jak długo żołnierze Bana trzymali nieprzyjaciela z dala od jego murów. Dlatego król nie chciał się zgodzić, by Artur powrócił do Brytanii. Może on sam także nie miał na to ochoty, póki żył Uther.

W Dumnonii panowało piękne lato. Zbieraliśmy siano w wielkie kopce, stawiane na grubej podściółce z paproci, co chroniło je przed wilgocią i myszami. Na polach, które rozciągały się między bagnami Awalonii a Caer Cadarn, dojrzewały żyto i jęczmień, w sadach na wschodzie obrodziły jabłka, a w stawach i strumieniach roiło się od tłustych węgorzy i szczupaków. Nie było zarazy ani wilków, pojawiało się też niewielu Saksonów. Od czasu do czasu widzieliśmy na południowym wschodzie odległy słup dymu i domyślaliśmy się wówczas, że to piraci spalili jakąś nadmorską osadę, ale gdy zaatakowali po raz trzeci, książę Gereint wyruszył z oddziałem na odsiecz i położył kres tym napadom. Saksonowie zapłacili nawet na czas daninę. Potem nie uiszczali jej przez wiele lat, a i ta pochodziła niewątpliwie w znacznej części z łupów zagrabionych z naszych przygranicznych osad. Mimo wszystko jednak było to szczęśliwe lato i, jak mówili ludzie, Artur umarłby w Dumnonii z nudów, gdyby przybył tam wtedy ze swą słynną konnicą. Nawet w Powys panował spokój. Król Gorfyddyd stracił sojusznika w Sylurii, ale zamiast wystąpić przeciwko Gundleusowi, zignorował jego małżeństwo z Norwenną i skoncentrował się na walce z Saksonami, którzy zagrażali jego północnym ziemiom. Leżące na północ od Powys królestwo Gwynedd borykało się z budzącymi postrach irlandzkimi wojownikami Diwrnacha z Lleyn, ale w Dumnonii, najszczęśliwszym z królestw Brytanii, panował błogi spokój i świeciło słońce.

Właśnie tego lata, które było tak ciepłe i sielankowe, zabiłem pierwszego wroga i stałem się mężczyzną.

Pokój nigdy nie trwa długo i nasza idylla została przerwana w brutalny sposób. Umarł Uther, Wielki Król i Pendragon Brytanii. Wiedzieliśmy, że jest chory i nie pożyje długo, wiedzieliśmy, że robił wszystko, aby przygotować się na śmierć, a jednak sądziliśmy, że ta chwila nigdy nie nadejdzie. Był królem od tak dawna i pod jego rządami Dumnonia przeżywała rozkwit. Wydawało nam się, że tak będzie zawsze. A jednak król umarł. Było to w samo południe, tuż przed żniwami. Nimue usłyszała podobno w tym momencie krzyk zająca. Osierocona Morgana zamknęła się w swojej chacie i szlochała jak dziecko.

Ciało Uthera zgodnie z tradycją spalono na stosie. Bedwin chciał wyprawić królowi chrześcijański pogrzeb, ale reszta rady nie zgodziła się na takie świętokradztwo. Opuchnięte zwłoki Uthera położono więc na stosie na szczycie Caer Maes, by strawiły je płomienie. Kowal Ystrwth stopił jego miecz i wylał płynną stal do jeziora, aby Gofannon, boski kowal z zaświatów, mógł wykuć nową broń dla odrodzonej duszy króla. Rozżarzony metal zasyczał w zetknięciu z wodą, wzbijając kłęby pary. Wróżbici pochylili się nad taflą jeziora, aby z pokrętnych kształtów stygnącej stali odczytać przyszłość królestwa. Mieli do przekazania dobre wieści, lecz mimo wszystko biskup Bedwin polecił najszybszym posłańcom udać się na południe do Armoryki i sprowadzić Artura, podczas gdy podróżujący wolniej posłowie pojechali na północ, do Sylurii, aby zawiadomić Gundleusa, że królestwo jego przybranego wnuka potrzebuje już oficjalnego protektora.

Stos pogrzebowy Uthera płonął przez trzy noce. Jego wygaśnięcie przyspieszyła potężna burza, która nadciągnęła znad Morza Zachodniego. Niebo zasnuły ogromne chmury, nad krainą zmarłego króla szalały błyskawice, a gwałtowna ulewa siekła rozległe łany zbóż. Siedzieliśmy skuleni w chatach, słuchając bębniącego deszczu i potężnych grzmotów i obserwując strugi wody, lejące się z krytych strzechą dachów. Właśnie podczas tej burzy posłaniec biskupa Bedwina przyniósł Mordredowi wielki sztandar ze smokiem. Musiał krzyczeć jak szalony, aby usłyszano go za palisadą. W końcu Hywel i ja otworzyliśmy bramę, a kiedy burza ucichła i ustał wiatr, umieściliśmy sztandar przed wejściem do grodu Merlina jako znak, że Mordred jest teraz królem Dumnonii. Chłopiec nie był, oczywiście, Wielkim Królem, bo to zaszczytne miano otrzymywał tylko władca, którego zwierzchnictwo uznali inni królowie, nie był też Pendragonem, gdyż musiałby zasłużyć na ten tytuł w walce. *De facto* Mordred nie był nawet jeszcze formalnie władcą Dumnonii, dopóki nie został wprowadzony do Caer Cadarn i pasowany mieczem na monarchę nad królewskim kamieniem. Sztandar z czerwonym smokiem należał jednak do niego, powiewał więc teraz przed grodem Merlina.

Była to szeroka i wysoka na długość włóczni płachta z białego lnu, rozciągnięta na przyszytych do jej krawędzi wierzbowych prętach i przytwierdzona do długiej żerdzi z wiązu, na której szczycie znajdowała się złota statuetka smoka. Na samym sztandarze wyhaftowano ten sam symbol czerwoną wełną, która farbowała na deszczu, plamiąc len u dołu na różowy kolor. Kilka dni po dostarczeniu przez posłańca chorągwi przybyła do grodu straż królewska – stu ludzi pod wodzą Owaina, których zadaniem była ochrona Mordreda, króla Dumnonii. Biskup Bedwin proponował, aby Norwenna i Mordred przenieśli się na południe, do Durnovarii, na co królowa chętnie przystała, gdyż chciała wychowywać syna wśród chrześcijan, a nie w pogańskiej atmosferze góry Tor. Nim jednak poczyniono odpowiednie przygotowania, nadeszły złe wieści z północy kraju. Dowiedziawszy się o śmierci Wielkiego Króla, Gorfyddyd z Powys kazał swoim włócznikom zaatakować Gwent i jego ludzie palili teraz i plądrowali osady w głębi terytorium Tewdrika. Agrykola, rzymski dowódca żołnierzy króla, stawił im opór, ale podstępni Saksonowie, będący niewątpliwie w zmowie z Gorfyddydem, ściągnęli do Gwentu własne oddziały i nagle nasz najwierniejszy sojusznik musiał walczyć o istnienie swego królestwa. Owain, który miał eskortować Norwennę i jej dziecko na południe do Durnovarii, wyruszył ze swoimi ludźmi na północ, aby wesprzeć króla Tewdrika, a Ligessak, który objął znów dowództwo straży Mordreda, uważał, że chłopiec będzie bezpieczniejszy za łatwymi do obrony murami Ynys Wydryn niż w Caer Cadarn czy w Durnovarii. Tak więc Norwenna, aczkolwiek niechętnie, pozostała na górze Tor.

Czekaliśmy w napięciu, za kim opowie się Gundleus z Sylurii. Sprawa szybko się wyjaśniła. Stanął po stronie Tewdrika, przeciwko swemu dawnemu sojusznikowi Gorfyddydowi. Gundleus zawiadomił Norwennę, że jego oddziały przejdą przez góry, aby zaatakować wojska królestwa Powys od tyłu, i gdy tylko je pokona, przybędzie na południe, by bronić swej żony i jej królewskiego potomka.

Oczekiwaliśmy wiadomości, wypatrując na odległych wzgórzach dzień i noc sygnałów świetlnych, które miały informować o klęsce lub zbliżaniu się nieprzyjaciela. Mimo owych niepokojów były to jednak szczęśliwe dni. Promienie słońca przywróciły do życia znękaną deszczami ziemię i osuszyły zboża. Norwenna, choć otoczona przez pogan, nabrała większej pewności siebie, odkąd jej syn został królem.

Mordred był smutnym chłopcem o rudej czuprynie i upartym sercu, ale w owym czasie bawił się beztrosko ze swoją matką albo z piastunką Rallą i jej ciemnowłosym synem. Mąż Ralli, cieśla Gwlyddyn, wyrzeźbił dla niego drewniane figurki zwierząt: kaczki, świnie, krowy i jelenie. Król uwielbiał się nimi bawić, choć był jeszcze za mały, żeby wiedzieć, co przedstawiają. Norwenna czuła się szczęśliwa, widząc radość swojego syna. Obserwowałem nieraz, jak łaskotała Mordreda, żeby się śmiał, tuliła go, gdy coś mu się stało, i zawsze okazywała mu miłość. Nazywała go swoim królewiątkiem, swoim pieszczoszkiem i cudeńkiem, a Mordred chichotał i radował jej nieszczęśliwe serce. Gdy raczkował nago w słońcu, widzieliśmy wszyscy jego zniekształconą lewą stopę, która wyglądała jak zaciśnięta pięść. Karmiony mlekiem Ralli i darzony miłością matki wyrastał jednak na silnego chłopca. Ochrzczono go w kamiennym kościele obok Świętego Cierniowego Drzewa.

Wkrótce nadeszły dobre wieści z pola walki. Książę Geraint pokonał Saksonów na wschodnich rubieżach Dumnonii, a Tewdrik rozgromił najeźdźców na północy. Agrykola, dowodzący w sojuszu z Owainem resztą armii Gwentu, wyparł oddziały Gorfyddyda na wzgórza Powys. Przybyły od Gundleusa posłaniec doniósł, że Gorfyddyd z Powys chce zawrzeć pokój, i rzucił do stóp Norwenny dwa zdobyczne miecze jako dowód zwycięstwa jej męża. Co więcej, oznajmił, że Gundleus z Sylurii wyruszył już na południe po swoją żonę i jej drogiego syna. Nadszedł czas, by Mordred został ogłoszony królem w Caer Cadarn. Żadne nowiny nie mogły sprawić Norwennie większej radości. Obdarowawszy posłańca ciężką złotą bransoletą, kazała mu wyruszyć na południe i przekazać wiadomości od męża Bedwinowi i radzie.

– Powiedz biskupowi – poleciła – że ogłosimy Mordreda królem jeszcze przed żniwami. Ruszaj z Bogiem!

Posłaniec popędził na południe, a Norwenna zaczęła przygotowania do ceremonii koronacji w Caer Cadarn. Rozkazała mnichom strzegącym Świętego Drzewa, aby byli gotowi do podróży, a zarazem stanowczo zabroniła Morganie i Nimue wzięcia udziału w uroczystościach. Od tego dnia, oznajmiła, Dumnonia ma być chrześcijańskim królestwem i pogańskie wiedźmy powinny trzymać się z dala od tronu jej syna. Zwycięstwo Gundleusa wyraźnie ośmieliło Norwennę. Za życia Uthera nigdy nie odważyłaby się tak mówić.

Oczekiwaliśmy protestów Morgany i Nimue, obie przyjęły jednak zakaz udziału w ceremonii koronacji zadziwiająco spokojnie. Morgana wzruszyła tylko ramionami, a o zmierzchu zaniosła do komnat Merlina kocioł z brązu i zamknęła się tam z Nimue. Norwenna, zaprosiwszy na kolację przełożonego mnichów i jego żonę, stwierdziła, że wiedźmy robią jakiś szatański wywar, na co wszyscy zareagowali śmiechem. Chrześcijanie triumfowali.

Nie byłem jednak pewien ich zwycięstwa. Nimue i Morgana nie lubiły się wzajemnie, ale teraz połączyły siły, a przypuszczałem, że tylko sprawa najwyższej wagi mogła doprowadzić je do zgody. Norwenna nie miała żadnych obaw. Dzięki śmierci Uthera i zwycięstwom męża uzyskała upragnioną wolność i zamierzała wkrótce opuścić górę Tor i zająć należne jej miejsce królowej matki na chrześcijańskim dworze, gdzie jej syn miał dorastać w wierze Chrystusa. Nigdy nie czuła się bardziej szczęśliwa niż tej nocy, gdy mogła rozpocząć rządy jako chrześcijańska monarchini w samym sercu pogańskiego grodu Merlina.

Wtem jednak pojawiły się znowu Morgana i Nimue.

W sali zaległa cisza, gdy podeszły obie do fotela Norwenny i przyklęknęły z należytą pokorą. Przełożony mnichów zapytał, czego chcą. Przed nawróceniem się na chrześcijaństwo ten niski, energiczny człowiek o szczeciniastej brodzie był garbarzem i nadal cuchnął łajnem, którego używał, wykonując swą dawną profesję. Jego żona przeżegnała się, aby odpędzić zło, ale na wszelki wypadek również splunęła.

Gdy Morgana odpowiedziała mnichowi spod złotej maski, jej głos brzmiał niezwykle poważnie. Twierdziła, że posłaniec Gundleusa skłamał. Ona i Nimue spojrzały w kocioł i odczytały z lustra wody prawdę. Na północy nie było zwycięzców ani pokonanych, a nieprzyjaciel znajdował się bliżej Ynys Wydryn, niż się nam wydawało. Należało opuścić o świcie górę Tor i szukać schronienia na południu, w głębi terytorium Dumnonii. Morgana wyrzekła te słowa bardzo zdecydowanie, a skończywszy, skłoniła głowę przed królową i pochyliła się niezdarnie, by ucałować rąbek jej błękitnej sukni.

Norwenna uniosła go do góry. Słuchała dotąd w milczeniu ponurego proroctwa, ale teraz wybuchnęła płaczem i zawołała gniewnie:

– Jesteś tylko niezdarną wiedźmą! I chcesz, żeby twój brat bękart został królem! To niemożliwe, słyszysz? Niemożliwe! Mój syn jest królem!

– Pani... – próbowała wtrącić się Nimue, ale Norwenna natychmiast jej przerwała.

– A ty jesteś zerem! – natarła na nią z furią. – Nikczemne diabelskie nasienie! Rzuciłaś klątwę na mojego syna! Wiem o tym! Jest kaleką, bo byłaś przy jego narodzinach. O Boże! Moje dziecko! – Krzyczała i płakała, uderzając pięścią w stół i wyrzucając z siebie całą nienawiść do Nimue i Morgany. – Wynoście się stąd! Nie chcę was widzieć!

Gdy Nimue i Morgana zniknęły w mroku, w sali zapadła cisza.

O świcie wszystko wskazywało na to, że Norwenna miała rację, gdyż ze wzgórz na północy nie nadeszły żadne sygnały. Był to najpiękniejszy dzień owego pogodnego lata. Zbliżały się żniwa i pod niemal bezchmurnym niebem wisiało ciężko nad ziemią drgające od upału powietrze. U podnóża góry Tor rosły wśród cierniowych zarośli chabry i maki, a nad zielonymi tarasami na zboczach żeglowały w promieniach słońca białe motyle. Norwenna, niepomna piękna tego poranka, odmówiła z mnichami modlitwy, a potem oznajmiła, że opuszcza Tor i zaczeka na przyjazd męża w świątyni Cierniowego Drzewa.

– Zbyt długo przebywałam wśród niegodziwców – oznajmiła wyniośle.

W tym momencie ze wschodniego muru rozległ się ostrzegawczy krzyk strażnika:

– Jeźdźcy! Nadciągają jeźdźcy!

Norwenna podbiegła do ogrodzenia, przy którym zebrał się tłum ludzi, aby zobaczyć grupę uzbrojonych mężczyzn, przejeżdżających na koniach przez most, który prowadził od rzymskiej drogi do zielonych wzgórz Ynys Wydryn. Ligessak, dowódca straży Mordreda, musiał wiedzieć, kim są ci ludzie, gdyż rozkazał, aby przepuszczono ich przez bramę w wałach. Jeźdźcy, mający na sztandarze czerwonego lisa, zmierzali teraz w naszym kierunku. Na ich czele jechał Gundleus. Norwenna zaśmiała się radośnie na widok męża powracającego zwycięsko z wojny. Lśniący grot jego włóczni zwiastował jutrzenkę nowego chrześcijańskiego królestwa.

– Widzisz? – powiedziała, zwracając się do Morgany. – Twój kocioł kłamał. Zwyciężyliśmy!

Mordred zaczął płakać z powodu powstałego zamieszania, więc Norwenna kazała Ralli go zabrać. Poleciwszy, by przyniesiono jej najlepszy płaszcz i złotą koronę, czekała na męża w królewskim stroju przy drzwiach rezydencji Merlina.

Ligessak otworzył dolną bramę. Żałośni strażnicy Druidana stanęli w nierównym szeregu, a nieszczęsny Pellinor krzyczał w swojej celi, chcąc wiedzieć, co się dzieje. Nimue pobiegła do komnat Merlina, a ja poszedłem po zarządcę Hywla, aby zawiadomić go o przybyciu króla.

Dwudziestu syluryjskich jeźdźców zsiadło z koni u podnóża góry Tor. Wracali z wojny, mieli więc włócznie, tarcze i miecze. Jednonogi Hywel, przypinając swój wielki miecz, zmarszczył nagle brwi, gdyż zobaczył wśród Syluryjczyków druida Tanabursa.

– Sądziłem, że Gundleus porzucił dawną wiarę – powiedział.

– Wydawało mi się, że porzucił też Ladwys! – zaśmiał się pod nosem skryba Gudovan, wskazując głową w kierunku grupy jeźdźców, którzy zaczęli wspinać się po stromej wąskiej ścieżce. – Widzisz ją? – dodał. Odzianym w skóry mężczyznom rzeczywiście towarzyszyła kobieta. Nosiła męski strój, lecz jej długie czarne włosy były luźno rozpuszczone. Miała miecz, ale była bez tarczy. Gudovan zachichotał na jej widok. – Nasza mała królowa będzie miała zajęcie, rywalizując z tym pomiotem szatana.

– Kto to jest szatan? – zapytałem.

Gudovan trzepnął mnie w głowę, dając mi do zrozumienia, że zabieram mu czas głupimi pytaniami.

W miarę jak syluryjscy żołnierze zbliżali się do stromych schodów, prowadzących do bramy, przy której stali w dwuszeregu nasi strażnicy odziani w łachmany, Hywel coraz bardziej marszczył brwi i mocniej zaciskał dłoń na rękojeści miecza. Nieomylny instynkt wojownika podpowiadał mu, że coś jest nie w porządku.

– Ligessak! – ryknął nagle na cały głos. – Zamknijcie bramę! Natychmiast!

Ligessak wydobył tylko miecz, odwrócił się i przyłożył dłoń do ucha, jakby nie słyszał, co krzyczy Hywel.

– Zamknijcie bramę! – wrzasnął ponownie tamten. Jeden z żołnierzy chciał wykonać polecenie, ale Ligessak powstrzymał go, czekając na rozkazy królowej. Norwenna rzuciła Hywlowi groźne spojrzenie.

– To mój mąż, a nie wrogowie – powiedziała i spojrzawszy znów na Ligessaka, dodała rozkazującym tonem: – Zostawcie bramę otwartą.

Dowódca straży posłusznie skinął głową. Hywel głośno zaklął, po czym zgramolił się z wałów i pokuśtykał w stronę chaty Morgany. Wpatrywałem się w pustą, oświetloną promieniami słońca bramę i byłem ciekaw, co się zdarzy. Hywel przeczuwał w ten letni poranek, że dzieje się coś złego, choć nie mam pojęcia, jak na to wpadł.

Dotarłszy do otwartej bramy, Gundleus splunął na ziemię i uśmiechnął się do Norwenny, która czekała kilkanaście kroków dalej. Wyciągnęła pulchne ramiona, aby powitać swojego pana, który był spocony i zdyszany. Nic dziwnego, skoro wspinał się na strome zbocze w pełnym rynsztunku. Miał skórzany napierśnik, grube getry, wysokie buty, zwieńczony lisim ogonem żelazny hełm i zarzucony na ramiona ciężki czerwony płaszcz. U jego lewego boku wisiała tarcza z głową lisa, a przy nodze miecz. W prawej ręce trzymał wielką bojową włócznię. Ligessak uklęknął i podał królowi rękojeść swego miecza. Gundleus dotknął jej ręką w skórzanej rękawiczce.

Gdy tylko Hywel wszedł do chaty Morgany, wybiegła z niej Sybilla, trzymając w objęciach Mordreda. Sybilla, a nie Ralla? Byłem tym zaskoczony. Norwenna chyba także się zdziwiła, kiedy saksońska niewolnica podbiegła do niej z odzianym w złotą szatę dzieckiem, ale nie miała czasu o nic pytać, gdyż Gundleus zmierzał już w jej kierunku.

– Ofiarowuję ci mój miecz, droga królowo! – oznajmił donośnym głosem.

Norwenna uśmiechnęła się radośnie, nie zauważając zapewne Tanabursa i Ladwys, którzy weszli przez bramę wraz z syluryjskimi żołnierzami.

Gundleus rzucił na ziemię włócznię i wyciągnął miecz, ale zamiast podać Norwennie jego rękojeść, skierował ku niej lśniące ostrze broni. Zdezorientowana królowa wyciągnęła niepewnie rękę, aby go dotknąć.

– Cieszę się z twojego powrotu, panie – powiedziała i zgodnie z tradycją uklękła przed nim.

– Ucałuj miecz, który będzie bronił królestwa twego syna – rozkazał Gundleus.

Norwenna pochyliła się niezdarnie, aby dotknąć wąskimi wargami zimnej stali. Gdy to uczyniła, Gundleus wbił jej miecz w gardło i trzewia. Śmiał się, uśmiercając swoją żonę. Norwenna nie zdążyła nawet krzyknąć. Długie ostrze przebiło tchawicę i ugodziło ją prosto w serce. Gundleus mruczał z zadowolenia. Wcześniej odstawił na bok ciężką tarczę, mógł więc teraz obydwiema rękami z całej siły napierać na miecz, który był zbroczony krwią, podobnie jak trawa i błękitna suknia umierającej królowej. Gdy wyrwał gwałtownie długie ostrze z jej ciała, pojawiło się jeszcze więcej krwi. Norwenna osunęła się na ziemię i po kilku sekundach znieruchomiała.

Sybilla zostawiła dziecko i uciekła z krzykiem. Mordred głośno płakał, ale miecz Gundleusa szybko go uciszył. Wystarczyło jedno pchnięcie, by złota szata chłopca stała się nagle purpurowa. Kto by przypuszczał, że małe dziecko może mieć tyle krwi.

Wszystko rozegrało się błyskawicznie. Stojący przy mnie Gudovan gapił się z niedowierzaniem na Ladwys, wysoką piękność o długich włosach, ciemnych oczach i ostrych rysach twarzy, która cieszyła się ze zwycięstwa swojego kochanka. Tanaburs zamknął jedno oko, wzniósł ku niebu jedną rękę i skakał na jednej nodze, co wskazywało, że jest w kontakcie z bogami, przepowiadając zgubę Dumnonii. Tymczasem strażnicy Gundleusa rozbiegli się na wszystkie strony, aby spełnić tę wyrocznię. Ligessak przyłączył się do Syluryjczyków i pomagał im mordować swoich ludzi. Niektórzy próbowali walczyć, ale nie byli do tego przygotowani, więc włócznicy Gundleusa rozprawili się szybko ze strażą Mordreda, a jeszcze szybciej z niewydarzonymi żołnierzami Druidana. Po raz pierwszy w życiu widziałem, jak umierają ludzie przebici włóczniami, i słyszałem potworne krzyki wydawane przez tych, którzy w ten sposób byli wysyłani do Krainy Cieni.

Na kilka sekund zmartwiałem ze strachu. Norwenna i Mordred nie żyli, góra Tor rozbrzmiewała krzykami, a wrogowie biegli w kierunku komnat i Wieży Merlina. Przy wieży pojawili się Morgana i Hywel. Zarządca kuśtykał z mieczem w ręku, Morgana zaś uciekała do bramy prowadzącej w stronę morza. Razem z nią pędził przerażony tłum kobiet, dzieci i niewolników. Gundleus najwyraźniej nie zamierzał przeszkadzać im w ucieczce. Byli tam także Ralla, Sybilla i ci spośród nieszczęsnych strażników Druidana, którzy umknęli bezlitosnym Syluryjczykom. Nagi Pellinor podskakiwał w swojej celi, rechocząc z radości, że coś się dzieje.

Zeskoczyłem z wałów i pobiegłem do grodu Merlina. Nie był to akt odwagi. Kochałem Nimue i chciałem się upewnić, czy jest bezpieczna, nim sam ucieknę. Strażnicy Ligessaka nie żyli, a ludzie Gundleusa zaczynali plądrować chaty. Wślizgnąłem się przez drzwi i ruszyłem w kierunku komnat Merlina, ale zanim zdążyłem tam dobiec, ktoś podstawił mi pod nogi włócznię. Upadłem ciężko na podłogę. Mała dłoń chwyciła mnie za kołnierz i z zadziwiającą siłą zaciągnęła do mojej dawnej kryjówki za koszami pełnymi świątecznych strojów.

– Nie zdołasz jej pomóc, głupcze – usłyszałem przy uchu głos Druidana. – Teraz siedź cicho!

Ukryłem się w ostatniej chwili. Po kilku sekundach weszli do sali Gundleus i Tanaburs. Mogłem się tylko przyglądać, jak król, jego druid i trzech ludzi w hełmach maszerują do komnat Merlina. Wiedziałem, co się stanie, i nie mogłem temu zaradzić. Druidan zaciskał mi rękę na ustach, żebym nie krzyczał. Wątpiłem, czy wbiegł do grodu, by ocalić Nimue. Zapewne liczył, że znajdzie tam złoto. Jego obecność uratowała mi życie, Nimue jednak w niczym nie pomogła.

Tanaburs strącił czaszki, broniące złym duchom wstępu do komnat Merlina, i otworzył na oścież drzwi. Gundleus wpadł do środka, a za nim jego włócznicy.

Usłyszałem krzyk Nimue. Nie umiem powiedzieć, czy posługiwała się czarami, aby obronić komnatę Merlina, czy też straciła już wszelką nadzieję. Wiem tylko, że duma i poczucie obowiązku kazały jej zostać, aby strzec tajemnic swego pana, i teraz musiała za to zapłacić. Usłyszałem śmiech Gundleusa, a potem już tylko łoskot przewracanych przez Syluryjczyków skrzyń i koszy. Gundleus wydał triumfalny okrzyk, a po chwili rozległ się straszliwy wrzask Nimue.

– To cię oduczy pluć na moją tarczę – powiedział Gundleus do szlochającej bezradnie dziewczyny.

– Na pewno ją teraz gwałcą – szepnął ze złośliwą satysfakcją Druidan. Do komnat Merlina wbiegali nadal żołnierze Gundleusa. Druidan wydłubał włócznią otwór w wiklinowej ścianie i kazał mi się przez niego przecisnąć. Mieliśmy zejść razem po zboczu, ale nie chciałem opuszczać Nimue, dopóki jeszcze żyła. – Niedługo zaczną przetrząsać te kosze – ostrzegł Druidan, ale mimo wszystko nie chciałem z nim iść. – Jesteś głupi, chłopcze – powiedział karzeł i wydostawszy się przez dziurę, zniknął w cieniu między pobliską chatą a wybiegiem dla kurcząt.

Uratował mnie Ligessak, mówiąc Syluryjczykom, że w koszach, za którymi się ukrywałem, są tylko ubrania.

– Wszystkie skarby znajdziecie w środku – powiedział swym nowym sojusznikom.

Siedziałem skulony, nie ośmielając się ruszyć, gdy zwycięscy żołnierze plądrowali komnaty Merlina. Tylko bogowie wiedzą, że znaleźli tam głównie skóry zmarłych, stare kości, amulety i krzemienne groty, lecz niewiele bogactw. I tylko bogowie wiedzą, co zrobili Nimue, bo nigdy nie chciała o tym wspominać. Nie musiała zresztą nic mówić. Zrobili to, co robią zawsze żołnierze z pojmanymi kobietami, a gdy skończyli, pozostawili ją zakrwawioną i na pół obłąkaną.

Omal nie zginęła, gdyż przetrząsnąwszy skarbiec i znalazłszy w nim tylko mnóstwo zapleśniałych staroci i niewiele złota, Syluryjczycy wyjęli z ognia płonącą głownię i rzucili ją między połamane kosze. Zza drzwi buchnęły kłęby dymu. Drugą żagiew wrzucono między kosze, za którymi byłem ukryty. Potem ludzie Gundleusa wybiegli z sali. Niektórzy mieli złoto, kilku znalazło drobne przedmioty ze srebra, ale większość wracała z pustymi rękami. Gdy ostatni z nich zniknął mi z oczu, zasłoniłem usta brzegiem kaftana i pobiegłem wśród gryzącego dymu do komnaty Merlina, w której została Nimue.

– Chodź! – zawołałem zdesperowany.

W powietrzu było coraz więcej dymu, a płomienie strzelały pod sufit. Słyszałem rozpaczliwe miauczenie kotów i trzepotanie skrzydeł przerażonych nietoperzy.

Nimue leżała nieruchomo na brzuchu, naga i z pokrwawionymi nogami. Szlochała, ukrywszy twarz w dłoniach.

Szukając innej drogi ucieczki, pobiegłem do drzwi, które prowadziły do Wieży Merlina, ale otworzywszy je, zobaczyłem, że nie ma stamtąd wyjścia. Odkryłem też, że wieża nie tylko nie kryje żadnego skarbca, lecz jest niemal pusta. Ujrzałem w środku utwardzoną ziemię i cztery drewniane ściany. Nie było dachu, a w połowie wysokości wieży spoczywał na dwóch belkach przesłonięty teraz dymem drewniany podest, na który wchodziło się po drabinie. W tej pustej komnacie snów Merlin nasłuchiwał szeptu bogów. Patrzyłem przez chwilę na podest, lecz gdy wieża zaczęła coraz bardziej wypełniać się dymem, pobiegłem z powrotem do Nimue, porwałem leżący na łóżku czarny wełniany płaszcz i owinąłem ją nim jak chore zwierzątko. Chwyciwszy rogi płaszcza, zacząłem ciągnąć ją z wysiłkiem w kierunku odległych drzwi. Rozszalałe płomienie pożerały chciwie suche drewno. Łzawiły mi oczy, a płuca dusił dym. Było go najwięcej przy głównych drzwiach, zawlokłem więc Nimue do miejsca, gdzie Druidan zrobił otwór w ścianie. Serce waliło mi ze strachu, gdy wyjrzałem na zewnątrz, ale nie dostrzegłem żadnych nieprzyjaciół.

Powiększyłem dziurę, odginając wierzbowe pręty i odłupując kawałki gliny, a potem przecisnąłem się na drugą stronę, ciągnąc Nimue za sobą. Trochę protestowała, gdy przepychałem ją przez wąski otwór, ale świeże powietrze najwyraźniej dobrze jej zrobiło, bo wreszcie się ocknęła. Gdy odsłoniła twarz, zrozumiałem, dlaczego tak okropnie krzyczała. Gundleus pozbawił ją jednego oka. Zakryła ponownie ręką wypełniony krwią oczodół. Była znowu naga, gdyż przy przechodzeniu przez dziurę zahaczyła płaszczem o wierzbowe pręty. Wydobyłem go, założyłem jej na ramiona i chwyciwszy Nimue za rękę, pobiegłem z nią w kierunku najbliższej chaty.

Zauważył nas jeden z żołnierzy. Po chwili spostrzegł Nimue także Gundleus. Krzyknął, że tę wiedźmę należy schwytać i wrzucić z powrotem w ogień. Podniosła się wrzawa i wszyscy ruszyli za nami w pościg, jak myśliwi ścigający rannego dzika. Z pewnością by nas schwytano, gdyby inni uciekinierzy nie zrobili wcześniej wyrwy w palisadzie z południowej strony wzgórza. Dobiegłszy tam, zobaczyłem starego Hywla, który leżał martwy obok swojej drewnianej kuli, z odrąbaną połową głowy. W dłoni nadal zaciskał miecz. Wyrwałem mu go i pociągnąłem Nimue za sobą. Dotarłszy do stromego trawiastego zbocza, zaczęliśmy z krzykiem staczać się w dół. Na pół oślepiona Nimue traciła zmysły z bólu, a mnie paraliżował strach, ale jakoś udało mi się nie wypuścić z ręki miecza Hywla i pomóc Nimue podnieść się z ziemi u podnóża góry. Minąwszy świętą studnię i sad chrześcijan, zeszliśmy przez olchowy zagajnik w kierunku bagien, gdzie obok chaty rybaka była zacumowana trzcinowa łódź Hywla. Wsadziłem do niej Nimue, przeciąłem mieczem linę i odepchnąłem łódkę od drewnianej przystani. W tym momencie zdałem sobie sprawę, że nie mam drąga, niezbędnego przy przepływaniu przez zawiły labirynt kanałów i jezior. Posłużyłem się mieczem Hywla. Nie bardzo się do tego nadawał, ale nie miałem nic innego. Pierwszy z prowadzących pościg żołnierzy Gundleusa dobiegł właśnie do brzegu, a jako że nie mógł przedostać się przez mokradła, rzucił w nas włócznią.

Patrzyłem oniemiały, jak potężny drąg ze lśniącym stalowym grotem leci ze świstem w moją stronę, a potem wbija się w trzcinową burtę łodzi. Wyrwałem go i użyłem jako wiosła, aby wypłynąć jak najszybciej na otwarte wody. Dopiero tam bylibyśmy bezpieczni. Kilku ludzi Gundleusa biegło równolegle do nas po drewnianym pomoście, ale wkrótce odbiliśmy w bok. Inni wskoczyli do małych wiklinowych łódek i popłynęli za nami, używając włóczni jako wioseł, ale nie byli w stanie nas dogonić i wkrótce zostali daleko w tyle. Ligessak strzelił do nas z łuku, byliśmy już jednak poza jego zasięgiem i strzała pogrążyła się bezgłośnie w ciemnej wodzie. Za plecami naszych sfrustrowanych prześladowców, na zielonym szczycie góry Tor, buchające płomienie ogarniały chaty, gród i wieżę, a błękitne letnie niebo przesłaniały kłęby szarego dymu.

– To już dwie rany – powiedziała Nimue, odzywając się po raz pierwszy, odkąd wyciągnąłem ją z płomieni.

– Co? – zapytałem, odwracając się do niej.

Siedziała skulona na rufie, była owinięta w czarny płaszcz i zasłaniała dłonią pusty oczodół.

– Zadano mi już dwie Rany Mądrości, Derfel – powiedziała tonem zdziwionego szaleńca. – Ranę ciała i ranę dumy. Teraz muszę tylko poznać, czym jest obłęd, i wtedy będę równie mądra jak Merlin. – Próbowała się uśmiechnąć, ale jej słowa brzmiały tak drapieżnie, że zastanawiałem się, czy już nie jest obłąkana.

– Mordred nie żyje – powiedziałem. – Norwenna i Hywel także. Gród Merlina stoi w płomieniach.

Cały nasz świat przestawał istnieć, a Nimue jakby w ogóle to nie obchodziło. Ekscytował ją fakt, że przeszła dwie z trzech prób mądrości.

Minąwszy szereg wierzbowych sideł na ryby, wpłynąłem na wody Lissa's Mere, wielkiego czarnego jeziora, położonego na południowych krańcach bagien. Kierowałem się do Ermid's Hall, drewnianego grodu wodza miejscowego plemienia. Wiedziałem, że go tam nie zastanę, gdyż wyruszył na północ z Owainem, ale jego ludzie mogli nam pomóc. Byłem też pewien, że nasza łódź dotrze do osady na długo przed najszybszymi nawet jeźdźcami Gundleusa, musieli oni bowiem galopować wzdłuż długich, błotnistych i porośniętych sitowiem brzegów jeziora aż do Fosse Way, wielkiej rzymskiej drogi, biegnącej na wschód od góry Tor, a potem zawrócić w kierunku grodu Ermida. My będziemy już tymczasem daleko na południu. Widziałem na horyzoncie przed nami inne łodzie i domyśliłem się, że to rybacy z Ynys Wydryn ratują uciekinierów z góry Tor.

Wyjaśniłem Nimue, że zamierzam dotrzeć do osady Ermida, a potem iść na południe, aż zapadnie zmrok albo natkniemy się na przyjaciół.

– Dobrze – powiedziała obojętnie i nie byłem pewny, czy mnie w ogóle zrozumiała. – Dobry Derfel – dodała po chwili. – Teraz wiem, dlaczego bogowie kazali mi mieć do ciebie zaufanie.

– Ufasz mi, bo cię kocham, a to daje ci nade mną władzę – stwierdziłem z goryczą, odpychając łódź włócznią wetkniętą w błotniste dno jeziora.

– Dobrze – powiedziała znowu i nie odezwała się już więcej do końca podróży. Nasza trzcinowa łódź przybiła do ocienionej drzewami przystani w pobliżu warownego grodu. Wpłynąwszy w głąb zatoczki, zobaczyłem innych uciekinierów z góry Tor. Były wśród nich Morgana i Sybilla. Zapłakana Ralla stała obok swego męża Gwlyddyna, trzymając w ramionach dziecko. Lunete, dziewczyna z Irlandii, przybiegła z krzykiem na brzeg, aby pomóc Nimue. Wspomniałem Morganie o śmierci Hywla, a ona powiedziała, że Syluryjczycy zabili też Gwendolyn, żonę Merlina. Gudovan uszedł z życiem, lecz nikt nie wiedział, co się stało z biednym Pellinorem i z Druidanem. Nie ocalał żaden ze strażników Norwenny, w grodzie Ermida znalazła natomiast schronienie garstka żałosnych żołnierzy Druidana, trzy zapłakane służące Norwenny i kilkanaście przerażonych sierot Merlina.

– Nie zostaniemy tu długo – oznajmiłem Morganie. – Żołnierze Gundleusa ścigają Nimue. – Służące Ermida opatrywały właśnie i ubierały nieszczęsną dziewczynę.

– To nie ją ścigają, głupcze, tylko Mordreda – powiedziała opryskliwie Morgana.

– Przecież Mordred nie żyje! – zaprotestowałem. Morgana odwróciła się, pochwyciła owinięte brązowym kocem dziecko, które trzymała w ramionach Ralla, i pokazała mi jego skrzywioną stopę.

– Myślisz, głupcze, że pozwoliłabym im zabić naszego króla? – zapytała.

Patrzyłem na Rallę i Gwlyddyna, nie rozumiejąc, jak mogli poświęcić życie własnego dziecka. Gwlyddyn zauważył moje pytające spojrzenie.

– On jest królem – stwierdził po prostu, wskazując na Mordreda – a nasz chłopiec był tylko synem cieśli.

– Gundleus zorientuje się wkrótce – rzekła gniewnie Morgana – że dziecko, które zabił, ma dwie zdrowe stopy, i wtedy zbierze wszystkie siły, żeby nas odnaleźć. Udamy się na południe.

W grodzie Ermida nie było bezpiecznie. Wódz wyruszył ze swymi ludźmi na wojnę, pozostawiając w osadzie tylko nieliczną służbę i dzieci.

Słońce stało już wysoko, gdy zapuściliśmy się w zielone lasy na południe od grodu Ermida. Jeden z jego łowczych poprowadził nas wąskimi ścieżkami i tajemnymi drogami. Grupę trzydziestu osób tworzyły w większości kobiety i dzieci. Było tam tylko kilku mężczyzn zdolnych do noszenia broni, a spośród nich jedynie Gwlyddyn zabił kiedyś człowieka w walce. Paru ocalałych głupców Druidana na nic by się nie zdało, a ja nigdy dotąd naprawdę nie walczyłem. Zabezpieczałem jednak tyły, mając za pasem nagi miecz Hywla, a w prawej ręce ciężką syluryjską włócznię.

Maszerowaliśmy powoli w cieniu dębów i leszczyn. Z grodu Ermida do Caer Cadarn szło się najwyżej cztery godziny, my jednak potrzebowaliśmy znacznie więcej czasu, idąc okrężną drogą i mając ze sobą dzieci. Morgana nie mówiła, że chce dotrzeć do Caer Cadarn, wiedziałem jednak, iż królewskie sanktuarium było najbardziej prawdopodobnym celem naszej podróży, gdyż właśnie tam mogliśmy spotkać żołnierzy Dumnonii. Ale Gundleus z pewnością rozumował tak samo i był równie zdeterminowany jak my. Obyta z ludzką niegodziwością Morgana podejrzewała, że król Sylurii planował wojnę już od czasu zwołania Wysokiej Rady i czekał tylko na śmierć Uthera, aby zaatakować Dumnonię w sojuszu z Gorfyddydem. Oszukał nas wszystkich. Uważaliśmy go za przyjaciela, nikt więc nie strzegł przygranicznych ziem, a teraz Gundleus sięgał po tron Dumnonii. Zdaniem Morgany do jego zdobycia nie wystarczał oddział jeźdźców, tak więc syluryjscy włócznicy z pewnością spieszyli już w sukurs swemu królowi, maszerując po długiej rzymskiej drodze, która wiodła z północnego wybrzeża Dumnonii. Syluryjczycy poruszali się swobodnie po naszym kraju, ale żeby być pewnym zwycięstwa, Gundleus potrzebował głowy Mordreda. Musiał więc nas odnaleźć, bo inaczej cały jego śmiały plan by się nie powiódł.

Ogromny las tłumił odgłosy naszych kroków. Czasem wśród liści zatrzepotał gołąb albo słychać było gdzieś w pobliżu stukanie dzięcioła. W pewnej chwili zatrzeszczały głośno krzaki. Znieruchomieliśmy wszyscy, obawiając się, że to syluryjski jeździec, ale na polanę wyszedł wielki dzik i spojrzawszy na nas, zawrócił do lasu. Mordred płakał i Ralla nie mogła go uspokoić. Niektóre małe dzieci także szlochały ze strachu i zmęczenia. Zamilkły dopiero wtedy, gdy Morgana zagroziła, że zamieni je w ropuchy.

Nimue kuśtykała przede mną. Wiedziałem, że bardzo cierpi, choć wcale się nie skarżyła. Czasem tylko cicho łkała i Lunete nie potrafiła jej w żaden sposób pocieszyć. Lunete – szczupła, ciemnowłosa dziewczyna – była niemal rówieśniczką Nimue i przypominała ją z wyglądu, nie miała jednak jej wiedzy i intuicji. Nimue, patrząc na strumień, wiedziała, że zamieszkują go duchy, a dla Lunete było to tylko miejsce, gdzie można zrobić pranie. Po jakimś czasie Lunete zwolniła kroku i zrównawszy się ze mną, zapytała:

– Co z nami teraz będzie, Derfel?

– Nie wiem – odparłem.

– Czy Merlin wróci?

– Mam nadzieję. A może też Artur.

Chciałem, by tak się stało, ale nie bardzo w to wierzyłem, bo musiałby się zdarzyć cud. Tymczasem nasz koszmar trwał nadal. Gdy po kilkugodzinnym marszu musieliśmy wyjść z lasu, aby przeprawić się przez głęboki, kręty strumień, który płynął przez kwieciste łąki, zobaczyliśmy daleko na wschodzie kolejne słupy dymu. Nie wiedzieliśmy, czy pożar wznieciłi Syluryjczycy, czy wykorzystujący nasze osłabienie Saksonowie.

Nagle spośród drzew rosnących ćwierć mili na wschód wybiegł jeleń.

– Kryć się! – syknął łowczy i wszyscy padliśmy w trawę na skraju lasu. Ralla wetknęła Mordredowi pierś do ust, aby go uciszyć, za co ugryzł ją tak mocno, że popłynęła jej po brzuchu strużka krwi. Piastunka nawet jednak nie jęknęła. Jeździec, który spłoszył jelenia, wyłonił się spomiędzy drzew. Był na wschód od nas, ale o wiele bliżej niż słupy dymu, tak blisko, że widziałem na jego okrągłej tarczy głowę lisa. Miał długą włócznię i róg, w który zadął, spojrzawszy najpierw uważnie w naszą stronę. Obawialiśmy się, że nas spostrzegł i wkrótce pojawi się cały oddział jeźdźców, gdy jednak skierował konia z powrotem do lasu, domyśliliśmy się, że głuchy dźwięk rogu oznaczał, iż wcale nie zostaliśmy zauważeni. Ktoś odpowiedział z oddali na jego sygnał, po czym zaległa cisza.

Czekaliśmy jeszcze przez dłuższy czas, słysząc tylko bzyczenie pszczół na łąkach nad strumieniem. Patrzyliśmy z niepokojem, czy między drzewami nie pojawią się kolejni uzbrojeni jeźdźcy, ale żaden więcej się nie pokazał. Po chwili nasz przewodnik szeptem polecił nam doczołgać się do strumienia i przeprawić się do lasu po drugiej stronie.

Było to trudne zadanie, zwłaszcza dla kalekiej Morgany, ale przechodząc przez strumień, mogliśmy przynajmniej napić się trochę wody. Znalazłszy się znowu w lesie, mieliśmy mokre ubrania, ale czuliśmy zarazem ulgę, że – być może – zostawiliśmy nieprzyjaciela za sobą. Nie pozbyliśmy się jednak wszystkich problemów.

– Czy zrobią z nas niewolników? – zapytała z obawą Lunete.

Jak wielu z nas została kiedyś porwana i miała być sprzedana na targu. Nie doszło do tego tylko dzięki interwencji Merlina. Teraz bała się, że bez jego opieki utraci wolność.

– Nie przypuszczam, żeby tak się stało – odparłem. – Chyba że złapią nas Gundleus albo Saksonowie. Wtedy ty zostaniesz niewolnicą, a mnie prawdopodobnie zabiją. – Mówiąc te słowa, czułem się bardzo odważny.

Lunete wzięła mnie pod rękę. Bardzo mi to schlebiało. Była piękną dziewczyną i dotychczas traktowała mnie z lekceważeniem, preferując towarzystwo nieokrzesanych młodych rybaków z Ynys Wydryn.

– Pragnę, żeby wrócił Merlin – powiedziała. – Nie chcę opuszczać góry Tor.

– Tam już nic nie zostało – powiedziałem. – Będziemy musieli zamieszkać gdzie indziej. Albo wrócić i odbudować Tor, jeśli się uda.

Ale tylko pod warunkiem, pomyślałem, że Dumnonia ocaleje. Może właśnie tego dnia spowite złowrogimi dymami królestwo umierało. Zastanawiałem się, jak mogłem być tak ślepy, by nie przewidzieć straszliwych konsekwencji śmierci Uthera. Królestwa potrzebują królów, a bez nich są jedynie bezpańskimi ziemiami, kuszącymi najeźdźców.

Późnym popołudniem przeprawiliśmy się przez szerszy strumień, prawie rzekę, w której woda sięgała mi do piersi. Dotarłszy na drugi brzeg, wytarłem starannie miecz Hywla.

Była to wspaniała broń, dzieło sławnych kowali z Gwentu. Zdobiły ją spiralne ornamenty i zachodzące na siebie kółka. Proste stalowe ostrze miało długość wyciągniętego ramienia. Wypukłą gardę wykonano z grubego żelaza, a przytwierdzoną do miecza rękojeść z drewna jabłoni owinięto cienkimi paskami natłuszczonej skóry. Okrągła gałka na rękojeści była okręcona srebrnym drutem, który ciągle się zsuwał, w końcu go więc ściągnąłem i zrobiłem z niego niewyszukaną bransoletkę dla Lunete.

Na południe od rzeki znajdowała się kolejna rozległa łąka, na której pasły się woły. Ruszyły ociężale z miejsca, żeby się nam przyjrzeć. Zapewne właśnie to ściągnęło na nas kłopoty, gdyż wkrótce potem, gdy tylko weszliśmy do lasu po drugiej stronie łąki, usłyszałem za sobą głośny tętent kopyt. Ostrzegłem idących z przodu ludzi i odwróciłem się, obserwując uważnie ścieżkę. W jednej ręce trzymałem mocno włócznię, a w drugiej miecz.

Gałęzie drzew rosły w tym miejscu nisko, tak nisko, że po ścieżce nie dałoby się jechać konno. Ktokolwiek nas ścigał, musiał zejść z konia i pójść pieszo. Nie korzystaliśmy z szerokich traktów, tylko z ukrytych między drzewami wąskich ścieżek, na tyle wąskich, że nasi prześladowcy musieli iść gęsiego, podobnie jak my. Obawiałem się, że są to syluryjscy zwiadowcy, należący do niewielkiego oddziału Gundleusa. Któż inny chciałby wiedzieć, dlaczego pasące się leniwie nad rzeką woły nagle się poruszyły?

Gwlyddyn podszedł do mnie i wziął ciężką włócznię, którą miałem w ręce. Nasłuchiwał przez chwilę odległych kroków, po czym skinął głową jakby z zadowoleniem.

– Jest ich tylko dwóch – oznajmił spokojnie. – Zsiedli z koni i idą pieszo. Ja załatwię tego z przodu, a ty zajmij się tym drugim, dopóki nie będę mógł go zabić. – Gwlyddyn był niezwykle opanowany, co mnie trochę uspokoiło. – I pamiętaj, Derfel – dodał – że oni też się boją. – Pchnął mnie do cienia i przykucnąwszy po drugiej stronie ścieżki za korzeniami zwalonego buka, syknął: – Schowaj się!

Poczułem nagle paraliżujący strach. Pociły mi się ręce, drętwiała prawa noga, miałem sucho w gardle i zbierało mi się na wymioty. Hywel dobrze mnie wyszkolił, nigdy jednak nie stanąłem oko w oko z człowiekiem, który chciałby mnie zabić. Słyszałem zbliżających się ludzi, ale ich nie widziałem. Pragnąłem instynktownie rzucić się do ucieczki. Nie ruszyłem się jednak z miejsca. Nie miałem wyboru. Od dzieciństwa słuchałem opowieści o wojownikach i wpajano mi ciągle, że mężczyzna nigdy nie ucieka. Broni swojego pana, stawia czoło nieprzyjacielowi i nie ucieka. Teraz Ralla karmiła mego pana piersią, a ja musiałem walczyć z jego wrogami, jakże jednak pragnąłem być znowu dzieckiem i po prostu uciec! Obawiałem się, czy jest ich tylko dwóch. Tak czy inaczej, byli z pewnością doświadczonymi wojownikami. Zręcznymi, twardymi i bezwzględnymi.

– Spokojnie, chłopcze – powiedział cicho Gwlyddyn. Walczył kiedyś w oddziałach Uthera. Bił się z Saksonami i włócznikami z Powys. Teraz czaił się w leśnej gęstwinie na swej rodzinnej ziemi, ściskając w ogorzałych dłoniach długą włócznię. – Zemszczę się za mojego syna – powiedział z ponurym uśmiechem. – Bogowie są po naszej stronie.

Siedziałem ukryty za krzakami jeżyn i paprociami. W przemoczonym ubraniu było mi ciężko i niewygodnie. Spoglądałem na obrośnięte mchem pnie dorodnych drzew. Wzdrygnąłem się, gdy gdzieś w pobliżu zastukał dzięcioł. Miałem lepszą kryjówkę niż Gwlyddyn, ale i tak czułem się niepewnie, zwłaszcza w chwili, gdy kilkanaście kroków przede mną pojawili się w końcu nasi prześladowcy.

Byli to dwaj młodzi, zwinni włócznicy w skórzanych napierśnikach, rzemiennych getrach i narzuconych na ramiona powłóczystych brązowych płaszczach. Mieli obfite plecione brody i ciemne włosy, związane z tyłu skórzanymi paskami. Obaj nieśli długie włócznie, a drugi z mężczyzn uzbrojony był też w miecz, którego nie wyciągnął jeszcze zza pasa. Wstrzymałem oddech.

Włócznik idący z przodu podniósł rękę i obaj mężczyźni się zatrzymali. Nasłuchiwali przez chwilę, po czym ruszyli znów w naszym kierunku. Pierwszy z nich miał na twarzy bliznę, zapewne ślad po walce. Zobaczyłem w jego otwartych ustach szczerby między pożółkłymi zębami. Wyglądał na wyjątkowo twardego, doświadczonego i okrutnego wojownika. Znów ogarnęła mnie przemożna chęć ucieczki, ale nagle poczułem pulsowanie w bliźnie na lewej dłoni i przypomniawszy sobie obietnicę złożoną Nimue, poczułem przypływ odwagi.

– To był jeleń – stwierdził lekceważąco mężczyzna idący z tyłu. Zbliżali się teraz powoli, ostrożnie stawiając nogi i obserwując uważnie, czy w krzakach coś się nie porusza.

– Słyszeliśmy przecież płacz dziecka – nie ustępował pierwszy z mężczyzn, idący dwa kroki przed swoim towarzyszem, który wydawał mi się jeszcze wyższy i bardziej złowrogi.

– Ci dranie gdzieś zniknęli – powiedział człowiek idący z tyłu.

Zobaczyłem na jego twarzy krople potu i zauważyłem, jak ściska drzewce włóczni. Był wyraźnie zdenerwowany. Powtarzałem ciągle w myślach imię boga Bela, prosząc go o odwagę i błagając, by uczynił mnie mężczyzną. Syluryjczycy byli już sześć kroków od nas i nadal się zbliżali. W zielonym lesie było ciepło i bezwietrznie. Czułem zapach obu mężczyzn, woń ich skórzanych ubiorów i koni. Pot zalewał mi oczy i omal nie wyłem ze strachu, ale w tej właśnie chwili Gwlyddyn wyskoczył z zasadzki i z bojowym okrzykiem ruszył naprzód.

Pobiegłem za nim i nagle wyzbyłem się lęku. Po raz pierwszy w życiu poczułem szaloną, nadludzką radość walki. Później, dużo później przekonałem się, że radość i strach to dokładnie takie same uczucia, które w działaniu wzajemnie się przenikają, lecz owego letniego popołudnia było to dla mnie objawieniem. Niech Bóg i jego aniołowie mi wybaczą, ale tego dnia odkryłem radość płynącą z walki i potem przez długi czas poszukiwałem jej jak spragniony człowiek wody. Pędziłem przed siebie, krzycząc jak Gwlyddyn, nie byłem jednak na tyle szalony, by ślepo za nim biec. Trzymałem się prawej strony wąskiej ścieżki, aby go ominąć, gdy zaatakuje będącego bliżej Syluryjczyka.

Nieprzyjaciel próbował odeprzeć atak Gwlyddyna, ale cieśla przewidział jego ruch, uniósł włócznię wyżej i trafił w cel. Wszystko rozegrało się błyskawicznie. Już po chwili groźny Syluryjczyk chwytał z trudem powietrze i miał na twarzy grymas bólu, gdy Gwlyddyn przebił ciężką włócznią jego skórzaną kolczugę i zanurzył mu w piersi stalowy grot. Minąłem go tymczasem, wywijając z krzykiem mieczem. Nie czułem już strachu, może dlatego że dusza zmarłego Hywla wróciła z Krainy Cieni i wniknęła we mnie, nagle bowiem wiedziałem dokładnie, co mam robić, i mój bojowy okrzyk brzmiał triumfalnie.

Drugi mężczyzna miał nieco więcej czasu na reakcję niż jego umierający towarzysz, zdążył więc przykucnąć i mógł poderwać włócznię z zabójczą siłą. Skoczyłem na niego i zobaczywszy wymierzony we mnie lśniący grot, zrobiłem unik i uderzyłem mieczem w drzewce włóczni, na tyle mocno, by odparować jego cios, ale i utrzymać w ręce broń. Przypomniałem sobie słowa Hywla: „Pamiętaj o przegubach, chłopcze, o przegubach!" Z jego imieniem na ustach zamachnąłem się i zadałem Syluryjczykowi cios w kark.

Wszystko rozegrało się w jednej chwili. Przegub kieruje mieczem, ale ramię nadaje ciosowi siłę, a mnie wspierał tego dnia potężny Hywel. Stal zagłębiła się w szyję Syluryjczyka jak topór w spróchniałe drewno. W swojej naiwności sądziłem początkowo, że mój przeciwnik przeżyje, i wyciągnąłem miecz, aby zadać mu kolejny cios. Gdy to zrobiłem, zalał się krwią. Słyszałem jego chrapliwy oddech i widziałem, jak próbuje jeszcze unieść włócznię, ale z ust buchnęła mu posoka i osunął się na pokrytą liśćmi ziemię.

Stałem jak skamieniały, drżąc na całym ciele. Nagle zachciało mi się płakać. Nie docierało do mnie to, co zrobiłem. Nie cieszyłem się ze zwycięstwa. Miałem poczucie winy. Byłem zaszokowany. Mój miecz tkwił nadal w gardle martwego wroga, na którym siadały już muchy. Nie mogłem się poruszyć.

Gdzieś wysoko w gałęziach rozległ się krzyk ptaka. Poczułem, że Gwlyddyn obejmuje mnie swym silnym ramieniem. Po twarzy płynęły mi łzy.

– Jesteś dobrym chłopcem, Derfel – pochwalił mnie Gwlyddyn. Odwróciłem się i przylgnąłem do niego jak dziecko do ojca. – Dzielnie się spisałeś – dodał. – Bardzo dzielnie.

– Poklepywał mnie niezdarnie po plecach, dopóki nie przestałem płakać.

– Przepraszam – powiedziałem nieoczekiwanie.

– Przepraszasz? – zaśmiał się. – Za co? Hywel zawsze powtarzał, że jesteś najzdolniejszym z jego uczniów i powinienem był mu wierzyć. Jesteś naprawdę szybki. Chodź, musimy zobaczyć, co zdobyliśmy.

Wziąłem pochwę zabitego włócznika, zrobioną ze wzmocnionej wierzbowymi witkami skóry, i stwierdziłem, że miecz Hywla nieźle do niej pasuje. Potem przeszukaliśmy zwłoki obu wrogów, zabierając wszystko, co miało jakąkolwiek wartość: niedojrzałe jabłko, starą wytartą do gładkości monetę, dwa płaszcze, broń, skórzane rzemyki i nóż z kościaną rękojeścią. Gwlyddyn zastanawiał się, czy nie powinniśmy przyprowadzić koni, uznał jednak, że nie mamy na to czasu. Mnie było wszystko jedno. Miałem łzy w oczach, ale uszedłem z życiem, zabijając człowieka w obronie mojego króla, i czułem się z tego powodu niewiarygodnie szczęśliwy. Gdy dotarliśmy z powrotem do grupy przestraszonych uciekinierów, Gwlyddyn uniósł w górę moją rękę na znak, że dobrze się spisałem.

– Narobiliście potwornego hałasu! – burknęła Morgana.

– Zaraz będziemy mieli na karku połowę oddziałów Gundleusa. Ruszajmy w drogę!

Nimue nie okazała zainteresowania moim zwycięstwem, za to Lunete chciała się wszystkiego dowiedzieć. Ubarwiłem znacznie swoją opowieść, a podziw dziewczyny sprawiał, że fantazjowałem coraz bardziej. Znów wzięła mnie pod ramię. Patrząc w jej ciemne oczy, zastanawiałem się, dlaczego nigdy dotąd nie zauważyłem, jaka jest piękna. Podobnie jak Nimue miała trójkątną twarz, która nie emanowała jednak życiową mądrością, lecz subtelnym, zabarwionym ironią ciepłem. Jej bliskość dodawała mi wiary w siebie. Po długim marszu skręciliśmy w końcu na wschód, w kierunku wzgórz, wśród których odznaczało się wyraźnie Caer Cadarn.

Godzinę później zatrzymaliśmy się na skraju lasu. Był już wieczór, ale letnie słońce stało nadal wysoko na niebie i zachodnie wały Caer Cadarn tonęły w cudownej zielonej poświacie. Znajdowaliśmy się milę od fortecy, dostatecznie blisko, aby dostrzec żółte palisady na wałach i stwierdzić, że nie ma tam strażników, a nad niewielką osadą nie unosi się dym.

Nie było też jednak widać nieprzyjaciela, Morgana postanowiła więc przejść przez pola i dotrzeć ścieżką po zachodnim zboczu do królewskiej fortecy. Gwlyddyn uważał, że powinniśmy zostać do zmroku w lesie albo udać się do leżącej w pobliżu osady Lindinis, ale Gwlyddyn był tylko cieślą, a Morgana wysoko urodzoną damą, przystał więc na jej propozycję.

Szliśmy po łąkach, widząc przed sobą nasze długie cienie. Wyskubana przez jelenie lub bydło soczysta trawa ścieliła się miękko pod naszymi stopami. Nadal oszołomiona Nimue zdjęła pożyczone buty i szła boso. W górze szybował jastrząb. W pewnej chwili wyskoczył nam spod nóg przestraszony zając i pognał przed siebie.

Podążaliśmy ścieżką, na której skraju rosły bławatki, złocienie, ambrozje i derenie. Pozostawiliśmy za sobą pogrążający się już w mroku las. Byliśmy zmęczeni i obdarci, ale zbliżał się kres podróży i niektórych z nas przepełniała radość. Mordred wracał z nami do miejsca swoich narodzin, na królewskie wzgórze. Nie przebyliśmy jednak nawet połowy drogi do jego wspaniałych, zielonych zboczy, gdy za naszymi plecami pojawił się nieprzyjaciel.

Był to oddział Gundleusa. Nie tylko jeźdźcy, którzy dotarli rano do Ynys Wydryn, ale również włócznicy. Gundleus musiał od razu się domyślić, dokąd pójdziemy, sprowadził więc konnicę i ponad stu włóczników do świętego przybytku królów Dumnonii. Przybyłby zresztą do Caer Cadarn, nawet gdyby nie musiał ścigać małego Mordreda, bo chciał korony

Dumnonii, a tam właśnie wkładano ją na głowę władcy. Jak mówiło stare porzekadło: kto posiadł Caer Cadarn, posiadł Dumnonię, a kto rządził Dumnonią, rządził Brytanią.

Syluryjscy jeźdźcy galopowali do przodu, zostawiając za sobą włóczników. Potrzebowali tylko paru minut, żeby nas dogonić. Wiedziałem, że nawet pędząc co sił w nogach, nie zdążymy dobiec do fortecy. Nie było sposobu, żeby uciec przed ich mieczami i włóczniami. Podszedłszy do Nimue, zobaczyłem, że jej szczupła twarz jest blada ze zmęczenia, a ocalałe oko podkrążone i pełne łez.

– Nimue? – powiedziałem ostrożnie.

– Nic mi nie jest, Derfel. – Była najwyraźniej zła, że się o nią troszczę.

Uznałem, że z pewnością oszalała. Doświadczyła najwięcej ze wszystkich ludzi, którzy przeżyli ten straszny dzień, i doprowadziło to ją do takiego stanu, że nie mogliśmy się porozumieć.

– Naprawdę cię kocham – powiedziałem z nadzieją, że moje czułe słowa przenikną do jej duszy.

– Mnie? A nie Lunete? – odparła gniewnie.

Nie patrzyła na mnie, tylko w kierunku fortecy. Ja tymczasem odwróciłem głowę i obserwowałem zbliżających się jeźdźców, którzy rozciągnęli się w tyralierę jak na polowaniu. Ich płaszcze spoczywały na zadach koni, pochwy mieczy zwisały obok dyndających nóg, a groty włóczni lśniły w promieniach słońca. Oświetlało ono też sztandar z wizerunkiem lisa, łopoczący nad Gundleusem, który miał na głowie żelazny hełm z lisią kitą. Towarzyszyła mu Ladwys z mieczem w dłoni, a Tanaburs, powiewając połami długiej szaty, jechał na szarym koniu tuż obok króla. Pomyślałem, że umrę w dniu, w którym stałem się mężczyzną. Jakaż byłaby to ironia losu.

– Biegnijcie! – krzyknęła nagle Morgana. – Biegnijcie! Sądziłem, że wpadła w panikę, i nie chciałem jej słuchać, uznałem bowiem, iż godniej jest zostać na miejscu i umrzeć jak mężczyzna, niż zginąć jak uciekinier od ciosu w plecy. Wkrótce przekonałem się jednak, że Morgana miała rację. Forteca Caer Cadarn wcale nie była opuszczona. Z otwartej bramy wypadli na drogę piesi wojownicy i jeźdźcy. Byli ubrani podobnie jak ludzie Gundleusa, tyle że mieli tarcze ze smokiem.

Ruszyłem naprzód, ciągnąc Nimue za sobą. Garstka jeźdźców galopowała z fortecy w naszym kierunku. Było ich zaledwie kilkunastu, ale to wystarczyło, by powstrzymać pościg. Za jeźdźcami pojawili się nasi włócznicy.

– Jest ich pięćdziesięciu – stwierdził Gwlyddyn, policzywszy, ilu ludzi przybyło nam z odsieczą. – Za mało, żeby pokonać Gundleusa – dodał posępnie – ale może uda nam się schronić w fortecy.

Gundleus, dokonawszy zapewne podobnych wyliczeń, poprowadził swoich jeźdźców szerokim łukiem, aby otoczyć naszych włóczników. Chciał odciąć nam drogę ucieczki, gdyż w ten sposób mógł zabić wszystkich wrogów, bez względu na to, czy byłoby ich siedemdziesięciu czy siedmiu. Gundleus miał liczebną przewagę, a opuszczając fortecę, wojownicy Dumnonii tracili korzystną pozycję obronną.

Galopujący jeźdźcy przemknęli obok nas, a spod końskich kopyt wytrysnęły kawałki darni. Nie byli to siejący postrach legendarni wojownicy Artura, lecz lekko uzbrojeni zwiadowcy, którzy zazwyczaj zsiadali z koni przed przystąpieniem do walki, teraz jednak stanęli murem, aby ochronić nas przed Syluryjczykami. Po chwili przybyli nasi włócznicy i utworzyli ścianę z tarcz. Jej widok dodał nam otuchy, która przemieniła się niemal w euforię, gdy zobaczyliśmy, kto dowodzi tymi ludźmi. Był to Owain, potężny Owain, królewski czempion i najsławniejszy wojownik w całej Brytanii. Sądziliśmy, że walczy u boku żołnierzy Gwentu daleko na północy, w górach Powys, a tymczasem przebywał w Caer Cadarn.

Jednak, mówiąc szczerze, Gundleus miał mimo wszystko nad nami przewagę. Dwunastu jeźdźców, pięćdziesięciu włóczników i trzydziestu wyczerpanych uciekinierów otaczały na otwartej przestrzeni prawie dwukrotnie liczniejsze siły.

Słońce nadal świeciło jasno. Brakowało dwóch godzin do zmierzchu i czterech do zapadnięcia zmroku, Gundleus miał więc dość czasu, aby dokonać rzezi, najpierw jednak próbował się z nami dogadać. Podjechał naprzód, prezentując się wspaniale na swym spienionym koniu. Na znak rozejmu miał odwróconą tarczę.

– Wojownicy Dumnonii! – zawołał. – Dajcie mi chłopca, a odjadę w pokoju! – Nikt mu nie odpowiedział. Owain ukrył się za ścianą tarcz, aby Gundleus, nie widząc dowódcy, zwracał się do nas wszystkich. – To kalekie dziecko! – wołał syluryjski król. – Przeklęte przez bogów! Czy myślicie, że kraj rządzony przez kalekę może być szczęśliwy? Chcecie, żeby niszczały wam zbiory? Żeby rodziły się wam chore dzieci? Żeby bydło padało od zarazy? Żeby Saksonowie stali się panami tej ziemi? Kaleki król sprowadza same nieszczęścia.

Nadal nikt się nie odzywał, choć Bóg wie ilu ludzi w naszym pospiesznie ustawionym szyku miało obawy, że Gundleus mówi prawdę.

Syluryjski król zdjął hełm i ukazując swoje długie włosy, uśmiechnął się z politowaniem.

– Daruję wam życie – obiecał – jeśli oddacie mi dziecko. – Nie doczekawszy się odpowiedzi, zapytał w końcu: – Kto wami dowodzi?

– Ja! – rzekł Owain, wychodząc wreszcie przed ścianę tarcz.

– Owain! – Gundleus rozpoznał go i miałem wrażenie, że dostrzegłem w jego oczach błysk strachu. Podobnie jak my nie wiedział, że Owain wrócił do stolicy Dumnonii. Nadal był jednak pewien zwycięstwa, choć musiał zdawać sobie sprawę, że mając za przeciwnika Owaina nie wygra łatwo. – Lordzie Owainie – powiedział, tytułując bohatera Dumnonii tak, jak należało. – Pozdrawiam cię, synu Eilynona i wnuku Culwasa! – Tu uniósł ku słońcu grot włóczni. – Masz syna, lordzie Owainie.

– Jak wielu mężczyzn – odparł obojętnie Owain. – Co to ma do rzeczy?

– Czy chcesz, żeby twój syn stracił ojca? – zapytał Gundleus. – Chcesz, by twoje ziemie leżały odłogiem? Żeby spłonął ci dom? Żeby moi ludzie zabawiali się z twoją żoną?

– Moja żona pokonałaby was wszystkich, ciebie także – odparł Owain. – Chcesz się zabawić, Gundleusie, to idź do tej swojej dziwki – wskazał głową Ladwys – a gdybyś nie chciał dzielić się nią z twoimi ludźmi, Dumnonia może podarować Sylurii parę samotnych owieczek.

Zuchwałość Owaina wzbudziła nasz entuzjazm. Z potężną włócznią, długim mieczem i obitą żelazem tarczą wydawał się nieustraszony. Zawsze walczył z gołą głową, gardząc hełmem. Na imponująco umięśnionych ramionach miał wytatuowanego smoka, symbol Dumnonii, i swe własne godło: dzika z długimi kłami.

– Oddaj mi chłopca – powtórzył Gundleus, nie zwracając uwagi na obraźliwe słowa, które były tylko wyzwaniem do walki. – Oddaj mi kalekiego króla!

– Daj mi swoją dziwkę, Gundleusie – odparował Owain. – Nie potrafisz jej dogodzić. Daj mi ją i możesz odjechać w pokoju.

Gundleus splunął na ziemię i odpowiedział:

– Bardowie będą śpiewali balladę o twojej śmierci, Owainie. Pieśń o zarzynaniu dzikiej świni.

Owain wbił w ziemię drzewce włóczni.

– Ta dzika świnia, Gundleusie ap Meilyrze, królu Sylurii – krzyknął – zginie w tym miejscu albo nasika na twoje zwłoki. Zabieraj się stąd!

Gundleus uśmiechnął się, wzruszył ramionami i odjechał, odwracając tarczę na znak, że szykuje się do walki.

Była to moja pierwsza bitwa.

Nasi jeźdźcy ustawili się za włócznikami, aby jak najdłużej chronić kobiety i dzieci. Pozostali mężczyźni stanęli w szyku bojowym, obserwując nieprzyjaciół, którzy uczynili to samo. Zdrajca Ligessak był w szeregach Syluryjczyków. Tanaburs odprawiał czary przed wojownikami Gundleusa, którzy szli teraz powoli po pastwisku, ukryci za rzędem tarcz. Druid podskakiwał na jednej nodze z podniesioną do góry ręką i zamkniętym okiem. Dopiero gdy skończył magiczny ceremoniał, Syluryjczycy zaczęli wykrzykiwać obelgi pod naszym adresem. Ostrzegali nas przed nieuchronną masakrą i chełpili się, ilu z nas zabiją. Zauważyłem jednak, że zbliżają się bardzo wolno, a gdy podeszli na odległość pięćdziesięciu kroków, nagle stanęli. Niektórzy z naszych ludzi szydzili z ich nieśmiałości, ale Owain kazał im milczeć.

Ustawieni w bojowym szyku wojownicy stali w bezruchu naprzeciwko siebie.

Trzeba niezwykłej odwagi, by zaatakować nieprzyjaciela ukrytego za ścianą tarcz. Dlatego tylu ludzi upija się przed walką. Widziałem armie, które wyczekiwały całymi godzinami, by żołnierze nabrali dość odwagi. Im starszy wojownik, tym więcej jej potrzebuje. Młodzi żołnierze ruszają do ataku i giną, ale starsi wiedzą już, jak straszna grozi im śmierć. Nie miałem tarczy, osłaniali mnie jednak stojący obok wojownicy. Tworzyli tak zwarty szereg, że gdyby ktokolwiek próbował nas zaatakować, natknąłby się na litą ścianę obciągniętych skórą drewnianych tarcz, najeżoną ostrymi jak brzytwa grotami włóczni.

Syluryjczycy zaczęli uderzać rytmicznie drzewcami w tarcze. Miało to wzbudzić nasz niepokój, nie okazaliśmy jednak strachu. Ścieśniliśmy się tylko jeszcze bardziej w oczekiwaniu na atak.

– Najpierw będzie pozorowane natarcie, chłopcze – przestrzegł mnie stojący obok wojownik.

Zaledwie to powiedział, kilku Syluryjczyków podbiegło z krzykiem w naszym kierunku, ciskając długie włócznie w środek naszej linii obrony. Włócznie trafiły w tarcze, ale w tym momencie wszyscy żołnierze Gundleusa ruszyli z miejsca. Owain natychmiast rozkazał nam także maszerować do przodu, co powstrzymało groźbę ataku nieprzyjaciela. Nasi wojownicy wyrwali tkwiące w ich tarczach włócznie i utworzyli znowu zwarty szereg.

– Cofajcie się powoli! – rozkazał Owain.

Miał nadzieję, że zdążymy dotrzeć niepostrzeżenie do odległego o pół mili Caer Cadarn, zanim Syluryjczycy odważą się nas zaatakować. Aby zyskać na czasie, wyszedł naprzód i próbował wyzwać Gundleusa na pojedynek.

– Czyżbyś był kobietą, Gundleusie? – zawołał. – Zabrakło ci odwagi? Może wypiłeś za mało miodu? Zajmij się lepiej tkactwem, kobieto. I haftem! Wracaj do wrzeciona!

Wycofywaliśmy się powoli, ale nagle nieprzyjaciel znowu zaatakował, musieliśmy więc zatrzymać się i ukryć za tarczami. W powietrzu śmigały włócznie. Jedna z nich przeleciała mi ze świstem nad głową. Przypominało to gwałtowny podmuch wiatru. Natarcie było jednak znów pozorowane. Chodziło tylko o to, by nas zastraszyć. Ligessak strzelał z łuku, ale musiał być pijany, bo strzały szybowały w powietrze. W kierunku Owaina rzucono kilkanaście włóczni. Niektóre chybiły, inne odtrącił pogardliwie od siebie, naigrawając się z włóczników.

– Kto was uczył rzucać włócznią? Wasze matki? – Splunął w kierunku nieprzyjaciół. – Chodź, Gundleusie! Walcz ze mną! Pokaż swoim pachołkom, że jesteś monarchą, a nie szczurem!

Syluryjczycy uderzali włóczniami w tarcze, żeby zagłuszyć obelgi Owaina. Ten odwrócił się do nich pogardliwie plecami i podszedłszy do nas powoli, zawołał cicho:

– Cofajcie się!

W tym momencie dwaj Syluryjczycy, rzuciwszy na ziemię tarcze i broń, rozebrali się do naga. Stojący obok mnie wojownik splunął przed siebie.

– Teraz zaczną się kłopoty – ostrzegł ponurym tonem. Nadzy mężczyźni byli prawdopodobnie pijani albo czymś odurzeni, gdyż wydawało im się, że są pod opieką bogów i żaden miecz nie może ich zranić. Słyszałem o takich ludziach i wiedziałem, że ich samobójcza szarża jest zwykle sygnałem do właściwego ataku. Ścisnąłem mocno miecz i próbowałem złożyć ślubowanie, że godnie umrę, ale tak naprawdę miałem ochotę wyć z żalu. Tego dnia stałem się mężczyzną i od razu musiałem zginąć. Pomyślałem, że dołączę do Uthera i Hywla w Krainie Cieni i będę tam czekał wiele mrocznych lat, aż moja dusza znajdzie inne ludzkie ciało, by powrócić do tego zielonego świata.

Dwaj mężczyźni rozwiązali włosy i podniósłszy włócznie i miecze, zaczęli tańczyć przed ustawionymi w szyku

Syluryjczykami. Wprawiali się w stan ekstatycznego uniesienia, dzięki któremu mogli dokonać bohaterskich czynów. Gundleus siedział na koniu pod swoim sztandarem, uśmiechając się do nagich mężczyzn, których ciała były pokryte wymyślnymi błękitnymi tatuażami. Za plecami słyszeliśmy płacz dzieci i modlitwy kobiet. Nadzy mężczyźni tańczyli coraz bliżej nas. Ich włócznie i miecze wirowały w wieczornych promieniach słońca. Tacy ludzie nie potrzebowali tarcz, ubrań ani broni. Chronili ich bogowie, a sława była dla nich najwyższą nagrodą. Gdyby zdołali zabić Owaina, bardowie opiewaliby przez lata ich zwycięstwo. Zbliżali się z dwóch stron do naszego wojownika, który uniósł lekko włócznię, aby odeprzeć ich szaleńczy atak, mający być również sygnałem do natarcia dla sił wroga.

I wtedy rozległ się głos rogu.

Był to niewiarygodnie czysty i donośny dźwięk, jakiego nie słyszałem nigdy przedtem. Zabrzmiał raz, potem drugi. Nawet nadzy Syluryjczycy znieruchomieli i odwrócili głowy na wschód, skąd dochodził niezwykły odgłos.

Ja też spojrzałem w tamtym kierunku.

Zobaczyłem olśniewający blask, jakby nagle pod wieczór wzeszło nowe słońce. Świetlisty promień omiótł łąkę, oślepiając nas i oszałamiając, ale zaraz powędrował dalej i zobaczyłem, że to tylko odbicie słońca od lśniącej jak zwierciadło tarczy. Trzymał ją człowiek o niezwykłym wyglądzie. Wspaniały mężczyzna, siedzący dumnie na pięknym koniu w otoczeniu podobnych mu uzbrojonych ludzi z pióropuszami na hełmach, ludzi, którzy przybyli na pole walki jakby na wezwanie bogów. Nad ich głowami powiewała flaga, którą miałem pokochać bardziej niż jakąkolwiek inną na ziemi: sztandar z wizerunkiem niedźwiedzia.

Róg zabrzmiał po raz trzeci i nagle uświadomiłem sobie, że nie umrę. Po policzkach spływały mi łzy radości. Nasi włócznicy na przemian krzyczeli i płakali, gdy ziemia zadrżała pod kopytami galopujących koni. Przybywali nam na ratunek wojownicy, będący niemal bogami.

Artur nareszcie powrócił.

CZĘŚĆ DRUGA

KRÓLEWSKA WYBRANKA

Igraine jest niezadowolona. Domaga się opowieści o dzieciństwie Artura. Słyszała o mieczu tkwiącym w kamieniu i chce, żebym o tym napisał. Twierdzi, że Artur został spłodzony w łonie królowej przez ducha i że niebiosa huczały od grzmotów w noc jego narodzin. Może i tak było, ale wszyscy ludzie, z którymi rozmawiałem, po prostu wtedy spali. A co do miecza w kamieniu, cóż, był i miecz, i kamień, pojawią się jednak dopiero w dalszej części tej historii. Miecz nosił nazwę Caledfwlch, co oznacza „potężny grzmot", choć Igraine woli nazywać go Excaliburem i ja też tak go będę nazywał, gdyż Artur nigdy nie przywiązywał wagi do tego, jakim mianem określa się jego broń. Nie słyszałem też, by opowiadał kiedykolwiek o swoim dzieciństwie. Gdy zapytałem go kiedyś o szczenięce lata, odparł: „Co orzeł ma wspólnego z jajkiem, z którego się wykluł?" Potem dodał, że urodził się, dorastał, a z czasem został żołnierzem. Uważał, że nie muszę wiedzieć nic więcej.

Ale dla Igraine, mojej najszlachetniejszej i najhojniejszej opiekunki, napiszę o wszystkim, czego się dowiedziałem. Artur był synem Uthera, choć ten wyparł się go w Glevum, niewiele jednak wynikało z tego korzyści, gdyż Wielki Król płodził tyle nieślubnych dzieci, ile kocur kociąt. Matka Artura, podobnie jak moja droga królowa, miała na imię Igraine. Pochodziła z Caer Gei w Gwynedd i była podobno córką Cuneddy, władcy Gwynedd, będącego Wielkim Królem przed Utherem. Nie była jednak księżniczką, gdyż jej matka nie poślubiła Cuneddy, lecz wodza Henis Wyren. Artur powtarzał zawsze, że Igraine z Gwynedd, która umarła, zanim stał się mężczyzną, była najwspanialszą, najmądrzejszą i najpiękniejszą matką, choć zdaniem Ceia, który dobrze ją znał, nie brakowało jej przebiegłości. Cei jest synem Ectora ap Ednywaina, wodza z Caer Gei, który zabrał Igraine i jej czworo nieślubnych dzieci do swego domu, gdy Uther ich porzucił. Stało się to w roku narodzin Artura i Igraine nigdy tego synowi nie wybaczyła. Zwykła mówić, że ma o jedno dziecko za dużo, i była przekonana, że gdyby Artur nie przyszedł na świat, rządziłaby królestwem u boku Uthera jako jego kochanka.

Artur był czwartym żyjącym dzieckiem Igraine. Miał trzy starsze siostry. Uther najwyraźniej wolał, by jego nieślubne dzieci były płci żeńskiej, gdyż istniało mniejsze prawdopodobieństwo, że upomną się w przyszłości o swoje dziedzictwo. Cei i Artur dorastali razem. Cei mówi, choć nigdy w obecności Artura, że obaj bali się Igraine. Artur był zawsze posłusznym i pracowitym chłopcem. Starał się osiągać we wszystkim najlepsze wyniki, czy to w czytaniu, czy w walce na miecze, ale matka wcale nie cieszyła się z jego sukcesów, choć ją uwielbiał, stawał w jej obronie i płakał rzewnymi łzami, gdy umarła z powodu gorączki. Artur miał wtedy trzynaście lat i Ector, jego opiekun, poprosił Uthera, by pomógł czworgu osieroconym dzieciom Igraine. Uther sprowadził je do Caer Cadarn, licząc zapewne na to, że trzy dziewczyny przydadzą mu się do zawierania dynastycznych małżeństw. Związek Morgany z księciem Kernow trwał krótko z powodu tragicznego pożaru, natomiast Morgause wyszła za króla Lota z Locji, a Anna została żoną króla Budika ap Carana z zamorskiej Bretanii. Te dwa ostatnie małżeństwa nie miały większego znaczenia, gdyż oba królestwa leżały zbyt daleko, by w razie wojny przysłać do Dumnonii posiłki, ale zawsze wynikały z nich jakieś korzyści. Artur, będąc chłopcem, nie mógł się na wiele przydać, zamieszkał więc na dworze Uthera i uczył się władać mieczem i włócznią. Poznał tam też Merlina, choć obaj niewiele mówili o tym, co ich wtedy łączyło. W końcu Artur, zdesperowany obojętnością Uthera, wyruszył do swojej siostry Anny. Walcząc z Galami w Bretanii, zdobył sławę dzielnego wojownika. Anna, świadoma niezwykłych umiejętności brata, zawiadomiła o jego wyczynach Uthera. Dlatego Wielki Król sprowadził Artura z powrotem do Brytanii na wojnę, która skończyła się śmiercią Mordreda. Resztę już znacie.

Teraz opowiedziałem Igraine wszystko, co wiem o dzieciństwie Artura. Z pewnością upiększy tę opowieść wymyślonymi przez lud legendami. Odbiera ode mnie kolejne pergaminy, które przepisuje potem w oficjalnym języku Brytanii Dafydd ap Gruffud, mówiący po saksońsku urzędnik sądowy. Nie jestem pewien, czy on albo Igraine nie przekręcają moich słów. Czasem żałuję, że nie mam odwagi spisywać tej historii w języku Brytów, ale biskup Sansum, którego Bóg miłuje ponad wszystkich świętych, nadal podejrzliwie obserwuje moją pracę. Próbował mnie od niej odwieść, uciekając się do szatańskich sztuczek. Pewnego dnia zniknęły gdzieś moje pióra, a kiedy indziej kałamarz był wypełniony uryną. Igraine potrafi jednak wszystkiemu zaradzić, jeśli więc Sansum nie nauczy się czytać i nie opanuje języka Saksonów, nie przekona się nigdy, że moje dzieło nie jest w istocie saksońskim przekładem Ewangelii.

Igraine nalega, żebym pisał więcej i szybciej. Domaga się całej prawdy o Arturze, a potem narzeka, że nie przystaje ona do legend, które słyszała w zamkowej kuchni czy w garderobie. Chce czytać o dzikich bestiach, które zmieniają kształty i ścigają bohaterów, ale nie mogę przecież wymyślać niestworzonych rzeczy. Niech Bóg mi wybaczy, jeśli w paru miejscach minąłem się z prawdą, bo nie chodziło tam o nic ważnego. Otóż zdawałem sobie sprawę, że Artur przybędzie nam na pomoc, zanim jeszcze pojawił się pod Caer Cadarn. Owain i jego ludzie wiedzieli, że wrócił właśnie ze swymi jeźdźcami z Bretanii i ukrywa się w lasach na północ od zamku. Wiedzieli też o zbliżającym się oddziale Gundleusa. Syluryjski władca popełnił błąd, podpalając Tor, gdyż słup dymu stał się sygnałem ostrzegawczym dla całego południa królestwa. Konni zwiadowcy Owaina obserwowali ludzi Gundleusa już od wielu godzin. Owain pomógł Agrykoli pokonać Gorfyddyda, a potem pospieszył na południe, aby powitać Artura. Nie był to gest przyjaźni. Chciał po prostu być obecny, gdy w królestwie pojawi się jego rywal. Mieliśmy szczęście, że Owain wrócił. Mimo wszystko jednak bitwa nie mogła przebiegać tak, jak ją opisałem. Gdyby Owain nie wiedział, że Artur jest w pobliżu, kazałby najszybszemu jeźdźcowi odwieźć małego Mordreda w bezpieczne miejsce. Ocalałby więc, nawet gdybyśmy wszyscy polegli. Mógłbym, oczywiście, napisać prawdę, ale nauczyłem się od bardów, jak snuć opowieść, aby słuchacze czekali z zainteresowaniem na jej finał. Myślę zatem, że wiadomość o przybyciu Artura należało zostawić na sam koniec. To drobne przekłamanie, ale Bóg wie, że Sansum nigdy by mi go nie wybaczył.

W Dinnewrac jest nadal zima i panuje siarczysty mróz, ale odkąd brat Aron zamarzł w swojej celi, król Brochvael kazał Sansumowi rozpalać ogniska. Święty nie spełnił jego polecenia, dopóki król nie przysłał z zamku drewna na opał. Teraz mamy kilka niedużych ognisk, które ułatwiają pisanie. Poza tym ostatnio świątobliwy Sansum jest mniej wścibski. Do naszego małego stadka dołączyli dwaj nowicjusze, chłopcy jeszcze przed mutacją, i Sansum zajął się osobiście ich edukacją w duchu nauki Chrystusa Zbawiciela. Nasz Święty wykazuje taką troskę o ich nieśmiertelne dusze, że domaga się nawet, aby chłopcy spali z nim w jednej celi, i ich towarzystwo najwyraźniej go uszczęśliwia. Bogu niech za to będą dzięki, a także za dar ognia i siłę potrzebną do kontynuowania opowieści o Arturze, Niedoszłym Królu, Nieprzyjacielu Boga i Walecznym Wodzu.

Nie będę was zamęczał szczegółowym opisem bitwy pod Caer Cadarn. Był to pogrom, z którego ocalała tylko garstka Syluryjczyków. Zdrajca Ligessak zdołał uciec, ale większość żołnierzy Gundleusa pojmano. Poległo wielu wrogów, w tym dwóch nagich wojowników, których uśmiercił włócznią Owain. Gundleus, Ladwys i Tanaburs zostali wzięci do niewoli. Ja nikogo nie zabiłem. Nie wyszczerbiłem nawet ostrza swojego miecza.

Niewiele też pamiętam z tej bitwy, bo przez cały czas nie mogłem oderwać oczu od Artura.

Siedział na swojej klaczy Llamrei, wielkim czarnym koniu z kosmatymi pęcinami i płaskimi podkowami, przytwierdzonymi do kopyt za pomocą skórzanych rzemieni. Wszyscy ludzie Artura dosiadali równie wspaniałych koni, które miały rozcięte nozdrza, aby łatwiej im było oddychać. Wyglądały jeszcze bardziej imponująco dzięki skórzanym osłonom, chroniącym je przed grotami włóczni. Były one tak grube i ciężkie, że po bitwie konie nie mogły opuszczać łbów i skubać trawy, Artur kazał więc jednemu z parobków rozwiązać rzemienie, aby Llamrei trochę się popasła. Każdego rumaka obsługiwało dwóch stajennych. Jeden zajmował się skórzaną osłoną, derką i siodłem, a drugi prowadził konia za uzdę. Trzeci służący niósł włócznię i tarczę wojownika. Długa i ciężka włócznia Artura nazywała się Rhongomyniad, a jego tarcza Wynebgwrthucher była zrobiona z wierzbowych desek, pokrytych warstwą wypolerowanego do połysku kutego srebra. Przy nodze miał nóż zwany Carnwenhau, a w czarnej, przetykanej złotą nicią pochwie spoczywał słynny Excalibur.

Nie widziałem początkowo twarzy Artura, gdyż na głowie miał hełm ze szparą na oczy i otworem na usta, wykonany ze zdobionej srebrem lśniącej stali i zwieńczony grzebieniem z białych gęsich piór. Wyglądał złowieszczo, jak trupia czaszka. Płaszcz Artura, podobnie jak pióropusz, był biały, zawsze starannie utrzymywany w czystości. Zwisał mu z ramion, chroniąc przed słońcem długą kolczugę, jakiej nigdy przedtem nie widziałem. Hywel opowiadał mi o niej, a zobaczywszy Artura, zapragnąłem mieć taką samą. Była to rzymska kolczuga, wykonana z setek żelaznych płytek, nie większych niż opuszka palca i przyszytych rzędami do sięgającego kolan skórzanego kaftana. Miały kształt łusek z dwoma otworami u góry, przez które przetkano nić, i zachodziły na siebie w taki sposób, że grot włóczni napotykał zawsze co najmniej dwie warstwy żelaza, zanim trafiał w twardą skórę pod spodem. Sztywna kolczuga dźwięczała przy każdym ruchu. Nie był to tylko odgłos żelaza, gdyż kowale dodali do niej rząd złotych płytek przy kołnierzu i pojedyncze srebrne płytki pomiędzy stalowymi, tak iż cała zbroja zdawała się lśnić. Trzeba było czyścić ją codziennie przez wiele godzin, aby żelazo nie rdzewiało, a po każdej bitwie brakowało kilku płytek i musiano je uzupełniać. Niewielu kowali potrafiło zrobić taką kolczugę i mało kto mógł sobie na nią pozwolić. Artur zabrał ją frankońskiemu wodzowi, którego zabił w Armoryce. Oprócz hełmu, płaszcza i kolczugi miał skórzane buty, rękawice i pas, na którym nosił swój miecz Excalibur, wetknięty do wyszywanej złotą nicią pochwy, która chroniła ponoć jego posiadacza od wszelkiego zła.

Widok Artura był dla mnie objawieniem. Wydawał mi się świetlistym bogiem, który zstąpił na ziemię. Nie mogłem oderwać od niego oczu.

Uścisnął Owaina i usłyszałem ich śmiech. Owain był wysoki i muskularny, Artur zaś, choć szczuplejszy i nie tak dobrze zbudowany, dorównywał mu wzrostem. Poklepali się wzajemnie po plecach i poszli serdecznie objęci do miejsca, gdzie Ralla trzymała na rękach Mordreda.

Artur padł na kolana przed swoim królem i z zadziwiającą delikatnością, jak na człowieka w ciężkiej kolczudze, uniósł rękę w skórzanej rękawicy i podniósł przyłbicę, aby ucałować rąbek szaty dziecka. Mały Mordred zareagował na to płaczem i krzykiem.

Artur wstał i wyciągnął ręce do Morgany. Była starsza od brata, który miał dopiero dwadzieścia pięć czy dwadzieścia sześć lat, ale na jego widok się rozpłakała. Gdy do siebie przylgnęli, jej złota maska stuknęła lekko o hełm Artura. Trzymał ją mocno w ramionach i klepał czule po plecach.

– Droga Morgana – mówił. – Moja droga, słodka Morgana. Dopóki nie zobaczyłem, jak płacze w objęciach brata, nie zdawałem sobie sprawy, jaka jest samotna.

Odsunąwszy ją delikatnie od siebie, zdjął z głowy srebrnoszary hełm i powiedział:

– Mam dla ciebie prezent. Tak mi się przynajmniej wydaje, chyba że Hygwydd go ukradł. Gdzie jesteś, Hygwydd?

Służący podbiegł na wezwanie i odebrawszy od Artura hełm z białym pióropuszem, dał mu w zamian naszyjnik z oprawionych w złoto zębów niedźwiedzia.

– Oto coś pięknego dla mojej cudownej siostry – powiedział Artur, wieszając go Morganie na szyi.

Potem zaczął się dopytywać, kim jest Ralla, a usłyszawszy o śmierci jej syna, spojrzał na nią wzrokiem tak pełnym bólu i współczucia, że piastunka króla zaczęła szlochać. Artur objął ją i przycisnął do siebie, omal nie zgniatając małego Mordreda. Następnie przedstawiono mu Gwlyddyna, który opowiedział, jak broniąc króla, zabiłem Syluryjczyka, i Artur odwrócił się, żeby mi podziękować.

Wtedy właśnie po raz pierwszy spojrzałem mu w oczy. Jego twarz emanowała życzliwością. Takie było moje pierwsze wrażenie. Nie, to tylko Igraine oczekuje, że tak napiszę. W istocie zobaczyłem najpierw, że jest spocony. Pot spływał mu strugami spod kolczugi w ten upalny dzień, ale spojrzenie miał naprawdę życzliwe. Od razu wzbudzał zaufanie. Nie był szczególnie przystojny, lecz kobiety zawsze go uwielbiały, bo okazywał wszystkim szczere zainteresowanie i sympatię. Miał wyraziste rysy, pełne wigoru spojrzenie piwnych oczu, długi nos, wydatną, gładko ogoloną szczękę i gęste, ciemnobrązowe włosy, które podczas naszego pierwszego spotkania były mokre od potu i przylegały mu ściśle do głowy pod hełmem. Najbardziej charakterystyczne były jednak jego nienaturalnie duże usta z pięknymi zębami. Był z nich bardzo dumny i gdy tylko mógł, czyścił je codziennie solą albo przynajmniej płukał wodą. Miał dużą, czerstwą twarz, ale największe wrażenie zrobiły na mnie jego oczy, pełne dobroci i szelmowskiego humoru. Były wesołe i promieniowały radością, która udzielała się wszystkim wokół. Widziałem, jak w towarzystwie Artura ludzie stawali się pogodniejsi, pełni optymizmu i bardziej uśmiechnięci, a kiedy wyjeżdżał, robiło się smętnie. Nie był wesołkiem ani gawędziarzem, lecz po prostu dobrym człowiekiem o wielkiej odwadze, nieugiętej woli i stalowej determinacji, o którą początkowo trudno go było posądzać. Sam się do niej nie przyznawał, ale liczne groby na polach bitew dawały świadectwo prawdzie.

– Gwlyddyn mówi, że jesteś Saksonem! – zażartował.

– Panie... – wyjąkałem z trudem, padając na kolana. Artur pochylił się i chwyciwszy mnie mocno za ramiona, powiedział:

– Nie jestem królem, Derfel. Nie musisz przede mną klękać. To raczej ja powinienem uklęknąć przed tobą, bo ryzykowałeś życie, żeby ocalić króla. Dzięki ci za to – dodał z uśmiechem. Potrafił sprawić, że poczułem się najważniejszy na świecie. Byłem dla niego pełen uwielbienia. – Ile masz lat? – zapytał.

– Chyba piętnaście.

– Ale wyglądasz na dwadzieścia. – Uśmiechnął się. – Kto uczył cię walczyć?

– Hywel – odparłem. – Zarządca Merlina.

– A! Najlepszy mistrz! Mnie też uczył. Jak on się miewa? – zapytał z radością.

Zbrakło mi słów i odwagi, żeby odpowiedzieć.

– Nie żyje – wyręczyła mnie Morgana. – Zabił go Gundleus. – Splunęła przez szczelinę w masce w kierunku pojmanego króla, który stał pod strażą kilka kroków dalej.

– Hywel nie żyje? – Artur zadał to pytanie, patrząc mi prosto w oczy. Skinąłem głową, mrugając powiekami, żeby się nie rozpłakać. Artur natychmiast objął mnie ramieniem. – Jesteś dobrym chłopcem, Derfel – powiedział – i winien ci jestem nagrodę za uratowanie króla. Czego pragniesz?

– Chcę być wojownikiem, panie – odparłem. Uśmiechnął się, odstępując ode mnie.

– Masz szczęście, Derfel, bo jesteś tym, kim chcesz być. Lordzie Owainie? – zwrócił się do kędzierzawego, wytatuowanego mężczyzny. – Przyda ci się dobry saksoński wojownik?

– Jak najbardziej – odparł skwapliwie Owain.

– A więc jest twój – oznajmił Artur. Musiał wyczuć moje rozczarowanie, gdyż odwrócił się i położywszy mi dłoń na ramieniu, dodał cicho: – Na razie, Derfel, potrzebuję tylko jeźdźców, nie włóczników. Niech Owain będzie twoim panem, bo nikt nie wyuczy cię lepiej żołnierskiego rzemiosła.

Ścisnął mi mocno ramię, po czym odwrócił się i dał ręką znak dwóm strażnikom pilnującym Gundleusa. Przy pojmanym królu, który stał pod sztandarami zwycięzców, zebrał się tłum ludzi. Jeźdźcy Artura, w żelaznych hełmach, zbrojach ze skóry i stali oraz płaszczach z lnu lub wełny przemieszali się z włócznikami Owaina i uciekinierami z góry Tor.

Zobaczywszy Artura, Gundleus się wyprostował. Nie miał broni, ale nie wyzbył się dumy i nie cofnął się na jego widok.

Artur podszedł w milczeniu i zatrzymał się dwa kroki od pojmanego króla. Tłum wstrzymał oddech. Gundleus stał w cieniu sztandaru Artura, na którym widniał czarny niedźwiedź na białym tle. Obok powiewały odzyskana chorągiew Mordreda z wizerunkiem smoka i flaga Owaina z dzikiem, a u stóp Gundleusa leżał jego sztandar z głową lisa, który opluwano, obsikiwano i deptano. Gundleus patrzył, jak Artur wyciąga z pochwy miecz, którego ostrze miało błękitny połysk i lśniło tak samo jak jego kolczuga, hełm i tarcza.

Oczekiwaliśmy, że zada Gundleusowi śmiertelny cios, on jednak uklęknął na jedno kolano i podał królowi rękojeść miecza.

– Panie – powiedział pokornie. Ludziom spodziewającym się śmierci Gundleusa zaparło dech w piersiach.

Gundleus wahał się przez moment, po czym dotknął bez słowa rękojeści miecza. Może był zbyt zaskoczony, by coś powiedzieć.

Artur wstał i schowawszy miecz do pochwy, rzekł:

– Przysięgałem chronić mego pana, a nie zabijać królów. Nie ja będę decydował o twoim losie, Gundleusie ap Meilyrze. Na razie zostaniesz jeńcem.

– Kto będzie mnie sądził? – zapytał Gundleus.

Artur zawahał się, wyraźnie nie wiedząc, co odpowiedzieć. Wielu naszych wojowników domagało się głośno śmierci Gundleusa, Morgana namawiała brata, by pomścił Norwennę, a Nimue krzyczała, że chce sama wymierzyć winowajcy sprawiedliwość, ale Artur pokręcił tylko głową. Wyjaśnił mi dużo później, że Gundleus był kuzynem Gorfyddyda, króla Powys, co czyniło jego śmierć sprawą wagi państwowej. Nie mogło chodzić tylko o odwet.

– Pragnąłem pokoju, a zemsta mu zwykle nie sprzyja – przyznał. – Chyba jednak powinienem był go zabić, choć i tak nie miałoby to większego znaczenia.

Stojąc jednak wówczas przed Gundleusem w promieniach zachodzącego słońca u podnóża Caer Cadarn, Artur powiedział tylko, że o jego losie zadecyduje rada Dumnonii.

– A co się stanie z Ladwys? – zapytał Gundleus, wskazując na wysoką, pobladłą kobietę, która stała za nim z przerażoną miną. – Proszę, żeby mogła ze mną zostać – dodał.

– Ta dziwka należy do mnie – odparł szorstko Owain. Ladwys pokręciła głową i przylgnęła do Gundleusa.

– Jest moją żoną! – zaprotestował król Sylurii, potwierdzając w ten sposób krążące od dawna pogłoski, że faktycznie poślubił swą nisko urodzoną kochankę. Oznaczało to zarazem, że nie miał prawa żenić się z Norwenną, choć był to drobny występek w porównaniu z tym, co jej potem uczynił.

– Tak czy inaczej, ona należy do mnie – nie ustępował Owain. Widząc wahanie Artura, dodał aluzyjnie: – Chyba że rada zadecyduje inaczej.

Artur wydawał się zakłopotany żądaniami Owaina. Był w niefortunnej sytuacji, bo chociaż został mianowany opiekunem Mordreda i jednym z wodzów królestwa, dawało mu to tylko pozycję równą Owainowi. Wszyscy widzieliśmy, jak w obliczu pogromu Syluryjczyków przejął dowodzenie, ale Owain, domagając się Ladwys jako niewolnicy, przypominał Arturowi, że ma taką samą władzę jak on. Artur wybrnął z niezręcznego położenia, poświęcając Ladwys dla dobra jedności Dumnonii.

– Owain zadecydował – powiedział do Gundleusa, po czym odwrócił się, aby nie być świadkiem rozpaczy kochanków. Ladwys głośno protestowała, ale zamilkła, gdy jeden z ludzi Owaina odciągnął ją na bok.

Tanaburs śmiał się z jej niedoli. Był druidem, więc nic mu nie groziło. Nie został uwięziony i mógł swobodnie opuścić pole bitwy, tyle że odchodził bez jedzenia, błogosławieństwa i towarzystwa. Wydarzenia tego dnia tak bardzo mnie jednak rozzuchwaliły, że postanowiłem go zatrzymać i podążywszy za nim przez łąkę zasłaną trupami Syluryjczyków, krzyknąłem:

– Tanaburs!

Druid odwrócił się i zobaczył, że wyciągam miecz.

– Ostrożnie, chłopcze – powiedział, podnosząc ostrzegawczo swą laskę z półksiężycem.

Powinienem odczuwać strach, ale wstąpił we mnie nowy duch wojownika. Zbliżyłem się do niego i przytknąłem miecz do jego siwej, zmierzwionej brody. Poczuwszy zimny dotyk stali, raptownie odchylił głowę do tyłu, grzechocząc przywiązanymi do włosów pożółkłymi kośćmi. Jego starcza twarz była pomarszczona, ogorzała i pokryta krostami. Miał przekrwione oczy i zakrzywiony nos.

– Powinienem cię zabić – powiedziałem.

Roześmiał się.

– Byłbyś na zawsze przeklęty. Twoja dusza nigdy nie dotarłaby do Krainy Cieni, cierpiałbyś nieopisane katusze i mnie byś to wszystko zawdzięczał.

Splunął w moim kierunku, a potem próbował odepchnąć tkwiące w jego brodzie ostrze miecza, ścisnąłem jednak rękojeść z taką siłą, że najwyraźniej się przeraził.

Kilku przyglądających się temu gapiów próbowało mnie ostrzec przed strasznym losem, jaki by mnie spotkał, gdybym zabił druida, lecz nie miałem zamiaru pozbawiać starca życia. Chciałem tylko napędzić mu strachu.

– Jakieś dziesięć lat temu – powiedziałem – napadliście na majątek Madoga. – Madog był człowiekiem, który uczynił niewolnicę z mojej matki i którego dom zaatakował młody Gundleus.

Tanaburs skinął głową, mówiąc:

– Tak, tak, to był pamiętny dzień! Zdobyliśmy wiele złota i wielu niewolników.

– Składałeś ofiarę w wilczym dole – przypomniałem mu.

– I co z tego? – Wzruszył ramionami i łypnął na mnie okiem – Bogom trzeba podziękować za przychylność.

Uśmiechnąłem się i połaskotałem ostrzem miecza jego pokryte krostami gardło.

– Ale ja przeżyłem, druidzie. Ocalałem.

Dopiero po kilku sekundach dotarł do niego sens moich słów. Zbladł i zadrżał ze strachu, gdyż zdał sobie nagle sprawę, że jestem jedynym człowiekiem w całej Brytanii, który może go zabić. Złożył mnie w ofierze bogom, ale nie sprawdził, czy przyjęli jego dar, i teraz był zdany na moją łaskę. Krzyknął z przerażenia, myśląc, że zatopię mu w gardle ostrze miecza, ale puściłem go wolno i śmiałem się, gdy umykał przez pole. Chciał się jak najszybciej oddalić, dotarłszy jednak na skraj lasu, do którego uciekła garstka ocalałych Syluryjczyków, odwrócił się i wyciągnąwszy w moim kierunku kościstą rękę, zawołał:

– Twoja matka żyje, chłopcze! Wcale nie umarła!

Potem zniknął mi z oczu.

Stałem jak skamieniały, trzymając w ręce miecz. Nie pamiętałem właściwie swojej matki i nie zachowałem o niej żadnych wspomnień, ale wiadomość, że żyje, była dla mnie równie szokująca jak widok zniszczonego grodu Merlina. Po chwili pokręciłem jednak głową z niedowierzaniem. Dlaczego Tanaburs miałby zapamiętać jedną z wielu niewolnic? Z pewnością kłamał. Chciał mnie tylko zdenerwować. Schowałem miecz do pochwy i ruszyłem wolno w stronę fortecy.

Gundleus został umieszczony pod strażą w komnacie przylegającej do wielkiej sali Caer Cadarn. Tego wieczoru wyprawiono ucztę, ale ponieważ w fortecy zebrało się tak wielu ludzi, porcje mięsa były nieduże i pospiesznie przyrządzone. Przez większą część nocy starzy przyjaciele dzielili się wiadomościami o Brytanii i Bretanii, gdyż wielu wojowników Artura pochodziło z Dumnonii albo innych brytyjskich królestw. Wtedy jeszcze ich nie rozróżniałem, Arturowi towarzyszyło bowiem ponad siedemdziesięciu jeźdźców, a oprócz tego stajenni, służący, kobiety i gromada dzieci. Z czasem poznałem dobrze imiona jego wojowników, ale tamtej nocy nic mi nie mówiły. Dagonet, Aglaval, Cei, Lanval, bracia Balan i Balin, Gawain i Agravain, Illtyd, Eiddilig, Bedwyr... Zapamiętałem Morfansa, bo był najszpetniejszym człowiekiem, jakiego w życiu widziałem, tak odrażającym, że szczycił się swoją brzydotą, szyją z wielkim wolem, zajęczą wargą i zdeformowaną szczęką. Zwróciłem także uwagę na Sagramora, gdyż miał czarną skórę. Nigdy przedtem nie widziałem takich ludzi jak on, ani nawet nie wierzyłem, że istnieją. Sagramor był wysoki, szczupły i wyjątkowo małomówny. Miał potworny akcent, ale gdy udało się go namówić, aby opowiedział jakąś historię, potrafił skupić na sobie uwagę całej sali.

Zauważyłem też wtedy, oczywiście, Ailleann – starszą o kilka lat od Artura smukłą, czarnowłosą kobietę o szczupłej, poważnej, pełnej dobroci twarzy i mądrych oczach. Była tej nocy ubrana w iście królewskie szaty. Jej suknia, zrobiona z lnu farbowanego rudą żelaza na rdzawy kolor i opasana ciężkim srebrnym łańcuchem, miała długie luźne rękawy obrębione futrem z wydry. Smukłą szyję Ailleann zdobił lśniący złoty naszyjnik, na przegubach miała złote bransolety, a na piersiach emaliowaną broszkę z wizerunkiem niedźwiedzia. Poruszała się z gracją, niewiele mówiła i darzyła Artura opiekuńczym spojrzeniem. Sądziłem, że musi być królową albo co najmniej księżniczką, roznosiła jednak misy z jedzeniem i dzbany miodu jak zwykła służąca.

– Ailleann jest niewolnicą, chłopcze – wyjaśnił szpetny Morfans, widząc, jak obserwuję smukłą kobietę, która krążyła po mrocznej sali. Siedzieliśmy w kucki na podłodze naprzeciwko siebie.

– Czyją niewolnicą? – zapytałem.

– A jak myślisz? – odparł, wkładając do ust wieprzowe żebro i obgryzając je z soczystego mięsa ostatnimi dwoma zębami, jakie mu pozostały. – Należy do Artura – powiedział, po czym rzucił kość jednemu z wałęsających się po sali psów. – Jest też, oczywiście, jego kochanką. – Czknął, po czym napił się miodu z rogu. – Dostał ją od swojego szwagra króla Budika. Było to dawno temu. Jest dobrych parę lat starsza od Artura i Budik zapewne przypuszczał, że nie pozostanie z nim długo, ale Artur bardzo się do niej przywiązał i jakoś nie mogą się rozstać. To jej bliźniaki. – Skinął tłustą brodą w głąb sali, gdzie siedzieli na klepisku dwaj markotni dziewięcioletni chłopcy, trzymając w rękach misy z jedzeniem.

– Synowie Artura? – zapytałem.

– A kogóż by innego! – odparł drwiąco Morfans. – Nazywają się Amhar i Loholt. Ojciec ich ubóstwia. Rzuciłby im pod nogi cały świat. A nie są niczym więcej niż bękartami, mój chłopcze. Nieznośnymi, krnąbrnymi bękartami. – W jego głosie brzmiała niekłamana nienawiść. – Coś ci powiem, synu. Artur ap Uther jest wielkim człowiekiem, wspaniałym żołnierzem, hojnym i szlachetnym panem, ale jeśli chodzi o wychowywanie dzieci, maciora byłaby dla nich lepszą matką.

Spojrzałem znowu na Ailleann.

– Ożenił się z nią?

Morfans wybuchnął śmiechem.

– Ależ skąd! Są razem od dziesięciu lat. Nadejdzie jednak taki dzień, gdy przepędzi ją, tak jak Uther przepędził jego matkę. Weźmie ślub z jakąś księżniczką, która nie będzie nawet w połowie tak dobra jak Ailleann, ale mężczyźni jego pokroju muszą tak postępować. Muszą poślubiać właściwe kobiety. Nie tak jak ty i ja, chłopcze. My możemy się żenić, z kim chcemy, byle nie była to księżniczka. Posłuchaj tylko! – Uśmiechnął się szeroko, słysząc dobiegający z dala krzyk kobiety.

Owain wyszedł niedawno z sali i najwyraźniej uczył Ladwys jej nowych obowiązków. Artur wzdrygnął się, a Ailleann uniosła dostojnie głowę i zmarszczyła brwi. Poza nimi chyba tylko Nimue zwróciła uwagę na to, co się dzieje. Krzyk Ladwys wywołał uśmiech na jej obandażowanej, ściągniętej bólem i smutnej twarzy, wiedziała bowiem, jakie męki przeżywał w tej chwili Gundleus. Nimue nie miała dla niego ani krztyny litości. Błagała Artura i Owaina, aby pozwolili jej go zabić, ale nie zgodzili się na to. Dopóki jednak żyła, Gundleus nie mógł być pewny dnia ani godziny.

Następnego ranka Artur wyruszył z oddziałem jeźdźców do Ynys Wydryn i wróciwszy wieczorem, potwierdził, że osada Merlina doszczętnie spłonęła. Jego ludzie przywieźli nieszczęsnego Pellinora i zagniewanego Druidana, który ukrył się w studni u mnichów strzegących Świętego Drzewa. Artur obwieścił, że zamierza odbudować gród Merlina, choć nikt nie wiedział, jak tego dokona bez pieniędzy i całej armii ludzi do pracy. Gwlyddyn został formalnie mianowany królewskim budowniczym Mordreda i miał zacząć ścinanie drzew potrzebnych do rekonstrukcji osady na górze Tor. Pellinora zamknięto w pustym kamiennym spichlerzu obok rzymskiej willi w Lindinis.

Było to miasto leżące najbliżej Caer Cadarn i tam właśnie znalazły dach nad głową osoby towarzyszące wojownikom

Artura – kobiety, dzieci i niewolnicy. Artur wszystkiego sam dopilnował. Był zawsze człowiekiem aktywnym, nieznoszącym bezczynności. W ciągu kilku dni po schwytaniu Gundleusa pracował od świtu do późnej nocy. Troszczył się głównie o zapewnienie godziwych warunków życia swoim ludziom. Musieli otrzymać ziemię, należało też powiększyć domy, w których mieli osiedlić się z rodzinami. Trzeba było postępować tak, by nie urazić stałych mieszkańców Lindinis. Rzymską willę, która należała do Uthera, Artur zajął dla siebie. Żadnej pracy nie uważał za niegodną. Któregoś ranka zobaczyłem, jak zmaga się z wielkim arkuszem ołowianej blachy, próbując go dźwignąć.

– Pomóż mi, Derfel! – zawołał. Byłem dumny, że zapamiętał moje imię. Pospieszyłem mu z pomocą. – Rzadko się coś takiego spotyka! – powiedział z radością. Był rozebrany do pasa i miał skórę zabrudzoną od blachy, którą zamierzał pociąć na podłużne kawałki, aby wyłożyć nimi kamienną rynnę, doprowadzającą kiedyś wodę ze źródła do wnętrza domu. – Rzymianie zabrali ze sobą wszystek ołów, gdy opuszczali te tereny – wyjaśnił – i dlatego nie funkcjonują akwedukty. Powinniśmy ponownie uruchomić kopalnie. – Rzucił blachę na ziemię i otarł pot z czoła. – Trzeba otworzyć kopalnie, odbudować mosty, zrobić przeprawy przez rzeki, wykopać śluzy i przekonać jakoś Sasów, żeby wrócili do swoich domów. Nie sądzisz, że to aż za dużo pracy dla jednego pokolenia?

– Tak, panie – odparłem zdenerwowany, zastanawiając się, dlaczego wódz zawraca sobie głowę naprawianiem akweduktów.

Tego dnia miało się odbyć spotkanie rady i Artur powinien się z pewnością do niego przygotować, a tymczasem wydawał się bardziej zajęty kawałkiem blachy niż sprawami kraju.

– Nie mam pojęcia, czy ołów się piłuje, czy tnie nożem – powiedział z troską w głosie. – Powinienem to wiedzieć. Zapytam Gwlyddyna. On zna się na wszystkim. Czy wiesz, że pnie drzew należy zawsze ustawiać do góry nogami, gdy robi się z nich słupy?

– Nie, panie.

– Dzięki temu nie wilgotnieją i drewno nie butwieje. Tak mówi Gwlyddyn. Cenię tego rodzaju praktyczną wiedzę. Jest dźwignią postępu. – Uśmiechnął się i zapytał: – Jak ci się układa z Owainem?

– Dobrze mnie traktuje, panie – odparłem, zakłopotany tym pytaniem. Prawdę mówiąc, nadal się go bałem, choć nigdy nie dał mi po temu powodu.

– Powinien być dla ciebie dobry – stwierdził Artur. – Sława każdego dowódcy zależy od jego ludzi.

– Wolałbym służyć tobie, panie – wyznałem z młodzieńczą szczerością.

– Przyjdzie na to czas, Derfel – rzekł z uśmiechem. – Najpierw Owain nauczy cię walczyć.

Powiedział to jakby od niechcenia, później zastanawiałem się jednak, czy nie przewidział przypadkiem, co się zdarzy. Owain poddał mnie ciężkiej próbie. Może Artur chciał, żeby tak się stało, zanim do niego dołączę. Pochylił się znowu nad arkuszem blachy, lecz po chwili wyprostował się, słysząc wycie dochodzące ze zrujnowanej przybudówki. Był to rozpaczliwy protest uwięzionego Pellinora.

– Owain uważa, że powinniśmy odesłać nieszczęsnego Pella na Wyspę Umarłych – powiedział Artur, mając na myśli miejsce zsyłki niebezpiecznych szaleńców. – Co o tym sądzisz?

Byłem tak zaskoczony, że pyta mnie o radę, iż w pierwszej chwili nic nie odpowiedziałem, a potem wyjąkałem, że Pellinor był zawsze ulubieńcem Merlina i skoro Merlin chciał, żeby mieszkał z nami, jego życzenie należy uszanować. Artur wysłuchał mnie z uwagą i był chyba nawet wdzięczny za moją radę. Nie potrzebował jej, oczywiście, ale chciał, żebym poczuł się doceniony.

– Niech więc Pellinor tu zostanie, chłopcze – powiedział. – A teraz chwyć za drugi koniec blachy i ją podnieś!

Następnego dnia Lindinis opustoszało. Morgana i Nimue wróciły do Ynys Wydryn, gdzie zamierzano odbudować osadę na górze Tor. Nimue zignorowała moje słowa pożegnania. Nadal bolała ją rana po straconym oku, była rozgoryczona i nie pragnęła od życia niczego prócz zemsty na Gundleusie, której jej odmawiano. Artur udał się ze swoimi ludźmi na północ, aby wzmocnić oddziały Tewdrika na północnych rubieżach Gwentu, a ja zostałem z Owainem, który zamieszkał w wielkiej sali Caer Cadarn. Byłem wojownikiem, ale tego upalnego lata pomoc przy żniwach okazała się ważniejsza niż trzymanie straży na wałach, przez wiele dni z rzędu zostawiałem więc hełm, miecz, tarczę i skórzany napierśnik, odziedziczony po poległym Syluryjczyku, i szedłem na królewskie pola pomagać chłopom przy zbiorach żyta, jęczmienia i pszenicy. Była to ciężka praca, wykonywana przy użyciu krótkiego sierpa, który należało ciągle ostrzyć na osełce, czyli kawałku drewna zanurzonym w wieprzowym tłuszczu, a potem posypanym drobnym piaskiem. Dla mnie sierp okazywał się zawsze zbyt tępy. Choć byłem sprawny fizycznie, od ciągłego schylania się i cięcia zboża bolały mnie plecy i wszystkie mięśnie. Mieszkając na górze Tor, nigdy tak ciężko nie pracowałem. Przestałem należeć do świata wybrańców Merlina. Byłem teraz wojownikiem Owaina.

Ustawialiśmy ścięte zboże w snopki, a potem zwoziliśmy słomę do Caer Cadarn i Lindinis. Używano jej do naprawiania strzech i wypychania materacy, tak więc przez kilka dni nasze posłania były wolne od wszy i pcheł. W tym też czasie zapuściłem pierwszą brodę. Był to zaledwie meszek jasnych włosów, ale napawał mnie wielką dumą. Harowałem całymi dniami w polu, a wieczorem musiałem jeszcze znosić dwie godziny ćwiczeń. Hywel dobrze mnie wyszkolił, lecz Owain oczekiwał jeszcze więcej.

– Założę się o miesięczny żołd – powiedział mi pewnego wieczoru, gdy stałem zdyszany na wałach Caer Cadarn po walce na kije z wojownikiem o imieniu Mapon – że zabiłeś tego Syluryjczyka krawędzią miecza. – Nie przyjąłem zakładu, ale przyznałem, że tak było. Uderzyłem mieczem jak toporem. Owain roześmiał się i dał ręką znak Maponowi, by się odsunął. – Hywel zawsze uczył wszystkich walczyć krawędzią miecza – powiedział. – Przyjrzyj się kiedyś, jak walczy Artur. Ciach, ciach, jak kosiarz, który chce skończyć żniwa przed deszczem. – Wydobył swój miecz. – Operuj końcem broni, chłopcze. Zabija szybciej. – Natarł na mnie. Odparowałem z trudem jego pchnięcie. – Jeśli uderzasz krawędzią miecza – kontynuował – to znaczy, że walczysz w otwartym polu, bo nie ma już ściany tarcz. A wtedy zginiesz, choćbyś nie wiem jak dobrze władał bronią. Ale jeśli walczysz w zwartym szeregu, pod osłoną tarcz, nie masz miejsca na wymachiwanie mieczem, tylko na pchnięcia. – Uderzył znowu, zmuszając mnie do odparowania ciosu. – Jak myślisz, dlaczego Rzymianie mieli krótkie miecze? – zapytał.

– Nie wiem, panie.

– Bo łatwiej nimi wykonywać pchnięcia – wyjaśnił. – Nie chcę nikogo namawiać do zmiany miecza, ale pamiętaj o sztychach. W ten sposób zawsze zwyciężysz. Zawsze. – Odwrócił się, a potem znienacka mnie zaatakował, ale udało mi się jakoś odeprzeć zwykłym kijem jego pchnięcie. – Szybki jesteś – stwierdził z szerokim uśmiechem. – To dobrze. Poradzisz sobie, chłopcze, jeśli się nie rozpijesz. – Schował miecz do pochwy i spojrzał na wschód, wypatrując na horyzoncie smug dymu, które zdradzałyby obecność najeźdźców. Ale Saksonowie, podobnie jak my, byli zajęci żniwami i mieli teraz na głowie ważniejsze sprawy niż atakowanie naszych rubieży. – Co sądzisz o Arturze, chłopcze? – zapytał nieoczekiwanie Owain.

– Lubię go – odparłem, czując się równie niezręcznie jak wówczas, gdy Artur pytał mnie o Owaina.

– O tak, zawsze wzbudzał sympatię – stwierdził z niechęcią Owain, zwracając ku mnie swą wielką głowę, tak podobną do głowy jego starego przyjaciela Uthera. – Ja też go lubię, tak jak wszyscy. Ale chyba tylko bogowie wiedzą, czy ktoś naprawdę go rozumie. Z wyjątkiem Merlina. Myślisz, że Merlin żyje?

– Jestem tego pewien – odparłem z pełnym przekonaniem, choć nic na ten temat nie wiedziałem.

– To dobrze – powiedział Owain.

Pochodziłem z Tor i Owain zakładał, że mam magiczną wiedzę, jakiej nie dostąpili inni ludzie. Wśród jego żołnierzy rozeszły się też pogłoski, że uniknąłem śmierci w wilczym dole druida, przez co uchodziłem w ich oczach za szczęściarza, który wszystkim przynosi fart.

– Lubię Merlina – kontynuował Owain – mimo że dał Arturowi ten miecz.

– Caledfwlch? – zapytałem, używając właściwej nazwy Excalibura.

– Czyżbyś o tym nie wiedział? – zdziwił się Owain, słysząc zaskoczenie w moim głosie. Rzeczywiście, Merlin nigdy nie wspominał, że Artur otrzymał od niego tak wspaniały dar. Znał go, bo spotykali się na dworze Uthera, ale wyrażał się o nim zawsze z pewnym lekceważeniem, jak o pracowitym, lecz niezbyt zdolnym uczniu, którego późniejsze sukcesy przerosły jego oczekiwania. Skoro podarował mu słynny miecz, miał o nim o wiele lepsze zdanie, niż się przyznawał. – Caledfwlch został wykuty w Krainie Cieni przez Gofannona, boga kowali – wyjaśnił Owain. – Merlin zdobył go w Irlandii.

Nazywał się wtedy Cadalcholg. Wygrał go, rywalizując z miejscowym czarownikiem w objaśnianiu snów. Irlandzcy druidzi twierdzą, że gdy posiadacz Cadalcholga jest w tarapatach, może rzucić miecz na ziemię, a wtedy Gofannon opuści Krainę Cieni i przybędzie mu z pomocą. – Pokręcił głową, nie tyle z niedowierzaniem, ile ze zdziwieniem. – Dlaczego Merlin dał Arturowi taki prezent?

– A czemu by nie? – spytałem ostrożnie, wyczuwając w jego słowach zazdrość.

– Ponieważ Artur nie wierzy w bogów – stwierdził Owain. – Nawet w tego niewydarzonego Boga chrześcijan. O ile wiem, nie wierzy w nic, z wyjątkiem dużych koni, które w niczym nie przypominają boskich istot.

– Są przerażające – powiedziałem, chcąc być lojalnym wobec Artura.

– O tak, kiedy widzi się je po raz pierwszy – przyznał Owain. – Są jednak powolne, zjadają dwa lub trzy razy więcej paszy niż zwykłe konie, potrzebują dwóch stajennych, ich kopyta miękną jak masło, jeśli nie przywiąże się do nich tych nieporęcznych podków, a i tak nie potrafią sforsować ściany tarcz.

– Naprawdę?

– Żaden koń tego nie zrobi! – rzucił z pogardą Owain. – Jeśli żołnierze nie ruszą się z miejsca, każdy wierzchowiec uskoczy przed szpalerem sterczących włóczni. W czasie wojny konie są bezużyteczne, mój chłopcze. Nadają się najwyżej do posyłania w teren zwiadowców.

– Dlaczego więc... – zacząłem.

– Podczas bitwy chodzi głównie o to – przerwał mi Owain – by przedrzeć się przez ścianę tarcz. Potem wszystko jest proste. Konie Artura sieją przerażenie i zmuszają naszych wrogów do ucieczki, ale przyjdzie taka chwila, gdy nieprzyjaciel stawi im czoło, a wtedy niech bogowie mają je w opiece. Nie chciałbym być także na miejscu Artura, jeśli kiedykolwiek spadnie ze swojego wspaniałego rumaka i spróbuje walczyć na ziemi w tej kolczudze z rybich łusek. Wojownik potrzebuje tylko miecza i kawałka żelaza na końcu włóczni, reszta to zbędny balast.

Spojrzał w dół na podwórzec, gdzie Ladwys trzymała się kurczowo ogrodzenia, otaczającego celę Gundleusa.

– Artur nie zostanie tu długo – powiedział z przekonaniem. – Po pierwszej porażce popłynie z powrotem do Armoryki, gdzie duże konie, kolczugi z rybich łusek i wymyślne miecze robią wrażenie.

Splunął na ziemię. Zdawałem sobie sprawę, że w jego niechęci do Artura jest coś głębszego niż zazdrość. Owain widział w nim rywala i czekał na stosowną chwilę, by się go pozbyć. Domyślałem się, że Artur postępuje podobnie i ta ich wzajemna wrogość bardzo mnie martwiła, gdyż obu darzyłem sympatią. Owain uśmiechnął się, widząc rozpacz Ladwys.

– Muszę przyznać, że ta suka jest lojalna – stwierdził. – Ale jeszcze ją złamię. To twoja kobieta? – Skinął głową w kierunku Lunete, która niosła właśnie do chat wojowników skórzany bukłak z wodą.

– Tak – wyznałem, cały się czerwieniąc.

Posiadanie dziewczyny, podobnie jak brody, było oznaką męskości, ale ciągle jeszcze mnie zawstydzało. Lunete postanowiła zostać ze mną, zamiast wracać z Nimue do zgliszcz Ynys Wydryn. Właściwie to ona podjęła decyzję, że będziemy ze sobą, bo ja nie miałem całkowitej pewności, czy tego chcę. Zajęła jeden kąt chaty, wysprzątała go, ogrodziła parawanem z łoziny i mówiła teraz z przekonaniem o naszej wspólnej przyszłości. Sądziłem, że będzie wolała zostać z Nimue, ale jej przyjaciółka od czasu, gdy została zgwałcona, była małomówna i zamknięta w sobie. Właściwie traktowała wszystkich jak wrogów i jeśli się do kogoś odzywała, to tylko po to, by przeszkodzić w rozmowie. Morgana opatrywała jej ranę, a kowal, który sporządził złotą maskę, chciał zrobić kulę ze złota, mającą zastąpić Nimue utracone oko. Lunete, podobnie jak my wszyscy, bała się trochę tej odmienionej, zgorzkniałej i ciskającej klątwy przyjaciółki.

– To piękna dziewczyna – mruknął Owain. – Ale pamiętaj, że dziewczyny żyją z wojownikami tylko z jednego powodu: żeby się wzbogacić. Postaraj się ją zadowolić, chłopcze, bo inaczej będziesz bardzo nieszczęśliwy. – Poszperał w kieszeni płaszcza i wydobywszy mały złoty pierścień, powiedział: – Daj jej to.

Podziękowałem mu, jąkając się z wrażenia. Wojownicy otrzymywali czasem podarunki od swoich dowódców, ale pierścień był bardzo hojnym darem, a ja nawet nie walczyłem jeszcze u boku Owaina. Lunete ucieszyła się z prezentu.

Razem ze srebrnym drutem, który odwinąłem z rękojeści miecza, stanowił zaczątek jej skarbca. Wyryła na gładkiej powierzchni pierścienia krzyż, nie dlatego, że była chrześcijanką, lecz po to, by uczynić go symbolem zaręczyn i pokazać, że jest już kobietą. Niektórzy mężczyźni też nosili takie ozdoby, ja jednak marzyłem o zwykłych żelaznych pierścieniach, które zwycięscy wojownicy wykuwali z grotów włóczni pokonanych wrogów. Owain miał ich całe mnóstwo na brodzie i na palcach rąk. Artur, jak zauważyłem, nie nosił żadnych.

Zebrawszy plony z pól wokół Caer Cadarn, wyruszyliśmy ściągać podatki od zbiorów. Odwiedzaliśmy lennych królów i wodzów w całej Dumnonii. Towarzyszył nam stale poborca Mordreda, który wszystko notował. Trudno się było przyzwyczaić, że królem jest teraz mały Mordred i że nie napełniamy już skarbca Uthera, ale i on potrzebował pieniędzy, aby opłacić wojowników Artura i innych żołnierzy, którzy strzegli granic Dumnonii. Część ludzi Owaina odesłano do przygranicznej fortecy Durocobrivis, aby zasilili tam oddziały stałej straży Gereinta, a pozostali z nas byli chwilowo poborcami.

Dziwiło mnie, że Owain, słynący z zamiłowania do walki, nie pojechał do Durocobrivis ani nie wrócił do Gwentu, tylko zajął się czymś tak przyziemnym jak ściąganie podatków. Byłem wtedy jeszcze nieopierzonym młokosem, który nie znał życia.

Dla Owaina podatki miały większe znaczenie niż walka z Saksonami. Jak się później przekonałem, stanowiły najlepsze źródło dochodów dla ludzi, którzy nie chcieli pracować. Owego lata, po śmierci Uthera, Owain zbierał szczególnie obfite żniwo. Odwiedzając kolejne majątki, stwierdzał, że uzyskano tam mizerne plony, i nakładał niskie podatki, napełniając sobie sakiewkę łapówkami, które mu w zamian wręczano. Mówił o tym całkiem otwarcie.

– Uther nigdy by do tego nie dopuścił – wyznał mi pewnego dnia, gdy szliśmy wzdłuż południowego wybrzeża w kierunku rzymskiego miasta Iska. Wspominał życzliwie zmarłego króla. – Uther był szczwanym lisem i zawsze dobrze wiedział, co mu się należy, ale co wie Mordred?

Spojrzał w lewo. Mijaliśmy rozlegle, puste wrzosowisko na szczycie wysokiego wzgórza. Na południu widać było lśniący bezmiar morza. Silne podmuchy wiatru spieniały grzywy szarych fal. Daleko na wschodzie, u kresu biegnącej zakolem kamienistej plaży, leżał ogromny przylądek, o który rozbijały się z hukiem fale. Był niemal wyspą, połączoną z lądem tylko wąską groblą z głazów i kamieni.

– Wiesz, co to jest? – zapytał Owain, wskazując głową w kierunku przylądka.

– Nie, panie.

– Wyspa Umarłych – powiedział, po czym splunął, aby odczynić urok.

Przystanąłem i patrzyłem na to straszne miejsce, stanowiące kolebkę najgorszych koszmarów Dumnonii. Była to wyspa szaleńców, na której powinien znaleźć się Pellinor razem z innymi niebezpiecznymi pomyleńcami, których uznawano za zmarłych od chwili, gdy przekroczyli granice strzeżonej grobli. Wyspy pilnował Crom Dubh, ciemnoskóry kaleki bóg. Niektórzy twierdzili, że po jej drugiej stronie znajduje się Jaskinia Cruachana – wrota do Krainy Cieni. Przyglądałem się temu miejscu z przerażeniem. W końcu Owain poklepał mnie po ramieniu i powiedział:

– Ty nie musisz się obawiać Wyspy Umarłych, chłopcze. Masz dobrze poukładane w głowie.

Ruszyliśmy dalej na zachód.

– Kto gości nas dziś wieczorem? – zawołał do Lwellwyna, poborcy, którego muł dźwigał sfałszowane zapisy tegorocznych zbiorów.

– Cadwy, książę Iski – odparł Lwellwyn.

– A, Cadwy! Lubię go. Co dostaliśmy od tego starego łotra w zeszłym roku?

Lwellwyn nie musiał sprawdzać nacięć na drewnianych patykach. Wyrecytował z pamięci, ile otrzymali od Cadwy'ego skór, wełny, niewolników, sztabek metalu, suszonych ryb, soli i zboża.

– Płacił jednak głównie złotem – dodał.

– Lubię go za to jeszcze bardziej! – zawołał Owain. – Na ile się teraz zgodzi?

Lwellwyn oszacował, że podatek wyniesie połowę ubiegłorocznej sumy. Książę Cadwy skwapliwie przystał na tę kwotę przed wieczornym posiłkiem, który wydał na swoim dworze. Była to wspaniała rzymska budowla z kolumnadowym portykiem, zwróconym ku długiej zalesionej dolinie prowadzącej do ujścia rzeki Exe. Cadwy był księciem Dumnończyków, szczepu, od którego pochodziła nazwa naszego kraju. Rządząc księstwem, należał do władców niższej rangi. Najważniejsi byli królowie, drudzy w hierarchii – książęta, tacy jak Gereint i Cadwy, oraz królowie lenni, na przykład Melwas, a ostatni w kolejności wodzowie pokroju Merlina. Merlin z Awalonii był jednak równocześnie druidem, co stawiało go w zupełnie odmiennej sytuacji. Cadwy, będąc zarazem księciem i wodzem, rządził plemieniem, które zamieszkiwało rozległe obszary między Iską a granicami Kernow. W dawnych czasach wszystkie brytyjskie szczepy żyły osobno i ich członkowie różnili się wyglądem, ale w okresie panowania Rzymian upodobniły się do siebie. Tylko niektóre plemiona zachowały odrębność. Poddani Cadwy'ego uważali się za lepszych od innych Brytów i aby się wyróżniać, tatuowali twarze symbolami szczepu i klanu. Każdą dolinę zamieszkiwał inny klan, złożony zwykle z kilkunastu rodów. Klany konkurowały ze sobą, ale bez porównania ostrzejsza rywalizacja istniała między poddanymi księcia Cadwy'ego a resztą Brytanii. Stolicą plemienia była Iska, rzymskie miasto o pięknych murach i kamiennych budynkach, równie wspaniałych jak w Glevum. Cadwy wolał jednak rezydować w swojej posiadłości poza miastem. Większość mieszkańców Iski pielęgnowała rzymskie tradycje i unikała tatuaży, ale za murami, w rozległych dolinach, gdzie Rzymianie nigdy naprawdę nie rządzili, wszyscy mężczyźni, kobiety i dzieci mieli twarze wytatuowane na niebiesko. Była to bogata kraina, ale książę Cadwy pragnął uczynić ją jeszcze bogatszą.

– Byłeś ostatnio na wrzosowiskach? – zapytał Owaina w ten ciepły, spokojny wieczór, gdy jedli kolację na wolnym powietrzu pod kolumnadą portyku jego rezydencji.

– Nie – odparł Owain.

Cadwy chrząknął znacząco. Widziałem go na posiedzeniu Wysokiej Rady Uthera, ale teraz miałem po raz pierwszy okazję przyjrzeć się bliżej człowiekowi, który strzegł granic Dumnonii przed najazdami od strony królestwa Kernow albo odległej Irlandii. Książę był niskim, łysym, mocno zbudowanym mężczyzną w średnim wieku z wytatuowanymi na policzkach, ramionach i nogach znakami plemiennymi. Ubierał się jak Brytowie, ale lubił swoją rzymską rezydencję z jej podłogami, kolumnami i systemem kamiennych kanałów, którymi woda płynęła przez centralny dziedziniec do małego rezerwuaru przy wejściu, gdzie obmywano nogi, a następnie wpadała za marmurową tamą do strumienia w dolinie.

Stwierdziłem, że Cadwy wygodnie sobie żyje. Miał obfite zbiory, tłuste owce i krowy, a otaczające go liczne kobiety sprawiały wrażenie szczęśliwych. Nie groził mu też najazd Saksonów, a jednak był niezadowolony.

– Na wrzosowiskach można dużo zarobić – powiedział do Owaina. – Jest tam cyna.

– Cyna? – powtórzył z pogardą Owain.

Cadwy skinął poważnie głową. Był mocno wstawiony, jak zresztą większość mężczyzn siedzących wokół niskiego stołu, na którym podawano kolację. Wszyscy byli wojownikami Cadwy'ego lub Owaina. Tylko ja, jako najmłodszy, musiałem stać za Owainem i trzymać jego tarczę.

– Jest tam cyna – potwierdził Cadwy – a może i złoto. Ale na pewno dużo cyny. – Ich rozmowa miała prywatny charakter, gdyż było już prawie po kolacji. Wojownicy zabawiali się z niewolnicami i nikt nie zwracał uwagi na Cadwy'ego ani Owaina, oprócz mnie i trzymającego tarczę księcia zaspanego chłopaka, który przyglądał się bezmyślnie błazeńskim harcom. Przysłuchiwałem się rozmowie obu mężczyzn, stojąc nieruchomo za ich plecami, zapewne więc zapomnieli całkowicie o mojej obecności. – Może nie potrzebujesz cyny – powiedział Cadwy – ale wielu ludziom by się przydała. Nie da się wyrabiać bez niej brązu i w Armoryce można dobrze na tym towarze zarobić, nie mówiąc już o Dumnonii. – Machnął lekceważąco ręką i niespodziewanie dostał czkawki. Pociągnął łyk dobrego wina, aby przestała go męczyć, po czym zmarszczył brwi, jakby nie pamiętając, o czym mówił. – Cyna – powiedział, przypomniawszy sobie w końcu.

– Więc opowiedz mi o niej – rzekł Owain, przyglądając się, jak jeden z jego ludzi rozbiera do naga niewolnicę i smaruje jej brzuch masłem.

– To nie moja cyna – powiedział z naciskiem Cadwy.

– Czyjaś musi być – stwierdził Owain. – Mam zapytać Lwellwyna? Ten spryciarz zna się na pieniądzach i sprawach własności. Wojownik klepnął niewolnicę mocno w brzuch, rozbryzgując masło po stole i wywołując salwę śmiechu. Dziewczyna protestowała, ale mężczyzna kazał jej milczeć i zaczął smarować ją całą masłem i smalcem.

– Faktem jest – oznajmił dobitnie Cadwy, starając się odwrócić uwagę Owaina od nagiej niewolnicy – że Uther pozwolił tu kiedyś zamieszkać grupie osadników z Kernow. Przyjechali pracować w starych rzymskich kopalniach, bo nasi ludzie nie mieli odpowiednich kwalifikacji. Ci dranie powinni, podkreślam: powinni, płacić podatki do waszego skarbca, a odsyłają cynę do Kernow. Wiem to na pewno.

Owain nadstawił uszu.

– Do Kernow? – powtórzył.

– Ograbiają naszą ziemię! – powiedział z oburzeniem Cadwy.

Kernow było oddzielnym królestwem, tajemniczym miejscem na samym końcu zachodniego półwyspu Dumnonii, nigdy nierządzonym przez Rzymian. Król Mark nie szukał zwykle zwady, ale od czasu do czasu opuszczał łóżko kolejnej żony i posyłał swoich żołnierzy za rzekę Tamar.

– Co robią tutaj ludzie z Kernow? – zapytał Owain, równie oburzony jak jego gospodarz.

– Mówiłem ci już. Kradną pieniądze. I nie tylko. Ginie mi bydło, owce, nawet niewolnicy. Ci gwarkowie zadzierają nosa i nie płacą należnych podatków. Ale nie sposób im tego udowodnić. Nawet ten twój sprytny Lwellwyn nie potrafiłby określić, ile cyny można wydobyć w ciągu roku na wrzosowiskach. – Cadwy zabił przelatującą ćmę i pokiwał smętnie głową. – Myślą, że są ponad prawem. Na tym polega cały problem. Ponieważ Uther był ich protektorem, uważają się za nietykalnych.

Owain wzruszył ramionami. Przyglądał się znowu wysmarowanej masłem nagiej dziewczynie, którą goniło teraz po tarasie kilku pijanych mężczyzn. Nie mogli jej schwytać, bo miała ciało śliskie od tłuszczu. Obserwujący to groteskowe polowanie wojownicy pękali ze śmiechu. Ja też z trudem się hamowałem. Owain spojrzał znowu na Cadwy'ego.

– Więc pojedź tam, książę, i zabij kilku drani – powiedział, jakby było to najprostsze rozwiązanie.

– Nie mogę – odparł Cadwy.

– Dlaczego?

– Ponieważ Uther zapewnił im ochronę. Jeśli ich zaatakuję, poskarżą się radzie i królowi Markowi i będę musiał zapłacić sarhaed.

Była to nakładana przez prawo grzywna za przelanie krwi. Zabicie króla kosztowało niewyobrażalną sumę, życie niewolnika miało niewielką wartość, ale za dobrego gwarka trzeba by zapewne zapłacić tyle, że odczułby to boleśnie nawet tak bogaty człowiek jak książę Cadwy.

– Skąd by wiedzieli, że to ty ich napadłeś? – zapytał szyderczym tonem Owain.

Cadwy poklepał się po policzku, dając do zrozumienia, że błękitny tatuaż zdradziłby jego ludzi.

Owain skinął głową. Wysmarowaną tłuszczem dziewczynę w końcu złapano i otaczała ją teraz w krzakach na tarasie gromada mężczyzn. Owain ułamał kawałek chleba i spojrzał ponownie na Cadwy'ego.

– Co proponujesz?

– Dobrze by było znaleźć kilku ludzi, którzy oskubaliby trochę tych drani – powiedział chytrze. – Wtedy szukaliby u mnie pomocy. Zażądałbym w zamian cyny, którą wysyłają do króla Marka. A ty... – przerwał, aby się upewnić, czy Owaina nie szokuje ta propozycja – dostałbyś połowę jej wartości.

– Czyli ile? – zapytał od razu Owain.

Obaj mężczyźni rozmawiali półgłosem i musiałem nadstawiać ucha, aby śmiechy i pokrzykiwania wojowników nie zagłuszały ich słów.

– Pięćdziesiąt sztabek złota rocznie? Takich jak ta – oznajmił Cadwy, wyjmując z sakwy sztabkę o rozmiarach rękojeści miecza i przesuwając ją po stole.

– Aż tyle? – Nawet Owain był zaskoczony.

– Wrzosowiska to bogate miejsce – stwierdził ponuro Cadwy. – Bardzo bogate.

Owain spojrzał w dolinę, gdzie lśniła w blasku księżyca gładka i srebrna jak ostrze miecza tafla rzeki.

– Ilu jest tych gwarków? – zapytał w końcu księcia.

– W najbliższej osadzie siedemdziesięciu albo osiemdziesięciu – odparł Cadwy. – Nie licząc kobiet i niewolników.

– A ile jest osad?

– Trzy, ale dwie pozostałe są daleko stąd. Chodzi mi tylko o tę jedną.

Owain był ostrożny.

– Mam tylko dwudziestu ludzi – powiedział.

– Może zaatakować nocą? – zasugerował Cadwy. – Nigdy ich nie napadano, więc nie będą czujni.

– Siedemdziesiąt sztabek złota – powiedział obojętnie Owain, sącząc wino z rogu. – Nie pięćdziesiąt.

Książę Cadwy zastanawiał się przez chwilę, po czym skinął potakująco głową.

Owain szeroko się uśmiechnął.

– Czemu nie? – powiedział. Schował sztabkę złota i nagle odwrócił błyskawicznie głowę w moim kierunku. Stałem nieruchomo, wlepiając wzrok w niewolnicę, która opasywała swym nagim ciałem jednego z wytatuowanych wojowników Cadwy'ego. – Śpisz, Derfel? – burknął.

Wzdrygnąłem się jak obudzony ze snu.

– Słucham, panie? – zapytałem, udając, że od kilku minut byłem głęboko zamyślony.

– Dobry z ciebie chłopak – rzekł Owain, zadowolony, że nie słyszałem ich rozmowy. – Chciałbyś jedną z tych dziewczyn, prawda?

– Nie, panie – odparłem, czerwieniąc się.

Owain wybuchnął śmiechem.

– Przygruchał sobie właśnie śliczną małą Irlandkę – wyjaśnił Cadwy'emu – i jest jej wierny. Ale z czasem zmądrzeje. Kiedy trafisz do Krainy Cieni, mój chłopcze – zwrócił się znowu do mnie – nie będziesz żałował, że nie udało ci się zabić więcej wojowników, ale nie wybaczysz sobie, że miałeś tak mało kobiet – mówił to życzliwym tonem. W pierwszych dniach mojej służby bałem się go, ale z jakiegoś powodu Owain lubił mnie i dobrze traktował. Teraz popatrzył znowu na Cadwy'ego. – A więc jutro w nocy – powiedział półgłosem.

Odkąd opuściłem górę Tor i wstąpiłem do oddziału Owaina, znalazłem się jakby w innym świecie. Spojrzawszy na księżyc, pomyślałem o długowłosych żołnierzach Gundleusa masakrujących naszych strażników i o ludziach z wrzosowisk, których następnej nocy miał spotkać ten sam los. Wiedziałem, że należałoby temu zapobiec, ale byłem bezsilny. Merlin powtarzał zawsze, że los jest nieubłagany. Życie to igraszka bogów i próżno szukać sprawiedliwości. Trzeba się nauczyć śmiać, powiedział mi kiedyś, bo inaczej można zapłakać się na śmierć.

Wysmarowaliśmy tarcze smołą używaną przez budowniczych statków, żeby wyglądać jak irlandzcy najeźdźcy Oengusa Mac Airema, których długie łodzie o ostrych dziobach przypływały do północnych wybrzeży Dumnonii. Miejscowy przewodnik z wytatuowanymi policzkami prowadził nas całe popołudnie przez głębokie, bujnie porośnięte lasem doliny, wznoszące się powoli ku rozległym posępnym wrzosowiskom, widocznym od czasu do czasu w prześwitach między wielkimi drzewami. Piękne, pełne jeleni bory były poprzecinane bystrymi, zimnymi strumieniami, spływającymi z wysokiego płaskowyżu w kierunku morza.

O zmierzchu dotarliśmy do wrzosowisk, a po zapadnięciu zmroku zaczęliśmy się wspinać górską ścieżką na szczyt. Była to tajemnicza okolica. Dawniej mieszkali tam nasi przodkowie, którzy pozostawili w dolinach swoje święte kamienne kręgi. Ku niebu wznosiły się potężne szare skały, a w niżej położonych miejscach pełno było zdradliwych bagien, przez które przeprowadzał nas bezpiecznie przewodnik Cadwy'ego.

Owain powiedział, że zbuntowani przeciw królowi Mordredowi mieszkańcy wrzosowisk bali się z powodów religijnych ludzi z czarnymi tarczami. Była to przekonująca opowieść i może bym w nią uwierzył, gdybym nie podsłuchał poprzedniej nocy jego rozmowy z Cadwym. Owain obiecał nam też złoto, jeśli dobrze się spiszemy, i ostrzegł, że nie możemy wspominać nikomu o naszej akcji, gdyż nie otrzymaliśmy polecenia rady, by ukarać tych ludzi. Po drodze na wrzosowiska natrafiliśmy w głębi gęstego lasu na zbudowaną w dębowym gaju starą świątynię z umieszczonymi w niszach omszałymi czaszkami. Owain kazał nam tam złożyć przysięgę, że dochowamy tajemnicy. W Brytanii było wiele takich ukrytych starych świątyń, co dowodziło, jak ogromne wpływy mieli druidzi przed przybyciem Rzymian. Wieśniacy nadal szukali w tych miejscach pomocy bogów. Owego popołudnia przyklękaliśmy pod wielkimi, obrośniętymi mchem dębami w świątyni czaszek i dotykaliśmy rękojeści miecza Owaina. Wojownicy, którzy dostąpili po raz pierwszy wtajemniczenia w sekrety Mitrasa, otrzymywali pocałunek naszego wodza. Zaprzysiężeni w ten sposób i pobłogosławieni przez bogów ruszyliśmy w dalszą drogę.

Miejsce, do którego dotarliśmy, robiło odpychające wrażenie. Wielkie cuchnące ogniska wyrzucały ku niebu snopy iskier i kłęby dymu. Wokół wykopanych w ziemi przepastnych jam stały chaty. Ogromne hałdy węgla drzewnego wyglądały jak czarne pagórki, a w powietrzu unosił się nieprzyjemny zapach. Oglądana przez pryzmat mojej rozpalonej wyobraźni owa górska osada gwarków przypominała bardziej Annawn, czyli Krainę Cieni, niż miejsce zamieszkane przez ludzi.

Psy zwęszyły naszą obecność, ale nikt w osadzie nie zwrócił uwagi na ich ujadanie. Wokół chat nie było ogrodzenia, ani nawet ziemnego wału. Kucyki uwiązane w pobliżu stojących rzędem wozów zaczęły rżeć, gdy dotarliśmy na skraj osady, lecz w dalszym ciągu nikt się nie zainteresował, co wzbudziło ich niepokój. Okrągłe chaty były w większości zrobione z kamieni i zadaszone darnią, tylko w środku osady stały dwie stare rzymskie budowle – kwadratowe, wysokie i solidne.

– Dwóch na jednego, a może i więcej, nie licząc niewolników i kobiet – syknął Owain, przypominając nam, ilu ludzi każdy z nas musi zabić. – Rozprawiajcie się z nimi szybko, spoglądajcie za siebie i trzymajcie się razem!

Podzieliliśmy się na dwie grupy. Ja zostałem z Owainem, którego broda, ozdobiona żelaznymi pierścieniami, lśniła w blasku ognia. Słyszeliśmy szczekanie psów i rżenie koni, a potem zapiał kogut i wtedy jakiś człowiek wyszedł z chaty, żeby sprawdzić, co się dzieje. Było już jednak za późno. Rozpoczęła się rzeź.

Widziałem wiele takich pogromów. W saksońskich osadach zaczynaliśmy zwykle od palenia domostw, ale tych okrągłych chat z kamienia i darni nie imały się płomienie, musieliśmy więc wchodzić do nich z włóczniami i mieczami. Chwytaliśmy z najbliższego ogniska płonące głownie i wrzucaliśmy je do domów, aby sprawdzić, czy jest ktoś w środku. Niektórzy ludzie wybiegali w panice z chat i padali pod ciosami mieczy, które cięły jak rzeźnicze tasaki. Jeśli ogień nie wypłoszył na zewnątrz którejś z rodzin, Owain nakazywał dwóm żołnierzom wejść do środka, a pozostali trzymali straż na zewnątrz. Obawiałem się chwili, gdy przyjdzie moja kolej, ale wiedziałem, że to nieuniknione i że nie ośmielę się odmówić wykonania rozkazu. Zostałem zaprzysiężony, podpisałbym więc w ten sposób na siebie wyrok śmierci.

Wokół słychać było krzyki. Z mieszkańcami pierwszych kilku chat poradziliśmy sobie bez trudu, bo jeszcze spali albo dopiero się zbudzili, ale posuwając się w głąb osady, napotykaliśmy coraz silniejszy opór. Dwóch mężczyzn rzuciło się na nas z toporami, lecz nasi włócznicy z łatwością ich pokonali. Kobiety uciekały, trzymając w objęciach dzieci. Pies, który skoczył na Owaina, zdychał po chwili z przetrąconym karkiem. Patrzyłem na biegnącą kobietę, która obejmowała jedną ręką niemowlę, a w drugiej trzymała dłoń zakrwawionego dziecka, i nagle przypomniałem sobie, co wykrzykiwał Tanaburs na temat mojej matki. Wzdrygnąłem się na myśl, że stary druid musiał rzucić na mnie klątwę za to, że mu groziłem. Byłem na nią odporny, ale czułem, że krąży wokół mnie jak ukryty wróg. Dotknąłem blizny na lewej ręce i modliłem się do Bela, aby klątwa Tanabursa straciła moc.

– Derfel! Licat! Do tamtej chaty! – krzyknął Owain i jako dobry żołnierz usłuchałem jego rozkazu. Rzuciłem tarczę, cisnąłem do wnętrza domu płonącą żagiew i pochyliłem się, aby przejść przez niskie drzwi. Usłyszałem krzyk dzieci. Półnagi mężczyzna rzucił się na mnie z nożem, musiałem więc raptownie uskoczyć. Broniąc się przed nim włócznią, upadłem na jedno z dzieci. Grot ześlizgnął mu się po żebrach i gdyby Licat go nie zaatakował, upadłby na mnie i zatopiłby mi nóż w gardle. Mężczyzna zgiął się wpół i chwycił za brzuch, ciężko dysząc. Licat wyszarpnął grot z jego ciała i dobył noża, by zabić krzyczące dzieci. Wyskoczyłem z chaty z zakrwawioną włócznią, aby powiedzieć Owainowi, że w środku był tylko jeden mężczyzna.

– Naprzód, Demetia! – wołał Owain.

Nazwa położonego na zachód od Sylurii irlandzkiego królestwa Oengusa Mac Airema stanowiła tej nocy nasz bojowy okrzyk. W chatach nie było już nikogo, zaczęliśmy więc polować na gwarków w mrocznych zakamarkach osady. Uciekinierzy pierzchali na wszystkie strony, ale byli i ludzie, którzy zostali i próbowali z nami walczyć. Grupa odważnych mężczyzn utworzyła nawet prowizoryczny oddział i zaatakowała nas włóczniami, kilofami i toporami, lecz wojownicy Owaina szybko i brutalnie się z nimi rozprawili. Czarne tarcze powstrzymały skutecznie ich natarcie, a miecze i włócznie dokonały reszty. Byłem jednym z tych niepokonanych wojowników. Niech Bóg mi wybaczy, ale zabiłem tej nocy kolejnego człowieka, a może i dwóch. Pierwszemu wbiłem włócznię w gardło, a drugiemu w pachwinę. Nie walczyłem mieczem, bo broń Hywla nie wydała mi się odpowiednia do dokonywania takiej masakry.

Wkrótce było po wszystkim. W opustoszałej nagle osadzie pozostali tylko polegli, umierający oraz garstka próbujących się ukryć mężczyzn, kobiet i dzieci. Mordowaliśmy każdego, kogo udało nam się znaleźć. Zabiliśmy też wszystkie zwierzęta, spaliliśmy wozy używane do przywożenia węgla z dolin, zniszczyliśmy darniowe dachy chat, stratowaliśmy warzywne ogrody i splądrowaliśmy całą osadę w poszukiwaniu kosztowności. Kilka strzał śmignęło po niebie w naszym kierunku, ale żadna nie trafiła celu.

W chacie wodza znaleźliśmy rzymskie monety oraz sztabki złota i srebra. Była to największa chata, mająca dwadzieścia stóp średnicy. Zobaczyliśmy w świetle pochodni, że wódz leży martwy, z ziemistą twarzą i rozprutym brzuchem. Obok ujrzeliśmy w kałuży krwi zwłoki jednej z jego kobiet i dwojga dzieci. Trzecie dziecko, dziewczynka, leżało pod zakrwawioną skórą. Zdawało mi się, że poruszyła ręką, gdy jeden z naszych ludzi potknął się o nią, ale udawałem, że niczego nie zauważyłem, i zostawiłem ją w spokoju. W mroku rozległ się krzyk drugiej dziewczynki, którą odnaleziono i przebito mieczem.

Niech wybaczy mi Bóg i jego aniołowie, ale spowiadałem się z grzechów owej nocy tylko jednej osobie, która w dodatku nie była księdzem i nie mogła mi dać rozgrzeszenia. Wiem, że w czyśćcu, a może i w piekle spotkam te zamordowane dzieci. Ich ojcowie i matki będą bawić się moją duszą, bo na to zasłużyłem.

Ale jaki miałem wybór? Byłem młody, chciałem żyć, złożyłem przysięgę i słuchałem rozkazów dowódcy. Zabijałem tylko ludzi, którzy mnie atakowali, ale cóż to za usprawiedliwienie? Moi towarzysze nie mieli żadnych skrupułów. Zabijali przedstawicieli innego szczepu, właściwie innego narodu, co stanowiło dla nich dostateczne rozgrzeszenie. Ale ja wychowałem się na górze Tor wśród ludzi różnych ras. Merlin, choć sam był przywódcą szczepu i bronił żarliwie każdego, kto szczycił się mianem Bryta, nie wpajał w nas nienawiści do innych plemion. Nie uczono mnie bezmyślnego zabijania ludzi tylko dlatego, że są obcy.

A jednak ich zabijałem i niech Bóg mi to wybaczy, a także wszystkie inne grzechy, zbyt liczne, bym je spamiętał.

Opuściliśmy osadę przed świtem, pozostawiając za sobą dymiące, zbroczone krwią zgliszcza. Wrzosowiska cuchnęły śmiercią. W uszach brzmiały mi lamenty wdów i sierot. Dostałem od Owaina sztabkę złota, dwie sztabki srebra oraz garść monet i, niech mi Bóg wybaczy, przyjąłem je.

Jesień jest porą walki, gdyż wtedy właśnie Saksonowie, którzy przez całą wiosnę i lato przypływają łodziami na nasze wschodnie wybrzeża, próbują zdobyć dla siebie nowe tereny. Prowadzą wojnę, póki zima nie skuje ziemi lodem.

Jesienią owego roku, gdy zmarł Uther, po raz pierwszy walczyłem z Saksonami, bo ledwie skończyliśmy zbierać na zachodzie podatki, usłyszeliśmy o najeźdźcach na wschodnich rubieżach. Dowództwo naszego oddziału przejął kapitan Griffid ap Annan i wyruszyliśmy z pomocą Melwasowi, królowi Belgów, wasalowi Dumnonii. Melwas odpowiadał za obronę naszych południowych wybrzeży przed najazdami Sasów, którzy po śmierci Uthera stali się znowu agresywni. Owain został w Caer Cadarn, gdyż królewska rada nie mogła dojść do porozumienia, kto ma się zająć wychowaniem Mordreda. Biskup Bedwin chciał mieć go pod swoją opieką, ale sprzeciwiali się temu niechrześcijanie, których w radzie było więcej. Z kolei Bedwin i jego poplecznicy starali się nie dopuścić, by wyrastał na poganina. Owain, który twierdził, że czci jednakowo wszystkich bogów, próbował pogodzić zwaśnione strony, proponując własną kandydaturę.

– To właściwie bez znaczenia, w jakiego boga wierzy król – powiedział nam na pożegnanie – bo władca powinien umieć walczyć, a nie modlić się.

Wysłuchawszy jego argumentów, wyruszyliśmy walczyć z Saksonami. Nasz kapitan Griffid ap Annan był szczupłym, posępnym człowiekiem, który uważał, że Owainowi chodziło przede wszystkim o to, by Mordreda nie wychowywał Artur.

– Nie twierdzę, że go nie lubi – dodał pospiesznie – ale opiekując się królem, Artur rządziłby Dumnonią.

– Co w tym złego? – zapytałem.

– Byłoby lepiej dla nas obu, chłopcze, gdyby ta ziemia należała do Owaina.

Griffid dotknął znacząco jednego ze swych złotych naszyjników. Wszyscy żołnierze nazywali mnie chłopcem, ale tylko dlatego, że byłem najmłodszy w oddziale i nie brałem jeszcze udziału w prawdziwej bitwie z wrogimi wojownikami. Wierzyli, że moja obecność przynosi im szczęście, bo uciekłem kiedyś z wilczego dołu druida. Ludzie Owaina, podobnie jak żołnierze na całym świecie byli strasznie przesądni. We wszystkim dostrzegali dobrą lub złą wróżbę. Każdy mężczyzna miał przy sobie łapkę zająca albo krzemień. Nawet zwykłe czynności stanowiły rytuał. Nikt nie wkładał prawego buta przed lewym ani nie ostrzył grota włóczni na tle własnego cienia. W naszych szeregach było paru chrześcijan. Sądziłem, że może oni nie boją się tak bardzo bogów, duchów i widm, ale okazali się równie przesądni jak my wszyscy.

Stolica królestwa Melwasa Venta była biednym przygranicznym miasteczkiem, w którym dawno już pozamykano wszystkie warsztaty, a osmalone ściany wielkich rzymskich budowli były świadectwem najazdów Saksonów. Król Melwas spodziewał się właśnie kolejnych ataków z ich strony. Mówił z przerażeniem, że mają nowego przywódcę, który jest żądny ziemi i nie zna litości.

– Dlaczego nie przybył Owain? – pytał zdenerwowany. – Albo Artur? Chcą mnie zniszczyć, czy tak? – Był otyłym, podejrzliwym człowiekiem o wyjątkowo cuchnącym oddechu. Jako król plemienia, a nie kraju, należał do drugiego szczebla w hierarchii władzy, ale patrząc na niego, miało się wrażenie, że jest chłopem i to w dodatku zrzędliwym. – Niewielu was jest, prawda? – lamentował. – Dobrze, że zwołałem pospolite ruszenie.

Była to obywatelska armia, w której mieli obowiązek służyć wszyscy zdolni do walki członkowie szczepu, ale w rzeczywistości wielu się nie stawiło, a bogatsi ludzie przysyłali na ogół w zastępstwie swoich niewolników. Mimo to Melwas zdołał zebrać ponad trzystu mężczyzn, którzy przynieśli własny prowiant i uzbrojenie. Niektórzy byli kiedyś wojownikami i przybyli wyposażeni w solidne włócznie i utrzymane w dobrym stanie tarcze, ale większość nie miała broni, a kilku jedynie kije lub zaostrzone kilofy. Towarzyszyło im wiele kobiet i dzieci, które w obliczu groźby najazdu Saksonów nie chciały zostać same w domach.

Melwas uznał, że powinien wraz ze swoimi wojownikami bronić rozsypujących się wałów Venty, Griffid musiał więc sam poprowadzić pospolite ruszenie na wroga. Król nie miał pojęcia, gdzie są Saksonowie, wobec czego Griffid zapuścił się na oślep w gęste lasy na wschód od miasta. Byliśmy bardziej bezładną zbieraniną ludzi niż oddziałem. Na widok jelenia poddani Melwasa rzucali się w szaleńczy pościg, który mógł zaalarmować nieprzyjaciela w promieniu kilkunastu mil, i rozpraszali się po lesie. Straciliśmy w ten sposób blisko pięćdziesięciu ludzi. Jedni wpadli w ręce nieprzyjaciół, drudzy po prostu się zgubili i postanowili wrócić do domu.

W lasach było wielu Saksonów, choć początkowo żadnego nie widzieliśmy. Czasem znajdowaliśmy ich żarzące się jeszcze ogniska, a raz natrafiliśmy na małą osadę Belgów, którą zaatakowano i spalono. Wszyscy mężczyźni zginęli, a dzieci i kobiety zabrano do niewoli. Fetor zwłok osłabił nieco odwagę poddanych Melwasa i od tej pory trzymali się razem, podążając za Griffidem na wschód.

Pierwszy oddział nieprzyjaciela napotkaliśmy w szerokiej dolinie rzeki. Saksonowie zakładali tam właśnie obóz. Przed naszym przybyciem wznieśli połowę palisady i postawili drewniane słupy głównej chaty, ale gdy pojawiliśmy się na skraju lasu, porzucili narzędzia i chwycili za włócznie. Mieliśmy nad nimi trzykrotną przewagę liczebną, lecz mimo to Griffid nie zdołał namówić swoich żołnierzy do zaatakowania ich najeżonej włóczniami ściany tarcz. Najmłodsi z nas wyrywali się jak głupcy do przodu, ale nie docieraliśmy do celu, a Saksonowie ignorowali kierowane pod ich adresem obelgi. Pozostali ludzie Griffida popijali miód i przeklinali naszą zapalczywość. Pragnąłem ze wszystkich sił mieć pierścień z saksońskiego żelaza i wydawało mi się szaleństwem, że nie atakujemy, ale nie doświadczyłem wtedy jeszcze, co znaczy znaleźć się między dwiema ścianami tarcz, ani nie wiedziałem, jak trudno jest przekonać ludzi, by godzili się na taką śmierć. Griffid próbował bez większego przekonania nakłonić ich do natarcia, ale wkrótce poprzestał na piciu miodu i wykrzykiwaniu obelg. Tym sposobem przez trzy godziny albo i dłużej staliśmy naprzeciwko wrogów, posuwając się naprzód najwyżej o kilka kroków.

Bojaźliwość Griffida dała mi przynajmniej okazję przyjrzenia się Saksonom, którzy, prawdę mówiąc, niewiele się od nas różnili. Mieli jaśniejsze włosy, jasnoniebieskie oczy i bardziej czerstwą cerę, lubili nosić futra, ale poza tym ubierali się tak jak my. Byli zwykle uzbrojeni w noże o długich ostrzach, bardzo niebezpieczne przy walce wręcz, wielu używało też dużych toporów o szerokich brzeszczotach, pozwalających rozpłatać tarczę jednym uderzeniem. Niektórym z naszych ludzi tak bardzo one imponowały, że sami nosili tego typu broń, ale Owain, podobnie jak Artur, gardził nią. Powtarzał, że toporem nie można odparować ciosu. Służył on do ataku, ale nie nadawał się do obrony, przez co nie zyskiwał uznania w jego oczach. Saksońscy kapłani wyglądali inaczej niż nasi, gdyż nosili zwierzęce skóry i nacierali włosy krowim łajnem, by sterczały im wysoko na głowach. Owego dnia jeden z nich złożył ofiarę z kozła, aby przekonać się, czy należy z nami walczyć. Złamał najpierw zwierzęciu jedną z tylnych nóg, a potem dźgnął je nożem w kark i puścił wolno. Zakrwawiony i powłóczący nogą kozioł przeszedł, żałośnie becząc, obok ustawionych w szeregu wojowników, po czym odwrócił się w naszą stronę i upadł na trawę. Był to najwyraźniej zły znak, gdyż Saksonowie opuścili tarcze i wycofali się pospiesznie przez bród do lasu, zabierając ze sobą kobiety, dzieci, niewolników, bydło i trzodę. Ogłosiliśmy zwycięstwo, zjedliśmy zabitego kozła i zburzyliśmy palisadę. Plądrować nie było czego.

Pospolitemu ruszeniu zabrakło żywności, gdyż oczywiście żołnierze króla Melwasa zjedli w ciągu kilku dni wszystkie zapasy i teraz pozostały im tylko zrywane z drzew orzechy laskowe. W tej sytuacji musieliśmy się wycofać. Wygłodzeni Belgowie, którym spieszno było do domów, ruszyli przodem, a my, wojownicy, posuwaliśmy się wolniej. Griffid miał posępną minę, gdyż wracał bez złota i niewolników, choć prawdę mówiąc, inne oddziały też nie bogaciły się zwykle na spornych terytoriach. Gdy byliśmy już niemal na swoim terenie, natknęliśmy się na wracających w przeciwnym kierunku Saksonów. Musieli trafić wcześniej na nasze pospolite ruszenie, gdyż dźwigali zdobyczną broń i prowadzili pojmane kobiety.

Spotkanie było zaskoczeniem dla obu stron. Idąc na końcu kolumny, usłyszałem odgłosy bitwy, która rozgorzała, gdy nasza przednia straż, wyłoniwszy się z lasu, zobaczyła kilku Saksonów przeprawiających się przez strumień. Nasi ludzie zaatakowali ich, a po chwili włączyli się do chaotycznej walki włócznicy. Nie było ściany tarcz, tylko krwawa potyczka w płytkim strumieniu. I znów, jak tamtego dnia, gdy zabiłem pierwszego wroga w lasach na południe od Ynys Wydryn, doświadczyłem radości walki. Musiało to być to samo uczucie, którego doznawała Nimue, gdy wstępowała w nią moc bogów. Czułem się wówczas, jakbym miał skrzydła i wzlatywał ku niebu. Biegnąc z pochyloną włócznią, napotkałem pierwszego Saksona i zobaczywszy w jego oczach strach, wiedziałem, że jest już martwy. Gdy grot włóczni zagłębił się w jego brzuchu, wydobyłem z pochwy miecz Hywla, który nazwałem Hywelbane, i zadałem mu śmiertelny cios. Potem, brnąc w wodzie, zabiłem jeszcze dwóch Saksonów. Krzyczałem jak szalony, prowokując wrogów w ich języku, aby podeszli bliżej i zakosztowali śmierci. Jakiś olbrzym przyjął moje wyzwanie i natarł na mnie, wymachując wielkim toporem. Topory wyglądają przerażająco, mają jednak zbyt dużą siłę bezwładności i trudno nimi manipulować. Powaliłem olbrzyma jednym pchnięciem miecza, które uradowałoby serce Owaina, i zabrałem mu trzy złote naszyjniki, cztery broszki i wysadzany klejnotami nóż. Wziąłem też topór, aby zrobić z niego żelazne pierścienie.

Saksonowie rzucili się do ucieczki, pozostawiając ośmiu poległych i drugie tyle rannych. Sam zabiłem co najmniej czterech wrogów, co moi towarzysze uznali za nie lada wyczyn. Ich podziw wbijał mnie w dumę, choć później, gdy byłem starszy i mądrzejszy, uznałem swój ówczesny sukces za przejaw młodzieńczej głupoty. Młodzi pędzą często bez namysłu naprzód, podczas gdy mędrcy postępują roztropnie. Straciliśmy trzech ludzi, wśród nich Licata, człowieka, który ocalił mi życie na wrzosowiskach. Odzyskałem włócznię i zabrałem jeszcze dwa srebrne naszyjniki Saksonom, których zabiłem w strumieniu, a potem przyglądałem się, jak ranni wrogowie są wysyłani do Krainy Cieni, gdzie mieli zostać niewolnikami naszych poległych wojowników. Znaleźliśmy w lesie sześć ukrytych kobiet, które towarzyszyły idącym na wojnę mężom i zostały pojmane przez Saksonów. Jedna z nich zauważyła schowanego w krzakach nad strumieniem wojownika. Zaczęła krzyczeć i próbowała pchnąć go nożem, ale zdołał uciec. Złapałem go w strumieniu. Był młokosem, zapewne w moim wieku i trząsł się ze strachu.

– Jak się nazywasz? – zapytałem, przytykając mu do gardła zakrwawiony grot włóczni.

– Wlenca – odparł, leżąc w wodzie.

Powiedział, że jest w Brytanii dopiero od kilku tygodni, ale gdy spytałem, skąd przybył, potrafił odpowiedzieć tylko, że z domu. Nie mówił dokładnie tym samym językiem co ja, ale różnice były niewielkie i całkiem dobrze go rozumiałem. Wyjaśnił mi, że ich król Cerdik – wielki wódz, kolonizujący południowe wybrzeża Brytanii – musiał walczyć z Aeskiem, saksońskim władcą, który rządził teraz ziemiami Kentu. Wtedy po raz pierwszy zdałem sobie sprawę, że Saksonowie walczą między sobą tak jak Brytowie. Wyglądało na to, że Cerdik wygrał wojnę z Aeskiem i zapuszczał się teraz w głąb Dumnonii.

Kobieta, która zauważyła Wlencę w krzakach, przykucnęła w pobliżu i wygrażała mu, ale jej towarzyszka stwierdziła, że chłopak nie brał udziału w gwałtach, które miały miejsce po ich pojmaniu. Griffid poczuł ulgę, że przywiezie do domu jakiś łup, i darował Saksonowi życie. Rozebrany do naga chłopak został oddany pod straż jednej z kobiet i pomaszerował na zachód, by stać się niewolnikiem.

Była to nasza ostatnia wyprawa tego roku i choć uznaliśmy ją za zwycięską, nie mogła się równać z osiągnięciami Artura, który nie tylko przepędził Saksonów Aelle'a z północnego Gwentu, ale pokonał też później armię królestwa Powys, odrąbując królowi Gorfyddydowi ramię. Król uciekł, lecz było to mimo wszystko wielkie zwycięstwo. Artura sławiono w całym Gwencie i Dumnonii. Tylko Owain nie był tym zachwycony.

Lunete natomiast szalała z radości. Przywiozłem jej dość złota i srebra, by mogła nosić w zimie futro z niedźwiedzia i mieć własną niewolnicę, dziewczynę z Kernow, którą kupiła od Owaina. Służąca pracowała od świtu do zmierzchu, a nocą wylewała łzy w kącie chaty, którą nazywaliśmy teraz naszym domem. Kiedy płakała za bardzo, Lunete ją biła, a gdy próbowałem jej bronić, biła także mnie. Ludzie Owaina przenieśli się z ciasnych kwater Caer Cadarn do wygodniejszych rezydencji w Lindinis, gdzie Lunete i ja mieszkaliśmy w krytej strzechą chacie pod niskimi ziemnymi wałami, które zbudowali Rzymianie. Odległe o sześć mil Caer Cadarn było wykorzystywane tylko wtedy, gdy nieprzyjaciel podchodził zbyt blisko albo gdy odbywały się jakieś wielkie uroczystości. Tej zimy zdarzyła się właśnie taka okazja. Mordred kończył rok i zbiegiem okoliczności tego samego dnia Dumnonia znalazła się w poważnych tarapatach. Może zresztą nie był to wcale przypadek, bo Mordred zawsze miał pecha i jego koronacji musiały towarzyszyć tragiczne wydarzenia.

Ceremonia odbywała się tuż po zimowym przesileniu. Mordred miał zostać ogłoszony królem i z tej okazji zebrali się w Caer Cadarn wszyscy dostojnicy Dumnonii. Nimue zjawiła się dzień wcześniej i odwiedziła naszą chatę, którą Lunete przyozdobiła ostrokrzewem i bluszczem. Przeszedłszy przez próg z wyrytymi ornamentami, które odstraszały złe duchy, Nimue usiadła przy ogniu i zsunęła kaptur płaszcza.

Uśmiechnąłem się na widok jej złotego oka.

– Podoba mi się – powiedziałem.

– Jest puste – odparła z zażenowaniem, stukając w nie paznokciem.

Lunete krzyczała właśnie na służącą, że przypaliła zupę z kiełków jęczmienia. Nimue wzdrygnęła się, słysząc ten wybuch złości.

– Nie jesteś szczęśliwy – powiedziała.

– Ależ tak – stwierdziłem z przekonaniem, bo młodzi ludzie nie lubią przyznawać się do błędów.

Nimue rozejrzała się po zaniedbanym, okopconym wnętrzu naszej chaty, jakby wyczuwając nastrój jej mieszkańców.

– Lunete nie jest dla ciebie odpowiednią kobietą – rzekła cicho, podnosząc od niechcenia z brudnej podłogi połówkę pustej skorupki jajka i rozgniatając ją na kawałki, aby nie ukrył się w niej żaden zły duch. – Chodzisz z głową w chmurach, Derfel – ciągnęła dalej, rzuciwszy rozgniecioną skorupkę w ogień – a Lunete stąpa twardo po ziemi. Ona chce być bogata, a dla ciebie najważniejszy jest honor. Nie potraficie znaleźć wspólnego języka.

Wzruszyła ramionami, jakby było to bez znaczenia, po czym przekazała mi nowiny z Ynys Wydryn. Merlin jeszcze nie wrócił i nikt nie wiedział, gdzie jest, ale Artur przysłał pieniądze, zdobyte dzięki zwycięstwu nad Gorfyddydem, na rekonstrukcję osady na górze Tor i Gwlyddyn nadzorował budowę nowego, większego dworu. Pellinor nadal żył, podobnie jak Druidan i skryba Gudovan. Norwenna została pochowana w świątyni Cierniowego Drzewa i była uważana za świętą.

– Kto to jest święty? – zapytałem.

– Zmarły chrześcijanin – wyjaśniła beznamiętnym tonem. – Oni wszyscy powinni być święci.

– A ty? – zapytałem.

– Ja żyję – stwierdziła obojętnie.

– Jesteś szczęśliwa?

– Zawsze zadajesz głupie pytania. Gdybym chciała być szczęśliwa, Derfel, mieszkałabym tu z tobą, piekła ci chleb i zmieniała posłanie.

– Czemu więc tego nie robisz?

Splunęła w ogień, żeby ustrzec się przed moją głupotą.

– Gundleus ciągle żyje – powiedziała oschle, zmieniając temat.

– Został uwięziony w Corinium – dodałem, jakby sama nie wiedziała, gdzie jest jej wróg.

– Wyryłam jego imię na kamieniu – powiedziała, spoglądając na mnie swoim złotym okiem. – Kiedy mnie zgwałcił, zaszłam w ciążę, ale zabiłam jego bękarta sporyszem.

Była to czarna rdza zbożowa, której kobiety używały do aborcji. Merlin także ją stosował, aby wprawiać się w trans i rozmawiać z bogami. Ja spróbowałem jej tylko raz i przez wiele dni fatalnie się czułem.

Lunete musiała koniecznie pokazać Nimue wszystkie swoje nowe nabytki: trójnóg, kocioł i sito, klejnoty i płaszcz, lnianą koszulę i pogięty srebrny dzban z wizerunkiem nagiego rzymskiego jeźdźca, który ściga jelenia. Nimue obejrzała wszystko z udawanym zainteresowaniem, po czym poprosiła, żebym odprowadził ją do Caer Cadarn, gdzie zamierzała przenocować.

– Lunete jest głupia – stwierdziła, gdy szliśmy wzdłuż strumienia, który wpadał do rzeki Cam. Pod nogami chrzęściły brązowe liście. Był mroźny dzień. Nimue wydawała się bardziej zagniewana niż zwykle, a przez to piękniejsza. Cierpienia dodawały jej urody. Wiedziała o tym i dlatego ich pragnęła. – Stajesz się sławny – powiedziała, spoglądając na żelazne pierścienie na mojej lewej dłoni. Na prawej ręce ich nie nosiłem, aby nie przeszkadzały mi w trzymaniu miecza i włóczni, ale na lewej miałem aż cztery.

– Po prostu dopisało mi szczęście – stwierdziłem.

– Nie, to coś więcej. – Uniosła lewą rękę, pokazując bliznę. – Kiedy walczysz, Derfel, jestem przy tobie. Będziesz wielkim wojownikiem. To twoje przeznaczenie.

– Doprawdy?

Zadrżała z zimna. Niebo przybrało szarą barwę stali, tylko od zachodu widzieliśmy na horyzoncie bladą, żółtą poświatę. Konary drzew były czarne, a trawa miała ponury ciemny kolor. Dymy ognisk snuły się tuż przy ziemi, jakby z obawy przed zimnym, pustym niebem.

– Wiesz, dlaczego Merlin opuścił Ynys Wydryn? – zapytała nieoczekiwanie.

– Pojechał szukać Mądrości Brytanii – odparłem, powtarzając to, co powiedziała członkom Wysokiej Rady w Glevum.

– Ale czemu akurat teraz? Dlaczego nie dziesięć lat temu? – zapytała Nimue, po czym sama udzieliła odpowiedzi. – Otóż wiedz, Derfel, że nadchodzą ciężkie czasy. Wszystko, co dobre, stanie się złe, a co złe jeszcze gorsze. Mieszkańcy Brytanii zbierają siły, bo zdają sobie sprawę, że czeka ich walka. Czasem myślę, że bogowie z nas kpią. Rzucają naraz wszystkie kości, żeby zobaczyć, jak skończy się ta gra. Saksonowie rosną w siłę i wkrótce zaatakują nas całymi hordami, nie pojedynczymi oddziałami. Chrześcijanie mówią – tu Nimue splunęła do strumienia, aby odczynić urok – że wkrótce minie pięćset zim od narodzenia ich żałosnego Boga i będzie to czas ich triumfu. – Splunęła ponownie. – A my, Brytowie? Walczymy ze sobą, okradamy się wzajemnie, budujemy nowe rezydencje, gdy powinniśmy kuć miecze i włócznie. Wkrótce zostaniemy poddani próbie, Derfel, i dlatego Merlin zbiera siły, bo jeśli królowie nas nie uratują, będzie musiał przekonać bogów, by przybyli nam z pomocą. – Przystanęła obok rozlewiska nad strumieniem i spojrzała w ciemną, nieruchomą taflę wody, która powoli zamarzała. W odciskach kopyt bydła na brzegu był już lód.

– A co z Arturem? – zapytałem. – Nie ocali nas? Na jej ustach pojawił się przelotny uśmiech.

– Artur jest dla Merlina tym, kim ty dla mnie: mieczem w jego ręku. Nie możemy jednak was kontrolować. Dajemy wam tylko moc – wyciągnęła lewą rękę, dotykając nagiej rękojeści mojego miecza – i puszczamy was wolno. Musimy wierzyć, że postąpicie właściwie.

– Możesz mi zaufać – zapewniłem ją.

Westchnęła jak zawsze, gdy tak mówiłem, po czym pokręciła głową.

– Kiedy Brytania zostanie poddana próbie, Derfel, a wkrótce tak się stanie, nikt z nas nie będzie wiedział, czy jego miecz okaże się wystarczająco skuteczny. – Odwróciła się i spojrzała na wały Caer Cadarn, obwieszone różnobarwnymi sztandarami władców i wodzów, którzy przybyli na mającą się odbyć nazajutrz koronację Mordreda. – Głupcy – powiedziała z goryczą – przeklęci głupcy.

Artur zjawił się następnego dnia o świcie. Przyjechał z Ynys Wydryn razem z Morganą. Towarzyszyło mu tylko dwóch wojowników. Wszyscy dosiadali wielkich koni, ale nie mieli zbroi ani tarcz, tylko włócznie i miecze. Artur nie zabrał nawet swego sztandaru. Zachowywał się swobodnie, jakby uczestniczył w tej ceremonii z czystej ciekawości. Agrykola – rzymski wódz Tewdrika, który przybył w zastępstwie swego pana, zmożonego gorączką – także nie wykazywał szczególnego zainteresowania uroczystością w Caer Cadarn. Ale wszyscy pozostali jej uczestnicy byli wyraźnie spięci i pełni obaw, by nie spełniły się złe wróżby. Obecny na koronacji książę Cadwy z Iski wyróżniał się wytatuowanymi na niebiesko policzkami. Z saksońskiego pogranicza przybył książę Gereint, Władca Kamieni, a z podupadającej Venty – król Melwas. W forcie zebrała się też cała szlachta Dumnonii, w sumie ponad stu ludzi. W nocy padał deszcz ze śniegiem, więc dziedziniec był śliski i błotnisty, ale o świcie powiał rześki zachodni wiatr i zanim Owain ukazał się w towarzystwie królewskiego syna, zza wzgórz otaczających od wschodu Caer Cadarn wyjrzało słońce.

Morgana wywróżyła z ognia, wody i ziemi porę rozpoczęcia ceremonii. Zgodnie z przewidywaniami odbywała się ona rano, bo nic dobrego nie mogło wyniknąć z przedsięwzięć, które miały miejsce o zachodzie słońca. Tłum musiał jednak czekać, aż Morgana da znak, że nadeszła właściwa pora. Wszyscy zebrali się wokół kamiennego kręgu, otaczającego szczyt Caer Cadarn. Żaden z głazów nie był większy od skulonego dziecka. W samym środku kręgu, skąd Morgana obserwowała uważnie pozycję słońca, znajdował się królewski kamień Dumnonii. Był to płaski, szary głaz, podobny do tysięcy innych, ale właśnie na nim, jak nas uczono, bóg Bel namaścił swego człowieczego syna Beli Mawra, przodka wszystkich królów Dumnonii. Gdy Morgana uznała, że czas rozpocząć ceremonię, wezwała do środka kręgu Balise'a, starego druida, który mieszkał w lesie na zachód od Caer Cadarn i pod nieobecność Merlina miał zapewnić nowemu królowi błogosławieństwo bogów. Ten przygarbiony, zawszony starzec chodził w tak brudnych skórach i łachmanach, że trudno było stwierdzić, gdzie kończy się jego broda, a zaczyna odzienie. Mówiono jednak, że to właśnie on nauczył Merlina wielu czarów. Balise uniósł laskę w kierunku zamglonego słońca, wymamrotał jakieś zaklęcia i splunął w cztery strony świata. Potem dostał ostrego ataku kaszlu i ciężko dysząc, osunął się na krzesło na skraju kamiennego kręgu. Towarzysząca druidowi starsza kobieta o równie niechlujnym wyglądzie zaczęła masować mu plecy.

Biskup Bedwin odmówił modlitwę do chrześcijańskiego Boga, a potem otulonego futrem małego Mordreda przeniesiono uroczyście na tarczy wokół kamiennego kręgu, pokazując go w ten sposób wszystkim wojownikom, wodzom i książętom, którzy przyklękali i składali mu hołd. Dorosły władca szedłby sam, ale chłopca niosło dwóch wojowników, za którymi kroczył z wyciągniętym długim mieczem Owain, czempion króla. Podążali w kierunku przeciwnym do ruchu słońca. Ten jeden jedyny raz w życiu król przeciwstawiał się naturalnemu porządkowi rzeczy, aby pokazać, że jego władza pochodzi od bogów, a on sam nie musi przestrzegać wszystkich reguł dotyczących śmiertelników.

Potem tarczę położono na środkowym kamieniu i przynoszono Mordredowi dary. Jedno z dzieci ofiarowało mu bochen chleba, przypominający, że ma obowiązek żywić swoich poddanych. Drugie przyniosło bicz, symbol władzy sądowniczej w królestwie. Potem złożono u jego stóp miecz, aby pamiętał, że powinien zawsze bronić Dumnonii. Mordred cały czas płakał i wierzgał nogami tak energicznie, że o mało nie spadł z tarczy. Spod futra wysunęła się jego krzywa stopa, co musiało stanowić zły znak, ale uczestniczący w ceremonii dostojnicy nie zwracali na to uwagi i podchodzili kolejno do króla, dołączając swoje dary. Przynosili złoto i srebro, drogie kamienie, monety, gagaty i bursztyny. Artur dał chłopcu złotą statuetkę jastrzębia, która wzbudziła powszechny zachwyt. Najcenniejszy jednak dar przywiózł Agrykola. Położył u stóp Mordreda pozłacaną zbroję króla Gorfyddyda z Powys. Artur zdobył ją po wypędzeniu Gorfyddyda z jego obozu i złożył w darze królowi Tewdrikowi, który teraz, za pośrednictwem swojego wodza, oddawał skarb Dumnonii.

Rozdrażnionego malca zdjęto w końcu z królewskiego kamienia i oddano nowej opiekunce, niewolnicy z domu Owaina. Teraz przyszła kolej na bohatera Dumnonii. Z powodu zimna wszyscy dostojnicy byli ubrani w płaszcze i futra, ale Owain miał na sobie tylko spodnie i buty. Jego wytatuowana pierś i ramiona były równie nagie jak miecz, który złożył z należnym szacunkiem na królewskim kamieniu. Potem przeszedł z ostentacyjną pogardą wokół kamiennego kręgu, spluwając w kierunku wszystkich zgromadzonych. Rzucał im wyzwanie. Jeśli ktokolwiek uważał, że Mordred nie powinien być królem, miał wystąpić, podnieść miecz i walczyć z Owainem, który stąpał teraz dumnie, znieważając i prowokując potencjalnych przeciwników. Nikt nie przyjął wyzwania. Dopiero zrobiwszy dwa pełne okrążenia, Owain wziął z powrotem do ręki leżący na kamieniu miecz.

Wszyscy zaczęli wiwatować, gdyż Dumnonia znowu miała króla. Stojący na wałach wojownicy uderzali drzewcami włóczni o tarcze.

Pozostało odprawić jeszcze jeden rytuał, któremu biskup Bedwin stanowczo się sprzeciwiał, ale rada go przegłosowała. Zauważyłem, że Artur gdzieś zniknął, lecz wszyscy oprócz niego, nawet biskup Bedwin, patrzyli, jak do królewskiego kamienia przyprowadzono nagiego, przerażonego jeńca. Był to Wlenca, pojmany przeze mnie młody saksoński wojownik. Wątpię, czy zdawał sobie sprawę, co się dzieje, ale musiał obawiać się najgorszego.

Morgana próbowała postawić na nogi Balise'a, lecz stary druid nie miał dość sił, by wykonać swoje zadanie, podeszła więc sama do drżącego ze strachu chłopca. Stał spokojnie, choć nie był związany i mógł rzucić się do ucieczki. Otaczał go jednak uzbrojony tłum, przez który nie miałby szans się przedrzeć. Morgana podeszła do niego, powłócząc nogą. Może widok jej złotej maski sprawił, że chłopak nawet się nie poruszył. Dopiero gdy zanurzyła okaleczoną lewą rękę w naczyniu, a potem dotknęła z namaszczeniem jego brzucha, Wlenca wzdrygnął się ze strachu. Zaraz jednak znów znieruchomiał. W naczyniu była świeża krew kozła i osłonięta rękawicą dłoń Morgany pozostawiła na zapadniętym, bladym brzuchu chłopca mokry, czerwony ślad.

Morgana odeszła, a milczący tłum czekał w napięciu, gdyż zbliżała się straszna chwila prawdy. Mieli przemówić bogowie.

Owain wszedł do środka kręgu. Nie miał miecza, tylko bojową włócznię z czarnym drzewcem. Wpatrywał się w przerażonego chłopca, który wznosił modły do swoich bogów, ale w Caer Cadarn byli oni bezsilni.

Owain zbliżył się powoli do Wlency, patrząc mu prosto w oczy. Tylko na krótką chwilę opuścił wzrok, aby przytknąć grot włóczni do czerwonej plamy na brzuchu chłopca. Obaj stali nieruchomo. Wlenca miał łzy w oczach. Pokręcił lekko głową, błagając o litość, ale Owain był niewzruszony. Czekał, aż chłopak się uspokoi, cały czas trzymając włócznię przy jego brzuchu. Wiatr rozwiewał włosy dwóm stojącym w bezruchu mężczyznom i tarmosił mokre płaszcze widzów.

W końcu Owain jednym gwałtownym ruchem wbił włócznię głęboko w ciało chłopca, wyszarpnął ją i wycofał się tyłem poza kamienny krąg.

Wlenca przeraźliwie krzyczał. Owain zadał mu celowo straszliwą ranę, która powodowała powolną, bolesną śmierć. Przyglądając się konwulsjom umierającego, doświadczeni wróżbici, tacy jak Balise czy Morgana, potrafili przepowiedzieć przyszłość królestwa. Balise, ocknąwszy się z odrętwienia, obserwował chłopca, który słaniał się na nogach i zaciskał rękę na brzuchu, zgięty wpół z bólu. Nimue przyglądała się z uwagą, bo po raz pierwszy była świadkiem takiego widowiska i chciała poznać jego tajniki. Ja natomiast, przyznaję, krzywiłem się z odrazą, nie z powodu drastyczności tej ceremonii, lecz dlatego że polubiłem Wlencę i dostrzegałem w jego błękitnych oczach własne odbicie. Pocieszałem się jedynie, że ginąc taką śmiercią, dołączy do wojowników w Krainie Cieni, gdzie pewnego dnia znowu się spotkamy.

Krzyk Wlency przeszedł w rozpaczliwe dyszenie. Jego twarz zrobiła się żółta, drżał na całym ciele, ale powłócząc nogami, kierował się na wschód. Gdy dotarł do kamiennego kręgu, wyglądało na to, że upadnie, ale poczuwszy ostry ból, wyprostował się nagle i ruszył dalej. Potem odwrócił się raptownie, bryzgając wokół krwią, i podążył kilka kroków na północ. W końcu upadł, wijąc się w konwulsjach, którym Balise i Morgana uważnie się przyglądali. Morgana przyskoczyła do chłopca, aby obserwować z bliska wstrząsające jego ciałem spazmy i skurcze. Przez kilka sekund drgały mu nogi, potem z odbytu wypłynął kał. Głowa Wlency opadła do tyłu, a z jego gardła dobiegło chrapliwe rzężenie. U stóp Morgany rozlała się wielka kałuża krwi i chłopak skonał.

Posępny wyraz twarzy wieszczki nasuwał podejrzenia, że przepowiednia nie jest pomyślna i jej nastrój udzielił się tłumowi, który oczekiwał teraz złych wieści. Morgana zbliżyła się do Balise'a i pochyliła się nad nim. Starzec ochryple zachichotał. Nimue, obejrzawszy ślady krwi i martwe ciało chłopca, dołączyła do Morgany i Balise'a. A tłum ciągle czekał.

W końcu siostra Artura podeszła znowu do leżących na ziemi zwłok i zwróciła się do Owaina, który stał obok królewskiego syna. Wszyscy nadstawili uszu, aby słyszeć, co mówi.

– Króla Mordreda czeka długie życie – oznajmiła. – Będzie sławnym wodzem i odniesie wiele zwycięstw.

Przez tłum przeszedł szmer. Przepowiednię można było uznać za pomyślną, choć wszyscy zapewne wiedzieli, że nie usłyszeli całej prawdy. Niektórzy spośród obecnych pamiętali koronację Uthera, podczas której ślad krwi umierającego człowieka i jego konwulsje zwiastowały chwalebne rządy nowego władcy. Tym razem o chwale nie było mowy, ale wróżba niosła jednak pewną nadzieję.

Śmierć Wlency zakończyła ceremonię koronacji. Nieszczęsna Norwenna, pochowana pod Świętym Drzewem w Ynys Wydryn, urządziłaby ją z pewnością inaczej, ale gdyby za pomyślność Mordreda modliło się nawet tysiąc biskupów i plejada świętych, nie zmieniłoby to jego przeznaczenia. Nasz król był kaleką i żaden druid ani biskup nie mógł temu zaradzić.

Po południu przybył do fortu Tristan z Kernow. Ucztowaliśmy właśnie w wielkiej sali. Panowała tam mało radosna atmosfera, ale pojawienie się Tristana jeszcze bardziej ją zepsuło. Jego przybycie zauważono dopiero wtedy, gdy zbliżył się do wielkiego ogniska na środku sali i stanął w blasku płomieni. Miał na sobie skórzany napierśnik i żelazny hełm. Książę uchodził za sojusznika Dumnonii, więc biskup Bedwin uprzejmie go powitał, ale Tristan w odpowiedzi wydobył miecz.

Gest ten wzbudził natychmiast poruszenie, gdyż nikt nie miał prawa wchodzić z bronią do sali, w której odbywała się uczta, zwłaszcza gdy świętowano koronację króla. Niektórzy goście byli już pijani, ale nawet oni zamilkli, patrząc na młodego, ciemnowłosego księcia.

Bedwin nie zauważył wyciągniętego miecza.

– Przybyłeś na koronację, książę? – zapytał. – Nie zdążyłeś na czas. W zimie ciężko się podróżuje. Usiądź, proszę. Może tutaj, obok Agrykoli z Gwentu? Poczęstuj się dziczyzną.

– Chcę złożyć skargę – oznajmił głośno Tristan.

Tuż za drzwiami, gdzie zacinał zimny deszcz ze śniegiem, stało sześciu jego strażników. Mieli mokre zbroje i ociekające wodą płaszcze. Trzymali w rękach tarcze i ostre włócznie.

– Skargę? – zdziwił się Bedwin. – W tak uroczystym dniu?

Niektórzy ze zgromadzonych na sali wojowników wydawali groźne pomruki. Byli na tyle pijani, że szukali zwady, ale Tristan nie zwrócił na nich uwagi.

– Kto reprezentuje Dumnonię? – zapytał.

Nastąpiła chwila ciszy. Owain, Artur, Gereint i Bedwin mogli decydować o sprawach królestwa, ale żaden z nich nie miał zwierzchniej władzy. Książę Gereint, który nigdy nie lubił przewodzić, wzruszył tylko ramionami. Owain wpatrywał się groźnie w Tristana, Artur zaś oddał z szacunkiem głos Bedwinowi, który stwierdził nieśmiało, że jako główny doradca królestwa może chyba wypowiadać się w imieniu króla Mordreda.

– Powiedz więc Mordredowi – oświadczył Tristan – że dojdzie do rozlewu krwi, jeśli sprawiedliwości nie stanie się zadość.

Zdenerwowany Bedwin machał rozpaczliwie rękami, próbując go uspokoić i zastanawiając się gorączkowo, co odpowiedzieć. Nie potrafił jednak nic wymyślić. W końcu wyręczył go Owain.

– Mów, z czym przychodzisz – powiedział obojętnie.

– Wielki Król Uther – zaczął Tristan – zapewnił w swoim czasie nietykalność grupie poddanych mojego ojca. Przybyli tutaj na prośbę Uthera, aby pracować w kopalniach, i żyli w pokoju z sąsiadami. Ale u schyłku minionego lata zostali brutalnie napadnięci. Powiedz swojemu królowi, że zginęło pięćdziesięciu ludzi, a ceną za ich śmierć będzie oprócz sarhaedu głowa człowieka, który kazał ich zabić. W razie potrzeby przybędziemy z mieczami oraz tarczami i sami wymierzymy sprawiedliwość.

Owain wybuchnął śmiechem.

– Małe Kernow? Trzęsiemy się ze strachu!

Zgromadzeni wokół wojownicy wznosili pogardliwe okrzyki. Kernow było niewielkim królestwem i nie mogło stawić czoła siłom Dumnonii. Biskup Bedwin próbował uciszyć wrzawę, ale podpici mężczyźni nie chcieli go słuchać. Uspokoił ich dopiero Owain.

– Słyszałem, książę – powiedział – że to Czarne Tarcze Oengusa Mac Airema zaatakowały wrzosowiska.

Tristan splunął na podłogę.

– Jeśli tak było – rzekł – to musieli przylecieć na skrzydłach, bo nikt ich po drodze nie widział i nie ukradli w całej Dumnonii nawet jajka.

– Ponieważ nas się boją, a was nie – stwierdził Owain i sala wybuchnęła znowu śmiechem.

Artur zaczekał, aż śmiech ucichnie, i zapytał uprzejmie:

– Czy wiesz, kto oprócz Oengusa Mac Airema mógł napaść na waszych ludzi?

Tristan odwrócił się i spojrzał na mężczyzn siedzących w kucki na podłodze. Zobaczywszy łysą głowę księcia Cadwy'ego z Iski, wskazał na niego mieczem.

– Zapytaj jego! Albo lepiej – podniósł głos, aby uciszyć wrzawę – zapytaj świadka, którego przyprowadziłem.

Cadwy był już na nogach i wykrzykiwał, aby przyniesiono mu miecz, a jego wytatuowani włócznicy grozili śmiercią całemu królestwu Kernow.

Artur uderzył dłonią w stół i w sali zapadła nagle cisza. Siedzący obok niego Agrykola z Gwentu spuścił wzrok, nie chcąc wtrącać się do sprzeczki, nie wątpiłem jednak, że śledził dokładnie jej przebieg.

– Jeśli ktoś przeleje dzisiaj krew – ostrzegł Artur – uznam go za swojego wroga. – Zaczekał, aż Cadwy i jego ludzie usiądą, po czym spojrzał znów na Tristana. – Przyprowadź swego świadka, panie.

– Czy jesteśmy w sądzie? – zaprotestował Owain.

– Niech wejdzie świadek – domagał się Artur.

– To jest uczta! – krzyczał Owain.

– Sprowadźcie tego świadka – poparł Artura biskup Bedwin, który chciał jak najszybciej zakończyć tę przykrą sprawę.

Ludzie stojący w głębi sali podeszli bliżej, aby lepiej wszystko słyszeć, ale gdy zjawił się świadek Tristana, wybuchnęli śmiechem. Była to mała dziewczynka, najwyżej dziewięcioletnia, która weszła spokojnie do sali i stanęła wyprostowana obok księcia. Tristan położył jej dłoń na ramieniu i powiedział:

– To Sarlinna ferch Edain. Mów, co widziałaś.

Sarlinna zwilżyła językiem wargi i zwróciła się do Artura, może dlatego że spośród siedzących przy stole mężczyzn miał najbardziej pogodną twarz.

– Zabili mi ojca, zabili mi mamę, zabili moich braci i siostry... – Recytowała te słowa tak, jakby wyuczyła się ich na pamięć, ale nikt z obecnych nie wątpił, że mówi prawdę. – Zabili moją małą siostrzyczkę – ciągnęła dalej – i mojego kotka. – W jej oczach pojawiły się łzy. – Widziałam, jak to się stało.

Artur pokręcił głową ze współczuciem. Agrykola z Gwentu przeczesał palcami swe krótko przystrzyżone siwe włosy, wpatrując się w poczerniałe od sadzy krokwie. Owain rozparł się na krześle i popijał miód z rogowego pucharu. Biskup Bedwin zapytał z niepokojem:

– Naprawdę widziałaś zabójców?

– Tak, panie – odparła Sarlinna.

Teraz, gdy nie recytowała już przygotowanego tekstu, wydawała się bardziej zdenerwowana.

– Ale przecież było ciemno – zauważył Bedwin. – Czy nie napadnięto ich w nocy, książę? – zapytał Tristana. Panowie Dumnonii słyszeli o masakrze na wrzosowiskach, ale wierzyli zapewnieniom Owaina, że była ona dziełem Czarnych Tarcz Oengusa. – Jak dziecko mogło coś zobaczyć po ciemku?

Tristan poklepał dziewczynkę po ramieniu, zachęcając ją do mówienia.

– Opowiedz biskupowi, co się stało – poprosił.

– Ci ludzie wrzucili do naszej chaty pochodnie, panie – powiedziała cicho Sarlinna.

– Najwyraźniej za mało – odezwał się głos z mroku i wszyscy się roześmiali.

– W jaki sposób ocalałaś, Sarlinno? – zapytał życzliwie Artur, gdy umilkł śmiech.

– Ukryłam się, panie, pod skórą.

– Dobrze zrobiłaś – powiedział z uśmiechem Artur. – Ale czy widziałaś człowieka, który zabił twoją matkę i ojca? I twojego kotka? – dodał po chwili.

Skinęła głową. Jej oczy błyszczały od łez.

– Widziałam go, panie – odparła cicho.

– Więc powiedz nam, jak wyglądał – poprosił Artur. Sarlinna miała na sobie szarą sukienkę i czarny wełniany płaszcz. Uniosła szczupłe ręce i podciągnęła rękawy, odsłaniając białą skórę.

– Ten człowiek miał na jednym ramieniu rysunek smoka, a na drugim dzika. – Pokazała na swoich drobnych rączkach, gdzie były tatuaże, po czym spojrzała na Owaina i dodała: – A w brodzie miał pierścienie.

Nie musiała mówić nic więcej. Tylko jeden człowiek nosił na brodzie żelazne pierścienie. Tego ranka wszyscy patrzyli, jak Owain wbija Wlency włócznię w przeponę, i widzieli na jego ramionach wytatuowanego smoka Dumnonii i dzika z długimi kłami.

Zapanowało milczenie. W ogniu trzasnęło polano i pod sufit poszybował kłąb dymu. Niesiony wiatrem deszcz ze śniegiem bębnił o grube poszycie dachu. W sali migotały płomienie pochodni.

Agrykola wpatrywał się w srebrną oprawę swego rogu, jakby widział ją po raz pierwszy. Ktoś głośno czknął. W tym momencie Owain odwrócił wielką głowę i spojrzał na dziewczynkę.

– Ona kłamie – powiedział oschle – a dzieciom, które kłamią, należą się baty.

Sarlinna zaczęła płakać i ukryła twarz w fałdach mokrego płaszcza Tristana. Biskup Bedwin zmarszczył brwi.

– Owain, czy nie odwiedzałeś w lecie księcia Cadwy'ego?

– I co z tego? – najeżył się Owain. – Co z tego? – powtórzył głośno, tym razem rzucając wyzwanie wszystkim zgromadzonym. – Są tu moi wojownicy! – Wskazał na nas, siedzących z prawej strony sali. – Zapytajcie ich! Zapytajcie! Ta mała kłamie! Przysięgam, że kłamie!

W sali zapanowała wrzawa. Wszyscy wygrażali Tristanowi. Sarlinna tak się rozpłakała, że książę wziął ją na ręce. Bedwin próbował zapanować nad sytuacją.

– Skoro Owain złożył przysięgę – krzyknął – to znaczy, że dziewczyna kłamie. – Pomruki wojowników wyrażały poparcie dla jego słów.

Widząc, że Artur patrzy na mnie, utkwiłem wzrok w drewnianej misce z dziczyzną.

Biskup żałował, że pozwolił dziewczynce wejść na salę. Przeczesawszy palcami brodę, pokręcił głową.

– Z punktu widzenia prawa słowa dziecka nie mają znaczenia – stwierdził bez ogródek. – Dziecko nie może być rzecznikiem. – Określano w ten sposób ludzi, których świadectwo liczyło się w sądzie. Rzecznikiem mógł być lord, druid, ojciec wypowiadający się na temat swoich dzieci, sędzia, ofiarodawca mówiący o swym darze, panna dowodząca swego dziewictwa, pasterz opowiadający o swych zwierzętach i skazany, wygłaszający ostatnie słowo. Nie przewidywano, by dziecko zeznawało jako świadek zabójstwa swojej rodziny. – Lord Owain – stwierdził biskup, wskazując go Tristanowi – jest rzecznikiem.

Tristan pobladł, ale nie dawał za wygraną.

– Wierzę temu dziecku – oznajmił – i jutro, po wschodzie słońca, przyjdę po odpowiedź. Jeśli sprawiedliwości nie stanie się zadość, mój ojciec sam ją wymierzy.

– Co się dzieje z twoim ojcem? – szydził Owain. – Czyżby przestał się interesować nową żoną? Woli dostawać cięgi w walce?

Tristan wyszedł wśród salw śmiechu wojowników, którzy próbowali sobie wyobrazić, jak małe Kernow wypowiada wojnę potężnej Dumnonii. Nie przyłączyłem się do nich. Wolałem skończyć zupę, bo musiałem być najedzony, skoro zaraz po uczcie miałem pełnić wartę na wałach. Nie piłem miodu, byłem więc całkiem trzeźwy, gdy wziąwszy płaszcz, włócznię, miecz i hełm, poszedłem na północne wały fortu. Deszcz przestał padać i na rozgwieżdżonym niebie pojawiła się jasna połówka księżyca. Nad zatoką Severn gromadziły się już jednak kolejne chmury. Drżałem z zimna, chodząc po wałach.

Tam znalazł mnie Artur.

Wiedziałem, że przyjdzie. Chciałem tego, a jednak czułem strach, widząc, jak idzie przez dziedziniec i wchodzi po drewnianych schodkach na niski wał z ziemi i kamieni. Początkowo nic nie mówił, tylko oparł się o drewnianą palisadę i patrzył na odległe światła Ynys Wydryn. Był w białym płaszczu, którego poły podciągnął do góry i związał w pasie, aby nie ubrudzić ich błotem.

– Nie będę cię pytał – powiedział w końcu, zionąc parą z ust – co się zdarzyło na wrzosowiskach, bo nie chcę zmuszać nikogo, a zwłaszcza człowieka, którego lubię, do łamania przysięgi.

– Tak, panie – odrzekłem, zastanawiając się, skąd wiedział, że składaliśmy ją owej mrocznej nocy.

– Lepiej się przejdźmy – stwierdził z uśmiechem, wskazując na wały. – Spacerujący wartownik nie marznie. Podobno jesteś dobrym żołnierzem?

– Staram się, panie.

– I chyba ci się udaje. – Zamilkł, gdy mijaliśmy jednego z moich towarzyszy, skulonego przy palisadzie. Spojrzał na mnie z obawą, że mogę zdradzić Owaina. Ściągnął z głowy kaptur płaszcza. Miał długi, zdecydowany krok i z trudem za nim nadążałem. – Jak myślisz, Derfel, co powinien robić żołnierz? – zapytał takim tonem, jakby moja opinia była najważniejsza na świecie.

– Powinien walczyć, panie – odparłem.

Pokręcił głową i mnie poprawił.

– Powinien walczyć w obronie ludzi, którzy sami nie potrafią się bronić. Nauczyłem się tego w Bretanii. Ten podły świat jest pełen słabych, bezbronnych, głodnych, smutnych, chorych i biednych istot. Będąc żołnierzem, łatwo nimi gardzić. Kiedy wojownik pożąda czyjejś córki, po prostu ją porywa. Jeśli chce ziemi jakiegoś chłopa, zabija go. W końcu jest żołnierzem, ma włócznię i miecz, a tamten to tylko nędzarz z połamanym pługiem i zdychającym wołem, więc jak się obroni? – Nie oczekiwał odpowiedzi na to pytanie, tylko w milczeniu szedł dalej. Dotarliśmy do zachodniej bramy. Schody z drewnianych kłód, prowadzące na podest nad bramą, bielały od świeżego śniegu. Weszliśmy na nie razem. – Tak naprawdę, Derfel – powiedział Artur, gdy znaleźliśmy się u góry – jesteśmy żołnierzami dzięki tym słabym ludziom. To oni nas żywią, garbują skóry, w które się ubieramy, i ścinają drzewa na włócznie. Powinniśmy im służyć.

– Tak, panie – powiedziałem, wpatrując się razem z nim w rozległą równinę. Nie było tak zimno jak owej nocy, gdy urodził się Mordred, ale mroźny wiatr dawał się we znaki.

– Wszystko ma określony cel – stwierdził Artur – nawet żołnierska służba. – Uśmiechnął się do mnie, jakby przepraszając za szczerość, zupełnie bez potrzeby, bo chłonąłem każde jego słowo. Zawsze marzyłem, żeby zostać wojownikiem. Zapewniało to wysoki status, poza tym uważałem, że lepiej posługiwać się włócznią niż grabiami. Kierowałem się jednak wyłącznie własną ambicją. Artur myślał innymi kategoriami i przybywając do Dumnonii, wiedział dokładnie, jakiej sprawie mają służyć jego miecz i włócznia. – Mamy szansę – powiedział, opierając się o wał – uczynić z Dumnonii krainę, w której będziemy służyć naszym ludziom. Nie możemy obdarzyć ich szczęściem. Nie wiem nawet, jak zagwarantować dobre zbiory, aby mogli żyć w dostatku, ale możemy przynajmniej zapewnić im bezpieczeństwo. Człowiek, który ma poczucie bezpieczeństwa, który jest pewien, że jego dzieci nie staną się niewolnikami, że jego córka nie padnie ofiarą gwałtu, będzie bardziej szczęśliwy niż ten, komu ciągle zagraża wojna. Czy mam rację?

– Tak, panie – przyznałem.

Zatarł ręce z zimna. Był w rękawiczkach, ja natomiast miałem dłonie owinięte szmatami, co utrudniało mi trzymanie włóczni, tym bardziej że próbowałem ogrzać je pod płaszczem. Z biesiadnej sali dochodził gromki śmiech. Jedzenie było marne, jak zawsze zimą, ale miodu i wina nie brakowało. Artur, podobnie jak ja, był jednak zupełnie trzeźwy. Przyglądałem się jego profilowi, gdy obserwował gromadzące się na zachodzie chmury. W świetle księżyca jego twarz wydała mi się piękniejsza niż kiedykolwiek.

– Nienawidzę wojny – powiedział nieoczekiwanie.

– Naprawdę? – odparłem zaskoczony, bo byłem jeszcze dość młody, by garnąć się do walki.

– Oczywiście! – Uśmiechnął się do mnie. – Jestem dobrym żołnierzem, ty pewnie też, ale to oznacza jedynie, że powinniśmy mądrze wykorzystywać nasze umiejętności. Wiesz, co zdarzyło się jesienią w Gwencie?

– Zraniłeś Gorfyddyda – powiedziałem z przejęciem. – Odrąbałeś mu ramię.

– Właśnie – potwierdził niemal zdziwionym tonem. – Moje konie nie na wiele się zdają w górzystym terenie, a już zwłaszcza w lesie, więc wyruszyłem na północ, na rolnicze niziny Powys. Gorfyddyd zaatakował Tewdrika, a ja podpalałem jego stodoły i spichlerze. Paliliśmy, zabijaliśmy, nie dlatego że tak nam się podobało. Po prostu było to konieczne. I przyniosło pożądany skutek. Gorfyddyd wrócił do swego królestwa, gdzie mogłem go pokonać. Tak się też stało. Zaatakowaliśmy go o świcie. Walczył dzielnie, ale przegrał bitwę i stracił lewą rękę. I wtedy, Derfel, przestaliśmy zabijać. Osiągnęliśmy nasz cel, rozumiesz? Chodziło o przekonanie władcy Powys, że nie powinien walczyć z Dumnonią. I teraz zapanuje pokój.

– Doprawdy? – powiedziałem z powątpiewaniem. Prawie wszyscy byliśmy przekonani, że gdy tylko nadejdą wiosenne roztopy, rozgoryczony Gorfyddyd znowu zaatakuje.

– Syn Gorfyddyda, Cuneglas, jest rozsądnym człowiekiem i pragnie pokoju – stwierdził Artur. – Musimy dać mu czas na przekonanie ojca, że jeśli znów nas napadnie, straci nie tylko rękę. A kiedy Gorfyddyd zrozumie, że pokój jest lepszy niż wojna, zwoła radę, w której wszyscy weźmiemy udział. Będzie sporo zamieszania, a na koniec, Derfel, poślubię Ceinwyn, córkę Gorfyddyda. – Rzucił mi krótkie, jakby zakłopotane spojrzenie. – Nazywają ją Seren, czyli Gwiazda. Gwiazda Powys. Podobno jest bardzo piękna. – Najwyraźniej cieszyła go ta perspektywa. Trochę mnie to zdziwiło, ale nie wiedziałem wtedy jeszcze o jego próżności. – Miejmy nadzieję, że jest piękna jak gwiazda – ciągnął dalej – ale ożenię się z nią, tak czy inaczej. Spacyfikujemy Sylurię i wtedy Saksonowie będą musieli stawić czoło zjednoczonej Brytanii. Powys, Gwent, Dumnonia i Syluria będą się wzajemnie wspierać, walczyć ze wspólnym wrogiem i żyć w pokoju.

Roześmialiśmy się obaj, że snuje tak ambitne plany.

– Skąd wiesz, że tak się stanie? – zapytałem.

– Cuneglas zaproponował warunki pokoju, ale na razie nikomu o tym nie mów. Nawet jego ojciec jeszcze nic nie wie, więc to nasza tajemnica.

– Tak, panie – powiedziałem, strasznie dumny, że Artur powierzył mi taki sekret. Chciał, oczywiście, abym tak to odebrał. Zawsze potrafił manipulować ludźmi, zwłaszcza młodymi idealistami.

– Ale co wart jest pokój – zapytał – skoro walczymy między sobą? Mamy dbać o to, by królestwo Mordreda było bogate i bezpieczne, musi więc panować w nim sprawiedliwość. – Patrzył teraz na mnie i mówił głębokim, łagodnym głosem. – Nie zachowamy pokoju, zrywając przymierza. Traktat, pozwalający ludziom z Kernow wydobywać cynę, był dla nas korzystny. Nie wątpię, że nas oszukiwali; wszyscy oszukują, gdy chodzi o płacenie podatków królom, ale czy z tego powodu trzeba zabijać, pozbawiać życia dzieci i koty? Jeśli z tym nie skończymy, Derfel, wiosną znów będzie wojna. Król Mark zaatakuje Dumnonię. W końcu przegra, ale jego dumni wojownicy zabiją wielu naszych chłopów. Będziemy musieli wysłać oddział do Kernow, a tam bardzo ciężko się walczy. Wreszcie zwyciężymy, ale za jaką cenę? Polegnie ze trzystu wieśniaków, padnie wiele bydła. Kiedy Gorfyddyd zorientuje się, że walczymy na zachodniej granicy, zechce skorzystać z naszego osłabienia i zaatakuje od północy. Aby utrzymać pokój, Derfel, trzeba mieć dość sił do prowadzenia wojny. W przeciwnym razie nasi wrogowie spadną na nas jak jastrzębie. Kto wie, ilu Saksonów zjawi się tutaj w przyszłym roku. Czy możemy sobie pozwolić na wysyłanie żołnierzy za rzekę Tamar, żeby zabili w Kernow kilku wieśniaków?

– Panie… – zacząłem, zamierzając wyznać prawdę, ale Artur mnie uciszył. Wojownicy śpiewali pieśń o czynach Beli Mawra, tupiąc nogami o utwardzoną ziemię i zapowiadając masakrę w Kernow.

– Nie wolno ci mówić o tym, co zdarzyło się na wrzosowiskach – ostrzegł mnie Artur. – Przysięga to rzecz święta, nawet jeśli wątpimy czasem, czy jakikolwiek bóg ukarze nas, jeśli ją złamiemy. Przypuśćmy, Derfel, że ta dziewczynka mówiła prawdę. Co to oznacza?

– Wojnę z Kernow – odparłem posępnie, wpatrując się w mrok.

– Wcale nie – powiedział Artur. – Oznacza to, że jutro rano, gdy Tristan wróci po odpowiedź, ktoś musi rzucić wyzwanie Owainowi, aby dowieść prawdy. W takich sytuacjach bogowie zawsze wspomagają sprawiedliwych.

Wiedziałem, co ma na myśli, i rzekłem, kręcąc głową:

– Tristan nie będzie walczył z Owainem.

– Jest na to zbyt rozsądny – przyznał Artur. – Nie pokonałby go nawet z pomocą bogów. Jeśli więc chcemy pokoju i wynikających z niego korzyści, ktoś musi zastąpić Tristana. Mam rację?

Spojrzałem na Artura, przerażony jego sugestią.

– Ty? – zapytałem w końcu.

Wzruszył ramionami, ukrytymi pod białym płaszczem.

– Nie wiem, czy ktokolwiek inny by się tego podjął – powiedział cicho. – Ale mógłbyś coś dla mnie zrobić.

– Co tylko zechcesz, panie – odparłem ochoczo. W tym momencie zgodziłbym się nawet walczyć zamiast niego z Owainem.

– Człowiek podejmujący walkę, Derfel – zaczął ostrożnie Artur – powinien wiedzieć, że broni słusznej sprawy. Może Irlandczycy rzeczywiście przeszli niepostrzeżenie przez nasz kraj? A może ich druidzi sprawili, że potrafią latać? Jak myślisz, czy bogowie uznają jutro, że walczę o słuszną sprawę? – Zabrzmiało to tak, jakby pytał o pogodę. Wpatrywałem się w niego oszołomiony, za wszelką cenę nie chcąc dopuścić, by rzucił wyzwanie najlepszemu włócznikowi Dumnonii. – A więc? – naciskał.

– Bogowie... – zacząłem, słowa jednak więzły mi w gardle, bo Owain zawsze dobrze mnie traktował. Nie był uczciwym człowiekiem, ale mógłbym policzyć na palcach, ilu uczciwych ludzi spotkałem w życiu. Mimo wszystko go lubiłem. Artura darzyłem jednak większą sympatią. Zastanawiałem się tylko, czy to, co powiem, nie będzie naruszeniem przysięgi. Uznałem, że nie, i oświadczyłem w końcu:

– Bogowie będą cię wspierać, panie.

– Dziękuję, Derfel – powiedział Artur, uśmiechając się smutno.

– Ale dlaczego to robisz? – wybuchnąłem.

Westchnął i spojrzał znów na połyskującą w blasku księżyca równinę.

– Kiedy zmarł Uther – powiedział po dłuższej chwili – kraj pogrążył się w chaosie. Tak dzieje się zawsze, gdy w królestwie zabraknie króla. Nasz Mordred jest jeszcze dzieckiem, więc ktoś musi sprawować za niego władzę, dopóki nie dorośnie. Powinien to być jeden człowiek, Derfel, nie trzech, czterech czy dziesięciu ludzi. Wierz mi, że wolałbym nie mieszać się do tych spraw. Chciałbym przyjaźnić się do późnej starości z Owainem, ale to niemożliwe. W imieniu Mordreda trzeba rządzić mądrze i sprawiedliwie, a to oznacza, że nie możemy sobie pozwolić na ciągłe sprzeczki między tymi, którzy chcą królewskiej władzy dla siebie. Człowiek pełniący obowiązki króla musi być gotów oddać władzę, gdy Mordred dorośnie. Pamiętasz, co robią żołnierze? Walczą za ludzi, którzy są zbyt słabi, by się bronić. A także – dodał z uśmiechem – zagarniają to, co chcą. Jutro zabiorę coś Owainowi: jego honor. – Wzruszył ramionami. – Będę walczył w obronie Mordreda i tej dziewczynki. A ty, Derfel – dodał, uderzając mnie mocno w pierś – znajdziesz dla niej kotka.

– Potupał nogami z zimna i spojrzał na zachód. – Jak myślisz, czy z tych chmur spadnie rano deszcz albo śnieg? – zapytał.

– Nie wiem, panie.

– Miejmy nadzieję. Aha, podobno rozmawiałeś z tym nieszczęsnym Saksonem, którego zabili, żeby poznać przyszłość. Chciałbym usłyszeć, co ci powiedział. Im więcej wiemy o naszych wrogach, tym lepiej.

Odprowadził mnie na moje stanowisko i wysłuchawszy, co miałem do powiedzenia na temat Cerdika, nowego przywódcy Saksonów na południowym wybrzeżu, poszedł spać. Nie wydawał się przejęty tym, co miało nastąpić rano, ja za to byłem przerażony. Pamiętałem, jak Owain pokonał dwóch wojowników Tewdrika, i próbowałem modlić się do gwiazd, które są siedzibą bogów, ale ich nie widziałem, bo miałem w oczach łzy.

Noc była długa i bardzo mroźna, wolałem jednak, aby świt nigdy nie nastał.

Życzenie Artura spełniło się, gdyż o świcie zaczął padać deszcz. Wkrótce rozpętała się burza z piorunami i rozległą dolinę między Caer Cadarn a Ynys Wydryn zalały szare strugi wody, która wypełniała rowy, spływała z wałów i tworzyła kałuże pod okapem wielkiej sali. Dym sączył się przez otwory w mokrych, krytych strzechą dachach. Wartownicy kulili się z zimna pod zamokniętymi płaszczami.

Tristan, który spędził noc w małej osadzie na wschód od Caer Cadarn, wspinał się z trudem po błotnistej ścieżce. Towarzyszyło mu sześciu strażników i osierocona dziewczynka. Wszyscy ślizgali się po stromym zboczu, znajdując oparcie dla stóp jedynie na kępkach trawy, rosnącej obok ścieżki. Brama stała otworem i żaden z wartowników nie próbował zatrzymać księcia, gdy ten szedł przez zabłocony dziedziniec do drzwi wielkiej sali.

Nikt go tam nie oczekiwał. Przesycona wilgocią sala była pełna mężczyzn śpiących po nocnej pijatyce, porozrzucanej żywności, wałęsających się psów, mokrego szarego popiołu i zakrzepniętych na matach wymiocin. Tristan obudził kopniakiem jednego z mężczyzn i kazał mu przyprowadzić biskupa Bedwina albo innego pełnomocnika króla.

– Jeśli ktoś w ogóle rządzi w tym kraju – krzyknął za posłańcem.

Po chwili zjawił się Bedwin, szczelnie owinięty płaszczem dla ochrony przed deszczem. Przeszedł przez śliski, zabłocony dziedziniec i znalazłszy się wreszcie pod dachem, powiedział zdyszany:

– Przepraszam, książę. Nie spodziewałem się ciebie tak wcześnie. Fatalna pogoda, prawda? – Wycisnął wodę z brzegów płaszcza.

– Mimo wszystko lepszy deszcz niż śnieg, nie sądzisz? – Tristan nic nie odpowiedział. Bedwin był zakłopotany milczeniem gościa. – Może chleba? – zaproponował. – Albo grzanego wina? Na pewno jest owsianka. – Rozejrzał się, kogo by wysłać do kuchni, ale śpiący mężczyźni leżeli nieruchomo i chrapali. – A ty, dziewczynko? – Bedwin nachylił się do Sarlinny, wykrzywiając twarz z powodu bólu głowy. – Zjadłabyś coś, prawda?

– Przychodzimy po sprawiedliwość, nie po jedzenie – powiedział szorstko Tristan.

– A tak, oczywiście. Oczywiście. – Bedwin zsunął kaptur, odsłaniając siwą głowę z tonsurą, i podrapał się po brodzie, bo dokuczały mu wszy. – Sprawiedliwość – powtórzył machinalnie, po czym pokiwał energicznie głową. – Długo myślałem o tej sprawie, książę, i uznałem, że wojna nie byłaby pożądana. Zgodzisz się ze mną? – Czekał na odpowiedź, ale twarz Tristana pozostała niewzruszona.

– Ponieśliście duże straty – stwierdził Bedwin. – Uważam, że lord Owain jest niewinny, ale przyznaję, że nie wywiązaliśmy się z obowiązku zapewnienia bezpieczeństwa waszym ludziom. Trudno temu zaprzeczyć. Dopuściliśmy się poważnego zaniedbania, a zatem, książę, jeśli usatysfakcjonuje to twego ojca, zapłacimy należny sarhaed. Oczywiście, nie za kota – dodał, śmiejąc się pod nosem. Tristan skrzywił się.

– A co z człowiekiem, który jest winien śmierci naszych ludzi?

Bedwin wzruszył ramionami.

– Kogo masz na myśli?

– Owaina – stwierdził Tristan. – Zapłacił mu za to Cadwy.

Bedwin pokręcił głową.

– Nie, nie, to niemożliwe. Przysięgam, książę, że nie wiem, kto był sprawcą tej zbrodni. – Spojrzał błagalnie na Tristana. – Bardzo bym ubolewał, gdyby doszło do wojny między naszymi krajami. Zaproponowałem, co możemy zrobić. Jeśli zginiesz, książę, będę się za ciebie modlił, ale nie mogę kwestionować prawdomówności człowieka, który przysięga, że jest niewinny.

– Ja dowiodę, że kłamie – odezwał się Artur. Stał za kuchennym parawanem w końcu sali. Byłem razem z nim. Jego biały płaszcz odznaczał się wyraźnie w mroku.

– Lord Artur? – powiedział Bedwin, marszcząc brwi. Artur przeszedł między śpiącymi na podłodze, pomrukującymi wojownikami.

– Jeśli człowiek, który zabił gwarków z Kernow, nie zostanie ukarany, może popełnić kolejne zbrodnie. Czy nie mam racji, Bedwin?

Biskup wzruszył ramionami i rozłożył ręce. Tristan zmarszczył brwi, nie wiedząc, do czego Artur zmierza.

Ten zaś stanął przy jednym ze środkowych filarów.

– Dlaczego królestwo ma płacić sarhaed, skoro nie jest winne zbrodni? – zapytał. – Dlaczego skarbiec mego pana,

Mordreda, ma zostać uszczuplony z powodu czyjegoś występku?

Bedwin nakazał Arturowi milczenie.

– Nie znamy zabójcy! – przekonywał.

– Więc musimy ustalić jego tożsamość – stwierdził Artur.

– Nie mamy takiej możliwości! – zaprotestował rozdrażniony Bedwin. – Dziecko nie może być rzecznikiem w sprawie. A lord Owain, jeśli to o nim mowa, przysiągł, że jest niewinny. Jego słowo się liczy, po co więc robić proces, który będzie farsą? Wystarczy to, co powie.

– Sądowi tak – stwierdził Artur. – Ale istnieje też sprawiedliwość wymierzana mieczem, a ja twierdzę, Bedwin – tu przerwał, wyciągając Excalibura, którego ostrze zalśniło w półmroku – że Owain, czempion Dumnonii, wyrządził krzywdę naszym kuzynom z Kernow i że tylko on, nikt inny, musi za to zapłacić.

Wbił ostrze miecza w wyłożoną brudnymi matami ziemię. Przez chwilę sądziłem, że bogowie z Krainy Cieni zjawią się nagle, by pomóc Arturowi, ale słychać było tylko odgłos wiatru i deszczu oraz sapanie zbudzonych ze snu mężczyzn. Bedwin zaniemówił z wrażenia.

– Ty... – wykrztusił wreszcie, ale nie zdołał powiedzieć nic więcej.

Tristan, którego urodziwa twarz wyglądała blado w nikłym świetle, pokręcił głową.

– Jeśli ktokolwiek powinien dobyć miecza – powiedział do Artura – to tylko ja.

– Ja byłem pierwszy, Tristanie.

– Nie! – krzyknął Bedwin, odzyskując wreszcie mowę. – Nie możemy do tego dopuścić!

Artur wskazał na tkwiący w ziemi miecz.

– Chcesz go wyciągnąć?

– Nie!

Biskup był zrozpaczony, przewidując śmierć największej nadziei królestwa, ale nim zdążył cokolwiek powiedzieć, do sali wpadł Owain. Jego długie włosy, gęsta broda i nagi tors były mokre od deszczu.

Spojrzał na Bedwina, Tristana i Artura, a potem na wbity w ziemię miecz.

– Postradałeś zmysły? – zapytał, nie kryjąc zdumienia.

– Mój miecz – odparł spokojnie Artur – dowiedzie twojej winy w sporze między Kernow a Dumnonią.

– On oszalał! – powiedział Owain do stłoczonych za jego plecami wojowników. Miał zaczerwienione oczy i był wyraźnie zmęczony. Pił do późnej nocy, a potem kiepsko spał, ale wyzwanie na pojedynek przywróciło mu jakby siły. Splunął w kierunku Artura i oznajmił:

– Wracam do łóżka tej syluryjskiej dziwki, a kiedy się obudzę, chcę, żeby to wszystko okazało się snem.

– Jesteś tchórzem, mordercą i kłamcą – rzekł spokojnie Artur, gdy Owain ruszył do wyjścia. Zgromadzeni w sali mężczyźni oniemieli z wrażenia.

Owain zawrócił, podszedł do miecza i rzucił go na ziemię, formalnie przyjmując wyzwanie.

– A więc twoja śmierć, szczeniaku – powiedział do Artura – będzie częścią mojego snu. Chodź. – Skinął głową w kierunku dziedzińca. Nie mogli walczyć w sali, bo ciążyłaby na niej klątwa, musieli więc wyjść na deszcz.

W całym forcie zapanowało poruszenie. Wielu mieszkańców Lindinis spało tej nocy w Caer Cadarn i dziedziniec wypełnił się ludźmi, których obudzono, aby obejrzeli walkę. Były wśród nich Lunete, Nimue i Morgana. Praktycznie całe

Caer Cadarn pospieszyło oglądać pojedynek, który miał się odbyć, jak nakazywała tradycja, w kamiennym kręgu. Agrykola, w swej wspaniałej rzymskiej zbroi i czerwonym płaszczu, stanął między Bedwinem i księciem Gereintem. Otoczony strażnikami król Melwas patrzył z wielkim zainteresowaniem, trzymając w ręce pajdę chleba. Tristan stał po drugiej stronie kręgu, gdzie i ja zająłem miejsce. Owain zobaczył mnie i przypuszczając, że go zdradziłem, ryknął, iż powędruję razem z Arturem do Krainy Cieni. Artur poręczył jednak za moje bezpieczeństwo.

– On złamał przysięgę! – krzyknął Owain, wskazując na mnie.

– Wcale nie – zapewnił go Artur.

Zdjął biały płaszcz i położył go ostrożnie na jednym z kamieni. Miał na sobie spodnie, buty, wełnianą kamizelkę i cienki skórzany kaftan. Nagi do pasa Owain był w spodniach obszytych skórą i masywnych, podbitych ćwiekami butach. Artur usiadł na kamieniu i zdjął buty. Wolał walczyć boso.

– To nie jest konieczne – powiedział Tristan.

– Niestety – odparł Artur, po czym wstał i wydobył z pochwy Excalibura.

– Wyciągasz swój magiczny miecz, Arturze? – drwił Owain. – Boisz się walczyć bronią zwykłych śmiertelników?

Artur schował Excalibura z powrotem do pochwy i położył go na płaszczu.

– Derfel – powiedział do mnie – czy to miecz Hywla?

– Tak, panie.

– Pożyczysz mi go? – zapytał. – Obiecuję, że ci go zwrócę.

– Obyś przeżył i mógł dotrzymać słowa, panie – odrzekłem, wyjmując z pochwy Hywelbane'a i podając go Arturowi. Chwyciwszy miecz, poprosił, żebym pobiegł do sali i przyniósł mu garść miałkiego popiołu, którym natarł natłuszczoną skórzaną rękojeść.

Potem zwrócił się do Owaina i zaproponował uprzejmie:

– Gdybyś, panie, wolał wypocząć przed walką, mogę zaczekać.

– Szczeniak! – rzucił Owain przez zaciśnięte zęby. – Może jednak założysz tę swoją kolczugę z rybich łusek?

– Rdzewieje na deszczu – odparł spokojnie Artur.

– Wojownik na dobrą pogodę – zadrwił Owain, po czym świsnął dwa razy w powietrzu długim ostrzem. W zwartym szeregu wolał walczyć krótkim mieczem, ale długa broń w jego ręku budziła postrach.

– Jestem gotowy, szczeniaku – zawołał.

Stałem obok Tristana i jego strażników. Bedwin czynił jeszcze daremne wysiłki, by zapobiec walce, której wynik wydawał się przesądzony. Artur był wysoki, ale zbyt szczupły w porównaniu z muskularnym, niepokonanym dotychczas przez nikogo Owainem. Wydawał się jednak niezwykle opanowany, gdy stanęli naprzeciw siebie: Artur po zachodniej stronie kręgu, a Owain nieco wyżej, po wschodniej.

– Czy zgadzacie się, by miecz rozsądził spór? – zapytał Bedwin. Obaj mężczyźni skinęli głowami. – Niech więc Bóg was błogosławi i pozwoli zwyciężyć prawdzie – powiedział Bedwin.

Uczyniwszy znak krzyża, z ciężkim sercem opuścił krąg. Owain, zgodnie z naszymi oczekiwaniami, natarł na Artura, ale w pół drogi, tuż przy królewskim kamieniu, poślizgnął się w błocie i nagle Artur przejął inicjatywę. Spodziewałem się, że będzie walczył ostrożnie, wykorzystując umiejętności zdobyte dzięki Hywlowi, ale tego ranka zobaczyłem w strugach deszczu jego nowe oblicze. Wstąpił w niego diabeł. Miał tylko jeden cel: uśmiercić przeciwnika. Zaatakował Owaina potężnymi, szybkimi cięciami miecza, zmuszając go do odwrotu. Słychać było brzęk stali. Artur obrzucał Owaina obelgami, przeklinał go i drwił z niego, uderzając raz za razem krawędzią miecza i nie dając mu chwili wytchnienia.

Owain dobrze walczył. Nikt inny nie wytrzymałby takiego nieustannego, morderczego natarcia. Buty ślizgały mu się w błocie i niejeden raz musiał odpierać ataki Artura na kolanach, ale zawsze potrafił stanąć na nogi, nawet jeśli ciągle się cofał. Gdy Owain poślizgnął się po raz czwarty, zrozumiałem, dlaczego Artur chciał walczyć w deszczu. Wiedział zapewne, że Owain będzie ociężały i zmęczony po nocnej uczcie, a na śliskim gruncie trudniej jest się poruszać. Nie umiał jednak złamać oporu olbrzyma, choć zepchnął go aż do miejsca, gdzie krew Wlency pozostawiła w błocie ciemną plamę.

I właśnie tam Artura opuściło szczęście. Poślizgnął się i choć szybko odzyskał równowagę, Owain zdołał przejąć inicjatywę. Wykonał błyskawiczne pchnięcie. Artur odparował je, ale miecz Owaina przeciął skórzany kaftan i zranił go w pasie. Artur walczył zaciekle, broniąc się przed mocnymi, szybkimi sztychami, które przebiłyby na wylot serce wołu. Wojownicy Owaina głośno wiwatowali, gdy ich mistrz, pewny zwycięstwa, natarł całym ciałem na lżejszego przeciwnika, aby powalić go w błoto. Artur był jednak przygotowany na ten manewr. Wskoczył na królewski kamień i jednym cięciem miecza zdarł Owainowi skórę z tyłu głowy. Rana, jak zawsze w takich przypadkach, obficie krwawiła. Owainowi pociemniały nagle włosy. Krew spływała mu po szerokich barach, rozmywana strugami deszczu. Jego ludzie zamilkli.

Artur zeskoczył z kamienia i ponownie zaatakował. Owain przeszedł znowu do defensywy. Obaj mężczyźni ciężko dyszeli. Byli ochlapani błotem, zakrwawieni i zbyt zmęczeni, aby obrzucać się obelgami. Ich długie włosy były pozlepiane od deszczu. Artur ciął mieczem na prawo i lewo, w takim samym tempie jak na początku walki. Był tak szybki, że Owain mógł jedynie odpierać jego ataki. Przypomniałem sobie, z jaką pogardą wyrażał się o stylu walki Artura. Mówił, że tnie mieczem jak kosiarz, który chce skończyć żniwa przed deszczem. Tylko raz udało się Arturowi sforsować obronę Owaina, ale jego cios został częściowo odparowany i stracił impet, a ostrze natrafiło na żelazne pierścienie w brodzie olbrzyma. Owain próbował ponownie powalić Artura na ziemię ciężarem swego ciała. Obaj upadli i przez chwilę wyglądało na to, że Artur jest w pułapce, ale uwolnił się jakoś i stanął na nogi.

Czekał teraz, aż Owain się podźwignie. Obaj oddychali ciężko i przez kilka sekund patrzyli na siebie, oceniając swoje szanse. Potem Artur znowu ruszył do ataku. Wywijał mieczem tak jak przedtem, a Owain odparowywał jego potężne ciosy. Nagle Artur poślizgnął się po raz drugi i upadł, krzycząc ze strachu. Owain wydał okrzyk triumfu, szykując się do zadania mu śmiertelnego ciosu. W tym momencie spostrzegł, że Artur tylko udał upadek, chcąc, by przeciwnik się odsłonił. Artur wykonał pchnięcie, pierwsze i ostatnie w tej walce. Owain stał do mnie tyłem. Zamierzałem odwrócić głowę, aby nie widzieć śmierci Artura, ale nieoczekiwanie ujrzałem tuż przed sobą lśniące ostrze Hywelbane'a, które wysunęło się z mokrych i zakrwawionych pleców Owaina. Artur przebił go na wylot. Owain znieruchomiał. Prawa ręka opadła mu bezwładnie i miecz wysunął się w błoto z pozbawionych czucia palców.

Przez ułamek sekundy Hywelbane tkwił w brzuchu Owaina. Potem, napinając wszystkie mięśnie, Artur wyszarpnął go z ciała przeciwnika. Krzyczał głośno, gdy stalowe ostrze rozrywało wnętrzności Owaina. Wydobycie miecza wymagało ogromnej siły. Tryskająca krew skropiła naokoło ziemię.

Owain upadł w błoto z rozpłatanym brzuchem. Jego twarz wyrażała niedowierzanie.

Artur zadał mu jeszcze cios mieczem w kark. W Caer Cadarn zapadła cisza.

Artur odwrócił się i spojrzał na zgromadzonych wokół ludzi. Miał kamienną twarz. Było to triumfalne oblicze bezwzględnego, pałającego nienawiścią wojownika. Wyglądał strasznie. Ci z nas, którzy znali go jako niezwykle wrażliwego człowieka, byli zaszokowani tą przemianą.

– Czy ktokolwiek z obecnych – zawołał głośno – kwestionuje wydany werdykt?

Wszyscy milczeli. Krew Owaina rozpływała się w kałużach wody. Artur podszedł do włóczników pokonanego wodza.

– Macie teraz szansę pomścić waszego pana – rzucił. – W przeciwnym razie należycie do mnie.

Nikt nie odważył się spojrzeć mu w oczy, minął więc martwego Owaina i stanął przed Tristanem.

– Czy Kernow przyjmuje werdykt, książę?

– Tak, panie. – Blady jak ściana Tristan skinął głową.

– Sarhaed zostanie zapłacony z pieniędzy Owaina – oznajmił Artur. – Kto dowodzi teraz jego oddziałem? – zapytał, zwracając się znów do wojowników.

– Ja, panie – oświadczył zdenerwowany Griffid ap Annan, występując naprzód.

– Zgłoś się do mnie za godzinę po rozkazy. A jeśli któryś z was tknie mojego towarzysza, Derfla, spłoniecie wszyscy na stosie. – Żołnierze spuścili wzrok, by nie patrzeć mi w oczy. Artur oczyścił miecz błotem z krwi i oddał mi go, mówiąc: – Musi teraz dokładnie wyschnąć, Derfel.

– Tak, panie.

– Wielkie dzięki. To dobry miecz. – Zamknął nagle oczy i dodał: – Niech mi Bóg wybaczy, ale ta walka sprawiła mi przyjemność. – Otworzył oczy. – Wykonałem więc swoje zadanie, a ty?

– Ja? – zapytałem zdziwiony.

– Co z kotkiem dla Sarlinny?

– Zaraz go przyniosę, panie – odparłem.

– To dobrze – powiedział. – Chodź teraz na śniadanie. Masz kobietę?

– Tak, panie.

– Powiedz jej, że jutro po posiedzeniu rady ruszamy w drogę.

Wpatrywałem się w niego, nie mogąc uwierzyć w swoje szczęście.

– To znaczy... – zacząłem.

– To znaczy – przerwał zniecierpliwiony – że teraz służysz mnie.

– Tak, panie! – krzyknąłem radośnie.

Zabrawszy miecz, płaszcz i buty, wziął za rękę Sarlinnę i odszedł, pozostawiając na ziemi zwłoki rywala. Tak oto znalazłem wreszcie swojego pana.

Lunete nie chciała jechać na północ, do Corinium, gdzie Artur spędzał zimę ze swoimi ludźmi. Nie miała ochoty zostawiać przyjaciół, a poza tym – dodała niemal na marginesie – spodziewała się dziecka. Przyjąłem tę wiadomość w pełnym niedowierzania milczeniu.

– Słyszysz? – krzyczała. – Jestem w ciąży! Nie mogę nigdzie jechać! Właściwie po co mamy wyjeżdżać? Byliśmy tu szczęśliwi. Owain był dobrym panem, a ty musiałeś wszystko zepsuć! Dlaczego nie pojedziesz sam? – Siedziała na podłodze w kącie chaty, próbując się ogrzać przy nikłym ogniu. – Nienawidzę cię! – powiedziała, usiłując bezskutecznie zdjąć z palca zaręczynowy pierścionek.

– Będziesz miała dziecko? – spytałem zaszokowany.

– Ale może nie z tobą!

Nie mogąc ściągnąć pierścionka ze spuchniętego palca, cisnęła we mnie kawałkiem drewna. Nasza służąca rozpaczała w głębi chaty, więc w nią także rzuciła polanem.

– Ale ja muszę jechać – powiedziałem. – Muszę towarzyszyć Arturowi.

– I zostawisz mnie? – wrzasnęła Lunete. – Chcesz, żebym była dziwką?

Gdy rzuciła we mnie następnym kawałkiem drewna, zrezygnowałem z walki. Było to dzień po pojedynku Artura z Owainem. Wróciliśmy już wszyscy do Lindinis. Willę Artura, w której obradowała rada Dumnonii, otaczali petenci, ich krewni i przyjaciele, czekając niecierpliwie przy bramie. Z tyłu, na terenie dawnego ogrodu, znajdowały się arsenały i magazyny. Tam właśnie żołnierze Owaina urządzili na mnie zasadzkę. Dobrze wybrali miejsce, gdyż było ono osłonięte gałęziami ostrokrzewu. Gdy szedłem ścieżką, Lunete nadal za mną krzyczała, nazywając mnie zdrajcą i tchórzem.

– Zasłużyłeś na to, Saksonie – powiedział Griffid ap Annan, spluwając w moim kierunku. Jego ludzie stanęli mi na drodze. Było ich dwunastu. Dobrze się znaliśmy, ale teraz spoglądali na mnie wrogo. Artur zapewnił mi ochronę, lecz tutaj, gdzie nikt nas nie widział, mogli mnie bezkarnie zabić i wrzucić w błoto. – Złamałeś przysięgę!

– To nieprawda! – zaprotestowałem.

Minak – stary wojownik, którego szyję i przeguby zdobiły podarowane przez Owaina złote łańcuchy – uniósł włócznię.

– Nie martw się o swoją dziewczynę – oznajmił szyderczym tonem. – Potrafimy opiekować się młodymi wdowami.

Wyciągnąłem miecz. Za mną stały kobiety, które powychodziły z chat, aby zobaczyć, jak ich mężowie pomszczą śmierć swojego pana. Była wśród nich Lunete. Znieważała mnie, tak jak i one.

– Złożyliśmy nową przysięgę – stwierdził Minak – i w przeciwieństwie do ciebie dotrzymamy słowa.

Szli ścieżką razem z Griffidem w moim kierunku. Pozostali włócznicy tłoczyli się z tyłu. Stojące za mną kobiety zbliżały się coraz bardziej. Niektóre odłożyły na bok swe nieodłączne kądziele i wrzeciona i zaczęły rzucać we mnie kamieniami, abym ruszył na uzbrojonego we włócznię Griffida. Uniosłem miecz, którego klinga była jeszcze wyszczerbiona po walce

Artura z Owainem, i modliłem się, żeby bogowie zesłali mi dobrą śmierć.

– Przeklęty Sakson! – rzucił Griffid, używając najgorszej obelgi, jaka przyszła mu do głowy. Zbliżał się bardzo powoli, znając moje umiejętności. – Saksoński zdrajca! – powiedział i nagle się cofnął, gdyż na błotnistą ścieżkę, po której szliśmy, spadł ciężki kamień.

Zobaczyłem, jak Griffid blednie ze strachu i opuszcza włócznię. Za moimi plecami rozległ się syczący głos Nimue.

– Na tym kamieniu są wasze imiona. Griffid ap Annan, Mapon ap Ellchyd, Minak ap Caddan… – recytowała po kolei imiona włóczników i ich przodków, spluwając za każdym razem w stronę rzuconego na ścieżkę kamienia.

Wszyscy wojownicy opuścili włócznie.

Usunąłem się na bok, aby ją przepuścić. Była ubrana w czarny płaszcz z kapturem, spod którego lśniło złowrogo jej złote oko. Stanąwszy koło mnie, odwróciła się nagle i skierowała przybraną jemiołą laskę ku kobietom, które rzucały kamieniami.

– Chcecie, żeby wasze dzieci zamieniły się w szczury? – zawołała do nich. – Chcecie, by w piersiach zabrakło wam mleka i by uryna paliła was jak ogień? Uciekajcie stąd!

Kobiety chwyciły dzieci i pobiegły skryć się w chatach. Griffid wiedział, że Nimue jest ulubienicą Merlina i ma czarnoksięską moc, drżał więc ze strachu przed jej klątwą.

– Proszę, nie… – powiedział, gdy Nimue odwróciła się do niego. Dziewczyna przeszła obok jego opuszczonej włóczni i uderzyła go mocno laską w policzek.

– Kłaść się! – rozkazała. – Wszyscy! Twarzą do ziemi! – Uderzyła laską Minaka. – Ty też! – Nimue stawała na plecach każdemu z leżących w błocie mężczyzn. Była lekka, ale jej klątwa miała swoją wagę. – Wasze życie jest w moich rękach – mówiła. – Będę bawiła się waszymi duszami. Budząc się co rano, będziecie mi dziękowali, że jeszcze żyjecie, a o zmierzchu będziecie się modlili, żebym nie ujrzała we śnie waszych plugawych gąb. Griffidzie ap Annanie, przysięgnij posłuszeństwo Derflowi. Ucałuj jego miecz. Na kolana, psie! Na kolana!

Zaprotestowałem, że ci ludzie nie są mi winni posłuszeństwa, ale Nimue spojrzała na mnie gniewnie i rozkazała, abym wyciągnął miecz. Moi dawni towarzysze, zabłoceni i przerażeni, podchodzili na kolanach i całowali rękojeść Hywelbane'a. Nie zyskiwałem nad nimi władzy, ale nie odważyliby się już mnie zaatakować. Nimue oświadczyła, że jeśli złamią przysięgę, ich dusze pozostaną na zawsze w mrocznej Krainie Cieni i nigdy nie znajdą nowych ciał, aby powrócić do zielonego, słonecznego świata. Jeden z włóczników, chrześcijanin, oznajmił hardo, że ta przysięga nic nie znaczy, ale opuściła go odwaga, gdy Nimue wyjęła z pustego oczodołu złote oko i pokazała mu je, wypowiadając syczącym głosem straszliwą klątwę. Przerażony włócznik padł na kolana i pocałował miecz jak jego towarzysze. Gdy wszyscy złożyli przysięgę, Nimue kazała im położyć się znowu na ziemi. Włożyła złote oko do oczodołu i poleciła mi iść za sobą, zostawiając żołnierzy Owaina w błocie. Wspiąwszy się pod górę zniknęliśmy im z oczu.

– Ale zabawa! – powiedziała ze śmiechem Nimue. W jej głosie pobrzmiewał jak dawniej figlarny ton. – Naprawdę sprawiło mi to przyjemność! Nie cierpię mężczyzn, Derfel!

– Wszystkich?

– Tych w skórach i z włóczniami. – Wzdrygnęła się. – Ty jesteś wyjątkiem. Ale wszystkich innych nienawidzę. – Odwróciła się i splunęła na ścieżkę. – Jakże bogowie muszą się wyśmiewać z nędznych, zadufanych w sobie ludzi. – Ściągnęła kaptur, by na mnie spojrzeć. – Czy chcesz, żeby Lunete pojechała z tobą do Corinium?

– Przyrzekałem się nią opiekować – powiedziałem strapiony. – A podobno jest w ciąży.

– Więc chcesz, żeby ci towarzyszyła?

– Tak – oznajmiłem nieszczerze.

– Myślę, że jesteś głupcem – stwierdziła Nimue. – Lunete zrobi, co jej każę. Ale wiedz, Derfel, że jeżeli teraz z nią nie zerwiesz, sama cię zostawi w dogodnym dla siebie momencie. – Położyła mi rękę na ramieniu. Zbliżaliśmy się do przedsionka rzymskiej willi, gdzie czekał tłum petentów. – Czy słyszałeś – zapytała cicho – że Artur chce uwolnić Gundleusa?

– Nie – odparłem, zaszokowany tą nowiną.

– Ma taki zamiar. Uważa, że Gundleus zachowa teraz pokój i powinien rządzić Sylurią. Artur nie uwolni go bez zgody Tewdrika, ale kiedy to wreszcie zrobi, Derfel, zabiję tego człowieka – powiedziała chłodnym, rzeczowym tonem. Pomyślałem, że gniew dodaje Nimue urody, której poskąpiła jej natura. Dziewczyna wpatrywała się w odległe wzgórze Caer Cadarn. – Artur – ciągnęła dalej – marzy o pokoju, którego nigdy nie będzie. Nigdy! Brytania to wielki kocioł, Derfel, w którym Artur strasznie namiesza.

– Mylisz się – powiedziałem, chcąc być lojalnym wobec swego pana.

Nimue wykrzywiła usta, przedrzeźniając mnie, po czym odwróciła się bez słowa i odeszła ścieżką w stronę chat wojowników.

Przecisnąłem się przez tłum petentów do wnętrza willi. Artur przywitał mnie zdawkowym skinieniem ręki i ponownie skoncentrował uwagę na człowieku, który skarżył się, że jego sąsiad przestawił kamienne słupy, znaczące granice ich posiadłości. Bedwin i Gereint zasiadali przy stole z Arturem, a Agrykola i książę Tristan stali jak strażnicy. Liczni doradcy i sędziowie królestwa siedzieli na podłodze, która była nadspodziewanie ciepła dzięki temu, że Rzymianie mieli zwyczaj pozostawiania pod posadzką wolnej przestrzeni i wypełniania jej gorącym powietrzem. Spod spękanych płytek unosiły się smużki dymu.

Petenci wchodzili pojedynczo, przedstawiając swoje sprawy do rozstrzygnięcia. Niemal wszystkie przypadki mogły być rozpatrzone przez sąd w Lindinis, który znajdował się zaledwie sto kroków od willi, ale często ludzie, zwłaszcza mieszkańcy pogańskich osad, uważali, że decyzja wydana przez Królewską Radę jest bardziej wiążąca niż wyrok sądu ustanowionego przez Rzymian, zwlekali więc ze składaniem skarg do czasu posiedzenia rady. Artur, reprezentujący małego Mordreda, wysłuchiwał ich cierpliwie, ale odetchnął z ulgą, gdy mógł zająć się wreszcie najważniejszą kwestią. Chodziło o problemy, które pozostały do rozwiązania po wczorajszym pojedynku. Książę Gereint przejął wojowników Owaina. Artur poradził mu przydzielić ich do różnych oddziałów. Kapitan Gereinta, niejaki Llywarch, został mianowany nowym komendantem straży królewskiej. Jeden z sędziów miał oszacować majątek Owaina i odesłać do królestwa Kernow należny sarhaed. Zauważyłem, jak sprawnie Artur załatwia wszystkie te kwestie, dając zarazem każdemu z obecnych możliwość wyrażenia swojej opinii. Takie konsultacje mogły prowadzić do niekończących się dyskusji, Artur rozumiał jednak zawsze istotę zagadnienia i proponował błyskawicznie kompromisowe wyjście, które wszystkich zadowalało. Spostrzegłem też, że Gereint i Bedwin chętnie ustąpili mu pierwszeństwa. Biskup gorąco popierał Artura, uważając, że jego miecz zadecyduje o przyszłości Dumnonii. Książę Gereint, bratanek Uthera, mógł być mu wrogiem, nie miał jednak ambicji swego wuja i cieszył się, że Artur chce wziąć na siebie odpowiedzialność za rządzenie krajem. Artur ab Uther został więc nowym czempionem Dumnonii. Wszyscy odetchnęli z niekłamaną ulgą.

Książę Cadwy z Iski musiał zapłacić część sarhaedu należnego królestwu Kernow. Protestował przeciwko tej decyzji, ale z obawy przed gniewem Artura zgodził się w końcu potulnie uiścić jedną czwartą wyznaczonej przez Tristana sumy. Podejrzewam, że Artur wolałby surowiej go ukarać, ale byłem związany przysięgą i nie mogłem wyjawić, jaką rolę odegrał Cadwy w ataku na wrzosowiskach. Inne dowody jego winy nie istniały, więc książę uniknął większej kary. Tristan potwierdził skinieniem głowy, że zgadza się z decyzją Artura.

Kolejną sprawą na wokandzie było zapewnienie opieki naszemu królowi. Mordred mieszkał dotychczas w posiadłości Owaina i potrzebował nowego domu. Bedwin zaproponował, by jego opiekunem został Nabur, główny sędzia Durnovarii.

Jeden z doradców natychmiast zaprotestował, oświadczając, że Nabur jest chrześcijaninem.

Artur postukał w blat stołu, aby nie dopuścić do sprzeczki, i zapytał:

– Czy Nabur jest tutaj?

W głębi sali podniósł się z miejsca wysoki mężczyzna w rzymskiej todze.

– To ja. Nazywam się Nabur ap Lwyd – oznajmił oficjalnie. Był młodym człowiekiem o gładko ogolonej, szczupłej i poważnej twarzy. Wysokie czoło nadawało mu wygląd biskupa albo druida.

– Masz dzieci, Nabur? – zapytał Artur.

– Troje, panie. Dwóch chłopców i dziewczynkę, która jest w wieku króla Mordreda.

– Czy macie w Durnovarii druida albo barda? Nabur skinął głową.

– Jest bard Derella, panie.

Artur zamienił kilka słów z Bedwinem i uzyskawszy jego przyzwolenie, zapytał z uśmiechem Nabura:

– Zaopiekowałbyś się królem?

– Chętnie, panie.

– Możesz uczyć go swojej wiary, Naburze ap Lwydzie, ale tylko w obecności Derelli, który ma zostać jego nauczycielem, kiedy chłopiec skończy pięć lat. Otrzymasz ze skarbca pieniądze i będziesz zobowiązany opłacać dwudziestu strażników, którzy mają strzec króla dzień i noc. Ceną za jego życie będzie śmierć całej twojej rodziny. Zgadzasz się?

Nabur zbladł, usłyszawszy, że jego żona i dzieci zginą, jeśli pozwoli, by ktoś zabił Mordreda, ale mimo to skinął głową. Nic dziwnego. Jako opiekun króla Nabur miał zajmować bardzo eksponowaną pozycję w królestwie.

– Zgadzam się, panie – powiedział.

Ostatnią kwestią, którą rada musiała rozstrzygnąć, był los Ladwys, żony i kochanki Gundleusa, a ostatnio niewolnicy Owaina. Gdy wprowadzono ją do sali, stanęła przed Arturem z dumnie podniesioną głową.

– Wyruszam dzisiaj na północ, do Corinium, gdzie więziony jest twój mąż – oznajmił Artur. – Chcesz mi towarzyszyć?

– Żebyś mógł mnie dalej upokarzać? – spytała Ladwys. Owain, mimo całej swej brutalności, nie zdołał złamać jej ducha.

Artur zmarszczył brwi, słysząc ten wrogi ton.

– Żebyś mogła dołączyć do swojego męża, pani – powiedział spokojnie. – Nie przebywa w surowym więzieniu, ma dom taki jak ten, tyle że jest pod strażą. Jeśli tego pragniesz, możesz z nim żyć w ciszy i spokoju.

W oczach Ladwys pojawiły się łzy.

– Nie wiem, czy zechce mnie widzieć. Zostałam zbrukana.

Artur wzruszył ramionami.

– Nie mogę za niego odpowiadać. Chcę tylko znać twoją decyzję. Jeśli wolisz zostać tutaj, proszę bardzo. Śmierć Owaina oznacza, że jesteś wolna.

Ladwys wydawała się tak oszołomiona szlachetnością Artura, że zdobyła się tylko na skinięcie głową.

– Pojadę z tobą, panie.

– Dobrze! – Artur wstał i przeniósłszy krzesło na bok sali, poprosił Ladwys, by usiadła. Potem zwrócił się do zgromadzonych przed nim doradców, włóczników i wodzów. – Mam wam do powiedzenia tylko jedno, ale musicie mnie dobrze zrozumieć i dokładnie powtórzyć to, co usłyszycie, waszym ludziom, rodzinom, szczepom i klanom. Naszym królem jest Mordred, nikt inny. Jemu jesteśmy winni posłuszeństwo i jego mamy bronić. Ale w ciągu najbliższych lat naszemu królestwu, jak to zwykle bywa, będą zagrażać wrogowie. Trzeba będzie podejmować stanowcze decyzje, a wtedy znajdą się na pewno wśród was osoby, które będą szemrać, że uzurpuję sobie prawo do królewskiej władzy. Mogą nawet podejrzewać, że chcę ją zagarnąć dla siebie. Przysięgam więc uroczyście w obecności was wszystkich oraz naszych przyjaciół z Gwentu i Kernow – tu Artur skłonił się w kierunku Agrykoli i Tristana – że użyję władzy, którą mi dajecie, tylko dla jednego celu: aby zapewnić Mordredowi objęcie tronu, gdy osiągnie stosowny wiek. Przysięgam, że tak się stanie. – Powiedziawszy to, nagle zamilkł.

W sali zapanowało poruszenie. Do tej chwili nikt nie zdawał sobie w pełni sprawy, jak zręcznie Artur przejął ster rządów w Dumnonii. Skoro siedział przy stole z Bedwinem i księciem Gereintem, należało wnioskować, że wszyscy trzej sprawują władzę w królestwie. Ze słów Artura wynikało jednak, że to on będzie rządził, a milczenie biskupa i księcia oznaczało ich zgodę. Ani Bedwin, ani Gereint nie zostali pozbawieni władzy, ale sprawowali ją teraz zgodnie z wolą Artura, który obwieścił, że biskup zostanie sędzią królestwa, a Gereint będzie bronił granic przed Saksonami. On sam zaś zamierzał udać się na północ i stawić czoło siłom Powys. Wiedziałem, i może Bedwin także, że Artur ma nadzieję zawrzeć pokój z Gorfyddydem, ale na razie musiał prowadzić z nim wojnę.

Tego popołudnia wyruszyła na północ duża grupa ludzi. Artur, któremu towarzyszyło dwóch wojowników i służący Hygwydd, był na przedzie z Agrykolą i jego żołnierzami. Morgana, Ladwys i Lunete jechały na wozie, a ja szedłem obok Nimue. Lunete, w obawie przed jej gniewem, zachowywała się spokojnie. Nocowaliśmy w Tor i miałem okazję zobaczyć, jak dobrze spisuje się Gwlyddyn. Odbudowano już palisadę, a na fundamentach starej wieży wyrastała nowa. Pellinor mnie nie poznał. Chodził po swej nowej klatce, jakby pełnił straż i wydawał rozkazy niewidzialnym włócznikom. Druidan przyglądał się zalotnie Ladwys. Skryba Gudovan pokazał mi grób Hywla po północnej stronie wzgórza, a potem zabrał Artura do miejsca, gdzie obok Świętego Drzewa była pochowana Norwenna.

Następnego ranka, pożegnawszy się z Morganą i Nimue, wyruszyłem z Arturem na północ. Niebo było znowu błękitne i wiał zimny wiatr.

Wiosną urodził mi się syn, ale zmarł po trzech dniach. Przez długi czas miałem potem w pamięci jego małą, pomarszczoną, czerwoną twarz i łzy napływały mi do oczu. Wyglądało na to, że jest zdrowy, lecz tego ranka, gdy leżał w beciku, zawieszonym na ścianie w kuchni, aby nie zrobiły mu krzywdy psy ani świnie, po prostu umarł. Lunete płakała tak jak ja, ale zarazem winiła mnie za śmierć dziecka, mówiąc, że w Corinium jest złe powietrze, choć w istocie lubiła to miasto. Podobały jej się czyste rzymskie budowle i stojący przy brukowanej ulicy mały dom z cegieł, w którym mieszkała. Zaprzyjaźniła się nawet, o dziwo, z Ailleann, kochanką Artura, i jej dwoma synami bliźniakami, Amharem i Loholtem. Lubiłem Ailleann, ale obaj chłopcy byli wcielonymi diabłami. Artur bardzo im pobłażał. Pewnie miał poczucie winy, że – podobnie jak on – nie pochodzą z prawego łoża i nie mogąc po nim dziedziczyć, będą musieli sami radzić sobie w życiu. Nigdy nie widziałem, by dostawali lanie. Tylko raz, gdy zobaczyłem, jak wykłuwają nożem oczy szczeniakowi, przetrzepałem im skórę. Oślepili psa i musiałem go uśmiercić. Artur rozumiał mój gniew, ale stwierdził, że nie miałem prawa bić chłopców. Innego zdania byli jego wojownicy i chyba Ailleann także.

Kochanki Artura nie opuszczał smutek. Rozumiała, że nie pozostanie już długo u boku człowieka, który rządził najsilniejszym królestwem Brytanii i musiał poślubić kobietę, dzięki której mógł umocnić swoją władzę. Wiedziałem, że była nią Ceinwyn, księżniczka Powys, i Ailleann pewnie też zdawała sobie z tego sprawę. Chciała wrócić do Benoic, lecz Artur nie pozwoliłby swym ukochanym synom opuścić kraju. Ailleann nie wątpiła, że Artur nie da jej przymierać głodem, ale też nie zhańbi swej królewskiej połowicy, zatrzymując przy sobie kochankę. Cały kraj tonął w wiosennej zieleni i kwieciu, a Ailleann pogrążała się w coraz większym przygnębieniu.

Saksonowie zaatakowali wiosną, ale Artur nie wyruszył na wojnę. Król Melwas dowodził obroną południowych rubieży ze swej stolicy w Vencie, a oddziały księcia Gereinta robiły wypady z Durocobrivis, stawiając opór pospolitemu ruszeniu Saksonów pod wodzą budzącego postrach króla Aelle'a. Gereint miał trudniejsze zadanie, więc Artur wysłał mu na pomoc Sagramora z trzydziestoma jeźdźcami. Jego interwencja przeważyła szalę zwycięstwa na naszą stronę. Podobno Saksonowie wierzyli, że czarnoskóry Sagramor jest potworem z Królestwa Nocy, którego nie zdołają pokonać ani czarami, ani bronią. Numidyjczyk przegnał wojowników Aelle'a tak daleko, że wytyczył nową granicę o cały dzień marszu za poprzednią i oznaczył ją odrąbanymi głowami Saksonów. Zapuścił się w głąb Lloegyrii, a raz dotarł nawet ze swymi jeźdźcami do Londynu, największego miasta rzymskiej Brytanii, które teraz chyliło się ku upadkowi za zburzonymi murami. Mieszkający tam jeszcze Brytowie byli, według Sagramora, bardzo bojaźliwi i błagali, żeby nie niszczyć kruchego pokoju, który zawarli z Saksonami.

O Merlinie nadal nie mieliśmy żadnych wiadomości.

W Gwencie spodziewano się ataku Gorfyddyda z Powys, który jednak nie nastąpił. Ze stolicy królestwa, Caer Sws, wyruszył za to na południe posłaniec, a dwa tygodnie później Artur udał się na północ na spotkanie z wrogim królem. Towarzyszyłem mu jako jeden z dwunastu wojowników, maszerujących z mieczami, ale bez tarcz i bojowych włóczni. Artur był bardzo podekscytowany tą pokojową misją. Zabrawszy ze sobą Gundleusa z Sylurii, pomaszerowaliśmy najpierw na wschód, do Burrium, stolicy królestwa Tewdrika, która była otoczonym murami rzymskim miastem, pełnym warsztatów produkujących broń i dymiących kuźni. Stamtąd podążyliśmy z Tewdrikiem i jego ludźmi na północ. Agrykola bronił przed Saksonami granic Gwentu, więc Tewdrik, podobnie jak Artur, wziął ze sobą tylko garstkę strażników. Towarzyszyło mu za to trzech kapłanów, wśród nich Sansum, niski, skory do gniewu czarnowłosy ksiądz z tonsurą, któremu Nimue nadała przydomek Lughtigern, czyli Mysi Król.

Wyglądaliśmy niezwykle barwnie. Ludzie króla Tewdrika byli w rzymskich zbrojach i czerwonych pelerynach, Artur zaś sprawił wszystkim swoim wojownikom nowe zielone płaszcze. Podróżowaliśmy pod czterema sztandarami. Godłem Mordreda był smok Dumnonii, Artura – niedźwiedź, Gundleusa – lis, a Tewdrika – byk. Gundleusowi towarzyszyła Ladwys, jedyna wśród nas kobieta. Była znowu szczęśliwa, a i Gundleus wydawał się zadowolony, że ma ją przy sobie. Był nadal więźniem, ale odzyskał swój miecz i zajmował honorowe miejsce obok Artura i Tewdrika. Tewdrik odnosił się do niego nieufnie, natomiast Artur traktował go jak starego przyjaciela. Gundleus odgrywał w końcu istotną rolę w jego planach zawarcia pokoju między Brytami, który umożliwiłby rozgromienie Saksonów.

Na granicy Powys powitała nas uroczyście straż Gorfyddyda. Na ziemi rozłożono maty, a bard zaśpiewał pieśń sławiącą zwycięstwo Artura nad Saksonami w Dolinie Białego Konia. Król nie zjawił się osobiście, ale przysłał w zastępstwie Leodegana, władcę Henis Wyren, którego ziemie zajęli Irlandczycy i który przebywał teraz na dworze Gorfyddyda jako wygnaniec. Jego obecność stanowiła dla nas zaszczyt, choć był beznadziejnym głupcem. Ten niezwykle wysoki i chudy człowiek o długiej szyi, wiotkich ciemnych włosach i obwisłych, zaślinionych wargach ciągle wykonywał jakieś gwałtowne ruchy: drapał się, kręcił głową i mrugał oczami, jakby bardzo się denerwował.

– Król chętnie by was powitał – oznajmił – ale, niestety, nie może. Rozumiecie to, prawda? Przesyła jednak pozdrowienia! – Patrzył z zazdrością, jak Tewdrik nagradza złotem barda. Leodegan, jak dowiedzieliśmy się później, był bardzo ubogi i próbował nieustannie odrobić ogromne straty, które poniósł, gdy Diwrnach, irlandzki zdobywca, zagarnął jego ziemie. – Ruszajmy! – zaproponował. – Macie kwatery w... – Przerwał w pół zdania. – Wybaczcie, zapomniałem gdzie, ale dowódca straży będzie wiedział. Nie widzę go... O, tam jest. Jak on się nazywa? Zresztą nieważne, sami trafimy.

Do naszego pocztu dołączyły sztandary Gorfyddyda i Leodegana. Na jednym widniał orzeł, na drugim – jeleń. Podążaliśmy rzymską drogą, biegnącą na wprost przez urodzajne ziemie, te same, które Artur złupił minionej jesieni, choć tylko Leodegan okazał się dość nietaktowny, by o tym wspomnieć.

– Oczywiście byłeś tu już, panie – zawołał do Artura. Nie miał konia, musiał więc iść pieszo.

Artur zmarszczył brwi.

– Nie przypominam sobie – powiedział dyplomatycznie.

– Ależ tak! Widzisz to spalone gospodarstwo? To twoje dzieło! – Twarz Leodegana promieniała. – Nie docenili cię, prawda? Powiedziałem to Gorfyddydowi prosto w oczy. Mówiłem mu, że młody Artur jest dobrym wojownikiem, ale on nigdy nie słucha mądrych rad. Potrafi walczyć, ale nie myśleć. Jego syn, Cuneglas, jest chyba rozsądniejszy. Z całą pewnością. Miałem nadzieję, że poślubi którąś z moich córek, ale Gorfyddyd nie chce o tym słyszeć. Nieważne. – Potknął się o kępę trawy. Rzymska droga, podobnie jak ta, która biegła w pobliżu Ynys Wydryn, miała po bokach rowy odwadniające, ale z czasem wypełniły się one ziemią, a kamienny trakt zarósł chwastami i trawą. Leodegan wskazywał z uporem kolejne miejsca, które Artur spustoszył, ale nie mogąc skłonić go do rozmowy, dołączył wkrótce do strażników, idących za trzema kapłanami Tewdrika. Próbował zagadnąć Agravaina, dowódcę straży, ale ten był w ponurym nastroju i władca Henis Wyren uznał w końcu, że ja jestem najbardziej sympatyczną osobą w orszaku Artura, i zaczął mnie wypytywać o arystokrację Dumnonii. Chciał się dowiedzieć, kto jest żonaty, a kto nie. – Czy książę Gereint ma żonę?

– Tak, panie – odparłem.

– Nie jest chora?

– Nic mi o tym nie wiadomo, panie.

– A król Melwas? Jest żonaty?

– Jego żona umarła, panie.

– O! – Leodegan natychmiast się rozpromienił. – Mam córki, wiesz? – wyjaśnił z przejęciem. – Dwie córki, które trzeba wydać za mąż. Inaczej nie będzie z nich żadnego pożytku. Szczerze mówiąc, jedna z moich sikorek, Ginewra, ma wkrótce wziąć ślub. Wyjdzie za Valerina. Słyszałeś o nim?

– Nie, panie.

– To dobry człowiek, naprawdę dobry, ale... – Zamilkł, szukając właściwego słowa. – Nie jest zamożny! Nie ma ziemi. Trochę nędznych gruntów na zachodzie to żaden majątek. Nie ma dzierżaw ani złota, a bez tego daleko się nie zajdzie. A Ginewra jest księżniczką! Jej siostra, Gwenhwyvach, nie ma żadnych widoków na małżeństwo. Jest ciągle na moim utrzymaniu, a Bóg mi świadkiem, że nie śmierdzę groszem. Więc mówisz, że Melwas sypia samotnie? To można by wykorzystać! Szkoda mi tylko Cuneglasa.

– Dlaczego, panie?

– Nie chce poślubić żadnej z moich dziewcząt! – powiedział z oburzeniem Leodegan. – Sugerowałem to jego ojcu. Trwały sojusz, połączenie dwóch królestw – idealne rozwiązanie! Ale nie. Cuneglas ma na oku Helledd z Elmet, a Artur chce się podobno ożenić z Ceinwyn.

– Nic o tym nie wiem, panie – stwierdziłem niewinnie.

– To piękna dziewczyna! O tak! A moja Ginewra, choć równie urodziwa, wyjdzie za Valerina. Mój Boże, co za strata! Żadnych dzierżaw, złota, pieniędzy, tylko podmokłe pastwiska i stado schorowanych krów. Nie spodoba jej się to! Ginewra lubi wygody, a Valerin nigdy ich nie zaznał. O ile wiem, mieszka w chacie ze świniami. Ale jest wodzem. W głębi tego kraju prawie każdy tak siebie nazywa. – Westchnął ciężko. – Ginewra jest jednak księżniczką! Myślałem, że mógłby ją poślubić jeden z synów Cadwallona z Gwynedd, ale to dziwny człowiek. Nigdy go zbytnio nie lubiłem. Nie pomógł mi, gdy zjawili się Irlandczycy.

Zamilkł, zadumany nad niesprawiedliwym losem. Zapuściliśmy się już daleko na północ, w zupełnie nieznane tereny. Dumnonia graniczyła z Gwentem, Sylurią, królestwem Kernow i Saksonami, a tutaj ludzie mówili o Gwynedd i Elmet, o Lleyn i Ynys Mon. Lleyn nazywało się dawniej Henis Wyren. Było to królestwo Leodegana, a Ynys Mon, czyli Wyspa Mona, stanowiła jego część. Teraz rządził tam Diwrnach, jeden z irlandzkich władców z Zamorskich Krajów, którzy dzielili między siebie Brytanię. Pomyślałem, że Leodegan musiał być łatwym łupem dla takiego człowieka jak Diwrnach, który słynął z okrucieństwa. Nawet w Dumnonii słyszeliśmy, że jego wojownicy malowali tarcze krwią zabitych wrogów. Lepiej było walczyć z Saksonami, niż trafić na tego Irlandczyka.

Udawaliśmy się jednak do Caer Sws, aby zawrzeć pokój, a nie myśleć o wojnie. Caer Sws okazało się małym, grzęznącym w błocie miasteczkiem, rozlokowanym wokół starego rzymskiego fortu w rozległej dolinie obok głębokiego brodu na rzece Severn, którą nazywano tu Hafren. Prawdziwą stolicą Powys było Caer Dolforwyn, wyniosłe wzgórze z królewskim kamieniem na szczycie. Ale podobnie jak w Caer Cadarn brakowało tam wody, nie starczało też miejsca na królewski sąd, skarbiec, zbrojownie, kuchnie i spichlerze. Tak samo więc jak bieżące sprawy Dumnonii załatwiano w Lindinis, królestwem Powys rządzono z Caer Sws i tylko w razie zagrożenia albo z okazji ważnych uroczystości dwór Gorfyddyda przenosił się na wzgórze.

Po rzymskich budowlach nie pozostał w Caer Sws prawie żaden ślad, tyle że biesiadną salę Gorfyddyda wzniesiono na starych kamiennych fundamentach. W związku z wizytą Tewdrika i Artura dobudowano do niej z obu stron dwie nowe sale. Król przyjął nas w swojej rezydencji. Był zgorzkniałym człowiekiem w średnim wieku, o silnej budowie ciała i małych, podejrzliwych oczach. Za sprawą miecza Artura zwisał mu bezwładnie lewy rękaw. Jego twarz nie wyrażała życzliwości, gdy obejmował Tewdrika, mrucząc pod nosem słowa powitania. Patrzył w milczeniu, gdy nie będący królem Artur uklęknął przed nim. Wodzowie i wojownicy Gorfyddyda mieli długie, splecione wąsy i ciężkie płaszcze, które ociekały wodą z powodu padającego przez cały dzień deszczu. W powietrzu unosił się zapach mokrej psiej sierści. Jedynymi kobietami w sali były dwie niewolnice, które przynosiły Gorfyddydowi dzbany miodu. Król co chwilę napełniał nim rogowy puchar. Dowiedzieliśmy się później, że rozpił się po utracie ręki, gdy przez długie tygodnie leżał w gorączce i wszyscy wątpili, czy przeżyje. Pojono go mocnym, gęstym miodem, a w rezultacie władzę w królestwie przejął od zgorzkniałego, zamroczonego króla jego syn Cuneglas, następca tronu Powys.

Ten młody człowiek o okrągłej, rozumnej twarzy i długich ciemnych wąsach był skory do śmiechu, pogodny i towarzyski. Najwyraźniej przypadli sobie z Arturem do gustu. Przez trzy dni polowali w górach na jelenie, a nocami ucztowali i słuchali pieśni bardów. W Powys było niewielu chrześcijan, ale gdy Cuneglas dowiedział się, że Tewdrik wyznaje ich wiarę, urządził w spichlerzu kaplicę i zaprosił księży, aby się tam modlili. Wysłuchał nawet jednego z kazań, potem jednak kręcił głową i mówił, że woli swoich bogów. Król Gorfyddyd uznał chrześcijańskie obrzędy za niedorzeczne, ale nie zabronił synowi w nich uczestniczyć. Zadbał jedynie o to, by jego druid otoczył prowizoryczny kościół czarami.

– Gorfyddyd nie jest całkowicie przekonany, że chcemy pokoju – ostrzegł nas Artur drugiego dnia wieczorem. – Ale posłucha Cuneglasa. Więc, na Boga, bądźcie trzeźwi, nie wyciągajcie mieczy i nie wdawajcie się w żadne bójki. Wystarczy jedna iskra, by Gorfyddyd wyrzucił nas stąd i wszczął nową wojnę.

Czwartego dnia zebrała się w wielkiej sali rada Powys. Głównym punktem obrad był traktat pokojowy i mimo zastrzeżeń Gorfyddyda szybko go podpisano. Rozparty w fotelu król przyglądał się, jak jego syn obwieszcza warunki porozumienia. Powys, Gwent i Dumnonia zawierały przymierze krwi i napaść na którekolwiek z trzech królestw uznawano za atak na pozostałe. Gorfyddyd skinął głową, choć bez entuzjazmu. Cuneglas oznajmił ponadto, że gdy dojdzie do jego małżeństwa z Helledd, dołączy do paktu królestwo Elmet i w ten sposób Saksonowie zostaną otoczeni przez zjednoczone siły

Brytanii. Sojusz ten był dla Gorfyddyda najkorzystniejszym następstwem zawarcia pokoju z Dumnonią. Mógł teraz rozpocząć wojnę z Saksonami, a w dodatku, zgodnie ze swoim życzeniem, miał objąć dowództwo.

– Chce zostać Wielkim Królem – mruknął do nas stojący w głębi sali Agravain.

Gorfyddyd domagał się też powrotu na tron swego kuzyna, Gundleusa z Sylurii. Tewdrik, który ucierpiał najbardziej z powodu jego ataków, był temu przeciwny. Mieszkańcy Dumnonii nie mogli wybaczyć Gundleusowi zabójstwa Norwenny, a ja nienawidziłem go też za to, co zrobił Nimue. Artur przekonał nas jednak, że uwolnienie króla nie jest zbyt wygórowaną ceną za pokój, i w ten sposób zdrajca Gundleus odzyskał władzę.

Gorfyddyd odnosił się może niechętnie do zawarcia przymierza, ale musiał dostrzegać wynikające z niego korzyści, gdyż zgodził się na największe ustępstwo: pozwolił, by jego siedemnastoletnia córka Ceinwyn, Gwiazda Powys, poślubiła Artura. Gorfyddyd był człowiekiem zgorzkniałym, podejrzliwym i oschłym, ale kochał swą córkę i przelał na nią całą czułość i dobroć, jaka pozostała jeszcze w jego duszy. Skoro zgodził się, by wyszła za Artura, który nie był królem i nie miał nawet tytułu księcia, musiał dojść do wniosku, że czas już, by jego wojownicy przestali walczyć z innymi Brytami. Stanowiło to również dowód, że Gorfyddyd, podobnie jak Cuneglas, uznawał Artura za faktycznego władcę Dumnonii. Tak więc podczas wielkiej uczty, którą wydano po posiedzeniu rady, Ceinwyn i Artur zostali formalnie zaręczeni.

Ceremonia zaręczyn była na tyle ważna, że wszyscy przenieśli się z Caer Sws do sali biesiadnej na szczycie Caer Dolforwyn. Nawiasem mówiąc, wzgórze to wzięło swoją nazwę od położonej u jego stóp Łąki Panny Młodej. Gdy dotarliśmy tam o zachodzie słońca, szczyt zasnuwały dymy wielkich ognisk, na których pieczono jelenie i świnie. Pod nami wiła się w dolinie srebrna wstęga rzeki Severn, a na północy rozciągały się wielkie, ciemne pasma wzgórz królestwa Gwynedd. Podobno w pogodny dzień ze szczytu Caer Dolforwyn widać było Cadair Idris, ale tego wieczoru horyzont przesłaniały deszczowe chmury. Niższe partie wzgórza porastały gęsto wielkie dęby. Gdy niebo zalśniło na zachodzie szkarłatną łuną, spomiędzy drzew wyfrunęła para czerwonych kani. Uznaliśmy zgodnie, że widok dwóch ptaków latających o tak późnej porze stanowi wspaniałą wróżbę na przyszłość. Śpiewający w sali bardowie snuli aż do zachodu słońca opowieść o Hafren, dziewczynie, która nadała nazwę łące Dolforwyn i która stała się boginią, gdy macocha próbowała utopić ją w rzece u stóp wzgórza.

Zaręczyny odbyły się nocą, aby bogini księżyca pobłogosławiła młodej parze. Artur przygotował się pierwszy do uroczystości. Opuściwszy gości na godzinę, wrócił w pełnej zbroi, budząc swym wyglądem podziw nawet najtwardszych wojowników. Gdy szedł przez środek sali, złote i srebrne płytki jego kolczugi oraz srebrna tarcza lśniły w blasku płomieni, gęsie pióra, wieńczące wysoki, posrebrzany hełm, dotykały krokwi, a biały płaszcz omiatał podłogę. Do sali biesiadnej nie wnoszono broni, ale tej nocy Artur miał przy sobie Excalibura i podszedł do stołu jak zdobywca, który ustanawia pokój. Nawet Gorfyddyd patrzył z podziwem na niedawnego wroga. Artur przybywał w pokojowych zamiarach, chciał jednak przypomnieć przyszłemu teściowi o swojej sile.

Ceinwyn zjawiła się kilka chwil później. Od czasu, gdy przybyliśmy do Caer Sws, nie opuszczała swojej komnaty i ci z nas, którzy nigdy nie widzieli córki Gorfyddyda, byli niezmiernie ciekawi, jak wygląda. Podejrzewaliśmy w duchu, że będziemy rozczarowani, ale Gwiazda Powys rzeczywiście olśniła wszystkich urodą. Gdy weszła do sali ze swymi służącymi, mężczyźni oniemieli z wrażenia. Ja nie byłem wyjątkiem. Księżniczka miała jasną cerę, typową raczej dla Saksonów, ale o wiele delikatniejszą. Wyglądała bardzo młodo. Była nieśmiała, a zarazem poważna. Miała na sobie sukienkę z lnu, ufarbowanego pszczelim woskiem na złoty kolor, z wyhaftowanymi na kołnierzu i lamówkach białymi gwiazdami. Jej złote włosy lśniły niemal tak jasno jak zbroja Artura. Była bardzo szczupła i Agravain, który siedział obok mnie na podłodze, zauważył, że nie nada się do rodzenia dzieci.

– Każde niemowlę umrze, próbując przecisnąć się przez takie biodra – powiedział z przekąsem, ale i tak żal mi było Ailleann, która z pewnością miała nadzieję, że Artur żeni się z Ceinwyn tylko dla dobra królestwa.

Księżyc płynął po niebie wysoko nad szczytem Caer Dolforwyn, gdy księżniczka zbliżyła się powoli i nieśmiało do Artura. Niosła w rękach kantar, symboliczny dar dla przyszłego męża, który oznaczał, że odtąd ma być posłuszna jemu, a nie ojcu. Artur chwycił go niezdarnie i omal nie upuścił, co było z pewnością złą wróżbą, ale wszyscy, nawet Gorfyddyd, skwitowali to śmiechem i Iorweth, druid Powys, dokonał oficjalnych zaręczyn młodej pary. W blasku pochodni związano im dłonie źdźbłami trawy. Twarz Artura skrywał srebrnoszary hełm, ale Ceinwyn, słodka Ceinwyn, promieniała radością. Otrzymali błogosławieństwo druida, który polecił ich opiece Gwydiona, boga światła, i Aranrhod, złotej bogini świtu. Mieli być patronami młodej pary i strzec pokoju Brytanii. Rozległy się dźwięki harfy, wszyscy zaczęli wiwatować, a Ceinwyn, cudowna Ceinwyn śmiała się i płakała z radości. Tej nocy straciłem dla niej głowę, jak zresztą wielu mężczyzn. Wyglądała na bardzo szczęśliwą. I nic dziwnego, bo dzięki Arturowi skończył się dla niej koszmar, będący udziałem wszystkich księżniczek, wydawanych za mąż dla dobra kraju, a nie z miłości. Księżniczka musiała iść do łóżka z każdym cuchnącym, opasłym wieprzem, jeśli zapewniało to bezpieczeństwo granic albo korzystny sojusz. Ale Ceinwyn trafiła na Artura, który był młody i szlachetny, z pewnością więc niczego się już nie obawiała.

Leodegan, skazany na wygnanie król Henis Wyren, zjawił się w sali w trakcie ceremonii. Nie było go od naszego przybycia, gdyż zaszył się w swoim domu na północ od Caer Sws, ale teraz chciał uczestniczyć w rozdawaniu darów, które towarzyszyło zawsze ceremonii zaręczyn. Stał z tyłu sali i wiwatował wraz z innymi, gdy Artur rozdzielał hojnie złoto i srebro. Artur otrzymał też zgodę rady Dumnonii, aby oddać Gorfyddydowi zbroję, którą odebrał mu w poprzednim roku, ale uczynił to na osobności, aby nie przypominać publicznie o porażce królestwa Powys.

Rozdawszy dary, Artur zdjął hełm i usiadł obok Ceinwyn. Rozmawiał z nią, patrząc jej prosto w oczy, z pewnością więc czuła się najważniejszą osobą w jego życiu. Miała zresztą do tego prawo. Wielu z nas spoglądało na nich z zazdrością. Wyglądali na idealną parę. Nawet Gorfyddyd, z niechęcią zapewne oddający ukochaną córkę człowiekowi, który pokonał go w walce i okaleczył, cieszył się radością Ceinwyn.

Ale właśnie w tę szczęśliwą noc, gdy nastał wreszcie pokój, Artur zniszczył jedność Brytanii.

Nikt z nas jeszcze wtedy o tym nie wiedział. Po rozdaniu zaręczynowych darów zaczęły się toasty i śpiewy. Oglądaliśmy popisy kuglarzy, słuchaliśmy barda króla Gorfyddyda i pokrzykiwaliśmy na całe gardło. Jeden z naszych ludzi, mimo ostrzeżeń Artura, wdał się w potyczkę z wojownikiem z Powys. Obu pijanych mężczyzn wywleczono z sali i oblano wodą. Pół godziny później obejmowali się serdecznie, przysięgając sobie dozgonną przyjaźń. Podczas tej uczty, gdy buchały wysoko płomienie ognia i wino lało się strumieniami, zobaczyłem nagle, że Artur wpatruje się intensywnie w głąb sali, odwróciłem więc głowę, żeby zobaczyć, co przykuło jego uwagę.

Zobaczyłem młodą kobietę, która przewyższała wszystkich o głowę i miała wyzywające spojrzenie, jakby chciała powiedzieć: jeśli potrafisz mnie okiełznać, pokonasz w życiu wszelkie przeciwności. Widzę ją, jak stoi między chartami, mającymi równie chude, wydłużone sylwetki, długie nosy i dziki wzrok co ich pani. W jej zielonych oczach czaiło się okrucieństwo, a twarz o surowych rysach nie była bynajmniej subtelna. Urody dodawały jej włosy, opadające na ramiona kaskadą rudych loków. Chodziła dumnie wyprostowana i usidlała mężczyzn swym śmiechem. Było wiele kobiet piękniejszych od niej i tysiące lepszych, ale wątpię, by od stworzenia świata żyła istota równie niezapomniana jak Ginewra, najstarsza córka Leodegana, skazanego na wygnanie króla Henis Wyren.

Merlin powtarzał zawsze, że stałoby się lepiej, gdyby utopiono ją zaraz po urodzeniu.

Następnego dnia polowano na jelenie. Charty Ginewry dopadły młodego roczniaka, jeszcze bez rogów, choć słuchając zachwytów Artura nad ich zręcznością, można by sądzić, że był to Dziki Jeleń z Dyfed.

Bardowie śpiewają o miłości, mężczyźni i kobiety tęsknią za nią, ale nikt nie wie, czym ona naprawdę jest, dopóki nie dopadnie człowieka jak włócznia z ciemności. Artur nie mógł oderwać oczu od Ginewry, choć Bóg wie, jak bardzo się starał. Gdy po ceremonii zaręczyn wróciliśmy do Caer Sws, spacerował i rozmawiał z Ceinwyn, ale myślał cały czas o córce Leodegana, a ona świadomie go zwodziła. Chodziła pod rękę z Valerinem i śmiejąc się, rzucała nagle ulotne spojrzenie Arturowi, który w tym momencie zapominał o całym świecie. Płonął z miłości do Ginewry.

Czy wszystko potoczyłoby się inaczej, gdyby był tam Bedwin? Nie sądzę. Nawet Merlin nie potrafiłby zapobiec temu, co się stało. Równie dobrze można by rozkazywać deszczowi, by powrócił do chmur, albo rzece, by popłynęła z powrotem do źródła.

W drugą noc po uczcie Ginewra przyszła po ciemku do sypialni Artura. Stojąc na straży, słyszałem ich śmiech i szmer głosów. Rozmawiali aż do świtu. Może robili i coś więcej, tego nie wiem. Pełniąc wartę tuż obok, siłą rzeczy przysłuchiwałem się ich rozmowie. Czasem mówili zbyt cicho, ale chwilami docierały do moich uszu wyjaśnienia, pochlebstwa, błagania i nalegania Artura. Na pewno rozmawiali o miłości, słyszałem jednak tylko, jak Artur opowiada o Brytanii i o marzeniu, które przywiodło go z zamorskiej Armoryki. Mówił o Saksonach, których należało wytępić, aby kraj znów był szczęśliwy, o wojnie i o radości, jaką sprawiało mu wyruszanie do walki na osłoniętym stalowym pancerzem rumaku. Mówił Ginewrze to samo co mnie, gdy staliśmy w mroźną noc na wałach Caer Cadarn. Opisywał żyjącą w pokoju krainę, której mieszkańcy nie muszą się obawiać, że o świcie zaatakują ich włócznicy. Mówił z pasją, a Ginewra chętnie go słuchała i pozwalała mu wierzyć, że jego marzenia się spełnią. Artur snuł przyszłość ze swoich mrzonek. Biedna Ceinwyn miała tylko młodość i urodę, Ginewra zaś dostrzegła samotność Artura i obiecała uleczyć jego duszę. Przed świtem wymknęła się niepostrzeżenie. Sierp księżyca oświetlał nikłym blaskiem jej falujące włosy.

Następnego dnia Artur, pełen wyrzutów sumienia, spacerował z Ceinwyn i jej bratem. Ginewra miała nowy złoty naszyjnik. Niektórzy z nas współczuli Ceinwyn, ale przy Ginewrze była ona jeszcze dzieckiem i Artur nie mógł zaradzić temu, co się stało.

Zakochał się do szaleństwa. Zasługiwał jak Pellinor, aby go zesłać na Wyspę Umarłych. Nic już się dla niego nie liczyło: Brytania, Saksonowie, nowy sojusz, cały misterny plan zapewnienia krajowi pokoju, nad którym pracował od przybycia z Armoryki. Wszystko gotów był poświęcić, aby zdobyć tę pozbawioną pieniędzy i ziemi rudowłosą księżniczkę. Wiedział, co robi, ale nie potrafił się opanować. Równie dobrze mógłby rozkazywać słońcu, by przestało wschodzić. Był jak opętany. Cały czas myślał, mówił i marzył tylko o Ginewrze. Nie mógł bez niej żyć, a jednak nie zerwał zaręczyn z Ceinwyn. Przygotowywano się do ceremonii ślubu, która z racji udziału Tewdrika w traktacie pokojowym miała się odbyć w Glevum, i Artur zamierzał wyruszyć tam pierwszy, aby wszystkiego dopilnować. Należało zaczekać na pełnię księżyca, który właśnie był w nowiu, co stanowiło złą wróżbę. Ale już za dwa tygodnie Ceinwyn miała wpleść kwiaty we włosy i udać się na południe.

Artur nosił tymczasem na szyi ukryty pod kołnierzem spleciony kosmyk włosów Ginewry. Spostrzegłem to pewnego dnia, przynosząc mu rano wodę. Był rozebrany do pasa i ostrzył na kamieniu nóż, aby się ogolić. Wzruszył ramionami, gdy zorientował się, że zauważyłem jego nowy amulet.

– Myślisz, Derfel, że rude włosy przynoszą nieszczęście? – zapytał, zobaczywszy wyraz mojej twarzy.

– Wszyscy tak mówią, panie.

– Ale czy mają rację? – zapytał, spoglądając w zwierciadło z brązu. – Aby zahartować miecz, Derfel, nie zanurza się go w wodzie, tylko w urynie rudzielca. To musi być dobrą wróżbą, prawda? A gdyby nawet rude włosy sprowadzały nieszczęście? – Przerwał, splunął na kamień i zaczął ostrzyć nóż. – Mamy za zadanie zmieniać świat, a nie biernie mu się przyglądać. Czemu i tego nie zmienimy?

– Możesz zrobić, co zechcesz, panie – powiedziałem z ciężkim sercem.

Artur westchnął.

– Mam nadzieję, że to prawda, Derfel. Mam taką nadzieję. – Zerknął w zwierciadło i wzdrygnął się, przyłożywszy do policzka ostrze noża. – Pokój znaczy więcej niż małżeństwo, Derfel. Z całą pewnością! Nie wszczyna się wojny z powodu kobiety. A skoro pokój jest taki pożądany, nie rezygnuje się z niego tylko dlatego, że nie dochodzi do ślubu, prawda?

– Nie wiem, panie – odparłem.

Miałem świadomość, że Artur szuka argumentów, by usprawiedliwić swoje postępowanie. Oszalał z miłości do tego stopnia, że północ była dla niego południem, a upał mrozem. Ujrzałem jego nowe oblicze. Okazywał się pełnym namiętności egoistą. Za szybko zdobył sławę. To prawda, że miał w żyłach królewską krew, ale nie odziedziczył królestwa i uważał, iż sukcesy zawdzięcza tylko sobie. Chlubił się tym i był przekonany, że nikt nie wie lepiej niż on, jak należy postępować, może z wyjątkiem Merlina. Ponieważ to, co robił, było na ogół zgodne z oczekiwaniami innych ludzi, jego egoistyczne koncepcje postrzegano jako szlachetne i dalekowzroczne. W Caer Sws doszło jednak do konfliktu interesów.

Zostawiwszy Artura, wyszedłem na dziedziniec, gdzie Agravain ostrzył w porannym słońcu grot włóczni.

– I co? – zapytał.

– Nie ożeni się z Ceinwyn – powiedziałem. Artur nie usłyszałby nas, nawet gdybyśmy stali bliżej, gdyż śpiewał sobie przy goleniu.

Agravain splunął siarczyście.

– Ożeni się, z kim będzie trzeba – oznajmił, po czym wbił drzewce włóczni w ziemię i poszedł do kwatery Tewdrika.

Nie mam pojęcia, czy Gorfyddyd i Cuneglas wiedzieli, co się dzieje, nie byli bowiem w stałym kontakcie z Arturem, tak jak my. Jeśli Gorfyddyd coś podejrzewał, zapewne nie miało to dla niego znaczenia. Niewątpliwie wierzył, jeśli wierzył w cokolwiek, że Ginewra zostanie kochanką Artura, a Ceinwyn jego żoną. Romans w kilka dni po zaręczynach nie był, oczywiście, w dobrym tonie, ale takimi drobiazgami Gorfyddyd z Powys nigdy się nie przejmował. Nie miał w tych sprawach skrupułów i wiedział, jak wszyscy królowie, że żony są po to, by zapewnić ciągłość dynastii, a kochanki, by sprawiać rozkosz. Jego żona od dawna nie żyła, lecz łóżko grzały mu kolejne niewolnice. Zubożała Ginewra znaczyła nie więcej niż one, nie stanowiła więc zagrożenia dla jego ukochanej córki. Cuneglas był bystrzejszy i jestem przekonany, że zwietrzył niebezpieczeństwo, ale włożywszy tyle wysiłku w zawarcie pokoju, miał zapewne nadzieję, że zaślepienie Artura minie jak letnia nawałnica. A może ani Gorfyddyd, ani Cuneglas niczego nie podejrzewali, skoro nie odprawili Ginewry z Caer Sws. Bóg jeden zresztą wie, czy to by coś pomogło. Agravain twierdził, że Artur ma szansę otrząsnąć się ze swego szaleństwa, bo już kiedyś zdarzyło mu się coś podobnego.

– Zadurzył się w dziewczynie z Ynys Trebes – wyjaśnił. – Nie pamiętam, jak miała na imię. Mella? Messa? Jakoś tak. Była całkiem ładna. Artur zupełnie stracił głowę. Łaził za nią jak pies za wozem grabarza. Ale był wówczas jeszcze bardzo młody. Ojciec tej Melli czy Messy uznał, że Artur do niczego w życiu nie dojdzie, wysłał dziewczynę do Broceliandii i wydał za sędziego, starszego od niej o pięćdziesiąt lat. Umarła przy porodzie, ale Artura już wtedy nie obchodziła. Takie rzeczy się zdarzają, Derfel. Zobaczysz, że Tewdrik przemówi Arturowi do rozumu.

Tewdrik rozmawiał przez całe rano na osobności z Arturem i myślałem, że zdołał przywołać go do porządku, gdyż przez resztę dnia mój pan robił wrażenie skruszonego. Ani razu nie spojrzał na Ginewrę i starał się okazywać zainteresowanie Ceinwyn. Tej nocy, zapewne aby sprawić przyjemność Tewdrikowi, wysłuchali w prowizorycznej kaplicy kazania Sansuma. Sądziłem, że spodobało się ono Arturowi, gdyż zaprosił potem Mysiego Króla do siebie i rozmawiał z nim długo w cztery oczy.

Następnego ranka oznajmił z marsową miną, że natychmiast opuszczamy Caer Sws. Mieliśmy wyruszyć w drogę dopiero za dwa dni, więc Gorfyddyd, Cuneglas i Ceinwyn musieli być zaskoczeni tą decyzją, ale Artur przekonał ich, że potrzebuje więcej czasu na przygotowanie się do ceremonii ślubu. Gorfyddyd przyjął tę wiadomość ze spokojem. Cuneglas także nie protestował, sądząc zapewne, że Artur wyjeżdża, aby bliskość Ginewry nie stanowiła dla niego pokusy, i kazał przygotować nam na drogę chleb, ser, miód i wino. Ceinwyn, śliczna Ceinwyn, pożegnała się ze wszystkimi, zaczynając od nas, strażników. Byliśmy w niej zakochani i dlatego nie mogliśmy wybaczyć Arturowi jego szaleństwa. Ceinwyn podarowała każdemu z nas jakiś drobiazg ze złota. Wzbranialiśmy się, ale musieliśmy je przyjąć. Ja dostałem broszkę ze spiralnymi wzorami. Próbowałem ją oddać, ale Ceinwyn tylko się uśmiechnęła i zaciskając mi dłoń, powiedziała:

– Opiekuj się swoim panem.

– I tobą, pani – odparłem z przejęciem.

Znowu się uśmiechnęła, po czym podeszła do Artura i wręczyła mu gałązkę kwitnącego głogu, aby szybko i bezpiecznie dotarł do celu podróży. Artur wetknął gałązkę za pas, ucałował dłoń narzeczonej i wskoczył na szeroki grzbiet Llamrei. Cuneglas chciał dać nam eskortę, ale Artur mu podziękował, mówiąc:

– Pozwól nam ruszyć w drogę, książę, abyśmy mogli jak najszybciej cieszyć się naszym szczęściem.

Jego słowa sprawiły radość Ceinwyn. Cuneglas, zawsze uprzejmy, kazał otworzyć bramy i Artur, jak człowiek uwolniony z kajdan, pogalopował w kierunku głębokiego brodu. My, strażnicy, szliśmy pieszo. Przeprawiwszy się przez rzekę, znaleźliśmy na drugim brzegu porzuconą gałązkę głogu, którą Agravain podniósł z ziemi, aby nie zobaczyła jej Ceinwyn.

Z niewiadomych powodów towarzyszył nam Sansum. Agravain przypuszczał, że Tewdrik wysłał księdza, aby przemówił Arturowi do rozsądku. Sądziliśmy, że nasz pan pozbył się swej obsesji, ale byliśmy w błędzie. Postępował jak szaleniec od chwili, gdy zobaczył w domu Gorfyddyda rude włosy Ginewry. Sagramor opowiadał nam kiedyś o bitwie, która rozegrała się w starożytności w wielkim mieście z wieżami, pałacami i świątyniami. Walczono z powodu kobiety. Przez nią zginęło na pustyni dziesięć tysięcy wojowników.

Historia lubi się powtarzać.

Zaledwie dwie godziny po opuszczeniu Caer Sws, gdy przemierzaliśmy niezamieszkane, poprzecinane strumieniami i porośnięte gęstymi lasami górzyste tereny, ujrzeliśmy czekającego przy trakcie Leodegana, króla Henis Wyren. Poprowadził nas bez słowa krętą ścieżką między korzeniami wielkich dębów. Wiodła ona na polanę obok rozlewiska rzeki, powstałego przy żeremiach bobrów. Wokół rosło mnóstwo szczyrów i lilii, a w cieniu drzew migotały ostatnie dzwonki. Na słonecznej polanie, wśród prymul, arumów i psich fiołków, stała piękniejsza od wszystkich kwiatów Ginewra. Była w kremowej sukni z lnu. Miała złoty naszyjnik, srebrne bransolety i liliową wełnianą pelerynę, a we włosach pierwiosnki. Człowiek mógł stracić głowę na jej widok. Agravain zaklął pod nosem.

Artur zeskoczył z konia, podbiegł do Ginewry, chwycił ją w ramiona i uniósł do góry. Słyszeliśmy, jak wybuchnęła śmiechem i złapała się za głowę, krzycząc: „Moje kwiaty!". Artur postawił ją ostrożnie na ziemi i uklęknął, aby ucałować rąbek jej sukni.

Potem wstał i zwrócił się do księdza.

– Sansum!

– Słucham, panie?

– Teraz możesz udzielić nam ślubu.

Sansum odmówił. Złożył dłonie na brudnej, czarnej sutannie i przekrzywiając na bok mysią głowę, powiedział zdenerwowanym głosem:

– Jesteś zaręczony, panie.

Myślałem, że odezwało się w nim sumienie, ale w rzeczywistości wszystko zostało ukartowane. Sansum towarzyszył nam nie na polecenie Tewdrika, lecz Artura, który rzucił mu teraz gniewne spojrzenie, mówiąc:

– Przecież się umówiliśmy! – Gdy Sansum uparcie milczał, Artur dotknął rękojeści miecza. – Mógłbym skrócić cię o głowę, klecho.

– Męczennicy giną zawsze z rąk tyranów, panie – powiedział Sansum, klękając na łące i odsłaniając brudny kark. – Idę do ciebie, Boże! – krzyczał, pochyliwszy się nisko. – Spójrz na uniżonego sługę, który głosi Twoją chwałę! Widzę, jak otwierają się bramy raju! Widzę oczekujących mnie aniołów! Chcę spocząć, Chryste, na Twym świętym łonie! Już nadchodzę, panie! Nadchodzę!

– Ucisz się i wstań – rozkazał Artur znużonym głosem. Sansum spojrzał na niego z ukosa.

– Nie poślesz mnie do nieba, panie?

– Wczorajszej nocy zgodziłeś się udzielić nam ślubu – powiedział Artur. – Dlaczego teraz odmawiasz?

Sansum wzruszył ramionami.

– Sumienie nie dawało mi spokoju, panie.

Artur zrozumiał, o co mu chodzi, i ciężko westchnął.

– Czego więc żądasz, klecho?

– Biskupstwa – odparł pospiesznie Sansum, podnosząc się z ziemi.

– Sądziłem, że tę godność nadaje papież – stwierdził Artur. – Ma na imię Symplicjusz, prawda?

– Tak, panie – potwierdził Sansum. – Błogosławiony i świątobliwy Symplicjusz, oby długo cieszył się zdrowiem. Ale jeśli podarujesz mi, panie, kościół, a w nim tron, ludzie będą tytułowali mnie biskupem.

– Kościół i tron? – zapytał Artur. – Tylko tyle?

– Mianuj mnie też kapelanem króla Mordreda. Koniecznie! Chcę być jego jedynym, osobistym kapelanem i otrzymywać ze skarbca pensję, wystarczającą na opłacenie zarządcy, odźwiernego, kucharza i służącego. – Strzepnął trawę z czarnej sutanny. – I praczki – dodał pospiesznie.

– Nic więcej? – spytał z przekąsem Artur.

– Chciałbym zasiadać w radzie Dumnonii – dodał Sansum jakby na marginesie. – To wszystko.

– Załatwione – powiedział niedbale Artur. – Więc jak będzie ze ślubem?

W trakcie tych negocjacji przyglądałem się Ginewrze. Miała triumfalny wyraz twarzy i nic dziwnego, skoro wychodziła za mąż o wiele korzystniej, niż mógł przypuszczać jej zubożały ojciec, któremu drżały teraz obwisłe usta, gdy patrzył z przerażeniem, czy Sansum nie odmówi udziału w ceremonii. Za Leodeganem stała krępa dziewczyna, która trzymała na smyczy cztery myśliwskie psy Ginewry i pilnowała niewielkiego bagażu królewskiej rodziny. Była to Gwenhwyvach, młodsza siostra Ginewry. Miały też brata, przebywającego od dawna w klasztorze na dzikim wybrzeżu Strath Clota, gdzie dziwni chrześcijańscy pustelnicy o długich włosach żywili się jedynie jagodami i opowiadali o zbawieniu dusz fokom.

Ślub Artura i Ginewry nie był szczególnie uroczysty. Młodzi stanęli pod sztandarem, a Sansum rozłożył ręce i odmówił modlitwy po grecku. Potem Leodegan wydobył miecz i dotknąwszy jego ostrzem pleców córki, wręczył go Arturowi na znak, że przekazuje mu Ginewrę pod opiekę. Sansum nabrał w dłonie wody ze strumienia i skropił nią młodych, mówiąc, że w ten sposób oczyszcza ich z grzechu i przyjmuje do rodziny Kościoła, który odtąd uznaje ich związek za święty, nierozerwalny i służący płodzeniu dzieci. Potem spojrzał w twarze strażnikom i zażądał, abyśmy wszyscy potwierdzili, że byliśmy świadkami ceremonii zaślubin. Spełniliśmy jego polecenie z wyraźną niechęcią. Artur był tak szczęśliwy, że tego nie zauważył, w przeciwieństwie do Ginewry. Ona dostrzegała wszystko.

– A więc – oznajmił Sansum, kończąc żałosną ceremonię – jesteś żonaty, panie.

Ginewra roześmiała się. Artur ją pocałował. Była równie wysoka jak on, może nawet odrobinę wyższa, i muszę przyznać, że stanowili wspaniałą parę. Ginewra wyglądała doprawdy niezwykle. Ceinwyn była piękna, ale Ginewra przyćmiewała swą obecnością słońce. My, strażnicy, byliśmy zaszokowani zachowaniem Artura. Nie mogliśmy zapobiec temu małżeństwu, które było dowodem szaleństwa naszego pana. Zawierając je z takim pośpiechem, postąpił podwójnie niegodziwie. Wiedzieliśmy, że jest człowiekiem impulsywnym i porywczym, lecz tym razem wprawił nas w osłupienie swą nagłą decyzją. Jedynie Leodegan był zachwycony, tłumacząc z zapałem młodszej córce, jak to poprawi się teraz domowy budżet i jak – szybciej niż ktokolwiek przypuszcza – wojownicy Artura przepędzą z Henis Wyren irlandzkiego uzurpatora Diwrnacha. Słysząc te przechwałki, Artur odwrócił się gwałtownie i rzekł:

– Wątpię, czy to będzie możliwe, ojcze.

– Ależ tak! – wtrąciła się Ginewra. – Należy mi się ślubny prezent, panie, zwróć więc mojemu drogiemu ojcu jego królestwo.

Agravain splunął z pogardą. Ginewra udała, że tego nie widzi, i obdarowała każdego z stojących w szeregu strażników pierwiosnkiem z diademu, który miała we włosach. Potem, jak umykający przed sprawiedliwością przestępcy, ruszyliśmy na południe, aby uniknąć zemsty Gorfyddyda.

Przeznaczenie, jak powtarzał zawsze Merlin, jest nieubłagane. Jakże tragiczne były konsekwencje tej pospiesznej ceremonii na kwiecistej łące przy strumieniu! Zginęło tak wielu ludzi. Przelano tyle krwi i łez, że powstałaby z nich wielka rzeka. Czas jednak goi rany. Potoki łez spłynęły do ogromnego morza i mało kto już pamięta, jak to się wszystko zaczęło. Nadeszły w końcu dni chwały, lecz ponieśliśmy niepowetowane straty. A spośród wszystkich ludzi, którzy odczuli następstwa tego, co zdarzyło się na słonecznej polanie, najwięcej wycierpiał Artur.

Ale wówczas, gdy wracaliśmy do domu, był bardzo szczęśliwy.

Wiadomość o małżeństwie Artura spadła na Brytanię jak grom z jasnego nieba. Początkowo wszyscy byli nią oszołomieni i zanim zdali sobie sprawę z konsekwencji tego wydarzenia, przybyło do Dumnonii poselstwo z Powys. Jednym z posłów był Valerin, wódz zaręczony z Ginewrą. Wyzwał Artura na pojedynek, ale Artur nie stanął do walki, a gdy Valerin próbował wyciągnąć miecz, musieliśmy odprawić go z Lindinis. Był wysokim, energicznym mężczyzną o czarnych włosach, czarnej brodzie, głęboko osadzonych oczach i złamanym nosie. Strasznie cierpiał i pałał żądzą zemsty.

Posłom z Powys, których przysłał Cuneglas, przewodził druid Iorweth. Gorfyddyd upił się i szalał z wściekłości, ale jego syn miał nadal nadzieję na utrzymanie pokoju. Druid Iorweth był poważnym, rozsądnym człowiekiem i długo rozmawiał z Arturem. Twierdził, że ślub nie jest ważny, gdyż udzielił go chrześcijański ksiądz, a bogowie Brytanii nie uznają tej nowej religii. Przekonywał Artura, że Ginewra powinna być jego kochanką, a Ceinwyn żoną.

– Ginewra jest moją żoną! – krzyknął Artur.

Biskup Bedwin poparł Iorwetha, ale nic to nie dało. Artur upierał się przy swojej decyzji nawet wtedy, gdy druid wspomniał o możliwości wypowiedzenia Dumnonii wojny. Stwierdził, że zniewagę, jaka spotkała królestwo Powys, należy zmyć krwią. Tewdrik z Gwentu przysłał biskupa Conrada, aby ratował pokój, prosząc Artura o zerwanie z Ginewrą i poślubienie Ceinwyn. Conrad zagroził nawet, że Tewdrik może zawrzeć oddzielny traktat z Powys.

– Mój pan nie wystąpi przeciw Dumnonii – zapewniał Bedwina, gdy obaj biskupi spacerowali po tarasie przed rzymską willą w Lindinis – ale nie będzie też walczył za tę dziwkę z Henis Wyren.

– Dziwkę? – zapytał Bedwin, zaszokowany tym słowem.

– Może przesadzam – przyznał Conrad. – Ale jedno ci powiem, bracie. Ginewra jest potwornie rozpuszczona.

Bedwin pokręcił głową, ubolewając nad pobłażliwością Leodegana wobec córki, po czym obaj mężczyźni się oddalili i przestałem słyszeć ich rozmowę. Następnego dnia biskup Conrad i posłowie z Powys wyruszyli w drogę powrotną bez pomyślnych wieści.

Artur wierzył jednak, że szczęście go nie opuści. Twierdził, że nie będzie wojny, gdyż Gorfyddyd, straciwszy jedną rękę, nie zaryzykuje utraty drugiej. Rozsądek Cuneglasa zwycięży. Przez jakiś czas będzie rozgoryczony i nieufny, ale to minie. Artur uważał, że swoim szczęściem ogarnie cały świat.

Zatrudniono ludzi do rozbudowy i renowacji willi w Lindinis, która miała stać się pałacem godnym księżniczki. Artur zwrócił się z prośbą do króla Bana z Benoic, aby przysłał mu kamieniarzy i tynkarzy, znających się na odnawianiu rzymskich budowli. Chciał mieć sad, ogród, sadzawkę z rybami, łaźnię z podgrzewaną wodą i dziedziniec, na którym mogliby grać harfiści. Pragnął stworzyć swojej młodej żonie raj na ziemi. Tymczasem pewni ludzie obmyślali zemstę. Słyszeliśmy, że Tewdrik spotkał się z Cuneglasem i zawarł traktat pokojowy, na mocy którego armia Powys mogła swobodnie korzystać z rzymskich dróg na obszarze Gwentu. Drogi te wiodły tylko do Dumnonii.

Tego lata atak jednak nie nastąpił. Sagramor trzymał w ryzach Saksonów Aelle'a, a Artur adorował swą ukochaną. Należałem do jego straży i towarzyszyłem mu niemal bez przerwy. Powinienem nosić miecz, tarczę i włócznię, najczęściej jednak dźwigałem butelki wina i kosze z jedzeniem. Ginewra lubiła jadać posiłki na zacisznych polanach i nad tajemniczymi strumieniami, więc my, włócznicy, musieliśmy dostarczać we wskazane miejsca srebrną zastawę, rogowe puchary, żywność i wino. Ginewra otoczyła się gromadą kobiet, pełniących funkcję dam dworu, i moja Lunete, o zgrozo, była jedną z nich. Narzekała, że musi opuścić murowany dom w Corinium, ale po paru dniach doszła do wniosku, że u boku Ginewry czeka ją lepsza przyszłość. Lunete była urodziwa, a Ginewra lubiła otaczać się pięknem. I ona, i jej damy ubierały się więc w strojne suknie, zdobione złotem, srebrem, gagatami i bursztynami. Opłacała harfistów, śpiewaków, tancerzy i poetów, aby umilali jej czas. Urządzała w lesie zabawy w chowanego, a jeśli ktoś łamał ustalone przez nią wymyślne reguły, dawał fanty. Pieniędzy na te zabawy, podobnie jak na utrzymanie willi w Lindinis, dostarczał Leodegan, który zarządzał majątkiem Artura. Przysięgał, że pochodzą one z zaległych dzierżaw. Może Artur wierzył swemu teściowi, ale my słyszeliśmy ponure opowieści o tym, jak Leodegan podbiera złoto ze skarbca Mordreda, składając czcze obietnice, że kiedyś je zwróci. Artura najwyraźniej to nie obchodziło. Upajał się przedsmakiem szczęśliwego życia w bezpiecznej Brytanii. Były to jednak tylko złudzenia.

Amhara i Loholta sprowadzono do Lindinis, ale bez matki. Oba bliźniacy zostali przedstawieni Ginewrze. Artur miał chyba nadzieję że zamieszkają w pałacu z kolumnami, który powstawał wokół rzymskiej willi. Ginewra dotrzymywała im towarzystwa przez jeden dzień, potem jednak uznała, że ich obecność ją męczy. Twierdziła, że nie są zabawni. Nie grzeszyli też urodą, podobnie jak jej siostra Gwenhwyvach. A skoro nie byli ani zabawni, ani urodziwi, nie znajdowała dla nich miejsca w swoim życiu. Poza tym należeli do przeszłości Artura, o której należało zapomnieć. Nie chciała mieć ich przy sobie i wcale tego nie kryła. Dotknąwszy policzka Artura, powiedziała:

– Jeśli chcemy mieć dzieci, mój książę, powinniśmy sami je spłodzić.

Ginewra zawsze nazywała Artura księciem. Początkowo protestował, ale ona uważała, że jako syn Uthera należy do królewskiego rodu. Aby sprawić jej przyjemność, Artur pozwolił się tak tytułować. Wkrótce Ginewra poleciła nam wszystkim zwracać się do niego w ten sposób. Musieliśmy słuchać jej rozkazów.

Artur zawsze dotąd bronił Amhara i Loholta, ale Ginewra postawiła na swoim i chłopców odesłano do Corinium do matki. Zbiory były tego roku marne, gdyż pod koniec lata zboża zostały zniszczone przez deszcze. Krążyły pogłoski, że Saksonowie mieli lepsze plony, więc Artur wyruszył z wojownikami po ziarno na wschód, za Durocobrivis. Myślę, że z radością opuszczał Caer Cadarn, gdzie ciągle śpiewano i tańczono, a my byliśmy szczęśliwi, że znów nami dowodzi i że trzymamy w rękach włócznie zamiast obrusów. Była to udana wyprawa. Zdobyliśmy wiele zboża, złota i saksońskich niewolników. Leodegan, zasiadający teraz w radzie Dumnonii, miał obdzielić ziarnem całe królestwo, krążyły jednak straszliwe pogłoski, że je sprzedaje, a otrzymane złoto lokuje w domu, który budował za rzeką, naprzeciwko pałacu Ginewry.

Szaleństwo czasem mija. Decydują o tym bogowie, a nie ludzie. Artur szalał z miłości przez całe lato. Choć odgrywaliśmy role służących, nie mogliśmy narzekać, bo nasz zakochany pan był dobry i hojny. Ale gdy nastały jesienne słoty i z drzew zaczęły opadać liście, przebudził się jakby z letniego snu. Nadal kochał Ginewrę, i chyba nigdy nie przestał, lecz tej jesieni uświadomił sobie, jaką szkodę wyrządził Brytanii. Zamiast pokoju osiągnął tylko kruchy i nietrwały rozejm.

Wycinaliśmy jesiony na drzewce włóczni, a w chatach kowali słychać było uderzenia młotów o kowadła. Sagramor został wezwany z pogranicza do stolicy królestwa. Artur wyprawił posłańca do Gorfyddyda, przyznając, że wyrządził królowi i jego córce wielką krzywdę, wyrażając skruchę i błagając o zachowanie pokoju w Brytanii. Przekazał dla Ceinwyn naszyjnik z pereł i złota, ale Gorfyddyd odesłał ten dar z powrotem, owinąwszy go wokół odrąbanej głowy posłańca. Podobno król Powys przestał pić i przejął z powrotem władzę z rąk Cuneglasa. Oznaczało to, że nie zapanuje pokój, dopóki włócznicy Gorfyddyda nie pomszczą zniewagi, jaka spotkała Ceinwyn.

Ze wszystkich stron docierały złe wieści. Władcy zamorskich krajów sprowadzali na wybrzeże coraz więcej irlandzkich wojowników. Frankowie gromadzili oddziały na granicach Bretanii. W Powys zakończono żniwa i wieśniaków, którzy dotąd ścinali jedynie sierpami zboże, uczono teraz, jak posługiwać się włócznią. Cuneglas poślubił Helledd z Elmet i mieszkańcy tej północnej krainy zasilili szeregi armii Powys. W Sylurii, rządzonej znowu przez Gundleusa, wykuwano w głębokich dolinach miecze i groty włóczni, a na wschodzie przybijały do wybrzeży kolejne łodzie Saksonów.

Po raz trzeci od przybycia do Brytanii Artur założył żelazną kolczugę i wyruszył z czterdziestoma uzbrojonymi wojownikami w podróż po Dumnonii. Chciał zademonstrować mieszkańcom królestwa swą siłę. Chciał też, by wędrowni kupcy, którzy docierali z towarami poza granice kraju, opowiadali o jego męstwie. Potem wrócił do Lindinis, gdzie Hygwydd, jego sługa, oczyścił kolczugę z rdzy.

Jesienią spotkała nas pierwsza porażka. W Vencie szerzyła się zaraza, która osłabiła oddziały króla Melwasa, i Cerdik, nowy przywódca Saksonów, pokonał Belgów i zajął wielkie połacie dobrej ziemi nad rzeką. Król Melwas błagał o posiłki, ale Artur miał świadomość, że Cerdik nie stanowi największego problemu. Wojenne bębny grzmiały w całej zajętej przez Saksonów Lloegyrii i w północnych królestwach Brytanii, nie należało zatem osłabiać własnej armii. Poza tym Cerdik wydawał się całkowicie zajęty nowymi zdobyczami i nie zagrażał już bezpośrednio Dumnonii, więc Artur nie zamierzał na razie atakować Saksonów.

– Może uda się utrzymać pokój – oznajmił radzie. Ale jego nadzieje były płonne.

Późną jesienią, gdy żołnierze większości armii oliwią broń i odkładają ją na bok, aby przeczekać zimę, oddziały królestwa Powys ruszyły do boju. W Brytanii rozgorzała wojna.

CZĘŚĆ TRZECIA

POWRÓT MERLINA

Igraine rozmawia ze mną o miłości. W Dinnewrac jest teraz wiosna i do klasztoru przenikają pierwsze promienie słońca. Na południowych stokach wzgórza pasą się owce. Wczoraj trzy z nich zagryzł wilk i przy bramie pozostał krwawy ślad. Jeden z żebraków, którzy przychodzą prosić o jedzenie i wyciągają do Igraine pokaleczone ręce, odebrał krukom zrobaczywiałe ścierwo i siedząc na ziemi, obgryzał skórę z resztek mięsa.

Igraine pyta, czy Ginewra była naprawdę piękna. Odpowiadam, że nie, ale wiele kobiet oddałoby swą urodę w zamian za jej prezencję. Musiałem, oczywiście, zapewnić królową, że ona też jest piękna. Stwierdziła, że lustra w rezydencji jej męża są bardzo stare i zniszczone, więc trudno się w nich przeglądać.

– Czy nie byłoby wspaniale móc zobaczyć, jacy naprawdę jesteśmy? – zapytała.

– Tylko Bóg to potrafi – powiedziałem. Zmarszczyła groźnie brwi.

– Nie znoszę, kiedy prawisz mi kazania, Derfel. To do ciebie nie pasuje. Skoro Ginewra nie była piękna, czemu Artur się w niej zakochał?

– Uroda nie jest najważniejsza – odparłem karcącym tonem.

– A czy ja mówię, że jest? – powiedziała urażona. – Ale dlaczego Ginewra od początku tak bardzo Artura pociągała?

– Bo na jej widok krew zamieniała mu się w gorącą lawę – odparłem. Igraine spodobało się to porównanie.

– A więc była piękna? – zapytała z uśmiechem.

– Rzuciła mu wyzwanie – odrzekłem. – Uznał, że nie zasłuży na miano prawdziwego mężczyzny, jeśli jej nie zdobędzie. A może bogowie zakpili sobie z nas wszystkich? – Wzruszyłem ramionami, nie znajdując dalszych argumentów. – A poza tym – dodałem – nigdy nie twierdziłem, że nie była piękna. Miała w sobie coś szczególnego. Żadna kobieta nie mogłaby z nią konkurować.

– Nawet ja? – zapytała natychmiast moja królowa.

– Cóż, mam już zbyt słaby wzrok, by to ocenić – odparłem wymijająco.

Igraine rozbawiły te słowa.

– Czy Ginewra kochała Artura? – zapytała.

– Raczej jego wyimaginowany obraz – odparłem. – Imponowało jej, że jest czempionem Dumnonii. Kochała tego Artura, którego ujrzała w dniu, gdy się poznali. Wspaniałego wojownika w lśniącej kolczudze, dzielnego wodza, budzącego postrach w całej Brytanii i Armoryce.

Igraine w zamyśleniu przesuwała między palcami frędzle białego paska od sukni.

– Czy myślisz, że ja też przemieniam krew Brochvaela w lawę? – spytała rozmarzona.

– Każdej nocy – odparłem.

– Och, Derfel... – westchnęła i zsunąwszy się z parapetu, podeszła do drzwi, skąd widać było znajdujący się na dole niewielki refektarz.

– Byłeś kiedyś tak bez pamięci zakochany? – zapytała.

– Owszem – przyznałem.

– W kim?

– Nieważne – odparłem.

– Bardzo chciałabym wiedzieć! Czy masz na myśli Nimue? – dopytywała się.

– Nie – powiedziałem stanowczo. – Z Nimue było inaczej. Kochałem ją, ale nie szalałem z pożądania. Uważałem po prostu, że jest nieskończenie... – Przerwałem, szukając odpowiedniego słowa i nie potrafiłem go znaleźć. – Była wspaniała – dokończyłem nieporadnie, nie patrząc na Igraine, aby nie zobaczyła moich łez.

Milczała przez chwilę.

– A więc kochałeś się w Lunete?

– Nie!

– No to w kim? – nie ustępowała.

– Z czasem wszystko napiszę – obiecałem. – Jeśli wcześniej nie umrę.

– Oczywiście, że nie umrzesz! Przyślemy ci z Caer specjalną żywność.

– I mój pan Sansum zaraz ją zarekwiruje jako zbyt dobrą dla zwykłego zakonnika – powiedziałem, aby jej starania nie poszły na marne.

– Więc zamieszkaj z nami w Caer – zaproponowała z entuzjazmem. – Proszę!

Uśmiechnąłem się.

– Chętnie bym to uczynił, pani, ale niestety, złożyłem ślubowanie, że tu pozostanę.

– Biedny Derfel.

Podeszła z powrotem do okna i przyglądała się, jak brat Maelgwyn przekopuje ziemię. Był z nim brat Tudwal, jeden z dwóch nowicjuszy. Drugi zmarł pod koniec zimy z powodu gorączki. Tudwal nadal dzielił celę ze świątobliwym Sansumem, który chciał, aby chłopak nauczył go czytać, głównie po to, jak sądzę, by mógł sprawdzić, czy naprawdę tłumaczę Ewangelię na język Saksonów. Tudwal nie jest jednak zbyt rozgarnięty i lepiej mu idzie przekopywanie ziemi niż czytanie. Najwyższy czas, by w Dinnewrac pojawili się jacyś wykształceni ludzie, bo tej wiosny znów trwały ożywione spory na temat daty Świąt Wielkanocnych i nie będzie spokoju, dopóki ta sprawa nie zostanie wyjaśniona.

Igraine przerwała moje ponure rozmyślania, pytając:

– Czy Sansum rzeczywiście udzielił ślubu Arturowi i Ginewrze?

– Tak. Naprawdę to uczynił.

– I ceremonia nie odbyła się w wielkim kościele? Przy wtórze trąb?

– Miała miejsce na polanie przy strumieniu – potwierdziłem. – Rechotały tam żaby, a żeremia bobrowe były przystrojone wierzbowymi baziami.

– My braliśmy ślub w biesiadnej sali – powiedziała Igraine. – Oczy łzawiły mi od dymu. – Wzruszyła ramionami. – Więc co zmieniłeś w tej części opowiadania? – zapytała oskarżycielskim tonem. – Co dodałeś od siebie?

– Nic – odparłem, kręcąc głową.

– Czy podczas koronacji Mordreda – spytała wyraźnie rozczarowana – miecz leżał na kamieniu? Jesteś pewien, że nie tkwił w nim?

– Przysięgam na krew Chrystusa, pani – odrzekłem, czyniąc znak krzyża.

Igraine wzruszyła ramionami.

– Dafydd ap Gruffud przetłumaczy tę opowieść tak, jak mu każę. Wolę, żeby miecz był wsadzony w kamień. Cieszę się, że przedstawiłeś Cuneglasa w korzystnym świetle.

– Zasłużył na to – powiedziałem. Cuneglas był dziadkiem męża Igraine.

– Czy Ceinwyn była rzeczywiście piękna? – zapytała moja królowa.

Skinąłem głową.

– Bez wątpienia. Miała niebieskie oczy.

– Niebieskie oczy! – Igraine wzdrygnęła się, gdyż była to charakterystyczna cecha Saksonów. – Co stało się z broszką, którą ci podarowała?

– Niestety, nie wiem – skłamałem.

Trzymam ją w swojej celi, ukrytą przed Sansumem. Święty, którego Bóg z pewnością wywyższa nad wszystkich ludzi, żyjących i zmarłych, nie pozwala nam mieć żadnych skarbów. Musieliśmy oddać mu na przechowanie cały dobytek. Takie są zasady. Wręczyłem Sansumowi nawet swój miecz, ale, niech Bóg mi to wybaczy, zatrzymałem broszkę Ceinwyn. Złoto wytarło się z biegiem lat, ale gdy patrzę w świetle księżyca na wymyślne spiralne wzory, widzę twarz księżniczki. Czasem – nie, zawsze – przykładam broszkę do ust. Jakim głupcem stałem się na stare lata! Może kiedyś oddam tę broszkę Igraine, bo wiem, że ją doceni, ale na razie jest dla mnie jak promyk słońca w zimnej, szarej celi. Oczywiście, kiedy moja królowa przeczyta tę opowieść, dowie się, że broszka nie zginęła, ale znając jej dobroć, mam nadzieję, że pozwoli mi zatrzymać tę drobną pamiątkę mego grzesznego życia.

– Nie podoba mi się Ginewra – oświadczyła Igraine.

– A więc musiałem ją źle opisać – stwierdziłem.

– Ma twardy charakter – dodała Igraine.

Przez chwilę milczałem, przysłuchując się beczeniu owiec, a potem powiedziałem:

– Potrafiła być cudownie miła. Umiała uszczęśliwiać ludzi, których ogarniał smutek, ale nie znosiła pospolitości. Pragnęła świata, w którym nie będzie kalectwa, nudy ani brzydoty, i chciała go stworzyć, eliminując wszystko, co niepożądane. Artur też miał wizję, którą chciał urzeczywistnić, tyle że ludzi kalekich zamierzał otoczyć opieką.

– Marzył o Camelocie – stwierdziła z nostalgią Igraine.

– Raczej o Dumnonii – rzekłem posępnie.

– Wszystko próbujesz zepsuć, Derfel! – powiedziała ze złością Igraine, choć tak naprawdę nigdy się na mnie nie gniewała. – Chcę, żeby to był opiewany przez poetów Camelot, z jego zieloną trawą, wysokimi wieżami, damami w długich sukniach i wojownikami rzucającymi im kwiaty pod nogi. Chcę słyszeć śpiew minstreli i śmiech! Czy nigdy tak nie było?

– Może czasem – przyznałem. – Nie przypominam sobie, co prawda, obsypanych kwiatami ścieżek, za to pamiętam wojowników, którzy po bitwie ledwo powłóczyli nogami albo czołgali się z płaczem po ziemi, wlokąc za sobą wyprute wnętrzności.

– Przestań! – krzyknęła Igraine. – Dlaczego więc bardowie tak sławią Camelot? – zapytała wyzywająco.

– Poeci zawsze byli głupcami – odrzekłem. – Inaczej nie zostaliby poetami.

– To nieprawda, Derfel! Powiedz mi, dlaczego Camelot był tak szczególnym miejscem?

– Ponieważ dzięki Arturowi panowała tam sprawiedliwość – odpowiedziałem.

Igraine zmarszczyła brwi.

– Tylko tyle?

– To więcej, moje dziecko, niż udaje się osiągnąć większości władców.

Wzruszyła ramionami i zmieniając temat, zapytała:

– Czy Ginewra była mądra?

– Bardzo – odparłem.

Igraine bawiła się zawieszonym na szyi krzyżykiem.

– Opowiedz mi o Lancelocie! – poprosiła.

– Zaczekaj jeszcze trochę.

– Kiedy przybędzie Merlin?

– Wkrótce.

– Czy świątobliwy Sansum źle cię traktuje?

– Odpowiada za nasze nieśmiertelne dusze. Robi, co do niego należy.

– Czy naprawdę padł na kolana i krzyczał, że zostanie męczennikiem, zanim udzielił ślubu Arturowi i Ginewrze?

– Tak – odparłem, uśmiechając się na wspomnienie tamtej chwili.

– Poproszę Brochvaela, żeby zrobił z Mysiego Króla prawdziwego męczennika – powiedziała rozbawiona Igraine. – Wtedy obejmiesz rządy w Dinnewrac. Chciałbyś tego, bracie Derflu?

– Chciałbym mieć trochę spokoju, żeby pisać dalej moją opowieść – stwierdziłem z wyrzutem.

– Więc o czym będzie teraz? – zapytała z zainteresowaniem.

Opowiem o zamorskiej krainie Armoryce, o pięknym Ynys Trebes, o królu Banie, Lancelocie, Galahadzie i Merlinie. Dobry Boże, cóż to byli za wspaniali ludzie! W Armoryce przeżywaliśmy niezwykłe chwile, toczyliśmy bohaterskie walki i pogrzebaliśmy wiele marzeń.

Później, dużo później, z perspektywy czasu, nazywaliśmy ten okres „złymi latami" i rzadko o nim rozmawialiśmy. Artur nie chciał, by mu przypominano o tym, jak jego szalona miłość do Ginewry pogrążyła Dumnonię w chaosie. Zaręczyny z Ceinwyn były jak delikatna broszka spinająca jedwabny szlafrok, bez której opadał on natychmiast na ziemię. Artur miał poczucie winy i nie lubił wspominać tamtych złych lat.

Tewdrik przez jakiś czas nie udzielił poparcia żadnej ze stron. Winił Artura za rozpętanie wojny i dlatego pozwolił na przemarsz wojsk Gorfyddyda i Gundleusa przez Gwent do Dumnonii. Saksonowie napierali ze wschodu, Irlandczycy napadali na wybrzeża od strony Morza Zachodniego, a na domiar złego przeciw rządom Artura zbuntował się książę Cadwy z Iski. Tewdrik próbował zachować neutralność, ale gdy Aelle zaczął pustoszyć jego ziemie, mógł wezwać na pomoc jedynie Dumnonię. W ten sposób musiał opowiedzieć się w końcu po stronie Artura, ale oddziały Powys i Sylurii zdążyły tymczasem przejść przez jego królestwo i zająć wzgórza na północ od Ynys Wydryn oraz Glevum.

W tych latach stałem się naprawdę dorosły. Nie potrafię już zliczyć, ilu zabiłem ludzi i ile wykułem żelaznych pierścieni. Zyskałem przydomek Cadarn, co znaczy „potężny". Derfel Cadarn, zawsze trzeźwy w boju i piekielnie szybko władający mieczem. Któregoś dnia Artur zaproponował, żebym dołączył do jego konnego oddziału, ale wolałem mieć pod nogami twardy grunt, pozostałem więc włócznikiem. Obserwowałem uważnie mojego pana i zacząłem rozumieć, dlaczego był tak znakomitym żołnierzem. Bez wątpienia nie brakowało mu odwagi, ale nade wszystko potrafił zawsze przechytrzyć nieprzyjaciela. Duże armie poruszały się niezdarnie i powoli. Nie potrafiły zmienić szybko raz obranego kierunku marszu. Artur dysponował niewielkim oddziałem, który mógł błyskawicznie się przemieszczać. Jego piesi i konni wojownicy okrążali nieprzyjaciela szerokim łukiem i zawsze pojawiali się tam, gdzie najmniej ich oczekiwano. Lubiliśmy atakować o świcie, gdy wrogowie byli jeszcze zamroczeni po nocnych libacjach, albo symulowaliśmy odwrót, by uderzyć z boku w ich odsłonięte flanki. Po roku walk, gdy wyparliśmy wreszcie oddziały Gorfyddyda i Gundleusa z Glevum i północnej Dumnonii, Artur mianował mnie kapitanem i zacząłem odtąd nagradzać złotem swoich podwładnych. Dwa lata później spotkało mnie najwyższe wyróżnienie, jakiego może dostąpić wojownik: otrzymałem propozycję przejścia na stronę przeciwnika. Złożył mi ją, o dziwo, zdrajca Ligessak, dowódca straży Norwenny. Podszedł do mnie w świątyni Mitrasa, gdzie nie mogłem go zabić, i obiecał, że dostanę fortunę, jeśli zgodzę się służyć Gundleusowi tak jak on. Stanowczo odmówiłem. Dzięki Bogu, byłem zawsze lojalny wobec Artura.

Sagramor też był mu wierny i to on uczynił mnie wyznawcą Mitrasa, boga, którego sprowadzili do Brytanii Rzymianie. Musiał polubić nasz klimat, gdyż nadal sprawuje władzę. Jest bogiem żołnierzy i żadna kobieta nie może dostąpić wtajemniczenia w jego świątyni. Moja inicjacja miała miejsce pod koniec zimy, gdy, jak większość wojowników, nie byłem zbyt zajęty. Sagramor zabrał mnie w góry i zaprowadził do głębokiej doliny, w której nawet późnym popołudniem źdźbła trawy pokrywał poranny szron. Zatrzymaliśmy się przy wejściu do jaskini. Sagramor kazał mi odłożyć broń i rozebrać się do naga. Drżałem z zimna, gdy Numidyjczyk zawiązywał mi na oczach grubą opaskę. Powiedział, że muszę słuchać teraz wszystkich poleceń, a jeśli się zawaham albo odezwę choćby jednym słowem, zostanę wyprowadzony z jaskini i odesłany tam, skąd przyszedłem.

Obrzęd inicjacji jest zamachem na zmysły człowieka i aby wytrwać, trzeba pamiętać tylko o jednym: należy wykonywać wszystkie polecenia. Dlatego żołnierze czczą Mitrasa. Podczas walki strach atakuje zmysły i tylko wątła nić posłuszeństwa wskazuje drogę pośród chaosu i pozwala ocaleć. Wtajemniczałem potem w kult Mitrasa wielu mężczyzn i poznałem dobrze wszystkie sztuczki związane z tą ceremonią, ale wchodząc po raz pierwszy do jaskini boga, nie miałem pojęcia, co mnie czeka. Sagramor, a może ktoś inny, zaczął obracać mnie w kółko, tak szybko i gwałtownie, że zakręciło mi się w głowie. Wówczas kazano mi iść przed siebie. Czułem w płucach gryzący dym, ale szedłem w dół po skalnej pochyłości. Ktoś krzyknął, żebym się zatrzymał, ktoś inny kazał mi się odwrócić i uklęknąć. Potem wetknięto mi coś do ust. Poczułem fetor ludzkich odchodów i zebrało mi się na mdłości. „Jedz!” – usłyszałem i omal wszystkiego nie wyplułem, lecz w porę zdałem sobie sprawę, że mam w ustach kawałek suszonej ryby. Podano mi jakiś wstrętny napój, który mnie odurzył. Był to zapewne sok dziędzierzawy zmieszany z pokrzykiem albo muchomorem, bo choć miałem na oczach opaskę, widziałem świetliste istoty o pomarszczonych skrzydłach, które szarpały dziobami moje ciało. Płomienie opalały mi włosy na nogach i rękach. Kazano mi znowu iść naprzód, a potem stanąć. Słyszałem, jak dokładano drewna do ognia, i poczułem przed sobą narastający żar. Huczące płomienie przypiekały moją nagą skórę i krocze. Potem kazano mi wejść w ogień. Gdy wypełniałem rozkaz, wydawało mi się, że wkładam stopę do lodowatej wody. Omal nie krzyknąłem ze strachu, mając wrażenie, że to roztopiony metal.

Następnie przytknięto mi do krocza szpic miecza i polecono zrobić krok do przodu. Gdy to uczyniłem, miecz zniknął. Wszystko to były, oczywiście, kuglarskie sztuczki, ale napój z ziół i grzybów sprawił, że urastały do rangi magicznych obrzędów. Gdy dotarłem do dusznej, zadymionej i rozbrzmiewającej echem komnaty, w której miał odbyć się kulminacyjny punkt ceremonii, byłem przerażony i oszołomiony. Podprowadzono mnie do wysokiego jak stół kamienia, do prawej ręki wetknięto nóż, a lewą położono na czyimś nagim brzuchu.

– Dotykasz dziecka, nędzna kreaturo – usłyszałem, a czyjaś ręka przesunęła moją prawą dłoń tak, że ostrze noża zawisło nad gardłem dzieciaka. – To niewinna istota, która nikogo nie skrzywdziła – mówił dalej głos – i zasługuje na to, aby żyć, a ty ją zabijesz. Zrób to! – Dziecko głośno krzyknęło, gdy zadałem mu cios nożem. Poczułem na przegubie i dłoni ciepłą krew. Pulsujący dotąd pod moją lewą ręką brzuch nagle znieruchomiał. Tuż obok huczał ogień i czułem w nozdrzach gryzący dym.

Kazano mi uklęknąć i wypić ciepły, mdlący płyn, który zatykał mi gardło i powodował pieczenie w żołądku. Dopiero gdy wysączyłem puchar byczej krwi, zdjęto mi opaskę i zobaczyłem, że uśmierciłem młode jagnię z wygolonym brzuchem. Przyjaciele i wrogowie otoczyli mnie ze wszystkich stron, gratulując, że dostąpiłem godności sługi boga żołnierzy. Stałem się członkiem tajnego stowarzyszenia, obejmującego swym zasięgiem cały rzymski świat i sięgającego nawet poza jego granice, stowarzyszenia ludzi, którzy wyróżnili się w walce nie jako zwykli żołnierze, lecz prawdziwi wojownicy. Niewielu spotykał ten zaszczyt. Każdy z wtajemniczonych mógł sprzeciwić się inicjacji nowego kandydata. Jedni dowodzili armiami, a nigdy nie zostali wybrańcami Mitrasa, drudzy, nie zrobiwszy kariery, byli szanowanymi członkami stowarzyszenia.

Dostąpiwszy wtajemniczenia, dostałem z powrotem swoje rzeczy i broń. Gdy się ubrałem, podano mi sekretne hasło, które pozwalało rozpoznać na polu bitwy czcicieli Mitrasa. Gdyby się okazało, że walczę z jednym z nich, miałem okazać litość i szybko go zabić, a jeśli ktoś taki trafiłby do niewoli, należało traktować go z szacunkiem. Gdy powiedziano mi o tym wszystkim, przeszliśmy do drugiej wielkiej jaskini, oświetlonej pochodniami i ogromnym ogniskiem, na którym pieczono byka. Zaszczycili mnie obecnością na uczcie dostojni goście. Większość nowicjuszy musi zadowalać się towarzystwem swoich kompanów, ale dla Derfla Cadarna przybyli do mroźnej jaskini wojownicy obu walczących stron. Zjawił się Agrykola z Gwentu oraz dwaj jego wrogowie z Sylurii – Ligessak i włócznik Nasiens, czempion Gundleusa. Obecnych było dwunastu żołnierzy Artura, kilku moich ludzi, a także biskup Bedwin, wyglądający dziwnie w płaszczu i pokrytym rdzą napierśniku.

– Byłem kiedyś wojownikiem – wyjaśnił – i dostąpiłem wtajemniczenia. Kiedy to było? Ze trzydzieści lat temu? Oczywiście dużo wcześniej, niż stałem się chrześcijaninem.

– Czy to nie jest sprzeczne z twoją religią? – zapytałem, wskazując zatkniętą na trójnogu z włóczni głowę byka, z której kapała na podłogę krew.

Bedwin wzruszył ramionami.

– Oczywiście, że tak – przyznał. – Ale czego się nie robi dla towarzystwa. – Nachylił się do mnie i zniżył konfidencjonalnie głos. – Nie powiesz chyba biskupowi Sansumowi, że tu byłem? – Zaśmiałem się na myśl, że mógłbym zwierzać się z czegokolwiek ponuremu Sansumowi, który był zawsze ruchliwy jak pszczoła robotnica. Nie miał przyjaciół, a wrogów ciągle przeklinał. – Młody Sansum – stwierdził Bedwin, mając usta pełne mięsa i brodę ociekającą tłuszczem – chce zająć moje miejsce i pewnie mu się to uda.

– Naprawdę? – zapytałem zdumiony.

– Bardzo tego pragnie i ogromnie się stara. Dobry Boże, jaki on jest pracowity! Wiesz, co niedawno odkryłem? Nie potrafi czytać! Ani trochę! Żeby awansować w kościelnej hierarchii, musi mieć tę umiejętność, więc wiesz, co robi? Każe służącemu czytać sobie na głos i uczy się wszystkiego na pamięć. – Bedwin trącił mnie łokciem, chcąc się upewnić, czy pojmuję, jakie Sansum ma niezwykłe zdolności. – Uczy się na pamięć! Psalmów, modlitw, liturgii, pism ojców Kościoła, wszystkiego! Mój Boże! – Pokręcił głową. – Nie jesteś chrześcijaninem, prawda?

– Nie.

– Powinieneś pomyśleć o zmianie wiary. Nasza religia nie oferuje może zbyt wielu doczesnych przyjemności, ale po śmierci czeka cię wieczne życie. Uther nie chciał mnie słuchać, ale mam nadzieję, że Artura uda mi się przekonać.

Rozejrzałem się po jaskini.

– Nie ma go tutaj – powiedziałem. Byłem zawiedziony, że mój pan nie czci Mitrasa.

– Dostąpił kiedyś wtajemniczenia – stwierdził Bedwin.

– Ale nie wierzy w bogów – powtórzyłem za Owainem. Biskup pokręcił głową.

– To nieprawda. Jak człowiek może nie wierzyć w istnienie jakiegoś Boga? Czy twoim zdaniem Artur uważa, że ludzie sami siebie stworzyli? Albo że świat powstał przypadkiem? Artur nie jest głupcem, Derfel. Nie mówi głośno, w co wierzy. W ten sposób i chrześcijanie, i poganie uważają, że wyznaje ich wiarę, i tym chętniej mu służą. Pamiętaj, Derfel, że Artur jest ulubieńcem Merlina, który nie darzy sympatią niewierzących.

– Brakuje mi Merlina.

– Jak nam wszystkim – przytaknął cicho Bedwin. – Ale jego nieobecność jest właściwie dobrym znakiem, bo zjawiłby się natychmiast, gdyby Brytanii groziło niebezpieczeństwo. Wróci, gdy zajdzie potrzeba.

– Myślisz, że teraz go nie potrzebujemy? – zapytałem z goryczą.

Bedwin otarł brodę rękawem płaszcza i napił się wina.

– Niektórzy mówią – powiedział, zniżając głos – że byłoby nam lepiej bez Artura, że bez niego zapanowałby pokój. – Ale kto by strzegł Mordreda? Ja? – zapytał z uśmiechem. – A może Gereint? To dobry człowiek, niewielu jest lepszych od niego, ale nie grzeszy inteligencją, nie potrafi podejmować decyzji i nie chce rządzić Dumnonią. Pozostaje tylko Artur. A raczej Artur lub Gorfyddyd. Wojny jeszcze nie przegraliśmy. Nasi wrogowie boją się Artura i póki żyje, Dumnonia jest bezpieczna. Nie, nie sądzę, by Merlin był nam teraz potrzebny.

Zdrajca Ligessak – kolejny chrześcijanin, który nie dostrzegał sprzeczności między przyjętą przez siebie wiarą a tajemnymi obrzędami czcicieli Mitrasa – podszedł do mnie pod koniec uczty. Potraktowałem go chłodno, choć tak jak ja był sługą boga wojowników. Ignorując moją wrogość, pociągnął mnie za łokieć w ciemny kąt jaskini i powiedział:

– Artur przegra. Wiesz o tym, prawda?

– Mylisz się.

Ligessak wyciągnął resztki mięsa spomiędzy spróchniałych zębów.

– Do wojny przystąpią kolejne oddziały z Elmet – oznajmił. – Powys, Elmet i Syluria – wyliczył na palcach – zjednoczyły się przeciwko Gwentowi i Dumnonii. Gorfyddyd zostanie następnym Pendragonem. Najpierw wyprzemy Saksonów z ziem na wschód od Ratae, a potem ruszymy na południe i pokonamy Dumnonię. Ile na to trzeba? Dwa lata?

– Wino uderzyło ci do głowy, Ligessak – powiedziałem.

– Mój pan dobrze zapłaci za twoje usługi – stwierdził Ligessak, nie owijając w bawełnę. – Król Gundleus jest hojny, Derfel, bardzo hojny.

– Powiedz swojemu królowi, że Nimue z Ynys Wydryn zrobi z jego czaszki puchar, kiedy skrócę go o głowę – oświadczyłem na pożegnanie.

Tej wiosny znowu rozgorzała wojna, lecz początkowo nie ponosiliśmy dużych strat. Artur opłacił złotem Oengusa Mac Airema, irlandzkiego króla Demetii, aby zaatakował zachodnie rubieże Powys i Sylurii, odciągając w ten sposób wrogów od naszych północnych granic. Artur poprowadził natomiast żołnierzy do zachodniej Dumnonii, aby przywołać do porządku Cadwy'ego, który ogłosił się władcą niezależnego królestwa. Tymczasem Saksonowie Aelle'a przypuścili potężny atak na ziemie Gereinta. Gorfyddyd, jak się później okazało, zapłacił im, tak jak my Irlandczykom, ale królestwo Powys lepiej chyba na tym wyszło, gdyż saksońska nawałnica zmusiła Artura do pospiesznego odwrotu i pozostawienia na zachodzie Ceia, towarzysza z dzieciństwa, który miał dowodzić walką z wytatuowanymi wojownikami Cadwy'ego.

Właśnie wtedy, gdy armia Aelle'a zagrażała Durocobrivis, oddziały Gwentu stawiały czoło królestwu Powys i Saksonom z północy, a zbuntowany Cadwy był podburzany do dalszej walki przez króla Marka z Kernow, zjawili się emisariusze króla Bana z Benoic.

Wiedzieliśmy wszyscy, że król Ban pozwolił Arturowi przybyć do Dumnonii tylko pod warunkiem, iż wróci do Armoryki, jeśli królestwo Benoic znajdzie się w niebezpieczeństwie. Teraz, jak twierdził poseł, doszło do takiej sytuacji i Ban domagał się, aby Artur dotrzymał przyrzeczenia.

Otrzymaliśmy tę wiadomość w Durocobrivis. To bogate niegdyś rzymskie miasto ze wspaniałymi łaźniami, marmurowym gmachem sądu i pięknym rynkiem było obecnie tylko zrujnowanym przygranicznym fortem, z którego wypatrywano ciągle zagrażających ze wschodu Saksonów. Spalone przez najeźdźców budynki za ziemnymi wałami nie zostały nigdy odbudowane, a ze stojących wewnątrz fortu wielkich rzymskich gmachów pozostały tylko rumowiska. Posłaniec Bana został przyjęty w ruinach łaźni. Była noc i w dawnym basenie płonęło ognisko. Dym kłębił się pod łukowatym sklepieniem sufitu i ulatywał z wiatrem przez małe okienko. Spożywaliśmy właśnie wieczorny posiłek, siedząc w kółko na zimnej posadzce. Artur poprosił posłańca do środka kręgu i naszkicowawszy na ziemi mapę Dumnonii, ułożył na niej czerwone i białe fragmenty mozaiki, aby zademonstrować, gdzie są nasi wrogowie i sojusznicy. Czerwone płytki były wszędzie okrążone przez białe. Tego dnia stoczyliśmy walkę i Artur został draśnięty włócznią w prawy policzek. Rana nie była groźna, ale na tyle głęboka, że miał zakrwawioną twarz. Walczył bez hełmu, bo twierdził, że dzięki temu ma szersze pole widzenia, więc gdyby grot trafił trochę bardziej w bok, przebiłby mu głowę. Nie siedział wówczas na koniu, gdyż korzystał ze swych potężnych wierzchowców tylko w razie potrzeby. Towarzyszyło mu codziennie kilku jeźdźców, ale większość kosztownych rumaków trzymano w głębi kraju, gdzie nie groziło im niebezpieczeństwo ze strony wroga. Tego dnia, gdy Artur został zraniony, nasi zbrojni kawalerzyści przedarli się przez linie Saksonów, zabili ich wodza i odparli ocalałych najeźdźców na wschód. Byliśmy jednak wszyscy zaniepokojeni tym, co się wydarzyło, a przybycie wodza Bleiddiga, posłańca króla Bana, pogłębiło jeszcze naszą depresję.

– Teraz rozumiesz, dlaczego nie mogę się stąd ruszyć? – zapytał Artur, wskazując na mapę, poznaczoną czerwonymi i białymi płytkami.

– Przysięga zobowiązuje – odparł bez ogródek Bleiddig.

– Jeśli książę nas opuści, Dumnonia upadnie – wtrącił się Gereint. Był nierozgarnięty, ale lojalny i uczciwy. Jako bratanek Uthera miał prawo do tronu Dumnonii, lecz nigdy nie ubiegał się o władzę i pozostawał wierny Arturowi, kuzynowi z nieprawego łoża.

– Lepiej, żeby upadła Dumnonia niż Benoic – stwierdził Bleiddig, nie zwracając uwagi na gniewne pomruki wojowników.

– Przysięgałem bronić Mordreda – przypomniał Artur.

– Przysięgałeś bronić Benoic – odparł Bleiddig, odrzucając jego argumenty. – Zabierz chłopca ze sobą.

– Muszę przekazać mu królestwo – nie ustępował Artur.

– Jeśli wyjedzie, straci je. Powinien tu zostać.

– A przez kogo grozi mu utrata królestwa? – zapytał gniewnie Bleiddig. Wódz Benoic był potężnie zbudowanym mężczyzną, podobnym do Owaina i równie silnym. – Przez ciebie! – wskazał z pogardą na Artura. – Gdybyś ożenił się z Ceinwyn, nie doszłoby do wojny! Wtedy nie tylko Dumnonia, lecz także Gwent i Powys wysłałyby wojska na pomoc mojemu królowi!

Rozległy się krzyki, zaczęto wyciągać z pochew miecze, ale Artur szybko przywrócił spokój. Po jego wychudłym policzku spłynęła ze świeżo zasklepionej rany strużka krwi.

– Jak długo Benoic może się jeszcze bronić? – zapytał. Bleiddig zmarszczył brwi. Nie potrafił, oczywiście, udzielić dokładnej odpowiedzi. Przypuszczał, że Benoic wytrwa sześć do dwunastu miesięcy. Powiedział, że na wschodzie kraju pojawiły się nowe oddziały Franków, a Ban nie może walczyć na wszystkich frontach. Armia króla, dowodzona przez jego czempiona Borsa, broniła północnych granic królestwa, a pozostawieni w Armoryce wojownicy Artura, którymi dowodził jego kuzyn Culhwch, strzegli południowych rubieży.

Artur przyglądał się mapie naszkicowanej na ziemi.

– Wrócę za trzy miesiące – powiedział wreszcie. – Jeśli tylko będę mógł! A tymczasem, Bleiddig, przyślę ci oddział dobrych żołnierzy.

Bleiddig zaprotestował, przypominając mojemu panu, że przysięga zobowiązuje go do natychmiastowego powrotu do Armoryki, ale Artur był nieugięty. Przybędzie za trzy miesiące albo wcale. Bleiddig musiał się w końcu na to zgodzić.

Artur skinął na mnie, abym wyszedł z nim na przylegający do łaźni dziedziniec z kolumnadą. Stały tam kadzie cuchnące uryną, ale mój pan najwyraźniej nie zwracał uwagi na nieprzyjemny zapach.

– Bóg mi świadkiem, Derfel... – zaczął i zauważyłem, że jest zdenerwowany, bo użył słowa „bóg" w liczbie pojedynczej, natychmiast jednak się poprawił. – Bogowie mogą zaświadczyć, że nie chcę cię tracić, ale muszę wysłać do Armoryki kogoś, kto nie boi się atakować muru tarcz. Musisz tam pojechać.

– Książę... – powiedziałem.

– Nie nazywaj mnie księciem, bo nim nie jestem – przerwał mi gniewnie. – I nie spieraj się ze mną. Wszyscy mają do mnie pretensje! Wszyscy wiedzą lepiej niż ja, jak wygrać tę wojnę. Melwas domaga się posiłków, Tewdrik potrzebuje wsparcia na północy, Cei twierdzi, że brakuje mu stu włóczników, a teraz wzywa mnie jeszcze Ban! Gdyby przeznaczał więcej pieniędzy na armię, a mniej płacił poetom, nie byłby teraz w opałach!

– Finansuje poetów? – zapytałem zdziwiony.

– W Ynys Trebes aż się od nich roi – powiedział z goryczą Artur, mając na myśli położoną na wyspie stolicę króla Bana. – Poeci! Potrzebujemy włóczników, a nie poetów. – Przystanął i oparł się o filar. Wydał mi się bardziej zmęczony niż kiedykolwiek przedtem. – Niczego nie osiągnę, dopóki nie ustaną walki – stwierdził. – Gdybym mógł pomówić w cztery oczy z Cuneglasem, byłaby nadzieja na pokój.

– Gorfyddyd nigdy ci nie wybaczy – powiedziałem.

– Masz rację – przyznał Artur, po czym zamilkł. Wiedziałem, że myśli o Ceinwyn i Ginewrze. Światło księżyca, sączące się przez szparę w dachu kolumnady, srebrzyło jego wychudłą twarz. Miał przymknięte powieki i na pewno czynił sobie wyrzuty, że doprowadził do wybuchu wojny, ale nie można było już temu zaradzić. Należało sprawić, aby w Brytanii znów zapanował pokój, a tylko on jeden mógł tego dokonać. Otworzywszy oczy, skrzywił się i zapytał: – Co to za smród? – dopiero teraz zwracając uwagę na unoszący się w powietrzu zapach.

– Farbują tu tkaniny, panie – wyjaśniłem, wskazując na wypełnione uryną i odchodami kurcząt drewniane kadzie. Wytwarzano w nich kosztowne białe sukno, z którego Artur miał zrobiony płaszcz.

W innych warunkach Artur wyraziłby zadowolenie, że w tak podupadłym mieście jak Durocobrivis rozwija się rzemiosło, ale tej nocy wzruszył tylko ramionami i dotknąwszy strużki krwi na policzku, powiedział smętnie:

– Jeszcze jedna blizna. Wkrótce będę miał ich tyle co ty, Derfel.

– Powinieneś nosić hełm, panie – zauważyłem.

– Wtedy mam zawężone pole widzenia – stwierdził wymijająco. Przestał opierać się o filar i skinął na mnie, abym przeszedł się z nim po dziedzińcu. – Posłuchaj, Derfel. Z Frankami walczy się podobnie jak z Saksonami. I jedni, i drudzy są Germanami i nie ma między nimi większych różnic. Tyle że Frankowie lubią rzucać włóczniami, pochylaj więc głowę, kiedy ruszają do ataku. Potem ścierają się już tylko ściany tarcz. To twardzi wojownicy, ale za dużo piją, więc zwykle można ich przechytrzyć. Dlatego posyłam tam ciebie. Jesteś młody, ale umiesz myśleć, w odróżnieniu od większości naszych żołnierzy, którzy uważają, że wystarczy się upić i rąbać mieczem na oślep. W ten sposób nie wygrywa się wojen. – Przerwał, nie mogąc stłumić ziewnięcia. – Przepraszam. O ile wiem, Derfel, królestwo Benoic wcale nie jest zagrożone. Ban jest impulsywny – stwierdził z przekąsem – i łatwo wpada w panikę, ale jeżeli naprawdę utraci Ynys Trebes, pęknie mu serce i jeszcze jego będę miał na sumieniu. Culhwch jest dobrym wojownikiem, możesz mu zaufać. Bors też potrafi walczyć.

– Ale to zdrajca – odezwał się Sagramor, który stał w cieniu obok cuchnących kadzi, strzegąc przez cały czas Artura.

– Bywa nieuczciwy – przyznał Artur.

– Jest zdrajcą – nie ustępował Sagramor. – To człowiek Lancelota.

Artur wzruszył ramionami.

– Lancelot sprawia czasem kłopoty – powiedział. – Jest spadkobiercą Bana i lubi być niezależny, tak zresztą jak ja. – Uśmiechnął się i spojrzał na mnie. – Potrafisz pisać, prawda?

– Tak, panie – potwierdziłem.

Minęliśmy Sagramora, który pozostał w cieniu, nie spuszczając Artura z oczu. Pod nogami przemykały nam koty, a obok spowitego dymem zwieńczenia dachu krążyły nietoperze. Próbowałem sobie wyobrazić, jak wyglądało kiedyś to cuchnące miejsce, kiedy było pełne odzianych w togi Rzymian i oświetlone oliwnymi lampami, ale wydawało się to nierealne.

– Musisz mi napisać, co się tam dzieje – powiedział Artur – żebym nie musiał polegać na opinii Bana. Jak się miewa twoja kobieta?

– Moja kobieta? – Byłem zaskoczony tym pytaniem i przez moment sądziłem, że ma na myśli Cannę, saksońską niewolnicę, która dotrzymywała mi towarzystwa i uczyła mnie swego dialektu, trochę odmiennego od języka mojej matki. Po chwili zdałem sobie jednak sprawę, że Arturowi chodzi o Lunete. – Nie mam od niej wiadomości, panie – odparłem.

– I wcale na nie nie czekasz, prawda? – Uśmiechnął się szeroko, a potem westchnął. Lunete towarzyszyła Ginewrze, która mieszkała teraz w odległej Durnovarii w starym zimowym pałacu Uthera. Księżniczka nie chciała opuszczać swej pięknej nowej rezydencji w pobliżu Caer Cadarn, ale Artur nalegał, by wyjechała w głąb kraju, gdzie było bezpieczniej. – Sansum mówi, że Ginewra i jej damy dworu czczą boginię Ísis.

– Kogo? – zapytałem zdziwiony. Artur się uśmiechnął.

– To cudzoziemska bogini, Derfel, której kult ma podobno coś wspólnego z księżycem. Tak przynajmniej twierdzi

Sansum. Pewnie sam niewiele na ten temat wie, ale domaga się, żebym nie pozwolił jej czcić. Mówi, że z kultem Ísis wiążą się straszliwe tajemnice, ale kiedy go o nie pytam, nie potrafi nic więcej powiedzieć. Albo nie chce. Słyszałeś coś o tym?

– Nie, panie.

– Oczywiście jeśli Ginewra znajduje w Ísis pocieszenie – stwierdził Artur z przesadnym naciskiem – to nie może w tym być nic złego. Martwię się o nią. Tyle jej obiecywałem, a niczego ode mnie nie dostaje. Chcę zwrócić jej ojcu tron i tak się stanie, ale dużo później, niż sądziliśmy.

– Zamierzasz walczyć z Diwrnachem? – zapytałem przerażony.

– To tylko człowiek, Derfel, i można go zabić. Kiedyś to uczynimy – powiedział, zawracając w stronę łaźni. – Wyruszysz na południe. Mogę dać ci najwyżej sześćdziesięciu ludzi. Popłyń z nimi do Armoryki, Derfel, i słuchaj rozkazów Culhwcha. Może odwiedzisz po drodze Durnovarię i prześlesz mi wiadomości od mojej drogiej Ginewry?

– Dobrze, panie – powiedziałem.

– Zabierzesz dla niej prezent. Co powiesz na ten naszyjnik z klejnotami, który nosił wódz Saksonów? Myślisz, że się jej spodoba? – zapytał z troską w głosie.

– Spodobałby się każdej kobiecie – stwierdziłem. Saksoński naszyjnik, wykonany z ułożonych promieniście złotych płytek zdobionych klejnotami, był toporny i ciężki, ale piękny.

– Dobrze! Zabierz go do Durnovarii, Derfel, a potem ruszaj na ratunek królestwu Benoic.

– Zrobię, co w mojej mocy – powiedziałem posępnie.

– Postaraj się – rzekł Artur. – Dla spokoju mego sumienia – dodał ściszonym głosem. Kopnięciem czubkiem buta kawałka dachówki przestraszył kota, który wygiął grzbiet w kabłąk i syknął na nas. – Trzy lata temu – powiedział cicho Artur – wszystko wydawało się takie proste.

Ale potem zjawiła się Ginewra.

Następnego dnia wyruszyłem z sześćdziesięcioma ludźmi na południe.

Przysłał cię, żebyś mnie szpiegował? – zapytała z uśmiechem Ginewra.

– Nie, pani.

– Drogi Derfel – powiedziała, przedrzeźniając mnie. – Jesteś taki podobny do mojego męża.

– Doprawdy? – zdziwiłem się szczerze.

– Owszem. Tyle że on jest o wiele mądrzejszy. Podoba ci się tutaj? – spytała, wskazując na dziedziniec.

– Piękne miejsce – odparłem.

Pałac w Durnovarii był, oczywiście, rzymską willą, choć swego czasu służył jako zimowa rezydencja Uthera. Bóg mi świadkiem, że nie mógł być wtedy piękny, ale Ginewra przywróciła mu część dawnego splendoru. Dziedziniec, podobnie jak w Durocobrivis, otaczała kolumnada, lecz w dachu nie było dziur, a wszystkie kolumny pobielono wapnem. Na ścianach pod arkadami wymalowany był powtarzający się motyw jelenia z półksiężycem na rogach – godło Ginewry, które sama wymyśliła. Prezentowało się bardzo efektownie. Na grządkach, przez które płynęła kanalikami woda, rosły białe róże. Dwa siedzące na żerdziach sokoły obracały zakapturzone głowy, gdy spacerowaliśmy pod rzymskimi arkadami. Na dziedzińcu stały posągi nagich mężczyzn i kobiet, a na cokołach pod kolumnadą ozdobione kwiatami popiersia z brązu. Na jednym z nich wisiał teraz ciężki saksoński naszyjnik, który dał mi

Artur. Ginewra bawiła się nim przez kilka chwil, po czym zmarszczyła brwi i powiedziała:

– Toporna robota, prawda?

– Książę Artur uważa, że jest piękny i godny ciebie, pani.

– Drogi Artur... – rzuciła beztrosko i zawiesiła naszyjnik z powrotem na popiersiu spoglądającego groźnie mężczyzny.

– Będzie lepiej wyglądał – stwierdziła. – Nie uważasz, że jest podobny do Gorfyddyda?

– Tak, pani – przyznałem. Popiersie przypominało rzeczywiście zgorzkniałego, przygnębionego króla.

– Gorfyddyd to zwierzę – stwierdziła Ginewra. – Próbował pozbawić mnie cnoty.

– Naprawdę? – wykrztusiłem z trudem, zaszokowany jej wyznaniem.

– Próbował, ale mu się nie udało – oświadczyła stanowczo. – Był pijany. Całą mnie oślinił. Aż dotąd. – Dotknęła dłonią piersi. Miała na sobie prostą, białą suknię z lnu, sięgającą od ramion do podłogi. Suknia ta musiała bardzo drogo kosztować, gdyż tkanina, z której ją uszyto, była tak cienka, że gdy patrzyłem na Ginewrę – choć starałem się tego nie robić – widziałem pod spodem zarys jej nagiego ciała. Na szyi miała złoty wisiorek w kształcie jelenia z półksiężycem na rogach, w uszach złote kolczyki z bursztynami, a na lewej ręce pierścień z niedźwiedziem, godłem Artura, i krzyżem, symbolem miłości. – Cały się zaślinił – powiedziała z radością w głosie. – A gdy skończył, a raczej kiedy przestał próbować i zaczął mówić z płaczem, jak to chciał uczynić mnie swoją królową i najbogatszą kobietą w Brytanii, poszłam do druida Iorwetha i poprosiłam go o amulet, strzegący przed nachalnymi zalotnikami. Nie zdradziłam mu, oczywiście, że chodzi o króla, choć i tak nie miałoby to pewnie znaczenia, bo za jeden uśmiech zrobiłby dla mnie wszystko. Zakopałam ten amulet i powiedziałam ojcu, żeby przekazał Gorfyddydowi, że jeśli wydobędę go z ziemi, umrze córka człowieka, który próbował mnie zgwałcić. Gorfyddyd wiedział, kogo miałam na myśli, a ponieważ szaleje za tą ckliwą małą Ceinwyn, trzyma się ode mnie z daleka. – Roześmiała się głośno. – Mężczyźni to głupcy!

– Nie książę Artur – zaprotestowałem stanowczo, pamiętając, by tytułować go tak, jak życzyła sobie Ginewra.

– Nie zna się na klejnotach – stwierdziła zgryźliwie i wtedy właśnie zapytała, czy Artur przysłał mnie na przeszpiegi.

Spacerowaliśmy wzdłuż kolumnady. Byliśmy sami. Dowódca straży księżniczki, wojownik imieniem Lanval, chciał zostawić swoich ludzi na dziedzińcu, ale Ginewra ich odprawiła.

– Niech zaczną plotkować na nasz temat – powiedziała wesoło, zaraz jednak sposępniała. – Czasem myślę, że Lanval mnie szpieguje.

– On tylko cię strzeże, pani – odparłem. – Od twego bezpieczeństwa zależy szczęście księcia Artura, a od jego szczęścia losy królestwa.

– To mi się podoba, Derfel – powiedziała na poły żartobliwie. Spacerowaliśmy dalej. Pod kolumnadą, która chroniła nas przed słońcem, dając upragniony cień, pachniały upojnie płatki róży zanurzone w misie z wodą. – Chcesz zobaczyć Lunete? – spytała nieoczekiwanie Ginewra.

– Wątpię, czy ona tego chce.

– Chyba nie. Nie wzięliście ślubu, prawda?

– Nie, pani.

– Więc to w zasadzie bez znaczenia? – stwierdziła. Nie wiedziałem, co właściwie miała na myśli, ale wolałem nie pytać. – Bardzo chciałam cię zobaczyć, Derfel – powiedziała szczerze.

– Schlebiasz mi, pani – odparłem.

– Wyrażasz się coraz ładniej! – Klasnęła w dłonie, po czym zmarszczyła nos i zapytała: – Powiedz mi, Derfel, czy ty się kiedykolwiek myjesz?

– Tak, pani – powiedziałem, czerwieniąc się.

– Cuchniesz skórą, krwią, potem i kurzem. To może być całkiem miły zapach, ale nie w taki dzień jak dziś. Jest za gorąco. Chciałbyś, żeby moje damy dworu zrobiły ci kąpiel? Z sauną i masażem, jak w rzymskiej łaźni. Jest to dość wyczerpujące.

– Znajdę jakiś strumień, pani – stwierdziłem, odsuwając się od niej o krok.

– Naprawdę chciałam cię zobaczyć – powtórzyła, znowu się do mnie zbliżając i biorąc mnie pod ramię. – Opowiedz mi o Nimue.

– Nimue? – nie zdołałem ukryć zaskoczenia.

– Czy rzeczywiście zna się na czarach? – zapytała z zainteresowaniem Ginewra. Była tego samego wzrostu co ja i jej piękna, wysmukła twarz znajdowała się tuż obok mojej. Czułem się nie mniej oszołomiony niż wtedy, gdy wypiłem odurzający napój w jaskini Mitrasa. Rude włosy księżniczki pachniały perfumami, a jej niesamowite zielone oczy, umalowane żywicą zmieszaną z sadzą, wydawały się większe niż zwykle. – Czy Nimue zna się na czarach? – powtórzyła Ginewra.

– Chyba tak.

– Chyba? – Odsunęła się ode mnie, wyraźnie zawiedziona. – Nie jesteś pewien?

Poczułem, że swędzi mnie blizna na lewej ręce, i nie wiedziałem, co powiedzieć.

Ginewra zaśmiała się.

– Powiedz prawdę, Derfel. Muszę to wiedzieć! – Znowu wzięła mnie pod ramię i spacerowaliśmy dalej w cieniu arkad. – Ten okropny biskup Sansum próbuje zrobić z nas wszystkich chrześcijan, ale ja do tego nie dopuszczę! Chce, żebyśmy cały czas mieli poczucie winy, a ja mu stale powtarzam, że nie widzę po temu powodu. Niestety, chrześcijanie coraz bardziej rosną w siłę. Budują tu nowy kościół! Właściwie robią nawet coś gorszego. – Odwróciła się nagle i klasnęła w dłonie. Na dziedziniec wbiegły niewolnice i Ginewra zażądała, aby przyniosły jej płaszcz i przyprowadziły psy. – Chodź, Derfel, coś ci pokażę, żebyś sam się przekonał, co ten nikczemny biskup robi z naszego królestwa.

Włożyła na cienką lnianą suknię liliowy wełniany płaszcz i chwyciła smycze dwóch chartów, które stały przy niej, ciężko dysząc i wysuwając spomiędzy ostrych zębów długie języki. Otwarto szeroko bramy willi i wyszliśmy na główną ulicę Durnovarii. Za nami podążały dwie niewolnice, a z boków osłaniało nas czterech strażników Lanvala. Ulica była wybrukowana dużymi kamieniami i zaopatrzona w rynsztok, który w czasie deszczu odprowadzał wodę do rzeki płynącej na wschód od miasta. Stojące otworem sklepy były pełne towarów. Sprzedawano w nich buty, mięso, sól, garnki. Niektóre budynki runęły, ale większość była w dobrym stanie, może dlatego że dzięki obecności Mordreda i Ginewry miasto przeżywało znowu rozkwit. Nie brakowało tam, oczywiście, kalekich żebraków, którzy narażając się na ciosy strażników, podchodzili blisko, aby dostać miedziaki, rozdawane przez dwie niewolnice Ginewry. Księżniczka, której rude włosy lśniły w słońcu, podążała w dół zbocza, nie zwracając niemal uwagi na poruszenie, jakie wywoływała jej obecność.

– Widzisz ten dom? – zapytała, wskazując na elegancki piętrowy budynek po północnej stronie ulicy. – Mieszka w nim Nabur. To tam nasz mały Mordred rzyga i puszcza bąki. – Wzdrygnęła się z odrazą. – To wyjątkowo paskudny dzieciak. Kuleje i bez przerwy się wydziera. Słyszysz? – Rzeczywiście dochodził do mych uszu płacz dziecka, choć nie potrafiłem powiedzieć, czy był to Mordred. – Chodź za mną – rozkazała Ginewra.

Przecisnęła się przez niewielki tłum ludzi, którzy przyglądali się jej z boku, i weszła na stertę potłuczonych kamieni, leżących obok wytwornego domu Nabura.

Znaleźliśmy się na placu budowy, a raczej w miejscu, gdzie rozbierano jeden z budynków, by na jego fundamentach postawić nowy. Burzony gmach był rzymską świątynią.

– Czczono w niej kiedyś Merkurego – wyjaśniła Ginewra. – A teraz zbudują tu kościół dla martwego cieśli. Jak on może zapewnić nam dobre zbiory? – Powiedziała to do mnie, ale na tyle głośno, by usłyszeli ją chrześcijanie pracujący przy budowie nowej świątyni. Jedni układali kamienie, drudzy ociosywali drewniane framugi drzwi, inni rozbijali stare mury, przygotowując budulec na nowy gmach. – Skoro już musicie mieć szopę dla swojego cieśli – mówiła donośnym głosem Ginewra – dlaczego nie wykorzystacie starych murów? Pytałam o to Sansuma, ale odpowiedział, że wszystko trzeba zbudować od nowa, aby jego ukochani chrześcijanie nie musieli oddychać powietrzem skażonym przez pogan. Z tak bezsensownego powodu burzy się piękną starą świątynię i stawia szkaradny, pozbawiony stylu budynek z nieociosanego kamienia! – Splunęła na ziemię, aby odczynić zło. – Sansum mówi, że buduje kaplicę dla Mordreda. Wyobrażasz to sobie? Postanowił zrobić z tego rozkrzyczanego smarkacza chrześcijanina i ma mu do tego posłużyć to odrażające gmaszysko.

– Łaskawa pani! – odezwał się biskup Sansum, wychodząc zza jednej z nowych ścian świątyni, które rzeczywiście wyglądały topornie w porównaniu ze starannie wykończonymi murami rzymskiej budowli. Sansum był w czarnej sutannie, którą, podobnie jak jego sztywne czarne włosy, pokrywał biały pył. – Twoja obecność sprawia nam zaszczyt – powiedział, kłaniając się Ginewrze.

– Nie odbieraj tego w ten sposób, klecho. Przyszłam pokazać Derflowi, jakie siejecie tu spustoszenie. Jak możecie modlić się w czymś takim? – powiedziała, wyciągając rękę w kierunku na wpół ukończonego kościoła. – Równie dobrze moglibyście korzystać ze stajni!

– Nasz Bóg narodził się w stajence, pani, cieszę się więc, że ten skromny kościół ci ją przypomina – oznajmił Sansum, chyląc znów głowę.

Zauważywszy obecność pogan, niektórzy budowniczowie zgromadzili się w głębi nowej świątyni i zaczęli śpiewać jedną ze swych pobożnych pieśni.

– Rzeczywiście wygląda jak stajnia – stwierdziła zgryźliwie Ginewra i minąwszy księdza, poszła przez zarzucony kamieniami plac w stronę przylegającej do domu Nabura drewnianej chaty. Spuściwszy charty ze smyczy, aby sobie pobiegały, otworzyła kopniakiem drzwi i zapytała przez ramię: – Gdzie jest ten posąg, Sansum?

– Niestety, łaskawa pani, próbowałem go dla ciebie zachować, ale nasz Pan kazał mi go stopić i rozdać brąz biednym.

– Do czego im się przyda? – krzyknęła ze złością Ginewra. – Najedzą się nim? – Zwróciła wzrok ku mnie. – To był posąg Merkurego, Derfel, wielkości dorosłego człowieka. Piękny rzymski odlew. Ale już go nie ma. Został stopiony przez chrześcijan. – Spojrzała znów na Sansuma z odrazą na twarzy. – Wy nie znosicie piękna. Boicie się go. Jesteście jak korniki zżerające drzewo, które nie mają pojęcia, ile wyrządzają szkód. – Weszła do chaty, w której Sansum przechowywał najwyraźniej cenne przedmioty, odnalezione w ruinach świątyni. Po chwili wyniosła stamtąd mały kamienny posążek i rzuciła go jednemu ze strażników. – Jest niewielki – powiedziała – ale przynajmniej ten urodzony w stajni cieśla-kornik już go nie zniszczy.

Sansum, który mimo obraźliwych słów Ginewry nadal się uśmiechał, zapytał mnie o przebieg walk na północy.

– Powoli wygrywamy – wyjaśniłem.

– Powiedz memu panu, księciu Arturowi, że się za niego modlę.

– Módl się lepiej za jego wrogów, gadzie, to może prędzej wygramy – stwierdziła Ginewra, przyglądając się dwóm chartom, które obsikiwały nowe ściany kościoła. – W ubiegłym miesiącu zapuściły się tutaj oddziały Cadwy'ego – powiedziała do mnie.

– Dzięki Bogu ocaleliśmy – dodał pobożnie biskup Sansum.

– To nie twoja zasługa, nędzny klecho – rzekła Ginewra. – Wszyscy chrześcijanie uciekli. Podwinęli pod siebie długie szaty i umknęli na wschód. My tu zostaliśmy i Lanval, z pomocą bogów, przepędził Cadwy'ego. Splunęła w kierunku nowego kościoła. – Z czasem – dodała – pokonamy wszystkich nieprzyjaciół, a kiedy to nastąpi, Derfel, zburzę tę stajnię i zbuduję świątynię godną prawdziwego boga.

– Dla Ísis? – zapytał chytrze Sansum.

– Uważaj, gadzie – ostrzegła go Ginewra – bo moja bogini jest władczynią nocy i może dla zabawy porwać twoją nędzną duszę. Chociaż tylko bogowie wiedzą, jaki miałaby z niej pożytek. Idziemy, Derfel.

Przywoławszy oba charty, ruszyliśmy w drogę powrotną. Ginewra trzęsła się ze złości.

– Widzisz, co on robi? Niszczy przeszłość! A wiesz dlaczego? Żeby narzucić nam swoją nędzną wiarę. Czemu nie może pozostawić w spokoju tradycji? Nie dbamy o to, że jacyś głupcy chcą czcić cieślę, więc co Sansuma obchodzą nasze wierzenia? Im więcej bogów, tym lepiej. Po co wywyższać jednego z nich i obrażać innych? To bez sensu.

– Kim jest Ísis? – zapytałem, gdy skręciliśmy w bramę prowadzącą do willi. Ginewra rzuciła mi rozbawione spojrzenie.

– Czy pytał o to mój drogi mąż?

– Tak – przyznałem.

– Znakomicie, Derfel – powiedziała ze śmiechem. – Prawda jest zawsze zdumiewająca. A więc Artur niepokoi się z powodu mojej bogini?

– Martwią go opowieści o jej tajemnicach, które słyszy od Sansuma – odparłem.

– Powiedz Arturowi, że nie ma się o co martwić – stwierdziła Ginewra, zrzucając płaszcz, który zaraz podniosła z posadzki niewolnica. – Czy wątpi w moje uczucia?

– Uwielbia cię – powiedziałem taktownie.

– A ja jego. – Uśmiechnęła się do mnie. – Przekaż mu to, Derfel – dodała ciepłym głosem.

– Dobrze, pani.

– I zapewnij go, że nie musi się martwić o Ísis. – Chwyciła mnie nagle za rękę i powiedziała: – Chodź! – Tym razem jednak nie zamierzała pokazywać mi chrześcijańskiej świątyni. Minęliśmy dziedziniec, przeskakując przez kanaliki z wodą, i dotarliśmy do małych drzwi pod arkadami. – Oto świątynia

Ísis, która tak niepokoi mego drogiego pana – oznajmiła, uwalniając moją rękę i otwierając drzwi.

– Czy mężczyznom wolno tu wchodzić? – zapytałem z wahaniem.

– W ciągu dnia tak. Nocą nie. – Wślizgnęła się do środka, odsuwając wiszącą tuż za progiem grubą wełnianą kotarę.

Wszedłszy za nią, znalazłem się w pozbawionym zupełnie światła pomieszczeniu. – Nie idź dalej! – ostrzegła.

W pierwszej chwili myślałem, że chodzi o zasady obowiązujące w świątyni Ísis, lecz gdy mój wzrok przywykł do ciemności, zobaczyłem, że kazała mi się zatrzymać, abym nie wpadł do wypełnionego wodą zagłębienia w posadzce. Światło sączyło się do środka jedynie zza kotary przy drzwiach, ale stojąc w bezruchu, zauważyłem szarą poświatę w głębi pomieszczenia. Potem spostrzegłem, że Ginewra ściąga na podłogę kilka warstw zawieszonych na poziomych drągach czarnych draperii. Były tak grube, że nie przepuszczały w ogóle promieni słonecznych. Za draperiami znajdowały się okiennice. Gdy Ginewra je otworzyła, zrobiło się nagle oślepiająco jasno.

– Oto i cała tajemnica! – oznajmiła, stojąc obok dużego, łukowatego okna. Najwyraźniej kpiła sobie z Sansuma, ale pomieszczenie wyglądało naprawdę tajemniczo, gdyż wszystko było tam czarne. Posadzkę wykonano z czarnego kamienia, a ściany i łukowate sklepienie pociągnięto smołą. Na środku podłogi była płytka sadzawka z czarną wodą, między nią zaś a otwartym teraz oknem stał niski czarny tron z kamienia. – I co o tym sądzisz, Derfel? – zapytała Ginewra.

– Nie widzę tu bogini – powiedziałem, rozglądając się za posągiem Ísis.

– Przybywa z księżycem – wyjaśniła Ginewra, a ja próbowałem sobie wyobrazić, jak wyglądają w jego blasku czarne ściany i sadzawka. – Opowiedz mi o Nimue – rozkazała Ginewra – to dowiesz się czegoś o Ísis.

– Nimue jest kapłanką Merlina – powiedziałem, słysząc, jak mój głos odbija się głuchym echem od czarnych kamieni – i uczy się jego sekretów.

– Jakich sekretów?

– Tajemnic dawnych bogów, pani.

Ginewra zmarszczyła brwi.

– Ale skąd o nich wie? Sądziłam, że dawni druidzi niczego nie zapisywali. Zdaje się, że nie wolno im było tego robić?

– Tak, pani, ale Merlin próbuje dotrzeć do prawd, które znali.

Ginewra skinęła głową.

– Wiedziałam, że zaprzepaściliśmy część ich wiedzy. A więc Merlin stara się ją zgłębić? Bardzo dobrze! Może dzięki temu pokonamy nikczemnego Sansuma.

Stanęła przy oknie i spoglądała na kryte gontami i słomą dachy domów, na otaczające Durnovarię od południa wały obronne, porośnięte trawą wzgórze amfiteatru i widoczne na horyzoncie potężne ziemne umocnienia Mai Dun. Po błękitnym niebie płynęły skłębione białe chmury, lecz mnie zapierał dech w piersiach widok Ginewry, przez której białą lnianą suknię przenikały na wskroś promienie słońca. Księżniczka Henis Wyren wyglądała tak, jakby była naga. W tym momencie, czując w uszach pulsowanie krwi, zazdrościłem mojemu panu. Czy Ginewra zdawała sobie sprawę, że słońce ją obnażyło? Sądziłem, że nie, ale mogłem się mylić. Stała do mnie tyłem, nagle jednak odwróciła się i zapytała:

– Czy Lunete zna się na czarach?

– Nie, pani.

– Ale uczyła się magii razem z Nimue, prawda?

– Nie – odparłem. – Nigdy się tym nie interesowała. Nie wolno jej było wchodzić do komnat Merlina.

– Ale ty tam byłeś?

– Tylko dwa razy – odparłem.

Widziałem nagie piersi Ginewry, spuściłem więc wzrok, ale wówczas zobaczyłem w czarnej sadzawce lustrzane odbicie jej szczupłej sylwetki, jeszcze piękniejsze i bardziej tajemnicze. Zapadła niezręczna cisza. Lunete powiedziała z pewnością Ginewrze, że zna się na magii, a ja właśnie to zakwestionowałem.

– Może Lunete nie o wszystkim mi mówiła? – dodałem bez przekonania.

Ginewra wzruszyła ramionami i się odwróciła. Podniosłem znowu wzrok.

– Ale twierdzisz, że Nimue potrafi więcej? – zapytała.

– Zdecydowanie, pani.

– Dwa razy wzywałam ją do siebie – powiedziała gniewnie Ginewra – i dwukrotnie odmówiła. Jak mam ją zmusić, żeby przyszła?

– Nimue najchętniej robi to, czego się jej zabrania.

Znowu zapadła cisza. Z zewnątrz dochodziły odgłosy miasta; słychać było pokrzykujących na rynku straganiarzy, stukot kół wozów o bruk, szczekanie psów i pobrzękiwanie garnków z pobliskiej kuchni, ale my milczeliśmy.

– Pewnego dnia – odezwała się wreszcie Ginewra – wybuduję tam świątynię Isis. – Wskazała na widoczne na południu potężne wały obronne Mai Dun. – Czy to święte miejsce?

– Bardzo.

– To dobrze. – Odwróciła się znowu w moją stronę. Słońce lśniło w jej rudych włosach i na gładkiej skórze pod białą suknią. – Nie mam ochoty bawić się z Nimue w podchody, Derfel. Chcę, żeby się tu zjawiła. Potrzebna mi kapłanka, obdarzona magiczną mocą i znająca dawnych bogów. Skoro mam walczyć z tą gnidą Sansumem, Nimue musi mi pomóc, a zatem w imię twojej miłości do Artura poradź mi, Derfel, jak ją tu sprowadzić, a ja ci powiem, dlaczego czczę Ísis.

Milczałem przez chwilę, zastanawiając się, co mogłoby zwabić Nimue.

– Powiedz jej – rzekłem w końcu – że jeśli będzie ci posłuszna, dostanie w swoje ręce Gundleusa. Ale upewnij się najpierw, czy Artur na to pozwoli – dodałem.

– Dziękuję, Derfel. – Ginewra uśmiechnęła się i usiadła na tronie z gładkiego czarnego kamienia. – Ísis – powiedziała – to bogini kobiet, a ten tron jest jej symbolem. Królestwem rządzi mężczyzna, ale Ísis może zadecydować, kto obejmie władzę. Dlatego ją czczę.

Jej słowa pachniały zdradą.

– Na tronie naszego królestwa, pani – powtórzyłem za Arturem – zasiada Mordred.

– On nie potrafi zasiąść nawet na nocniku! – zaprotestowała Ginewra szyderczym tonem. – Jest kaleką i nieznośnym bachorem, który zwęszył już władzę jak wieprz maciorę! – Jej głos brzmiał ostro i pogardliwie. – A od kiedy to, Derfel, tron przechodzi z ojca na syna? Dawniej tak nie bywało! Władzę obejmował najlepszy wojownik w szczepie i tak powinno zostać. – Przymknęła powieki, jakby żałując, że uniosła się gniewem. – Jesteś przyjacielem mojego męża? – zapytała po chwili, otwierając ponownie oczy.

– Wiesz o tym, pani.

– Więc wiele nas łączy, Derfel, ponieważ oboje kochamy Artura. Czy sądzisz, mój drogi, że Mordred będzie lepszym królem niż Artur?

Zawahałem się, bo namawiała mnie do zdrady, ale będąc w świętym miejscu, nie mogłem kłamać, odparłem zatem zgodnie ze swoim przekonaniem:

– Nie, pani. Książę Artur byłby lepszym królem.

– Masz rację. – Uśmiechnęła się do mnie. – Powiedz więc Arturowi, że nie ma się czego obawiać i że dzięki Ísis może wiele zyskać. Przekaż swojemu panu, że oddaję jej cześć dla dobra jego przyszłości i nie dzieje się tutaj nic, co mogłoby mu zaszkodzić. Czy wyrażam się jasno?

– Powiem mu to, pani.

Przyglądała mi się przez dłuższą chwilę. Stałem wyprostowany jak struna. U boku miałem miecz, mój płaszcz dotykał czarnej podłogi, a gęsta jasna broda lśniła w słońcu.

– Wygramy tę wojnę? – zapytała po chwili Ginewra.

– Tak, pani.

Uśmiechnęła się, słysząc moją zdecydowaną odpowiedź.

– Dlaczego tak sądzisz?

– Ponieważ Gwent broni się nieugięcie na północy – powiedziałem. – Ponieważ Saksonowie walczą między sobą tak jak my i nigdy się przeciw nam nie zjednoczą. Ponieważ Gundleus z Sylurii boi się panicznie kolejnej porażki, Cadwy jest robakiem, którego zgnieciemy, gdy tylko będzie na to dość czasu, a Gorfyddyd, choć potrafi walczyć, nie umie dowodzić armią. A przede wszystkim, pani, wygramy dlatego, że mamy księcia Artura.

– Masz rację – powiedziała ponownie i stanęła w ten sposób, że słońce znów przeświecało przez jej piękną białą suknię. – Musisz już iść, Derfel. Dość się napatrzyłeś. – Wybuchnęła śmiechem, widząc moje zmieszanie. – I poszukaj jakiegoś strumienia – krzyknęła, gdy przeciskałem się przez kotarę w drzwiach – bo cuchniesz jak Saksonowie!

Znalazłem strumień i umyłem się, a potem wyruszyłem ze swoimi ludźmi na południe, w kierunku morza.

Nie lubię morza. Jest zimne i zdradliwe. Szare, ruchome pagórki fal nadciągają bez przerwy z zachodu, gdzie codziennie znika słońce. Marynarze mówią, że gdzieś za pustym horyzontem leży legendarna kraina Lyonesse, ale nikt jej nigdy nie widział, ani tym bardziej z niej nie powrócił. Stała się wymarzonym rajem wszystkich biednych żeglarzy, oazą ziemskich rozkoszy, gdzie nie ma wojen, głodu, a przede wszystkim statków przemierzających wzburzone morze i walczących ze spienionymi falami, które zalewały bezlitośnie nasze małe drewniane łodzie. Wybrzeże Dumnonii tonęło w zieleni. Nie zdawałem sobie sprawy, jak bardzo kocham to miejsce, dopóki po raz pierwszy nie musiałem go opuścić.

Płynęliśmy trzema statkami. Kiedy znaleźliśmy się na pełnym morzu, niewolnicy mogli odłożyć na bok wiosła, gdyż zachodni wiatr zaczął dmuchać w nasze podarte żagle. Statki posuwały się niezdarnie do przodu, prująć dziobami wysokie fale. Wielu moich ludzi się pochorowało. Byli młodzi, w większości młodsi niż ja, bo wojna jest w istocie zabawą dla chłopców, ale kilku było ode mnie starszych. Cavan, mój zastępca, zbliżał się do czterdziestki. Miał siwą brodę i pociętą bliznami twarz. Był groźnym Irlandczykiem, który służył kiedyś Utherowi i nie widział nic dziwnego w tym, że rozkazuje mu człowiek o połowę od niego młodszy. Nazywał mnie panem, uważając, że skoro pochodzę z Tor, jestem dziedzicem Merlina albo przynajmniej jego nieślubnym dzieckiem, poczętym w łonie saksońskiej niewolnicy. Przypuszczam, że Artur przydzielił mi Cavana na wypadek, gdybym ze względu na swój wiek nie radził sobie z dowodzeniem ludźmi, ale szczerze mówiąc, nigdy nie miałem takich problemów. Wystarczy powiedzieć żołnierzom, co mają robić, samemu dawać im przykład, karać ich, gdy nie wypełnią rozkazów, i sowicie nagradzać, gdy zwyciężają. Wszyscy moi włócznicy byli ochotnikami i płynęli do Benoic albo dlatego, że chcieli u mnie służyć, albo, co bardziej prawdopodobne, w nadziei zdobycia za morzem większych łupów i sławy. Nie zabraliśmy ze sobą kobiet, koni ani służby. Przed wyjazdem zwróciłem Cannie wolność i odesłałem ją do Tor, licząc, że Nimue się nią zajmie, ale wątpiłem, czy zobaczę jeszcze kiedyś tę moją małą Saksonkę. Przypuszczałem, że szybko znajdzie sobie męża, gdy ja będę poznawał Bretanię i podziwiał legendarne piękno Ynys Trebes.

Bleiddig, poseł króla Bana, towarzyszył nam w podróży. Utyskiwał na mój młody wiek, ale gdy Cavan mruknął gniewnie, że zabiłem zapewne więcej ludzi niż on, postanowił nie mówić więcej na ten temat. Narzekał też, że jest nas za mało. Mówił, że Frankowie są głodni ziemi i dobrze uzbrojeni. Dwustu ludzi może by wystarczyło, żeby stawić im opór, ale nie sześćdziesięciu.

Pierwszej nocy zakotwiczyliśmy w zatoce obok jakiejś wyspy. Na pełnym morzu huczały fale, a z brzegu wygrażała nam grupa obdartych mężczyzn. Kilka wypuszczonych przez nich strzał padło daleko od naszych trzech statków. Kapitan obawiał się sztormu, złożył więc na pokładzie ofiarę z kozła. Rozmazał krew zdychającego zwierzęcia na dziobie statku i do rana wiatr się uspokoił, za to nad morzem zawisła gęsta mgła. Żaden kapitan nie odważyłby się wypłynąć w taką pogodę, czekaliśmy więc cały dzień i całą noc, aż niebo się przejaśni, i dopiero wtedy podążyliśmy dalej na południe. Był to długi rejs. Ominęliśmy kilka groźnych skał, znad których sterczały wraki statków, a potem, korzystając ze sprzyjającego umęczonym wioślarzom lekkiego wiatru i przypływu, wpłynęliśmy w ciepły wieczór na wody szerokiej rzeki. Gdy przybijaliśmy do brzegu, przeleciało nad nami stado łabędzi, co stanowiło dobrą wróżbę. W pobliżu był fort i nad rzeką pojawili się natychmiast uzbrojeni ludzie, ale Bleiddig krzyknął, że jesteśmy przyjaciółmi. Mężczyźni odpowiedzieli w języku Brytów, pozdrawiając nas. Rzeczne wiry lśniły w promieniach zachodzącego słońca. Nad brzegiem pachniało rybami, solą i smołą. Obok stojących na piasku łodzi rybackich wisiały na kozłach czarne sieci. Pod panwiami do warzenia soli płonął ogień, a po plaży biegały rozszczekane psy. Z pobliskich chat wybiegły dzieci, by zobaczyć, jak wychodzimy na brzeg.

Szedłem na przedzie, niosąc odwróconą tarczę z niedźwiedziem, godłem Artura. Kiedy minąłem zaśmieconą wrakami łodzi część nabrzeża, którą zalewała fala przypływu, wbiłem włócznię w piasek i zmówiłem modlitwę do boga Bela, mojego patrona, i do boga morza, Manawydana, aby pewnego dnia pozwolili mi wrócić z Armoryki do mego pana Artura i do ukochanej Brytanii.

Potem wyruszyliśmy na wojnę.

Mówiono, że żadne miasto, nawet Rzym czy Jerozolima, nie jest tak piękne jak Ynys Trebes. Pewnie rzeczywiście tak było, bo choć nie widziałem tych dwóch pozostałych, stolica królestwa Benoic zrobiła na mnie ogromne wrażenie. To zachwycające, wspaniałe miasto zbudowano na stromej granitowej skale, otoczonej wodami rozległej, lecz płytkiej zatoki. Czasem szalały tam spienione fale i świszczał wiatr, ale w Ynys Trebes było zawsze spokojnie. Latem, gdy wody zatoki lśniły w gorących promieniach słońca, w stolicy Benoic panował przyjemny chłód. Ginewrze spodobałoby się to miejsce, bo ceniono tam wszystko co stare i nie dopuszczano, by cokolwiek szpeciło jego urodę.

Rzymianie przebywali, oczywiście, w Ynys Trebes, ale nie ufortyfikowali miasta, tylko zbudowali na szczycie skały dwie wille. Stały tam nadal. Król Ban i królowa Elaine połączyli je i wzbogacili o zrabowane z rzymskich budowli w głębi lądu nowe kolumny, cokoły, mozaiki i posągi, tak że nad wyspą wznosił się teraz przestronny, jasny pałac, w którego oknach przy najlżejszym podmuchu morskiego wiatru powiewały białe lniane zasłony. Do miasta najłatwiej było dotrzeć łodzią. Na wyspę prowadziła też grobla, którą jednak podczas przypływu zalewała woda, a podczas odpływu zasypywały zdradliwe lotne piaski. Drogę oznaczano łoziną, ale wysokie fale porywały wetknięte w piasek witki i tylko głupiec próbowałby przejść tamtędy bez pomocy miejscowego przewodnika, który potrafił ominąć ruchome wydmy i niebezpieczne zatoczki. W czasie odpływu skała, na której zbudowano Ynys Trebes, wyłaniała się z morza i stała samotnie na pofałdowanym, pełnym wąwozów i małych jezior piaszczystym pustkowiu, a gdy następował przypływ i wiał silny zachodni wiatr, miasto przypominało ogromny statek, przedzierający się z uporem przez wzburzone morze.

Poniżej pałacu znajdowało się skupisko mniejszych budynków, które przylegały jak ptasie gniazda do stromych granitowych zboczy. Były tam świątynie, sklepy, kościoły i domy, wszystkie pobielane, zbudowane z kamienia i ozdobione rzeźbami i dekoracjami, których Ban nie potrzebował już w swej rezydencji. Wzdłuż zabudowań biegła brukowana droga, prowadząca naokoło wyspy do położonego na szczycie pałacu królewskiego. U podnóża wschodniego zbocza było nieduże kamienne molo, do którego mogły przybijać łodzie, ale wymagało to całkowicie bezwietrznej pogody, dlatego też my zawinęliśmy do bezpieczniejszej przystani oddalonej o dzień drogi na zachód. Za molem znajdował się niewielki port, a właściwie osłonięta wydmami zatoczka. Podczas odpływu była ona odcięta od morza, ale gdy następował przypływ i wiał północny wiatr, nie dawała statkom należytego schronienia. Całą wyspę, z wyjątkiem miejsc, gdzie wznosiły się pionowo granitowe zbocza, otaczał odstraszający nieproszonych gości kamienny mur. Poza Ynys Trebes panował zamęt, grasowali Frankowie, lała się krew, ludzie cierpieli z powodu nędzy i chorób, ale za murami królowały nauka, muzyka, poezja i piękno.

Nie było mi dane zamieszkać w ukochanej stolicy króla Bana. Miałem za zadanie bronić Ynys Trebes, walcząc z Frankami w głębi lądu, gdyż atakowali oni osady, dzięki którym miasto żyło w dobrobycie. Bleiddig nalegał jednak, abym spotkał się z królem, i poprowadził mnie groblą do miejskiej bramy, ozdobionej płaskorzeźbą trzymającego trójząb trytona, a potem stromą drogą, prowadzącą do stylowego pałacu. Żałowałem, że nie mogłem zabrać ze sobą moich ludzi, aby zobaczyli wszystkie wspaniałości miasta: rzeźbione bramy, wykute w granicie strome schody, biegnące w górę i w dół między świątyniami i sklepami, ukwiecone balkony domów, posągi i ozdobione płaskorzeźbami marmurowe akwedukty, z których każdy mógł czerpać czystą, źródlaną wodę. Bleiddig, który był moim przewodnikiem, narzekał, że utrzymanie miasta kosztuje zbyt wiele pieniędzy i należałoby je raczej przeznaczyć na obronę królestwa, ale ja byłem oszołomiony tym, co ujrzałem. Pomyślałem, że o takie miejsce warto walczyć.

Weszliśmy przez ostatnią bramę z płaskorzeźbą trytona na pałacowy dziedziniec. Z trzech stron otaczały go obrośnięte winem budowle, a z czwartej białe arkady, za którymi rozciągał się widok na morze. Przy wszystkich drzwiach stali ubrani w białe płaszcze wartownicy ze lśniącymi włóczniami.

– Są do niczego – mruknął Bleiddig. – Nie potrafiliby odpędzić nawet kundla, ale ładnie się prezentują.

Przy wejściu do pałacu powitał nas dworzanin w białej todze. Szliśmy za nim przez wypełnione drogocennymi przedmiotami sale. Były tam alabastrowe posągi i złote naczynia. Zaparło mi dech w piersiach, gdy zobaczyłem nagle swoje odbicie w szeregu wklęsłych luster. Postać brodatego i brudnego żołnierza w brunatnym płaszczu znikała gdzieś w nieskończonej przestrzeni. W następnej sali, pomalowanej na biało i pachnącej kwiatami, piękna dziewczyna grała na harfie. Miała na sobie tylko krótką tunikę. Uśmiechnęła się do nas radośnie, nie przerywając gry. Promienie słońca złociły jej piersi i krótko przycięte włosy.

– Ten pałac przypomina burdel – szepnął konfidencjonalnie Bleiddig. – Szkoda, że nim nie jest. Byłby wtedy z niego jakiś pożytek.

Odziany w togę dworzanin otworzył szeroko jeszcze jedne zaopatrzone w klamkę z brązu drzwi i wprowadził nas do obszernej komnaty, z której był doskonały widok na lśniące morze.

– Panie – powiedział, kłaniając się jedynej obecnej tam osobie – przybyli wódz Bleiddig i Derfel, kapitan wojsk Dumnonii.

Zza stołu wstał wysoki, szczupły mężczyzna o zatroskanej twarzy i rzedniejących siwych włosach. Przycisnąwszy pergamin, na którym pisał, kałamarzami i kamykami, aby nie zwiał mu go wiatr, podszedł do nas i powiedział:

– A, Bleiddig! Więc wróciłeś. Bardzo dobrze. Nie wszystkim się to udaje. Statki często toną. Należałoby się zastanowić dlaczego. Może powinny być większe? A może źle je budujemy? Nie jestem pewien, czy mamy odpowiednie kwalifikacje. Nasi rybacy przysięgają, że tak, ale niektórzy z nich też nie wracają z morza. Jest to problem. – Król Ban przystanął na środku sali i podrapał się w skroń, jeszcze bardziej brudząc atramentem swe siwe włosy. – Nie wiem na razie, jak go rozwiązać – oznajmił w końcu, po czym spojrzał na mnie. – Więc nazywasz się Drivel, tak?

– Derfel, panie – potwierdziłem, klękając na jedno kolano.

– Derfel! – powtórzył zdumiony. – Derfel! Niech pomyślę. To znaczy, zdaje się, „należący do druida". Zgadza się, Derfel?

– Jestem wychowankiem Merlina, panie.

– Doprawdy? Coś podobnego! Widzę, że musimy porozmawiać. Jak się miewa mój drogi Merlin?

– Nie widziano go od pięciu lat, panie.

– A więc jest niewidzialny! Ha! Zawsze przypuszczałem, że potrafi znikać! To bardzo przydatna umiejętność. Muszę poprosić moich mędrców, żeby nad tym popracowali. Wstań, proszę. Nie znoszę, kiedy ludzie przede mną klękają. Nie jestem żadnym bogiem, przynajmniej tak sądzę. – Gdy wstałem, król przyjrzał mi się uważnie i stwierdził, wyraźnie zawiedziony: – Wyglądasz jak Frank!

– Przybywam z Dumnonii, panie – powiedziałem dumnie.

– Oczywiście. A nasz drogi Artur podąża twoim śladem, czy tak? – zapytał z nadzieją w głosie.

Obawiałem się tej chwili.

– Nie, panie – odparłem. – Artura otacza wielu wrogów. Walczy o ocalenie naszego królestwa, przysłał więc mnie i paru ludzi, tylu, ilu mógł. Mam do niego napisać i w razie potrzeby poprosić o posiłki.

– Na pewno będzie to konieczne – stwierdził dobitnie Ban swoim cienkim, piskliwym głosem. – Więc przypłynąłeś tu ze swoimi ludźmi? Ilu dokładnie ich jest?

– Sześćdziesięciu, panie.

Król Ban usiadł nagle na inkrustowanym kością słoniową drewnianym krześle.

– Sześćdziesięciu? Liczyłem na trzystu! I na obecność samego Artura. Jak na dowódcę jesteś bardzo młody – powiedział sceptycznym tonem, zaraz jednak twarz mu się rozjaśniła. – Czy dobrze słyszałem? Wspomniałeś, że potrafisz pisać?

– Tak, panie.

– I czytać? – dopytywał się z zainteresowaniem.

– Też, panie.

– Widzisz, Bleiddig? – wykrzyknął triumfalnie król, zrywając się na nogi. – Niektórzy wojownicy potrafią czytać i pisać! I nie przynosi im to ujmy. Wcale nie zniżają się przez to do poziomu urzędników, kobiet, królów i poetów, którymi tak pogardzasz. Ha! Wykształcony wojownik! Czy przypadkiem nie piszesz wierszy? – zapytał.

– Nie, panie.

– Szkoda. Mamy tu społeczność poetów. Jesteśmy bractwem! Nazywamy siebie *fili*, a poezja to nasza kochanka. Wypełniamy swego rodzaju świętą misję. Może doznasz tu natchnienia? Chodź ze mną, mój uczony Derflu. – Zapomniawszy zupełnie o nieobecności Artura, Ban poprowadził mnie przez kilka kolejnych sal i niewielką komnatę, w której grała na harfie jeszcze jedna piękna, półnaga dziewczyna. Na koniec dotarliśmy do wielkiej biblioteki. Nigdy przedtem nie byłem w takim miejscu i król Ban, zachwycony, że może pochwalić się swoimi zbiorami, obserwował moją reakcję.

Otworzyłem usta ze zdumienia, widząc setki poukładanych w sterty i wyglądających jak komórki w plastrze miodu otwartych pudełek, w których tkwiły związane tasiemkami pergaminy. Każde pudełko mieściło jeden zwój i było starannie podpisane.

– Jakie znasz języki, Derfel? – zapytał Ban.

– Język Saksonów i język Brytów, panie.

– Aha... – Król był wyraźnie zawiedziony. – Tylko te prymitywne. Ja znam łacinę, grekę i oczywiście język Brytów. Mówię też trochę po arabsku. Ojciec Celwin zna dziesięć razy więcej języków, prawda, ojcze?

Król zwrócił się do jedynego obecnego w bibliotece człowieka, starego księdza z siwą brodą, groteskowym garbem na plecach i czarnym kapturem na głowie. Starzec uniósł na powitanie szczupłą dłoń, nie spojrzawszy nawet na nas znad rozłożonych na stole pergaminów. Przez chwilę myślałem, że ma kaptur obszyty futrem, ale był to w rzeczywistości szary kot, który podniósł głowę, zerknął na mnie, ziewnął i znowu ułożył się do snu. Król Ban, nie zwracając uwagi na nieuprzejme zachowanie księdza, poprowadził mnie między rzędami pudełek i wyjaśnił, jakie zgromadził skarby.

– Zbieram tu wszystko, co zostało po Rzymianach – stwierdził z dumą. – Wiele rzeczy dostaję od przyjaciół. Niektóre manuskrypty są już tak stare, że trzeba je przepisywać. Zobaczmy, co tu jest. A, tak, to jedna z dwunastu sztuk Arystofanesa. Oczywiście, mam je wszystkie, młodzieńcze. To *Babilończycy*. Grecka komedia.

– Wcale nie jest zabawna – burknął znad stołu ksiądz.

– Bardzo dowcipna – stwierdził król Ban, niezrażony opryskliwością Celwina, do której najwyraźniej przywykł. – Może *fili* powinni zbudować teatr i wystawić ją? – dodał. – O, to by ci się podobało. *Ars poetica* Horacego. Sam ją przepisywałem.

– Nic dziwnego, że nie da się tego odczytać – skomentował ojciec Celwin.

– Zachęcam wszystkich członków bractwa do czytania maksym Horacego – oznajmił król.

– Dlatego są tak nędznymi poetami – zauważył ksiądz, nadal nie podnosząc wzroku znad pergaminów.

– O, Tertulian! – Król wziął do ręki jeden ze zwojów i zdmuchnął z niego kurz. – To kopia *Apologeticum*.

– Same brednie – stwierdził Celwin. – Szkoda na nie atramentu.

– Cóż za elokwencja! – zachwycał się Ban. – Nie jestem chrześcijaninem, Derfel, ale niektóre ich dzieła są pełne wartościowych nauk moralnych.

– Nic podobnego – zaoponował ksiądz.

– O, a to musiałeś już czytać – powiedział król, wyciągając z pudełka kolejny pergamin. – *Rozmyślania* Marka Aureliusza. Znajdziesz tu, mój drogi, niezrównane wskazówki na temat tego, jak należy żyć.

– Banały napisane kiepską greką przez rzymskiego nudziarza – podsumował Celwin.

– Nie ma chyba wspanialszej księgi – powiedział król rozmarzonym głosem, odkładając dzieło Marka Aureliusza na miejsce i sięgając po następne. – A to prawdziwy rarytas. Wielki traktat Arystarcha z Samos. Na pewno go znasz?

– Nie, panie – przyznałem.

– Nie wszyscy po niego sięgają – stwierdził ze smutkiem król – ale to osobliwa lektura. Arystarch utrzymuje – tylko się nie śmiej – że ziemia obraca się wokół słońca, a nie odwrotnie. – Zilustrował to obrazoburcze twierdzenie, wymachując długimi rękami. – Wszystko jest u niego na opak.

– Na mój gust rozumuje logicznie – oznajmił Celwin, nadal nie odrywając się od pracy.

– A oto Syliusz Italikus! – Król wskazał całą serię wypełnionych pergaminami pudełek. – Drogi Syliusz Italikus! Mam wszystkie osiemnaście ksiąg jego historii drugiej wojny punickiej. Napisana jest, oczywiście, wierszem. Cóż to za bezcenny skarb!

– Nudna i rozwlekła opowieść. – Ksiądz zaśmiał się pod nosem.

– Oto moja biblioteka – stwierdził z dumą Ban, prowadząc mnie do wyjścia. – Jest chlubą Ynys Trebes! Podobnie jak nasi poeci. Przepraszam, że przeszkodziliśmy ci, ojcze.

– Czy konik polny może zakłócić spokój wielbłądowi? – zapytał ojciec Celwin.

Król zamknął drzwi i minąwszy harfistkę z nagimi piersiami, wróciliśmy do sali, w której czekał Bleiddig.

– Ojciec Celwin prowadzi badania nad rozpiętością skrzydeł aniołów – wyjaśnił z dumą Ban. – Może powinienem go zapytać, co wie o zjawisku niewidzialności? Zna się chyba na wszystkim. Rozumiesz teraz, Derfel, dlaczego trzeba za wszelką cenę bronić Ynys Trebes? Na tej niewielkiej wyspie, mój drogi, zgromadzona jest cała mądrość ludzkiego świata, ocalona z ruin i powierzona naszej opiece. Zastanawiam się, co to jest wielbłąd. Nie wiesz przypadkiem, Bleiddig?

– To rodzaj węgla, panie, którego kowale używają do wyrobu stali.

– Doprawdy? Ciekawe. Ale konik polny nie może przeszkadzać węglowi, prawda? Mają ze sobą niewiele wspólnego, więc skąd taka sugestia? Zdumiewające. Muszę zapytać o to ojca Celwina, gdy będzie w odpowiednim nastroju, a taka okazja nieczęsto się zdarza. Posłuchaj, młodzieńcze. Wiem, że przybyłeś ocalić moje królestwo i na pewno chcesz szybko ruszać w drogę, ale musisz zostać na kolację. Poznasz moich synów. Obaj są wojownikami! Miałem nadzieję, że poświęcą się poezji i nauce, ale potrzeba nam teraz wojowników, prawda? Zresztą mój drogi Lancelot ceni bractwo poetów równie wysoko jak ja, można więc patrzeć w przyszłość z optymizmem. – Zamilkł i zmarszczywszy nos, zapytał z uprzejmym uśmiechem: – Pewnie będziesz chciał się wykąpać?

– Tak sądzisz, panie?

– Oczywiście – stwierdził stanowczo Ban. – Leanor zaprowadzi cię do twojej komnaty, przygotuje kąpiel i da ci czyste rzeczy. – Klasnął w ręce i w drzwiach stanęła harfistka, którą widziałem, wchodząc do pałacu. To ona musiała mieć na imię Leanor.

Byłem w pałacu nad morzem, pełnym światła i piękna. Królowała w nim muzyka i poezja, a jego mieszkańcy pochodzili jakby z innej epoki i innego świata.

Tam poznałem Lancelota.

– Jesteś jeszcze bardzo młody – stwierdził Lancelot.

– To prawda, panie – odparłem, delektując się homarem polanym stopionym masłem. Nigdy przedtem ani potem nie jadłem niczego równie smakowitego.

– Artur obraża nas, przysyłając tu chłopca – powiedział Lancelot.

– Wcale nie, książę – rzekłem, czując, że masło spływa mi po brodzie.

– Zarzucasz mi kłamstwo? – naciskał Lancelot, następca tronu Benoic.

– Twierdzę, panie, że się mylisz – powiedziałem z uśmiechem.

– Sześćdziesięciu ludzi? – szydził. – To wszystko, na co stać Artura?

– Tak, panie – odparłem.

– Sześćdziesięciu ludzi dowodzonych przez chłopca! – rzucił z pogardą Lancelot.

Książę, starszy ode mnie tylko o rok lub dwa, ale o wiele bardzie doświadczony, był szalenie przystojny, wysoki i dobrze zbudowany. Miał pociągłą twarz i ciemne oczy. Był równie uderzająco męski, jak Ginewra kobieca, ale przypominał jadowitego węża. Czarne, wypomadowane włosy upinał złotymi grzebieniami. Jego lśniące wąsy i broda były krótko przycięte.

Roztaczał wokół siebie zapach lawendy. Nigdy nie spotkałem równie przystojnego mężczyzny. Co gorsza, doskonale wiedział, że atrakcyjnie wygląda. Od pierwszej chwili zrobił na mnie złe wrażenie. Poznaliśmy się na uczcie w pałacu Bana. W biesiadnej sali były marmurowe kolumny, białe jak mgiełka zasłony w oknach wychodzących na morze i gładkie, tynkowane ściany z wymalowanymi obrazami bogów, bogiń i wspaniałych zwierząt. Pod ścianami stali służący i strażnicy. Salę oświetlały setki małych oliwnych lampek z brązu i płonące na długim stole grube świece z pszczelego wosku. Stół przykryty był białym obrusem. Plamiłem go ciągle masłem, podobnie jak dziwaczną togę, którą król Ban kazał mi włożyć na przyjęcie.

Bardzo odpowiadało mi jedzenie, ale nie towarzystwo Lancelota. Miałem ochotę pomówić z ojcem Celwinem, który droczył się właśnie przy stole z jednym z poetów należących do ukochanego bractwa króla Bana, byłem jednak skazany na rozmowę z księciem. Królowa Elaine, siedząca obok swego męża, broniła poetów przed docinkami Celwina, które były o wiele zabawniejsze niż zgryźliwe uwagi Lancelota.

– Artur naprawdę nas obraża – powtórzył.

– Przykro mi, że tak sądzisz, panie – odparłem.

– Nigdy nie wdajesz się w sprzeczki, chłopcze? – zapytał. Spojrzałem w jego harde oczy.

– Uważam, że wojownicy nie powinni się pojedynkować podczas uczty, książę – odrzekłem.

– A więc jesteś nieśmiałym chłopcem! – powiedział drwiąco. Moja cierpliwość powoli się wyczerpywała. Westchnąłem ciężko i zapytałem, zniżając głos:

– Naprawdę szukasz zwady, książę? Jeśli tak, nazwij mnie jeszcze raz chłopcem, a rozłupię ci czaszkę. – Mówiąc to, uśmiechnąłem się.

– Jesteś chłopcem – powtórzył po chwili Lancelot. Spojrzałem na niego ze zdziwieniem, nie rozumiejąc, do czego właściwie zmierza, ale miarka już się przebrała.

– Po dziesięćkroć czarny miecz – powiedziałem.

– Co? – zapytał, nie rozpoznając magicznej formuły Mitrasa, co oznaczało, że nie należał do naszego bractwa. – Zwariowałeś? – dodał. – A więc jesteś nie tylko nieśmiałym chłopcem, ale i szaleńcem?

Grzmotnąłem go z całej siły łokciem. Powinienem był się opanować, ale gniew przeważył nad rozsądkiem. Książę rozciągnął się jak długi na podłodze z zakrwawionym nosem i pękniętą wargą. Próbował cisnąć we mnie krzesłem, ale byłem dla niego za szybki i dzieliła nas zbyt mała odległość. Kopnąłem krzesło na bok, dźwignąłem go z podłogi i przyparłem do kolumny. Uderzyłem jego głową o marmur i zadałem mu cios kolanem w krocze. Lancelot skrzywił się z bólu. Jego matka zaczęła krzyczeć, a król Ban i siedzący przy stole poeci oniemieli ze zdumienia. Zdenerwowany strażnik w białym płaszczu przytknął mi do gardła włócznię.

– Zabierz ją, bo zginiesz – ostrzegłem. Przestraszył się mojej groźby.

– Więc kim jestem, książę? – zapytałem Lancelota.

– Chłopcem – usłyszałem w odpowiedzi.

Przydusiłem go ramieniem. Na próżno próbował się uwolnić.

– Kim jestem, panie? – powtórzyłem.

– Chłopcem – wycharczał.

Ktoś dotknął mojej ręki. Odwróciwszy głowę, zobaczyłem uśmiechającego się do mnie jasnowłosego mężczyznę. Był mniej więcej w moim wieku. Zajmował miejsce na przeciwległym końcu stołu i sądziłem, że to jeden z poetów, lecz się myliłem.

– Mój brat od dawna zasługiwał, żeby dać mu nauczkę – powiedział – ale jeżeli chcesz, żeby przestał cię obrażać, musisz go zabić, a wtedy, broniąc honoru rodziny, ja będę musiał zabić ciebie, a wcale nie wiem, czy mam na to ochotę.

Przestałem dusić Lancelota. Książę stał przez kilka chwil w miejscu, próbując złapać oddech, po czym pokręcił głową, splunął na mnie i wrócił do stołu. Miał zakrwawiony nos i opuchnięte wargi, a jego starannie napomadowane włosy zwisały w nieładzie. Brat księcia był najwyraźniej rozbawiony nieoczekiwaną potyczką.

– Jestem Galahad – przedstawił się. – Miło mi cię poznać. Podziękowałem mu, po czym podszedłem do króla Bana i mimo jego niechęci do ceremonialnych gestów uklęknąłem na posadzce.

– Przepraszam, panie, za zniewagę wyrządzoną twemu domowi – powiedziałem. – Wymierz mi stosowną karę.

– Karę? – zdziwił się Ban. – Nie mów głupstw. To wszystko z powodu wina. Poszło ci do głowy. Powinniśmy rozcieńczać je wodą, tak jak Rzymianie. Prawda, ojcze Celwin?

– To głupi zwyczaj – stwierdził ksiądz.

– Nie będzie żadnej kary, Derfel – oznajmił Ban.

– I wstań, bo nie znoszę, kiedy ktoś bije mi pokłony. Czym zawiniłeś? Zapamiętałeś się w dyskusji, to wszystko. Lubię dyskusje, prawda, ojcze Celwin? Kolacja bez konwersacji jest jak dzień bez poezji. – Król puścił mimo uszu zgryźliwą uwagę księdza, że byłby to błogosławiony dzień i mówił dalej: – Mój syn Lancelot jest porywczy. Ma serce żołnierza i duszę poety, a to, niestety, wybuchowa mieszanka. Zostań z nami i wracaj do stołu.

Ban był nader hojnym monarchą, spostrzegłem jednak, że jego decyzja nie zachwyciła królowej, która mimo siwych włosów nie miała wcale zmarszczek, a jej twarz emanowała wdziękiem i spokojem, pasując do nieskazitelnego piękna Ynys Trebes. W tej chwili jednak patrzyła na mnie z wyraźną dezaprobatą.

– Czy wszyscy wojownicy z Dumnonii są tacy nieokrzesani? – zapytała na głos.

– Chcesz, żeby zachowywali się jak dworzanie? – zapytał opryskliwie Celwin. – Wyślesz swoich bezcennych poetów, żeby pozabijali Franków? Nie recytowaliby im chyba wierszy, choć, szczerze mówiąc, mogłoby się to okazać całkiem skuteczną bronią. – Powiedziawszy to, spojrzał z ukosa na królową. Trzej poeci zadrżeli ze strachu. Celwina nie dotyczyła chyba obowiązująca w Ynys Trebes zasada dbałości o piękno, bo bez kaptura, w którym widziałem go w bibliotece, wyglądał wyjątkowo szkaradnie. Miał na plecach potężny garb, jedno oko zasłonięte zapleśniałą przepaską, wykrzywione usta, rzadkie włosy, rosnące za wygoloną nierówno tonsurą i brudną brodę, zasłaniającą częściowo drewniany krzyż, który wisiał na jego zapadniętej klatce piersiowej. Szary kot, którego w bibliotece miał na szyi, siedział mu teraz na kolanach i jadł resztki homara.

– Usiądź koło mnie, Derfel – powiedział Galahad – i przestań robić sobie wyrzuty.

– To moja wina – powiedziałem. – Powinienem bardziej się kontrolować.

– Mój brat – stwierdził Galahad, gdy usiadłem na nowym miejscu – a raczej mój przyrodni brat, uwielbia wszystkich prowokować. To jego ulubione zajęcie. Ale mało kto ośmiela się podjąć wyzwanie, bo Lancelot jest następcą tronu, a to oznacza, że pewnego dnia będzie panem życia i śmierci swoich poddanych. Postąpiłeś jednak słusznie.

– Nieprawda.

– Nie będę się spierał. Dziś wieczorem zabiorę cię jednak na ląd.

– Dlaczego? – zdziwiłem się.

– Mój brat nie pogodzi się łatwo z porażką – powiedział cicho Galahad. – Może wbić ci nóż w żebra, kiedy będziesz spał. Na twoim miejscu, Derfel, wróciłbym na noc do swoich ludzi.

Spojrzałem na drugi koniec stołu, gdzie przystojnego Lancelota pocieszała teraz matka, ocierając mu z twarzy krew zamoczoną w winie serwetką.

– To twój przyrodni brat? – zapytałem Galahada.

– Jestem synem kochanki króla, nie jego żony – wyjaśnił mi szeptem. – Ale ojciec dobrze mnie traktuje i zawsze nazywa mnie księciem.

Król Ban omawiał właśnie z ojcem Celwinem jakieś zagadnienie chrześcijańskiej teologii. Ban dyskutował z zapałem, lecz uprzejmie, natomiast Celwin sypał obelgami i obaj świetnie się bawili.

– Twój ojciec mówi, że ty i Lancelot jesteście wojownikami – powiedziałem do Galahada.

– Doprawdy? – Galahad się roześmiał. – Mój drogi brat płaci poetom i bardom, aby sławili go jako największego wojownika Armoryki, ale nigdy nie widziałem go w szyku bojowym.

– A ja muszę walczyć o jego dziedzictwo – rzekłem z przekąsem.

– Królestwo jest już stracone – stwierdził niedbale Galahad. – Ojciec wydawał pieniądze na wznoszenie budowli i zakup manuskryptów, zamiast opłacać żołnierzy. Mieszkańcy Benoic mają zbyt daleko do Ynys Trebes, nie będą więc raczej liczyli na naszą pomoc, tylko uciekną do

Broceliandii. Frankowie wszędzie zwyciężają. Postaraj się, Derfel, pozostać przy życiu i szczęśliwie wrócić do domu. Nieoczekiwana szczerość Galahada sprawiła, że uważniej mu się przyjrzałem. Miał szerszą i bardziej kanciastą twarz niż jego brat, ale budziła ona większe zaufanie. Taką twarz chciałoby się widzieć po swojej prawej stronie, stojąc za murem tarcz. Właśnie z prawej jest się zawsze pod osłoną tarczy sąsiada, warto więc być z nim w dobrych układach. Czułem instynktownie, że z Galahadem łatwo bym się porozumiał.

– Uważasz, że nie powinniśmy walczyć z Frankami? – zapytałem cicho.

– Twierdzę, że przegramy, ale cóż, skoro Artur kazał ci stawić im czoło, nie masz wyboru. Ynys Trebes, póki jeszcze istnieje, rozjaśnia pogrążony w ciemnościach świat. Próbuję przekonać ojca, żeby wysłał pergaminy do Brytanii, ale chyba prędzej dałby sobie wyrwać serce z piersi. Z czasem jednak będzie musiał się z nimi rozstać. A teraz powinniśmy już wyjść – oznajmił, odsuwając od stołu pozłacane krzesło. – Zanim *fili* zaczną recytować swoje wiersze – dodał cicho. – Chyba że masz ochotę słuchać godzinami opowieści o trzcinach skąpanych w świetle księżyca?

Wstałem i zastukałem w stół jednym ze specjalnych noży, którymi goście króla Bana posługiwali się przy jedzeniu. Wszyscy spojrzeli na mnie z niepokojem.

– Chcę w waszej obecności – powiedziałem – przeprosić księcia Lancelota. Tak wielki wojownik zasługiwał na lepsze towarzystwo przy kolacji. Teraz proszę o wybaczenie, ale muszę udać się na spoczynek.

Lancelot milczał. Król Ban się uśmiechnął, natomiast królowa Elaine wyglądała na zdegustowaną. Poszedłem najpierw z Galahadem po swoje rzeczy i broń, a potem pospieszyliśmy do oświetlonej pochodniami przystani, gdzie czekała na nas łódź. Galahad, nadal ubrany w togę, niósł worek. Gdy rzucił go na pokład, usłyszałem brzęk metalu.

– Co tam jest? – zapytałem.

– Moja broń i zbroja – wyjaśnił. Odwiązał cumę i wskoczywszy na pokład, oznajmił: – Płynę z tobą.

Łódź z ciemnym żaglem odbiła od przystani, prując dziobem wodę, która uderzała z cichym pluskiem o burty. Galahad zdjął togę, rzucił ją sternikowi i włożył zbroję. Ja podziwiałem tymczasem widoczny na szczycie wzgórza pałac. Wisiał na tle nieba jak żeglujący wśród chmur statek albo gwiazda, która spadła na ziemię. W tej baśniowej krainie rządzili sprawiedliwy król i piękna królowa, poeci recytowali wiersze, a starcy mogli poświęcać czas na badanie rozpiętości skrzydeł aniołów. Ynys Trebes było tak piękne, tak doskonale piękne.

I, jeśli nie potrafilibyśmy go obronić, skazane na całkowitą zagładę.

Przez dwa lata walczyliśmy z przeważającymi siłami wroga. Były to lata chwały i podłości, rzezi i uczt, połamanych mieczy i porozbijanych tarcz, lata zwycięstw i klęsk. W ciągu długich miesięcy zaciekłych walk, gdy dzielni wojownicy dusili się własną krwią, a zwykli ludzie dokonywali niewiarygodnych czynów, nie widziałem ani razu Lancelota. A jednak poeci opiewali go jako bohatera Benoic, znakomitego wojownika, nadzwyczaj odważnego i walecznego. Uważali, że ocalenie Benoic było jego zasługą, a nie moją, Galahada i Culhwcha. Tymczasem Lancelot leżał cały czas w łóżku, prosząc matkę, aby przynosiła mu wino i miód.

Nie, niezupełnie tak było. Czasem walczył, ale zawsze milę z tyłu, aby mógł wrócić jako pierwszy do Ynys Trebes z wieściami o kolejnym zwycięstwie. Zawsze rozdzierał sobie płaszcz, wyszczerbiał ostrze miecza, zwichrzał swe wypomadowane włosy albo nawet kaleczył twarz, aby dowlókłszy się do domu, wyglądać jak bohater. Później matka księcia kazała poetom układać nową pieśń o jego wyczynach, która wędrowała z kupcami i żeglarzami po całej Brytanii, tak że nawet w dalekim Rheged na północ od Elmet uważano Lancelota za drugiego Artura. Saksonowie bali się go jak ognia, a Artur przysłał mu w darze haftowany pas do miecza z ozdobną metalową sprzączką.

– Czy liczysz w życiu na sprawiedliwość? – zapytał Culhwch, gdy wspomniałem mu z goryczą o tym fakcie.

– Nie, panie – odparłem.

– Więc nie mów nic o Lancelocie. Szkoda słów – stwierdził Culhwch.

Był kuzynem Artura, choć nie wydawał mi się do niego podobny. Dowodził kawalerią, zostawszy w Armoryce, gdy mój pan wyruszył do Brytanii. Ten krępy mężczyzna z bujną brodą i długimi rękami był zawadiaką, który pragnął jedynie, by nie zabrakło mu nigdy wrogów, wina i kobiet. Miał początkowo pod swoim dowództwem trzydziestu jeźdźców, ale wszystkie konie wyginęły, stracił też połowę ludzi, a z pozostałych utworzył pieszy oddział. Dołączyliśmy do niego i oddaliśmy się pod jego rozkazy. Chciał zakończyć jak najszybciej wojnę w Benoic, aby móc walczyć znowu u boku Artura. Uwielbiał go.

Prowadziliśmy dziwną wojnę. Zanim Artur opuścił Armorykę, Frankowie byli parę mil na wschód, gdzie nizinne, niezalesione tereny pozwalały wykorzystać w walce ciężką jazdę.

Teraz jednak wróg zapuścił się już w lasy porastające wzgórza w centralnej części królestwa Benoic. Król Ban, podobnie jak Tewdrik z Gwentu, pokładał nadzieje w fortyfikacjach, ale o ile w Gwencie potężne forty i wysokie mury spełniały swoją funkcję, o tyle na porośniętych drzewami wzgórzach Benoic było zbyt wiele ścieżek, które umożliwiały nieprzyjacielowi obejście górujących nad okolicą fortec. Broniący ich żołnierze Bana stracili nadzieję na zwycięstwo, musieliśmy więc dodać im otuchy. Stosowaliśmy taktykę Artura: po forsownym marszu atakowaliśmy przeciwnika z zasadzki. Zalesione wzgórza Benoic stwarzały do tego idealne warunki, a nasi ludzie byli niezrównanymi wojownikami. Nic nie sprawiało nam większej radości niż walka z całkowicie zaskoczonymi wrogami, którzy byli rozproszeni i sięgali dopiero po miecze. Na długiej klindze Hywelbane'a pojawiły się nowe szczerby.

Sialiśmy postrach wśród Franków. Nazywali nas pogardliwie leśnymi wilkami. Wkrótce przywiązane do hełmów szare wilcze ogony stały się naszym godłem. Wyliśmy po nocach, aby przerazić wrogów, i nie dawaliśmy im spać, a w dzień tropiliśmy ich i urządzaliśmy zasadzki, kiedy najmniej się tego spodziewali. Nieprzyjaciół było jednak bardzo wielu, a nasze szeregi topniały z miesiąca na miesiąc.

Galahad także brał udział w walce. Był nie tylko znakomitym wojownikiem, ale i wykształconym człowiekiem, który czytał wiele dzieł z biblioteki ojca. Opowiadał mi wieczorami o dawnych bogach, nowych religiach, dziwnych krajach i wielkich ludziach. Pewnej nocy obozowaliśmy w ruinach rzymskiej willi. Zaledwie tydzień wcześniej znajdowała się tam bogata osada, w której wytwarzano tkaniny, garnki i wyroby mleczne, ale Frankowie pozostawili po sobie dymiące zgliszcza, spryskane krwią ściany i wodę zatrutą zwłokami zamordowanych kobiet i dzieci. Nasi wartownicy strzegli teraz ścieżek w pobliskich lasach, mogliśmy więc rozpalić ogień, aby upiec na nim dwa zające i koźlę. Piliśmy wodę, udając, że to wino.

– Falern... – powiedział rozmarzony Galahad, unosząc ku gwiazdom gliniany kubek, jakby trzymał w dłoni złoty puchar.

– Kto to taki? – zapytał Culhwch.

– To nazwa wina, mój drogi, najlepszego rzymskiego wina.

– Nigdy nie lubiłem wina – stwierdził Culhwch, ziewając przeciągle. – Jest dobre dla kobiet. Saksońskie piwo to co innego! – oznajmił. Po kilku minutach już spał.

Galahad nie mógł zasnąć. Ognisko ledwo się tliło, a nad nami świeciły jasno gwiazdy. Jedna zaczęła spadać, znacząc na niebie białą smugę. Galahad przeżegnał się, bo dla chrześcijanina spadająca gwiazda była znakiem, że jakiś demon został wygnany z raju.

– Kiedyś istniał na ziemi... – powiedział Galahad.

– O czym mówisz? – zapytałem.

– O raju. Słodkim raju. – Położył się na trawie, trzymając ręce pod głową.

– Masz na myśli Ynys Trebes?

– Nie, Derfel. Chodzi o to, że gdy Bóg stworzył człowieka, pozwolił mu mieszkać w raju, który potem stopniowo traciliśmy. Wkrótce nie będzie po nim śladu. Nastaną ciemności. – Zamilkł na chwilę, a potem usiadł na ziemi, jakby wstąpiła w niego nowa energia. – Pomyśl tylko... – powiedział. – Niecałe sto lat temu panował tu pokój. Ludzie budowali wielkie domy. Nie umiemy im dorównać. Wiem, że mój ojciec wzniósł piękny pałac, ale powstał on z ruin starych budowli, które były o wiele wyższe i piękniejsze. Nie potrafimy budować dróg, kanałów ani akweduktów. – Nie wiedziałem nawet, co to jest akwedukt, ale nie pytałem, by nie zbudzić Culhwcha, który chrapał w najlepsze obok mnie. – Rzymianie wznosili całe miasta – ciągnął dalej Galahad. – Każde tak ogromne, że trzeba by kilku godzin, aby je przemierzyć z jednego krańca na drugi, a wszystkie ulice wyłożone były starannie ociosanymi kamieniami. W tamtych czasach, Derfel, mogłeś maszerować przez wiele tygodni, a ciągle znajdowałeś się na ziemiach rządzonych przez Rzymian, podlegałeś rzymskiemu prawu i słyszałeś wokół łacinę. A teraz spójrz. – Zatoczył ręką łuk. – Wszędzie panują ciemności. Ogarniają wszystko. Niebawem pogrąży się w mroku Armoryka, potem Benoic, Broceliandia i Brytania. Nie będzie już praw, ksiąg, muzyki, sprawiedliwości, pozostaną tylko barbarzyńcy, którzy zasiadają przy ogniskach i planują, kogo zabić następnego dnia.

– Artur do tego nie dopuści – stwierdziłem z przekonaniem.

– Czy jeden człowiek pokona siły ciemności? – powiedział sceptycznie Galahad.

– A czy wasz Chrystus tego właśnie nie dokonał? – zapytałem.

Galahad zastanawiał się chwilę, wpatrzony w ogień, który rzucał cienie na jego wyrazistą twarz.

– Chrystus – oznajmił w końcu – był naszą ostatnią szansą. Uczył nas, żebyśmy kochali się wzajemnie, czynili dobro, dawali jałmużnę biednym, żywili głodnych i przyodziewali nagich. Dlatego ludzie go zabili. – Odwrócił głowę i spojrzał na mnie. – Chrystus musiał wiedzieć, jakie nadejdą czasy, i dlatego obiecał nam, że jeśli będziemy żyć według jego przykazań, pewnego dnia znajdziemy się z nim w raju. Nie dostąpimy szczęścia na ziemi, Derfel, tylko w raju. Tam w górze – wskazał ręką gwiazdy. – On wiedział, że zbliża się koniec świata. Zostało niewiele czasu. Opuścili nas nawet wasi bogowie. Sam mi przecież mówiłeś, że Merlin wyruszył gdzieś daleko, by ich odnaleźć. Ale na co się to przyda? Wasza religia przestała istnieć dawno temu, gdy Rzymianie spustoszyli Ynys Mon i pozostały wam tylko strzępki dawnej wiedzy. Wasi bogowie odeszli.

– To nieprawda – zaoponowałem, myśląc o Nimue, która odczuwała podobno ich obecność. Mnie wydawali się zawsze obcy i zagadkowi. Wyobrażałem sobie, że Bel przypomina Merlina, tyle że przebywa gdzieś daleko, jest ogromny i o wiele bardziej tajemniczy. Sądziłem zawsze, że zamieszkuje na dalekiej północy, Manawydan zaś na zachodzie, gdzie bez przerwy kłębiły się morskie fale.

– Dawnych bogów już nie ma – powtórzył Galahad. – Opuścili nas, bo postępujemy niegodnie.

– Artur jest uczciwym człowiekiem – twierdziłem z uporem. – I ty też.

Galahad pokręcił głową.

– Jestem tak nikczemnym grzesznikiem, Derfel, że kulę się ze strachu.

– Bzdura! – powiedziałem, rozbawiony jego cierpiętniczym tonem.

– Zabijam, pożądam, zazdroszczę... – Galahad był naprawdę zrozpaczony. Podobnie jak Artur bez przerwy robił rachunek sumienia i czuł się winny, a tacy ludzie nigdy nie są długo szczęśliwi.

– Zabijasz tylko tych, którzy nie wahaliby się zabić ciebie – próbowałem go bronić.

– Ale, niech Bóg mi wybaczy, sprawia mi to przyjemność – powiedział, czyniąc znak krzyża.

– I dobrze – stwierdziłem. – A co jest złego w pożądliwości?

– Pozbawia człowieka rozsądku.

– Ale ty jesteś rozsądny – zauważyłem.

– Szaleję z pożądania, Derfel. W Ynys Trebes jest pewna dziewczyna, jedna z harfistek mojego ojca... – Pokręcił głową z rozpaczą.

– Panujesz jednak nad swoją żądzą – stwierdziłem – więc bądź z tego dumny.

– Jestem, ale to także grzech.

Uznałem, że nie ma sensu z nim dyskutować.

– A zazdrość? – zapytałem o ostatni z trzech grzechów, które wymienił. – Komu zazdrościsz?

– Lancelotowi.

– Lancelotowi? – zdziwiłem się.

– Zazdroszczę mu, że jest następcą tronu. Zawsze dostaje wszystko, czego chce, i nie ma żadnych skrupułów. Zgwałcił tę harfistkę. Krzyczała, stawiała opór, ale nikt nie ośmielił się mu przeszkodzić, bo to przecież Lancelot.

– Nawet ty?

– Zabiłbym go, ale nie było mnie w mieście.

– Twój ojciec go nie powstrzymał?

– Siedział wtedy w swojej bibliotece. Jeśli nawet usłyszał krzyki dziewczyny, myślał pewnie, że to głos mewy na wietrze albo sprzeczka poetów na temat jakiejś metafory.

– Lancelot jest gnidą – powiedziałem, spluwając w ogień.

– Nie. Jest po prostu Lancelotem – stwierdził Galahad. – Knuje całymi dniami, jak zdobyć to, czego pragnie. Potrafi być bardzo czarujący i uprzejmy. Może okaże się nawet dobrym królem.

– Nigdy – rzekłem stanowczo.

– Ależ tak. Kiedy zdobędzie upragnioną władzę, jego apetyt zostanie zaspokojony. On bardzo chce, żeby go lubiano.

– Dąży do tego dziwnymi metodami – zauważyłem, przypominając Galahadowi, jak Lancelot szydził ze mnie podczas uczty.

– Zorientował się od razu, że nie może liczyć na twoją sympatię, więc rzucił ci wyzwanie. W ten sposób, czyniąc z ciebie wroga, znalazł uzasadnienie dla faktu, że go nie lubisz. Ale w stosunku do ludzi, którzy nie stanowią dla niego zagrożenia, potrafi być bardzo miły. Niewykluczone, że będzie wspaniałym królem.

– Jest słaby – stwierdziłem z pogardą.

Galahad się uśmiechnął.

– Oto mocarny Derfel, który nie zna zwątpienia! Pewnie uważasz, że wszyscy jesteśmy słabi.

– Nie – odparłem – ale myślę, że jesteśmy zmęczeni, a jutro musimy zabijać Franków, więc idę spać.

Następnego dnia rzeczywiście zabijaliśmy Franków, a potem odpoczywaliśmy w jednym z fortów Bana położonych na wzgórzach. Opatrzywszy rany i naostrzywszy miecze, wróciliśmy do lasu. Mijały tygodnie i miesiące, a my walczyliśmy coraz bliżej Ynys Trebes. Król Ban prosił o posiłki swego sąsiada Budika z Broceliandii, ale ten umacniał własne granice i nie chciał tracić ludzi w obronie przegranej sprawy. Ban zwrócił się więc o pomoc do Artura, który przysłał, co prawda, niewielki kontyngent żołnierzy, ale sam nie przybył, gdyż był zbyt zaabsorbowany walką z Saksonami. Docierały do nas sporadycznie wieści z Brytanii. Słyszeliśmy, że nowe hordy Saksonów próbują skolonizować jej centralne terytoria i napierają mocno na granice Dumnonii. Gorfyddyd, który stanowił dla nas tak poważne zagrożenie, gdy opuszczałem Brytanię, stał się ostatnio mniej agresywny z powodu straszliwej zarazy, która nawiedziła jego kraj. Wędrowni kupcy mówili, że on także jest chory, i wielu sądziło, że nie przeżyje roku. Choroba, która dotknęła Gorfyddyda, zabiła nowego narzeczonego Ceinwyn, księcia Rheged. Nie wiedziałem nawet o ponownych zaręczynach Gwiazdy Powys i przyznaję, że odczuwałem zadowolenie, iż nie doszło do jej ślubu z księciem. Na temat Ginewry, Nimue czy Merlina nie mieliśmy żadnych wiadomości.

Królestwo Bana chyliło się ku upadkowi. Tego roku nie miał kto zebrać plonów i zimą, zamknięci w fortecy na południu kraju, musieliśmy się żywić dziczyzną, ptakami, korzeniami i jagodami. Robiliśmy jeszcze czasem wypady na terytorium Franków, ale przypominały one ataki os próbujących uśmiercić byka, gdyż najeźdźcy byli wszędzie. Ich topory dźwięczały w zasypanych śniegiem lasach, gdy karczowali ziemię pod uprawy, a palisady ze świeżo ociosanych pni lśniły jasno w bladych promieniach zimowego słońca.

Wczesną wiosną musieliśmy się wycofać przed armią frankońskich wojowników. Nadeszli, waląc w bębny i niosąc osadzone na żerdziach rogi byków. Ujrzawszy mur tarcz utworzony przez ponad dwustu ludzi, wiedziałem, że pięćdziesięciu naszych wojowników nie zdoła się przez niego przebić. Wykonaliśmy odwrót, nie podejmując walki. Ścigały nas szyderstwa Franków i grad ich włóczni.

Królestwo Benoic całkowicie opustoszało. Większość mieszkańców uciekła do Broceliandii, gdzie obiecywano im ziemię w zamian za służbę wojskową. Stare rzymskie osady były opuszczone, a pola zarastały trawą. Pospieszyliśmy na północ, aby bronić ostatniej fortecy królestwa Bana: samego Ynys Trebes.

Położone na wyspie miasto było pełne uciekinierów. W każdym domu spało po dwadzieścia osób. Zewsząd dobiegały krzyki dzieci i odgłosy rodzinnych kłótni. Rybacy przewozili uciekinierów na zachód, do Broceliandii, albo na północ, do Brytanii, ale chętnych było zbyt wielu. Gdy na lądzie pojawili się Frankowie, Ban rozkazał, aby wszystkie łodzie pozostały zacumowane w małym porcie Ynys Trebes. Chciał, by zaopatrywały garnizon, gdy zacznie się oblężenie. Szyprowie są jednak krnąbrnymi ludźmi, kiedy więc otrzymali rozkaz, by nie wypływać w morze, wielu podniosło kotwice i uciekło na północ. Na przystani pozostało tylko kilka łodzi.

Lancelot został mianowany dowódcą garnizonu. Kobiety wznosiły radosne okrzyki, gdy szedł ulicą okalającą miasto. Wierzono, że teraz wszystko będzie dobrze, skoro dowództwo objął najznakomitszy z żołnierzy. Książę przyjmował z wdzięcznością składane mu hołdy i wygłaszał mowy, obiecując zbudować w Ynys Trebes nową groblę z czaszek zabitych Franków. Założywszy kolczugę, której białe, metalowe płytki błyszczały w wiosennym słońcu, wyglądał w istocie jak bohater. Twierdził, że należała ona do Agamemnona, starożytnego wojownika, ale Galahad zapewniał mnie, iż była dziełem Rzymian. Książę chodził w butach z czerwonej skóry i w ciemnoniebieskim płaszczu, a u jego boku wisiał miecz Tanlladwyr, czyli Lśniący Zabójca, przypięty do haftowanego pasa, który otrzymał w darze od Artura. Miał poza tym czarny hełm, zwieńczony rozpostartymi skrzydłami morskiego orła.

– To na wypadek, gdyby chciał odlecieć – skomentował z właściwą sobie złośliwością Cavan.

Lancelot zwołał radę wojenną w wysokiej, smaganej wiatrem sali obok biblioteki Bana. Był odpływ i na piaszczystych mieliznach zatoki pojawiły się grupy Franków, próbujących znaleźć bezpieczną drogę do miasta. Aby zmylić przeciwnika,

Galahad powtykał witki łoziny w ruchome wydmy i mierzeje, które morze odcinało od lądu, gdy tylko zaczynał się przypływ. Lancelot, stojąc tyłem do nieprzyjaciela, wyjaśniał nam swoją strategię. Jego ojciec i matka siedzieli obok, kiwając głowami i podziwiając mądrość syna.

Lancelot oznajmił, że Ynys Trebes łatwo będzie obronić. Należało jedynie strzec murów otaczających wyspę. To wszystko. Frankowie mieli niewiele łodzi, nie potrafili też latać, musieli więc podejść do Ynys Trebes, a mogli to uczynić tylko podczas odpływu, odkrywszy uprzednio bezpieczną drogę przez piaski. Po dotarciu do miasta będą zbyt zmęczeni, by wspiąć się na kamienne mury.

– Brońcie murów – powiedział Lancelot – a nie będziemy musieli niczego się obawiać. Łodzie mogą zapewnić nam zaopatrzenie. Ynys Trebes nigdy nie upadnie!

– To prawda! – zawołał król Ban, podniesiony na duchu optymizmem syna.

– Jakie mamy zapasy żywności? – burknął Culhwch. Lancelot spojrzał na niego z politowaniem.

– Morze jest pełne ryb – powiedział. – To takie lśniące stwory z ogonami i płetwami, które nadają się do jedzenia, lordzie Culhwchu.

– Nic mi o tym nie wiadomo – odparł niewzruszony Culhwch. – Byłem ostatnio zbyt zajęty zabijaniem Franków.

Niektórzy z wezwanych na radę wojowników zareagowali śmiechem. Kilkunastu z nich walczyło, tak jak my, w głębi lądu, ale pozostali byli zaufanymi ludźmi księcia Lancelota. Awansował ich niedawno, aby dowodzili oddziałami broniącymi miasta. Bors, kuzyn Lancelota, był czempionem Benoic i komendantem straży pałacowej. Poznał przynajmniej smak walki i zasłużył na miano wojownika. Teraz jednak, siedząc w rzymskiej zbroi z wyciągniętymi nogami i przylizanymi czarnymi włosami, wydawał się znudzony życiem.

– Ile mamy włóczni? – zapytałem.

Do tej chwili Lancelot nie zwracał na mnie uwagi. Wiedziałem, że nie zapomniał naszego spotkania sprzed dwóch lat, odparł jednak z uśmiechem:

– Mamy czterystu dwudziestu uzbrojonych ludzi i każdy z nich posiada włócznię. Czy taka odpowiedź ci wystarczy?

Odwzajemniłem jego jedwabisty uśmiech.

– Włócznie się łamią, książę, a poza tym ludzie broniący murów rzucają nimi jak oszczepami. Kiedy pozbędą się wszystkich, co nam zostanie?

– Poeci – mruknął Culhwch, na szczęście zbyt cicho, by usłyszał to Ban.

– Mamy zapasy broni – stwierdził niedbale Lancelot. – Możemy też używać włóczni, którymi będą rzucali w nas Frankowie.

– Poeci na pewno się przydadzą – powiedział Culhwch.

– Mówiłeś coś, lordzie Culhwchu? – zapytał Lancelot.

– To tylko czkawka, książę. Ale skoro już zechciałeś zwrócić na mnie uwagę, zadam jeszcze jedno pytanie. Czy mamy łuczników?

– Kilku.

– Ilu dokładnie?

– Dziesięciu.

– Niech bogowie otoczą nas opieką – powiedział Culhwch, zsuwając się z krzesła. Nie znosił krzeseł.

Potem zabrała głos Elaine, przypominając nam, że na wyspie znalazły schronienie kobiety, dzieci i najwięksi poeci świata.

– Życie *fili* jest w waszych rękach – oświadczyła. – Wszyscy wiemy, co się z nimi stanie, jeśli zawiedziecie. – Kopnąłem Culhwcha, aby nie komentował przypadkiem słów królowej.

Ban wstał i wskazał drzwi do biblioteki.

– Zgromadziłem tutaj siedem tysięcy osiemset czterdzieści trzy zwoje pergaminu – oznajmił uroczyście. – To skarbnica ludzkiej wiedzy. Jeśli miasto upadnie, zginie nasza cywilizacja. – W tym miejscu opowiedział nam legendę o bohaterze, który wszedł do labiryntu, aby zabić potwora, i ciągnął za sobą wełnianą nić, by móc potem odnaleźć w ciemnościach drogę powrotną. – Moja biblioteka – wyjaśnił w końcu sens przydługiej opowieści – jest jak ta nić. Gdy ją zgubicie, panowie, pogrążymy się w wiecznym mroku. Błagam więc, walczcie! – Przerwał i dodał z uśmiechem: – Wezwałem już posiłki. Wysłałem listy do Broceliandii i do Artura. Myślę, że niebawem ujrzymy na horyzoncie łodzie naszych przyjaciół! Pamiętajcie, że Artur przysięgał przybyć nam z pomocą!

– Musi teraz walczyć z Saksonami – wtrącił się Culhwch.

– Przysięga zobowiązuje! – stwierdził z wyrzutem Ban. Galahad zapytał, czy będziemy robili wypady na obozowisko Franków. Mogliśmy z łatwością dotrzeć łodziami na ląd i przybić do brzegu na wschód albo na zachód od ich pozycji. Lancelot odrzucił jednak ten pomysł.

– Jeśli opuścimy fortecę, zginiemy – stwierdził. – Taka jest prawda.

– Nie będzie żadnych wypadów? – zapytał zawiedziony Culhwch.

– Jeśli opuścimy fortecę, zginiemy – powtórzył Lancelot. – Dostajecie wyraźny rozkaz: nie wychodzić poza mury. – Oznajmił następnie, że stu weteranów wojny, najlepszych wojowników Benoic, będzie strzegło głównej bramy, pięćdziesięciu ocalałych żołnierzy z Dumnonii miało bronić zachodnich murów, a pospolite ruszenie, wsparte przez uciekinierów z lądu, pozostałej części wyspy. Sam Lancelot, wraz z ubranymi w białe płaszcze członkami straży pałacowej, zamierzał obserwować z pałacu przebieg walki i interweniować, gdyby ktoś potrzebował wsparcia.

– Równie dobrze można wzywać na pomoc wróżki – mruknął Culhwch.

– Znowu masz czkawkę? – spytał Lancelot.

– Jem za dużo ryb, książę – odparł Culhwch.

Król Ban zaprosił jeszcze wszystkich do odwiedzenia biblioteki, pewnie po to, byśmy docenili, jak wielkiego mamy bronić skarbu. Uczestniczący w radzie wojownicy weszli tam bez szczególnego entuzjazmu i gapili się bezmyślnie na ułożone w pudełkach pergaminy, potem jednak przystanęli w przedsionku biblioteki, podziwiając piersi półnagiej harfistki. Tylko Galahad i ja zabawiliśmy dłużej wśród bezcennych zbiorów. Garbaty ojciec Celwin siedział ciągle pochylony nad starym stołem, opędzając się od szarego kota, który trącał łapką jego gęsie pióro.

– Nadal badasz rozpiętość skrzydeł aniołów, ojcze? – zapytałem.

– Ktoś musi to robić – odparł i odwróciwszy się, łypnął na mnie okiem. – Coś ty za jeden?

– Nazywam się Derfel, ojcze. Pochodzę z Dumnonii. Spotkaliśmy się dwa lata temu. Dziwię się, że jeszcze tu jesteś.

– Nie interesuje mnie twoje zdanie na ten temat. Prawdę mówiąc, wyjeżdżałem stąd na jakiś czas. Byłem w Rzymie. Parszywe miejsce. Myślałem, że Wandalowie zrobili tam porządek, ale miasto jest ciągle pełne księży i pulchnych chłopców, więc wróciłem tutaj. Harfistki Bana są o wiele ładniejsze niż rzymscy cwele. – Rzucił mi nieprzyjazne spojrzenie. – Czy zależy ci, żebym nie zginął, Derflu z Dumnonii?

Nie mogłem powiedzieć, że nie, choć miałem na to wielką ochotę.

– Jestem tu, żeby bronić ludzi od śmierci – odparłem dość pretensjonalnym tonem. – Ciebie także, ojcze.

– Oddaję się więc pod twoją opiekę – powiedział, odwracając ode mnie swą szpetną twarz i przepędzając ze stołu kota, który bawił się jego gęsim piórem. – Odpowiadasz za moje życie. Teraz idź już i walcz, a ja zrobię tymczasem coś pożytecznego.

Chciałem dowiedzieć się czegoś o Rzymie, ale Celwin zbył moje pytania machnięciem ręki, poszedłem więc do magazynu przylegającego do murów po zachodniej stronie wyspy, który na czas oblężenia stał się naszą kwaterą. Galahad, uważający się już za honorowego obywatela Dumnonii, był stale z nami. Próbowaliśmy wspólnie policzyć Franków, którzy cofali się przed falami przypływu po kolejnej nieudanej próbie znalezienia bezpiecznej drogi na wyspę. Bardowie opiewający oblężenie Ynys Trebes twierdzą, że wrogów było więcej niż ziaren piasku w zatoce. To przesada, ale ściągnęły ich rzeczywiście ogromne zastępy. Oddziały Franków przybywały z całej zachodniej Galii, aby zdobyć Ynys Trebes, perłę Armoryki, krążyły bowiem pogłoski, że zgromadzono tam skarby upadłego Imperium Rzymskiego. Zdaniem Galahada mieliśmy przeciwko sobie trzy tysiące Franków, ja szacowałem ich liczbę na dwa tysiące, a Lancelot na dziesięć tysięcy. Tak czy inaczej, stanowili potężną armię.

Pierwsze ataki Franków zakończyły się ich całkowitą klęską. Znalazłszy drogę do wyspy, przypuścili szturm na główną bramę i zostali krwawo odparci. Następnego dnia zaatakowali mury z naszej strony i spotkało ich podobne przyjęcie, tyle że tym razem nie wycofali się w porę i przypływ odciął im drogę odwrotu. Niektórzy utonęli, próbując przedostać się w bród na ląd, inni szukali schronienia na wąskiej piaszczystej mierzei pod murami, gdzie dopadli ich włócznicy, którymi dowodził Bleiddig. Opuszczając fortecę, złamał rozkaz wydany przez Lancelota, zabił jednak tylu wrogów, że książę udawał, iż sam polecił mu to zrobić, a później, po śmierci Bleiddiga, twierdził nawet, że osobiście poprowadził żołnierzy do ataku. *Fili* ułożyli pieśń o bohaterstwie Lancelota, który uśmiercił tylu Franków, że w zatoce powstała grobla z ich zwłok, w rzeczywistości jednak to Bleiddig walczył z nieprzyjacielem, a książę pozostał w pałacu. Przez kilka następnych dni ciała poległych wojowników unosiły się na wodzie wokół wyspy, stanowiąc pożywienie dla mew.

Wkrótce potem Frankowie zaczęli budować groblę. Ścinali setki drzew, kładli je na piasku i obciążali głazami dostarczanymi przez niewolników. Przypływy w rozległej zatoce wokół Ynys Trebes bywały bardzo gwałtowne. Woda sięgała czasem na wysokość czterdziestu stóp i cofając się, niszczyła groblę, ale Frankowie zwozili następne pnie i kamienie, naprawiając szkody wyrządzone przez fale. Mieli tysiące niewolników i nie dbali o to, ilu ich zginie. Grobla była coraz dłuższa, a nasze zapasy żywności wyraźnie się kurczyły. Początkowo kilka rybackich łodzi wyruszało na połowy, a pozostałe przywoziły zboże z Broceliandii, ale odkąd Frankowie przechwycili dwie z nich i rozpruli brzuchy wszystkim członkom załogi, żaden szyper nie odważył się już wypłynąć w morze. Mieszkający w pałacu poeci, którzy z dumą dzierżyli w dłoniach włócznie, mieli pod dostatkiem pożywienia, ale my, wojownicy, zdrapywaliśmy ze skał małże, jedliśmy kraby i mięczaki albo szczury schwytane w magazynie, który był nadal wypełniony skórami, solą i beczkami gwoździ. W każdym razie nie głodowaliśmy. Zakładaliśmy pod skałami wiklinowe wnyki i choć podczas odpływu Frankowie je niszczyli, prawie codziennie udawało nam się złapać trochę ryb.

W czasie przypływu wrogowie okrążali na łodziach wyspę i wyciągali wnyki umieszczone dalej od brzegu. Zatoka była na tyle płytka, że mogli je łatwo zlokalizować i zniszczyć włóczniami. Jedna z ich łodzi osiadła na mieliźnie ćwierć mili od miasta. Gdy zaczął się odpływ, Culhwch postanowił do niej podejść. Trzydziestu ludzi spuściło się po zawieszonych na murach rybackich sieciach. Dwunastoosobowa załoga łodzi uciekła na nasz widok, zostawiając pod pokładem beczkę solonych ryb i dwa bochny czerstwego chleba. Wróciliśmy z tym łupem do miasta, a gdy nastąpił przypływ, podpłynęliśmy łodzią do brzegu i przycumowaliśmy ją pod murami. Lancelot widział, jak łamiemy jego rozkazy, ale nas nie skarcił. Królowa Elaine zażądała jedynie informacji, co znaleźliśmy na łodzi, wysłaliśmy więc do pałacu trochę wędzonych ryb. Potraktowano to niewątpliwie jako zniewagę. Lancelot zarzucił nam, że zagarnęliśmy łódź, żeby móc uciec z Ynys Trebes, i rozkazał zacumować ją w porcie. Poszedłem wówczas do pałacu, chcąc wyzwać go na pojedynek i udowodnić, że nie jesteśmy tchórzami. Moje krzyki na dziedzińcu pozostały jednak bez odpowiedzi. Książę i jego poeci ukryli się za zamkniętymi drzwiami. Splunąłem na progu i odszedłem.

Mimo naszego trudnego położenia Galahad wydawał się coraz szczęśliwszy, po części dzięki obecności Leanor, harfistki, którą poznałem przed dwoma laty i której tak bardzo pożądał. To ją właśnie zgwałcił kiedyś Lancelot. Mieszkała teraz z Galahadem w kącie magazynu. Każdy z nas miał kobietę. Beznadziejność naszego położenia sprawiała, że staraliśmy się przeżyć jak najintensywniej godziny, które nam jeszcze pozostały. Kobiety stały z nami na straży i rzucały z murów kamienie, gdy Frankowie próbowali niszczyć nasze kruche wnyki. Od dawna już brakowało włóczni. Mieliśmy tylko własne, z którymi przypłynęliśmy do Benoic, ale trzeba było je zachować do czasu frontalnego ataku wroga. Również garstka łuczników nie miała już strzał. Korzystali z tych, które wystrzeliwali w naszym kierunku Frankowie. A robili to coraz częściej, gdyż koniec grobli znajdował się teraz bardzo blisko miejskiej bramy i Frankowie wznieśli tam drewnianą palisadę, zza której ich łucznicy obsypywali gradem strzał obrońców miasta. Nie zamierzali przedłużać grobli, bo chodziło im tylko o to, by dotrzeć suchą nogą do miejsca, z którego mogli rozpocząć atak. Wiedzieliśmy, że musi on niebawem nastąpić.

Budowę grobli ukończono na początku lata. Księżyc był wtedy w pełni i fala przypływu sięgała wysoko. Grobla niemal przez cały czas znajdowała się pod wodą, ale gdy następował odpływ, wokół Ynys Trebes rozciągały się piaszczyste mierzeje. Frankowie, którzy z dnia na dzień poznawali coraz lepiej sekrety ruchomych wydm, osaczali nas ze wszystkich stron. Słyszeliśmy nieustannie warkot ich bębnów i rzucane pod naszym adresem groźby. Pewnego dnia obchodzili jakieś święto i zamiast nas atakować, rozpalili na plaży wielkie ogniska, po czym zagnali na koniec grobli kolumnę niewolników i kolejno ścinali im głowy. Jeńcy byli Brytami i wielu z nich miało w mieście krewnych. Widząc tę barbarzyńską rzeź, niektórzy obrońcy Ynys Trebes rzucili się z desperacją na wroga i próbowali ocalić skazane na zagładę kobiety i dzieci. Frankowie, spodziewając się ataku, utworzyli na piasku mur tarcz, ale nasi wojownicy, oszalali z gniewu i głodu, ruszyli do natarcia.

Bleiddig był jednym z nich. Zginął tego dnia, przebity włócznią. Widzieliśmy, jak garstka niedobitków ucieka z powrotem do miasta. Nie mogliśmy nic zrobić, co najwyżej wybiec i dać się zabić. Zwłoki Bleiddiga, zmasakrowane i obdarte ze skóry, wbito na pal na końcu grobli, abyśmy musieli na nie patrzeć aż do następnego przypływu. O świcie, gdy woda opadła, były tam jednak nadal i widzieliśmy, jak rozszarpują je mewy.

– Należało ruszyć do ataku tak jak Bleiddig – stwierdził z goryczą Galahad.

– Nieprawda.

– Lepiej zginąć jak mężczyzna przed murem tarcz, niż umrzeć tu z głodu.

– Jeszcze będziesz miał okazję atakować ścianę tarcz – obiecałem mu, ale poczyniłem też niezbędne kroki, by pomóc moim ludziom na wypadek klęski.

Zabarykadowaliśmy drogi prowadzące do naszej części miasta, aby powstrzymać atak Franków, gdyby zdołali wedrzeć się za mury, i umożliwić naszym kobietom ucieczkę do skalistej groty na północno-zachodnim krańcu wyspy, gdzie ukryliśmy zdobytą łódź. Nie było tam żadnej przystani, musieliśmy więc obciążyć łódź kamieniami. Przypływ zatapiał ją dwa razy dziennie, dzięki czemu wiatr i fale nie ciskały kruchym kadłubem o skalisty brzeg. Przypuszczałem, że nieprzyjaciel zaatakuje podczas odpływu, dwóch naszych rannych wojowników otrzymało więc polecenie, żeby opróżnili łódź z kamieni, gdy tylko zacznie się natarcie, aby potem nie zalała jej wysoka fala. Plan ucieczki łodzią był desperacki, ale dodawał naszym ludziom otuchy.

Nie przybył nam z pomocą żaden statek. Pewnego ranka dostrzeżono na północy wielki żagiel i po mieście krążyły pogłoski, że płynie do nas Artur, ale żagiel powoli się oddalił i zniknął w słonecznej mgle. Byliśmy osamotnieni. Nocami śpiewaliśmy pieśni i snuliśmy rozmaite opowieści, a w ciągu dnia obserwowaliśmy gromadzące się na brzegu oddziały Franków.

Natarcie rozpoczęło się w letnie popołudnie, pod koniec odpływu. Ruszyło na nas całe mrowie odzianych w skóry mężczyzn. Na głowach mieli żelazne hełmy, a w rękach uniesione wysoko drewniane tarcze. Doszedłszy do końca grobli, zeskoczyli na piasek i zaczęli piąć się po łagodnym zboczu w kierunku bramy miasta. Idący z przodu napastnicy dźwigali potężny taran: opalony w ogniu i obwiązany na końcu skórą pień drzewa. Wojownicy maszerujący z tyłu nieśli długie drabiny. Jedna z hord przystawiała je już do murów.

– Dajcie im się wspiąć! – krzyknął Culhwch do naszych żołnierzy.

Zaczekał, aż na drabinie było pięciu napastników, i dopiero wtedy cisnął w dół potężny głaz. Frankowie z krzykiem spadali w przepaść. Gdy rzucał kolejny kamień, jego hełm musnęła jedna ze strzał, których dziesiątki uderzały o mury i przelatywały ze świstem nad naszymi głowami. Frankowie zasypywali nas też gradem włóczni. Kłębili się jak mrówki pod murami miasta, a my ciskaliśmy w nich kamienie i nieczystości. Gdy Cavan zdołał wciągnąć do góry jedną z drabin, połamaliśmy ją na kawałki i obrzucaliśmy nimi napastników. Cztery kobiety przyniosły na wały żłobioną kamienną kolumnę. Zepchnęliśmy ją w dół, słuchając z rozkoszą potwornych krzyków przygniecionych wrogów.

– Oto jak zapadają ciemności! – zawołał triumfalnie Galahad.

Toczył swą ostatnią walkę i pluł śmierci w oczy. Czekał, aż któryś z Franków dotrze na szczyt drabiny, i jednym cięciem miecza skracał go o głowę. Martwy tułów wroga zwisał na drabinie, blokując przejście kolejnym napastnikom, którzy stawali się dla nas łatwym celem. Rozbijaliśmy ściany magazynu, by mieć zapas kamieni, i wyglądało na to, że zwyciężamy, bo coraz mniej Franków ośmielało się wchodzić na drabiny. Gdy zaczęli się wycofywać, szydziliśmy z nich, wykrzykując, że zostali pokonani przez kobiety, ale jeśli znowu zaatakują, obudzimy swoich wojowników. Nie wiem, czy rozumieli nasze urągania, zrezygnowali jednak z wchodzenia na mury, kierując główne natarcie na bramę. Łoskot uderzającego w nią tarana rozbrzmiewał w całej zatoce jak dudnienie gigantycznego bębna.

Słońce zachodziło za wzgórza, rzucając na piasek długie cienie, a wysoko na niebie widać było różowe pasemka chmur. Mewy wracały do swoich gniazd. Dwaj ranni wojownicy poszli wydobyć kamienie z naszej łodzi. Miałem nadzieję, że Frankowie nie zapuścili się aż tak daleko, by na nią trafić, choć nie sądziłem, aby była nam naprawdę potrzebna.

Zapadał wieczór i zbliżał się przypływ. Wiedziałem, że zmusi on wkrótce napastników do odwrotu, a my będziemy świętowali zwycięstwo.

Niebawem jednak usłyszeliśmy triumfalne okrzyki wrogów i zobaczyliśmy, że odparci przez nas Frankowie biegną wesprzeć swoich kompanów. Zrozumieliśmy, że to koniec. Rozmawiając później z ludźmi, którzy uszli z życiem, dowiedzieliśmy się, że napastnicy opanowali port i w ten sposób wtargnęli do miasta.

Zewsząd rozlegały się krzyki.

Galahad i ja, wziąwszy ze sobą dwudziestu ludzi, przeskoczyliśmy przez najbliższą barykadę. Kobiety biegnące w naszym kierunku wpadły nagle w panikę i zaczęły wspinać się na granitowe zbocze. Culhwch został na murach, aby osłaniać nasz odwrót. Na wieczornym niebie pojawiły się pierwsze słupy dymu. Pokonane miasto płonęło.

Zbiegliśmy za obrońcami głównej bramy po kamiennych schodach i ujrzeliśmy wrogów, wdzierających się na wzgórze jak szczury do spichlerza. Były ich setki. Widzieliśmy wokół sztandary z rogami byka, słyszeliśmy warkot bębnów i krzyki uwięzionych w domach kobiet. Na lewo od nas, na drugim końcu przystani, gdzie dotarła tylko garstka napastników, pojawili się nagle włócznicy w białych płaszczach. Bors, kuzyn Lancelota i dowódca straży pałacowej, przypuścił kontratak na nieprzyjaciela. Przez chwilę sądziłem, że zapobiegnie naszej klęsce, odcinając Frankom drogę odwrotu, ale on poprowadził swoich ludzi do niewielkich łodzi, którymi zamierzali odpłynąć. Widziałem, jak książę Lancelot wsiada pospiesznie na pokład, podając rękę swojej matce. Za nim podążała grupa przerażonych dworzan. *Fili* uciekali z miasta skazanego na zagładę.

Galahad uśmiercił dwóch ludzi próbujących wbiec po schodach. Po chwili zobaczyłem za sobą na ulicy tłum ubranych w ciemne płaszcze Franków.

– Kryj się! – krzyknąłem, odciągając Galahada na bok.

– Pozwól mi walczyć! – zaprotestował.

Próbował wyzwolić się z mojego uścisku, żeby stawić czoło dwóm następnym Frankom, którzy biegli po wąskich kamiennych schodkach.

– Ocalam ci życie, głupcze!

Osłoniłem go ciałem i udając, że uskakuję w lewo, uniosłem włócznię i wbiłem ją w głowę nadbiegającego wojownika. Potem odparowałem atak drugiego napastnika i zadałem mu cios mieczem spod tarczy. Chwycił się rękami za krocze i spadł z krzykiem ze schodów, brocząc krwią.

– Wyprowadź nas z miasta! – zawołałem do Galahada. Pędziła ku nam wataha rozszalałych wojowników. U wylotu schodów znajdował się sklep garncarza, który mimo trwającego oblężenia wystawiał swoje wyroby pod płócienną markizą. Wywróciłem drewniany stół z dzbanami i wazonami wprost pod nogi napastników, a potem zdarłem markizę i rzuciwszy ją w ich kierunku, krzyknąłem ponownie do Galahada: – Prowadź!

Tylko mieszkańcy Ynys Trebes znali tajemne przejścia wśród alej i ogrodów, które dawały nam szansę ucieczki.

Nieprzyjaciel wdarł się już tymczasem przez główną bramę, odcinając nas od Culhwcha i jego ludzi. Wspięliśmy się za Galahadem na zbocze i skręciwszy w lewo do biegnącego pod świątynią krótkiego tunelu, dotarliśmy przez ogród na mury obok zbiornika, w którym gromadzono wodę deszczową. W dole rozgrywały się dantejskie sceny. Zwycięscy Frankowie siali spustoszenie, mszcząc się za kompanów poległych podczas oblężenia. Płaczące dzieci przebijano mieczami. Widziałem, jak jeden z wojowników, olbrzym z rogami na hełmie, uśmiercił toporem czterech osaczonych obrońców miasta. Płonęło coraz więcej domów. Miasto zbudowano co prawda z kamienia, ale ogień trawił meble i uszczelniane smołą drewniane dachy. Na morzu, gdzie trwał właśnie przypływ, zobaczyłem w jednej z trzech uciekających łodzi skrzydlaty hełm Lancelota, a nade mną wznosił się w różowym blasku zachodzącego słońca skazany na zagładę piękny pałac. Wieczorna bryza rozwiewała unoszący się z komina szary dym i poruszała lekko białą zasłoną w oknie.

– Musimy iść tędy! – krzyknął Galahad, wskazując na wąską ścieżkę, którą nasi ludzie zaczęli zbiegać. – Pospiesz się, Derfel! – zawołał do mnie.

Ja nadal tkwiłem w miejscu, wpatrując się w pałac na szczycie wzgórza.

– Nie mamy czasu! – naglił Galahad.

Brzmiał mi w uszach głos starca: oschły, ironiczny i nieprzyjazny. Stałem jak zahipnotyzowany.

– Rusz się, Derfel! – wrzasnął Galahad. Starzec powiedział: „Oddaję się pod twoją opiekę. Odpowiadasz za moje życie, Derflu z Dumnonii". Słyszałem znów wyraźnie jego słowa.

– Jak stąd dojść do pałacu? – zapytałem Galahada.

– Do pałacu?

– Tak! – krzyknąłem gniewnie.

– Zaprowadzę cię! – powiedział.

Zaczęliśmy piąć się pod górę.

Bardowie opiewają miłość i bohaterstwo wojowników, wychwalają królów i schlebiają królowym, ale gdybym ja był poetą, sławiłbym przyjaźń.

Miałem w życiu szczęście do przyjaciół. Jednym z nich był Artur, ale nawet on nie dorównywał Galahadowi. Czasem rozumieliśmy się bez słów, a czasem rozmawialiśmy godzinami. Dzieliliśmy się wszystkim, z wyjątkiem kobiet. Nie zliczę, ile razy staliśmy ramię przy ramieniu w murze tarcz albo przełamywaliśmy na pół ostatni kęs chleba. Brano nas za braci i my też tak siebie traktowaliśmy.

Owego tragicznego wieczoru, gdy patrzyliśmy na płonące w dole miasto, Galahad zrozumiał, że nie mogę zejść do czekającej łodzi. Wiedział, że jakiś wewnętrzny głos, jakiś nakaz bogów zmusza mnie, abym wrócił do jasnego pałacu na szczycie Ynys Trebes. Wokół nas działy się straszne rzeczy, ale napastnicy pozostawali na razie z tyłu. Przebiegłszy po dachu kościoła, zeskoczyliśmy na ulicę, gdzie kłębił się tłum uciekinierów szukających schronienia w świątyni, a potem dotarliśmy po kamiennych schodach do głównej drogi, która okrążała wyspę. Frankowie pędzili już w naszym kierunku, chcąc znaleźć się wcześniej w pałacu Bana, wyprzedzaliśmy ich jednak razem z żałosną garstką ludzi, którzy uniknęli rzezi w mieście i próbowali się teraz ukryć na szczycie wzgórza.

Na dziedzińcu nie było strażników. Drzwi pałacu stały otworem. Przerażone kobiety tuliły do siebie płaczące dzieci. Zasłony powiewały na wietrze, a piękne meble czekały na zdobywców.

Wbiegłem do eleganckich komnat i minąwszy pokój z lustrami oraz porzuconą harfę Leanor, wpadłem do wielkiej sali, w której przyjmował mnie po raz pierwszy Ban. Król nadal tam był. Miał na sobie togę i siedział przy stole z gęsim piórem w dłoni.

– Już za późno – powiedział, gdy stanąłem przed nim z wyciągniętym mieczem. – Artur mnie zawiódł.

Z pałacowych korytarzy dobiegały krzyki. Dym przesłaniał widok za łukowatymi oknami.

– Zabierzemy cię stąd, ojcze! – zawołał Galahad.

– Nie widzisz, że jestem zajęty? Mam dużo pracy – odparł Ban gderliwym tonem. Zanurzył pióro w kałamarzu i zabrał się do pisania.

Pchnąłem drzwi prowadzące do biblioteki i minąwszy pusty przedsionek, zobaczyłem, że garbaty ksiądz stoi obok jednej z półek wypełnionych pergaminami. Na lśniącej drewnianej podłodze leżało mnóstwo porozrzucanych manuskryptów.

– Przyrzekłem bronić twojego życia, więc musimy natychmiast uciekać! – krzyknąłem gniewnie, nie mając wcale ochoty ratować tego szpetnego starca, gdy w mieście ginęło tylu ludzi. Ksiądz nie zwracał na mnie uwagi. Z zapamiętaniem wyciągał z pudełek kolejne zwoje pergaminu, zrywał z każdego z nich tasiemkę i pieczęć, czytał kilka pierwszych linijek tekstu, po czym rzucał manuskrypt na podłogę i sięgał po następny. – Pospiesz się! – ryknąłem.

– Zaraz – odparł Celwin, nie przerywając poszukiwań. – Jeszcze chwilę!

W pałacu rozległ się huk. Usłyszeliśmy gromkie owacje, a potem krzyki. Galahad stał w drzwiach biblioteki, błagając Bana, aby z nami uciekał, ale król zbył go machnięciem ręki. Po chwili do wielkiej sali wpadło trzech spoconych wojowników. Galahad pobiegł w ich kierunku, ale nie zdążył już uratować życia ojcu, który zresztą nawet nie próbował się bronić. Pierwszy z napastników przebił króla mieczem, ale przypuszczam, że władcy Benoic pękło serce, zanim został ugodzony stalowym ostrzem. Frank chciał odciąć Banowi głowę, lecz zginął, przeszyty włócznią Galahada. Ja rzuciłem się tymczasem na drugiego napastnika i zagrodziłem jego ciałem drogę trzeciemu. Konający Frank cuchnął piwem jak Saksonowie. Za drzwiami sali pokazał się dym. Galahad doskoczył do mnie, celując włócznią w trzeciego wojownika, ale po korytarzu biegli już następni Frankowie. Wydobyłem miecz z ciała wroga i wycofałem się do przedsionka biblioteki.

– Pospiesz się, stary głupcze! – krzyknąłem przez ramię do upartego księdza.

– Jestem stary, Derfel, ale nie głupi – odparł ze śmiechem ksiądz. Słysząc dziwne brzmienie jego głosu odwróciłem głowę i nagle wydało mi się, że śnię. Zobaczyłem wyprostowanego, wysokiego mężczyznę, który nie miał garbu i wcale nie był szpetny. Wyglądał tak wspaniale, majestatycznie i dostojnie, że choć wokół lała się krew i rozlegały się krzyki umierających, nie czułem, by groziło mi jakiekolwiek niebezpieczeństwo. Starzec nadal się ze mnie śmiał, zadowolony, że tak długo go nie rozpoznałem.

– Merlin! – powiedziałem i nie ukrywam, że do oczu napłynęły mi łzy.

– Daj mi tylko parę minut – poprosił. – Zatrzymaj ich! – Nadal wyciągał zwoje pergaminu, zrywał z nich pieczęcie i nie znajdując tego, czego szukał, rzucał je na podłogę. Nie miał już na oku opaski, która stanowiła jedynie część jego kamuflażu. – Zatrzymaj ich – powtórzył, przechodząc do następnego rzędu nieprzejrzanych jeszcze manuskryptów. – Podobno potrafisz zabijać, więc wykaż się teraz.

Galahad umieścił przy drzwiach wielkiej sali harfę i taboret harfistki, po czym zaczęliśmy obaj bronić wejścia do biblioteki włócznią, mieczem i tarczami.

– Wiedziałeś, że on tu jest? – zapytałem.

– Kto? – Galahad uderzył włócznią w okrągłą tarczę napastnika i zmusił go do odwrotu.

– Merlin.

– Jest tutaj? – zdziwił się książę. – Nie miałem o tym pojęcia.

Wrzeszczący Frank z kędzierzawymi włosami i zakrwawioną brodą zamachnął się na mnie włócznią. Chwyciłem ją poniżej grota i nadziałem przeciwnika na swój miecz. Druga włócznia przeleciała tuż obok mnie i utkwiła w belce. Jeden z napastników potknął się o struny harfy i gdy upadał, Galahad kopnął go w twarz, a ja przyłożyłem mu w kark krawędzią tarczy, odparowując niemal równocześnie cios kolejnego wojownika. Pałac rozbrzmiewał krzykami i wypełniał się gryzącym dymem. Atakujący nas Frankowie tracili powoli zainteresowanie łupami, które mogli zdobyć w bibliotece, skoro do innych sal mieli o wiele łatwiejszy dostęp.

– A więc Merlin jest tutaj? – zapytał z niedowierzaniem Galahad.

– Sam się przekonaj.

Galahad odwrócił się i spojrzał na wysokiego mężczyznę, który przeszukiwał pospiesznie skazaną na zniszczenie bibliotekę Bana.

– To on?

– Tak.

– Skąd wiedziałeś, że tu jest?

– Wcale nie wiedziałem – odparłem. – Chodź, draniu! – krzyknąłem do potężnego wojownika, odzianego w skórę i dźwigającego wojenny topór o podwójnym ostrzu. Najwyraźniej chciał wykazać się bohaterstwem, bo ruszył do ataku i zginął z pieśnią na ustach. Topór utkwił w deskach podłogi u stóp Galahada, który przebił napastnika włócznią.

– Znalazłem! Znalazłem! – wykrzyknął nagle za naszymi plecami Merlin. – Oczywiście! Syliusz Italikus! Nie napisał przecież osiemnastu ksiąg o historii drugiej wojny punickiej, tylko siedemnaście! Jak mogłem być taki głupi? Masz rację, Derfel, jestem starym głupcem! I w dodatku niebezpiecznym! Osiemnaście ksiąg o drugiej wojnie punickiej! Przecież każde dziecko wie, że było ich tylko siedemnaście. Znalazłem to, czego szukałem! Chodź, Derfel, nie traćmy czasu! Nie możemy się tu plątać przez całą noc.

Pobiegliśmy z powrotem do biblioteki, w której panował potworny rozgardiasz. Zabarykadowałem drzwi wielkim stołem, a Galahad otworzył kopniakiem okiennice od zachodniej strony. Do komnaty harfistki wdarł się znowu tłum Franków. Wielki stół przy drzwiach biblioteki powstrzymał na chwilę ich natarcie. Merlin zerwał z szyi drewniany krzyż i cisnął go w stronę napastników. Gdy upadł na ziemię, przedsionek ogarnęły płomienie. Sądziłem, że był to zwykły przypadek, że akurat w tym momencie runęła ściana komnaty i dlatego ogień się rozprzestrzenił, ale Merlin twierdził, że to jego zasługa.

– Ten straszny przedmiot musiał w końcu na coś się przydać – powiedział, mając na myśli krzyż. – Usmażcie się, karaluchy! – zarechotał, słysząc krzyki poparzonych wrogów.

Włożywszy za pazuchę bezcenny zwój pergaminu, zapytał: - Czytałeś kiedyś dzieło Syliusza Italikusa, Derfel?

- Nigdy o nim nie słyszałem, panie - odparłem, ciągnąc z desperacją Merlina w kierunku otwartego okna.

- Pisał utwory epickie, mój drogi. - Przystanął i położył mi dłoń na ramieniu. - Pozwól, że udzielę ci pewnej rady - powiedział bardzo poważnie. - Unikaj takich dzieł. Mówię to z własnego doświadczenia.

Miałem nagle ochotę rozpłakać się jak dziecko. Z ulgą spoglądałem znowu w jego mądre, przebiegłe oczy. Czułem się tak, jakbym odnalazł po latach ojca.

- Brakowało mi ciebie, panie - wyznałem.

- Nie bądź sentymentalny! - mruknął Merlin i pospieszył do okna, gdyż w tym momencie przedarł się przez płonące drzwi frankoński wojownik i z krzykiem na nas natarł. Zauważyłem, że ma spalone włosy. Odtrąciłem tarczą jego włócznię i pchnąłem go mieczem.

- Chodźcie tutaj! - krzyknął Galahad z ogrodu za oknem. Uśmierciwszy konającego wroga, zobaczyłem nagle, że Merlin wraca po coś do swojego stołu.

- Pospiesz się, panie! - krzyknąłem.

- Mój kot! - wyjaśnił Merlin. - Chyba nie myślisz, że go tu zostawię!

- Na Boga, panie! - wrzasnąłem na niego, ale Merlin wyciągał już spod stołu przerażone szare zwierzę.

Tuląc je do siebie, wyszedł w końcu przez okno do pełnego ziół ogrodu, osłoniętego niskim żywopłotem z wawrzynu. Zachodzące słońce roztaczało na niebie wspaniałą czerwoną poświatę, która odbijała się w wodach zatoki. Przeskoczywszy przez żywopłot, zbiegliśmy za Galahadem po schodach, prowadzących do chaty ogrodnika, a potem zaczęliśmy schodzić niebezpieczną ścieżką, która okrążała granitowy szczyt. Po jednej jej stronie było strome skaliste zbocze, a po drugiej przepaść, ale Galahad znał tę drogę od dzieciństwa i prowadził nas pewnie w kierunku brzegu.

W morzu pływało wiele zwłok. Nasza łódź, zatłoczona do tego stopnia, że chyba tylko cudem unosiła się jeszcze na wodzie, była już ćwierć mili od wyspy. Wioślarze pracowali ciężko, by umknąć przed niebezpieczeństwem. Przyłożyłem dłonie do ust i zawołałem:

– Culhwch! – Mój głos odbił się echem od skał i zginął w powodzi krzyków i lamentów, które towarzyszyły zagładzie Ynys Trebes.

– Niech sobie płyną – powiedział spokojnie Merlin, sięgając pod brudną sutannę, którą nosił jako ojciec Celwin. – Potrzymaj go! – Rzucił mi kota i zadął w wyciągnięty spod sutanny niewielki srebrny róg o bardzo dźwięcznym brzmieniu.

Niemal natychmiast w pobliżu północnego brzegu Ynys Trebes pojawiła się mała ciemna łódź. Płynął w niej tylko jeden człowiek, posługując się zamocowanym na rufie długim wiosłem. Łódź miała wysoki dziób i pozwalała na przewiezienie trzech osób. Na jej dnie leżał drewniany kufer z pieczęcią Merlina, przedstawiającą rogatego boga Cernunnosa.

– Zabezpieczyłem sobie odwrót – stwierdził beztrosko Merlin – gdy zorientowałem się, że biedny Ban nie ma w istocie pojęcia, jakie posiada manuskrypty. Przypuszczałem, że ich przejrzenie zajmie mi trochę czasu, i nie myliłem się. Oczywiście, zwoje były podpisane, ale *fili* ciągle je przekładali, nie mówiąc o tym, że próbowali poprawiać innych autorów albo się pod nich podszywać. Pewien łajdak przez pół roku przepisywał teksty Katullusa, a potem włożył je na półkę z dziełami Platona. Dobry wieczór, mój drogi Caddwg! – pozdrowił wylewnie sternika. – Wszystko w porządku?

– Owszem, jeśli nie liczyć tego, że nadchodzi koniec świata – mruknął w odpowiedzi Caddwg.

– Masz mój kufer – rzekł Merlin, wskazując na zapieczętowaną skrzynię. – Wszystko inne jest bez znaczenia.

Elegancka łódź służyła kiedyś do przewożenia gości króla z portu do zakotwiczonych w zatoce większych statków. Teraz była do dyspozycji Merlina. Gdy zajęliśmy miejsca, ponury Caddwg odbił natychmiast od brzegu. Był już wieczór. Rzucona ze wzgórza pojedyncza włócznia pogrążyła się w wodzie obok nas, ale poza tym nic się nie wydarzyło. Merlin wziął ode mnie kota i usiadł wygodnie z przodu łodzi. Galahad i ja spoglądaliśmy za siebie na konającą wyspę.

Nad wodą unosiły się kłęby dymu. Krzyki zabijanych ludzi brzmiały jak żałobna pieśń. Widzieliśmy ciemne postacie włóczników, którzy nadal zeskakiwali z grobli i pędzili w kierunku ginącego miasta. Gdy zaszło słońce, zatoka pogrążyła się w mroku, a płomienie ogarniające pałac wydawały się jeszcze jaśniejsze. Ogień trawił delikatne zasłony w oknach, zostawała po nich tylko garstka popiołu. Najintensywniej płonęła biblioteka. Kolejne zwoje pergaminu zapalały się błyskawicznie, czyniąc z tego skrzydła pałacu istne piekło. Był to stos pogrzebowy króla Bana.

Galahad płakał. Klęczał na deskach łodzi, ściskając w dłoniach włócznię, i patrzył, jak jego dom obraca się w ruinę. Uczyniwszy znak krzyża, zmówił cichą modlitwę, aby dusza Bana trafiła do tej Krainy Cieni, w której istnienie wierzył. Morze było nadzwyczaj spokojne. Miało czerwoną i czarną barwę, barwę krwi i śmierci, idealnie odzwierciedlając dramat płonącego miasta, w którym trwał upiorny triumfalny taniec naszych wrogów. Ynys Trebes nigdy nie zostało odbudowane. W zarosłych chwastami ruinach zakładały gniazda ptaki. Frankońscy rybacy unikali opuszczonej skalistej wyspy, na której zginęło tylu ludzi. Nazywali ją w swym prymitywnym języku Górą Śmierci. Mówili, że nocami, gdy jej ciemne kontury majaczyły na tle granatowego morza, dochodziły stamtąd nadal krzyki kobiet i płacz dzieci.

Przybiliśmy do pustej plaży po zachodniej stronie zatoki. Porzuciwszy łódź, zaczęliśmy się wspinać na porośnięte cierniowymi krzewami wzgórze, niosąc zapieczętowaną skrzynię Merlina. Dotarliśmy na szczyt późną nocą. Stolica królestwa Benoic wyglądała w ciemnościach jak żarzące się ognisko. Wkrótce potem wyruszyłem w drogę do domu, aby podzielić się z Arturem straszliwą nowiną, że Ynys Trebes przestało istnieć.

Wsiedliśmy na statek do Brytanii w tym samym miejscu, w którym kiedyś modliłem się do Bela i Manawydana, by pozwolili mi wrócić szczęśliwie do domu. Spotkaliśmy tam Culhwcha, którego przeciążona łódź ugrzęzła na mieliźnie. Leanor ocalała, podobnie jak większość naszych ludzi. Przy brzegu rzeki cumował jeden statek nadający się do długiej podróży przez morze. Jego szyper liczył, że dobrze zarobi, przewożąc zrozpaczonych uciekinierów, ale Culhwch przytknął mu do gardła miecz i kazał zabrać nas na pokład za darmo. Reszta okolicznych mieszkańców uciekła już przed Frankami. Czekaliśmy całą noc, którą rozjaśniały łuny pożarów widoczne nad Ynys Trebes, a o świcie podnieśliśmy kotwicę i popłynęliśmy na północ.

Merlin patrzył na oddalający się brzeg, a ja spoglądałem na niego, nie mogąc wciąż uwierzyć, że naprawdę jest znowu z nami. Był wysokim, kościstym człowiekiem, chyba najwyższym, jakiego znałem. Jego długie, siwe włosy wyrastały za tonsurą i były związane w ogonek czarną wstążką. Kiedy udawał Celwina, nosił je rozpuszczone i rozczochrane, ale teraz wyglądał znów jak dawniej. Miał skórę koloru starego, połyskującego drewna, zielone oczy i haczykowaty nos. Brodę i wąsy zaplatał w cienkie warkoczyki, które lubił owijać wokół palców, gdy nad czymś rozmyślał. Nikt nie wiedział, ile ma lat, ale z całą pewnością nie spotkałem w życiu nikogo starszego, może z wyjątkiem druida Balise'a, ani też nie znałem człowieka, którego wiek trudniej byłoby określić. Merlin miał wszystkie zęby, co do jednego, i zachował młodzieńczy wigor, choć uwielbiał udawać, że jest stary, słaby i bezbronny. Ubierał się wyłącznie na czarno i miał zwyczaj nosić długą czarną laskę, teraz jednak, uciekając z Armoryki, był pozbawiony tego atrybutu swego urzędu.

Zawsze wzbudzał respekt, i to nie ze względu na swój wzrost, reputację czy elegancki wygląd. Sama jego obecność powodowała, że dominował nad wszystkimi, a gdy wychodził, w zapełnionej ludźmi sali robiło się nagle pusto. Przypominał pod tym względem Artura, tyle że Artur wzbudzał radość i entuzjazm, a Merlin niepokój. Kiedy na kogoś patrzył, wydawało się, że potrafi odgadnąć jego najskrytsze myśli. Co gorsza, wyraźnie go to bawiło. Był złośliwy, niecierpliwy, impulsywny – i niezwykle uczony. Wszystko bagatelizował, każdego oczerniał i niewielu ludzi naprawdę kochał. Jednym z wyjątków był Artur, drugim Nimue, a trzecim chyba ja, choć nigdy nie byłem tego pewny, bo Merlin zawsze lubił udawać i stwarzać pozory.

– Przyglądasz mi się, Derfel – powiedział z wyrzutem, stojąc tyłem do mnie na rufie łodzi.

– Mam nadzieję już nigdy nie stracić cię z oczu, panie.

– Ależ z ciebie sentymentalny głupiec! – Odwrócił się, rzucając mi groźne spojrzenie. – Powinienem był wrzucić cię z powrotem do wilczego dołu Tanabursa. Zanieś ten kufer do mojej kajuty.

Merlin zajął kabinę szypra, tam więc wstawiłem jego drewnianą skrzynię. Wszedł pochylony przez niskie drzwi i ułożywszy sobie poduszki na koi, rozsiadł się wygodnie, wzdychając z ulgą. Szary kot wskoczył mu na kolana, gdy rozwinął na zabrudzonym rybimi łuskami stole kilkanaście centymetrów grubego zwoju, który zdobył z narażeniem życia.

– Co to jest? – zapytałem.

– To jedyny prawdziwy skarb, jaki posiadał Ban – odparł Merlin. – Reszta jego rzymskich i greckich manuskryptów to śmieci. Znalazłoby się tam może parę ciekawych rzeczy, ale niewiele.

– Więc co to takiego? – zapytałem ponownie.

– Zwój pergaminu, mój drogi – odparł, jakbym był głupcem, licząc na odpowiedź. Spoglądając w niebo przez otwarty świetlik, zobaczył powiewający żagiel. W powietrzu czuć było nadal dym znad Ynys Trebes. – Mamy pomyślny wiatr! – stwierdził z radością. – Może dotrzemy przed zmrokiem do domu? Tęskniłem za Brytanią. – Popatrzył znowu na pergamin. – A jak się miewa moja droga Nimue? – zapytał, przeczytawszy kilka linijek tekstu.

– Została zgwałcona i straciła oko – powiedziałem z goryczą.

– To się zdarza – stwierdził beztrosko Merlin.

Jego gruboskórność zaparła mi dech w piersiach. Po chwili zapytałem raz jeszcze, dlaczego ten pergamin ma takie znaczenie.

– Jesteś wyjątkowo natrętny, Derfel – oświadczył, ciężko wzdychając. – No dobrze, oświecę cię. – Zwinął manuskrypt i oparł się o wilgotne, wyświechtane poduszki. – Wiesz, oczywiście, kim był Caleddin?

– Nie, panie – przyznałem. Rozłożył ręce w geście rozpaczy.

– Nie wstydzisz się swojej ignorancji, Derfel? Caleddin był druidem Ordowicjan. To wyjątkowe kanalie. Wiem o tym najlepiej, bo jedna z moich żon pochodziła z tego szczepu. Potrafiłaby obrzydzić życie kilkunastu mężczyznom. Obym jej już nigdy nie spotkał. – Wzdrygnął się na samo wspomnienie, po czym spojrzał na mnie i zapytał: – To Gundleus zgwałcił Nimue, prawda?

– Tak – odparłem, zastanawiając się, skąd o tym wie.

– Głupiec! Beznadziejny głupiec! – Wydawał się bardziej rozbawiony niż wstrząśnięty tragedią swojej kochanki. – Odpokutuje za to. Czy Nimue jest wściekła?

– Bardzo.

– To dobrze. Gniew popycha do czynu, a nasza droga Nimue potrafi zrobić z niego użytek. Jedną z rzeczy, których nie znoszę u chrześcijan, jest gloryfikowanie uległości. Jak można czynić z niej cnotę? Wyobrażasz sobie niebo pełne uległych istot? Cóż to byłoby za okropne miejsce! Jedzenie zdążyłoby wystygnąć, gdy wszyscy podawaliby sobie wzajemnie talerze. Uległość nie jest pożądaną cechą, Derfel. To gniew i egoizm sprawiają, że świat idzie naprzód. – Roześmiał się. – Ale wróćmy do Caleddina. Jak na Ordowicjanina był dobrym druidem, nie tak dobrym jak ja, oczywiście, ale czasem nieźle sobie radził. Nawiasem mówiąc, patrzyłem z przyjemnością, jak dusiłeś Lancelota. Szkoda, że w końcu go nie zabiłeś. Domyślam się, że uciekł z miasta?

– Jak tylko wtargnęli tam Frankowie.

– Żeglarze mówią, że szczury zawsze uciekają pierwsze z tonącego statku. Biedny Ban. Był głupcem, ale i dobrym człowiekiem.

– Wiedział, kim jesteś? – zapytałem.

– Oczywiście! – odparł Merlin. – Byłbym potwornym niegodziwcem, gdybym oszukiwał mego dobroczyńcę. Król nikomu o tym, rzecz jasna, nie mówił, bo oblegaliby mnie bez przerwy ci okropni poeci, chcąc, żebym za pomocą magii usuwał im zmarszczki. Nie masz pojęcia, Derfel, jak ciężkie bywa życie czarnoksiężnika. Ban wiedział, kim jestem, i Caddwg także. To mój sługa. Więc biedny Hywel nie żyje, tak?

– Skoro już wiesz, panie, czemu pytasz?

– Staram się podtrzymać rozmowę! – stwierdził z oburzeniem. – Trzeba pielęgnować sztukę konwersacji, Derfel. Nie możemy wszyscy przedzierać się przez życie, wyjąc i wymachując mieczami. Niektórzy z nas próbują zachować godność – oznajmił, pociągając nosem.

– Skąd wiesz, że Hywel nie żyje? – zapytałem.

– Dostałem list od Bedwina, ty durniu.

– Bedwin przez cały ten czas do ciebie pisał? – zdziwiłem się.

– Oczywiście! Potrzebował przecież moich rad. Myślałeś, że zniknąłem?

– Właśnie – odparłem urażony.

– Bzdura. Po prostu nie wiedziałeś, gdzie mnie szukać. Bedwin nie korzystał wcale z moich rad i narobił strasznego bałaganu! To czysty idiotyzm, żeby pozostawić Mordreda przy życiu! Należało go zadusić zaraz po urodzeniu jego własną pępowiną, ale przypuszczam, że Uthera nikt by do tego nie przekonał. Biedny Uther! Wierzył, że mężczyzna przekazuje swoje cnoty potomstwu przez lędźwie. Co za brednie! Dziecko jest jak cielę. Jeśli rodzi się kalekie, uderza się je zręcznie w główkę i zapładnia na nowo jego matkę. Trzeba to czasem powtarzać wiele razy i dlatego bogowie sprawili, że płodzenie dzieci daje tyle przyjemności. Oczywiście nie kobietom, ale ktoś musi cierpieć, więc dziękujmy losowi, że im to przypadło w udziale.

– Miałeś kiedyś dzieci? – zapytałem, zastanawiając się, dlaczego nigdy dotąd nie rozmawialiśmy na ten temat.

– Oczywiście! Co za dziwne pytanie. – Spojrzał na mnie tak, jakby wątpił w moją poczytalność. – Nigdy za nimi nie przepadałem i na szczęście prawie wszystkie umarły, a pozostałe wydziedziczyłem. Jedno przyjęło chyba nawet chrześcijaństwo. – Wzruszył ramionami. – O wiele bardziej lubię cudze dzieci. Są dużo milsze. Ale o czym to mówiliśmy? Aha, o Caleddinie. Co za okropny człowiek! – Pokręcił smętnie głową.

– Czy to on napisał ten manuskrypt? – zapytałem.

– Nie mów głupstw, Derfel! – zniecierpliwił się Merlin. – Druidom nie wolno niczego zapisywać, to wbrew zasadom. Dobrze o tym wiesz! Słowo pisane staje się dogmatem. Ludzie zaczynają dyskutować, wyrażają własne zdanie, nawiązują do tekstu, tworzą kolejne manuskrypty, wdają się w polemiki i wkrótce zaczynają się zabijać. Gdy niczego nie zapisujemy, nikt nie wie, co dokładnie powiedzieliśmy, i zawsze można wszystko zmienić. Czy muszę ci to wyjaśniać?

– Powiedz mi, co jest napisane na zwoju – poprosiłem nieśmiało.

– Właśnie to robię, ale ciągle mi przerywasz i zmieniasz temat! Doprawdy dziwnie się zachowujesz! I pomyśleć, że wyrosłeś na górze Tor! Powinienem był częściej cię chłostać. Może nabrałbyś lepszych manier. Podobno Gwlyddyn odbudowuje gród?

– Tak.

– To dobry i uczciwy człowiek. Pewnie nie poradzi sobie beze mnie, ale przynajmniej się stara.

– Manuskrypt – przypomniałem.

– Wiem! Wiem! Jak już ci wspominałem, Caleddin był druidem. I Ordowicjaninem. Straszni z nich ludzie. Przypomnij sobie Czarny Rok i pomyśl, skąd Swetoniusz wiedział tak wiele o naszej religii? Chyba wiesz, o kim mówię?

Było to obraźliwe pytanie, gdyż wszyscy Brytowie słyszeli o znienawidzonym Swetoniuszu Paulinusie, mianowanym przez Nerona gubernatorze, który w Czarnym Roku, około czterystu lat temu, zniszczył praktycznie naszą dawną religię. Każdy Bryt poznawał już w dzieciństwie straszliwą opowieść o tym, jak dwa legiony Swetoniusza zrównały z ziemią sanktuarium druidów na Ynys Mon. Ynys Mon, podobnie jak Ynys Trebes, było położonym na wyspie największym przybytkiem naszych bogów. Rzymianie, pokonawszy jakoś cieśninę, zabili wszystkich przebywających tam druidów, bardów i kapłanki. Ścięli święte gaje i zbezcześcili święte jezioro, tak że pozostały nam tylko mgliste wspomnienia dawnej wiary, a nasi druidzi, jak Tanaburs czy Iorweth, są tylko cieniami swoich wielkich poprzedników.

– Słyszałem o Swetoniuszu – zapewniłem Merlina.

– Był jeszcze drugi człowiek o tym samym imieniu – powiedział rozbawiony druid. – Rzymski pisarz, i to całkiem niezły. Ban miał jego dzieło *De viris illustribus*, opowiadające głównie o życiu poetów. Swetoniusz pisał szczególnie skandaliczne rzeczy o Wergiliuszu. To niewiarygodne, co poeci wyprawiają w łóżkach. Głównie ze sobą, oczywiście. Szkoda, że ten manuskrypt spłonął. Możliwe, że Ban miał ostatni zachowany egzemplarz dzieła Swetoniusza, a teraz zostały z niego tylko popioły. Wergiliusz odetchnąłby z ulgą. Zmierzam jednak do czego innego. Otóż Swetoniusz Paulinus pragnął dowiedzieć się jak najwięcej o naszej religii, zanim zaatakował Ynys Mon. Chciał mieć pewność, że nie zamienimy go w ropuchę albo w poetę, skorzystał więc z usług zdrajcy, druida Caleddina, który dyktował wszystko, co wiedział, rzymskiemu skrybie, a ten spisywał jego opowieść kiepską łaciną. Jest to jedyny dokument naszej dawnej wiary, wyjawiający jej tajemnice i rytuały, jej sens i siłę. Mam go tu przed sobą, mój chłopcze. – Wskazał na manuskrypt, który spadł w tym momencie ze stołu.

Sięgnąłem pod koję, aby go wyciągnąć.

– A ja myślałem – stwierdziłem z wyrzutem – że jesteś chrześcijaninem, który próbuje określić rozpiętość skrzydeł aniołów.

– Nie bądź naiwny, Derfel! Wszyscy wiedzą, że rozpiętość skrzydeł aniołów zależy od ich wzrostu i wagi. – Rozwinął ponownie pergamin i zajrzał do tekstu. – Wszędzie szukałem tego skarbu. Nawet w Rzymie! A ten stary głupiec Ban miał go tu cały czas w katalogu jako osiemnastą księgę eposu Syliusza Italikusa. Najlepszy dowód na to, że nigdy ich wszystkich nie przeczytał, choć twierdził, że są takie znakomite. Nie sądzę zresztą, by ktokolwiek tego dokonał. Jakim cudem? – Merlin wzdrygnął się na samą myśl.

– Nic dziwnego, że szukałeś tego manuskryptu ponad pięć lat – stwierdziłem, myśląc o tym, jak wielu ludziom brakowało go przez ten czas.

– Gdzie tam! Dowiedziałem się o jego istnieniu dopiero rok temu. Przedtem szukałem innych rzeczy: Rogu z Bran Galed, Noża z Laufrodedd, Planszy z Gwenddolau, Pierścienia z Eluned. Szukałem skarbów Brytanii, Derfel... – Przerwał, spoglądając na zapieczętowaną skrzynię, a potem znowu na mnie. – Te skarby są kluczem do władzy, Derfel, ale dopiero odczytawszy manuskrypt, poznam ich znaczenie. – Jego głos brzmiał niezwykle poważnie i nic dziwnego, gdyż Trzynaście Skarbów stanowiło zbiór najbardziej tajemniczych i otaczanych największą czcią talizmanów Brytanii. Pewnej nocy, gdy walcząc w Benoic drżeliśmy z zimna w ciemnościach i nasłuchiwaliśmy, czy z lasu nie wychodzą Frankowie, Galahad mówił z lekceważeniem o owych skarbach i powątpiewał, czy przetrwałyby długie lata panowania Rzymian. Merlin zawsze jednak twierdził, że w obliczu klęski dawni druidzi ukryli je tak głęboko, iż najeźdźcy nie potrafili ich odnaleźć. Odszukanie trzynastu talizmanów stało się celem jego życia. Wierzył, że nadejdzie kiedyś ta wielka chwila, gdy zrobi z nich użytek. Aby tego dokonać, potrzebował najwyraźniej zaginionego manuskryptu Caleddina.

– Więc co tam jest napisane? – spytałem zaciekawiony.

– Skąd mam wiedzieć? Nie dajesz mi nic przeczytać. Może zająłbyś się czymś pożytecznym? Napraw wiosło albo zrób coś, co robią żeglarze, kiedy akurat nie toną. Aha, jeszcze jedno – dodał jakby od niechcenia, gdy byłem już przy drzwiach.

Odwróciwszy się, zobaczyłem, że znów czyta pierwsze linijki grubego manuskryptu.

– Słucham, panie? – ponagliłem go.

– Chciałem ci tylko podziękować, Derfel – rzucił beztrosko. – A więc dziękuję. Zawsze miałem nadzieję, że kiedyś się na coś przydasz.

Pomyślałem o płonącym Ynys Trebes i śmierci starego Bana.

– Zawiodłem Artura – stwierdziłem z goryczą.

– Wszyscy go zawodzą. Zbyt wiele oczekuje. Idź już.

Sądziłem, że Lancelot i jego matka popłyną na zachód, do Broceliandii, aby dołączyć do tłumu uchodźców, wygnanych przez Franków z królestwa Bana. Królowa Elaine udała się jednak z synem na północ, do Dumnonii.

Znalazłszy się tam, dotarli do Durnovarii całe dwa dni przede mną, Merlinem i Galahadem, nie widzieliśmy więc ich przybycia, słyszeliśmy za to na każdym kroku opowieści o dzielnych uciekinierach.

Królewska świta podróżowała trzema szybkimi statkami. Przygotowano je do drogi jeszcze przed upadkiem Ynys Trebes, zapełniając ich ładownie złotem i srebrem, które Frankowie mieli nadzieję znaleźć w pałacu Bana. Zanim orszak królowej Elaine dotarł do Durnovarii, skarb został gdzieś ukryty, a uciekinierzy szli pieszo, niektórzy nawet bez butów. Wszyscy byli obdarci i pokryci kurzem, włosy mieli potargane i sztywne od morskiej soli, a ubrania poplamione krwią. W odrętwiałych dłoniach zaciskali poszczerbione miecze. Elaine, królowa Benoic i Lancelot, będący teraz władcą utraconego królestwa, szli, powłócząc nogami po głównej ulicy miasta, aby żebrać o pomoc u wrót pałacu Ginewry. Za nimi podążała gromada strażników, poetów i dworzan, którzy, jak obwieściła z rozpaczą Elaine, jako jedyni uniknęli masakry.

– Gdyby Artur dotrzymał słowa! – biadoliła, stanąwszy przed Ginewrą. – Gdyby spełnił choć połowę swoich obietnic!

– Przestań, mamo! – uspokajał ją Lancelot.

– Pragnę jedynie umrzeć, mój drogi – oznajmiła królowa. – Ty też omal nie zginąłeś w walce.

Ginewra stanęła na wysokości zadania. Uciekinierzy zostali opatrzeni, przyodziani i nakarmieni, pozwolono im się wykąpać, poczęstowano ich winem i obdarowano złotem. Potem, w oczekiwaniu na przybycie Artura, słuchano ich opowieści.

Były one wspaniałe. Powtarzano je w całym mieście i nim przybyliśmy do Durnovarii, rozniosły się po wszystkich zakątkach Dumnonii i przekroczywszy granice, dotarły do niezliczonych miejsc w Brytanii i Irlandii. Były to opowieści o bohaterach, o tym, jak Lancelot i Bors bronili bramy miasta, zaścielając plażę trupami Franków i zostawiając je na pożarcie mewom. Frankowie błagali o litość, bojąc się ujrzeć znowu w dłoni Lancelota lśniące ostrze Tanlladwyra, ale nagle inni obrońcy Ynys Trebes, których miał on poza zasięgiem wzroku, nie wytrzymali naporu wroga. Nieprzyjaciel wtargnął do miasta i walka, już przedtem straszna, zamieniła się w piekło. Broniono do upadłego każdej ulicy, ale nawet wszyscy starożytni bohaterowie nie powstrzymaliby tego mrowia napastników w żelaznych hełmach, którzy nadciągali od strony morza jak demony uwolnione z koszmarów Manawydana. Dzielni obrońcy ustępowali przed przeważającymi siłami przeciwnika, pozostawiając na ulicach sterty zwłok. Nieprzyjaciół ciągle przybywało. W końcu bohaterscy wojownicy wycofali się do pałacu, gdzie Ban, dobry król Ban, wypatrywał z tarasu statków Artura, powtarzając z uporem:

– Na pewno przypłyną! Artur mi to obiecał!

Król nie chciał podobno opuścić tarasu, bo gdyby Artur przybył i nie zastał go w pałacu, co by powiedzieli ludzie? Uparł się, że na niego zaczeka. Ucałował na pożegnanie żonę, uściskał syna i życzył im pomyślnych wiatrów w drodze do Brytanii, a potem zaczął wpatrywać się znowu w horyzont, oczekując pomocy, która nigdy nie nadeszła.

Opowieść ta robiła duże wrażenie. Następnego dnia, gdy wydawało się, że z odległej Armoryki nie przypłyną już następne statki, trochę ją zmieniono. Podobno to wojownicy z Dumnonii, dowodzeni przez Culhwcha i Derfla, wpuścili wrogów do Ynys Trebes.

– Stawiali opór – zapewniał Ginewrę Lancelot – ale nie zdołali się utrzymać.

Artur, który walczył z Saksonami Cerdika, przybył do Durnovarii zaledwie kilka godzin przed nami, aby powitać gości. Gdy przywlekliśmy się niepostrzeżenie drogą prowadzącą od morza obok potężnych, porośniętych trawą wałów Mai Dun, rozpoznał mnie przy południowej bramie miasta jeden ze strażników. Wpuszczając nas do środka, oznajmił:

– Przychodzicie w samą porę.

– Dlaczego? – zapytałem.

– Jest tutaj Artur. Mają mu opowiedzieć, co zdarzyło się w Ynys Trebes.

– Doprawdy? – Spojrzałem na stojący na zachodnim zboczu wzgórza pałac. – Chciałbym to usłyszeć – rzekłem i poprowadziłem swoich towarzyszy przez miasto. Pospieszyłem do miejsca, gdzie krzyżowały się w centrum dwie główne ulice, chcąc zobaczyć kaplicę, którą Sansum budował dla Mordreda, ale ku mojemu zdziwieniu nie było tam ani kaplicy, ani starej świątyni, tylko zarośnięty chwastami pusty plac. – To sprawka Nimue – powiedziałem rozbawiony.

– Co takiego? – zapytał Merlin. Miał na głowie kaptur, by nikt go nie rozpoznał.

– Pewien zadufany w sobie człowieczyna – wyjaśniłem – zamierzał zbudować tu kościół. Ginewra wezwała na pomoc Nimue, żeby temu zapobiegła.

– Więc Ginewra ma jednak trochę rozsądku? – stwierdził Merlin.

– Czy mówiłem, że nie?

– Nie, mój drogi, nie mówiłeś. Idziemy dalej?

Ruszyliśmy pod górę w kierunku pałacu. Był wieczór i niewolnicy zapalali na dziedzińcu pochodnie. Zebrał się tam tłum ludzi, chcących zobaczyć Lancelota i Artura. Nie baczyli na to, że niszczą róże Ginewry i doprowadzające wodę kanaliki. Gdy weszliśmy przez bramę, nikt nas nie rozpoznał. Merlin miał na głowie kaptur, a Galahad i ja byliśmy w hełmach z wilczymi ogonami. Stanęliśmy w cieniu arkad obok Culhwcha i kilkunastu innych mężczyzn.

Gdy zapadł zmrok, usłyszeliśmy opowieść o upadku Ynys Trebes.

Lancelot, Ginewra, Elaine, Artur, Bors i Bedwin stali na tarasie po wschodniej stronie dziedzińca. Na ścianie pod tarasem, z którego prowadziły schody w dół, płonęły jasno pochodnie. Rozejrzałem się za Nimue, ale nigdzie jej nie było. Nie dostrzegłem też młodego biskupa Sansuma. Gdy biskup Bedwin zmówił modlitwę, obecni w tłumie chrześcijanie mruknęli coś w odpowiedzi, przeżegnali się, a potem zaczęli słuchać raz jeszcze strasznej opowieści o upadku Ynys Trebes. Bors, stanąwszy na schodach, mówił o bohaterskiej walce obrońców Benoic. Zebrani chłonęli z zapartym tchem opisy potwornej rzezi i wiwatowali, gdy była mowa o wyczynach Lancelota. W pewnym momencie podekscytowany Bors wskazał na księcia, który podniósł grubo obandażowaną rękę, aby uciszyć owacje, a gdy to nie pomogło, pokręcił głową, jakby chciał powiedzieć, że męczy go już ten entuzjazm tłumu. Ubrana na czarno Elaine szlochała u boku syna. Bors nie rozwodził się nad tym, że skazany na zagładę garnizon nie otrzymał posiłków od Artura, który walczył w tym czasie w Brytanii. Wyjaśnił jedynie, iż król Ban bezpodstawnie na nie liczył. Artur bardzo bolał nad tym, co się wydarzyło. Kręcił głową i wydawał się bliski płaczu, zwłaszcza gdy Bors opowiedział wzruszającą historię pożegnania króla z żoną i synem. Sam omal się nie rozpłakałem, nie z powodu tych kłamstw, lecz z radości, że widzę znowu Artura. Wcale się nie zmienił. Miał jak zawsze śmiałe oblicze i troskliwe spojrzenie.

Bedwin zapytał, co się stało z wojownikami z Dumnonii, i Bors opowiedział z udawaną niechęcią, jak zginęliśmy. W tłumie zapanowało poruszenie na wieść o tym, że to właśnie my pozwoliliśmy najeźdźcom wtargnąć do miasta. Bors uniósł rękę, aby uciszyć zebranych.

– Wasi ludzie dzielnie walczyli! – oznajmił, ale tłum był niepocieszony.

Merlin, najwyraźniej nie zwracając uwagi na to, co wygaduje Bors, rozmawiał z kimś szeptem za moimi plecami. W pewnej chwili złapał mnie za łokieć i powiedział głosem ojca Celwina:

– Muszę iść się wysikać, mój chłopcze. Nawala mi pęcherz. Zajmij się tymi durniami, a ja zaraz wrócę.

– Wasi ludzie dzielnie walczyli! – powtórzył Bors. – Zostali pokonani, ale zginęli jak mężczyźni!

– A teraz powracają jak duchy z Krainy Cieni! – krzyknąłem, uderzając tarczą o kolumnę i wzbijając obłok białego pyłu. – Jesteś kłamcą, Bors! – dodałem, stanąwszy w blasku pochodni.

Natychmiast dołączyli do mnie Culhwch i Galahad, zarzucając mu to samo.

Wyciągnąłem z pochwy Hywelbane'a. Tłum natychmiast się rozstąpił, robiąc nam przejście między zdeptanymi grządkami. Ruszyliśmy we trzech w kierunku tarasu. Byliśmy zmęczeni i zakurzeni. Szliśmy równo, wolnym krokiem. Mieliśmy w rękach broń, a na głowach hełmy z wilczymi ogonami.

Bors i Lancelot zamilkli na nasz widok. Zatrzymałem się na środku ogrodu i wbiłem ostrze Hywelbane'a w grządkę.

– Mój miecz zarzuca ci kłamstwo! – krzyknąłem. – Derfel, syn niewolnicy, twierdzi, że Lancelot ap Ban, król Benoic, jest łgarzem!

– Culhwch ap Galeid też tak uważa! – Culhwch wbił swój poszczerbiony miecz w ziemię obok mojego.

– Galahad ap Ban, książę Benoic, oskarża cię o to samo. – W grządkę został wbity trzeci miecz.

– Żaden Frank nie przeszedł przez mury, których broniliśmy – powiedziałem, zdjąwszy hełm, aby Lancelot widział moją twarz.

– Wrogowie nie odważyli się na nie wspinać, bo na dole było zbyt wiele trupów.

– To ja, bracie – dodał Galahad, również zdejmując hełm – byłem do końca z naszym ojcem, a nie ty.

– Poza tym, książę – krzyknąłem – gdy uciekałeś z Ynys Trebes, nie miałeś obandażowanej ręki. Co się stało? Czyżbyś wbił sobie na statku drzazgę w palec?

Na dziedzińcu podniosła się wrzawa. Stojący z boku strażnicy Borsa wyciągnęli miecze i wykrzykiwali obelgi pod naszym adresem, ale w tej samej chwili Cavan przecisnął się z resztą naszych ludzi przez otwartą bramę. Nieśli groźnie uniesione włócznie.

– Żaden z was, łajdaki, nie bronił miasta! – krzyknął Cavan. – Walczcie więc teraz!

Lanval, dowódca straży Ginewry, rozkazał swoim łucznikom otoczyć taras. Elaine zbladła, a stojący przy niej Lancelot i Bors drżeli ze strachu. Biskup Bedwin próbował zaprowadzić porządek, ale zgiełk ucichł dopiero wtedy, gdy Artur wyjął Excalibura i uderzył nim o tarczę. Lancelot i Bors cofnęli się w głąb tarasu. Artur skinął ręką, żeby podeszli bliżej, po czym spojrzał na mnie, Culhwcha i Galahada. Tłum zamilkł, a łucznicy zdjęli z cięciw strzały.

– Na polu walki – powiedział łagodnym tonem Artur, skupiając na sobie uwagę wszystkich zebranych – panuje straszny zamęt. Rzadko wiadomo, co się naprawdę dzieje. Jest zbyt wiele hałasu, zamieszania, przemocy. Nasi przyjaciele z Ynys Trebes – tu objął ramieniem Lancelota – przypadkiem minęli się z prawdą. Niewątpliwie jakiś skołowany biedak opowiedział im o waszej śmierci, a oni mu uwierzyli, ale teraz przekonali się, na szczęście, że byli w błędzie. Nie przynosi im to ujmy! Wszyscy obrońcy Ynys Trebes zasługują na szacunek. Czy nie mam racji?

Artur zwrócił się z tym pytaniem do Lancelota, ale odpowiedział mu Bors.

– Myliłem się, panie – oznajmił. – Przyznaję to z ulgą.

– Ja także – zawtórował mu Lancelot śmiałym, dźwięcznym głosem.

– No właśnie! – wykrzyknął Artur, spoglądając z uśmiechem na naszą trójkę. – Teraz, moi przyjaciele, schowajcie broń. Nie chcę tu żadnych kłótni. Wszyscy jesteście bohaterami. – Żaden z nas nie ruszył się z miejsca. Nasze hełmy i wbite w ziemię miecze, które stanowiły wyzwanie do walki, lśniły w świetle pochodni. Artur przestał się uśmiechać. Stanął wyprostowany i powiedział: – Rozkazuję wam schować miecze. Jesteście w moim domu. Ty, Culhwch, i ty, Derfel, przysięgaliście dochować mi wierności. Nie dotrzymujecie słowa?

– Bronię swojego honoru, panie – stwierdził Culhwch.

– Służysz mnie! – powiedział Artur tak groźnym tonem, że zmartwiałem z wrażenia. Miał łagodne usposobienie i łatwo było zapomnieć, że nie zostałby wodzem, gdyby nie potrafił narzucać innym swojej woli. Mówił tyle o pokoju i zgodzie, ale na polu walki stawał się okrutny i bezwzględny. Teraz także nam groził, kładąc dłoń na rękojeści Excalibura. – Schowajcie miecze – rozkazał – albo sam wyciągnę je z ziemi.

Nie mogliśmy walczyć ze swoim panem, usłuchaliśmy więc jego polecenia. Galahad uczynił to samo. Czuliśmy się oszukani. Artur, gdy tylko przywrócił spokój w swoim domu, znowu się uśmiechnął. Wyciągnął do nas ręce na powitanie i zszedł z tarasu. Tak szczerze cieszył się z naszego powrotu, że natychmiast przestałem żywić do niego urazę. Uścisnął najpierw swego kuzyna Culhwcha, a potem mnie. Czułem na policzku jego łzy.

– Derfel! – powiedział. – Derfel Cadarn. To naprawdę ty?

– Nikt inny, panie.

– Postarzałeś się – stwierdził z uśmiechem.

– Ale ty nie – odparłem. Artur się skrzywił.

– Bo nie byłem w Ynys Trebes. Bardzo tego żałuję. – Zwrócił się do Galahada. – Słyszałem o twojej odwadze, książę. Zasługujesz na wyrazy szacunku.

– Więc nie obrażaj mnie, panie, dając wiarę słowom mojego brata – stwierdził z goryczą Galahad.

– Wystarczy! – rzekł Artur. – Nie życzę sobie żadnych kłótni. Będziecie żyć w przyjaźni. Domagam się tego. – Wziął mnie pod ramię i poprowadził nas wszystkich na taras, abyśmy uścisnęli Borsa i Lancelota. – Mamy już i tak dostatecznie dużo kłopotów – powiedział do mnie cicho, gdy się opierałem.

Podszedłem z wyciągniętymi rękami do Lancelota. Po chwili wahania książę zrobił krok w moim kierunku. Jego wypomadowane włosy pachniały fiołkami.

– Chłopiec – wyszeptał, całując mnie w policzek.

– Tchórz – szepnąłem w odpowiedzi, odsuwając się od niego z uśmiechem. Biskup Bedwin uścisnął mnie ze łzami w oczach.

– Mój drogi Derfel! – powiedział wzruszony.

– Mam dla ciebie jeszcze lepsze nowiny – rzekłem cicho. – Jest tutaj Merlin.

– Merlin? – Bedwin przyglądał mi się z niedowierzaniem. – Jest tutaj? Coś takiego!

Wieść rozeszła się w tłumie lotem błyskawicy. Wielki Merlin powrócił! Zalęknieni chrześcijanie czynili znak krzyża, ale nawet oni rozumieli doniosłość tej chwili. Merlin zjawił się w Dumnonii i nagle królestwu ubyło jakby problemów.

– Więc gdzie on jest? – dopytywał się Artur.

– Wyszedł – powiedziałem cicho, wskazując na bramę.

– Merlin! – krzyknął Artur. – Merlin!

Nie było jednak odpowiedzi. Strażnicy szukali go wszędzie, ale nie znaleźli. Wartownicy strzegący zachodniej bramy mówili później, że widzieli starego, garbatego księdza z opaską na oku, który niósł szarego kota i paskudnie kaszlał, ale żaden mędrzec z siwą brodą nie wychodził z miasta.

– Wiele przeszedłeś, Derfel – stwierdził Artur, gdy siedzieliśmy przy stole, jedząc wieprzowinę, chleb i miód. – Ludzie mają dziwne przywidzenia, gdy życie ciężko ich doświadcza.

– Nie, panie – powtarzałem z uporem. – Merlin naprawdę tu był. Zapytaj księcia Galahada.

– Zapytam go – obiecał. – Z całą pewnością. – Spojrzał na Ginewrę, która oparłszy łokieć o stół, słuchała z zaciekawieniem Lancelota. – Wszyscy wiele wycierpieliście – dodał.

– Ale ja cię zawiodłem, panie – przyznałem. – I nad tym boleję.

– Nieprawda, Derfel! To ja zawiodłem Bana. Ale cóż mogłem zrobić? Mamy tylu wrogów. – Zamilkł, a po chwili uśmiechnął się, słysząc rozbrzmiewający w sali śmiech Ginewry. – Dobrze, że chociaż ona jest szczęśliwa – stwierdził, po czym wdał się w rozmowę z Culhwchem, który pożerał całego prosiaka.

Również Lunete była tego wieczoru na dworze. Włosy miała zaplecione w kok i przybrane kwiatami. Włożyła czerwoną lnianą sukienkę, przewiązaną paskiem ze srebrną klamrą i przystroiła się naszyjnikami, broszkami i bransoletami. Strzepnąwszy z uśmiechem brud z mojego ubrania, pociągnęła wymownie nosem.

– Z bliznami ci do twarzy, Derfel – powiedziała, dotykając lekko mego policzka – ale za dużo ryzykujesz.

– Jestem wojownikiem.

– Nie o to chodzi. Po co wymyślasz te historie o Merlinie? Postawiłeś mnie w niezręcznej sytuacji! W dodatku obwieszczasz całemu światu, że jesteś synem niewolnicy! Nie pomyślałeś, jak ja to odbieram? Nie jesteśmy już ze sobą, ale ludzie wiedzą, co nas kiedyś łączyło. Naprawdę powinieneś liczyć się trochę z innymi, Derfel. – Zauważyłem, że nie ma na palcu zaręczynowego pierścienia, ale też nie spodziewałem się go zobaczyć, bo inni mężczyźni obdarzali ją od dawna bardziej hojnymi prezentami niż ja. – Przypuszczam, że wróciłeś z Ynys Trebes trochę pomylony – ciągnęła dalej – skoro chciałeś wyzwać na pojedynek Lancelota. Wiem, że umiesz posługiwać się mieczem, Derfel, ale nie walczyłbyś tym razem z byle wojownikiem. – Odwróciła się i spojrzała na Lancelota, który siedział obok Ginewry. – Czyż on nie jest wspaniały? – powiedziała.

– Jest niezrównany – stwierdziłem z przekąsem.

– I podobno nie ma żony? – zapytała kokieteryjnie Lunete. Nachyliłem się i szepnąłem jej do ucha:

– Woli chłopców!

Uderzyła mnie w ramię.

– Ty głupcze. Widać na oko, że to nieprawda. Zobacz, jak patrzy na Ginewrę. – Teraz z kolei Lunete przysunęła się do mnie i powiedziała szeptem: – Nie mów o tym nikomu, ale ona jest w ciąży.

– To dobrze – stwierdziłem.

– Wcale nie. Nie jest szczęśliwa. Nie chce mieć wielkiego brzucha. Doskonale ją rozumiem. Kiedyś czułam się tak samo. A, widzę kogoś, z kim chciałam porozmawiać. Lubię poznawać nowych ludzi. Aha, jeszcze jedno, Derfel – dodała ze słodkim uśmiechem. – Wykąp się, mój drogi. – Przeszła na drugi koniec sali, aby zagadnąć jednego z poetów królowej Elaine.

– Precz z przeszłością, czas na zmiany? – powiedział biskup Bedwin, zjawiając się nagle obok mnie.

– Dziwię się, że Lunete w ogóle jeszcze mnie pamięta – odparłem z goryczą.

Bedwin uśmiechnął się. Wyszliśmy na pusty teraz dziedziniec.

– Merlin wrócił z tobą. – Nie było to pytanie, lecz stwierdzenie.

– Tak, panie. – Powiedziałem mu, jak Merlin wyszedł z pałacu, rzekomo tylko na chwilę.

Bedwin pokręcił głową.

– On lubi takie sztuczki – stwierdził z troską w głosie. – Opowiedz mi coś więcej.

Zrelacjonowałem mu wszystko. Spacerowaliśmy tam i z powrotem po tarasie wśród dymu pochodni. Mówiłem o ojcu Celwinie i o bibliotece Bana, opowiedziałem, co zdarzyło się naprawdę w oblężonym mieście i jak postąpił Lancelot, a na koniec wspomniałem o manuskrypcie Caleddina, który Merlin ocalił z pożaru.

– Podobno jest w nim zawarta Mądrość Brytanii – oznajmiłem.

– Modlę się, żeby tak było. Niech Bóg mi to wybaczy – rzekł Bedwin. – Ktoś musi nam wreszcie pomóc.

– Czy jest aż tak źle?

Bedwin wzruszył ramionami. Wydał mi się stary i zmęczony. Miał wiotkie włosy, rzadką brodę i twarz bardziej wychudzoną niż kiedykolwiek przedtem.

– Zawsze może być gorzej – przyznał – ale nie widać żadnej poprawy. Od czasu twego wyjazdu niewiele się właściwie zmieniło, tyle że Aelle coraz bardziej rośnie w siłę. Ma już nawet czelność nazywać siebie Bretwaldą. – Bedwin wzdrygnął się na dźwięk tego barbarzyńskiego słowa, które w języku Saksonów oznaczało władcę Brytanii. – Zajął wszystkie ziemie między Durocobrivis i Corinium – powiedział – i zdobyłby zapewne także oba te miasta, gdybyśmy nie kupili rozejmu za resztę naszego złota. A od południa zagraża nam Cerdik, który poczyna sobie jeszcze zuchwalej niż Aelle.

– Czy Aelle nie atakuje Powys? – zapytałem.

– Gorfyddyd przekupił go złotem, tak jak my.

– Myślałem, że Gorfyddyd jest chory.

– Zaraza minęła. Wrócił do zdrowia i teraz dowodzi oddziałami Elmet i Powys. Radzi sobie lepiej, niż przypuszczaliśmy – stwierdził posępnie Bedwin. – Może dlatego że powoduje nim nienawiść. Przestał pić i poprzysiągł, że Artur zapłaci głową za to, że pozbawił go ramienia. Co gorsza, Derfel, Gorfyddydowi udaje się to, co miał nadzieję uczynić Artur. Jednoczy plemiona Brytów. Niestety, przeciwko nam, a nie Saksonom. Płaci

Syluryjczykom Gundleusa i irlandzkim Czarnym Tarczom, żeby atakowali nasze wybrzeża, i przekupuje króla Marka, by wspomagał Cadwy'ego. Przypuszczam, że zbiera teraz pieniądze, chcąc namówić Aelle'a do zerwania rozejmu. Gorfyddyd rośnie w siłę, a my słabniemy. W Powys nazywają go już Wielkim Królem. Jego królestwo ma następcę tronu Cuneglasa, a my tylko nieszczęsnego, kalekiego Mordreda. Gorfyddyd dysponuje potężną armią przeciwko naszym oddziałom. Kiedy skończą się tegoroczne żniwa, Derfel, wyruszy na południe z wojskami Elmet i Powys. Ludzie mówią, że będzie to największa armia, jaką kiedykolwiek widziano w Brytanii. Nic więc dziwnego, że zdaniem niektórych – powiedział, zniżając głos – powinniśmy zawrzeć pokój na warunkach dyktowanych przez Gorfyddyda.

– To znaczy?

– Chodzi tylko o głowę Artura. Gorfyddyd nigdy nie wybaczy mu zniewagi, jaka spotkała Ceinwyn. Dziwisz się? – Bedwin wzruszył ramionami. Przeszliśmy kilka kroków w milczeniu. – Prawdziwe niebezpieczeństwo – ciągnął dalej – będzie groziło nam wtedy, gdy Gorfyddyd zdoła przekupić Aelle'a. Nie możemy zapłacić więcej Saksonom. Nie mamy już pieniędzy. Skarbiec jest pusty. Kto zechce płacić podatki w upadającym królestwie? Włócznicy nie mogą ich teraz ściągać.

– Tam nie brakuje złota – powiedziałem, wskazując głową salę, z której dochodziły odgłosy uczty. – Lunete miała go sporo na sobie – dodałem zgryźliwie.

– Damy dworu – stwierdził z goryczą Bedwin – nie muszą oddawać swych klejnotów na potrzeby wojny. Zresztą wątpię, czy wystarczyłoby ich na ponowne przekupienie Aelle'a. A jeśli zaatakuje nas jesienią, Derfel, wtedy ludzie, którzy chcą zawrzeć pokój za cenę życia Artura, nie będą już mówić o tym szeptem. Usłyszymy na wałach ich głośne krzyki.

Artur mógłby po prostu wyjechać. Gdyby udał się do Broceliandii, Gorfyddyd wziąłby pod opiekę małego Mordreda i zostalibyśmy wasalnym królestwem Powys.

Spacerowaliśmy w milczeniu. Nie zdawałem sobie dotąd sprawy z powagi sytuacji.

Bedwin uśmiechnął się ze smutkiem.

– Wygląda na to, mój młody przyjacielu, że wpadłeś z deszczu pod rynnę. Twój miecz wkrótce znowu się przyda.

– Chciałem odwiedzić Ynys Wydryn – powiedziałem.

– Żeby odnaleźć Merlina?

– Żeby zobaczyć się z Nimue.

Bedwin przystanął.

– Nie słyszałeś, co się stało? – zapytał. Poczułem lód w sercu.

– Nic nie wiem. Myślałem, że jest tutaj, w Durnovarii.

– Była – potwierdził Bedwin. – Sprowadziła ją tu księżniczka Ginewra. O dziwo, zgodziła się przybyć na jej wezwanie. Musisz wiedzieć, Derfel, że Ginewra i biskup Sansum ciągle ze sobą walczą. Pamiętasz biskupa, prawda? Jakże mógłbyś zapomnieć! Ginewra chciała wykorzystać umiejętności Nimue. Bóg wie, czego się po niej spodziewała, ale Sansum wolał nie czekać, co z tego wyniknie. Ogłosił, że Nimue jest wiedźmą. Niestety, nie wszyscy chrześcijanie są pełni miłosierdzia. Sansum uznał, że należy ją ukamienować.

– Nie! – krzyknąłem przerażony.

– Spokojnie! – Podniósł rękę, aby mnie uciszyć. – Nimue nie dała za wygraną i sprowadziła do miasta pogańskich wieśniaków, którzy zburzyli nową świątynię Sansuma. Doszło do zamieszek i zginęło kilkunastu ludzi, ale Nimue ani Sansum nie odnieśli ran. Strażnicy króla wpadli w panikę, sądząc, że to atak na Mordreda. Mylili się, oczywiście, ale użyli włóczni. Nimue została aresztowana i Nabur, sędzia odpowiedzialny za bezpieczeństwo króla, uznał ją za winną wzniecenia rozruchów. Należało się tego spodziewać, bo jest chrześcijaninem. Biskup Sansum domagał się śmierci Nimue, księżniczka Ginewra żądała jej uwolnienia, a ona gniła tymczasem w celi. – Bedwin zamilkł i widziałem po jego twarzy, że nie powiedział mi jeszcze najgorszego. – Nimue postradała zmysły, Derfel – wyznał w końcu. – Czuła się jak zamknięty w klatce sokół i nie mogła tego znieść. Zupełnie oszalała. Nikt nie potrafił jej uspokoić.

Wiedząc, do czego zmierza, pokręciłem głową.

– To niemożliwe... – powiedziałem.

– Wysłano ją na Wyspę Umarłych. Co innego można było zrobić?

– Nie! – krzyknąłem, usłyszawszy tę straszliwą wiadomość. Nie mogłem pogodzić się z myślą, że Nimue spotkał taki los. – A więc zadano jej Trzecią Ranę – powiedziałem cicho.

– Co? – zapytał Bedwin, nadstawiając ucha.

– Nie, nic – odparłem. – Czy ona jeszcze żyje?

– Kto wie? Nikt normalny tam nie trafia albo przynajmniej już stamtąd nie wraca.

– Już wiem, dlaczego Merlin zniknął! – krzyknąłem z ulgą. Musiał dowiedzieć się o losie Nimue od człowieka, z którym rozmawiał szeptem na dziedzińcu. Tylko on mógł uczynić to, na co nie ważyłby się nikt inny. Wyspa Umarłych go nie przerażała. Jaki mógł być inny powód jego nagłego zniknięcia? Byłem pewien, że za dzień lub dwa sprowadzi uzdrowioną Nimue do Durnovarii. Musiało tak się stać.

– Obyś miał rację – stwierdził Bedwin.

– Co stało się z Sansumem? – zapytałem, myśląc o nim mściwie.

– Nie został oficjalnie ukarany – stwierdził Bedwin – ale Ginewra przekonała Artura, żeby pozbawił go funkcji królewskiego kapelana, a potem, gdy zmarł mnich, który zarządzał świątynią Cierniowego Drzewa w Ynys Wydryn, przekonałem naszego młodego biskupa, by zajął jego miejsce. Nie był zachwycony, ale wiedząc, że ma w Durnovarii zbyt wielu wrogów, w końcu się zgodził. – Bedwina cieszyła najwyraźniej porażka Sansuma. – Z pewnością stracił tu swoje wpływy i nie sądzę, by mógł je kiedykolwiek odzyskać. Chyba że jest o wiele sprytniejszy, niż przypuszczam. Należy, oczywiście, do osób, które szepczą po kątach, że Artura trzeba złożyć w ofierze. Nabur również tak twierdzi. Istnieje w naszym królestwie frakcja zwolenników Mordreda, którzy pytają, dlaczego właściwie mamy walczyć o życie Artura.

Ominąłem kałużę wymiocin, pozostawioną przez pijanego żołnierza, który wytoczył się właśnie z sali. Spojrzał na mnie, jęknął i znowu rzygnął.

– Kto inny mógłby rządzić Dumnonią? – zapytałem Bedwina, gdy pijany wojownik nie mógł nas już słyszeć.

– Dobre pytanie, Derfel. Oczywiście Gorfyddyd albo jego syn Cuneglas. Niektórzy proponują po cichu Gereinta, ale on się nie zgadza. Nabur sugerował nawet, że to ja mógłbym przejąć władzę. Nie mówił nic konkretnego, lecz napomknął coś na ten temat. – Bedwin zaśmiał się pod nosem. – Ale jak poradziłbym sobie z naszymi wrogami? Potrzebujemy Artura. Nikt inny nie wytrzymałby długo takiego oblężenia, ale ludzie tego nie rozumieją. Obarczają go winą za to, że panuje chaos, lecz gdyby władzę sprawował ktoś inny, byłoby jeszcze gorzej. W naszym królestwie nie ma właściwie króla, więc wielu łajdaków próbuje sięgnąć po tron Mordreda.

Przystanąłem obok brązowego popiersia, które przypominało do złudzenia Gorfyddyda.

– Gdyby Artur ożenił się z Ceinwyn… – zacząłem.

– Gdyby, gdyby... – przerwał mi Bedwin. – Gdyby żył ojciec Mordreda albo gdyby Artur zabił Gorfyddyda, a nie pozbawił go tylko ramienia, wszystko wyglądałoby inaczej. Historia składa się z samych domysłów. Ale może masz rację. Może gdyby Artur ożenił się z Ceinwyn, żylibyśmy teraz w pokoju, a głowa Aelle'a zostałaby zatknięta na ostrzu włóczni w Caer Cadarn. Tylko jak długo, twoim zdaniem, Gorfyddyd znosiłby sukcesy Artura? Przypomnij sobie, dlaczego właściwie zgodził się na małżeństwo córki.

– Dla zachowania pokoju? – powiedziałem niepewnie.

– Bynajmniej. Pozwolił na zaręczyny Ceinwyn, ponieważ liczył, że to jej syn, czyli jego wnuk, a nie Mordred będzie rządził Dumnonią. To chyba oczywiste.

– Nie dla mnie – przyznałem. W Caer Sws, gdy Artur szalał z miłości, byłem tylko zwykłym włócznikiem, a nie dowódcą, który rozumiałby motywy działania królów i książąt.

– Potrzebujemy Artura – powtórzył Bedwin, patrząc mi w oczy. – Więc jeśli Artur potrzebuje Ginewry, niech tak będzie. – Wzruszył ramionami i zaczął znów się przechadzać. – Wolałbym, żeby Ceinwyn została jego żoną, ale wybór nie należał do mnie. Teraz biedaczka poślubi Gundleusa.

– Gundleusa? – powiedziałem zbyt głośno, przestraszając pijanego żołnierza, który jęczał nad swymi wymiocinami. – Ceinwyn ma za niego wyjść? – zapytałem z niedowierzaniem.

– Zaręczyny odbędą się za dwa tygodnie – wyjaśnił spokojnie Bedwin. – Podczas Lughnasy. – Było to obchodzone latem święto boga światła Lleullawa. Wiązało się z kultem płodności, co wróżyło pomyślność przyszłym małżonkom. – Pobiorą się późną jesienią, po zakończeniu wojny. – Oznaczało to, że Gorfyddyd i Gundleus są pewni zwycięstwa, a ceremonia zaślubin będzie jego uwieńczeniem. – Gorfyddyd przyrzekł dać córce w prezencie głowę Artura – dodał ze smutkiem Bedwin.

– Ale przecież Gundleus jest już żonaty! – zaprotestowałem, zastanawiając się, co mnie tak poruszyło. Może wspomnienie subtelnej urody Ceinwyn? Nadal nosiłem pod napierśnikiem broszkę, którą mi podarowała. Przekonywałem siebie jednak, że powodem mego oburzenia jest nienawiść do Gundleusa.

– Będąc mężem Ladwys, poślubił Norwennę – stwierdził z pogardą Bedwin. – Teraz znowu odstawi ją na bok, obejdzie trzy razy święty kamień i ucałuje trujący grzyb albo dokona jakiegoś innego pogańskiego rytuału, żeby uzyskać rozwód. Nawiasem mówiąc, wyrzekł się już chrześcijaństwa. A więc poślubi Ceinwyn, spłodzi potomka i wróci szybko do łóżka Ladwys. Tak to wygląda. – Zamilkł, nasłuchując śmiechów dochodzących z sali. – Ale kto wie, może kiedyś będziemy wspominali z rozrzewnieniem dzisiejsze czasy.

Ton jego głosu sprawił, że popadłem w jeszcze większe przygnębienie.

– Czy nie ma dla nas ratunku? – zapytałem.

– Jeśli Aelle nie zerwie rozejmu, wytrzymamy może kolejny rok, pod warunkiem, że pokonamy Gorfyddyda. W przeciwnym razie będziemy musieli się modlić, żeby Merlin obdarzył nas nowym życiem. – Wzruszył ramionami, bardziej w geście rozpaczy niż nadziei.

Biskup Bedwin nie był dobrym chrześcijaninem, ale był bardzo dobrym człowiekiem. Sansum twierdzi, że nie uchroni to jego duszy od piekielnego ognia. Owego lata, tuż po powrocie z Benoic, dusze nas wszystkich wydawały się skazane na zatracenie. Zaczynały się właśnie żniwa, a po ich zakończeniu Gorfyddyd miał ruszyć do ataku.

CZĘŚĆ CZWARTA

WYSPA UMARŁYCH

Musiałem pokazać Igraine złotą broszkę Ceinwyn. Oglądała ją przy oknie, przypatrując się pożądliwie ze wszystkich stron spiralnym ornamentom.

– Masz wiele piękniejszych – powiedziałem nieśmiało.

– Ale z żadną nie wiąże się tyle wspomnień – stwierdziła, przykładając broszkę do piersi.

– Moich wspomnień, pani – zauważyłem – nie twoich.

– Napisałeś, że o ile mnie znasz, pozwolę ci ją zatrzymać? – powiedziała z uśmiechem.

– Tak napisałem?

– Wiedziałeś, że dzięki temu jej nie stracisz. Jesteś przebiegły, bracie Derfel. – Wyciągnęła do mnie rękę, ale nim zdążyłem odebrać broszkę, zacisnęła ją w palcach. – Będzie kiedyś moja?

– Nie oddam jej nikomu innemu, pani. Obiecuję.

– I nie pozwolisz, żeby biskup Sansum ci ją zabrał?

– Nigdy – odparłem z przekonaniem.

– Naprawdę nosiłeś ją pod napierśnikiem? – zapytała.

– Zawsze – potwierdziłem, chowając broszkę pod sutannę, gdy wreszcie mi ją oddała.

– Nieszczęsne Ynys Trebes – powiedziała, siedząc jak zwykle na parapecie okna i wpatrując się w dolinę Dinnewrac i widoczną w oddali rzekę, która wezbrała od wiosennych deszczów. Może wyobrażała sobie najeźdźców przekraczających ją w bród i wdzierających się na zbocza?

– Co stało się z Leanor? – zapytała nieoczekiwanie.

– Z tą harfistką? Umarła.

– Naprawdę? Wspominałeś chyba, że uciekła z Ynys Trebes?

Skinąłem głową.

– Owszem, ale podczas pierwszej zimy w Brytanii zachorowała i umarła. Po prostu umarła.

– A twoja kobieta?

– Moja?

– Ta z Ynys Trebes. Napisałeś, że Leanor należała do Galahada, ale każdy z was miał swoją kobietę, ty także. Więc kim ona była? I co się z nią stało?

– Nie wiem.

– Och, Derfel! Musiała coś dla ciebie znaczyć!

– Była córką rybaka – powiedziałem, ciężko wzdychając. – Miała na imię Pellcyn, ale wszyscy nazywali ją Kociątkiem. Jej mąż utonął rok wcześniej, nim się poznaliśmy. Miała małą córeczkę. Gdy Culhwch prowadził uciekinierów do łodzi, Pellcyn spadła w przepaść. Niosła na rękach niemowlę i straciła równowagę. Trudno kogoś za to winić. Panowało zamieszanie, wszyscy się spieszyli i przepychali.

Często jednak myślałem, że Pellcyn by nie zginęła, gdybym nie zostawił jej bez opieki. Była silną, jasnooką dziewczyną, która lubiła się śmiać i miała zamiłowanie do ciężkiej pracy. Ale gdybym ją ocalił, zginąłby Merlin. Los jest nieubłagany.

Igraine myślała z pewnością o tym samym.

– Szkoda, że nie mogłam poznać Merlina – powiedziała tęsknie.

– Na pewno byś mu się spodobała – stwierdziłem. – Zawsze lubił piękne kobiety.

– Tak jak Lancelot? – zapytała szybko.

– O, tak.

– Nie wolał chłopców?

– Nie.

Igraine się roześmiała. Była tego dnia w haftowanej błękitnej sukni z lnu, która pasowała do jej jasnej karnacji i ciemnych włosów. Na dekolcie miała dwa złote naszyjniki, a na szczupłym przegubie kilka bransolet. Cuchnęła kałem, co dyplomatycznie przemilczałem, uświadomiwszy sobie, że zapewne nosi pessarium ze stolca noworodka, które stanowiło tradycyjny sposób leczenia bezpłodności kobiety. Biedna Igraine.

– Nienawidziłeś Lancelota? – rzuciła nagle oskarżycielskim tonem.

– Z całego serca – przyznałem.

– To niesprawiedliwe! – Zeskoczyła z parapetu i zaczęła przechadzać się po celi. – Relacje wrogów nie są obiektywne. A gdyby tak Nwylle napisała o mnie?

– Kim ona jest?

– Nie znasz jej – odparła, marszcząc brwi. Domyśliłem się, że mówi o kochance swego męża. – To niesprawiedliwe – powtórzyła. – Przecież wszyscy twierdzą, że Lancelot był najdzielniejszym z żołnierzy Artura. Dosłownie wszyscy!

– Oprócz mnie.

– Musiał być odważny!

Patrzyłem w okno. Starałem się być obiektywny i powiedzieć coś pozytywnego o moim największym wrogu.

– Potrafił być odważny – przyznałem – ale unikał niebezpieczeństwa. Rzadko brał udział w walce. Bał się, by blizny nie zeszpeciły mu twarzy. Był niezwykle próżny. Kolekcjonował rzymskie lustra. Lustrzana sala w pałacu Bana była komnatą Lancelota. Potrafił siedzieć tam godzinami i wpatrywać się w swoje odbicie.

– Nie wierzę, żeby był aż tak zły, jak go opisałeś – zaprotestowała Igraine.

– Myślę, że był nawet gorszy – stwierdziłem. Niechętnie piszę o Lancelocie, bo pamięć o nim jest jak plama, której nie można wywabić. – Przede wszystkim – ciągnąłem dalej – postępował nieuczciwie. Celowo kłamał, żeby ukryć prawdę o sobie, ale gdy chciał, umiał wzbudzać sympatię. Bywał tak czarujący, moja droga, że na jego skinienie ryby wyskakiwałyby z wody.

Igraine prychnęła pogardliwie, niezadowolona z mojej opinii. Nie wątpiłem, że gdy Dafydd ap Gruffud będzie tłumaczył moje słowa, przedstawi Lancelota w takim świetle, w jakim on pragnął siebie widzieć. Nieskazitelny, szlachetny książę! Przystojny, roztańczony, uśmiechnięty, dowcipny i elegancki! Był Królem Bez Ziemi, Mistrzem Kłamstw, ale na życzenie Igraine przejdzie do historii jako wzór cnót.

Igraine patrzyła przez okno, jak Sansum odpędza spod bramy grupę trędowatych. Święty obrzucał ich grudkami ziemi, wykrzykując, żeby poszli do diabła, i wzywając na pomoc innych braci. Nowicjusz Tudwal, który z dnia na dzień coraz gorzej nas wszystkich traktuje, wtórował dzielnie swemu mistrzowi. Strażnicy Igraine, rozparci jak zwykle przy kuchennych drzwiach, zjawili się w końcu i użyli włóczni, aby przegnać z klasztoru trędowatych żebraków.

– Czy Sansum naprawdę chciał złożyć w ofierze Artura? – zapytała Igraine.

– Tak twierdził Bedwin.

Igraine spojrzała na mnie z ukosa.

– Czy Sansum lubi chłopców, Derfel?

– Nasz święty kocha wszystkich, droga królowo, nawet młode kobiety, które zadają niestosowne pytania.

Uśmiechnęła się przepraszająco, po czym powiedziała z przekąsem:

– Jestem pewna, że nie lubi kobiet. Dlaczego nie pozwala wam się żenić? Inni mnisi to robią.

– Nasz drogi i pobożny Sansum – wyjaśniłem – uważa, że kobiety przeszkadzałyby nam wielbić Boga. Tak jak ty przeszkadzasz mi w pracy.

Igraine roześmiała się, lecz nagle spoważniała, przypomniawszy sobie, że musi mnie o coś zapytać.

– W ostatnim pliku pergaminów, Derfel, są dwa słowa, których Dafydd nie rozumie. Prosił, żebyś mu je wyjaśnił. Kto to jest cwel?

– Zapytaj kogoś innego.

– Z pewnością to zrobię – odparła urażona. – A wielbłąd? Mówi, że nie chodzi o rodzaj węgla.

– Wielbłąd to legendarny potwór, pani, z rogami, skrzydłami, łuskami, rozszczepionym ogonem i ziejącą ogniem paszczą.

– Przypomina Nwylle – stwierdziła Igraine.

– A! Widzę, że moi ewangeliści ciężko pracują! – powiedział Sansum, wchodząc niepostrzeżenie do celi. Ręce miał zabrudzone ziemią, którą rzucał w trędowatych. Spojrzał krytycznie na leżący przede mną pergamin i zmarszczył nos. – Coś mi tu nieładnie pachnie – stwierdził.

– Na śniadanie była fasola, panie – odparłem skruszony. – Przepraszam.

– Dziwi mnie, że znosisz jego towarzystwo, pani – powiedział do Igraine. – Czy nie powinnaś być w kaplicy i modlić się o dziecko? Czy nie po to tu przychodzisz?

– Nic ci do tego – odparła opryskliwie Igraine. – Skoro musisz wiedzieć, panie, rozmawialiśmy o przypowieściach naszego Zbawiciela. Czy nie wspominałeś kiedyś w kazaniu o wielbłądzie i uchu igielnym?

Sansum chrząknął i spojrzał mi przez ramię.

– Jakim słowem, bracie Derfel, Saksonowie określają wielbłąda?

– Nwylle – odparłem.

Igraine się roześmiała. Sansum popatrzył na nią z wyrzutem.

– Czyżby śmieszyły cię słowa naszego Pana?

– Nie, po prostu cieszę się, że tu jestem – powiedziała skromnie Igraine. – Bardzo chciałabym jednak wiedzieć, co to jest wielbłąd.

– Każdy to wie! – stwierdził Sansum ironicznym tonem. – Wielbłąd to wielka ryba! Nie taka – dodał chytrze – jak łososie, które raczy czasem przysyłać nam, biednym mnichom, twój mąż.

– Poproszę, żeby przysłał ich więcej z następną partią pergaminów dla Derfla – obiecała Igraine. – Nie będziecie długo czekali, bo wiem, że król interesuje się bardzo tą saksońską Ewangelią.

– Doprawdy? – zapytał podejrzliwie Sansum.

– Tak, panie – stwierdziła z przekonaniem Igraine.

To bardzo mądra dziewczyna, i piękna. Król Brochvael jest głupcem, jeśli ma kochankę, ale mężczyźni zawsze postępowali nierozsądnie z powodu kobiet. Przynajmniej niektórzy, a już szczególnie Artur. Drogi Artur, mój pan i dobroczyńca, najhojniejszy ze wszystkich ludzi. O nim jest ta opowieść.

Czułem się dziwnie, wracając do domu, którego nie miałem. Sprzedałem swoje złote naszyjniki i wszystkie kosztowności, z wyjątkiem broszki Ceinwyn, aby znalazłszy się w Brytanii, moi ludzie mieli przynajmniej co jeść. Cała reszta mego dobytku pozostała w Ynys Trebes i należała teraz do jakiegoś frankońskiego wojownika. Byłem biedny, bezdomny i nie miałem nawet dokąd zaprosić swoich ludzi na ucztę, ale mi to wybaczyli. Byli dobrymi i oddanymi żołnierzami. Podobnie jak ja pozostawili w Ynys Trebes wszystko, czego nie mogli ze sobą zabrać. Byli równie biedni, lecz żaden z nich się nie skarżył. Cavan stwierdził po prostu, że wojownik czasem zdobywa łupy, a czasem ponosi straty i w obu wypadkach powinien zachować stoicki spokój. Issa, wiejski chłopak, będący niezwykle zdolnym włócznikiem, chciał zwrócić mi cienki złoty naszyjnik, który mu kiedyś podarowałem. Uznał, że nie może go nosić, skoro ja nie mam żadnych ozdób. Ponieważ mu odmówiłem, obdarował nim dziewczynę, którą sprowadził z Benoic. Następnego dnia uciekła z wędrownym kaznodzieją i gromadą jego dziwek. Wszędzie było pełno takich włóczących się chrześcijan, którzy nazywali siebie misjonarzami. Niemal każdemu z nich towarzyszyły kobiety, mające rzekomo asystować przy chrześcijańskich obrzędach, ale w rzeczywistości uwodzące podobno mężczyzn, których chciano nawrócić na nową wiarę.

Artur dał mi posiadłość na północ od Durnovarii. Nie na własność, gdyż należała do sieroty imieniem Gyllad, a ja zostałem mianowany jej opiekunem. Osoba sprawująca pieczę nad dzieckiem bogaciła się zwykle jego kosztem i pozbawiała je majątku. Gyllad miała zaledwie osiem lat. Gdybym chciał, mogłem się z nią ożenić i zawładnąć jej pieniędzmi albo wydać ją za kogoś, kto kupiłby narzeczoną razem z gospodarstwem.

Zgodnie z wolą Artura korzystałem jednak tylko z comiesięcznej gaży i pozwalałem Gyllad spokojnie dorastać. Mimo to krewni dziewczyny protestowali przeciwko ustanowieniu mnie jej opiekunem. Tuż po moim powrocie z Ynys Trebes, gdy mieszkałem w majątku Gyllad zaledwie od dwóch dni, jej wuj – chrześcijanin złożył skargę do Nabura, sędziego Durnovarii, twierdząc, że ojciec dziewczynki polecił mu przed śmiercią, by się nią zajął. Nie straciłem dachu nad głową tylko dzięki temu, że rozstawiłem wokół domu moich żołnierzy. Byli w pełnym rynsztunku i mieli naostrzone włócznie. Ich obecność przekonała jakoś wuja Gyllad i jego popleczników do wycofania się. Wezwano straż miejską, lecz rzuciwszy okiem na moich wiarusów, strażnicy uznali, że zajmą się raczej innymi sprawami. Nabur sarkał, że powracający z wojny żołnierze terroryzują spokojne miasto, ale gdy moi oponenci nie pojawili się w sądzie, wydał korzystny dla mnie wyrok. Dowiedziałem się później, że wuj dziewczyny przekupił wcześniej Nabura, aby uzyskać odmienny werdykt, i nigdy nie otrzymał z powrotem zapłaconych pieniędzy. Mianowałem Llystana, żołnierza, który stracił nogę, walcząc w lasach Benoic, zarządcą majątku Gyllad, na czym skorzystali i on, i mała dziedziczka.

Tydzień później Artur wezwał mnie do siebie. Spożywał właśnie z Ginewrą południowy posiłek w pałacu. Rozkazał, aby przyniesiono dodatkowe krzesło i podano mi jedzenie. Na dziedzińcu czekał tłum petentów.

– Biedny Artur! – stwierdziła Ginewra. – Wpadnie tylko do domu, a już wszyscy przychodzą ze skargami na sąsiadów albo domagają się obniżenia dzierżawy. Dlaczego nie pójdą do sądu?

– Bo nie są dość bogaci, by przekupić sędziów – wyjaśnił Artur.

– Albo na tyle silni, żeby otoczyć dom uzbrojonymi żołnierzami? – dodała z uśmiechem Ginewra, dając do zrozumienia, że wcale nie potępia tego, co zrobiłem. Była wszak wrogo nastawiona do Nabura, przywódcy chrześcijańskiej frakcji w królestwie.

– To był spontaniczny gest poparcia ze strony moich ludzi – stwierdziłem obojętnie, na co Artur wybuchnął śmiechem.

Czas płynął w radosnej atmosferze. Rzadko bywałem sam na sam z Arturem i Ginewrą, ale gdy nadarzyła się po temu okazja, widziałem, jak uszczęśliwiała go jej obecność. W odróżnieniu od Artura Ginewra miała cięty dowcip i potrafiła robić błyskotliwe uwagi. Schlebiała mojemu panu, ale także dawała mu dobre rady. Artur zawsze zbytnio ufał ludziom i sceptycyzm Ginewry sprowadzał go na ziemię.

Wyglądała teraz równie młodo jak wówczas, gdy staliśmy tak blisko siebie, może tylko w jej dzikich, zielonych oczach było więcej przebiegłości. Nic nie wskazywało na to, że jest w ciąży. Jasnozieloną suknię miała przewiązaną w talii sznurem ze złotymi frędzlami. Jej dekolt zdobił medalion przedstawiający jelenia z półksiężycem na rogach i ciężki saksoński naszyjnik, przysłany przez Artura z Durocobrivis. Nosiła go z dumą, choć przedtem wyrażała się o nim pogardliwie.

Siedząc przy stole, rozmawialiśmy głównie o błahych sprawach. Artur zastanawiał się, dlaczego kosy i drozdy przestały śpiewać w lecie, ale nie potrafiliśmy mu tego wyjaśnić. Nikt z nas nie wiedział też, dokąd odlatują na zimę jaskółki i jerzyki. Merlin mówił mi kiedyś, że lecą do ogromnej jaskini na dalekiej północy i śpią tam do wiosny, zbite w wielkie pierzaste kłęby. Gdy Ginewra zaczęła wypytywać mnie o Merlina, przysiągłem na swoje życie, że naprawdę wrócił do Brytanii.

– Udał się na Wyspę Umarłych – oznajmiłem.

– Co takiego? – zapytał z przerażeniem Artur. Powiedziałem mu o Nimue, nie zapominając podziękować Ginewrze za to, że starała się uchronić moją przyjaciółkę przed zemstą Sansuma.

– Biedna Nimue – rzekła Ginewra. – Ma temperament, prawda? Lubiłam ją, ale chyba bez wzajemności. Uważała, że bierzemy życie zbyt lekko. Nie interesowała jej Ísis. Mówiła, że to obca bogini. Słysząc o niej, prychała jak kociak i mruczała modlitwy do Manawydana.

Artur nie zareagował na te słowa. Przypuszczalnie przestał się już obawiać dziwnej bogini.

– Szkoda, że nie poznałem bliżej Nimue – powiedział.

– Będziesz miał okazję, gdy Merlin przywróci ją do życia – zapewniłem.

– Jeśli tylko mu się uda – stwierdził z powątpiewaniem Artur. – Z Wyspy Umarłych nie ma ucieczki.

– Nimue tam nie zostanie – powtarzałem z uporem.

– To niezwykła kobieta – przyznała Ginewra. – Jeśli komukolwiek uda się wydostać z Wyspy, to tylko jej.

– Z pomocą Merlina – dodałem.

Dopiero pod koniec posiłku zaczęliśmy rozmawiać o Ynys Trebes, lecz nawet wtedy Artur uważał, żeby nie wspomnieć o Lancelocie. Wyraził żal, że nie ma czym wynagrodzić moich wysiłków.

– Powrót do domu jest dla mnie wystarczającą nagrodą, książę – stwierdziłem, zwracając się do niego tak, jak życzyła sobie Ginewra.

– Nadam ci przynajmniej tytuł lorda – oznajmił Artur. – Będziesz od dzisiaj lordem Derflem.

Roześmiałem się. Byłem mu wdzięczny, ale uważałem, że ten tytuł nie przystaje do moich zasług. Rozpierała mnie jednak duma. Lordami byli królowie, książęta, wodzowie albo wojownicy, którzy wsławili się w walce. Dotknąłem rękojeści Hywelbane'a, aby z powodu mojej pychy nie opuściło mnie szczęście. Ginewra obdarzyła nas radosnym uśmiechem. Artur, którego nic nie cieszyło bardziej niż widok szczęśliwych ludzi, promieniał z zadowolenia, choć był zawsze dość wstrzemięźliwy w okazywaniu uczuć. Odkąd wrócił do Brytanii, nie widziałem nigdy, by się upijał, wszczynał burdy albo unosił się gniewem, chyba że na polu bitwy. Jego opanowanie drażniło niektórych ludzi. Obawiali się, że potrafi odczytać ich myśli. Moim zdaniem Artur chciał po prostu być inny niż wszyscy. Pragnął, by go podziwiano, i hojnie nagradzał swoich sprzymierzeńców.

Stojący na dziedzińcu petenci czynili coraz większy zgiełk. Artur westchnął na myśl o pracy, którą musiał wykonać. Odsunął puchar z winem i spojrzał na mnie przepraszająco.

– Zasłużyłeś na odpoczynek, lordzie – powiedział, celowo używając tego tytułu, aby mi pochlebić. – Niestety, wkrótce znów cię poproszę, żebyś wyruszył ze swymi włócznikami na północ.

– Jesteśmy na twoje rozkazy, książę – powiedziałem posłusznie. Artur zakreślił palcem krąg na marmurowym blacie stołu.

– Zewsząd otaczają nas wrogowie – oświadczył – ale największym zagrożeniem jest Powys. Gorfyddyd gromadzi armię, jakiej Brytania jeszcze nie widziała. Podąży wkrótce na południe, a obawiam się, że król Tewdrik nie ma szczególnej ochoty walczyć. Aby zapewnić sobie jego lojalność, muszę wysłać mu jak najwięcej włóczników. Cei będzie trzymał w ryzach Cadwy'ego, Melwas – Cerdika, a my wyruszymy do Gwentu.

– Co z Aelle'em? – zapytała znacząco Ginewra.

– Dotrzymuje rozejmu – uspokoił ją Artur.

– Zdołałeś go przekupić – stwierdziła jego żona. – Ale Gorfyddyd zaproponuje mu wkrótce więcej złota.

Artur odpowiedział wzruszeniem ramion.

– Nie mogę walczyć równocześnie z Gorfyddydem i Aelle'em – rzekł cicho. – Żeby powstrzymać atak Saksonów, nie mówiąc już o pokonaniu ich, potrzebowałbym trzystu włóczników. A oni powinni bronić Gwentu, bo inaczej Tewdrik poniesie klęskę.

– I Gorfyddyd dobrze o tym wie – zauważyła Ginewra.

– Więc co, moja droga, radziłabyś mi zrobić? – zapytał Artur.

Ginewra nie miała jednak żadnego pomysłu. Pozostawało modlić się i liczyć na utrzymanie kruchego rozejmu z Aelle'em. Saksoński król został przekupiony całym wozem złota i nie można było zaproponować mu więcej, bo skarbiec królestwa świecił pustkami.

– Miejmy nadzieję, że Gereint potrafi go zatrzymać – stwierdził Artur – dopóki nie pokonamy Gorfyddyda. – Odsunął od stołu fotel i uśmiechnął się do mnie. – Odpoczywaj do Lughnasy, lordzie Derflu – powiedział – a potem, jak tylko skończą się żniwa, pomaszerujemy na północ.

Klasnął w dłonie, wzywając służących, by sprzątnęli ze stołu i wprowadzili oczekujących petentów. Ginewra skinęła na mnie i zapytała:

– Czy możemy porozmawiać?

– Chętnie, pani.

Zdjęła ciężki naszyjnik i oddawszy go niewolnicy, poprowadziła mnie po kamiennych schodach do drzwi, przez które wchodziło się do sadu. Czekały tam na nią dwa wielkie charty.

Stada os krążyły wokół leżących na ziemi nadgniłych owoców, Ginewra kazała więc niewolnicom je uprzątnąć, byśmy mogli spokojnie spacerować. Sama nakarmiła tymczasem psy kawałkami kurczaka, które pozostały po uczcie. Niewolnice, narażając się na użądlenia os, zebrały w spódnice zepsute owoce i oddaliły się pospiesznie, zostawiając nas samych. Przy murze otaczającym sad zbudowano wiklinowe altanki, które miały być ozdobione kwiatami na wielkie święto, Lughnasę.

– Ładnie tutaj – powiedziała Ginewra – ale wolałabym być w Lindinis.

– W przyszłym roku, pani – odparłem.

– Pozostaną tam tylko ruiny – stwierdziła opryskliwie. – Czyżbyś nie słyszał? Gundleus zaatakował Lindinis. Nie zdobył Caer Cadarn, ale zburzył mój nowy pałac. To było rok temu. – Skrzywiła się. – Mam nadzieję, że Ceinwyn go unieszczęśliwi, choć bardzo w to wątpię. Jest ckliwa i nudna. – Przenikające przez liście promienie słońca oświetlały rude włosy Ginewry i rzucały cienie na jej twarz. – Czasem chciałabym być mężczyzną – oznajmiła nagle ku mojemu zaskoczeniu.

– Naprawdę?

– Wiesz, jak nie znoszę wyczekiwania na wiadomości? – powiedziała z pasją. – Za dwa, trzy tygodnie wyruszycie wszyscy na północ, a my będziemy musieli czekać. Czekać w nieskończoność, żeby dowiedzieć się, czy Aelle dotrzymał słowa i jak duża jest naprawdę armia Gorfyddyda. – Zamilkła na chwilę. – Dlaczego Gorfyddyd zwleka? Dlaczego nie zaatakuje od razu?

– Jego żołnierze pracują przy żniwach – wyjaśniłem. – W tym czasie nikt nie walczy. Chcą zebrać najpierw swoje plony, zanim zagarną nasze.

– Zdołamy ich powstrzymać? – zapytała.

– Na wojnie, pani – odparłem – ważniejsze jest to, co musimy zrobić, a nie co możemy. Musimy ich powstrzymać. – Albo zginiemy, pomyślałem smętnie.

Przeszła w milczeniu kilka kroków, odpędzając spod nóg podniecone psy.

– Czy wiesz, co ludzie mówią o Arturze? – zapytała po chwili.

Skinąłem głową.

– Twierdzą, że byłoby lepiej, gdyby uciekł do Broceliandii i oddał królestwo Gorfyddydowi. Uważają, że wojna jest przegrana.

Spojrzała na mnie swymi dużymi oczami. W tym momencie, będąc z nią sam na sam w letnim sadzie i czując subtelny zapach jej perfum, zrozumiałem, dlaczego Artur narażał na niebezpieczeństwo kraj, aby zdobyć tę kobietę.

– Ale będziesz walczył za Artura? – zapytała.

– Do upadłego, pani – powiedziałem. – I za ciebie także – dodałem speszony.

– Dziękuję – odparła z uśmiechem Ginewra. Skręciliśmy za róg, idąc w kierunku niewielkiego źródełka, które wytryskało ze skały obok rzymskiego muru. Struga wody nawadniała sad. Ktoś wetknął w omszałe zagłębienia skały wotywne wstążki. Ginewra uniosła złoty rąbek zielonej sukni, aby przejść przez strumyk. – W królestwie istnieje frakcja zwolenników Mordreda – stwierdziła, powtarzając to, co mówił tuż po moim powrocie biskup Bedwin. – Są w większości chrześcijanami. Modlą się o klęskę Artura. Gdyby został pokonany, musieliby oczywiście płaszczyć się przed Gorfyddydem, ale zauważyłam, że chętnie doznają upokorzeń. Gdybym była mężczyzną, Derfel, skróciłabym o głowę trzech ludzi: Sansuma, Nabura i Mordreda.

Nie wątpiłem w jej słowa.

– Jeśli we frakcji Mordreda nie ma nikogo lepszego niż Nabur i Sansum – stwierdziłem – Artur nie powinien się martwić.

– Król Melwas też chyba ich popiera – powiedziała Ginewra – i kto wie, ile jeszcze osób. Prawie każdy wędrowny kaznodzieja w królestwie szerzy zarazę, pytając, dlaczego żołnierze mają ginąć za Artura. Pościnałabym głowy wszystkim zdrajcom, ale oni się nie ujawniają, lordzie Derflu. Czyhają w ciemnościach i uderzają znienacka. Jeżeli Artur pokona Gorfyddyda, wszyscy będą go sławili i udawali, że przez cały czas trzymali jego stronę. – Splunęła, aby odczynić zło, po czym zmierzyła mnie przenikliwym spojrzeniem. – Opowiedz mi o królu Lancelocie – poprosiła nieoczekiwanie.

Odniosłem wrażenie, że zabrała mnie na spacer wśród grusz i jabłoni głównie po to, by poruszyć ten temat.

– Właściwie go nie znam – powiedziałem wymijająco.

– Wczoraj wieczorem bardzo cię chwalił – oznajmiła.

– Doprawdy? – zdziwiłem się.

Wiedziałem, że Lancelot mieszka nadal ze swymi kompanami w domu Artura. Prawdę mówiąc, obawiałem się go spotkać i odetchnąłem z ulgą, że nie towarzyszył nam przy posiłku.

– Opowiadał, że jesteś znakomitym żołnierzem – powiedziała Ginewra.

– Miło słyszeć – stwierdziłem zgryźliwie – że czasem mówi prawdę. – Przypuszczałem, że Lancelot ustawia żagle na nowy wiatr i próbuje zdobyć względy Artura, chwaląc człowieka, który jest jego przyjacielem.

– Może między wojownikami, którzy doświadczają tyle, co wy w Ynys Trebes, zawsze dochodzi w końcu do kłótni? – zastanawiała się Ginewra.

– A czego on doświadczył? – powiedziałem oschle. – Widziałem, jak opuszczał Benoic, pani, ale nie przypominam sobie, by walczył. Nie pamiętam też, żeby miał obandażowaną rękę, gdy uciekał.

– Lancelot nie jest tchórzem – broniła go Ginewra. – Nosi na lewej ręce mnóstwo żelaznych pierścieni, lordzie Derflu.

– Pierścienie! – mruknąłem z pogardą. Wsunąłem rękę do sakwy przy pasie i wyciągnąłem garść żelaznych kółek. Miałem ich już tyle, że zrezygnowałem z wykuwania nowych. Rzuciłem pierścienie w trawę, niepokojąc psy, które spojrzały zalęknione na swoją panią.

– Każdy może je znaleźć, pani.

Ginewra popatrzyła na pierścienie leżące w trawie i kopnęła jeden z nich na bok.

– Lubię króla Lancelota – stwierdziła wyzywającym tonem, ostrzegając mnie w ten sposób, bym nie wyrażał się o nim z lekceważeniem. – Musimy się o niego zatroszczyć. Artur czuje, że sprawił zawód królestwu Benoic, należy więc przynajmniej godnie potraktować tych, którzy ocaleli z pogromu. Chcę, żebyś był miły dla Lancelota. Zrób to dla mnie.

– Tak, pani – powiedziałem cicho.

– Trzeba znaleźć mu bogatą żonę – oznajmiła Ginewra. – Musi dostać ziemię i żołnierzy. Dumnonia ma szczęście, że się tu zjawił. Potrzebujemy dobrych wojowników.

– W istocie, pani – stwierdziłem z przekąsem.

Ginewra wyczuła mój sarkazm i skrzywiła się, ale mimo wszystko wyjawiła w końcu rzeczywisty cel naszej rozmowy w cienistym sadzie.

– Król Lancelot – oświadczyła – chce zostać wyznawcą Mitrasa. Artur i ja nie zamierzamy się temu sprzeciwiać.

Ogarnął mnie gniew, że traktują z takim lekceważeniem kult boga wojowników.

– To religia dla odważnych, pani – powiedziałem lodowatym tonem.

– Nawet ty, Derflu Cadarn, nie potrzebujesz już więcej wrogów – odparła równie chłodno Ginewra, dając mi do zrozumienia, że stracę jej poparcie, jeśli udaremnię realizację pragnień Lancelota. Niewątpliwie oznajmiłaby to samo każdemu, kto sprzeciwiłby się wtajemniczaniu go w kult Mitrasa.

– Trzeba zaczekać do zimy – stwierdziłem wymijająco.

– Ale pamiętaj o tej sprawie – powiedziała Ginewra, otwierając drzwi do pałacu. – Dziękuję, lordzie Derflu.

– To ja dziękuję, pani – odparłem.

Zbiegając po schodach, poczułem, że znowu ogarnia mnie gniew. Dziesięć dni! Wystarczyło dziesięć dni, by Lancelot zdobył względy Ginewry. Zakląłem w duchu, przysięgając sobie, że prędzej zostanę nędznym chrześcijaninem, niż pozwolę, by Lancelot ucztował w jaskini pod zakrwawioną głową byka. Zanim zostałem wtajemniczony w kult Mitrasa, rozbiłem trzy saksońskie mury tarcz i zatapiałem ostrze Hywelbane'a po rękojeść w ciałach wrogów królestwa, podczas gdy Lancelot ciągle tylko się chełpił i udawał bohatera.

Wszedłszy do wielkiej sali, zobaczyłem, że obok Artura siedzi Bedwin. Wysłuchiwali obaj skarg petentów, ale po chwili biskup zszedł z podium i poprowadził mnie w ustronne miejsce obok drzwi wychodzących na zewnątrz.

– Słyszałem, że jesteś teraz lordem – powiedział. – Gratuluję!

– Lordem bez ziemi – stwierdziłem z goryczą, wzburzony nadal z powodu niegodziwego żądania Ginewry.

– Ziemię zdobywa się w walce – rzekł Bedwin. – W tym roku, lordzie Derflu, nie zabraknie ci po temu okazji.

Zamilkł, gdyż do sali weszli właśnie Lancelot i jego towarzysze. Bedwin ukłonił mu się, a ja skinąłem tylko głową. Król Benoic wydawał się zaskoczony moim widokiem. Podszedł bez słowa do Artura, który kazał dostawić na podium trzecie krzesło.

– Czy Lancelot został członkiem rady? – zapytałem Bedwina ze złością.

– Jest królem – odparł cierpliwie Bedwin. – Trudno, żeby stał, gdy my siedzimy.

Zauważyłem, że Lancelot ma nadal obandażowaną prawą rękę.

– Przypuszczam, że skoro król jest ranny, nie wyruszy z nami w drogę? – zapytałem zgryźliwie. Omal nie powiedziałem Bedwinowi, czego zażądała ode mnie Ginewra, ale uznałem, że jeszcze zdążę przekazać mu tę nowinę.

– Król nie będzie nam towarzyszył – potwierdził Bedwin. – Ma zostać tutaj jako dowódca garnizonu Durnovarii.

– Co takiego? – zapytałem głośno i z takim oburzeniem, że Artur odwrócił głowę, aby zobaczyć, co się dzieje.

– Skoro ludzie króla Lancelota będą strzegli Ginewry i Mordreda – powiedział zmęczonym głosem Bedwin – żołnierze Lanvala i Llywarcha mogą walczyć z Gorfyddydem. – Zawahał się, po czym położył mi na ramieniu wątłą dłoń. – Muszę ci jeszcze coś powiedzieć, lordzie Derflu. – Jego głos brzmiał cicho i łagodnie. – Merlin był w zeszłym tygodniu w Ynys Wydryn.

– Z Nimue? – zapytałem z nadzieją.

Bedwin pokręcił głową.

– Nie szukał jej, Derfel. Wyruszył na północ, ale nie wiem dokąd ani po co.

Poczułem, że rwie mnie blizna na lewej ręce.

– A Nimue? – zapytałem, obawiając się tego, co usłyszę w odpowiedzi.

– Jest nadal na wyspie, jeśli w ogóle jeszcze żyje. Przykro mi – dodał po chwili milczenia.

Patrzyłem na zatłoczoną salę. Czy Merlin wiedział, co się stało z Nimue? A może wolał zostawić ją wśród umarłych? Bardzo go kochałem, ale czasami miałem wrażenie, że potrafi być najokrutniejszym z ludzi. Skoro odwiedził Ynys Wydryn, musiał się dowiedzieć, gdzie została uwięziona Nimue, a jednak nic nie zrobił. Zostawił ją z umarłymi. Moja dusza zaczęła nagle krzyczeć jak umierające dzieci z Ynys Trebes. Przez kilka sekund nie mogłem się poruszyć ani odezwać. Potem spojrzałem na Bedwina i oznajmiłem:

– Jeśli nie wrócę, Galahad wyruszy z moimi ludźmi na północ.

– Derfel! – Bedwin chwycił mnie za ramię. – Z Wyspy Umarłych nikt nie wraca. Nikt!

– Czy to ważne? – zapytałem. Nawet gdyby upadła cała Dumnonia, jakie to miało znaczenie? Wiedziałem, że Nimue żyje, bo czułem ciągle rwanie w bliźnie na ręce. Może Merlina nie interesował los Nimue, ale mnie obchodziła ona bardziej niż Gorfyddyd, Aelle czy parszywy Lancelot z jego ambicjami, by zostać czcicielem Mitrasa. Kochałem Nimue, nawet jeśli ona nigdy nie odwzajemniała moich uczuć, i przysięgałem jej bronić.

Musiałem więc udać się tam, gdzie nie dotarł Merlin: na Wyspę Umarłych.

Wyspa leżała zaledwie dziesięć mil na południe od Durnovarii, na pozór niedaleko, ale równie dobrze mogła znajdować się po drugiej stronie księżyca.

Wiedziałem, że nie jest to właściwie wyspa, lecz skalisty półwysep na końcu długiej wąskiej grobli. Rzymianie wydobywali tam kamienie, nam natomiast dostarczały na ogół budulca ruiny ich miast, więc kamieniołomy zamknięto i opuszczona Wyspa Umarłych stała się więzieniem. Groblę przegrodzono potrójnym murem, postawiono na niej strażników i zsyłano na wyspę ludzi, których należało ukarać.

Z czasem zaczęli tam trafiać mężczyźni i kobiety, którzy postradali zmysły i nie nadawali się do życia w społeczeństwie. Byli to agresywni szaleńcy. Na wyspie, gdzie nie mieszkał nikt normalny, te owładnięte przez demony istoty nikomu nie zagrażały. Druidzi twierdzili, że wyspą rządzi Crom Dubh, ciemnoskóry kaleki bóg, a zdaniem chrześcijan była ona ziemską siedzibą Szatana. I jedni, i drudzy zgadzali się jednak co do tego, że zsyłając tam kogoś, skazywano go na zatracenie. Mieszkańcy wyspy byli martwi, choć ich ciała nadal żyły, a gdy umierali, uwolnione demony nie mogły już wydostać się na ląd i straszyć zwykłych ludzi. Rodziny pozostawiały szaleńców przy trzecim murze na końcu grobli, a potem odprawiały żałobną ucztę. Nie wszyscy pomyleńcy trafiali jednak na wyspę. Niektórzy byli nawiedzeni przez bogów i uchodzili za nietykalnych. Często trzymano ich wtedy w zamknięciu, tak jak nieszczęsnego Pellinora. Gdy jednak kogoś nawiedzili źli bogowie, zsyłano go również na wyspę.

Przy końcu grobli morze było zawsze wzburzone. Nawet przy bezwietrznej pogodzie występowały tam silne wiry. W miejscu, gdzie znajdowała się Jaskinia Cruachana, stanowiąca wejście do Krainy Cieni, fale uderzały bez przerwy o skały, a w powietrze wytryskały fontanny wody. Żaden rybak nie odważyłby się tam podpłynąć, gdyż jego łódź zostałaby natychmiast wciągnięta w otchłań.

Dotarłem na wyspę w słoneczny dzień. Miałem przy sobie Hywelbane'a, ale nie wziąłem tarczy ani napierśnika, bo nie ochroniłyby mnie one przed duchami i wężami. Zabrałem za to bukłak ze świeżą wodą i owsiane placki, a także dwa talizmany przeciw demonom: broszkę Ceinwyn i przypięty do płaszcza zielony czosnek.

Minąłem salę, w której odbywały się żałobne uczty. Wzdłuż drogi ułożone były ludzkie i zwierzęce czaszki, ostrzegając nieostrożnych przybyszy, że zbliżają się do królestwa zmarłych. Po lewej stronie miałem teraz morze, a po prawej słone, ciemne bagna, gdzie nie śpiewały nigdy ptaki. Za bagnami znajdowała się wielka kamienista mierzeja, która odbijała półkolem od brzegu, przechodząc w groblę i łącząc wyspę ze stałym lądem. Aby dotrzeć po niej na wyspę, trzeba było nadłożyć wiele mil, więc prawie wszyscy korzystali z oznaczonej czaszkami drogi, która prowadziła do zmurszałej drewnianej przystani kursującego na brzeg promu. W pobliżu przystani stało kilka chat strażników, zbudowanych z gliny i wiklinowych prętów. Strażnicy patrolowali też kamienną mierzeję.

Przystani strzegli starcy albo inwalidzi wojenni, mieszkający w chatach z rodzinami. Obserwowali, jak się zbliżam, a potem zagrodzili mi drogę zardzewiałymi włóczniami.

– Jestem lord Derfel – oznajmiłem. – Rozkazuję, abyście mnie przepuścili.

Dowódca straży, obdartus w starym żelaznym napierśniku i zapleśniałym skórzanym hełmie, ukłonił mi się i oznajmił:

– Nie mam prawa cię zatrzymać, lordzie Derflu, lecz nie będziesz mógł już tu wrócić.

Jego ludzie patrzyli na mnie ze zdumieniem, nie pojmując, po co chcę dobrowolnie płynąć na wyspę.

– Przepuść mnie – powtórzyłem. Włócznicy cofnęli się, gdy dowódca straży rozkazał im wejść do niewielkiej łodzi. – Czy często przewozicie tędy ludzi? – zapytałem go.

– Czasami – odparł. – Jedni są zmęczeni życiem, drudzy sądzą, że będą mogli rządzić szaleńcami. Niewielu żyje dostatecznie długo, by błagać mnie, żebym ich zabrał z powrotem.

– Zgadzasz się na to? – zapytałem.

– Nigdy – odparł lakonicznie, patrząc, jak z jednej z chat niesiono wiosła. – Nie rozmyśliłeś się, panie? – zapytał, zmarszczywszy brwi.

– Nie.

Był zaintrygowany, po co płynę na wyspę, ale nie ośmielił się zapytać. Pomógł mi zejść po śliskich schodkach do pomalowanej na czarno łodzi.

– Wioślarze przewiozą cię do pierwszej bramy na grobli – powiedział, wskazując na drugą stronę wąskiego kanału. – Stamtąd dojdziesz do drugiego i trzeciego muru, gdzie nie ma już bram, tylko schody. Prawdopodobnie nie spotkasz tam umarłych, ale co będzie potem, wiedzą jedynie bogowie. Może jednak zrezygnujesz?

– Nigdy nie byłeś ciekawy, jak tam jest? – zapytałem.

– Wolno nam zanosić jedzenie i odprowadzać szaleńców tylko do trzeciego muru. Wcale nie mam ochoty iść dalej – stwierdził ponuro. – Przejdę przez Most Mieczy do Krainy Cieni we właściwym czasie. – Skinął głową w kierunku grobli. – Za wyspą znajduje się Jaskinia Cruachana. Tylko głupcy i desperaci szukają przedwczesnej śmierci.

– Mam swoje powody – powiedziałem. – Zobaczymy się znowu w świecie żywych.

– Jeśli przepłyniesz na drugą stronę, już tu nie wrócisz, panie.

Spojrzałem na majaczące nad murami grobli zielonobiałe zbocza wyspy.

– Wyszedłem kiedyś z wilczego dołu, więc i stamtąd się wydostanę – powiedziałem dowódcy straży, sięgając do kieszeni, aby dać mu monetę. – Pomówimy o moim powrocie, gdy przyjdzie czas.

– Kiedy przeprawisz się przez ten kanał, panie, będziesz martwy – ostrzegł po raz ostatni.

– Śmierć nie potrafi mnie dopaść – oznajmiłem z bezmyślną brawurą i kazałem wioślarzom odbić od przystani. Po kilku zaledwie uderzeniach wioseł łódź przybiła do błotnistego brzegu po drugiej stronie kanału. Wspięliśmy się do łukowatej bramy w murze. Dwaj wioślarze podnieśli żelazną sztabę, robiąc mi przejście. Czarny drewniany próg wyznaczał granicę między światem żywych i umarłych. Po chwili wahania przekroczyłem go.

Brama zatrzasnęła się za moimi plecami. Przeszedł mnie dreszcz.

Odwróciłem się, aby obejrzeć mur. Miał dziesięć stóp wysokości i został zbudowany ze starannie obrobionych białych kamieni. Na jego idealnie gładkiej powierzchni nie było żadnych występów. Na szczycie muru leżały czaszki, mające uniemożliwić zmarłym przejście do świata żywych.

Pomodliłem się do Bela, mojego szczególnego opiekuna, i do Manawydana, boga morza, który ocalił kiedyś Nimue, a potem ruszyłem wzdłuż grobli do miejsca, gdzie drogę przegradzał drugi mur. Był to właściwie zwykły wał z wygładzonych przez morze kamieni, na którym również leżały rzędem ludzkie czaszki. Zszedłem po schodach na jego drugą stronę. Po mojej prawej, od zachodu, rozbijały się o kamienie ogromne fale, a po lewej lśniły w słońcu spokojne wody zatoki. Pływało tam kilka rybackich łodzi, ale wszystkie trzymały się z daleka od wyspy. Przed sobą widziałem trzeci mur. Nie było przy nim nikogo. Nad moją głową krążyły mewy. Zachodni wiatr niósł ich smętne pokrzykiwania. Ściany grobli były oblepione ciemnymi wodorostami.

Ogarnęło mnie przerażenie. Od czasu, gdy Artur wrócił do Brytanii, brałem udział w niezliczonych bitwach, ale nigdy dotąd, nawet w płonącym Benoic, nie odczuwałem tak paraliżującego strachu. Przystanąłem i spojrzałem za siebie, na łagodne, zielone wzgórza Dumnonii i rybacką osadę po wschodniej stronie zatoki. Zawróć, pomyślałem, wracaj, póki czas! Nimue była na wyspie już od roku. Chyba tylko ktoś nieujarzmiony i potężny wytrzymałby tam tyle czasu. Nawet gdybym ją odnalazł, nie byłaby przy zdrowych zmysłach, nie mógłbym więc zabrać jej ze sobą. Należała do królestwa śmierci. Wracaj, powtarzałem w duchu, wracaj! W tym jednak momencie poczułem rwanie w lewej ręce i nabrałem przekonania, że Nimue żyje.

Drgnąłem nagle, słysząc przeraźliwy chichot. Odwróciwszy się, zobaczyłem na szczycie muru czarną, obdartą postać, która po chwili zniknęła mi z oczu. Zacząłem znów modlić się do bogów o wsparcie. Nimue zawsze wiedziała, że zostaną jej zadane Trzy Rany, a blizna na mojej ręce stanowiła gwarancję, że w godzinie próby przybędę jej z pomocą. Ruszyłem przed siebie.

Wdrapałem się na trzeci mur, będący także wałem z gładkich szarych kamieni, i zobaczyłem prowadzące w dół na wyspę prymitywne schody, u których podnóża leżały puste kosze. Najwyraźniej żywi dostarczali w nich swoim zmarłym krewnym chleb i solone mięso. Obdarta postać gdzieś zniknęła. Widziałem przed sobą tylko wzgórze i krzaki jeżyn po obu stronach kamiennej drogi, która wiodła do zachodniej części wyspy. Stały tam u podnóża stromych zboczy zrujnowane budynki. Wyspa była ogromna. Trzeba by dwóch godzin, by dotrzeć z miejsca, w którym się znajdowałem, na jej południowy kraniec, i drugie tyle czasu, aby przejść przez skaliste wzgórze z zachodu na wschód.

Podążałem kamienną drogą. Trawa rosnąca za krzakami jeżyn kołysała się na wietrze. Jakiś ptak krzyknął głośno i poszybował w niebo, rozpostarłszy szeroko białe skrzydła. Droga skręcała prosto w stronę starego rzymskiego miasta. Nie przypominało ono jednak Glevum czy Durnovarii. Było to nędzne skupisko niskich kamiennych budynków, które zamieszkiwali kiedyś niewolnicy pracujący w kamieniołomach. Dachy domów zrobiono z wyrzuconych przez fale na brzeg kawałków drewna i wodorostów. Nawet dla umarłych było to kiepskie schronienie. Przystanąłem, bojąc się tego, co zastanę w mieście. Nagle usłyszałem ostrzegawczy krzyk i z zarośli na wzgórzu po lewej stronie poleciał w moim kierunku kamień i uderzył o bruk. Zaraz potem z chat wyległo całe mrowie obdartych istot, mężczyzn i kobiet, pragnących zobaczyć, kto zbliża się do ich osady. Prawie wszyscy mieli na sobie łachmany, ale niektórzy kroczyli dostojnie, jakby byli największymi monarchami świata. Ich głowy zdobiły wieńce z wodorostów. Kilku mężczyzn niosło włócznie, a niemal każdy ściskał w ręku kamień. Wiele osób było nagich. Zauważyłem także dzieci: małe, zdziczałe i niebezpieczne. Niektórzy z dorosłych bez przerwy się trzęśli, inni wykrzywiali twarze, a wszyscy patrzyli na mnie rozpalonymi, wygłodniałymi oczami.

– Miecz! – powiedział jakiś olbrzym. – Chcę dostać miecz! Zbliżał się do mnie ostrożnie, a za nim podążała cała czereda bosych nędzarzy. Jakaś kobieta rzuciła kamieniem w moim kierunku i nagle wszyscy zaczęli krzyczeć, ciesząc się, że mają kogo obrabować.

Wyciągnąłem Hywelbane'a, ale nikt nie cofnął się na widok jego długiego stalowego ostrza. Rzuciłem się więc do ucieczki. Nie przynosiło mi to hańby. Wojownik nie może przecież walczyć z umarłymi. Pobiegłem z powrotem drogą. Sypał się za mną grad kamieni. Jakiś pies chwycił zębami mój płaszcz i musiałem odpędzić go mieczem. Na zakręcie drogi uskoczyłem w prawo, chcąc przedrzeć się przez krzaki jeżyn i gęste zarośla na zbocze wzgórza. Nagle zobaczyłem przed sobą straszliwą nagą istotę o twarzy mężczyzny i ciele włochatej, brudnej bestii. W miejscu jednego oka miała otwartą ranę, a z jej ust wyzierały gnijące dziąsła. Wyciągała ku mnie łapy, zakończone haczykowatymi pazurami. Ostrze Hywelbane'a śmignęło w powietrzu. Krzyczałem z przerażenia, sądząc, że natknąłem się na jakiegoś demona, ale strach mnie nie sparaliżował. Jednym cięciem miecza odrąbałem ramię i rozpłatałem czaszkę włochatego potwora. Przeskoczywszy przez niego, zacząłem wspinać się na zbocze, zdając sobie sprawę, że goni mnie horda wygłodniałych nędzarzy. Dostałem kamieniem w plecy, drugi uderzył w skałę obok mnie, wdrapywałem się jednak szybko po wyrobiskach kamieniołomu i dotarłem w końcu do wąskiej ścieżki, która tak jak w Ynys Trebes okrążała skaliste wzgórze.

Odwróciłem się, aby stawić czoło moim prześladowcom. Tym razem przestraszyli się mojego miecza, gdyż na wąskiej ścieżce mogli podchodzić do mnie tylko pojedynczo. Olbrzym łypnął okiem i powiedział przymilnie:

– Chodź tu, kochasiu. – Wyciągnął rękę, w której trzymał jajko mewy. – Masz, zjedz!

Jakaś starucha podniosła suknię i pokazała mi lędźwie.

– Chodź do mnie, kawalerze! Chodź, mój ukochany! Wiedziałam, że się zjawisz! – Starucha zaczęła sikać.

Jakieś dziecko roześmiało się i rzuciło we mnie kamieniem. Ruszyłem dalej. Niektórzy oberwańcy szli jeszcze za mną, ale wkrótce ich to znudziło i wrócili do swej upiornej osady.

Wąska ścieżka była zawieszona między niebem a morzem. Co jakiś czas przechodziła przez stary kamieniołom i w takich miejscach widziałem na skałach ślady rzymskich narzędzi, ale po chwili wiodła znów wśród krzewów macierzanki i ciernistych zarośli. Nie widziałem w okolicy nikogo, lecz nagle ktoś odezwał się do mnie w małym kamieniołomie.

– Nie wyglądasz na szaleńca – powiedział niepewny głos. Odwróciłem się, wyciągając miecz, i zobaczyłem wytwornego mężczyznę w ciemnym płaszczu, który przyglądał mi się z powagą, stojąc przy wejściu do jaskini. – Proszę, tylko bez broni – dodał, podnosząc rękę. – Nazywam się Malldynn. Pozdrawiam cię, panie, jeśli przybywasz w pokoju, a jeśli nie, zechciej stąd odejść.

Otarłem klingę Hywelbane'a z krwi i wsunąłem go z powrotem do pochwy.

– Przybywam w pokoju – oznajmiłem.

– Jesteś od niedawna na wyspie? – zapytał, podchodząc do mnie ostrożnie. Miał sympatyczną twarz, smutną i pooraną głębokimi bruzdami, a ze sposobu bycia przypominał mi biskupa Bedwina.

– Właśnie przypłynąłem – odparłem.

– I niewątpliwie ścigał cię motłoch przy bramie. Wstyd mi za tych szubrawców, choć bogowie mogą zaświadczyć, że nie odpowiadam za ich zachowanie. Co tydzień zabierają chleb, a wszyscy pozostali muszą za niego płacić. To fascynujące, prawda, że nawet w takim miejscu obowiązuje określona hierarchia? Są tutaj władcy, są silni i słabi. Niektórzy marzą o stworzeniu raju na ziemi, a pierwszym tego warunkiem, przynajmniej w moim rozumieniu, jest wyzwolenie się z jarzma prawa. Podejrzewam jednak, przyjacielu, że każde miejsce pozbawione praw będzie przypominało raczej tę wyspę niż raj. Nie miałem jeszcze przyjemności usłyszeć, jak się nazywasz.

– Derfel.

– Derfel? – Zmarszczył brwi w zamyśleniu. – Sługa druidów?

– Kiedyś nim byłem. Teraz jestem wojownikiem.

– Mylisz się – stwierdził. – Jesteś martwy. Przybyłeś na Wyspę Umarłych. Usiądź, proszę. To mój skromny dom. – Wskazał jaskinię, w której stały dwa ociosane prowizorycznie bloki skalne, służące za krzesło i stół. Kawałek starej tkaniny, zapewne wyciągnięty z morza, przesłaniał jego sypialnię, w której zobaczyłem łoże zrobione z wyschniętej trawy. Nalegał, abym skorzystał z kamiennego krzesła. – Mogę cię poczęstować deszczówką – powiedział – i chlebem sprzed pięciu dni.

Położyłem na stole placek z owsa. Malldynn był niewątpliwie głodny, ale się na niego nie rzucił. Wyciągnął niewielki nóż o wyszczerbionej od częstego ostrzenia krawędzi i rozkroił placek na pół.

– Nie chcę okazać się niewdzięcznikiem – oznajmił – ale nigdy nie przepadałem za owsem. Wolę mięso, świeże mięso. Dziękuję jednak za poczęstunek, Derfel. – Klęczał naprzeciwko mnie, lecz gdy tylko zjadł placek i zlizał delikatnie okruszki z warg, wstał i oparł się o ścianę jaskini. – Moja matka robiła podobne placki – powiedział – ale były dużo twardsze. Podejrzewam, że nie łuskała jak należy owsa. Ten był wyborny. Zmienię teraz zdanie na ich temat. Jeszcze raz dziękuję – powiedział, kłaniając mi się nisko.

– Nie wyglądasz na szaleńca – stwierdziłem.

Uśmiechnął się. Był człowiekiem w średnim wieku, miał inteligentną twarz, mądre oczy i siwą brodę, którą starał się pielęgnować. Pod ścianą stała miotła z gałęzi, służąca do zamiatania jaskini.

– Zsyłają tu nie tylko szaleńców, Derfel – powiedział z dezaprobatą. – Karze się w ten sposób także ludzi przy zdrowych zmysłach. Niestety, obraziłem Uthera. – Zamilkł na chwilę z posępnym wyrazem twarzy. – Byłem jego doradcą – ciągnął dalej – nawet bardzo ważnym, ale gdy mu powiedziałem, że jego syn, Mordred, jest głupcem, trafiłem tutaj. A miałem rację. Mordred był głupcem, nawet w wieku dziesięciu lat.

– Jesteś tu od tak dawna? – zdziwiłem się.

– Niestety.

– Jak udaje ci się przeżyć?

Wzruszył lekceważąco ramionami.

– Te upiory przy bramie wierzą, że znam się na magii. Zagroziłem, że jeśli mnie obrażą, przywrócę im rozum, więc starają się nie wchodzić mi w drogę. Są szczęśliwsi, nie będąc przy zdrowych zmysłach. Każdy normalny człowiek, który trafi na tę wyspę, modli się, żeby zwariować. A co ciebie tu sprowadza, przyjacielu, jeśli wolno spytać?

– Szukam pewnej kobiety.

– A! Mamy ich tu pod dostatkiem i większość nie grzeszy skromnością. Takie kobiety, jak sądzę, są kolejnym atrybutem ziemskiego raju, lecz niestety rzeczywistość okazuje się mniej różowa. Są z pewnością rozwiązłe, ale także brudne.

Nie ma z nimi o czym rozmawiać, a przyjemność, jaką dają, jest krótkotrwała i pozostawia uczucie wstydu. Jeśli szukasz takiej kobiety, Derfel, znajdziesz ich tu wiele.

– Szukam kobiety imieniem Nimue – powiedziałem.

– Nimue... – powtórzył, marszcząc brwi, jakby usiłował sobie przypomnieć, skąd zna to imię. – Nimue! Ależ tak, pamiętam ją! Jednooka dziewczyna o czarnych włosach. Trafiła do ludzi morza.

– Utonęła? – przeraziłem się.

– Nie, nie. – Pokręcił głową. – Musisz zrozumieć, że mamy tu na wyspie różne wspólnoty. Poznałeś już upiory, mieszkające przy bramie. Tu, w kamieniołomach, żyją pustelnicy – niewielka grupa ludzi, którzy wybrali samotność. Po drugiej stronie wyspy zamieszkują bestie. Możesz sobie wyobrazić, jak wyglądają. Południowy cypel zajmują ludzie morza. Łowią ryby, używając lin z ludzkich włosów i cierni jako haczyków. Muszę przyznać, że zachowują się najlepiej z mieszkających na wyspie plemion, choć żadne z nich nie słynie z gościnności. Wszystkie, oczywiście, ciągle ze sobą walczą. Jak widzisz, nie brakuje nam tu niczego, co zapewnia Kraina Żywych. Może z wyjątkiem religii, chociaż kilku mieszkańców wyspy uważa się za bogów. A kto by podawał w wątpliwość ich słowa?

– Nigdy nie próbowałeś się stąd wydostać?

– Próbowałem – przyznał ze smutkiem. – Dawno temu. Raz usiłowałem przepłynąć przez zatokę, ale jesteśmy cały czas obserwowani, a uderzenie włócznią w głowę skutecznie przypomina, że nie wolno nam opuszczać wyspy. Zawróciłem, zanim zdążyli mnie dopaść. Prawie każdy, kto próbuje uciec w ten sposób, tonie. Niektórym udaje się może wrócić do świata żywych po grobli, ale muszą najpierw wymknąć się upiorom przy bramie, a potem zmylić strażników strzegących plaży. Widziałeś te czaszki na grobli? Pozostały po ludziach, którzy próbowali ucieczki. Biedacy. – Zamilkł i myślałem przez chwilę, że się rozpłacze. Nagle odsunął się energicznie od ściany. – Ależ jestem niewychowany! Zupełnie zapomniałem! Miałem dać ci wody. Widzisz? Tam ją trzymam. – Wskazał z dumą drewnianą beczkę, która stała tuż przy wejściu do jaskini i była umieszczona w taki sposób, że w czasie burzy zbierała wodę spływającą ze ścian kamieniołomu. Malldynn napełnił chochlą dwa drewniane kubki. – Beczka i chochla pochodzą z rybackiej łodzi, która rozbiła się tu w pobliżu... Kiedy? Niech pomyślę... Dwa lata temu. Było w niej trzech mężczyzn i dwóch chłopców. Biedni ludzie! Jeden z mężczyzn próbował odpłynąć z wyspy i utonął, dwaj pozostali zginęli pod gradem kamieni, a chłopców zabrano. Można sobie wyobrazić, co ich spotkało! Jest tu wiele kobiet, ale czyste mięso młodych rybaków to na wyspie rzadki przysmak. – Postawił przede mną kubek i pokręcił głową. – To straszny zakątek, mój przyjacielu, i głupio postąpiłeś, zjawiając się tutaj. A może cię przysłano?

– Jestem tu z własnej woli.

– Tak czy inaczej, trafiłeś we właściwe miejsce, bo najwyraźniej postradałeś zmysły. – Napił się wody z kubka. – Opowiedz mi, co się dzieje w Brytanii.

Spełniłem jego prośbę. Słyszał już o śmierci Uthera i przybyciu Artura, ale wiedział niewiele więcej. Zmarszczył brwi, gdy wspomniałem o kalectwie króla Mordreda, ale uradowała go wiadomość, że Bedwin jeszcze żyje.

– Lubię go – powiedział. – A raczej lubiłem. Musimy pamiętać, że właściwie jesteśmy martwi. Pewnie Bedwin bardzo się postarzał?

– Nie jest tak stary jak Merlin.

– To Merlin żyje? – zapytał zdziwiony.

– Owszem.

– Coś podobnego! Merlin nie umarł! – Wyraźnie się z tego cieszył. – Dałem mu kiedyś magiczny kamień. Był mi bardzo wdzięczny. Mam tu gdzieś jeszcze jeden. Tylko gdzie? – Zaczął przeszukiwać niewielką stertę kamieni i kawałków drewna, leżących u wejścia do jaskini. – Może jest tam? – Wskazał na zasłonę w swojej sypialni. – Nie widzisz go?

Odwróciłem się, wypatrując bezcennego kamienia, i w tym momencie Malldynn skoczył mi na plecy, próbując poderżnąć mi gardło wyszczerbionym nożem.

– Zjem cię! – zawołał triumfalnie. – Zjem cię!

Zdołałem złapać go za rękę i odsunąć ostrze noża od mojej szyi. Powalił mnie na ziemię i próbował ugryźć w ucho. Ślinił się na myśl o smakowitym ludzkim mięsie. Uderzyłem go dwukrotnie, a potem, obróciwszy się i uwolniwszy kolano, zadałem kolejny cios. Łajdak miał jednak niewiarygodną siłę. Odgłosy walki zwabiły mieszkańców sąsiednich jaskiń. Za kilka sekund otoczyliby mnie, podźwignąłem się więc z trudem, walnąłem Malldynna głową w twarz i uwolniwszy się z jego uścisku, stanąłem obok wejścia do sypialni, wyciągając miecz, aby stawić czoło tłumowi pomyleńców. Pustelnicy cofnęli się na widok lśniącej klingi.

Malldynn leżał z zakrwawionymi ustami z boku jaskini.

– Nie dostanę nawet kawałeczka świeżej wątroby? – zapytał błagalnie. – Ani odrobiny?

Wyszedłem z jaskini. Pustelnicy szarpali mój płaszcz, gdy opuszczałem kamieniołom, ale żaden nie próbował mnie zatrzymać. Jeden zawołał ze śmiechem:

– Musisz w końcu tu wrócić, a wtedy będziemy jeszcze bardziej głodni!

– Zjedzcie Malldynna! – odparłem zgryźliwie.

Wdrapałem się na porośnięty ciernistymi krzewami grzbiet skalistego wzgórza i zobaczyłem, że nie rozciąga się ono aż do południowego krańca wyspy, lecz opada stromo w kierunku płaskowyżu, poprzecinanego starymi kamiennymi murami. Dowodziło to, że kiedyś żyli tam normalni ludzie i uprawiali nieurodzajną ziemię. Na płaskowyżu, schodzącym do morza, stały nadal osady. Domyślałem się, że mieszkali tam ludzie morza. Grupa tych nieszczęśników obserwowała mnie spomiędzy okrągłych chat, stojących u podnóża zbocza. Ich obecność sprawiła, że postanowiłem pozostać do świtu na wzgórzu. Rankiem życie płynie wolniej i dlatego żołnierze lubią wtedy atakować. Ja także postanowiłem szukać Nimue o brzasku, gdy szaleni mieszkańcy wyspy będą jeszcze niemrawi i ospali.

Przeżyłem koszmarną noc. Nad głową wirowały mi gwiazdy, świetliste siedziby duchów, które spoglądają na nędzną ziemię. Modliłem się do Bela, prosząc go o siłę. Chwilami zasypiałem, lecz budził mnie najlżejszy szelest trawy czy odgłos upadającego kamienia. Leżałem w wąskiej skalnej rozpadlinie, która chroniła mnie przed niespodziewanym atakiem, byłem więc w miarę bezpieczny. Nie miałem jednak pojęcia, jak wydostanę się z wyspy i czy odnajdę moją Nimue.

Przed świtem wyczołgałem się z rozpadliny. Nad morzem, za spienionymi falami, które znaczyły wejście do Jaskini Cruachana, wisiała mgła. W nikłym szarym świetle wyspa wyglądała martwo i ponuro. Schodząc po zboczu, nikogo nie dostrzegłem. Słońce nie zdążyło jeszcze wzejść, gdy dotarłem do pierwszej niewielkiej osady. Uznałem, że poprzedniego dnia obchodziłem się z mieszkańcami wyspy zbyt łagodnie.

Dzisiaj zamierzałem potraktować ich tak, jak na to zasługiwali: jak padlinę.

Chaty, zbudowane z oblepionej błotem wikliny, były kryte gałęziami i trawą. Kopnąwszy zbutwiałe drewniane drzwi, wszedłem do jednej z nich i chwyciłem pierwszą śpiącą tam istotę, na którą natrafiłem. Wyrzuciwszy ją na zewnątrz, kopnąłem następną, a potem wybiłem mieczem dziurę w dachu. Istoty, które kiedyś były ludźmi, cofały się przede mną w popłochu. Kopnąłem w głowę jakiegoś mężczyznę, drugiego uderzyłem płazem miecza, a trzeciego wyciągnąłem z chaty. Rzuciwszy go na ziemię, postawiłem mu nogę na piersi i przytknąłem do gardła ostrze miecza.

– Szukam kobiety imieniem Nimue – oznajmiłem.

Mężczyzna bełkotał coś niezrozumiale. Nie potrafił mówić, albo raczej mówił tylko wymyślonym przez siebie językiem, zostawiłem go więc i pobiegłem za kobietą, która kuśtykała w stronę krzaków. Krzyczała, gdy ją pochwyciłem i przytknąłem do gardła stalowe ostrze.

– Znasz kobietę o imieniu Nimue? – zapytałem.

Była zbyt przerażona, by odpowiedzieć. Podniosła za to brudne spódnice i uśmiechnęła się do mnie uwodzicielsko, pokazując bezzębne dziąsła. Uderzyłem ją w twarz płazem miecza.

– Nimue! – krzyknąłem. – Dziewczyna z jednym okiem. Znasz ją?

Kobieta nadal milczała, ale wskazała ręką na południe, w kierunku wrzynającego się w morze cypla, chcąc najwyraźniej pohamować mój gniew. Cofnąłem miecz i trąciłem nogą jej spódnice, aby zakryły obnażone uda. Kobieta zniknęła między ciernistymi krzewami. Z chat przyglądały mi się inne przerażone istoty, gdy ruszyłem ścieżką na południe, w kierunku wzburzonego morza.

Minąłem dwie kolejne małe osady, ale nikt nie próbował mnie już zatrzymać. Należałem teraz do koszmarnego świata Wyspy Umarłych. Byłem istotą maszerującą o świcie z nagim mieczem. Szedłem przez łąki, porośnięte koniczyną, błękitnymi kwiatami krzyżownicy i szkarłatnymi orchideami. Powinienem był domyślić się wcześniej, że Nimue, podopieczna Manawydana, zamieszka gdzieś blisko morza.

Południowy brzeg wyspy tworzyło niskie skalne urwisko. Wielkie fale rozbijały się z hukiem o kamienie i wciskały w rozpadliny. Spieniona woda opryskiwała skały. Był letni poranek, ale morze miało szarą barwę stali. Wiał zimny wiatr, a morskie ptaki głośno lamentowały.

Przeskakując ze skały na skałę, schodziłem w stronę groźnego morza. Wiatr rozwiewał mój podarty płaszcz. Nagle zobaczyłem za skalnym załomem jaskinię, usytuowaną kilka stóp nad ciemną linią naniesionych przez przypływ wodorostów i morszczynów. Przed wejściem do niej leżały ułożone w stosy kości ptaków i zwierząt. Musiał je tam umieścić człowiek, gdyż każdy z kopczyków znajdujących się w regularnych odstępach od siebie był starannie otoczony większymi kośćmi i zwieńczony czaszką. Przystanąłem, czując strach, który ogarniał mnie jak fala przypływu. Miałem przed sobą grotę, która była chyba najbliższą morza kryjówką na tej wyspie potępionych dusz.

– Nimue! – krzyknąłem, zebrawszy się na odwagę, by podejść do jaskini. – Nimue! – Wdrapałem się na wąską skalną półkę i szedłem powoli między stosami kości. Bałem się, co zastanę w środku. – Nimue! – powtórzyłem.

Pode mną rozbiła się z hukiem o urwisko potężna fala, sięgając białymi mackami do skalnego występu. Po chwili woda opadła i spłynęła ciemnymi strugami do morza, ustępując miejsca kolejnemu grzywaczowi. W jaskini było ciemno i głucho.

– Nimue! – powiedziałem znowu drżącym głosem. Wejścia do jaskini strzegły dwie ludzkie czaszki, które wepchnięto na siłę w skalne wnęki, tak że szczerzyły na wietrze połamane zęby. – Nimue!

Nie było odpowiedzi. Słyszałem tylko wycie wiatru, lamenty mew i szum wzburzonego morza.

Wszedłem ostrożnie do środka. W jaskini było zimno, wilgotno i mroczno. Musiałem się pochylić, aby nie uderzyć głową w kamienne sklepienie. Skalny korytarz zwężał się i skręcał gwałtownie w lewo. Zakrętu strzegła trzecia pożółkła czaszka. Zaczekałem, aż mój wzrok przywyknie do ciemności, i zrobiwszy jeszcze parę kroków, zobaczyłem mroczny koniec jaskini.

Leżała tam Nimue.

Myślałem początkowo, że nie żyje, bo była naga i skulona. Jej twarz przesłaniały ciemne, brudne włosy. Obejmowała bladymi rękami chude, podkurczone nogi. Bawiąc się w dzieciństwie na zielonych wzgórzach, rozkopywaliśmy czasem stare kurhany w poszukiwaniu złota i znajdowaliśmy szkielety ludzi, pochowanych właśnie w takiej pozycji. Leżeli skuleni w ziemi, odstraszając złe duchy.

– Nimue! – Aby się do niej dostać, musiałem iść na czworakach. – Nimue! – powtórzyłem, tym razem przez zaciśnięte gardło, bo byłem niemal pewien, że nie żyje. W tym momencie zauważyłem jednak, że oddycha. Leżała nieruchomo, ale nie była martwa. Odłożyłem miecz i wyciągnąwszy rękę, dotknąłem jej zimnego białego ramienia. - Nimue!

Rzuciła się na mnie, sycząc i szczerząc zęby. W miejscu wyłupionego oka miała krwawy oczodół, a drugim wywracała tak, że widać było tylko jego białko. Próbowała mnie gryźć i drapać, pluła, rzucała klątwy i chciała wykłuć mi oczy długimi paznokciami.

- Nimue! - krzyknąłem, ale ona nadal pluła, toczyła ślinę z ust, szarpała się i kłapała na mnie brudnymi zębami. - Nimue!

Rzuciwszy kolejną klątwę, złapała mnie prawą ręką za gardło. Miała siłę szaleńca. Krzyknęła triumfalnie, zaciskając palce na mojej tchawicy. W tym momencie uzmysłowiłem sobie nagle, co muszę zrobić. Nie zważając na to, że mnie dusi, chwyciłem jej lewą dłoń i przytknąłem do swojej, tak by zetknęły się blizny na naszych przegubach. Potem znieruchomiałem w oczekiwaniu.

Jej uścisk zaczął stopniowo słabnąć. Zdrowe oko Nimue wróciło powoli do normalnej pozycji i zobaczyłem znowu jasną źrenicę mojej ukochanej. Spojrzała na mnie i nagle wybuchnęła płaczem.

- Nimue! - powiedziałem.

Zarzuciła mi ręce na szyję i przylgnęła do mnie. Szlochała głośno, drżąc na całym ciele. Tuliłem ją mocno i powtarzałem jej imię.

W końcu przestała płakać, ale długo jeszcze trzymała mnie w objęciach. W pewnej chwili uniosła głowę i zapytała dziecinnym głosem:

- Gdzie jest Merlin?

- W Brytanii - odparłem.

– Więc musimy ruszać w drogę. – Zdjęła mi ręce z szyi i przykucnęła, aby spojrzeć mi w oczy. – Marzyłam o tym, żebyś się zjawił – powiedziała.

– Kocham cię – wyznałem wbrew swojej woli, choć wcale nie kłamałem.

– Dlatego tu jesteś – stwierdziła, jakby było to oczywiste.

– Masz się w co ubrać? – zapytałem.

– Wystarczy mi twój płaszcz – odparła. – Nie potrzebuję niczego więcej.

Wypełznąwszy z jaskini, schowałem do pochwy Hywelbane'a i otuliłem płaszczem drżące ciało Nimue. Wysunęła rękę przez dziurę w podartym suknie i mocno się mnie chwyciła. Przeszliśmy między stosami kości i wspięliśmy się na wzgórze, skąd patrzyli na nas ludzie morza. Rozstąpili się, kiedy dotarliśmy na szczyt urwiska, i nie poszli za nami, gdy zaczęliśmy schodzić powoli w kierunku wschodniego brzegu wyspy. Nimue milczała. Jej szaleństwo minęło z chwilą, gdy złączyliśmy nasze dłonie, była jednak bardzo osłabiona. Pomagałem jej w miejscach, gdzie ścieżka biegła stromo w dół. Minęliśmy bezpiecznie jaskinie pustelników. Może spali, a może bogowie zaczarowali całą wyspę, gdy podążaliśmy na północ, oddalając się od potępionych dusz.

Wzeszło już słońce. Widziałem teraz, że włosy Nimue są matowe od brudu i pełne wszy. Wyglądała niechlujnie i nie miała swego złotego oka. Była tak słaba, że z trudem się poruszała, więc gdy zeszliśmy ze wzgórza w stronę grobli, wziąłem ją na ręce i stwierdziłem, że waży mniej niż dziesięcioletnie dziecko.

– Jesteś bardzo słaba – powiedziałem.

– Taka się urodziłam, Derfel – odparła. – Ale w życiu trzeba zawsze udawać, że jest inaczej.

– Potrzebujesz odpoczynku – zauważyłem.

– Wiem. – Położyła mi głowę na piersi, po raz pierwszy mając poczucie, że ktoś się nią opiekuje.

Zabrałem ją na groblę i przeniosłem przez pierwszy mur. Po lewej stronie widzieliśmy wzburzone morze, a po prawej lśniące w porannych promieniach słońca wody zatoki. Nie miałem pojęcia, jak zdołam przejść obok strażników. Wiedziałem tylko, że musimy opuścić wyspę, bo takie było przeznaczenie Nimue, a ja byłem narzędziem w rękach bogów. Wierzyłem, że mi pomogą, gdy dojdziemy do ostatniej przeszkody.

Przeniosłem Nimue przez środkowy mur, na którym leżały ułożone w szeregu czaszki, i podążałem dalej ku zielonym wzgórzom Dumnonii. Nad gładką powierzchnią ostatniego muru dostrzegłem sylwetkę pojedynczego włócznika. Sądziłem, że jacyś strażnicy przepłynęli na drugą stronę kanału, widząc, że opuszczam wyspę. Na kamiennej mierzei zobaczyłem następnych. Ustawili się tak, by zagrodzić mi drogę na ląd. Pomyślałem, że w razie potrzeby będę musiał ich zabić. Taka była wola bogów, nie moja. Hywelbane mógł ją zrealizować.

Gdy dotarłem jednak do ostatniego muru, dźwigając mój słodki ciężar, brama życia i śmierci otworzyła się nagle szeroko. Spodziewałem się, że dowódca straży ze swą zardzewiałą włócznią będzie próbował mnie zawrócić, ale zamiast niego zobaczyłem Galahada i Cavana. Stali za czarnym progiem z mieczami i bojowymi tarczami w rękach.

– Wyruszyliśmy twoim śladem – oznajmił Galahad.

– Na rozkaz Bedwina – dodał Cavan.

Okryłem kapturem płaszcza wyglądające okropnie włosy Nimue, aby moi przyjaciele nie widzieli jej w takim stanie. Przylgnęła do mnie, próbując się ukryć.

Galahad i Cavan przybyli w towarzystwie moich ludzi, którzy zajęli prom i trzymali strażników wyspy pod bronią po drugiej stronie kanału.

– Zamierzaliśmy właśnie cię szukać – stwierdził Galahad, po czym przeżegnał się, spoglądając na groblę. Popatrzył na mnie dziwnie, jakby się obawiał, że przez pobyt na wyspie stałem się innym człowiekiem.

– Powinienem był wiedzieć, że cię tu zastanę – powiedziałem.

– Owszem – przyznał ze łzami radości w oczach. Przepłynęliśmy łodzią przez kanał, a potem zaniosłem Nimue ogrodzoną czaszkami drogą do sali biesiadnej. Jakiś człowiek ładował tam na wóz sól, aby zawieźć ją do Durnovarii. Położyłem Nimue na workach i poszedłem za skrzypiącym wozem na północ, w kierunku miasta. Sprowadziłem Nimue z Wyspy Umarłych z powrotem do ogarniętego wojną kraju.

Zabrałem Nimue do majątku Gyllad. Nie ulokowałem jej w głównym budynku, lecz w opuszczonej chacie pasterzy, gdzie mogliśmy być sami. Najpierw dokładnie ją wyszorowałem, a potem nakarmiłem rosołem i mlekiem. Umyłem starannie jej skórę i włosy, rozczesując je kościanym grzebieniem. Niektóre były tak zmierzwione, że musiałem je uciąć, ale większość udało mi się rozplątać. Kiedy opadały jej już na ramiona, zacząłem wygniatać grzebieniem wszy. Potem jeszcze raz umyłem Nimue głowę. Znosiła to wszystko jak małe posłuszne dziecko. Kiedy była wreszcie czysta, owinąłem ją wielkim wełnianym kocem, zdjąłem z ognia rosół i kazałem jej się pożywić. Sam wziąłem tymczasem kąpiel, walcząc ze wszami, które przeszły na mnie z Nimue.

Zanim skończyłem, zapadł zmierzch. Nimue zasnęła szybko na posłaniu ze świeżych paproci. Spała całą noc, a rano zjadła jajecznicę z sześciu jajek, którą przyrządziłem na patelni nad ogniem. Potem znowu drzemała, a ja wziąłem nóż i zrobiłem jej z kawałka skóry opaskę na oko, którą mogła wiązać wokół głowy. Kazałem jednej z niewolnic Gyllad przynieść jej ubranie i wysłałem Issę do miasta po najświeższe nowiny. Był bystrym chłopakiem, który łatwo nawiązywał kontakty, więc nawet obcy ludzie chętnie mu się zwierzali przy stole w tawernie.

– Połowa ludzi w mieście mówi, że przegraliśmy już wojnę, panie – oznajmił po powrocie. Nimue spała, a my rozmawialiśmy nad strumieniem, który płynął obok domu.

– A druga połowa? – zapytałem. Issa uśmiechnął się szeroko.

– Czekają na Lughnasę, panie. Nie myślą o niczym innym. Ci, którzy dyskutują o wojnie, to chrześcijanie. – Splunął do strumienia. – Uważają, że Lughnasa jest pogańskim świętem i że król Gorfyddyd przybywa, aby ukarać nas za grzechy.

– W takim razie – stwierdziłem – powinniśmy ich popełnić dostatecznie dużo, aby zasłużyć na karę.

Issa roześmiał się.

– Niektórzy mówią, że lord Artur nie ośmiela się opuścić miasta z obawy, że pod nieobecność jego żołnierzy dojdzie tam do rozruchów.

Pokręciłem głową.

– Chce być z Ginewrą podczas święta.

– Kto by nie chciał? – powiedział Issa.

– Widziałeś się z kowalem? – zapytałem. Issa przytaknął.

– Mówi, że nie może zrobić oka szybciej niż w dwa tygodnie, bo nie ma w tym żadnego doświadczenia. Weźmie gałkę oczną z jakichś zwłok, żeby zorientować się, jakiej jest wielkości. Powiedziałem mu, że powinny to być zwłoki dziecka, bo chodzi o osobę małego wzrostu, prawda? – Skinął głową w kierunku chaty.

– Wspomniałeś mu, że oko musi być wydrążone?

– Tak, panie.

– Dobrze się spisałeś – pochwaliłem go. – Teraz, jak sądzę, chciałbyś trochę pogrzeszyć z okazji Lughnasy?

– Tak, panie – oznajmił z szerokim uśmiechem. Lughnasa była świętem nadchodzących zbiorów, ale dla młodych stanowiła nade wszystko święto płodności, którego obchody miały zacząć się już tej nocy.

– Więc idź – powiedziałem. – Ja tu zostanę.

Tego popołudnia zrobiłem dla Nimue świąteczną altankę. Wątpiłem, czy to doceni, ale mimo wszystko postawiłem przy strumieniu wiklinową wiatę, wplatając w nią bławatki, maki, złocienie, naparstnice i długie wstęgi powoju z różowymi kwiatami. Takie altanki robiono na Lughnasę w całej Brytanii, a późną wiosną rodziły się w królestwie setki dzieci. Wiosnę uważano za dobrą porę narodzin, bo dziecko przychodziło na świat, który budził się właśnie do życia. Nikt jednak nie wiedział, czy tegoroczny siew przyniesie oczekiwane plony. Zależało to od wyniku wojny, która miała rozgorzeć po żniwach.

Nimue wyłoniła się z chaty akurat w chwili, gdy ozdabiałem dach altanki ostatnimi naparstnicami.

– Czy to już Lughnasa? – zapytała zdziwiona.

– Dopiero jutro – odparłem.

Zaśmiała się zażenowana.

– Nie miałam nigdy własnej altanki.

– Bo nie chciałaś.

– Teraz chcę – powiedziała, siadając pod ukwieconym dachem z takim zachwytem na twarzy, że serce podskoczyło mi z radości. Miała na oku opaskę i włożyła jedną z sukni, które przyniosła służąca Gyllad, uszytą ze zwykłego brązowego sukna, ale doskonale jej pasującą. Była blada i wychudzona, ale schludna, a na jej policzkach pojawiły się wreszcie rumieńce. – Nie wiem, co się stało z moim złotym okiem – stwierdziła ze smutkiem, dotykając skórzanej opaski.

– Zamówiłem już nowe – powiedziałem, nie wspominając o tym, że aby zapłacić kowalowi zaliczkę, musiałem pozbyć się ostatnich monet. Potrzebowałem rozpaczliwie wojennych łupów, aby napełnić sakwę.

– Jestem głodna – oznajmiła Nimue z odcieniem dziecięcej figlarności w głosie.

Włożyłem na dno garnka gałązki brzozy, aby nie przypalić rosołu, i postawiłem go na ogniu. Nimue zjadła wszystko, a potem wyciągnęła się w altance i patrzyła w strumień. Bańki powietrza zdradzały obecność płynącej pod wodą wydry. Widziałem ją już wcześniej. Był to stary samiec, mający na skórze blizny od potyczek i grotów włóczni myśliwych. Nimue przyglądała się, jak wpływa pod zwaloną wierzbę, a potem zaczęła zadawać mi pytania.

Zawsze była rozmowna, ale tego wieczoru nie potrafiłem zaspokoić jej ciekawości. Pytała o wszystko, a uzyskawszy odpowiedź, chciała znać jeszcze więcej szczegółów, układając ze strzępków informacji na temat wydarzeń minionego roku coś w rodzaju mozaiki, której poszczególne elementy mogą wydawać się nieistotne, ale tworzą razem kompletny obraz. Najbardziej interesował ją Merlin i manuskrypt, który zabrał z biblioteki Bana.

– Nie przeczytałeś go? – zapytała.

– Nie.

– Ja bym to zrobiła – stwierdziła z przejęciem.

– Sądziłem, że Merlin zabierze cię z wyspy – powiedziałem po chwili wahania, obawiając się, czy jej nie urażę, bo z jednej strony krytykowałem Merlina, a z drugiej wspominałem o miejscu, o którym wolała chyba nie mówić. Najwyraźniej jednak się tym nie przejęła.

– Merlin uznał pewnie, że dam sobie radę – stwierdziła, po czym dodała z uśmiechem: – I wie, że mam ciebie.

Było już ciemno i strumień srebrzył się w świetle księżyca. Chciałem zadać Nimue dziesiątki pytań, ale nie miałem odwagi. Nagle sama zaczęła mówić to, czego pragnąłem się dowiedzieć. Opowiadała o swoim pobycie na wyspie, a raczej o tym, jak tylko częściowo uświadamiała sobie bieg wydarzeń, podczas gdy reszta jej umysłu poddała się biernie straszliwemu przeznaczeniu.

– Sądziłam, że szaleństwo przypomina śmierć – stwierdziła – i że człowiek obłąkany nie zdaje sobie sprawy ze swego stanu, ale tak nie jest. Naprawdę. To tak, jakbyś patrzył, co się z tobą dzieje, i nie mógł nic zrobić. Jakbyś pozostawiał sam siebie bez pomocy – stwierdziła, po czym zamilkła i zobaczyłem w jej jedynym oku łzy.

– Wystarczy – powiedziałem, nie chcąc już słuchać o tym, co przeżyła.

– Czasami – ciągnęła dalej – siedziałam na skale i patrzyłam w morze, czując, że jestem normalna, i zastanawiając się, czemu służy moje szaleństwo. Potem przypominałam sobie, jaki ma ono sens.

– Nie miało żadnego – powiedziałem gniewnie.

– Och, mój drogi. Jesteś bardzo porywczy. – Uśmiechnęła się. – Musiałam popaść w obłęd z tego samego powodu, dla którego Merlin szukał manuskryptu Caleddina. Nie rozumiesz? Jesteśmy pionkami w rękach bogów, ale jeśli się przed nimi otworzymy, możemy stać się uczestnikami gry, a nie jej ofiarami. Szaleństwo ma sens! To dar bogów, który jak wszystkie ich dary ma swoją cenę, ale ja już ją zapłaciłam – oznajmiła z pasją. Poczułem nagle straszną senność i nie potrafiłem powstrzymać ziewnięcia. Nimue natychmiast to zauważyła. – Musisz się położyć – stwierdziła.

– Wcale nie! – zaprotestowałem.

– Spałeś ubiegłej nocy?

– Trochę. – W istocie siedziałem przy drzwiach chaty, drzemiąc niespokojnie i nasłuchując chrobotu myszy na dachu.

– Więc kładź się – powiedziała stanowczo. – Ja jeszcze tu sobie trochę porozmyślam.

Byłem tak zmęczony, że ledwo zdjąłem z siebie ubranie. Położywszy się na posłaniu z paproci, zasnąłem jak kamień. Był to wspaniały, głęboki sen, jaki ogarnia wojownika po bitwie, gdy pozbędzie się wreszcie koszmarnych wizji ciosów mieczy i włóczni świszczących mu nad głową. Spałem już twardo, gdy zjawiła się Nimue. Początkowo myślałem, że śnię, gdy obudziwszy się, nagle poczułem dotyk jej nagiego ciała.

– Wszystko w porządku, Derfel – szepnęła. – Śpij. Zasnąłem ponownie, obejmując ją ramionami.

Gdy się zbudziliśmy, był piękny poranek. Rzadko kiedy czułem się równie szczęśliwy. Są takie dni, gdy życie wypełnia nam miłość, a może po prostu bogowie chcą, byśmy zachowywali się jak głupcy, i dlatego ustanowili święto urodzaju. Kochaliśmy się w ukwieconej altance, do której przenikały promienie słońca, a potem bawiliśmy się jak dzieci w strumieniu. Udawałem wydrę, nurkując i wypuszczając pod wodą bańki powietrza, przez co o mało się nie zachłysnąłem. Nimue pękała ze śmiechu. Między wierzbami biegał zimorodek o bajecznie kolorowym upierzeniu. Jedynymi ludźmi, których widzieliśmy w ciągu całego dnia, byli dwaj jeźdźcy, polujący z sokołami po drugiej stronie strumienia. Nie spostrzegli nas. Leżąc cicho, zobaczyliśmy, jak jeden z ptaków upolował czaplę. Stanowiło to dobrą wróżbę. Przez ten jeden cudowny dzień Nimue i ja byliśmy kochankami, nie mogliśmy jednak planować wspólnej szczęśliwej przyszłości. Nimue poświęciła się służbie bogom, a ja nie miałem do tego powołania.

A jednak nawet ona marzyła czasem o innym życiu. W wieczór Lughnasy, gdy drzewa na zachodnich zboczach wzgórza ogarniał już cień, leżała skulona w moich ramionach pod dachem altanki i mówiła, co moglibyśmy mieć: mały domek, kawałek ziemi, dzieci i zwierzęta.

– Zamieszkalibyśmy w Kernow – rzekła rozmarzonym głosem. – Merlin zawsze twierdził, że to błogosławione miejsce. Nie docierają tam Saksonowie.

– Irlandia leży jeszcze dalej – zauważyłem. Pokręciła głową na mojej piersi.

– Irlandczycy są przeklęci.

– Dlaczego? – zapytałem.

– Mieli Skarby Brytanii i utracili je.

Nie chciałem rozmawiać o Skarbach Brytanii, o bogach ani o niczym, co zepsułoby nastrój tej chwili.

– Więc niech będzie Kernow – zgodziłem się.

– Mały domek – powtórzyła, wymieniając wszystko, co byłoby w nim niezbędne: słoje, rondle, szpikulce do nadziewania mięsa, przewiewna pościel, rzeszota, cisowe cebry, sierpy, nożyce, wrzeciono, nawijarka do wełny, sieć na łososie, beczka, palenisko, łóżko. Czy marzyła o tych rzeczach, siedząc przy kotle w swej wilgotnej, zimnej jaskini? – Nie będzie tam Saksonów – stwierdziła – ani chrześcijan. Może powinniśmy zamieszkać na wyspach Morza Zachodniego? Za Kernow, w Lyonesse. – Wymówiła z lubością nazwę tej krainy. – Żyć i kochać w Lyonesse! – dodała, wybuchając śmiechem.

– Dlaczego się śmiejesz? – zapytałem.

Milczała przez chwilę, po czym wzruszyła ramionami.

– Lyonesse to miejsce na następne życie – oznajmiła, psując tym pesymistycznym stwierdzeniem sielski nastrój. Przynajmniej ja tak to odebrałem.

Wydawało mi się, że słyszę wśród liści złośliwy chichot Merlina, i marzenie nagle prysło. Leżeliśmy nieruchomo obok siebie w świetle wieczoru. Nad doliną przeleciały dwa łabędzie, kierując się na północ, w stronę wyrzeźbionego w kredowym zboczu tuż za majątkiem Gyllad wielkiego fallicznego wizerunku boga Sucellosa. Sansum chciał go zniszczyć, ale Ginewra zdołała temu zapobiec. Udało mu się za to zbudować u stóp wzgórza niewielką świątynię. Zamierzałem kupić te ziemie, gdy tylko będę mógł, nie po to, by je uprawiać, lecz żeby chrześcijanie przestali obsiewać kredowe zbocze trawą i dewastować wizerunek boga.

– Gdzie jest Sansum? – zapytała Nimue, jakby czytając w moich myślach.

– Strzeże teraz Cierniowego Drzewa.

– Oby się nim pokłuł! – powiedziała mściwie. Wysunęła się z moich ramion i usiadła, podciągając koc pod szyję. – Dzisiaj są zaręczyny Gundleusa? – zapytała.

– Tak.

– Nie dożyje nocy poślubnej – oznajmiła. Było to bardziej jej pobożne życzenie niż proroctwo.

– Artur musiałby najpierw pokonać jego armię – stwierdziłem.

Następnego dnia nadzieje na zwycięstwo wydawały się pogrzebane raz na zawsze. Czyniłem właśnie przygotowania do żniw w majątku Gyllad – ostrzyłem sierpy i przybijałem drewniane części cepów do skórzanych złączy – gdy przybył do Durnovarii posłaniec z Durocobrivis. Issa przyniósł z miasta straszliwe nowiny. Aelle zerwał rozejm. W wigilię Lughnasy hordy Saksonów zaatakowały fortecę Gereinta i przedarły się przez mury. Książę Gereint zginął, Durocobrivis upadło, a książę Meriadok ze Stronggore, lennik Dumnonii, został wypędzony ze swego królestwa. Resztki jego ziem włączono do Lloegyrii. Artur musiał więc teraz stawić czoło armii Gorfyddyda i Saksonom. Dumnonię czekała nieunikniona zagłada. Nimue szydziła z mego pesymizmu.

– Bogowie nie pozwolą skończyć tak szybko tej rozgrywki – twierdziła.

– To niech napełnią nasz skarbiec – rzuciłem ostro. – Nie zdołamy pokonać Aelle'a i Gorfyddyda, jeśli więc nie przekupimy Saksonów, będziemy skazani na śmierć.

– Tylko prostacy troszczą się o pieniądze – powiedziała Nimue.

– Dziękujmy zatem bogom, że ich stworzyli – odparowałem. Ja ciągle się o nie martwiłem.

– Jeżeli potrzebujesz pieniędzy, znajdziesz je w Dumnonii – stwierdziła beztrosko Nimue.

– U Ginewry? – zapytałem, kręcąc głową. – Artur ich nie tknie. – Wtedy nikt z nas nie wiedział jeszcze, jak duży skarb Lancelot wywiózł z Ynys Trebes. Wystarczyłby może na przekupienie Aelle'a, ale wygnany król Benoic trzymał go w ukryciu.

– Nie chodzi o złoto Ginewry – powiedziała Nimue, wyjaśniając, gdzie mogę zdobyć pieniądze na przekupienie Saksonów. Zakląłem w duchu, że sam na to nie wpadłem. Pomyślałem, że jest jednak jeszcze cień nadziei, jeśli tylko bogowie dadzą nam dość czasu, a Aelle nie zażąda zbyt wygórowanego okupu. Uznałem, że po złupieniu Durocobrivis jego ludzie będą potrzebowali tygodnia, aby wytrzeźwieć, mieliśmy więc tych kilka dni na dokonanie cudu.

Zabrałem Nimue do Artura. Prysło marzenie o idylli w Lyonesse, rzeszocie, przewiewnej pościeli i domku nad morzem. Merlin udał się na północ, chcąc ratować Brytanię,

Nimue musiała więc zademonstrować swoje magiczne umiejętności na południu. Wyruszaliśmy, aby zapłacić Saksonom za rozejm, pozostawiając za sobą nad brzegiem strumienia więdnące kwiaty.

Artur i jego ludzie podążyli na północ szlakiem Fosse Way. Sześćdziesięciu jeźdźców wyruszało na wojnę na koniach, zaopatrzonych w osłony ze skóry i żelaza. Towarzyszyło im pięćdziesięciu włóczników, w tym sześciu moich. Pozostałymi dowodził Lanval, dawny dowódca straży Ginewry, którego miejsce zajął Lancelot, król Benoic, będący teraz protektorem całej arystokracji Durnovarii. Resztę moich ludzi Galahad zabrał na północ, do Gwentu. Spieszyliśmy się tak bardzo, że ruszyliśmy w drogę przed żniwami, ale w obliczu zdrady Aelle'a nie było innego wyjścia. Maszerowałem z żołnierzami Artura. Nimue uparła się, żeby mi towarzyszyć. Nadal była słaba, ale nic nie powstrzymałoby jej od udziału w wojnie, która miała się wkrótce zacząć. Gdy opuszczaliśmy Durnovarię dwa dni po Lughnasie, niebo zaciągnęło się czarnymi chmurami, jakby zwiastując to, co nas czekało.

Jeźdźcy, włócznicy Lanvala i pilnujący jucznych mułów stajenni zostali na drodze, gdy Artur podążył przez most do Ynys Wydryn. Nimue i ja poszliśmy z nim, zabierając jako eskortę tylko sześciu moich włóczników. Czułem się dziwnie, widząc znów znajome majestatyczne wzgórze. Gwlyddyn odbudował osadę Merlina i szczyt Tor wyglądał teraz niemal tak samo jak w dniu, gdy uciekałem z Nimue przed żądnym krwi Gundleusem. Wzniesiono nawet wieżę. Zastanawiałem się, czy jest to nadal komnata snów, w której śpiący czarnoksiężnik nasłuchuje szeptu bogów.

Tym razem nie interesowała nas jednak góra Tor, lecz świątynia Cierniowego Drzewa. Pięciu moich ludzi zostało pod bramą, Artur zaś, Nimue i ja weszliśmy na dziedziniec klasztoru. Nimue zakryła głowę kapturem, aby nie pokazywać twarzy i opaski na oku. Sansum pospieszył nam na powitanie. Dobrze wyglądał jak na człowieka, który popadł w niełaskę po wznieceniu w Durnovarii niebezpiecznych rozruchów. Był pulchniejszy niż kiedyś. Miał nową czarną sutannę, a na niej kosztowną kapę z wyhaftowanymi złotymi krzyżykami i srebrnymi cierniami. Na jego piersi wisiał ciężki złoty łańcuch z krzyżem, a pod brodą gruby lśniący naszyjnik. Wykrzywił w uśmiechu swą mysią twarz.

– To dla nas prawdziwy zaszczyt! – zawołał, rozkładając ręce w geście powitania. – Mam nadzieję, lordzie Arturze, że przybywasz złożyć hołd naszemu Panu? Oto jego święte drzewo! Przypomina nam, że ciernie raniły mu głowę, gdy cierpiał za nasze grzechy.

Wskazał na usychające drzewo o drobnych, przywiędłych liściach. Grupa pielgrzymów przybrała jego smętne gałęzie wotywnymi wstążkami. Zobaczywszy nas, oddalili się pospiesznie, nie zdając sobie sprawy, że odziany ubogo wiejski chłopak, który modlił się razem z nimi, jest jednym z naszych ludzi. Był to Issa. Wysłałem go naprzód, aby złożył w ofierze kilka monet.

– Może wina? – zaproponował Sansum. – A może coś zjecie? Mamy zimnego łososia, świeży chleb, nawet trochę poziomek.

– Dobrze ci się wiedzie, Sansum – stwierdził Artur, rozglądając się po świątyni. Była dużo większa niż wtedy, gdy widziałem ją po raz ostatni. Rozbudowano kamienny kościół i wzniesiono dwa nowe budynki: bursę dla mnichów i oddzielny dom dla Sansuma. Obie budowle były z kamienia i zostały pokryte dachówkami zagrabionymi z rzymskich willi.

Sansum wzniósł oczy ku zachmurzonemu niebu.

– Jesteśmy tylko pokornymi sługami wielkiego Boga, panie. Nasze doczesne życie zależy od jego łaski i opieki. Mam nadzieję, że twoja szanowna małżonka dobrze się miewa?

– Bardzo dobrze, dziękuję.

– Miło nam to słyszeć, panie – skłamał Sansum. – A jak zdrowie naszego króla?

– Jest już dużym chłopcem.

– Ufam, że wyrasta w prawdziwej wierze. – Sansum cofał się przed nami. – Co więc, panie, sprowadza cię do naszego skromnego przybytku?

Artur uśmiechnął się.

– Potrzeba, biskupie, potrzeba.

– Duchowej łaski? – zapytał Sansum.

– Nie. Pieniędzy.

Sansum wzniósł ręce do nieba.

– Czy człowiek, który chce łowić ryby, pnie się na szczyt góry? Albo czy ktoś wyrusza na pustynię w poszukiwaniu wody? Po co przybywasz do nas, lordzie Arturze? Ślubowaliśmy ubóstwo, a jeśli dzięki łasce Pana wpadają nam czasem w ręce jakieś nędzne okruchy, przekazujemy je biednym – oznajmił, składając pobożnie dłonie.

– Przybyłem, drogi Sansumie, aby zadbać o to, byście dotrzymali ślubu ubóstwa – stwierdził Artur. – Prowadzimy trudną wojnę i potrzebujemy pieniędzy, a skarbiec jest pusty. Będziecie mieli zaszczyt udzielić pożyczki królowi. – To właśnie Nimue, która szła pokornie za nami jak zakapturzony sługa, przypomniała Arturowi o bogactwach Kościoła. Jakże musiała się cieszyć, stawiając Sansuma w nader niezręcznej sytuacji!

– Kościół nie musiał dotychczas udzielać żadnych wymuszonych pożyczek – oznajmił Sansum ostrym tonem, wymawiając z naciskiem ostatnie dwa słowa. – Wielki Król Uther, którego dusza niech zazna wiecznego spokoju, zwolnił nas z takich zobowiązań. Podobnie zresztą jak świątynie bezwstydnych i grzesznych pogan – dodał, czyniąc znak krzyża.

– Rada króla Mordreda – stwierdził Artur – zniosła ten przywilej, a twój Kościół, biskupie, uchodzi za najbogatszy w całej Dumnonii.

Sansum ponownie wzniósł oczy do nieba.

– Gdybyśmy mieli choć jedną złotą monetę, panie, z przyjemnością natychmiast bym ci ją oddał. Ale jesteśmy biedni. Powinieneś zaciągnąć pożyczkę na górze Tor. Tamtejsi poganie od wieków gromadzą złoto.

– Osada została złupiona, kiedy napadł na nią Gundleus i zabił Norwennę – wtrąciłem lodowatym tonem. – Było tam niewiele złota i wszystko zrabowano.

Sansum udawał, że dopiero teraz mnie zauważył.

– Jesteś Derfel, prawda? Tak myślałem. Witaj w domu!

– Lord Derfel – poprawił go Artur.

Sansum otworzył szeroko małe oczka.

– Bogu niech będą dzięki! Jesteś obsypywany zaszczytami, lordzie Derflu! Mnie, skromnemu księdzu, sprawia to wielką satysfakcję. Mogę się teraz pochwalić, że znałem cię jeszcze wtedy, gdy byłeś zwykłym włócznikiem. A więc zostałeś lordem? Cóż za radość! Zaszczycasz nas swoją obecnością! Dobrze wiesz, drogi lordzie, że gdy król Gundleus napadł na górę Tor, złupił również nas, biednych mnichów. Ograbił, niestety, całą świątynię. Cierpieliśmy w imię Chrystusa i doznaliśmy niepowetowanych strat.

– Gundleus przybył najpierw do osady – rzekłem. – Wiem, bo tam byłem. Mnisi mieli dzięki temu czas, by ukryć swoje skarby.

– Cóż za brednie wy, poganie, opowiadacie o chrześcijanach! Czy nadal wierzycie, że na weselach zjadamy dzieci? – zapytał ze śmiechem.

– Drogi biskupie – stwierdził z westchnieniem Artur. – Wiem, że trudno ci spełnić moją prośbę. Rozumiem, że masz za zadanie zachować bogactwo twojego Kościoła, by mógł się rozwijać i głosić chwałę Boga. Zdaję sobie z tego sprawę, ale wiem też, że jeśli nie zdobędziemy pieniędzy, aby pokonać naszych wrogów, oni zjawią się tutaj, a wtedy nie ocaleje ani kościół, ani Święte Drzewo, a z opiekuna świątyni – tu trącił Sansuma palcem w żebra – pozostaną tylko obgryzione przez kruki suche kości.

– Są inne sposoby, by powstrzymać atak wroga – stwierdził Sansum, nieopatrznie przypominając, że to Artur doprowadził do wojny i gdyby po prostu opuścił Dumnonię, Gorfyddyd zrezygnowałby z walki.

Artur nie wybuchnął gniewem, tylko się uśmiechnął.

– Dumnonia potrzebuje twojego skarbu, biskupie.

– Nie mamy skarbów. Niestety! – Sansum przeżegnał się. – Biorę Boga na świadka, panie, że nic nie mamy.

Podszedłem do Świętego Drzewa.

– Mnisi z Ivinium – stwierdziłem, mając na myśli klasztor oddalony o kilka mil na południe – są lepszymi ogrodnikami niż ty, biskupie. – Wydobyłem z pochwy Hywelbane'a i wsadziłem jego ostrze w ziemię obok marniejącego drzewa.

– Może powinniśmy wykopać Święte Drzewo i oddać im je pod opiekę? Na pewno dobrze by zapłacili za taki przywilej.

– A drzewo byłoby mniej zagrożone przez Saksonów! – oznajmił radośnie Artur. – Z pewnością pochwalasz nasz plan, biskupie?

Sansum zaczął machać rozpaczliwie rękami.

– Mnisi z Ivinium to beznadziejni głupcy, panie. Potrafią tylko bełkotać modlitwy. Zaczekajcie, proszę, w kościele. Może znajdę dla was garść monet.

– Postaraj się – powiedział Artur.

Zostaliśmy wprowadzeni do świątyni. Był to zwyczajny, murowany budynek z kamienną posadzką i belkowanym stropem. Miał ponure wnętrze, gdyż przez nieduże, porośnięte chwastami okienka pod sufitem przenikało niewiele światła. W górze hałasowały jaskółki. W głębi kościoła stał kamienny stół z krucyfiksem. Nimue, zdjąwszy kaptur, splunęła w jego kierunku. Artur podszedł powoli do stołu i przysiadł na nim.

– Obrażanie bogów nie sprawia mi przyjemności, Derfel – oznajmił.

– Wiem, panie.

– Nie ma sensu tak postępować – dodał posępnie.

– Ten Bóg – stwierdziła z pogardą Nimue – podobno wszystko wybacza. Lepiej więc obrażać jego niż innych.

Artur się uśmiechnął. Miał na sobie zwykły kaftan, spodnie, wysokie buty i płaszcz. W pochwie trzymał Excalibura. Nie miał ozdób ze złota ani zbroi. Emanował, jak zawsze, wewnętrzną siłą, wyczuwałem jednak jego niepokój. Siedział przez jakiś czas w milczeniu, a potem spojrzał na mnie. Nimue myszkowała po komnatach w głębi kościoła, byliśmy więc sami.

– Może powinienem jednak opuścić Brytanię? – zapytał.

– I pozostawić Dumnonię na pastwę Gorfyddyda?

– Gorfyddyd oddałby z czasem tron Mordredowi – powiedział Artur. – Tylko to ma znaczenie.

– Przyrzeka, że tak postąpi? – zapytałem.

– Właśnie.

– I co jeszcze obiecuje? – Byłem przerażony, że mój pan dopuszcza myśl o wygnaniu. – Prawda jest taka – dodałem z naciskiem – że Mordred będzie wasalem Gorfyddyda, a kto oddawałby władzę wasalowi? Dlaczego miałby nie posadzić na tronie swego krewnego? Chociażby Cuneglasa?

– Cuneglas ma swój honor – upierał się Artur.

– Zrobi to, co każe mu ojciec – stwierdziłem z pogardą. – Gorfyddyd chce być Wielkim Królem, więc z pewnością zadbałby o to, by dziedzic Uthera nie wyrósł na jego rywala. Poza tym czy sądzisz, że druidzi Gorfyddyda pozwolą żyć kalekiemu królowi? Jeśli opuścisz Mordreda, panie, jego dni będą policzone.

Artur milczał. Siedział z opuszczoną głową na krawędzi stołu, wpatrując się w posadzkę. Wiedział, że mam rację. Wiedział też, że w całej Brytanii tylko on jeden bronił Mordreda. Wszyscy chcieli widzieć na tronie Dumnonii kogoś innego, a Ginewra pragnęła, by władzę przejął sam Artur.

– Czy Ginewra... – zaczął, spojrzawszy na mnie.

– Tak – odparłem posępnym tonem, nie pozwalając mu dokończyć. Sądziłem, że ma na myśli ambicje Ginewry, pragnącej osadzić go na tronie Dumnonii, chodziło mu jednak o coś zupełnie innego.

Zeskoczył ze stołu i zaczął przechadzać się tam i z powrotem.

– Rozumiem twoją niechęć do Lancelota – stwierdził nieoczekiwanie – ale zastanów się, Derfel. Gdybyś był władcą Benoic i wierzył, że przybędę ci z pomocą, bo przysięgałem to uczynić, a ja bym cię zawiódł i doprowadził do upadku twego królestwa, czy nie czułbyś do mnie żalu? I czy nie stałbyś się podejrzliwy? Król Lancelot wiele wycierpiał, i to z mojej winy! Chcę więc, na ile to możliwe, wynagrodzić mu poniesione straty. Nie mogę odzyskać Benoic, ale spróbuję zdobyć dla niego inne królestwo.

– Które? – zapytałem.

Artur uśmiechnął się chytrze. Miał już dokładnie opracowany plan i wyjawiał mi go z niekłamaną satysfakcją.

– Mam na myśli Sylurię – oznajmił. – Przypuśćmy, że uda nam się pokonać Gorfyddyda, a wraz z nim Gundleusa. Gundleus nie ma dziedzica, jeśli więc go zabijemy, tron pozostanie pusty. Będziemy mogli osadzić na nim naszego króla. Co więcej, nie jest on jeszcze żonaty! Zaproponujemy, by Lancelot poślubił Ceinwyn, i w ten sposób córka Gorfyddyda zostanie królową, a my będziemy mieli sojusznika na tronie Sylurii. Wreszcie zapanuje pokój, Derfel! – Kreślił z entuzjazmem tę wspaniałą wizję. – Dzięki małżeństwu Lancelota i Ceinwyn powstanie unia, której mnie nie udało się stworzyć. Aby to osiągnąć, wystarczy zabić jednego człowieka. Tylko jednego.

Nie licząc ludzi, którzy zginą w walce, pomyślałem, nie mówiąc tego głośno. Rozległ się grzmot będący zapowiedzią nadciągającej z północy burzy. Bóg Taranis przypominał o swojej obecności. Miałem nadzieję, że jest po naszej stronie. Niebo widoczne za małymi okienkami było czarne jak w środku nocy.

– Co sądzisz o moim planie? – zapytał z naciskiem Artur.

Milczałem, gdyż myśl o ślubie Lancelota i Ceinwyn napawała mnie taką niechęcią, że nie wiedziałem, co powiedzieć, w końcu jednak stwierdziłem cierpko:

– Najpierw musimy przekupić Saksonów i pokonać Gorfyddyda.

– Ale jeśli nam się uda? – pytał z uporem Artur, jakby chodziło jedynie o drobną przeszkodę.

Wzruszyłem ramionami, dając do zrozumienia, że nie czuję się kompetentny w tej sprawie.

– Lancelot i jego matka akceptują ten pomysł – stwierdził Artur. – Ginewra także, co jest zresztą oczywiste, bo sama mi go podsunęła. To mądra kobieta. Bardzo mądra. – Uśmiechnął się jak zawsze, gdy myślał o swojej żonie.

– Ale nawet ona, panie – ośmieliłem się powiedzieć – nie może decydować, kto powinien zostać wtajemniczony w kult Mitrasa.

Artur odrzucił do tyłu głowę, jakbym go uderzył.

– Dlaczego Lancelot nie miałby zostać jego czcicielem? – powiedział gniewnie.

– Bo jest tchórzem! – warknąłem, nie potrafiąc ukryć dłużej swojego rozgoryczenia.

– Bors ma odmienne zdanie. Podobnie jak kilkunastu innych ludzi – stwierdził prowokująco Artur.

– Zapytaj Galahada – powiedziałem. – Albo jeszcze lepiej twego kuzyna Culhwcha.

O dach zabębniły nagle krople deszczu i po chwili woda zaczęła kapać z parapetów okien. Nimue pojawiła się w łukowatych drzwiach obok kamiennego stołu i ponownie naciągnęła kaptur na głowę.

– Jeśli Lancelot wykaże się odwagą, poprzesz go? – zapytał Artur.

– Tak, panie. Ale słyszałem, że jest teraz dowódcą straży pałacowej?

– Życzył sobie pozostać w Durnovarii, dopóki nie wygoi mu się ręka – wyjaśnił Artur. – Wstawisz się za nim, jeśli będzie dobrze walczył?

– Tak – obiecałem niechętnie, choć byłem niemal pewny, że Lancelot nie spełni tego warunku.

– W porządku – powiedział Artur, zadowolony, że doszliśmy do porozumienia.

Po chwili otworzyły się z łoskotem drzwi i do kościoła wbiegł zmoknięty Sansum, a za nim dwaj mnisi, niosący bardzo małe skórzane torby.

Biskup otrzepał sutannę z wody i oznajmił zdyszanym głosem:

– Przeszukaliśmy wszystko, panie. Zajrzeliśmy w każdy kąt i zebraliśmy te nieliczne kosztowności, które ocalały jeszcze w naszym skromnym przybytku. Składamy je teraz przed tobą z pokorą, acz niechętnie. – Pokręcił ze smutkiem głową. – Z powodu naszej hojności będziemy tej zimy głodować, ale gdzie rządzi miecz, tam my, prości słudzy Boga, musimy okazywać posłuszeństwo.

Mnisi wysypali zawartość dwóch toreb na kamienną posadzkę. Jedna z monet potoczyła się po podłodze i musiałem przydepnąć ją nogą.

– To złota moneta cesarza Hadriana – wyjaśnił Sansum.

Podniosłem ją z ziemi. Była to brązowa sestercja z popiersiem cesarza Hadriana po jednej stronie i przedstawieniem Brytanii jako kobiety z tarczą po drugiej. Zgiąłem ją między palcami i rzuciłem Sansumowi.

– To złoto głupców, biskupie – powiedziałem.

Reszta skarbu nie miała również większej wartości. Było tam trochę starych monet, głównie miedzianych, rzadziej srebrnych, parę sztabek żelaza, których używano kiedyś powszechnie jako pieniędzy, broszka z lichego złota i pojedyncze ogniwa rozerwanego złotego łańcuszka. Wszystko razem mogło być warte najwyżej tuzin sztuk złota.

– Nie macie nic więcej? – zapytał Artur.

– Wspomagamy ubogich, panie – stwierdził Sansum. – Ale jeśli jesteś naprawdę w potrzebie, mogę dołożyć jeszcze to. – Zdjął z szyi ciężki złoty krzyż, który wraz z grubym łańcuchem był z pewnością wart czterdzieści albo pięćdziesiąt sztuk złota, i podał go niechętnie Arturowi. – Potraktuj to, panie, jako moją osobistą pożyczkę na potrzeby wojny – zaproponował.

Artur sięgnął po łańcuch, ale Sansum natychmiast cofnął rękę.

– W zeszłym roku, panie – powiedział, zniżając głos, abyśmy tylko my dwaj go słyszeli – zostałem niesprawiedliwie potraktowany. W zamian za tę pożyczkę – brzęknął ogniwami ciężkiego łańcucha – domagam się przywrócenia mnie na stanowisko osobistego kapelana króla Mordreda. Moje miejsce jest u boku króla, panie, a nie wśród tych trujących bagien. – Zanim Artur zdążył mu odpowiedzieć, znów otworzyły się drzwi i do kościoła wszedł zmoknięty Issa. Sansum natarł na niego z furią. – Poza godzinami nabożeństw pielgrzymi nie mają tu wstępu! – krzyknął. – Wynoś się!

Issa odgarnął z twarzy mokre włosy, uśmiechnął się szeroko i rzekł do mnie:

– Trzymają wszystkie kosztowności pod stertą kamieni obok sadzawki za domem. Widziałem, jak chowali tam dzisiejszą daninę.

Artur wyrwał Sansumowi z ręki ciężki łańcuch.

– Możesz zachować te skarby, biskupie – powiedział, wskazując porozrzucane na podłodze bezwartościowe przedmioty – żebyś miał za co utrzymać w zimie swój ubogi klasztor. Zatrzymaj także naszyjnik. Niech ci przypomina, że zawdzięczasz mi życie – dodał, zmierzając do drzwi.

– Panie! – zaprotestował Sansum. – Błagam cię...

– Błagaj! – przerwała mu Nimue, ściągając z głowy kaptur. – Błagaj, psie! – Odwróciła się i splunęła na krucyfiks, a potem na posadzkę i na Sansuma. – Błagaj, śmieciu! – warknęła.

– Dobry Boże! – szepnął Sansum, blednąc na jej widok. Cofnął się, czyniąc znak krzyża na swej wychudłej piersi.

Przez chwilę był zbyt przerażony, by cokolwiek powiedzieć. Sądził zapewne, że Nimue zesłano na zawsze na Wyspę Umarłych, a jednak wróciła i znów mu ubliżała. Przeżegnał się po raz trzeci, po czym zaczął wymyślać Arturowi.

– Jak śmiesz sprowadzać do Domu Bożego tę wiedźmę! – krzyczał. – To świętokradztwo! Słodki Jezu! – Padł na kolana, wznosząc oczy ku górze. – Spuść z niebios ogień! Uczyń to!

Artur, nie zwracając na niego uwagi, wyszedł na dziedziniec. Mokło tam na deszczu Święte Drzewo ozdobione wotywnymi wstążkami.

– Sprowadź tu pozostałych włóczników – rozkazał Issie.

Moi ludzie stali przed świątynią na wypadek, gdyby Sansum próbował ukryć swe skarby za murem otaczającym klasztor, teraz jednak weszli na dziedziniec, aby odciągnąć rozwścieczonych mnichów od stosu kamieni, pod którymi zakopali złoto. Zobaczywszy Nimue, niektórzy mnisi padli na kolana. Wiedzieli, kim jest.

Sansum wybiegł z kościoła i rzucił się na stertę kamieni, obwieszczając dramatycznie, że gotów jest oddać życie, aby ocalić pieniądze należące do Boga. Artur pokręcił głową ze smutkiem.

– Czy na pewno stać cię na taką ofiarę, panie?

– Słodki Boże! – darł się Sansum. – Oto nadchodzi twój sługa, zamordowany przez niegodziwych ludzi i wstrętną wiedźmę! Zawsze byłem ci posłuszny! Przyjmij mnie, panie! Przyjmij swego pokornego sługę! – Zaczął krzyczeć, spodziewając się rychłej śmierci, gdy Issa chwycił go za kołnierz i sutannę, zaniósł ostrożnie do płytkiej sadzawki i wrzucił do brudnej wody. – Tonę, panie! – wrzeszczał Sansum. – Pogrążam się w otchłani jak Jonasz w oceanie! Jestem męczennikiem, panie! Umieram za Chrystusa jak Piotr i Paweł! – Wypuścił spod wody parę baniek powietrza, ale ponieważ nikt oprócz Boga nie zwracał na niego uwagi, wygramolił się z mętnej sadzawki, rzucając klątwy na moich ludzi, którzy z zapałem odrzucali na bok kamienie.

Znaleźli pod nimi klapę z drewnianych desek, zakrywającą kamienny zbiornik, wypełniony skórzanymi workami ze złotem. Były w nich grube złote monety, łańcuchy, posążki, naszyjniki, broszki, bransolety, spinki – dary setek pielgrzymów przybywających do Świętego Drzewa. Artur rozkazał jednemu z mnichów policzyć je i zważyć, abyśmy mogli wystawić klasztorowi stosowne pokwitowanie. Zostawiwszy na straży moich ludzi, poprowadził zmokniętego i protestującego Sansuma przez dziedziniec do Świętego Drzewa.

– Zanim zaczniesz się wtrącać w sprawy królów, panie, musisz najpierw umieć pielęgnować drzewa – powiedział. – Nie będziesz królewskim kapelanem. Zostaniesz tutaj i nauczysz się ogrodnictwa.

– Następnym razem okryj drzewo mierzwą – poradziłem mu. – Korzenie muszą mieć wilgoć. I nie przesadzaj kwitnących drzew. One tego nie lubią. Te, które sadziłeś ostatnio, zostały wykopane w nieodpowiednim czasie. Przywoź je z lasu zimą, wkładaj do dużego dołu z odrobiną nawozu i okrywaj słomą, a może zobaczysz prawdziwy cud.

– Wybacz im, Boże! – powiedział Sansum, padając na kolana i wpatrując się w zachmurzone niebo.

Artur zamierzał odwiedzić górę Tor, ale najpierw przystanął obok grobu Norwenny, który był miejscem pielgrzymek chrześcijan.

– Spotkał ją okrutny los – stwierdził.

– Jak wszystkie kobiety – powiedziała towarzysząca nam Nimue.

– Nieprawda – zaoponował Artur. – Nieszczęścia dotykają wielu ludzi, nie omijając mężczyzn. Norwennę potraktowano jednak tak niegodziwie, że musimy ją pomścić.

– Była już po temu okazja – oznajmiła Nimue oskarżycielskim tonem – ale uwolniłeś Gundleusa.

– Bo miałem nadzieję na pokój – stwierdził Artur. – Następnym razem Gundleus zginie.

– Twoja żona obiecała, że dostanę go w swoje ręce – przypomniała Nimue.

Artura przeszedł dreszcz, gdyż wiedział, że Nimue szykuje okrutną zemstę, skinął jednak głową.

– Możesz być o to spokojna – powiedział.

Odwróciwszy się, poprowadził nas w strugach ulewnego deszczu na szczyt góry Tor. Nimue i ja przybywaliśmy w odwiedziny do domu, Artur zaś pragnął zobaczyć Morganę.

Uścisnął swą siostrę w wielkiej sali. Złota maska Morgany lśniła w bladym świetle. Wróżka nosiła naszyjnik z oprawionych w złoto zębów niedźwiedzia, który Artur przywiózł jej przed wielu laty z Benoic. Przylgnęła do niego, spragniona czułości. Zostawiłem ich samych. Nimue wślizgnęła się zaraz do odbudowanych komnat Merlina, jakby nigdy nie opuszczała góry Tor, a ja pobiegłem w deszczu do chaty Gudovana. Stary skryba siedział przy biurku, ale nie pracował, gdyż katarakta pozbawiła go wzroku. Twierdził, że potrafi jeszcze odróżnić dzień od nocy.

– Zwykle jednak widzę ciemność – oznajmił ze smutkiem, ale po chwili się uśmiechnął: – Pewnie jesteś już za duży, żeby cię bić?

– Możesz spróbować, Gudovan – powiedziałem – ale to już na niewiele się zda.

– A czy kiedykolwiek było inaczej? – Zaśmiał się pod nosem. – Merlin wspominał o tobie, kiedy był tu w zeszłym tygodniu. Wpadł tylko na chwilę. Porozmawiał z nami, przyniósł kolejnego kota, jakbyśmy nie mieli ich już dość, i zniknął. Nie został nawet na noc, tak bardzo się spieszył.

– Wiesz, dokąd poszedł?

– Nic nie mówił, ale mogę się domyślić – stwierdził szorstko Gudovan. – Poluje na Nimue. Tak przynajmniej sądzę, chociaż nie mam pojęcia, po co się ugania za tą głupią dziewczyną. Powinien znaleźć sobie niewolnicę! – Zamilkł i nagle odniosłem wrażenie, że zaraz się rozpłacze. – Wiesz, że Sybilla nie żyje? – ciągnął dalej. – Biedna kobieta. Została zamordowana! Wyobrażasz sobie, Derfel? Podcięto jej gardło. Nie wiadomo, kto to zrobił. Pewnie jakiś wędrowiec. Świat schodzi na psy, Derfel. – Na chwilę stracił wątek, ale zaraz kontynuował: – Merlin powinien mieć niewolnicę. Nic w tym złego, a w mieście nie brakuje takich, które za drobną opłatę będą mu usługiwać. Ja chadzam do pewnej miłej kobiety, która mieszka obok dawnego warsztatu Gwlyddyna, choć prawdę mówiąc teraz częściej już tylko rozmawiamy, zamiast szaleć w łóżku. Starzeję się, Derfel.

– Dobrze wyglądasz. A Merlin wcale nie ściga Nimue, bo ona jest tutaj.

Znów rozległ się odgłos grzmotu. Gudovan ścisnął w dłoni niewielką bryłkę żelaza, która chroniła go od zła.

– Nimue jest tutaj? – zapytał zdziwiony. – Słyszeliśmy, że zesłano ją na wyspę! – Dotknął ponownie żelaznej bryłki.

– Była tam – oznajmiłem obojętnie. – Ale wróciła.

– Nimue... – wymówił z niedowierzaniem jej imię. – Zostanie z nami?

– Nie. Wyruszamy dzisiaj na wschód.

– I zostawiacie nas samych? – zapytał rozdrażniony. – Brakuje mi Hywla.

– Mnie także.

– Czasy się zmieniają, Derfel – powiedział z ciężkim westchnieniem. – Jest tu teraz zupełnie inaczej niż kiedyś. Zestarzeliśmy się, a na górze Tor nie ma już dzieci. Brakuje mi ich. Biedny Druidan nie ma za kim gonić, Pellinor przemawia sam do siebie, a Morgana jest zgorzkniała.

– Czy nie była taka już dawniej? – zapytałem.

– Straciła swoją moc – wyjaśnił. – Nie chodzi o umiejętność objaśniania snów czy uzdrawiania chorych, lecz o autorytet, jakim się cieszyła, gdy Merlin mieszkał tutaj, a na tronie zasiadał Uther. Nie ma już władzy, Derfel, i jest z tego niezadowolona. Nie lubi też twojej Nimue. – Zamilkł, pogrążony w myślach. – Rozgniewało ją szczególnie to, że Ginewra posłała po Nimue, gdy nie chciała dopuścić, aby Sansum zbudował w Durnovarii kościół. Morgana uważa, że to ją powinna była wezwać, ale na co liczyła, skoro lady Ginewra chce widzieć wokół siebie tylko piękne twarze? – Zaśmiał się pod nosem. – Morganie nie brakuje sił, Derfel, i jest równie ambitna jak jej brat, nie zechce więc zostać tutaj, żeby objaśniać sny wieśniakom i leczyć ziołami kobiety cierpiące na gorączkę po porodzie. Czuje się śmiertelnie znudzona! Do tego stopnia, że grywa w kości z tym nikczemnym biskupem Sansumem. Dlaczego właściwie przysłano go do Ynys Wydryn?

– Bo w Durnovarii stał się osobą niepożądaną. Naprawdę przychodzi tu grać w kości z Morganą?

Gudovan skinął głową.

– Mówi, że potrzebuje towarzystwa inteligentnej osoby, a ona jest najmądrzejsza w całym Ynys Wydryn. I pewnie ma rację. Wygłasza jej, oczywiście, bez końca bzdurne kazania o dziewicy, która urodziła Boga, przybitego potem do krzyża, ale Morgana puszcza to wszystko mimo uszu. Mam przynajmniej taką nadzieję. – Zamilkł i łyknął miodu z rogu, w którym topiła się osa. Kiedy go odstawił, wyłowiłem ją i rozgniotłem na biurku. – Chrześcijanie zdobywają ciągle nowych wyznawców, Derfel – mówił dalej Gudovan. – Nawet Ralla, żona Gwlyddyna, nawróciła się na ich wiarę, co zapewne oznacza, że mąż i dwójka dzieci pójdą w jej ślady. Nie mam nic przeciwko temu, ale czy oni muszą ciągle śpiewać?

– Denerwuje cię to? – zapytałem drwiąco.

– Nie znoszę tych jęków i zawodzenia, że jesteśmy grzesznikami, którzy potrzebują łaski – stwierdził zdecydowanie. – Pieśń bitewna Uthera albo hymn bojowy Taranisa to co innego! – Westchnął i pokręciwszy głową, zapytał: – Podobno byłeś w Ynys Trebes?

Opowiedziałem mu o upadku miasta. Czarne chmury wiszące nad Dumnonią i ulewny deszcz stwarzały odpowiedni nastrój. Kiedy skończyłem, Gudovan bez słowa wpatrywał się w drzwi niewidzącymi oczami. Pomyślałem, że zasnął, ale kiedy wstałem ze stołka, zatrzymał mnie gestem ręki i spytał:

– Czy jest aż tak źle, jak twierdzi biskup Sansum?

– Niestety – odparłem.

– Opowiedz mi wszystko.

Zapoznałem go z sytuacją. Irlandczycy i Kornwalijczycy atakowali nasze ziemie na zachodzie, gdzie rządził nadal Cadwy, uważający się za władcę niezależnego królestwa. Tristan robił, co mógł, aby utrzymać w ryzach żołnierzy swego ojca, ale król Mark nie potrafił oprzeć się pokusie, by wzbogacić swój ubogi kraj, grabiąc osłabioną Dumnonię. Saksonowie Aelle'a zerwali rozejm, ale największe zagrożenie stanowiła dla nas nadal armia Gorfyddyda.

– Zgromadził oddziały Elmet, Powys i Sylurii – powiedziałem.

– Po żniwach wyruszy z nimi na południe.

– Czy Aelle nie atakuje Gorfyddyda? – zapytał stary skryba.

– Został przez niego przekupiony.

– Czy Gorfyddyd wygra?

Milczałem przez dłuższą chwilę.

– Nie – odparłem w końcu. Nie chciałem, aby Gudovan martwił się, że ostatnią rzeczą, jaką zobaczy w życiu, będzie błysk światła, gdy przebije go miecz wojownika. – Artur będzie walczył – powiedziałem. – Jeszcze go nie pokonali.

– Ty też będziesz z nimi walczył?

– To teraz moja profesja.

– Byłbyś dobrym urzędnikiem – stwierdził ze smutkiem starzec. – To zaszczytne i pożyteczne zajęcie, choć nie daje szansy zostania lordem.

Sądziłem, że nie słyszał o moim awansie, i poczułem się nagle zawstydzony, że jestem taki dumny z otrzymanego tytułu. Gudovan sięgnął po swój puchar i wypił kolejny łyk miodu.

– Jeśli zobaczysz Merlina – rzekł – poproś go, żeby tu wrócił. Góra Tor jest bez niego martwa.

– Powiem mu to.

– Do widzenia, lordzie Derflu – pożegnał mnie Gudovan. Wiedział chyba, że nie spotkamy się już więcej na tym świecie. Chciałem go uścisnąć, ale mi na to nie pozwolił, bojąc się okazać wzruszenie.

Artur czekał przy bramie od strony morza, wpatrując się w widoczne na zachodzie bagna, smagane strugami ulewnego deszczu.

– Ucierpią na tym zbiory – stwierdził posępnie.

Nad zatoką Severn przecięła niebo błyskawica.

– Po śmierci Uthera była podobna burza – zauważyłem.

Artur owinął się szczelnie płaszczem.

– Gdyby żył syn Uthera... – powiedział, a potem zamilkł, nie skończywszy zdania. Jego ponury nastrój pasował do fatalnej pogody.

– Syn Uthera nie pokonałby Gorfyddyda ani Aelle'a, panie – stwierdziłem.

– Ani Cadwy'ego i Cerdika – dodał z goryczą. – Otacza nas tylu wrogów, Derfel.

– Więc ciesz się, panie, że masz przyjaciół.

Uśmiechnął się na to stwierdzenie, po czym spojrzał na północ.

– Martwi mnie jeden z naszych sojuszników – powiedział cicho. – Boję się, że Tewdrik nie zechce walczyć. Jest zmęczony wojną i nie mogę mieć mu tego za złe. Gwent wycierpiał o wiele więcej niż Dumnonia. – Popatrzył na mnie. Odniosłem wrażenie, że ma łzy w oczach, ale może były to tylko krople deszczu. – Chciałem dokonać wielkich rzeczy, Derfel – rzekł – a w sumie okazało się, że wszystkich zdradziłem, prawda?

– Nie, panie – odparłem z przekonaniem.

– Przyjaciele nie powinni się okłamywać – zganił mnie.

– Potrzebowałeś Ginewry – stwierdziłem, czując zażenowanie, że mu to mówię – i było ci pisane z nią zostać. W przeciwnym razie po co bogowie sprowadziliby ją na ucztę w dniu twoich zaręczyn? Nie nam, panie, dociekać, jakie są zamysły bogów. Musimy żyć zgodnie z naszym przeznaczeniem.

Skrzywił się na te słowa, bo zawsze wierzył, że może być panem swojego losu.

– Uważasz, że powinniśmy wszyscy poddawać się biernie wyrokom opatrzności?

– Myślę, panie, że kiedy dosięga nas jakieś fatum, rozsądek nie na wiele się zdaje.

– Właśnie – przyznał cicho, po czym zapytał z uśmiechem: – Czy kochasz kogoś, Derfel?

– Kobiety, które kocham, są dla mnie nieosiągalne – odparłem z żalem.

Artur zmarszczył brwi i pokiwał głową ze współczuciem.

– Biedny Derfel – powiedział takim tonem, że przyjrzałem mu się z uwagą. Czyżby sądził, że mam na myśli Ginewrę? Zaczerwieniłem się, nie wiedząc, co powiedzieć, ale Artur odwrócił się już, spostrzegłszy wychodzącą właśnie Nimue. – Musisz mi kiedyś w wolnej chwili opowiedzieć o Wyspie Umarłych – stwierdził.

– Zrobię to, panie, kiedy zwyciężysz – obiecałem. – W długie zimowe wieczory będziesz miał dużo czasu na słuchanie ciekawych opowieści.

– Tak – powiedział Artur. – Kiedy zwyciężymy. – W jego głosie brzmiała nuta pesymizmu. Armia Gorfyddyda była tak potężna, a nasza tak mała.

Przed rozpoczęciem walki z Gorfyddydem musieliśmy jednak zapłacić Saksonom za utrzymanie rozejmu, wyruszyliśmy więc z pieniędzmi chrześcijańskiego Boga do Lloegyrii.

*

Czuliśmy zapach Durocobrivis na długo przed przybyciem do miasta. Pojawił się w drugim dniu podróży, gdy byliśmy o kilka godzin marszu od zrujnowanej fortecy. Wschodni wiatr niósł nad opustoszałą krainą fetor śmierci i dymu. Pola były gotowe do żniw, ale ludzie pouciekali w popłochu przed Saksonami. Ulice Cunetio, małego rzymskiego miasteczka, w którym spędziliśmy noc, wypełnione były tłumem uchodźców. W prowizorycznie skleconych zagrodach tłoczyły się zwierzęta. Nikt nie wiwatował na cześć Artura. I nic dziwnego, skoro obarczano go winą za długotrwałą, krwawą wojnę. Ludzie narzekali, że za czasów Uthera panował pokój, a teraz żyją w ciągłym zagrożeniu.

Jeźdźcy Artura podążali na czele milczącej kolumny. Byli w kolczugach, mieli włócznie i miecze, ale ich odwrócone tarcze i przywiązane do stalowych grotów zielone gałązki dowodziły, że przybywamy w pokoju. Za przednią strażą szli włócznicy Lanvala, a za nimi kilkadziesiąt jucznych mułów, dźwigających złoto Sansuma i ciężkie skórzane osłony, które zakładano przed walką na grzbiety koni. Druga, mniejsza grupa jeźdźców stanowiła tylną straż. Sam Artur maszerował z moimi włócznikami tuż za chorążym, jadącym na przedzie ze sztandarem. Czarną klacz Artura, Llamrei, prowadził Hygwydd, jego sługa. Towarzyszył mu jakiś człowiek, przypuszczalnie drugi służący. Nimue szła z nami. I ona, i Artur próbowali uczyć się ode mnie języka Saksonów, ale nie bardzo im to wychodziło. Nimue wkrótce się zniechęciła, a Artur miał na głowie zbyt wiele ważniejszych spraw. Opanował jednak kilka słów: pokój, ziemia, włócznia, jedzenie, matka, ojciec. Miałem być wtedy po raz pierwszy jego tłumaczem.

Później wielokrotnie pośredniczyłem w rozmowach Artura z naszymi wrogami.

Natknęliśmy się na nieprzyjaciela około południa, podążając leśną drogą w dół łagodnego zbocza. Spomiędzy drzew śmignęła nagle strzała, wbijając się w ziemię tuż przed prowadzącym kolumnę Sagramorem. Gdy ten podniósł rękę, Artur rozkazał wszystkim stanąć.

– Nie wyciągać mieczy! – krzyknął. – Zachować spokój! Saksonowie musieli obserwować nas przez cały ranek, gdyż zdążyli już zgromadzić spory oddział. Spośród drzew wyłoniło się sześćdziesięciu czy siedemdziesięciu ludzi. Dowodził nimi barczysty mężczyzna, idący pod sztandarem z rogami jelenia, ozdobionym strzępami ludzkiej skóry.

Jak większość Saksonów gustował w futrach. To nader praktyczne upodobanie chroniło skutecznie przed ciosami miecza. Nosił kołnierz z gęstego czarnego futra oraz futrzane osłony na ramionach i udach. Reszta jego odzienia była ze skóry lub wełny. Miał na sobie kaftan, spodnie, wysokie buty i ozdobiony kitą z czarnego futra skórzany hełm. U jego boku wisiał długi miecz, a w ręce trzymał ulubioną broń Saksonów: szeroki topór.

– Zgubiliście się, *wealhas*? – krzyknął. Słowo to w ich języku oznaczało Brytów, a właściwie cudzoziemców i miało pejoratywne zabarwienie, podobnie jak używane przez nas określenie „Sasi". – A może macie dość życia?

Saksoński wódz zagradzał nam drogę, stojąc w rozkroku z dumnie podniesioną głową i z toporem na ramieniu. Miał brązową brodę, a spod hełmu wystawały mu gęste brązowe włosy. Jego ludzie utworzyli w poprzek drogi mur tarcz. Niektórzy mieli żelazne hełmy, a niemal wszyscy byli uzbrojeni w topory. Kilku trzymało na uwięzi wielkie psy, wyglądające jak wilki. Słyszeliśmy, że Sasi używali ich od niedawna do walki. Dzikie bestie, które spuszczali ze smyczy na kilka sekund przed rozpoczęciem ataku na mur tarcz, siały wśród naszych ludzi większe przerażenie niż Saksonowie.

Poszedłem za Arturem, zatrzymując się kilka kroków przed buńczucznym Saksonem. Nie mieliśmy włóczni ani tarcz, a nasze miecze spoczywały w pochwach.

– Mój pan, Artur, protektor Dumnonii, przybywa do was w pokoju – oznajmiłem w języku Saksonów.

– Na razie – odparł saksoński wódz – możecie cieszyć się pokojem, ale tylko chwilowo. – Mówił wyzywającym tonem, lecz obecność Artura musiała zrobić na nim wrażenie, bo przyjrzał mu się uważnie, zanim zwrócił się znów do mnie, pytając: – Jesteś Saksonem?

– Urodziłem się nim. Teraz jestem Brytem.

– Czy wilk może stać się ropuchą? – zapytał z pogardą. – Dlaczego nie wrócisz do swoich?

– Ponieważ przysięgałem służyć Arturowi – odparłem. – Przywozimy waszemu królowi w darze dużo złota.

– Jak na ropuchę nieźle szczekasz – stwierdził. – Jestem Therdig.

Nigdy o nim nie słyszałem, rzekłem jednak:

– Nasze dzieci drżą na dźwięk twego imienia.

Therdig roześmiał się.

– Dobrze powiedziane, ropucho. A zatem kto jest naszym królem?

– Aelle – odparłem.

– Nie dosłyszałem, ropucho.

– Bretwalda Aelle – powiedziałem, wzdychając.

– Słusznie mówisz – stwierdził Therdig.

My, Brytowie, nie uznawaliśmy tego tytułu, ale użyłem go, by zjednać sobie wodza Saksonów. Artur, który nie rozumiał naszej rozmowy, czekał cierpliwie, aż będę gotów tłumaczyć jego słowa. Miał zaufanie do swoich ludzi i nie zamierzał mnie ponaglać ani mi przerywać.

– Bretwalda – oznajmił Therdig – jest o kilka godzin stąd. Czy możesz, ropucho, podać mi jakiś powód, dla którego miałbym niepokoić go wiadomością, że na jego ziemie wtargnęła plaga szczurów, myszy i gryzoni?

– Wieziemy dla Bretwaldy więcej złota, niż mógłbyś sobie wymarzyć – powiedziałem. – Nie zabraknie go dla waszych żołnierzy, żon, córek, a nawet niewolników. Czy to wystarczający powód?

– Pokaż mi je, ropucho.

Artur ryzykował, pokazując Therdigowi i jego sześciu ludziom wypełnione złotem worki na grzbietach mułów. Therdig mógł uznać, że warto podjąć z nami walkę, mieliśmy jednak liczebną przewagę, a widok jeźdźców Artura, dosiadających wielkich koni, budził respekt, Sakson wziął więc tylko trzy złote monety i oznajmił, że powiadomi Bretwaldę o naszym przybyciu.

– Czekajcie przy Kamiennym Kręgu – rozkazał. – Dotrzecie do niego wieczorem, a rano zjawi się tam nasz król. – Wynikało z tego, że Aelle wiedział już o nas i domyślał się pewnie, czego chcemy. – Nic wam nie grozi – zapewnił Therdig – do czasu, gdy Bretwalda zadecyduje o waszym losie.

Tego wieczoru zobaczyłem po raz pierwszy ogromny Kamienny Krąg. Merlin często o nim mówił, a Nimue słyszała wiele o jego mocy, nikt jednak nie wiedział, czyim był dziełem i w jakim celu ustawiono w tym miejscu potężne ociosane głazy. Nimue uważała, że mogli to uczynić tylko bogowie. Modliła się przez cały czas, gdy podchodziliśmy do szarych, stojących samotnie monolitów, które rzucały długie cienie na porośniętą trawą ziemię. Otoczony rowem Kamienny Krąg tworzyły słupy, na których ułożono poziomo skalne bloki. Wewnątrz znajdowała się jeszcze jedna kolumnada, okalająca płytę ołtarza. W Brytanii było wiele takich kamiennych kręgów, niektóre miały nawet większą średnicę, ale ten uchodził za najbardziej tajemniczy i majestatyczny. Zbliżaliśmy się do niego ostrożnie i w milczeniu.

Nimue wypowiedziała zaklęcia i oznajmiła, że możemy przejść bezpiecznie przez rów. Patrzyliśmy z podziwem na potężne kamienie porośnięte mchem. Niektóre pochyliły się w ciągu wieków, a nawet upadły. Na wielu były wyrzeźbione rzymskie imiona i liczby. Pieczę nad Kamiennym Kręgiem sprawował Gereint. Uther ustanowił ten urząd jako nagrodę dla człowieka, który odpowiadał za obronę naszej wschodniej granicy przed Saksonami. Teraz ktoś inny musiał zastąpić Gereinta, odeprzeć wroga i odbić spalone Durocobrivis. Zdaniem Nimue było hańbą, że Aelle wyznaczył nam spotkanie w miejscu położonym w głębi terytorium Dumnonii.

Wykorzystaliśmy muły, aby przywieźć z oddalonej o milę na południe zalesionej doliny drewno na ognisko, które płonęło jasno przez całą noc. Widzieliśmy łuny ognisk także na wschodzie, co dowodziło, że Saksonowie podążali naszym śladem. Była to niespokojna noc. Płomienie ognia buchały jak w święto Beltain, ale migotliwe cienie na kamieniach budziły nasz lęk. Nimue wypowiadała kolejne zaklęcia, co uspokoiło nieco ludzi, ale uwiązane konie rżały i przebierały nogami aż do świtu. Artur podejrzewał, że wyczuwały psy Saksonów, lecz Nimue była pewna, iż krążą wokół nas duchy zmarłych. Wartownicy ściskali w dłoniach włócznie i nasłuchiwali czujnie podmuchów wiatru znad okolicznych kurhanów, ale żaden pies, upiór ani wojownik nie zakłócił naszego spokoju. Mimo to mało kto spał.

Artur nie zmrużył oka. W pewnej chwili poprosił, żebym przeszedł się z nim wokół Kamiennego Kręgu. Przez chwilę nic nie mówił, po czym oznajmił nieoczekiwanie:

– Już tu kiedyś byłem.

– Kiedy, panie? – zapytałem.

– Dziesięć lat temu, a może jedenaście. – Wzruszył ramionami, jakby było to bez znaczenia. – Ściągnął mnie tu Merlin.

Znowu zamilkł. Ja także się nie odzywałem, wyczuwając, że to miejsce ma dla niego szczególne znaczenie. Rzeczywiście tak było. Artur przystanął w końcu i wskazał na szarą skałę, która pełniła funkcję ołtarza w środku kręgu.

– To tam Merlin wręczył mi Caledfwlcha.

Spojrzałem na wyszywaną pochwę miecza.

– To wspaniały prezent, panie.

– Przyjmując go, wziąłem na swoje barki ogromny ciężar.

– Zaczęliśmy znowu się przechadzać. – Merlin dał mi ten miecz pod warunkiem, że zrobię wszystko, co mi każe, i byłem mu posłuszny. Wyruszyłem do Benoic, aby dowiedzieć się od Bana, co należy do obowiązków króla. Nauczył mnie, że monarcha jest tylko wtedy dobry, gdy dba o swych najbiedniejszych poddanych.

– Szkoda, że sam nie wyciągnął z tego wniosków – stwierdziłem z goryczą, pamiętając, jak Ynys Trebes bogaciło się kosztem mieszkańców królestwa.

– Niektórzy ludzie są lepszymi teoretykami niż praktykami, Derfel – powiedział z uśmiechem Artur. – Ban był bardzo mądry, ale nieżyciowy. Ja muszę radzić sobie ze wszystkim.

– Żeby zostać królem? – ośmieliłem się zapytać, bo jeśli Artur miał takie ambicje, zadałby kłam temu, co mówił o swoim przeznaczeniu.

– Aby rządzić – odparł, wcale się na mnie nie obrażając. Znów przystanął i spojrzał nad plecami śpiących żołnierzy na leżący w środku kręgu głaz. Wydawało mi się, że kamienna płyta lśni w świetle księżyca, ale pewnie było to tylko złudzenie. – Merlin kazał mi się rozebrać i stać na tym kamieniu przez całą noc – ciągnął dalej Artur. – Padał deszcz, było zimno i wietrznie. Wypowiadał zaklęcia, a ja musiałem trzymać miecz w wyciągniętej ręce. Pamiętam, że czułem najpierw palący ból mięśni, a potem odrętwienie, ale nie mogłem opuścić Caledfwlcha. Merlin krzyczał, żebym go trzymał. Drżałem na całym ciele, a on wzywał poległych wojowników, aby byli świadkami przekazania mi miecza. I zobaczyłem, Derfel, całe zastępy przybyłych z Krainy Cieni ludzi o pustych oczodołach i w zardzewiałych hełmach. – Pokręcił głową na to wspomnienie. – A może oni mi się tylko przyśnili. Byłem młody i łatwowierny, a Merlin potrafi sprawić, by człowiek bał się bogów. Kiedy postraszył mnie już tłumem martwych wojowników, dowiedziałem się, jak dowodzić ludźmi, jak rekrutować żołnierzy i rozgrywać bitwy. Wspomniał też, co jest moim przeznaczeniem. – Znowu zamilkł. Widziałem w blasku księżyca jego posępną twarz. Po chwili uśmiechnął się smętnie. – Ale to wszystko bzdury. Ostatnie zdanie wypowiedział tak cicho, że z trudem je usłyszałem.

– Bzdury? – powtórzyłem z nieukrywaną dezaprobatą.

– Mam zwrócić Brytanię bogom – powiedział Artur drwiącym tonem.

– Zrobisz to, panie – stwierdziłem. Artur wzruszył ramionami.

– Merlin szukał silnego ramienia, które utrzymałoby miecz – oznajmił. – Ale czego życzą sobie bogowie? Nie wiem, Derfel. Jeśli chcą Brytanii, po co ja jestem im potrzebny? Albo Merlin? Czy bogowie potrzebują ludzi? Czyżbyśmy byli jak psy, których szczekania ich panowie wcale nie słuchają?

– Nie jesteśmy psami – rzekłem. – Stworzyli nas bogowie. Nasze życie musi mieć jakiś cel.

– Musi? Może oni po prostu się z nas naigrawają.

– Merlin mówi, że straciliśmy kontakt z bogami – twierdziłem z uporem.

– Tak jak on stracił kontakt z nami – powiedział stanowczo Artur. – Widziałeś, jak uciekł z Durnovarii tej nocy, gdy wróciliście z Ynys Trebes. Merlin jest zbyt zajęty, Derfel. Szuka Skarbów Brytanii i to, co robimy w Dumnonii, nie ma dla niego znaczenia. Mógłbym stworzyć dla Mordreda wspaniałe królestwo, zaprowadzić sprawiedliwość, zapewnić pokój, sprawić, by chrześcijanie i poganie tańczyli razem w blasku księżyca, ale to by Merlina nie interesowało. Marzy tylko o chwili, gdy oddamy wszystko bogom, a wtedy zażąda zwrotu miecza. To był jego kolejny warunek. Powiedział, że mogę korzystać z miecza bogów, ale muszę go oddać, gdy będzie mu potrzebny.

Zaniepokoiła mnie nuta kpiny w głosie Artura.

– Nie wierzysz, że jego marzenie może się spełnić? – zapytałem.

– Wierzę, że Merlin jest najmądrzejszym człowiekiem w Brytanii – powiedział poważnie Artur – i że nigdy nie posiądę takiej wiedzy jak on. Los związał mnie z nim, tak jak ciebie z Nimue, ale sądzę, że Merlin już w chwili narodzin był znudzony życiem, postępuje więc tak jak bogowie. Bawi się naszym kosztem. Oznacza to, Derfel, że każe mi zwrócić Caledfwlcha w chwili, gdy najbardziej będę go potrzebował.

– I co wtedy zrobisz?

– Nie mam pojęcia. – Artur uśmiechnął się i położył mi rękę na ramieniu. – Idź spać, Derfel. Nie chcę, żeby jutro język plątał ci się ze zmęczenia.

Położyłem się w cieniu Kamiennego Kręgu i udało mi się trochę zdrzemnąć, przedtem jednak myślałem o tamtej nocy, gdy Merlin kazał Arturowi trzymać w wyprostowanej ręce ciężki miecz i obarczył go niezwykle trudną misją. Zastanawiałem się, dlaczego wybrał akurat jego, bo miałem wrażenie, że bardzo wiele ich różni. Merlin wierzył, że chaos można pokonać tylko z pomocą bogów, Artur zaś pokładał nadzieję w ludziach. Może Merlin przygotowywał Artura do rządzenia ludźmi, a sam chciał poświęcić się czarom, ale miałem obawy, że nadejdzie taka chwila, gdy będziemy musieli zdecydować, którego z nich popieramy. Modliłem się, by nigdy do tego nie doszło. Zasnąwszy, spałem aż do wschodu słońca, kiedy to ustawiony poza kręgiem pojedynczy kamienny słup rzucił cień na ołtarz, wokół którego leżeli strzegący królewskiego okupu strudzeni wojownicy.

Posiliwszy się czerstwym chlebem i wodą, przypięliśmy miecze i rozłożyliśmy złoto na mokrej od rosy trawie obok kamiennego ołtarza.

– Jaką możemy mieć pewność, że po otrzymaniu okupu Aelle nie będzie kontynuował wojny? – zapytałem Artura, gdy czekaliśmy na przybycie Saksonów. W końcu Aelle dostał już od nas złoto, a nie powstrzymało go to od spalenia Durocobrivis.

Artur wzruszył ramionami. Pod białym płaszczem miał ciężką rzymską kolczugę, noszącą ślady licznych potyczek.

– Możemy liczyć tylko na to – odparł – że Aelle zachował resztki honoru. Niewykluczone, że oprócz złota będziemy musieli zaproponować mu coś jeszcze.

– Co? – zapytałem, ale Artur nie odpowiedział, bo na wschodzie pojawili się Saksonowie.

Szli w bojowym szyku, waląc w bębny i trzymając w rękach włócznie, na grotach mieli jednak zatknięte liście, co oznaczało, że nie zamierzają nas od razu atakować. Dowodził nimi Aelle. Był pierwszym z dwóch napotkanych przeze mnie ludzi, którzy uzurpowali sobie tytuł Bretwaldy. Drugi pojawił się później i sprawił nam jeszcze więcej problemów, ale z powodu Aelle'a też mieliśmy ich niemało. Był wysokim mężczyzną o płaskiej, surowej twarzy i ciemnych, nieprzeniknionych oczach. Miał czarną brodę i blizny na policzkach. Brakowało mu dwóch palców prawej ręki. Nosił czarny kaftan ze skórzanym pasem, skórzane buty, żelazny hełm z rogami byka i płaszcz z niedźwiedziej skóry, który zdejmował, gdy słońce zaczynało mocniej przygrzewać. Jego godłem była zatknięta na włóczni pokrwawiona głowa byka.

Oddział Aelle'a liczył około dwustu ludzi i ponad połowa z nich trzymała na skórzanych smyczach wielkie psy. Za wojownikami szła cała horda kobiet, dzieci i niewolników. Saksonowie mieli nad nami zdecydowaną przewagę, ale Aelle dał słowo, że będziemy bezpieczni, dopóki nie zadecyduje o naszym losie, i jego ludzie nie demonstrowali wrogości. Zatrzymali się przed rowem otaczającym Kamienny Krąg. Aelle, jego doradcy, tłumacz i dwaj czarownicy wyszli Arturowi na spotkanie. Czarownicy mieli usztywnione łajnem, sterczące włosy i byli odziani w obszarpane płaszcze z wilczej skóry. Kiedy obracali się w koło i wypowiadali zaklęcia, nogi, ogony i pyski wilków fruwały w powietrzu, odsłaniając ich nagie, wymalowane ciała. Usiłowali nie dopuścić, by nasze czary zaszkodziły ich wodzowi. Nimue przykucnęła z tyłu, mrucząc własne zaklęcia.

Obaj wodzowie mierzyli się wzrokiem. Artur był wyższy niż Aelle, ale mniej barczysty. Twarz Saksona budziła przerażenie. Było to nieprzejednane oblicze człowieka, który przybył zza morza, aby założyć na obcej ziemi swoje królestwo, i czynił to z całą brutalnością i bezwzględnością.

– Powinienem od razu cię zabić, Arturze – oznajmił. – Miałbym o jednego wroga mniej.

Czarownicy, odziani w pogryzione przez mole skóry, przykucnęli za jego plecami. Jeden żuł garść ziemi, drugi wywracał oczami. Nimue, odsłoniwszy pusty oczodół, syczała na nich obu. Stojący naprzeciwko siebie wodzowie nie zwracali uwagi na te zmagania.

– Może nadejdzie czas, Aelle – stwierdził Artur – gdy spotkamy się w walce. Ale na razie proponuję ci pokój.

Oczekiwałem, że Artur ukłoni się Saksonowi, który w odróżnieniu od niego był królem, potraktował jednak Bretwaldę jak równego sobie, a ten nie protestował.

– Dlaczego unikasz walki? – spytał otwarcie Aelle.

Nie używał zbędnych słów, jak Brytowie. Zauważyłem, że różnimy się pod tym względem od Saksonów. Mowa Brytów przypominała wyrafinowane spiralne wzory ich biżuterii, a sposób wyrażania się Saksonów był równie toporny jak noszone przez nich ciężkie złote broszki i prymitywne łańcuchy. Brytowie rzadko przystępowali od razu do rzeczy, operując aluzjami i niedomówieniami, klucząc i pozostawiając sobie zawsze pole manewru. Saksonowie nie bawili się w takie subtelności. Artur stwierdził kiedyś, że jestem szczery tak jak oni i był to chyba z jego strony komplement.

– Sądziłem, że zawarliśmy już pokój – powiedział, ignorując pytanie Aelle'a. – Zapłaciliśmy za niego złotem.

Aelle nie wydawał się zmieszany z powodu zerwania rozejmu. Wzruszył tylko ramionami, jakby chodziło o błahą sprawę.

– Skoro nie dotrzymaliśmy słowa, po co znów do mnie przychodzisz? – zapytał.

– Ponieważ walczę z Gorfyddydem – odparł bez ogródek Artur – i potrzebuję twojej pomocy.

Aelle pokiwał głową.

– Jeśli pomogę ci go pokonać, staniesz się silniejszy. Po co miałbym to robić?

– Bo w przeciwnym razie Gorfyddyd pokona mnie, a wtedy on będzie silniejszy.

Aelle roześmiał się, pokazując spróchniałe zęby.

– Czy psu nie jest wszystko jedno, którego szczura zagryza? – zapytał.

W moim przekładzie zastąpiłem szczura jeleniem, aby brzmiało to taktowniej. Zauważyłem, że tłumacz Aelle'a, brytyjski niewolnik, nie wspomniał swemu panu o tej zmianie.

– Jelenie nie są jednakowe – stwierdził Artur. Tłumacz Aelle'a użył słowa „szczury" i tym razem ja puściłem to mimo uszu. – W najlepszym razie – kontynuował Artur – zachowam władzę w Dumnonii i zawrę sojusz z Powys i Sylurią. Zwycięstwo Gorfyddyda będzie oznaczało zjednoczenie przeciwko tobie sił Elmet, Rheged, Powys, Sylurii i Dumnonii.

– Ty miałbyś po swojej stronie także Gwent – zauważył Aelle. Był przebiegły i spostrzegawczy.

– To prawda, ale gdyby doszło do wojny między Brytami i Saksonami, Gwent poparłby również Gorfyddyda.

Aelle chrząknął, namyślając się przez chwilę. Walki między brytyjskimi królestwami były mu bardzo na rękę, wiedział jednak, że kiedyś się skończą. Ponieważ wyglądało na to, że Gorfyddyd wkrótce zwycięży, propozycja Artura stwarzała szansę przedłużenia trwającego konfliktu.

– Czego więc ode mnie oczekujesz? – zapytał.

Jego czarownicy skakali teraz na czworakach jak żaby, a Nimue układała na ziemi jakieś kamyki. Musiało ich to zaniepokoić, bo zaczęli nagle cicho skamleć, ale Aelle nie zwracał na nich uwagi.

– Chcę, żebyś zapewnił Dumnonii i Gwentowi trzy miesiące pokoju – odparł Artur.

– Tylko tego pragniesz? – ryknął Aelle, przestraszając nawet Nimue. Wyciągnął rękę w kierunku swoich żołnierzy, którzy czekali za płytkim rowem wraz z kobietami, psami i niewolnikami.

– Co ma robić w czasie pokoju armia? Powiedz mi! Obiecałem im nie tylko złoto. Obiecałem im ziemię, niewolników i krew *wealhas*, a ty proponujesz mi pokój? – Splunął na ziemię. – W imię Thora, Arturze, zapanuje pokój, ale dopiero wtedy, gdy polegniesz, a moi żołnierze dobiorą się do twojej żony. Takie stawiam warunki! – Splunął ponownie i spojrzał na mnie. – Powiedz swojemu panu, psie – dodał – że połowa moich ludzi przypłynęła właśnie łodziami. Nie mam zboża i w zimie nie będę miał ich czym wykarmić. Nie możemy żywić się złotem. Jeśli nie zdobędziemy ziemi, grozi nam głód. Co mi wtedy przyjdzie z pokoju?

Przetłumaczyłem Arturowi jego słowa, opuszczając najbardziej obelżywe uwagi.

Na twarzy Artura pojawił się grymas bólu. Aelle uznał to za objaw słabości i odwrócił się od niego z pogardą.

– Daję ci dwie godziny, tchórzu – rzucił przez ramię. – Potem ruszę w pościg.

– Ratae – powiedział Artur, nie czekając nawet, aż przetłumaczę mu groźby Aelle'a.

Wódz Saksonów odwrócił się bez słowa, patrząc Arturowi w oczy. Jego płaszcz z niedźwiedziej skóry cuchnął potwornie potem, łajnem i tłuszczem.

– Ratae – powtórzył Artur. – Powiedz mu, że tę fortecę można zdobyć. Znajdzie tam wszystko, czego potrzebuje. I będzie miał dużo ziemi.

Forteca Ratae broniła przed Saksonami wschodniej granicy królestwa Gorfyddyda i gdyby ją opanowali, posunęliby się dwadzieścia mil w głąb Powys.

Przetłumaczyłem słowa Artura. Zajęło mi trochę czasu wyjaśnienie wodzowi Saksonów, czym jest Ratae, ale w końcu zrozumiał. Nie był zachwycony, dowiedziawszy się, że Gorfyddyd umocnił tę groźną rzymską fortecę potężnym ziemnym wałem.

Artur wyjaśnił, że najlepsi włócznicy garnizonu zostali wcieleni do armii, mającej zaatakować Gwent i Dumnonię. Gorfyddyd zaryzykował takie posunięcie, przekupiwszy Aelle'a, którego Artur nakłaniał teraz do zerwania rozejmu. Wyjawił mu, że w Ratae zbudowano tuż obok fortecy klasztor i mnisi zrobili przejście przez wały. Pozwolił im na to dowódca fortecy, jeden z nielicznych chrześcijan wśród żołnierzy Gorfyddyda.

– Skąd twój pan to wszystko wie? – zapytał mnie Aelle.

– Powiedz mu – odparł Artur – że mam tu człowieka z Ratae, który zna drogę do klasztoru i jest gotów służyć za przewodnika. Proszę tylko o to, by nie pozbawiał go życia.

Zdałem sobie w tym momencie sprawę, kim jest nieznajomy, który szedł obok Hygwydda. Zrozumiałem też, iż Artur wiedział jeszcze przed opuszczeniem Durnovarii, że będzie musiał złożyć w ofierze Ratae.

Aelle dopytywał się, kim jest zdrajca. Artur wyjaśnił, że człowiek ten uciekł z Powys i przybył do Dumnonii wiedziony żądzą zemsty, ponieważ żona porzuciła go dla jednego z wodzów Gorfyddyda.

Gdy Aelle rozmawiał ze swymi doradcami, jego dwaj czarownicy mamrotali coś do Nimue. Jeden z nich postraszył ją kością z ludzkiego uda, ale Nimue tylko na nią splunęła. Ten gest najwyraźniej zakończył ich zmagania, gdyż czarownicy cofnęli się, a Nimue wstała i otrzepała ręce. Doradcy Aelle'a próbowali się z nami targować. W pewnym momencie zażyczyli sobie naszych koni, na co Artur zażądał w zamian ich psów. W końcu, po południu, przystali na propozycję zajęcia fortecy i zgodzili się przyjąć złoto. Był to zapewne największy okup, jaki Brytowie zapłacili kiedykolwiek Saksonom. Aelle wziął również dwóch zakładników, których obiecał zwolnić, jeśli atakując Ratae, nie wpadnie w zasadzkę. Wybrał na chybił trafił dwóch żołnierzy Artura: Balina i Lanvala.

Tej nocy jedliśmy kolację z Saksonami. Byłem ciekaw spotkania z tymi ludźmi, z którymi łączyły mnie więzy krwi. Obawiałem się nawet, czy nie poczuję do nich sympatii, lecz prawdę mówiąc, okazali się odrażający. Byli prymitywni i nieokrzesani, a przy tym cuchnęli tak, że ogarniały mnie mdłości. Niektórzy naśmiewali się, że przypominam króla Aelle'a, ale ja nie dostrzegałem podobieństwa jego ostrych rysów do mojej twarzy. Aelle uciszył w końcu prześmiewców, spojrzał na mnie chłodno i powiedział, żebym zaprosił ludzi Artura na wieczorny posiłek. Jedliśmy w rękawicach wielkie kawały pieczonego mięsa, a po brodach spływał nam gorący tłuszcz. Saksonowie dostali od nas miód, a my od nich piwo. Doszło do paru pijackich burd, ale nikt nie zginął. Aelle, podobnie jak Artur, był trzeźwy, za to jego dwaj czarownicy upili się do nieprzytomności. Gdy zasnęli obok swoich rzygowin, Aelle wyjaśnił, że to nawiedzeni przez bogów szaleńcy. Miał także kapłanów, którzy byli przy zdrowych zmysłach, ale pomyleńcy posiadali rzekomo specjalne zdolności, które mogły okazać się potrzebne.

– Obawialiśmy się, że sprowadzicie Merlina – powiedział.

– Merlin chodzi własnymi drogami – odparł Artur. – Ale jest tu jego kapłanka – dodał, wskazując na Nimue, która przyglądała się Saksonowi jednym okiem.

Aelle wykonał gest, mający zapewne na celu odczynienie zła. Bał się Nimue przez wzgląd na Merlina. Warto było o tym wiedzieć.

– Czy Merlin jest w Brytanii? – zapytał z obawą.

– Różnie mówią – odpowiedziałem za Artura. – Kto to naprawdę wie? Może czai się tam w ciemnościach. – Wskazałem głową mroczną przestrzeń za oświetlonym płomieniami ognia Kamiennym Kręgiem.

Aelle trącił włócznią jednego ze swych czarowników, chcąc go zbudzić. Ten zawył żałośnie, co zdaniem Bretwaldy wystarczało, aby odpędzić złe moce. Wódz Saksonów miał zawieszony na szyi krzyż Sansuma, a jego ludzie nosili ciężkie złote naszyjniki z Ynys Wydryn. Późną nocą, gdy prawie wszyscy Saksonowie już chrapali, niewolnicy opowiedzieli nam historię upadku Durocobrivis. Gdy wspomnieli, jak książę Gereint został pojmany żywcem i zamęczony na śmierć, Artur nie mógł powstrzymać łez. Nikt z nas nie znał dobrze Gereinta, ale był to skromny człowiek o niewygórowanych ambicjach, który starał się ze wszystkich sił powstrzymać napierających Saksonów. Niektórzy niewolnicy błagali, abyśmy zabrali ich ze sobą, lecz nie ośmielilibyśmy się prosić o to Aelle'a.

– Kiedyś po was wrócimy – obiecał Artur. – Na pewno.

Saksonowie wyruszyli w drogę następnego dnia po południu. Aelle zażądał, byśmy spędzili w Kamiennym Kręgu kolejną noc, chcąc mieć pewność, że nie podążymy jego śladem. Zabrał ze sobą Balina, Lanvala i człowieka z Powys. Nimue, zapytana przez Artura, czy Aelle dotrzyma słowa, skinęła głową. Przyśniło jej się, że Saksonowie nie zerwą rozejmu, a zakładnicy wrócą szczęśliwie do domu.

– Ale śmierć obrońców Ratae obarczy twoje sumienie – dodała złowrogo.

Przygotowaliśmy się do podróży, choć mieliśmy wyruszyć dopiero następnego dnia o świcie. Artur nie znosił bezczynności i gdy zapadł zmierzch, poprosił Sagramora i mnie, byśmy przeszli się z nim do rosnącego na południu lasu. Przez jakiś czas spacerowaliśmy na pozór bez celu, w końcu jednak Artur przystanął pod wielkim dębem, z którego gałęzi zwisały długie szare porosty.

– Czuję się podle – powiedział. – Nie dotrzymałem przyrzeczenia danego królowi Benoic, a teraz skazuję na śmierć setki Brytów.

– Nie mogłeś ocalić Benoic – stwierdziłem z naciskiem.

– Królestwo, które opłaca poetów, a nie włóczników, nie zasługuje na przetrwanie – dodał Sagramor.

– Nieważne, czy byłbym w stanie je ocalić – powiedział Artur. – Nie dochowałem złożonej Banowi przysięgi.

– Człowiek, którego dom stoi w płomieniach, nie pomaga gasić pożaru sąsiadowi – stwierdził Sagramor. Jego czarna twarz, równie nieprzenikniona jak oblicze Aelle'a, fascynowała Saksonów. Wielu zetknęło się z nim w ciągu ostatnich lat na polu walki. Uważali, że jest demonem wysłanym przez Merlina. Wiedząc, jak bardzo się go boją, Artur napomknął, że zleci Sagramorowi obronę nowej granicy. W istocie zamierzał zabrać Numidyjczyka do Gwentu, gdyż potrzebował najlepszych ludzi do walki z Gorfyddydem. – Nie mogłeś dotrzymać przyrzeczenia – kontynuował Sagramor – więc bogowie ci wybaczą. – Numidyjczyk miał nader pragmatyczne podejście do relacji między bogami a człowiekiem. Była to jedna z jego zalet.

– Ale ja nigdy sobie nie wybaczę tego, co zrobiłem – stwierdził Artur. – A teraz jeszcze zapłaciłem Saksonom, żeby zabijali Brytów. – Przeszedł go dreszcz. – Minionej nocy zastanawiałem się, czy Merlin pochwaliłby nasze postępowanie.

– Na pewno – powiedziałem.

Nimue była zapewne przeciwna poświęcaniu Ratae, bo miała zawsze więcej skrupułów niż Merlin. Rozumiała potrzebę przekupienia Saksonów, ale nie chciała, by ginęli z tego powodu Brytowie, nawet jeśli byli naszymi wrogami.

– Zresztą zdanie Merlina jest bez znaczenia – stwierdził gniewnie Artur. – Choćby poparli mnie wszyscy kapłani, druidzi i bardowie w całej Brytanii, nie czułbym się usprawiedliwiony. Szukając czyjegoś przyzwolenia, zrzucamy z siebie odpowiedzialność. Nimue ma rację. Śmierć obrońców Ratae obarczy moje sumienie.

– Co innego mogłeś zrobić? – zapytałem.

– Nic nie rozumiesz, Derfel – natarł na mnie Artur, oskarżając właściwie samego siebie. – Zawsze wiedziałem, że Aelle zażąda nie tylko złota. Saksonowie nie pragną pokoju, lecz ziemi! Gdybym o tym nie wiedział, po co sprowadzałbym z Ratae tego biedaka? Przewidziałem, co zadowoli Saksonów. Teraz zginie pewnie z tego powodu ze trzystu ludzi. Dwieście kobiet trafi do niewoli. A ile umrze dzieci? Ile będzie rozbitych rodzin? I po co to wszystko? Żeby udowodnić, że jestem lepszym wodzem niż Gorfyddyd? Czy warto poświęcać życie tylu ludzi?

– Dzięki temu Mordred zachowa tron.

– Składałem tyle przyrzeczeń! – stwierdził z goryczą Artur. – Obiecywałem Utherowi, że osadzę na tronie jego wnuka, i dałem słowo Leodeganowi, że odzyskam Henis Wyren. – Zamilkł nagle. Sagramor spojrzał na mnie z przerażeniem na twarzy. Żaden z nas nie wiedział, że Artur ślubował walczyć z Diwrnachem, siejącym postrach irlandzkim władcą Lleyn, który zajął ziemie Leodegana. – Moje przysięgi nie są nic warte – stwierdził z rozpaczą. – Zawiodłem Bana i Ceinwyn. Biedna Ceinwyn... – Po raz pierwszy słyszeliśmy, by tak otwarcie ubolewał nad tym, że ją porzucił. Sądziłem, że słońce Ginewry świeciło jasno na jego firmamencie, przyćmiewając całkowicie blask Ceinwyn, wyglądało jednak na to, iż Artur nie zapomniał księżniczki Powys i dręczyły go nadal wyrzuty sumienia. A teraz nie dawała mu spokoju myśl o skazanej na zagładę fortecy. – Może powinienem ich ostrzec? – zastanawiał się.

– I stracić zakładników? – zapytał Sagramor.

Artur pokręcił głową.

– Chętnie zająłbym miejsce Balina i Lanvala.

Wiedziałem, że mówi to całkiem poważnie. Gryzło go sumienie i szukał wyjścia z zagmatwanej sytuacji, choćby za cenę własnego życia.

– Merlin śmiałby się ze mnie – powiedział.

– Owszem – przyznałem. Sumienie Merlina, jeśli w ogóle je miał, podpowiadało mu jedynie, jakimi kategoriami myślą zwykli ludzie, i nakłaniało go, by postępował odwrotnie niż oni. Służyło do zabawiania bogów. Dla Artura sumienie było ciężarem.

Wpatrywał się teraz w porośniętą mchem ziemię w cieniu dębu. Zapadał zmierzch, a mój pan coraz bardziej pogrążał się w rozpaczy. Czy naprawdę zamierzał ze wszystkiego zrezygnować i poświęcić własne życie dla ocalenia obrońców

Ratae? Chyba tak, ale wówczas przewrotna logika podsunęła mu argumenty, które zagłuszyły głos sumienia.

– Sto lat temu – powiedział powoli – na tych ziemiach panował pokój. Rządzono nimi sprawiedliwie. Wieśniacy karczowali pola, mając nadzieję, że ich wnuki będą je uprawiać. Ale te wnuki zginęły z rąk Saksonów albo Brytów. Jeśli nic nie zrobimy, chaos będzie się szerzył i w końcu zapanują wszędzie krwiożerczy Saksonowie i ich szaleni czarownicy. Gdyby zwyciężył Gorfyddyd, ograbiłby Dumnonię ze wszystkiego, ale jeżeli ja go pokonam, otoczę Powys opieką. To, co robimy, napawa mnie odrazą, lecz może pozwoli nam zaprowadzić tu porządek. – Spojrzał na mnie i Sagramora. – Jesteśmy wszyscy czcicielami Mitrasa – oznajmił – więc możecie być świadkami mojej przysięgi. – Zamilkł na moment. Myślał z niechęcią o składaniu kolejnego ślubowania, ale po rozmowie z Aelle'em był w takim stanie, że musiał to zrobić. – Znajdź mi jakiś kamień, Derfel – rozkazał.

Wykopałem z ziemi kamień, oczyściłem go i na polecenie Artura wyryłem na nim nożem imię Aelle'a. Artur wykopał tymczasem pod dębem głęboki dół.

– Oto moja przysięga – oznajmił. – Jeśli pokonam Gorfyddyda, pomszczę niewinnych mieszkańców Ratae, których skazałem na śmierć. Zabiję Aelle'a i jego ludzi. Zostaną rzuceni na pożarcie krukom, a ich dobytek oddam osieroconym dzieciom. Biorę was na świadków. Jeśli nie dotrzymam słowa, nie będziecie już mieli wobec mnie żadnych zobowiązań. – Wrzucił kamień do dołu i wszyscy trzej zasypaliśmy go ziemią. – Niech bogowie mi wybaczą – powiedział – że przyczyniam się do śmierci tylu ludzi.

Wkrótce wyruszyliśmy w drogę, aby znowu zabijać.

W drodze do Gwentu mijaliśmy Corinium. Ailleann nadal tam mieszkała. Artur odwiedził synów, ale nie spotkał się z ich matką, aby nie robić przykrości Ginewrze. Przekazał jej tylko za moim pośrednictwem prezent. Przyjęła mnie grzecznie, ale wzruszyła ramionami, zobaczywszy dar Artura: srebrną emaliowaną broszkę z wizerunkiem zwierzęcia bardzo podobnego do zająca, tyle że mającego krótsze nogi i uszy. Broszka pochodziła ze świątyni Sansuma, lecz Artur zapłacił za nią uczciwie monetami z własnej sakwy.

– Mój pan ubolewa, że nie może ci przysłać nic lepszego – powiedziałem, przytaczając jego słowa – ale niestety najpiękniejsze klejnoty musiał oddać Saksonom.

– Dawniej – stwierdziła z goryczą – obdarowywał mnie z potrzeby serca, a nie z poczucia winy. – Ailleann, ubrana w długą błękitną suknię, była nadal uderzająco piękna, choć włosy, upięte nad uszami w spiralne warkocze, miała przyprószone siwizną, a na jej twarzy malowała się rezygnacja. Spojrzawszy na wizerunek dziwnego zwierzęcia, zapytała: – Jak myślisz, co to jest? Chyba nie zając. Może kot?

– Sagramor powiedział, że to królik. Podobno widział je w Kapadocji.

– Nie wierz we wszystko, co ci mówi – zganiła mnie Ailleann, przypinając do sukni małą broszkę. – Mam już tyle biżuterii co królowa – dodała, prowadząc mnie na niewielki dziedziniec swego rzymskiego domu – a jestem ciągle niewolnicą.

– Artur nie zwrócił ci wolności? – spytałem zaskoczony.

– Obawia się, że popłynęłabym do Armoryki albo do Irlandii i zabrała ze sobą jego synów. – Wzruszyła ramionami. – Kiedy chłopcy dorosną, przestanę być niewolnicą i wiesz, co wtedy zrobię? Zostanę tutaj. – Wskazała mi krzesło, stojące w cieniu winorośli. – Postarzałeś się, Derfel – powiedziała, nalewając białego wina z oplecionej wikliną butelki. – Podobno Lunete cię porzuciła? – dodała, podając mi rogowy puchar.

– Chyba porzuciliśmy siebie nawzajem.

– Słyszałam, że jest teraz kapłanką Isis – stwierdziła drwiąco Ailleann. – Z Durnovarii dochodzą różne plotki. Nie śmiem wierzyć w połowę z nich.

– Jakie na przykład? – zapytałem.

– Skoro o niczym nie wiesz, Derfel, lepiej pozostań w nieświadomości. – Skrzywiła się, wypiwszy łyk wina. – Arturowi też nie należy wszystkiego mówić. Zawsze wolał słuchać tylko pomyślnych wieści. Wierzy nawet, że Amhar i Loholt w gruncie rzeczy nie są źli.

Byłem zaszokowany, że matka mówi tak o swoich synach.

– Z pewnością ma co do tego rację – stwierdziłem.

Ailleann zmierzyła mnie rozbawionym spojrzeniem.

– Ci chłopcy, Derfel, nigdy nie byli dobrzy. Są obrażeni na swego ojca. Uważają, że powinni być książętami, i robią, co im się podoba. Stale rozrabiają, a kiedy próbuję przywołać ich do porządku, nazywają mnie dziwką. – Ułamała kawałek ciastka i rzuciła okruszki wróblom. Służący zamiatał drugi koniec dziedzińca miotłą z gałęzi. Ailleann kazała mu zostawić nas samych, po czym zapytała mnie o przebieg wojny. Próbowałem ukryć przed nią moje obawy dotyczące potężnej armii Gorfyddyda. – Nie mógłbyś zabrać ze sobą Amhara i Loholta? – zapytała po chwili. – Byliby zapewne dobrymi żołnierzami.

– Wątpię, by ich ojciec się na to zgodził – odparłem. – Są za mali.

– Zastanawiam się, czy w ogóle o nich myśli. Przysyła im pieniądze, ale wolałabym, żeby tego nie robił. – Ailleann obracała w palcach nową broszkę. – Chrześcijanie w mieście mówią, że Artur jest skazany na porażkę.

– Jeszcze nie, pani.

– I jeszcze długo nie będzie, Derfel – stwierdziła z uśmiechem. – Ludzie go nie doceniają. Widzą jego dobroć i uprzejmość, słyszą, jak mówi o sprawiedliwości, ale nikt, nie wyłączając ciebie, nie wie naprawdę, co pobudza go do działania.

– Co takiego?

– Ambicja – powiedziała beznamiętnie, dodając po krótkim namyśle: – Jego dusza jest jak rydwan, ciągnięty przez dwa konie: ambicję i sumienie. Ale ambicja, będąc z prawej strony zaprzęgu, zawsze ma przewagę. Artura stać na bardzo wiele. – Uśmiechnęła się smutno. – Poobserwuj go, Derfel, kiedy przegrywa, kiedy wokół wszystko się wali, a będziesz zaskoczony. Widywałam go już w takich sytuacjach. Ale gdy zwycięży, drugi koń zaczyna ciągnąć rydwan w przeciwną stronę. Artur słucha sumienia i popełnia typowy dla siebie błąd: wybacza wrogom.

– Czy to źle?

– Nie chodzi o moralną ocenę takiego postępowania, Derfel, lecz o względy praktyczne. My, Irlandczycy, jednego jesteśmy pewni: jeśli wybaczasz wrogom, musisz ciągle na nowo z nimi walczyć. Artur chce kierować się moralnością w sprawowaniu władzy, a co gorsza wierzy, że nawet najpodlejsi ludzie są z natury dobrzy. Dlatego, zapamiętaj moje słowa, nigdy nie osiągnie pokoju, choć wciąż o nim marzy i mówi. Za bardzo ufa ludziom, więc zawsze będzie miał wrogów. Chyba że jego dusza stwardnieje za sprawą Ginewry. To całkiem możliwe. Wiesz, kogo ona mi przypomina?

– Nie sądziłem, że ją spotkałaś.

– Wcale nie. Nie znam też osoby, do której wydaje mi się podobna, ale słyszę różne rzeczy, a poza tym dobrze wiem, jaki jest Artur. Ona musi być taka jak jego matka, bardzo władcza i silna. Podejrzewam, że zrobiłby wszystko, by ją zadowolić.

– Nawet wbrew swemu sumieniu?

Ailleann uśmiechnęła się, słysząc to pytanie.

– Powinieneś wiedzieć, Derfel, że niektóre kobiety stawiają mężczyznom nader wygórowane wymagania. Kobieta zyskuje w ten sposób na wartości. Przypuszczam, że Ginewra bardzo wysoko się ceni. I słusznie. Wszystkie powinnyśmy brać z niej przykład. – Powiedziawszy to, ze smutkiem wstała z krzesła i dodała na pożegnanie: – Pozdrów Artura ode mnie i poproś go, żeby zabrał swoich synów na wojnę.

Artur nie chciał się na to zgodzić.

– Niech zaczekają jeszcze rok – powiedział, gdy następnego dnia wyruszaliśmy w drogę na zachód. Zjadł z synami obiad i podarował im kilka drobiazgów, ale zauważyliśmy wszyscy, jak chłodno Amhar i Loholt się do niego odnosili. Artur też to spostrzegł i dlatego był wyjątkowo markotny. – Dzieciom niezamężnych matek – stwierdził po długim milczeniu – brakuje cząstki duszy.

– A co z twoją duszą, panie? – zapytałem.

– Łatam ją co rano, Derfel, kawałek po kawałku. – Westchnął ciężko. – Muszę znaleźć czas dla Amhara i Loholta, ale tylko bogowie wiedzą, skąd go wziąć, bo za cztery lub pięć miesięcy będę znowu ojcem. Jeśli dożyję – dodał posępnie.

A więc Lunete miała rację: Ginewra była w ciąży.

– Cieszę się, panie – powiedziałem, przypominając sobie uwagę Lunete, że Ginewra jest nieszczęśliwa z powodu swego stanu.

– Ja też się cieszę! – oznajmił ze śmiechem Artur i jego ponury nastrój nagle zniknął. – Dobrze, że Ginewra urodzi dziecko. Za dziesięć lat, Derfel, Mordred zasiądzie na tronie, a Ginewra i ja znajdziemy jakieś spokojne miejsce, by hodować bydło i wychowywać dzieci. Wtedy poczuję się nareszcie szczęśliwy. Nauczę Llamrei ciągnąć wóz i będę używał Excalibura do poganiania wołów podczas orki.

Nie potrafiłem sobie jakoś wyobrazić Ginewry w roli gospodyni, choćby nawet bardzo bogatej, ale pozostawiłem to bez komentarza.

Z Corinium podążyliśmy do Glevum, a potem przeprawiliśmy się przez rzekę Severn i pomaszerowaliśmy w głąb Gwentu. Jeźdźcy Artura wyglądali efektownie, paradując w bojowym rynsztunku pod rozpostartymi sztandarami. Staraliśmy się podnieść na duchu miejscową ludność, która zupełnie straciła wiarę w zwycięstwo. Wszyscy przewidywali triumf Gorfyddyda i mimo pory zbiorów na wsi panował posępny nastrój. Na klepisku, gdzie młócono cepami zboże, zamiast radosnej pieśni usłyszeliśmy żałobną elegię Essylta. Zauważyliśmy też, że z domów i chat zniknęły wszystkie wartościowe przedmioty. Ukrywano cały dobytek, prawdopodobnie w ziemi, aby najeźdźcy Gorfyddyda go nie zagarnęli.

– Krety znowu się bogacą – stwierdził cierpko Artur.

Gdy zapytałem, dlaczego nie założył swojej najlepszej kolczugi, tylko zapasową, odparł:

– Ma ją Morfans. – Był to ten szpetny wojownik, który przed wielu laty rozmawiał ze mną podczas uczty po przybyciu Artura do Caer Cadarn.

– Czym zasłużył sobie na taki dar? – spytałem zaskoczony.

– Nie dałem mu jej, Derfel, tylko pożyczyłem. Od tygodnia pokazuje się żołnierzom Gorfyddyda, żeby myśleli, że jestem już w pobliżu i zaprzestali ataków. Daje to chyba rezultaty.

Nie mogłem powstrzymać śmiechu na myśl o tym, że pod hełmem Artura kryje się szpetna twarz Morfansa, ale mistyfikacja najwyraźniej przyniosła efekty, bo gdy spotkaliśmy się w rzymskim forcie Magnis z królem Tewdrikiem, nasi wrogowie nadal nie opuszczali swych umocnionych pozycji na wzgórzach Powys.

Tewdrik, odziany w swą piękną rzymską zbroję, wyglądał niemal na starca. Miał siwe włosy i był wyraźnie przygarbiony. Bardzo się zmienił od czasu, gdy ostatnio go widziałem. Powitał mruknięciem wiadomość na temat rozejmu z Saksonami, po czym przetarł oczy i dodał lakonicznie:

– To dobre nowiny, choć Bóg wie, że Gorfyddyd nie potrzebował nigdy pomocy Aelle'a, by nas pokonać. Ma dość ludzi.

W rzymskim forcie panowało ożywienie. Płatnerze robili groty włóczni, a jesiony w promieniu wielu mil były ogołacane z gałęzi, potrzebnych na drzewce. Co godzinę przyjeżdżały wozy ze zbożem i piekarze pracowali równie gorączkowo co kowale, tak że nad otoczonym palisadą fortem unosiły się ciągle słupy dymu. Ale mimo pory żniw żołnierzom doskwierał głód. Włócznicy obozowali w większości poza murami fortu, niektórzy w odległości wielu mil, i ciągle trwały spory o przydziałowe racje twardego chleba i suszonej fasoli. Inni żołnierze narzekali, że oddziały obozujące w górze rzeki zanieczyszczają odchodami wodę. W armii szerzyły się choroby, głód i dezercja. Ani Tewdrik, ani Artur nie dowodzili nigdy tak licznymi siłami.

– Skoro my mamy trudności – stwierdził optymistycznie Artur – wyobraź sobie problemy Gorfyddyda.

– Mimo wszystko wolałbym być na jego miejscu – odparł posępnie Tewdrik.

Moi włócznicy, dowodzeni nadal przez Galahada, obozowali osiem mil na północ od Magnis, gdzie Agrykola, wódz Tewdrika, strzegł pilnie wzgórz stanowiących granicę między Gwentem i Powys. Poczułem przypływ radości, zobaczywszy znowu żołnierzy w hełmach z wilczymi ogonami. Po przemarszu przez opustoszałe wsie dobrze było mieć świadomość, że przynajmniej tutaj są ludzie, których nikt nie pokona. Moi żołnierze otoczyli Nimue, aby swym dotykiem nadała moc ich włóczniom i mieczom. Zauważyłem, że przychodzili do niej nawet chrześcijanie. Zastępowała Merlina, a ponieważ wszyscy wiedzieli, że wróciła z Wyspy Umarłych, wierzono, iż dorównuje umiejętnościami swemu panu.

Agrykola przyjął mnie w wielkim namiocie, jakiego nigdy dotąd nie widziałem. Lniana płachta rozpostarta była na wysokim centralnym słupie i czterech narożnych żerdziach. Przeświecające przez nią promienie słońca nadawały dziwnie żółtą barwę krótkim siwym włosom Agrykoli. Był w swej rzymskiej zbroi i siedział przy stole, zaśmieconym skrawkami pergaminu. Powitał mnie z właściwą sobie powściągliwością, lecz nie omieszkał pochwalić moich ludzi.

– To dobrzy żołnierze. Ale wrogowie mają nad nami druzgocącą przewagę – stwierdził posępnie.

– Ilu ich jest? – zapytałem.

Agrykola wydawał się urażony moją bezpośredniością, nie byłem już jednak chłopcem, tak jak wtedy, gdy spotkałem go po raz pierwszy. Dorównywałem mu rangą, dowodziłem ludźmi i miałem prawo wiedzieć, z jakimi siłami przeciwnika będą walczyć. A może Agrykolę rozdrażniło raczej to, że przypomniałem mu o przewadze wroga. Tak czy inaczej, odpowiedział w końcu na moje pytanie.

– Według naszych szpiegów – oznajmił – królestwo Powys zgromadziło sześciuset włóczników. Gundleus ściągnął z Sylurii dwustu pięćdziesięciu ludzi, może nawet więcej. Ganval z Elmet przysłał dwustu żołnierzy. A bogowie jedynie wiedzą, ilu najemników zgłosiło się pod sztandary Gorfyddyda, licząc na bogate łupy.

Byli to włóczędzy, banici, mordercy i barbarzyńcy, którzy zaciągali się do wojska z chęci zysku. Budzili postrach, gdyż nie mieli nic do stracenia. Wątpiłem, byśmy mieli w swoich szeregach wielu takich żołnierzy, nie tylko dlatego, że nikt nie wierzył w nasze zwycięstwo, lecz głównie z powodu niechęci Tewdrika i Artura do ludzi tego pokroju. O dziwo jednak wielu najlepszych jeźdźców Artura było kiedyś najemnikami. Tacy wojownicy jak Sagramor walczyli dawniej w rzymskich oddziałach, które rozbili pogańscy najeźdźcy z Italii, i młody Artur zrobił z nich zdyscyplinowanych żołnierzy.

– To jeszcze nie wszystko – dodał złowrogo Agrykola. – Również królestwo Cornovii przysłało swoich ludzi, a wczoraj dowiedzieliśmy się, że Oengus Mac Airem przybył z Demetii z oddziałem Czarnych Tarcz. Ma pewnie ze stu wojowników. Podobno do Gorfyddyda dołączą też ludzie z Gwynedd.

– Pospolite ruszenie? – zapytałem. Agrykola skinął głową.

– Pięciuset, sześciuset mężczyzn. Może nawet tysiąc. Zjawią się dopiero po żniwach.

Zaczynałem żałować, że zapytałem Agrykolę o siły nieprzyjaciela.

– A jak liczne są nasze oddziały?

– Teraz, gdy przybył Artur... – zawiesił na chwilę głos – mamy siedmiuset ludzi.

Nie odezwałem się ani słowem. Nic dziwnego, że mieszkańcy Gwentu i Dumnonii zakopywali swoje skarby i szeptali, że Artur powinien opuścić Brytanię. Mieliśmy przeciwko sobie hordy nieprzyjaciół.

– Byłbym wdzięczny – powiedział cierpko Agrykola, jakby pojęcie wdzięczności było mu całkowicie obce – gdybyś nie rozgłaszał tych informacji. Mieliśmy już dość przypadków dezercji. Jeśli stracimy kolejnych ludzi, możemy zacząć kopać sobie groby.

– Moi żołnierze nie dezerterują – zapewniłem go.

– Na razie – stwierdził. Zdjął ze słupa krótki rzymski miecz i stanąwszy przy wejściu do namiotu, rzucił posępne spojrzenie na zajęte przez wrogów wzgórza. – Podobno jesteś przyjacielem Merlina – powiedział.

– Tak, panie.

– Czy on się tu zjawi?

– Nie wiem, panie.

– Oby – mruknął Agrykola. – Ktoś musi przemówić tej armii do rozumu. Wszyscy dowódcy mają stawić się dziś wieczorem w Magnis na radę wojenną. – Oznajmił to z goryczą, jakby wiedząc, że takie spotkania prowadzą częściej do kłótni niż do porozumienia. – Bądź tam przed zmrokiem.

Galahad poszedł ze mną. Nimue została z moimi ludźmi, gdyż jej obecność dodawała im otuchy. Byłem zadowolony, że tak się stało, bo radę wojenną rozpoczęło defetystyczne wystąpienie biskupa Conrada z Gwentu, który błagał swego Boga, aby dał nam siłę do stawienia czoła wszechpotężnemu wrogowi. Galahad, rozłożywszy ręce w chrześcijańskim geście modlitwy, wtórował biskupowi, a my, poganie, utyskiwaliśmy, że nie powinniśmy prosić bogów o siłę, lecz o zwycięstwo. Ubolewałem, że nie ma wśród nas druidów, ale Tewdrik, jako chrześcijanin, nie korzystał z ich usług, a Balise – starzec, który brał udział w koronacji Mordreda – zmarł owej zimy, gdy wyruszyłem do Benoic. Agrykola miał rację, licząc na powrót Merlina, bo armię pozbawioną druidów łatwiej było pokonać.

W radzie uczestniczyło około czterdziestu lub pięćdziesięciu wodzów. Zebraliśmy się w zbudowanym z kamienia gmachu rzymskiej łaźni, który przypominał kościół w Ynys Wydryn. Król Tewdrik, Artur, Agrykola i syn Tewdrika książę Meurig siedzieli przy stole na kamiennym podium. Meurig wyrósł na bladego, chudego młodzieńca, który najwyraźniej nie czuł się dobrze w rzymskiej zbroi. Był już w odpowiednim wieku, by walczyć, ale sądząc z jego nerwowego zachowania, wcale się do tego nie nadawał. Ciągle mrużył oczy, jakby wyszedł właśnie na słońce z bardzo ciemnego pomieszczenia, i obracał w palcach ciężki złoty krzyż, który miał na szyi. Spośród dowódców tylko Artur nie był w zbroi, ale czuł się swobodnie w ubraniu wieśniaka.

Wojownicy zaczęli wiwatować i uderzać włóczniami o posadzkę, gdy król Tewdrik oznajmił, że Saksonowie wycofali się podobno z naszej wschodniej granicy, ale były to ostatnie tej nocy okrzyki radości. Potem wstał Agrykola i zapoznał wszystkich z liczebnością obu armii. Nie wymieniał pomniejszych oddziałów wroga, ale i tak nie było wątpliwości, że Gorfyddyd ma nad nami dwukrotną przewagę.

– Musimy po prostu zabijać dwa razy szybciej! – krzyknął z głębi sali Morfans.

Zwrócił już Arturowi jego kolczugę, przysięgając, że tylko bohater może walczyć z takim ciężarem na plecach. Agrykola, pozostawiwszy bez komentarza dygresję Morfansa, dodał, że za tydzień powinny zakończyć się żniwa, a wtedy zasili nasze szeregi pospolite ruszenie z Gwentu. Wiadomość ta nikogo szczególnie nie pocieszyła.

Król Tewdrik zaproponował, byśmy stawili czoło Gorfyddydowi pod murami Magnis.

– Dajcie mi tydzień – powiedział – a napełnię fortecę taką ilością zboża, że Gorfyddyd nie zmusi nas do jej opuszczenia. Walczmy tam – wskazał ręką mroczną przestrzeń za drzwiami – a gdybyśmy przegrywali, zamkniemy bramy i zmusimy ich, by rzucali włóczniami w drewniane palisady.

Tewdrik preferował i opanował do perfekcji taki właśnie rodzaj walki. Zmuszał wrogów do stosowania oblężenia i narażał ich na kruszenie włóczni i kopii, korzystając z efektów pracy nieżyjących od dawna rzymskich budowniczych. Przez salę przeszedł pomruk aprobaty, który wzmógł się jeszcze bardziej, gdy Tewdrik oznajmił radzie, że Aelle może zaatakować Ratae.

– Jeśli powstrzymamy natarcie Gorfyddyda – powiedział któryś z wodzów – pospieszy z powrotem, gdy tylko się dowie, że Aelle zagraża jego królestwu.

– Aelle nie będzie walczył za mnie – odezwał się po raz pierwszy Artur.

Wszyscy zamilkli. Artur wydawał się zakłopotany, że jego słowa zabrzmiały tak stanowczo. Uśmiechnął się przepraszająco do króla Tewdrika i zapytał, gdzie dokładnie zgromadzone są siły nieprzyjaciela. Wiedział już to, oczywiście, ale chciał, aby wszyscy byli zorientowani w sytuacji.

Zamiast Tewdrika odpowiedział na jego pytanie Agrykola.

– Przyczółki wroga są rozrzucone między Wzgórzem Coela a Caer Lud – oznajmił. – Główne siły armii zbierają się w Branogenium. Kolejne oddziały nadciągają z Caer Sws.

Nie znaliśmy tych miejsc, ale Artur najwyraźniej orientował się w ich położeniu.

– A więc mają pod kontrolą wzgórza na drodze do Branogenium?

– Każdą przełęcz i każdy szczyt – potwierdził Agrykola.

– Ilu jest ludzi w dolinie Lugg? – zapytał Artur.

– Co najmniej dwustu doborowych włóczników. To nie są głupcy, panie – dodał cierpko.

Artur wstał. Świetnie sobie radził w takich sytuacjach, z łatwością panując nad tłumem zwaśnionych ludzi. Uśmiechnął się do nas.

– Chrześcijanie zrozumieją to najlepiej – powiedział, próbując przypochlebić się tym, którzy byli mu najbardziej niechętni. – Wyobraźcie sobie chrześcijański krzyż. Tutaj, u jego stóp, leży Magnis. Trzon krzyża to rzymska droga, która biegnie na północ z Magnis do Branogenium, a jego ramiona tworzą wzgórza, przecinające tę drogę. Po lewej jest Wzgórze Coela, po prawej Caer Lud, a w środku dolina Lugg, przez którą przechodzi droga i przepływa rzeka.

Artur wyszedł zza stołu i usadowił się na nim z drugiej strony, aby być bliżej swoich słuchaczy.

– Chcę, żebyście się nad czymś zastanowili – powiedział. Płomienie pochodni rzucały cienie na jego wychudłe policzki, ale w oczach miał blask i mówił energicznym głosem. – Wszyscy uważają, że musimy przegrać tę walkę. Wróg ma nad nami liczebną przewagę. Czekamy tu, aż Gorfyddyd nas zaatakuje. Jedni upadają na duchu i wracają do domów. Drudzy zaczynają chorować. Wszyscy rozmyślamy o tej wielkiej armii, która gromadzi się wokół Branogenium, i wolimy nie wyobrażać sobie tego momentu, gdy nieprzyjaciel otoczy z trzech stron równocześnie nasz mur tarcz. Pomyślcie jednak o wrogach! Oni też czekają, tyle że ciągle rosną w siłę. Są tam ludzie z Cornovii, z Elmet, z Demetii i z Gwynedd. Ludzie spragnieni ziemi i łupów. Są pewni zwycięstwa i wiedzą, że siedzimy tu jak myszy osaczone przez gromadę kotów. – Artur znów się uśmiechnął i wstał. – Tyle że my nie jesteśmy myszami! Mamy znakomitych wojowników. Mamy czempionów! – Zebrani zaczęli wiwatować. – Potrafimy zabijać koty i obdzierać je ze skóry! Ale... – to słowo uciszyło kolejne okrzyki – nie możemy czekać, aż nas zaatakują – kontynuował Artur. – Co będzie, jeśli schowamy się za murami Magnis? Wróg obejdzie fortecę, zniszczy nasze domy, wymorduje nam żony i dzieci, zagarnie ziemię, bydło i zbiory, a my będziemy siedzieli jak myszy w pułapce. Musimy atakować i to szybko.

– W którym miejscu? – spytał z przekąsem Agrykola, gdy ucichł zgiełk.

– Tam, gdzie najmniej się tego spodziewają, panie – odparł Artur. – W dolinie Lugg. W samym środku krzyża! – Podniósł rękę, aby zapobiec wrzawie. – Dolina jest wąska – stwierdził. – Nie będą mogli nas tam otoczyć. Droga przechodzi brodem przez rzekę na północ od doliny. – Zmarszczył brwi, przypominając sobie miejsce, które widział tylko raz w życiu. Jak przystało na żołnierza, miał doskonałą orientację w terenie. – Będziemy musieli posłać ludzi na zachodnie wzgórze, żeby łucznicy nie ostrzeliwali nas ze zbocza, ale kiedy znajdziemy się w dolinie, nie damy się już odeprzeć.

Agrykola miał zastrzeżenia.

– Możemy się tam bronić – przyznał – ale jak przedrzemy się przez linie wroga? Doliny strzeże dwustu włóczników, może i więcej, a wystarczyłoby stu, aby utrzymać ją przez cały dzień. Zanim dotrzemy na miejsce, Gorfyddyd sprowadzi swoje hordy z Branogenium. Co gorsza, Czarne Tarcze, które obozują na Wzgórzu Coela, mogą okrążyć wzgórza od południa i zaatakować nas od tyłu. Nie damy się odeprzeć, panie, ale wszyscy zginiemy.

– Irlandczycy się nie liczą – stwierdził lekceważąco Artur. Był tak podekscytowany, że nie mógł ustać w miejscu i zaczął przechadzać się po podium. – Racz pomyśleć, panie – powiedział uniżonym tonem do Tewdrika – co będzie, jeśli tu zostaniemy. Gdy nadejdą wrogowie, my ukryjemy się w niedostępnej fortecy, a oni złupią nasze ziemie. Wytrwamy do połowy zimy, ale czy w Gwencie i Dumnonii ktokolwiek jeszcze pozostanie przy życiu? Wątpię. Te wzgórza na południe od Branogenium to mury obronne Gorfyddyda. Jeśli się przez nie przedrzemy, będzie musiał z nami walczyć, a w dolinie Lugg nie ma szans na zwycięstwo.

– Nie pokonamy jego dwustu włóczników – obstawał przy swoim zdaniu Agrykola.

– Rozproszą się jak mgła! – twierdził z przekonaniem Artur. – Ci ludzie nigdy nie walczyli z ciężką konnicą.

Agrykola pokręcił głową.

– Dolina jest przegrodzona barykadą z powalonych drzew. Konie czeka tam śmierć – powiedział dobitnie, uderzając pięścią w dłoń.

Ton jego głosu sprawił, że Artur usiadł. W sali zapanowała posępna cisza. Z kuźni, w której dzień i noc pracowali kowale, słychać było syczenie wkładanego do wody rozżarzonego miecza.

– Czy wolno mi coś powiedzieć? – odezwał się Meurig, syn Tewdrika. Miał nienaturalnie piskliwy głos, w którym pobrzmiewał ton pretensji, i był najwyraźniej krótkowidzem, bo mrużył oczy i przekrzywiał głowę za każdym razem, gdy patrzył na kogoś w głębi sali. – Chciałbym zapytać – rzekł, gdy ojciec pozwolił mu zwrócić się do rady – po co w ogóle walczymy? – Zadawszy to pytanie, zamrugał oczami.

Nikt mu nie odpowiedział. Chyba byliśmy wszyscy zbyt zaskoczeni.

– Pragnąłbym to wyjaśnić – kontynuował Meurig, starannie dobierając słowa. Był co prawda młody, ale pewny siebie i drażniła mnie jego fałszywa skromność. – Walczymy z Gorfyddydem, jeśli się nie mylę, przez wzgląd na nasz długoletni sojusz z Dumnonią, który bez wątpienia dobrze nam służył. Ale Gorfyddyd, jak rozumiem, nie zamierza zasiąść na tronie Dumnonii.

Nasi ludzie zaczęli wydawać złowrogie pomruki, lecz Artur uciszył ich gestem ręki i dał znak Meurigowi, by mówił dalej. Książę zamrugał oczami i dotknął krzyża.

– Zastanawiam się po prostu, o co walczymy. Jaki jest, że się tak wyrażę, nasz *casus belli*?

– Jakiej beli? – krzyknął Culhwch. Kiedy przybyłem do sali, przyszedł się przywitać, a teraz szepnął mi na ucho: – Ci dranie mają kruche tarcze, Derfel, i próbują się wycofać.

Artur wstał ponownie i powiedział uprzejmie do Meuriga:

– Powodem wojny, książę, jest to, że Gorfyddyd dąży najwyraźniej do odebrania królowi Mordredowi tronu, którego twój ojciec przysiągł strzec.

Meurig wzruszył ramionami.

– Popraw mnie, proszę, jeśli się mylę, ale, o ile dobrze rozumiem, Gorfyddyd wcale nie zamierza zdetronizować Mordreda.

– Jesteś tego pewny? – krzyknął Culhwch.

– Wskazują na to pewne przesłanki – odparł rozdrażniony Meurig.

– Ci szubrawcy pertraktowali z wrogiem – szepnął mi do ucha Culhwch. – Miałeś kiedyś nóż w plecach, Derfel? Arturowi właśnie go wbijają.

– O jakich przesłankach mówisz? – zapytał spokojnie Artur.

Król Tewdrik nie przerywał synowi, co dowodziło, że zgadzał się z jego ostrożną sugestią, by porozumieć się z Gorfyddydem, zamiast z nim walczyć, teraz jednak zabrał głos. Wyglądał na starego i zmęczonego człowieka.

– Nie ma żadnych przesłanek, panie, na których mógłbym oprzeć swoją strategię. Jednakże – Tewdrik wypowiedział to słowo z takim naciskiem, że nie mieliśmy wątpliwości, iż nie przyzna racji Arturowi – moim zdaniem nie należy prowokować bez potrzeby królestwa Powys. Spróbujmy zawrzeć pokój. – Zamilkł, jakby się obawiał, że rozgniewa Artura, ale Artur nic nie powiedział. Tewdrik westchnął i mówił dalej, powoli i ostrożnie: – Gorfyddyd walczy, ponieważ spotkała go zniewaga. – Znowu przerwał, by sprawdzić, czy Artur nie poczuł się dotknięty, ale mój pan, który nigdy nie unikał odpowiedzialności, skwitował jego szczerość skinieniem głowy. – My tymczasem – kontynuował Tewdrik – walczymy o to, by dochować przysięgi złożonej Wielkiemu Królowi Utherowi. Przyrzekaliśmy strzec tronu Mordreda. Nie zamierzam złamać tej przysięgi.

– Ja również! – powiedział głośno Artur.

– Jak powinniśmy postąpić, lordzie Arturze, jeśli król Gorfyddyd nie pragnie wcale tronu Dumnonii? – zapytał Tewdrik. – Skoro odda go Mordredowi, po co mamy walczyć?

W sali zapanowało zamieszanie. Przedstawiciele Dumnonii wietrzyli zdradę, a wojownicy z Gwentu dostrzegli szansę na uniknięcie wojny. Przez jakiś czas pokrzykiwaliśmy na siebie, dopóki Artur nie przywrócił spokoju, uderzając ręką w stół.

– Mój ostatni poseł, który wyruszył do Gorfyddyda, został ścięty – oznajmił. – Proponujesz, panie, żebym wysłał następnego?

Tewdrik pokręcił głową.

– Gorfyddyd nie przyjmuje posłów. Zawraca ich na granicy. Ale jeśli tu zaczekamy i pozwolimy, by jego armia atakowała bezskutecznie naszą fortecę, z pewnością straci ochotę do walki i zechce negocjować.

Ludzie Tewdrika wyrazili pomrukiem aprobatę dla jego słów.

Artur próbował raz jeszcze wpłynąć na króla. Roztoczył przed nim obraz armii tkwiącej za murami fortecy, podczas gdy hordy Gorfyddyda zagrabiają świeżo zebrane plony, ale jego żarliwa przemowa nie poruszyła przedstawicieli Gwentu. Widzieli tylko osaczające ich oddziały wroga i zasłane trupami pola, woleli więc podzielać zdanie swego króla, że osiągną pokój, jeśli wycofają się do Magnis i zmęczą Gorfyddyda, zmuszając go do długotrwałego oblegania rzymskiego fortu. Zaczęli domagać się zgody Artura na taką strategię. Zobaczyłem ból na jego twarzy. Zdawał sobie sprawę z porażki. Gdyby został w Magnis, Gortyddyd zażądałby jego głowy. Uciekając do Armoryki ocaliłby życie, ale opuściłby Mordreda i musiałby zrezygnować ze swego marzenia o sprawiedliwej, zjednoczonej Brytanii. W sali panował coraz większy zgiełk. Właśnie wtedy wstał Galahad i krzyknął, że chce zabrać głos.

Tewdrik wskazał na niego. Galahad najpierw się przedstawił.

– Jestem księciem Benoic, panie. Skoro król Gorfyddyd nie przyjmuje posłów z Gwentu ani Dumnonii, może wysłucha emisariusza z Armoryki? Pozwól mi, królu, udać się do Caer Sws i zapytać, jakie Gorfyddyd ma plany wobec Mordreda. Czy przyjmiesz z moich ust jego werdykt?

Tewdrik chętnie się zgodził. Odpowiadało mu wszystko, co mogło zapobiec wojnie, ale zależało mu szczególnie na zgodzie Artura.

– Przypuśćmy, że Gorfyddyd zapewni Mordredowi bezpieczeństwo – powiedział do niego. – Co wtedy zrobisz?

Artur wpatrywał się w blat stołu. Tracił swoje marzenie, ale nie mógł skłamać, aby je ocalić, podniósł więc wzrok i uśmiechnął się ponuro.

– W takim wypadku, panie, opuszczę Brytanię i pozostawię Mordreda pod twoją opieką.

Reprezentanci Dumnonii znowu zaczęli głośno protestować, ale tym razem uciszył nas Tewdrik.

– Nie wiemy, jaką odpowiedź przywiezie książę Galahad – stwierdził – ale jedno mogę obiecać. Jeśli tron Mordreda będzie zagrożony, ja, król Tewdrik, przystąpię do wojny. W przeciwnym razie nie widzę po temu powodu.

Musieliśmy zadowolić się tą obietnicą. Losy wojny zależały teraz od odpowiedzi Gorfyddyda. Aby ją uzyskać, Galahad wyruszył następnego ranka na północ.

Towarzyszyłem Galahadowi w jego misji. Odradzał mi to, twierdząc, że narażam życie, ale uparłem się jak nigdy dotąd. Błagałem też o pozwolenie Artura, mówiąc, że co najmniej jeden przedstawiciel Dumnonii powinien usłyszeć, jakie Gorfyddyd ma zamiary wobec naszego króla, i Artur wstawił się za mną u Galahada, który wreszcie ustąpił. Byliśmy w końcu przyjaciółmi. Przez wzgląd na moje bezpieczeństwo Galahad domagał się jednak, abym udawał jego sługę i niósł tarczę z jego godłem.

– Nie masz przecież godła – zauważyłem.

– Teraz już mam – odparł i rozkazał, aby na naszych tarczach wymalowano krzyże. – Dlaczego by nie? – zapytał. – Jestem chrześcijaninem.

– To źle wygląda – stwierdziłem. Przywykłem do tego, że tarcze wojowników zdobiły wizerunki byków, orłów, smoków lub jeleni, a nie jakieś geometryczne symbole religijne.

– Mnie się podoba – oznajmił Galahad. – A poza tym jesteś teraz tylko moim pokornym sługą, Derfel, więc twoje zdanie nie ma znaczenia. Żadnego. – Roześmiał się i uskoczył przed ciosem, gdy próbowałem uderzyć go w ramię.

Byłem zmuszony jechać do Caer Sws konno. Przez wszystkie lata służby u Artura nie przywykłem nigdy do siedzenia na koniu. Sadowiłem się zawsze blisko zadu wierzchowca, ale w tej sytuacji nie sposób było objąć kolanami jego boków. Należało przesunąć się do przodu, w kierunku szyi zwierzęcia, a wtedy stopy wisiały luźno w powietrzu tuż za jego przednimi nogami. Zacząłem w końcu wkładać jedną stopę w popręg siodła, aby mieć jakiś punkt zaczepienia, co oburzało Galahada, dumnego ze swych jeździeckich umiejętności.

– Co ty wyprawiasz! – mówił.

– Nie mam gdzie oprzeć stóp!

– Koń stoi na ziemi na czterech nogach. To ci nie wystarczy?

Dotarliśmy do Caer Lud, głównej fortecy Gorfyddyda na przygranicznych wzgórzach. Miasto leżało na zboczu w zakolu rzeki, sądziliśmy więc, że wartownicy będą tam mniej czujni niż ci, którzy strzegli rzymskiej drogi w dolinie Lugg. Mimo to nie wyjawiliśmy im prawdziwego celu naszej wizyty w Powys. Powiedzieliśmy tylko, że jesteśmy wygnańcami z Armoryki, którzy chcą dostać się do królestwa Gorfyddyda. Usłyszawszy, że Galahad jest księciem, strażnicy zaprowadzili nas do dowódcy garnizonu. Szliśmy przez miasto pełne uzbrojonych ludzi. Przy każdych drzwiach stały oparte włócznie, a pod ławami w tawernach leżały sterty hełmów. Dowódca garnizonu był przepracowanym człowiekiem, któremu najwyraźniej ciążyły obowiązki, wynikające z utrzymywania w ryzach liczniejszych niż zwykle oddziałów.

– Wiedziałem, książę, że musicie być z Armoryki, kiedy zobaczyłem wasze tarcze – powiedział do Galahada. – Macie dziwne godło.

– Dla nas jest zaszczytne – stwierdził poważnie Galahad, nie zauważając mojego spojrzenia.

– Z pewnością, z pewnością – odparł dowódca, który nazywał się Halsyd. – Jesteś tu, oczywiście, mile widziany, książę. Nasz Wielki Król udziela gościny wszystkim... – Zamilkł, wyraźnie zmieszany. Chciał powiedzieć, że Gorfyddyd przyjmuje pod swój dach każdego pozbawionego ziemi wojownika, ale w odniesieniu do wywłaszczonego księcia Armoryki zabrzmiałoby to jak obelga. – Wszystkim dzielnym ludziom – dokończył dyplomatycznie. – Zamierzasz przypadkiem tu zostać? – zapytał, najwyraźniej obawiając się, że będzie miał do wykarmienia jeszcze dwie gęby, gdy w mieście brakowało już żywności dla żołnierzy.

– Jadę z moim sługą do Caer Sws – oznajmił Galahad, wskazując na mnie.

– Niech bogowie ci sprzyjają, książę.

I tak znaleźliśmy się na terytorium wroga. Mijaliśmy ciche doliny ze stojącymi na polach snopami zboża i sadami pełnymi dojrzewających jabłek. Następnego dnia dotarliśmy do wzgórz i podążaliśmy krętą bitą drogą wśród wilgotnych lasów, aż wreszcie zobaczyliśmy przełęcz, prowadzącą do stolicy królestwa Gorfyddyda. Przeszedł mnie dreszcz na widok surowych ziemnych wałów Caer Sws. Armia Gorfyddyda zbierała się w Branogenium, o czterdzieści mil dalej, ale wokół Caer Sws także roiło się od żołnierzy. Zbudowane przez nich prymitywne szałasy z kamieni i darni otaczały fort, na którego murach powiewało osiem sztandarów, symbolizujących królestwa będące w sojuszu z Gorfyddydem.

– Jest ich osiem? – zdziwił się Galahad. – Powys, Syluria, Elmet i które jeszcze?

– Cornovia, Demetia, Gwynedd, Rheged i Czarne Tarcze – wyliczyłem, uzupełniając tę ponurą listę.

– Nic dziwnego, że Tewdrik chce pokoju – stwierdził cicho Galahad, patrząc na potężne obozowisko po obu stronach rzeki, płynącej w pobliżu stolicy wroga.

Zjechaliśmy do tego wilczego gniazda. Dzieci biegły za nami, zauważając, że mamy dziwne tarcze, a ich matki rzucały z szałasów podejrzliwe spojrzenia. Mężczyźni zwracali uwagę na nasze godło i broń, ale nie zostaliśmy przez nikogo zatrzymani.

Dopiero gdy dotarliśmy do bram Caer Sws, królewska straż Gorfyddyda zagrodziła nam drogę lśniącymi włóczniami.

– Jestem Galahad, książę Benoic – oznajmił dumnie mój towarzysz. – Przybywam z wizytą do mego kuzyna Wielkiego Króla.

– Jest twoim kuzynem? – zapytałem szeptem.

– To zwyczajowe określenie – odparł cicho.

Znalazłszy się na dziedzińcu, zrozumieliśmy, dlaczego w Caer Sws było tyle wojska. Wkopano tam w ziemię trzy wysokie słupy, przy których miały się odbyć oficjalne ceremonie, poprzedzające rozpoczęcie wojny. Powys było jednym z najbardziej pogańskich królestw i pielęgnowano w nim dawne rytuały. Podejrzewałem, że wielu obozujących za murami żołnierzy przybyło specjalnie z Branogenium, aby uczestniczyć w obrzędach i przekazać potem swoim towarzyszom, iż bogowie otrzymali stosowną ofiarę. Gorfyddyd się nie spieszył. Przygotowania do wojny prowadzono metodycznie i Artur miał zapewne rację, że niespodziewany atak mógł przynieść nam powodzenie.

Służący zajęli się naszymi końmi, po czym jeden z doradców króla zadał Galahadowi kilka pytań i upewniwszy się, że jest tym, za kogo się podaje, wprowadził nas do wielkiej sali. Odźwierny zabrał nam miecze, tarcze i włócznie, kładąc je obok broni należącej do przybyłych wcześniej wojowników.

Między przysadzistymi dębowymi słupami, na których wisiały symbolizujące wojnę ludzkie czaszki, zebrało się ponad stu ludzi. Byli to królowie, książęta, wodzowie i czempioni sojuszniczych armii. Jedyne umeblowanie sali stanowił rząd umieszczonych na podium tronów. Siedział tam Gorfyddyd, mając nad głową wizerunek orła. Miejsce na niższym tronie obok niego zajmował Gundleus. Zobaczywszy króla Sylurii, poczułem pulsowanie blizny na lewej ręce. Obok Gundleusa przykucnął Tanaburs, a Gorfyddydowi towarzyszył z prawej strony jego druid Iorweth. Na trzecim tronie siedział Cuneglas, następca tronu Powys, a przy nim królowie, których nie rozpoznałem. Na sali nie było żadnych kobiet. Mężczyźni odbywali niewątpliwie naradę wojenną albo po prostu korzystali z okazji, by napawać się oczekiwanym zwycięstwem. Wszyscy byli w kolczugach i skórzanych kaftanach.

Przystanęliśmy z tyłu sali. Zauważyłem, że Galahad odmawia bezgłośnie modlitwę do swojego Boga. Wielki wilczur z naderwanym uchem i pokiereszowanym zadem obwąchał nam buty, po czym pobiegł do swego pana, który stał z innymi wojownikami na pokrytej matami podłodze z ubitej ziemi. W rogu sali bard śpiewał cicho wojenną pieśń, ale nikt go nie słuchał, gdyż Gundleus opowiadał właśnie, jakiego wsparcia spodziewa się z Demetii. Jeden z wodzów, któremu Irlandczycy musieli dać się w przeszłości we znaki, krzyknął, że Powys nie potrzebuje pomocy Czarnych Tarcz, aby pokonać Artura i Tewdrika, ale Gorfyddyd uciszył natychmiast jego protesty. Obawiałem się, że będziemy zmuszeni czekać do zakończenia rady, ale już po minucie zaprowadzono nas przed oblicze Gorfyddyda. Rzuciłem okiem na Gundleusa i Tanabursa. Żaden z nich mnie nie rozpoznał.

Padliśmy pokornie na kolana.

– Wstańcie – rozkazał Gorfyddyd. Wykonaliśmy jego polecenie. Ponownie miałem okazję przyjrzeć mu się z bliska. Nie zmienił się wiele od czasu, gdy widziałem go po raz ostatni. Był równie zgorzkniały i podejrzliwy jak wtedy, gdy Artur przyszedł prosić o rękę Ceinwyn, tyle że wskutek choroby zupełnie posiwiały mu włosy i broda. Rzadki zarost nie mógł ukryć wola na jego szyi. Spojrzał na nas zmęczonymi oczami. – Galahad – powiedział szorstkim tonem. – Książę Benoic. Słyszeliśmy o twoim bracie, Lancelocie, ale nie o tobie. Jesteś tak jak on jednym z fagasów Artura?

– Nigdy u nikogo nie służyłem, panie – stwierdził Galahad. – Ślubowałem posłuszeństwo tylko mojemu ojcu, którego kości zdeptali wrogowie. Nie mam ziemi.

Gorfyddyd poruszył się na tronie. Pusty lewy rękaw bluzy zwisał mu bezwładnie obok poręczy fotela, przypominając nieustannie o jego znienawidzonym wrogu Arturze.

– Więc przychodzisz do mnie po ziemię, Galahadzie z Benoic? – zapytał. – Potrzebuje jej wielu ludzi – ostrzegł, wskazując na zatłoczoną salę. – Ale śmiem twierdzić, że w Dumnonii wystarczy ziemi dla wszystkich.

– Przywożę ci, panie, pozdrowienia od króla Tewdrika z Gwentu.

Słowa Galahada wywołały w sali wielkie poruszenie. Ludzie, którzy ich nie dosłyszeli, dopytywali się, co powiedział, i przez kilka sekund trwał szmer rozmów. Cuneglas, syn Gorfyddyda, wpatrywał się w księcia Benoic. Na jego okrągłej twarzy z długimi ciemnymi wąsami malowała się troska. Nic dziwnego, bo Cuneglas, podobnie jak Artur, tęsknił za pokojem, lecz gdy Artur porzucił Ceinwyn, zniweczył również nadzieje księcia Powys, który teraz musiał wyruszyć z ojcem na wojnę, grożącą spustoszeniem południowych królestw.

– Zdaje się, że nasi wrogowie tracą ochotę do walki – stwierdził Gorfyddyd. – W przeciwnym razie po co Tewdrik przesyłałby mi pozdrowienia?

– Tewdrik, Wielki Królu, nikogo się nie boi, ale miłuje pokój – oznajmił Galahad, celowo używając tytułu, który władca Powys przywłaszczył sobie, będąc pewnym zwycięstwa.

Gorfyddyd pochylił się do przodu i przez moment sądziłem, że zwymiotuje, ale on po prostu się śmiał.

– My, królowie, miłujemy pokój tylko wtedy, gdy wojna nie jest nam na rękę – powiedział w końcu. – To zgromadzenie, Galahadzie z Benoic – wskazał na tłum wodzów i książąt – pozwala zrozumieć postawę Tewdrika. – Przerwał, aby zaczerpnąć tchu. – Dotychczas, Galahadzie z Benoic, odmawiałem przyjmowania jego posłańców. Po co miałbym ich przyjmować? Czy orła wzrusza beczenie jagnięcia, które chce pożreć? Za kilka dni będę wysłuchiwał błagań mieszkańców Gwentu o litość, ale na razie, skoro przybyłeś z tak daleka, możesz mnie zabawić. Co proponuje Tewdrik?

– Pokój, panie. Po prostu pokój.

Gorfyddyd splunął.

– Nie masz ziemi, Galahadzie i przychodzisz z pustymi rękami. Czy Tewdrik myśli, że pokój nic nie kosztuje? Czy sądzi, że bez powodu wydaję pieniądze na armię? Uważa mnie za głupca?

– Jego zdaniem, panie, Brytowie nie powinni ze sobą walczyć.

– Mówisz jak kobieta, Galahadzie z Benoic. – Na te wypowiedziane głośno obelżywe słowa cała sala zareagowała śmiechem i szyderstwami. – Mimo wszystko – kontynuował Gorfyddyd, gdy ucichł zgiełk – musisz zawieźć do Gwentu jakąś odpowiedź, więc oto ona. – Przerwał, aby zebrać myśli. – Powiedz Tewdrikowi, że jest jagnięciem, które próbuje ssać mleko z jałowego sutka Dumnonii. Powiedz mu, że nie walczę z nim, tylko z Arturem, może więc mieć pokój, jeśli spełni dwa warunki. Musi, po pierwsze, pozwolić mojej armii przejść bez przeszkód przez swoje ziemie, a po drugie dostarczyć mi tyle zboża, żebym wyżywił przez dziesięć dni tysiąc ludzi. – Zebranym na sali wojownikom zaparło dech w piersiach. Były to twarde warunki, ale zarazem rozsądne. Gdyby Tewdrik je przyjął, uniknąłby grabieży swego królestwa i ułatwił Gorfyddydowi atak na Dumnonię. – Czy jesteś upoważniony, Galahadzie z Benoic, aby zaakceptować moje żądania? – zapytał Gorfyddyd.

– Nie, panie. Miałem dowiedzieć się tylko, co proponujesz, i zapytać, jak zamierzasz postąpić z Mordredem, królem Dumnonii, którego Tewdrik przysięgał bronić.

Gorfyddyd zrobił minę niewiniątka.

– Czy wyglądam na człowieka, który wypowiada wojnę dzieciom? – zapytał, po czym wstał i podszedł na skraj podium. – Walczę z Arturem – powiedział, zwracając się do wszystkich zebranych – który wolał poślubić dziwkę z Henis Wyren niż moją córkę. Czy nie należy pomścić takiej zniewagi? – Na sali podniosła się wrzawa. – Artur jest parweniuszem – krzyknął Gorfyddyd – poczętym w łonie dziwki, więc pociągają go nierządnice! Dopóki Gwent i Dumnonia będą broniły dziwkarza, pozostaną naszymi wrogami. Będą nam dostarczać złota, niewolników, żywności, ziemi, kobiet i chwały! Zabijemy Artura, a jego dziwkę oddamy żołnierzom. – Zaczekał, aż umilkną owacje, po czym spojrzał władczo na Galahada. – Powiedz to wszystko Tewdrikowi, Galahadzie z Benoic, a potem Arturowi.

– Niech zrobi to Derfel – powiedział ktoś z głębi sali. Odwróciwszy się, zobaczyłem Ligessaka, zdradzieckiego dowódcę straży Norwenny, służącego teraz Gundleusowi. – To człowiek Artura, Wielki Królu – powiedział, wskazując na mnie. – Przysięgam, że mówię prawdę.

W sali zawrzało. Wykrzykiwano, że jestem szpiegiem, i domagano się mojej śmierci. Tanaburs przyglądał mi się uważnie, próbując dostrzec moją twarz pod długą jasną brodą i bujnymi wąsami, po czym nagle wrzasnął:

– Zabić go! Zabić!

Strażnicy Gorfyddyda, jedyni uzbrojeni ludzie w sali, natychmiast znaleźli się przy mnie. Król zatrzymał ich, unosząc dłoń, i uciszył powoli wzburzony tłum.

– Przysięgałeś wierność temu dziwkarzowi? – zapytał groźnym tonem.

– Derfel jest moim sługą, Wielki Królu – upierał się Galahad.

– Niech sam odpowie – powiedział Gorfyddyd, wskazując na mnie. – Przysięgałeś wierność Arturowi?

Nie mogłem skłamać.

– Tak, panie – przyznałem.

Gorfyddyd zszedł ociężale z podium i wyciągnął rękę do strażnika, choć nadal patrzył na mnie.

– Wiesz, psie, co zrobiliśmy z ostatnim posłańcem Artura?

– Zabiłeś go, panie – odparłem.

– Posłałem jego wyżartą przez robaki głowę twojemu dziwkarzowi, oto co zrobiłem. Pospiesz się! – warknął do stojącego najbliżej strażnika, który nie wiedział, o co królowi chodzi. – Twój miecz, głupcze! – rzucił Gorfyddyd. Strażnik wyciągnął pospiesznie broń i wręczył ją swemu panu.

– Królu... – Galahad wystąpił naprzód, ale Gorfyddyd śmignął mu mieczem tuż przed oczami.

– Uważaj, co mówisz, Galahadzie z Benoic – ostrzegł.

– Błagam, abyś darował Derflowi życie – powiedział książę. – Nie przybył tu jako szpieg, lecz emisariusz pokoju.

– Nie chcę pokoju! – krzyknął Gorfyddyd. – Nie sprawia mi przyjemności! Chcę, żeby Artur płakał tak, jak niegdyś moja córka. Rozumiesz? Chcę zobaczyć jego łzy! Chcę, żeby błagał mnie o litość i czołgał się u moich stóp. Pragnę ujrzeć go martwego, a jego dziwkę oddać moim ludziom, żeby mogli się z nią zabawiać. Żaden poseł Artura nie jest tu mile widziany.

Artur dobrze o tym wie! I ty też! – Te ostatnie słowa skierował do mnie, zwracając miecz ku mojej twarzy.

– Zabij go! Zabij! – Tanaburs, odziany w swą obdartą haftowaną szatę, podskakiwał bez przerwy, tak że kostki w jego włosach grzechotały jak potrząsane w rondlu suche ziarna fasoli.

– Spróbuj go tknąć, Gorfyddydzie – odezwał się z sali nowy głos – a twoje życie będzie w moich rękach. Pogrzebię cię na stosie gnoju w Caer Idion i sprowadzę psy, żeby sikały na twoje zwłoki. Dam twoją duszę do zabawy znudzonym elfom. Pozostaniesz w ciemnościach do końca świata, a potem będę na ciebie pluł, dopóki nie zacznie się nowa era, lecz dopiero później, królu, zaznasz najgorszych męczarni.

Poczułem, że napięcie opada ze mnie jak fala przypływu. Tylko jeden człowiek ważyłby się mówić w ten sposób do Wielkiego Króla. Merlin! Przeszedł powoli przez środek sali i minąwszy mnie, uniósł swą czarną laskę iście królewskim gestem, na jaki nie byłoby stać nawet Gorfyddyda, i odsunął na bok dotykające mojej szyi ostrze miecza. Potem szepnął coś na ucho Tanabursowi, który z krzykiem rzucił się do ucieczki.

Merlin potrafił się przeistaczać jak żaden inny człowiek. Lubił udawać, oszukiwać i zwodzić. Potrafił być szorstki, złośliwy, cierpliwy lub szczodry, ale tego dnia wcielił się w postać bezwzględnego tyrana. Na jego ciemnej twarzy nie było śladu uśmiechu, a spojrzenie miał tak surowe, że ludzie znajdujący się najbliżej niego instynktownie padli na kolana. Nawet król Gorfyddyd, który jeszcze przed chwilą gotów był mnie zabić, opuścił miecz.

– Mówisz o tym człowieku, lordzie Merlinie? – zapytał.

– Jesteś głuchy, Gorfyddydzie? – warknął Merlin. – Derfel Cadarn będzie żył. Ma być twoim honorowym gościem.

Nakarmisz go i napoisz, dasz mu miejsce do spania i niewolnice, jeśli tylko zechce. Derfel Cadarn i Galahad z Benoic są pod moją opieką. – Odwrócił się i spojrzał wyzywająco na zebranych w sali mężczyzn. – Derfel Cadarn i Galahad z Benoic są pod moją opieką! – powtórzył, wznosząc do góry czarną laskę. Wojownicy zadrżeli na ten widok. – Gdyby nie oni, przepadłaby Mądrość Brytanii. Zginąłbym w Benoic, a wy wszyscy bylibyście skazani na niewolę pod rządami Saksonów. – Zwrócił się ponownie do Gorfyddyda. – Daj im coś do jedzenia. A ty, Derfel, przestań się na mnie gapić – dodał, nawet na mnie nie spojrzawszy.

Wpatrywałem się w niego ze zdziwieniem i z ulgą, zastanawiając się równocześnie, co robi w tym gnieździe wroga. Druidzi mogli oczywiście podróżować, gdzie im się podobało, nawet na terytorium nieprzyjaciela, ale jego obecność w Caer Sws w takim momencie wydawała mi się dziwna, a nawet ryzykowna, bo choć ludzie Gorfyddyda bali się go, byli oburzeni jego interwencją i niektórzy, ukryci bezpiecznie w głębi sali, pomrukiwali nawet, że nie powinien się wtrącać do nie swoich spraw.

– Sprawuję pieczę nad waszymi duszami – zwrócił się do nich Merlin, uciszając natychmiast wszelkie protesty. – Jeśli zechcę pogrążyć je w cierpieniu, pożałujecie, że przyszliście na świat. Głupcy! – To ostatnie słowo wypowiedział głośno, potrząsając tak groźnie laską, że odziani w zbroje mężczyźni padli na kolana. Żaden z królów nie ośmielił się interweniować, gdy Merlin roztrzaskał jedną z wiszących na słupie czaszek. – Modlicie się o zwycięstwo? – powiedział. – Ale nad kim? Nad waszymi pobratymcami, a nie nad wrogami! Waszymi wrogami są Saksonowie. Przez lata cierpieliśmy pod rządami Rzymian, a gdy w końcu bogowie nas od nich uwolnili, co robimy? Walczymy między sobą i pozwalamy, by nowi wrogowie zajmowali nasze ziemie, gwałcili nasze kobiety i kradli nasze zboże. Bijcie się, głupcy. Nawet, jeśli wygracie tę wojnę, nie będziecie zwycięzcami.

– Muszę pomścić moją córkę – oznajmił Gorfyddyd zza pleców Merlina.

– Twoja córka, Gorfyddydzie – powiedział Merlin, odwracając się – sama pomści swoją krzywdę. Chcesz znać jej przeznaczenie? – zadał to pytanie drwiącym tonem, ale odpowiedział na nie z powagą. Jego słowa brzmiały jak wyrocznia. – Nigdy nie zajdzie wysoko ani nisko nie upadnie. Będzie szczęśliwa. Jej dusza, Gorfyddydzie, jest błogosławiona. Gdybyś miał choć tyle rozumu co pchła, byłbyś z tego zadowolony.

– Chcę głowy Artura – powiedział wyzywająco Gorfyddyd.

– Więc zdobądź ją – rzucił pogardliwie Merlin, po czym pociągnął mnie za łokieć i rzekł: – Chodź, Derfel. Korzystaj z gościnności wrogów.

Przeszliśmy przez tłum odzianych w zbroje wojowników. Przyglądali się nam wrogo, ale nie mogli nas zatrzymać ani zabronić wstępu do przeznaczonych dla gości komnat Gorfyddyda, z których Merlin najwyraźniej korzystał.

– A więc Tewdrik chce pokoju? – zapytał.

– Tak, panie – odparłem.

– To do niego podobne. Jest chrześcijaninem i uważa się za mądrzejszego od bogów.

– A ty znasz ich życzenia, panie? – zapytał Galahad.

– Sądzę, że bogowie nie znoszą nudy, więc robię, co mogę, żeby ich zabawić. Dzięki temu uśmiechają się do mnie. Wasz Bóg – stwierdził cierpko – gardzi rozrywkami i żąda, by czczono go na kolanach. Musi być bardzo żałosną postacią. Jest zapewne podobny do Gorfyddyda, wiecznie podejrzliwy i zazdrosny o swoją reputację. Macie szczęście, że się tu zjawiłem – stwierdził z szelmowskim uśmiechem.

Uświadomiłem sobie nagle, jaką czuł satysfakcję, mogąc upokorzyć publicznie Gorfyddyda. Zdobył sławę między innymi dzięki swym spektakularnym wystąpieniom. Niektórzy druidzi, jak Iorweth, unikali rozgłosu, inni, jak Tanaburs, byli perfidni i podstępni, Merlin lubił natomiast dominować i olśniewać. Nie odmówiłby sobie przyjemności upokorzenia ambitnego króla.

– Czy dusza Ceinwyn jest naprawdę błogosławiona? – zapytałem.

– Dlaczego cię to interesuje? – odparł zaskoczony. – Przyznaję, że mam słabość do pięknych kobiet, więc wyczaruję dla niej pomyślną przyszłość. Kiedyś zrobiłem to także dla ciebie, Derfel, choć nie dlatego, że jesteś piękny. – Roześmiał się, po czym wyjrzał przez okno, aby zobaczyć, jak wysoko jest słońce. – Wkrótce ruszam w drogę – oznajmił.

– Co cię tu sprowadziło, panie? – zapytał Galahad.

– Musiałem pomówić z Iorwethem – wyjaśnił Merlin, rozglądając się wokół, by sprawdzić, czy zabrał cały swój dobytek. – To idiota, ale wie parę rzeczy, które mnie wyleciały akurat z głowy. Miał na przykład informacje o Pierścieniu z Eluned. Mam go gdzieś tutaj. – Pomacał kieszenie w podszewce szaty. – W każdym razie miałem – dodał z fałszywą nonszalancją.

– Co to za pierścień? – zapytał Galahad.

Merlin spojrzał spod oka, dziwiąc się ignorancji mego przyjaciela, po czym postanowił go oświecić.

– Pierścień z Eluned – oznajmił dobitnie – jest jednym z Trzynastu Skarbów Brytanii. Zawsze wiedzieliśmy, oczywiście, o ich istnieniu, przynajmniej ci z nas, którzy wierzą w prawdziwych bogów – dodał, patrząc wymownie na

Galahada – ale nie mieliśmy pewności, jaką posiadają naprawdę moc.

– Dowiedziałeś się tego z manuskryptu? – zapytałem.

Merlin uśmiechnął się chytrze. Jego długie siwe włosy były starannie związane na karku czarną wstążką, a broda zapleciona w cienkie warkoczyki.

– Manuskrypt – oznajmił – potwierdził to wszystko, co podejrzewałem albo wiedziałem, i poszerzył trochę moją wiedzę. O, tu jest ten pierścień – powiedział, wyjmując rękę z kieszeni i pokazując nam ów bezcenny skarb, który wyglądał zupełnie zwyczajnie. – Pierścień z Eluned – wyjaśnił – został wykuty na początku świata w Krainie Cieni. To właściwie tylko kawałek metalu, nic takiego. – Rzucił mi go, dodając: – Sam w sobie nie ma żadnej mocy, jak zresztą żaden ze Skarbów Brytanii. Magiczny Płaszcz nie uczyni nikogo niewidzialnym, a Róg z Bran Galed nie ma wcale piękniejszego brzmienia niż inne myśliwskie rogi. Nawiasem mówiąc, Derfel, czy zabrałeś Nimue z Wyspy Umarłych?

– Tak.

– To dobrze. Przypuszczałem, że to zrobisz. Ta wyspa to ciekawe miejsce, nie uważasz? Udaję się tam czasem, kiedy potrzebuję stymulującego towarzystwa. O czym to ja mówiłem? Aha, o skarbach. W sumie to bezwartościowe rupiecie. Kaftana z Padarn, który jest jednym ze skarbów, nie dałbym nawet żebrakowi, bo poczułby się urażony.

– Więc co z nich za pożytek? – zapytał Galahad. Odebrawszy ode mnie pierścień, oddał go Merlinowi.

– Skarby Brytanii dają władzę nad bogami – mruknął Merlin, jakby było to oczywiste. – To na pozór tandetne starocie, ale gdy zbierzesz je razem, bogowie będą na twoje rozkazy. Trzeba, rzecz jasna, znać odpowiednie zaklęcia – dodał pospiesznie. – I nie wiadomo, czy czary zadziałają, bo nikt nie miał dotąd okazji tego sprawdzić. Czy Nimue dobrze się czuje? – zapytał troskliwie.

– Teraz już tak.

– Masz do mnie żal? Uważasz, że powinienem był zabrać ją z Wyspy? Mój drogi, jestem zbyt zajęty, by szukać Nimue po całej Brytanii! Gdyby nie potrafiła poradzić sobie sama, jaki byłby z niej pożytek?

– Mogła zginąć – powiedziałem z wyrzutem, myśląc o grasujących na Wyspie Umarłych upiorach i kanibalach.

– Oczywiście! Jaki byłby sens próby, gdyby nie istniało żadne ryzyko? Rozumujesz jak dziecko, Derfel. – Merlin pokręcił głową z ubolewaniem, po czym wsunął pierścień na jeden ze swych długich kościstych palców. Spojrzał na nas tak poważnie, że oczekiwaliśmy w napięciu jakiejś demonstracji magicznej siły. Zobaczywszy nasze miny, roześmiał się po chwili i rzekł: – Mówiłem wam, że te skarby to nic takiego!

– Ile ich masz? – zapytał Galahad.

– Kilka – odparł wymijająco Merlin. – Ale nawet gdybym zdobył dwanaście, nic by mi to nie dało. Ciągle nie wiadomo, gdzie jest trzynasty skarb, Derfel, Kocioł z Clyddno Eiddyn. Bez niego jesteśmy zgubieni.

– Tak czy inaczej, już przegraliśmy – stwierdziłem z goryczą. Merlin spojrzał na mnie takim wzrokiem, jakbym był wyjątkowo tępy.

– Mówisz o wojnie? – powiedział po chwili. – Po to tu przybyliście? Żeby błagać o pokój? Ależ z was głupcy! Gorfyddyd nie chce pokoju. To barbarzyńca. Ma tyle rozumu co wół. Chce zostać Wielkim Królem, więc musi zawładnąć Dumnonią.

– Twierdzi, że pozostawi Mordreda na tronie – powiedział Galahad.

– A co innego miałby mówić? – rzekł z pogardą Merlin. – Ale gdy tylko dostanie tego smarkacza w swoje ręce, skręci mu kark. I dobrze zrobi.

– Pragniesz zwycięstwa Gorfyddyda? – zapytałem wstrząśnięty.

– Oj, Derfel, Derfel – westchnął ciężko. – Jesteś tak podobny do Artura. Myślisz, że życie jest proste, że wszystko jest dobre albo złe, czarne albo białe. Wiesz, czego pragnę? Powiem ci. Chcę odnaleźć Trzynaście Skarbów, wezwać dawnych bogów i rozkazać im, aby przywrócili Brytanii jej splendor z czasów przed przybyciem Rzymian. Nie będzie tu więcej chrześcijan – wskazał palcem na Galahada – ani czcicieli Mitrasa – spojrzał na mnie. – Pozostaną tylko wyznawcy starych bóstw w rządzonej przez nich krainie. Tego właśnie pragnę, Derfel.

– Co będzie z Arturem? – zapytałem.

– A co ma być? Jest mężczyzną, nosi miecz i potrafi o siebie zadbać. Los jest nieubłagany, Derfel. Jeśli los zadecyduje, że Artur ma wygrać tę wojnę, będzie bez znaczenia, czy Gorfyddyd zgromadzi przeciw niemu wszystkie armie świata. Gdybym nie był zajęty ważniejszymi sprawami, pomógłbym Arturowi, bo go lubię, ale los zrządził, że jestem słabowitym starcem, mam pęcherz jak przeciekający bukłak i muszę oszczędzać siły – oznajmił nam to wszystko energicznym tonem. – Nawet ja nie mogę równocześnie wygrywać za Artura wojny, leczyć szaleństwa Nimue i szukać Skarbów Brytanii. Oczywiście, gdybym uznał, że ocalenie życia Arturowi pomoże mi odnaleźć skarby, z pewnością pospieszyłbym na pole walki. Ale w innym wypadku? – Wzruszył ramionami, jakby wojna nie miała dla niego znaczenia. I chyba rzeczywiście tak było. Odwrócił się w stronę niewielkiego okna i spojrzał na trzy słupy, stojące na dziedzińcu. – Mam nadzieję, że zostaniecie obejrzeć ceremonię?

– A powinniśmy? – zapytałem.

– Oczywiście, jeśli tylko Gorfyddyd wam pozwoli. Wszystkiego warto doświadczyć. Ja nie zostaję, bo dostatecznie często brałem już udział w takich obrzędach, ale wy możecie się tu czuć bezpieczni. Jeśli z tych waszych głupich głów spadnie choć jeden włos, zamienię Gorfyddyda w ślimaka. Teraz muszę już iść. Iorweth twierdzi, że w pobliżu granicy z Demetią mieszka stara kobieta, która może pamiętać coś ważnego. Zakładając, oczywiście, że żyje i że nie szwankuje jej pamięć. Nie znoszę rozmawiać ze staruszkami. Kiedy ktoś dotrzymuje im towarzystwa, są za to tak wdzięczne, że plotą bez końca i zwykle nie na temat. Co za perspektywa! Przekaż Nimue, że bardzo chcę ją zobaczyć! – Powiedziawszy to, wyszedł na dziedziniec.

Po południu niebo się zachmurzyło i zaczęło nieprzyjemnie mżyć. Druid Iorweth przyszedł nas zapewnić, że możemy czuć się bezpieczni, ale taktownie napomknął, że nadużylibyśmy wymuszonej gościnności Gorfyddyda, biorąc udział w wieczornej uczcie, w której mieli uczestniczyć jego sojusznicy, wyruszający wkrótce z Caer Sws na południe, aby dołączyć do reszty armii w Branogenium. Obiecaliśmy, że nie przyjdziemy na ucztę. Druid podziękował nam uśmiechem, po czym usiadł na ławie przy drzwiach.

– Jesteście przyjaciółmi Merlina? – zapytał.

– Lord Derfel zna go od lat – odparł Galahad. Iorweth przetarł zmęczone oczy. Był starcem o przyjaznej, łagodnej twarzy. Na jego łysinie widniały tuż nad uszami ślady tonsury.

– Mam nieodparte wrażenie – powiedział – że mój brat Merlin oczekuje zbyt wiele od bogów. Wierzy, że na świecie można przywrócić dawny porządek i że przeszłość da się wymazać jak rysunek na piasku. A tak nie jest. – Podrapał się po brodzie, bo dokuczała mu wesz. Potem spojrzał na Galahada, który miał zawieszony na szyi krzyż. – Zazdroszczę temu waszemu chrześcijańskiemu Bogu – stwierdził, kręcąc głową. – Jest jeden, ale w trzech osobach. Jest równocześnie żywy i martwy. Jest wszędzie i nigdzie. Żąda, byście oddawali mu cześć, ale nie pozwala czcić innych bogów. W obliczu takich sprzeczności człowiek może wierzyć we wszystko albo w nic. Z naszymi bogami jest inaczej. Są jak królowie, kapryśni i potężni. Kiedy chcą, zapominają o nas. Nieważne, w co wierzymy. Liczy się jedynie ich wola. Nasze czary działają tylko wtedy, gdy oni na to pozwolą. Merlin oczywiście by się ze mną nie zgodził. Sądzi, że jeśli będziemy dostatecznie głośno krzyczeć, bogowie zwrócą na nas uwagę. Ale co się robi z krzyczącym dzieckiem?

– Sprawdza się, co mu dolega – powiedziałem.

– Dostaje lanie, lordzie Derflu – stwierdził Iorweth. – Bije się je, dopóki nie umilknie. Mam obawy, że lord Merlin już od dawna zbyt głośno krzyczy. – Wstał i podniósł swoją laskę. – Przykro mi, że nie możecie jeść dziś kolacji z wojownikami, ale księżniczka Helledd zaprasza was do siebie.

Galahad powiedział, że to dla nas zaszczyt, ale nie byłem pewien, czy rzeczywiście. Helledd z Elmet była żoną Cuneglasa i Gorfyddyd mógł ją nakłonić, aby nas zaprosiła, chcąc pokazać, że powinniśmy zasiadać do stołu z kobietami i dziećmi.

Na wieczerzy u Helledd spotkałem Ceinwyn. Bardzo chciałem znowu ją zobaczyć. Pragnąłem tego od chwili, gdy Galahad zaproponował, że uda się z misją do Powys, i dlatego czyniłem tak rozpaczliwe wysiłki, by mu towarzyszyć. Nie przybyłem do Caer Sws, aby ocalić pokój, lecz żeby ujrzeć ponownie twarz Ceinwyn, i teraz zobaczyłem ją w drżącym świetle świec.

Mimo upływu czasu wcale się nie zmieniła. Miała równie delikatne rysy, nienaganne maniery, jasne włosy i cudowny uśmiech jak przed laty. Kiedy weszliśmy do sali, droczyła się z małym chłopcem, próbując nakarmić go jabłkiem. Był to Perddel, syn Cuneglasa.

– Postraszyłam go, że jeżeli nie będzie jadł, okrutni wojownicy z Dumnonii zabiorą go ze sobą – oznajmiła z uśmiechem. – Chyba chce z wami jechać, bo niczego nie ruszył.

Helledd z Elmet, matka Perddela, była wysoką kobietą o wydatnej szczęce i jasnych oczach. Gdy się zjawiliśmy, rozkazała służącej nalać nam miodu, a potem przedstawiła nas swoim ciotkom Tonwyn i Elsel. Najwyraźniej przeszkodziliśmy im w rozmowie i ich cierpkie spojrzenia sugerowały, że powinniśmy natychmiast wyjść, ale Helledd była bardziej uprzejma.

– Znacie księżniczkę Ceinwyn? – zapytała.

Galahad ukłonił się jej i przykucnął obok Perddela. Zawsze lubił dzieci, a one z kolei ufały mu od pierwszego wejrzenia. Już po chwili dwaj książęta bawili się w polowanie. Kawałki jabłka były lisami, które miały norę w ustach Perddla, a palce Galahada chartami. Jabłko błyskawicznie zniknęło.

– Dlaczego o tym nie pomyślałam? – zapytała Ceinwyn.

– Bo nie wychowała cię matka Galahada, pani – powiedziałem – która z pewnością karmiła go w taki sam sposób. Do dzisiaj nie zaczyna jeść, dopóki ktoś nie zagra na myśliwskim rogu.

Roześmiała się i nagle zauważyła broszkę, którą miałem na piersi. Wstrzymała oddech i zarumieniła się. Przez moment sądziłem, że popełniłem niewybaczalny błąd. Po chwili jednak powiedziała z uśmiechem:

– Czy nie powinnam cię pamiętać, lordzie Derflu?

– Nie, pani. Byłem wtedy bardzo młody.

– Zachowałeś tę broszkę? – zapytała, wyraźnie zaskoczona, że ktoś ceni sobie jej dar.

– Tak, pani, choć wszystko poza tym straciłem.

Księżniczka Helledd przerwała naszą rozmowę, pytając, co sprowadza Galahada i mnie do Caer Sws. Z pewnością już to wiedziała, ale wypadało jej udawać, że nie orientuje się w sprawach, które omawiają w sali mężczyźni. Odparłem, że przysłano nas, abyśmy ustalili, czy wojna jest nieunikniona.

– I co sądzicie? – zapytała księżniczka ze zrozumiałą troską, gdyż następnego dnia jej mąż miał wyruszyć na południe, aby walczyć.

– Niestety, pani, dojdzie chyba do wojny – oznajmiłem.

– To wszystko wina Artura – stwierdziła zdecydowanie księżniczka Helledd, a jej ciotki skwapliwie przytaknęły.

– Artur przyznałby ci rację, pani – powiedziałem – i bardzo ubolewa nad tym, co uczynił.

– Więc dlaczego z nami walczy? – dopytywała się Helledd.

– Ponieważ przysięgał bronić tronu Mordreda, pani.

– Przecież mój teść nie zamierza wydziedziczyć potomka Uthera – stwierdziła z przekonaniem księżniczka.

– Lord Derfel omal nie stracił dziś życia, poruszając ten temat – powiedziała żartobliwie Ceinwyn.

– Lord Derfel – wtrącił się Galahad, trzymając w ręce ostatni kawałek jabłka – ocalił życie, bo jest ulubieńcem swoich bogów.

– A nie twojego, książę? – zapytała ostrym tonem Helledd.

– Mój Bóg miłuje wszystkich, pani.

– Czy to znaczy, że jest taki niewybredny? – powiedziała ze śmiechem.

Popijaliśmy drób i dziczyznę ohydnym winem, które musiano zbyt długo przechowywać od czasu, gdy zostało sprowadzone do Brytanii. Po kolacji przesiedliśmy się na wyścielone poduszkami kanapy i słuchaliśmy gry harfistki. Galahadowi i mnie było niewygodnie na tych niskich, miękkich sofach przeznaczonych dla kobiet, ale ja nie narzekałem, bo udało mi się zająć miejsce obok Ceinwyn. Przez jakiś czas siedziałem wyprostowany, lecz potem oparłem się na łokciu i zacząłem z nią cicho rozmawiać. Gdy pogratulowałem jej zaręczyn z Gundleusem, rzuciła mi rozbawione spojrzenie.

– Mówisz jak dworzanin – zauważyła.

– Czasem muszę nim być, pani. Wolałabyś, żebym zachowywał się jak wojownik?

Wsparła się na łokciu, abyśmy mogli rozmawiać, nie zagłuszając muzyki. Jej bliskość działała na mnie odurzająco.

– Król Gundleus domaga się mojej ręki w zamian za przystąpienie do wojny – oznajmiła cicho.

– Więc jego armia, pani, musi być najcenniejsza w całej Brytanii – powiedziałem.

Nie odpowiedziała uśmiechem na ten komplement, lecz wpatrywała się we mnie usilnie.

– Czy to prawda – zapytała spokojnie – że Gundleus zabił Norwennę?

Jej szczerość wprawiła mnie w zakłopotanie.

– A co on mówi, pani? – odpowiedziałem pytaniem.

– Twierdzi – rzekła tak cicho, że prawie jej nie słyszałem – iż jego ludzie zostali zaatakowani i Norwenna zginęła przypadkowo w potyczce.

Rzuciłem okiem na piękną harfistkę. Ciotki patrzyły w naszą stronę, ale Helledd najwyraźniej nie zwracała na nas uwagi. Galahad słuchał muzyki, obejmując jedną ręką śpiącego Perddela.

– Byłem tego dnia na górze Tor – oznajmiłem, odwracając się do Ceinwyn.

– I co?

Uznałem, że zasługuje na szczerą odpowiedź.

– Norwenna uklękła przed Gundleusem, aby go powitać, pani – powiedziałem – a on wbił jej w gardło miecz. Byłem tego świadkiem.

Twarz Ceinwyn stężała na chwilę. Drżące światło świec rzucało blask na jej bladą skórę, przesłaniając delikatnym cieniem policzki i podbródek. Była ubrana w bogatą jasnobłękitną suknię z lnu, obrębioną srebrnobiałą, cętkowaną skórą gronostaja. Na szyi miała srebrną kolię, a w uszach srebrne pierścienie. Pomyślałem, że srebro pasuje znakomicie do jej jasnych włosów.

– Bałam się usłyszeć prawdę – powiedziała, cicho wzdychając. – Ale księżniczki wychodzą za mąż z obowiązku, a nie wedle swego życzenia. – Odwróciła na chwilę głowę w kierunku harfistki, po czym znów nachyliła się do mnie. – Ojciec twierdzi – powiedziała zdenerwowana – że wyrusza na wojnę w obronie mojego honoru. Czy to prawda?

– Z jego punktu widzenia tak, ale możesz mi wierzyć, pani, że Artur bardzo żałuje, iż wyrządził ci krzywdę.

Ceinwyn skrzywiła się lekko. Była to dla niej z pewnością bolesna sprawa, o której nie potrafiła zapomnieć. Opuściwszy ją, Artur ożenił się i zaznał szczęścia, a Ceinwyn, pogrążona w smutku i cierpieniu, próbowała bezskutecznie pojąć, dlaczego tak postąpił.

– Czy ty go rozumiesz? – zapytała po chwili.

– Wtedy go nie rozumiałem, pani – odparłem. – Uważałem go za głupca. Jak zresztą wszyscy.

– A teraz? – spytała, patrząc mi w oczy. Zastanawiałem się przez chwilę.

– Myślę, pani, że Artura ogarnęło szaleństwo, nad którym nie potrafił zapanować.

– Miłość?

Spojrzałem na Ceinwyn i powiedziałem sobie, że wcale jej nie kocham, a broszka, którą od niej dostałem, to tylko talizman, przypadkowy dar losu. Była przecież księżniczką, a ja synem niewolnicy.

– Tak, pani. Artur oszalał z miłości – przyznałem.

– Jesteś w stanie to zrozumieć? – zapytała.

Nie widziałem w tej chwili nikogo oprócz Ceinwyn. Księżniczka Helledd, śpiący książę, Galahad, ciotki i harfistka przestali dla mnie istnieć. Nie widziałem draperii na ścianach ani brązowych świeczników, tylko ogromne smutne oczy Ceinwyn. Serce waliło mi jak młotem.

– Wiem, że można spojrzeć komuś w oczy – powiedziałem – i pojąć nagle, że nie sposób bez tej osoby żyć. Jej głos sprawia, że mocniej bije ci serce, tylko w jej towarzystwie jesteś szczęśliwy, a gdy cię opuszcza, czujesz się samotny i zagubiony.

Ceinwyn milczała przez chwilę, spoglądając na mnie z lekkim zdziwieniem.

– Zdarzyło ci się kiedyś coś takiego, lordzie Derflu? – zapytała w końcu.

Nie wiedziałem, czy kierować się głosem duszy, czy zdrowym rozsądkiem. Uznałem jednak, że wojownik nie powinien być bojaźliwy, i rzekłem otwarcie:

– Przeżywam to po raz pierwszy, pani.

Wypowiedzenie tych słów wymagało większej odwagi niż szarża na mur tarcz.

Ceinwyn natychmiast odwróciła wzrok i usiadła wyprostowana. Zakląłem w duchu, że obraziłem ją swoim idiotycznym wyznaniem. Nadal opierałem się łokciem o sofę, czerwony ze wstydu i zażenowany. Ceinwyn nagrodziła harfistkę, rzucając na dywan obok jej instrumentu kilka srebrnych monet, po czym poprosiła ją, by zagrała pieśń o Rhiannon.

– Sądziłam, że nie słuchasz muzyki, Ceinwyn – stwierdziła zjadliwie jedna z ciotek.

– Owszem, Tonwyn. Ale to, co usłyszałam, sprawiło mi wielką przyjemność.

Poczułem się nagle jak człowiek, który widzi przed sobą pękający mur tarcz. Nie śmiałem jednak wierzyć w jej słowa. Chciałem, ale nie miałem odwagi. Na tym polega szaleństwo miłości: w ciągu jednej sekundy zmienia ekstazę w rozpacz.

Harfistka znowu zaczęła grać. Z wielkiej sali słychać było zachrypnięte głosy wiwatujących żołnierzy. Czułem, że jestem nadal czerwony na twarzy. Oparłszy się o poduszki, myślałem intensywnie, czy ostatnie słowa Ceinwyn dotyczyły naszej rozmowy czy muzyki. W tym momencie księżniczka znowu się do mnie przysunęła, mówiąc:

– Nie chcę, żeby prowadzono wojnę z mojego powodu.

– To chyba nieuniknione, pani.

– Mój brat mnie popiera.

– Ale królestwem Powys rządzi twój ojciec, pani.

– Niestety – powiedziała beznamiętnie. Milczała przez chwilę, marszcząc brwi, po czym spojrzała na mnie. – Jeśli Artur zwycięży, za kogo zechce mnie wydać? – zapytała z zaskakującą szczerością.

– Pragnie, żebyś została królową Sylurii – odparłem zgodnie z prawdą. Popatrzyła na mnie z przerażeniem.

– Miałabym wyjść za Gundleusa?

– Za króla Lancelota z Benoic, pani – powiedziałem, wyjawiając sekret Artura. Byłem ciekaw jej reakcji.

Spojrzała mi w oczy, najwyraźniej chcąc się przekonać, czy mówię prawdę.

– Podobno Lancelot jest dzielnym wojownikiem – rzekła po chwili, okazując brak entuzjazmu, co sprawiło mi niekłamaną radość.

– Tak mówią, pani – powiedziałem.

Znowu zamilkła. Leżała wsparta na łokciu, obserwując trącające struny palce harfistki. Przyglądałem się jej uważnie.

– Powiedz Arturowi – oznajmiła, nie patrząc na mnie – że nie mam do niego żalu. I przekaż mu coś jeszcze – dodała.

– Co, pani?

– Powiedz mu, że jeśli zwycięży... – zaczęła, odwracając się do mnie i wsuwając szczupły palec w szczelinę między poduszkami, aby dotknąć mojej dłoni i nadać w ten sposób wagę swoim słowom. – Powiedz mu, że jeśli zwycięży – powtórzyła – oddam się pod jego opiekę.

– Powiem mu to, pani – przyrzekłem, przepełniony radością. – Przysięgam, że ja także będę cię zawsze bronił.

Nadal trzymała palec na mojej dłoni. Jej dotyk był lekki jak oddech śpiącego małego księcia.

– Zapamiętam to, lordzie Derflu – powiedziała, patrząc mi w oczy.

– Dochowam przysięgi do końca świata i przez całą wieczność, pani.

Odsunęła z uśmiechem rękę i usiadła prosto.

Tej nocy kładłem się spać oszołomiony, ogłupiały, uszczęśliwiony, przerażony, pełen nadziei i obaw. Podobnie jak Artur, przybywszy do Caer Sws oszalałem z miłości.

CZĘŚĆ PIĄTA

POD OSŁONĄ TARCZ

– A więc to była ona! – powiedziała z wyrzutem Igraine. – To księżniczka Ceinwyn zamieniała twoją krew w lawę, bracie Derflu!

– Tak, pani – przyznałem. Nie ukrywam, że wspominając Ceinwyn, mam w oczach łzy. A może łzawią mi z powodu pogody, bo w Dinnewrac nastała jesień i przez okno wpadają zimne podmuchy wiatru. Wkrótce będę musiał przerwać pisanie, bo zaczniemy gromadzić zapasy jedzenia na zimę i szykować stertę drewna na opał, z którego świątobliwy Sansum nie pozwoli nam potem korzystać, abyśmy mieli udział w cierpieniach naszego drogiego Zbawiciela.

– Nic dziwnego, że tak bardzo nienawidzisz Lancelota! – stwierdziła Igraine. – Byliście rywalami. Czy zdawał sobie sprawę, co czułeś do Ceinwyn?

– Z czasem się dowiedział.

– I co się wtedy stało? – spytała zaciekawiona.

– Może lepiej opowiem wszystko po kolei, pani?

– Niekoniecznie.

– To moja opowieść, nie twoja – stwierdziłem.

– Gdybym tak bardzo cię nie lubiła, bracie Derflu, kazałabym ci ściąć głowę i rzucić twoje zwłoki na pożarcie psom. – Zmarszczyła w zamyśleniu brwi.

Wygląda dziś bardzo ładnie w płaszczu z szarej wełny, obrębionym futrem z wydry. Nie jest w ciąży, więc albo pessarium ze stolca noworodka nie pomogło, albo Brochvael spędza zbyt wiele czasu z Nwylle.

– W rodzinie mojego męża mówiło się zawsze dużo o starej ciotce Ceinwyn – oznajmiła – ale nikt mi nigdy nie wyjaśnił, w jaki skandal była zamieszana.

– Nie znałem nigdy uczciwszej od niej kobiety, pani – powiedziałem poważnie.

– Wiem tyle, że Ceinwyn nigdy nie wyszła za mąż – rzekła Igraine.

– Czy to takie oburzające? – zapytałem.

– Owszem, jeśli postępowała tak, jakby była mężatką – stwierdziła zgorszona Igraine. – Tego uczy twój Kościół. Nasz Kościół – poprawiła się natychmiast. – Opowiedz mi więc, co się wydarzyło!

Owinąłem rękawem habitu kikut ręki, który zawsze zaczynał mi dokuczać, gdy robiło się zimno.

– Historia Ceinwyn jest zbyt długa, bym mógł ci ją teraz opowiedzieć – rzekłem, nie ulegając natarczywym żądaniom mojej królowej.

– Czy Merlin odnalazł kocioł? – zapytała, zmieniając temat.

– Dojdziemy do tego we właściwym czasie – odparłem.

Igraine wzniosła do góry ręce.

– Doprowadzasz mnie do szału, Derflu. Każda inna królowa zażądałaby twojej głowy.

– Gdybym nie był starym, schorowanym mnichem, pani, chętnie bym ci ją podarował.

Wybuchnęła śmiechem, odwracając się w stronę okna. Liście młodych dębów, które posadził brat Maelgwyn, aby chroniły nas od wiatru, już zbrązowiały, a w lasach obrodziły jagody, co wróżyło rychłe nadejście srogiej zimy. Sagramor powiedział mi kiedyś, że są takie miejsca, gdzie nigdy nie ma mrozów, a słońce grzeje przez cały rok, ale może tylko fantazjował, tak samo, jak na temat królików. Miałem dawniej nadzieję, że w chrześcijańskim niebie będzie ciepło, ale świątobliwy Sansum twierdzi, że musi tam być zimno, skoro w piekle jest gorąco, i pewnie ma rację. Mało pocieszająca perspektywa. Igraine zadrżała z chłodu i odwróciła się od okna.

– Dla mnie nikt nigdy nie zrobił altanki na Lughnasę – powiedziała tęsknie.

– Przecież masz ją co roku! – zaprotestowałem.

– Oczywiście, budują mi ją niewolnicy, ale to nie to samo, co mieć swojego mężczyznę, który wyplata altankę z wierzbowych witek i naparstnic. Czy Merlin był zły, że kochałeś się z Nimue?

– Niepotrzebnie ci o tym wspominałem – rzekłem. – Jeśli nawet o nas wiedział, nic nie mówił. Nie miałoby to dla niego znaczenia. Nie był zazdrosny. W przeciwieństwie do nas wszystkich. Ileż przelano na świecie krwi z powodu zazdrości! A u schyłku życia nie ma to już żadnego znaczenia. Starzejemy się i młodzi, patrząc na nas, nie rozumieją, że kiedyś nasze namiętności wstrząsały posadami królestwa.

Igraine rzuciła mi figlarne spojrzenie.

– Piszesz, że Gorfyddyd nazwał Ginewrę dziwką. Czy rzeczywiście nią była?

– Nie powinnaś używać tego słowa, pani.

– No dobrze. Więc czy Ginewra zasługiwała na to miano, którym obdarzył ją Gorfyddyd i które razi twoje delikatne uszy?

– Nie, pani – odparłem.

– Czy była wierna Arturowi?

– Wkrótce się przekonasz – powiedziałem. Igraine pokazała mi język.

– Czy Lancelot dostąpił wtajemniczenia w świątyni Mitrasa? – zapytała.

– Z czasem się dowiesz – stwierdziłem.

– Nienawidzę cię, Derflu!

– A ja pozostaję twoim najwierniejszym sługą, droga pani – odparłem. – Ale jestem zmęczony, a z powodu zimna zastyga mi atrament. Obiecuję, że wszystko opiszę.

– Jeśli Sansum ci pozwoli – stwierdziła Igraine.

– Nie obawiaj się – odparłem.

Nasz czcigodny opiekun ma obecnie lepsze samopoczucie dzięki nowicjuszowi, który został już konsekrowany na mnicha i według Sansuma jest święty tak jak on. Święty Tudwal, bo tak musimy go teraz nazywać, dzieli z nim celę i razem chwalą Boga. Niepokoi mnie jedynie to, że Tudwal, mając dopiero dwanaście lat, znowu próbuje nauczyć się czytać. Nie mówi, oczywiście, po saksońsku, ale i tak mam obawy, że zrozumie moje zapiski. Na razie jest jednak za wcześnie, żeby się tym przejmować, pragnąc więc zaspokoić ciekawość Igraine, naszej wspaniałej królowej, będę z Bożą pomocą kontynuował opowieść o Arturze, mym utraconym panu, przyjacielu i wodzu.

Następnego dnia byłem jak w transie. Uczestnicząc z Galahadem w podniosłej ceremonii w roli niepożądanego gościa Gorfyddyda, widziałem, że Iorweth składa ofiarę bogom, ale z mojego punktu widzenia mógł równie dobrze bawić się dmuchawcami. Zabito byka, przywiązano do słupów trzech jeńców i uduszono ich, a potem przepowiadano losy wojny, wbijając miecz w brzuch czwartemu jeńcowi. Wojownicy tańczyli wokół jego zwłok i śpiewali pieśń bitewną o Maponosie, a królowie, książęta i wodzowie zanurzali groty włóczni w krwi zabitego, by ją następnie zlizywać i rozmazywać sobie na twarzach. Galahad ciągle się żegnał, a ja marzyłem o Ceinwyn. Nie było jej na ceremonii, jak zresztą żadnej kobiety. Według Galahada wróżby okazały się pomyślne dla Gorfyddyda, ale nie obchodziło mnie to. Wspominałem cały czas delikatny dotyk Ceinwyn.

Gdy wyruszaliśmy w drogę, dostarczono nam konie, broń i tarcze, a Gorfyddyd odprowadził nas osobiście do bramy Caer Sws. Przyszedł również jego syn Cuneglas. W odróżnieniu od swego ojca zrobił to zapewne z grzeczności.

– Powiedz temu dziwkarzowi – oznajmił król, którego policzki były nadal umazane krwią – że wojny można uniknąć tylko w jeden sposób. Niech Artur przybędzie do doliny Lugg, abym mógł go osądzić, a wtedy uznam, że plama na honorze mojej córki została zmyta.

– Powiem mu to, panie – zapewnił Galahad.

– Czy Artur nadal nie ma brody? – zapytał Gorfyddyd obraźliwym tonem.

– Nie, panie – odparł Galahad.

– Więc nie będę mógł mu jej zapleść, żeby prowadzić go jak na smyczy – mruknął Gorfyddyd. – Niech obetnie włosy tej rudej dziwce i przywiezie je tutaj. – Gorfyddyd z nieukrywaną satysfakcją upokarzał wrogów, natomiast książę Cuneglas był wyraźnie zażenowany arogancją ojca. – Przekaż mu to wszystko, Galahadzie z Benoic – kontynuował Gorfyddyd – i zapewnij go, że jeśli mnie posłucha, zapewnię wolność jego dziwce, byle tylko opuściła Brytanię.

– Darujesz życie księżniczce Ginewrze – powtórzył swoimi słowami Galahad.

– To dziwka! – krzyknął Gorfyddyd. – Sypiałem z nią dość często, by nie mieć co do tego wątpliwości! Powiedz to Arturowi! – wrzasnął Galahadowi prosto w twarz. – Powiedz mu, że sama wchodziła mi do łóżka. Innym także.

– Przekażę mu to – skłamał Galahad, aby powstrzymać lawinę obelg. – A co się stanie z Mordredem, panie? – zapytał.

– Pod nieobecność Artura będzie potrzebował nowego opiekuna. Zatroszczę się o jego przyszłość. Ruszajcie w drogę.

Ukłoniwszy się, dosiedliśmy koni i odjechaliśmy. Spojrzałem raz jeszcze za siebie, mając nadzieję ujrzeć Ceinwyn, ale na wałach Caer Sws widać było tylko mężczyzn. Rozbierano wszystkie stojące wokół fortecy szałasy. Żołnierze szykowali się do wymarszu. Musieliśmy obiecać, że nie pojedziemy drogą do Branogenium, lecz dłuższą trasą przez Caer Lud, abyśmy nie mogli szpiegować oddziałów Gorfyddyda.

Galahad podążał na wschód z ponurą miną, a mnie rozpierała radość. Gdy tylko oddaliliśmy się od zatłoczonego obozowiska, zacząłem śpiewać pieśń o Rhiannon.

– Co się z tobą dzieje? – zapytał rozdrażniony Galahad.

– Nic. Nic! Nic! Nic! – wykrzyknąłem radośnie i kopnąłem konia piętami tak mocno, że pogalopował po zielonej ścieżce, a ja spadłem w pokrzywy. – Zupełnie nic mi nie jest – dodałem, gdy Galahad przyprowadził z powrotem mojego konia. – Absolutnie nic!

– Oszalałeś, przyjacielu.

– Masz rację – powiedziałem, gramoląc się niezdarnie na konia. Byłem rzeczywiście ogłupiały, ale nie zamierzałem zdradzać Galahadowi przyczyny mojego szaleństwa, więc na razie starałem się zachowywać normalnie. – Co powiemy Arturowi? – zapytałem.

– Nic na temat Ginewry – rzekł stanowczo Galahad. – Poza tym Gorfyddyd nie mówił prawdy. Mój Boże! Jak mógł opowiadać o niej takie kłamstwa!

– Chciał nas sprowokować – stwierdziłem. – Ale co powiemy Arturowi na temat Mordreda?

– Prawdę. Mordredowi nic nie grozi.

– Ale skoro Gorfyddyd kłamał, mówiąc o Ginewrze, dlaczego mielibyśmy ufać jego słowom, gdy chodzi o Mordreda? – zapytałem. – Merlin mu nie wierzył.

– Nie jego mieliśmy pytać o zdanie – zauważył Galahad.

– Posłano nas, przyjacielu, żebyśmy odkryli prawdę. Według mnie Merlin się nie myli.

– Ale Tewdrik uwierzy Gorfyddydowi – stwierdził stanowczo Galahad.

– To znaczy, że Artur przegrał – rzekłem smętnie.

Nie miałem jednak ochoty rozmawiać o porażce, zapytałem więc Galahada, co sądzi o Ceinwyn. Znowu ogarniało mnie szaleństwo i pragnąłem, by Galahad wychwalał ją, mówiąc, że to najpiękniejsza istota między górami i morzami, on jednak wzruszył tylko ramionami i rzekł jakby od niechcenia:

– Jest milutka. I nawet niebrzydka, jeśli ktoś gustuje w wątłych dziewczątkach. – Zamilkł na chwilę, po czym ciągnął dalej: – Lancelotowi się spodoba. Wiesz, że Artur chce ich wyswatać? Wątpię, czy teraz mu się uda. Podejrzewam, że tron Gundleusa jest bezpieczny i Lancelot będzie musiał poszukać sobie żony gdzie indziej.

Nie mówiłem już więcej o Ceinwyn. Wracając tą samą drogą, którą przedtem jechaliśmy, dotarliśmy drugiego dnia wieczorem do Magnis. Zgodnie z przewidywaniami Galahada Tewdrik wierzył w obietnice Gorfyddyda, natomiast Artur przychylał się do zdania Merlina. Zdałem sobie sprawę, że

Gorfyddyd wykorzystał nas, aby ich poróżnić, i chyba mu się to udało, bo ze sprzeczki, do jakiej doszło w komnacie Tewdrika, wynikało niezbicie, że król Gwentu nie ma ochoty przystąpić do wojny. Galahad i ja zostawiliśmy go samego z Arturem i poszliśmy przejść się po potężnych ziemnych wałach, otoczonych fosą i zwieńczonych solidną palisadą.

– Tewdrik nie da się przekonać – stwierdził ponuro Galahad. – Nie ufa Arturowi.

– Dlaczego? – spytałem z oburzeniem. Galahad pokiwał głową.

– Wie, że Artur jest uczciwym człowiekiem – przyznał – ale lubi także przygody. Pomyślałeś kiedyś o tym, że nie ma ziemi? Broni swojej reputacji, a nie majątku. Zawdzięcza wysoką pozycję młodemu wiekowi Mordreda, a nie dobremu urodzeniu. Aby odnieść sukces, musi okazać się odważniejszy od innych, ale Tewdrikowi nie potrzeba teraz jego odwagi. Pragnie bezpieczeństwa. Przyjmie propozycję Gorfyddyda. – Milczał przez chwilę. – Może los chce – ciągnął posępnie – żebyśmy byli już zawsze pozbawionymi ziemi, wędrownymi wojownikami, których coraz to nowi wrogowie spychają w kierunku Morza Zachodniego.

Zadrżawszy z zimna, owinąłem się szczelniej płaszczem. Chmurzyło się, a chłodny zachodni wiatr zwiastował deszcz.

– Uważasz, że Tewdrik nas opuści?

– Już to zrobił – stwierdził bez ogródek Galahad. – Musi teraz tylko pozbyć się zręcznie Artura. Ma zbyt wiele do stracenia i nie będzie dłużej ryzykował, a Arturowi pozostała wyłącznie nadzieja.

– Hej, wy dwaj! – usłyszeliśmy za plecami i odwróciwszy się, zobaczyliśmy Culhwcha, idącego pospiesznie po wałach. – Artur was potrzebuje.

– Po co? – zapytał Galahad.

– A jak myślisz, książę? Sądzisz, że brakuje mu towarzystwa do gry w kości? – zapytał Culhwch, szczerząc zęby. – Ci dranie mogą nie mieć ochoty do walki – wskazał na fort, w którym roiło się od żołnierzy Tewdrika – ale nam jej nie brakuje. Przypuszczam, że sami zaatakujemy. – Zobaczywszy nasze zdziwione miny, roześmiał się. – Słyszeliście, co powiedział lord Agrykola. Dwustu ludzi może bronić doliny Lugg przed całą armią. A więc? Mamy dwustu włóczników, a Gorfyddyd ma armię, więc do czego nam potrzebny Gwent? Pora zabrać się do karmienia kruków!

Spadły pierwsze krople deszczu, z sykiem zamieniając się w parę na paleniskach kowali. Wszystko wskazywało na to, że wyruszamy na wojnę.

Myślę czasem, że było to najodważniejsze posunięcie Artura. Bóg mi świadkiem, że podejmował nieraz decyzje w równie dramatycznych okolicznościach, nigdy jednak nie dysponował mniejszymi siłami niż owej deszczowej nocy w Magnis, gdy Tewdrik rozkazywał spokojnie swoim ludziom, by wycofali się za mury rzymskiej fortecy w oczekiwaniu na rozejm.

Artur zebrał naszą piątkę w żołnierskiej chacie w pobliżu tych murów. Deszcz bębnił o dach, a płomienie ognia rzucały blade światło na nasze twarze. Sagramor, najbardziej zaufany dowódca Artura, siedział obok Morfansa na niewielkiej ławce, a Culhwch, Galahad i ja przykucnęliśmy na podłodze.

Artur przyznał, że to on doprowadził do wojny, książę Meurig powiedział więc bolesną prawdę. Gdyby nie porzucił Ceinwyn, nie byłoby wrogości między Powys i Dumnonią. Gwent został wciągnięty w ten konflikt jako odwieczny wróg

Powys i tradycyjny sojusznik Dumnonii, ale kontynuowanie wojny nie leżało w interesie królestwa.

– Gdybym nie przybył do Brytanii – stwierdził Artur – ziemie króla Tewdrika nie byłyby narażone na grabież. Zacząłem tę wojnę i muszę ją skończyć. – Zamilkł na chwilę. Był człowiekiem, który łatwo się ekscytował i w tym momencie nie mógł opanować emocji. – Wyruszam jutro do doliny Lugg – oznajmił w końcu. Przemknęła mi przez głowę straszna myśl, że zamierza oddać się w ręce Gorfyddyda i narazić na jego zemstę, ale Artur uśmiechnął się szeroko, dodając: – Chciałbym bardzo, żebyście mi towarzyszyli, ale nie mogę tego od was żądać.

Zaległo milczenie. Chyba wszyscy sądziliśmy, że gdyby połączone armie Gwentu i Dumnonii stawiły czoło Gorfyddydowi w dolinie Lugg, czekałaby nas nierówna walka, ale jak mogliśmy liczyć na zwycięstwo, atakując samotnie?

– Masz prawo nami dysponować – przerwał ciszę Culhwch. – Przysięgaliśmy ci wierną służbę.

– Zwalniam was z tej przysięgi – oznajmił Artur. – Proszę tylko, byście strzegli Mordreda, aby mógł zostać naszym królem.

Znów zapadła cisza. Myślę, że żaden z nas nie zamierzał opuścić Artura, ale nie wiedzieliśmy, co powiedzieć. W końcu odezwał się Galahad.

– Ja nie przysięgałem ci wierności – stwierdził – ale uczynię to teraz. Będę walczył u twego boku, panie. Mamy odtąd wspólnych wrogów i przyjaciół. Biorę na świadka żyjącego Chrystusa. – Pochylił się naprzód i ucałował dłoń Artura. – Niech stracę życie, jeśli nie dotrzymam słowa.

– Przysięga jest sprawą dwóch ludzi – stwierdził Culhwch. – Możesz mnie z niej zwolnić, panie, ale ja siebie nie zwalniam.

– Ani ja – dodałem.

– Służę tylko tobie – oznajmił Arturowi znudzony Sagramor. – Nikomu więcej.

– Do diabła z przysięgą – powiedział szpetny Morfans. – Chcę walczyć!

Artur miał w oczach łzy. Przez jakiś czas nie mógł mówić, grzebał tylko szczapą w ognisku, aż przygasło i zaczęło bardziej dymić.

– Wasi żołnierze nie składali przysięgi – powiedział wreszcie zduszonym głosem. – Chcę wyruszyć jutro do doliny Lugg z samymi ochotnikami.

– Dlaczego jutro? – zapytał Culhwch. – Może raczej pojutrze? Im więcej będziemy mieli czasu, żeby się przygotować, tym lepiej, prawda?

Artur pokręcił głową.

– Gdybyśmy zwlekali nawet cały rok, nic by nam to nie pomogło. Poza tym szpiedzy Gorfyddyda jadą już na północ z wiadomością, że Tewdrik przyjął jego warunki, musimy więc zaatakować, zanim odkryją, że oddziały Dumnonii wcale nie zrezygnowały z walki. Uderzymy jutro o świcie. – Spojrzał na mnie. – Ty zaatakujesz pierwszy, lordzie Derflu, porozmawiaj więc dzisiaj ze swoimi ludźmi. Jeśli odmówią, trudno, ale gdyby się zgodzili, Morfans powie ci, jakie czeka ich zadanie.

Morfans, paradując jeszcze niedawno w zbroi Artura, dokładnie rozpoznał pozycje wroga. Wyjął teraz z dzbana kilka garści zboża i usypał je w kopce na rozłożonym na ziemi płaszczu, tworząc prowizoryczną makietę doliny Lugg.

– Dolina nie jest długa – oznajmił – ale ma strome zbocza. Tu, na jej południowym końcu, zrobili barykadę z drzew. Koń przez nią nie przeskoczy, ale kilku ludzi może błyskawicznie odciągnąć pnie na bok. W tym miejscu – wskazał na zachodnie wzgórze – znajduje się ich słaby punkt. Po północnej stronie doliny zbocze jest strome, ale tam, gdzie wznieśli barykadę, można łatwo zbiec w dół. Trzeba wdrapać się nocą na wzgórze, a o świcie zniszczyć barykadę, zanim się na dobre obudzą. Wtedy konie będą miały wolną drogę. – Uśmiechnął się na myśl o zaskoczeniu wroga.

– Twoi ludzie są przyzwyczajeni do nocnych marszów – powiedział do mnie Artur – więc jutro o świcie zdobędziecie barykadę, zniszczycie ją i utrzymacie dolinę do czasu przybycia naszych jeźdźców. Za nimi pojawią się włócznicy, którymi będzie dowodził Sagramor. Opanują dolinę, a ja z pięćdziesięcioma jeźdźcami zaatakuję Branogenium.

Sagramor przyjął obojętnie wiadomość, że ma dowodzić większością żołnierzy Artura, nas jednak zdumiała jego taktyka.

– Pięćdziesięciu jeźdźców ma zaatakować całą armię Gorfyddyda? – zapytał z powątpiewaniem Galahad.

– Nie zajmiemy Branogenium – przyznał Artur. – Może nawet tam nie dotrzemy, ale gdy ruszą za nami w pościg, zwabimy ich w dolinę. Sagramor będzie na nich czekał w miejscu, gdzie droga przechodzi przez rzekę, a kiedy zaatakują, wycofa się. – Artur przyglądał się nam wszystkim po kolei, chcąc mieć pewność, że rozumiemy jego polecenia. – Macie się wycofywać – powtórzył z naciskiem – żeby myśleli, że wygrywają! Kiedy znajdą się w głębi doliny, ja ich zaatakuję.

– Skąd? – zapytałem.

– Oczywiście od tyłu! – Artur, rozgrzany perspektywą walki, odzyskał cały swój entuzjazm. – Wróciwszy z Branogenium, moi jeźdźcy nie wjadą w dolinę, lecz ukryją się w lesie w pobliżu jej północnego końca. Kiedy wciągniecie nieprzyjaciela w zasadzkę, uderzymy od tyłu.

Sagramor wpatrywał się w makietę doliny.

– Czarne Tarcze – powiedział ze swym okropnym akcentem – mogą zajść nas od południa, od strony Wzgórza Coela. – Wetknął palec w rozsypane ziarna, oznaczające południowy kraniec doliny. Wiedzieliśmy wszyscy, że ma na myśli nieustraszonych wojowników Oengusa Mac Airema, króla Demetii, który był naszym sojusznikiem, dopóki Gorfyddyd nie przekupił go złotem. – Chcesz, żebyśmy walczyli z całą armią, mając za plecami Irlandczyków? – zapytał Sagramor.

– Teraz widzisz, dlaczego jestem gotów zwolnić was z przysięgi – stwierdził z uśmiechem Artur. – Ale kiedy Tewdrik dowie się, że walczymy, przyjdzie nam z pomocą. W ciągu dnia nasze szeregi się powiększą. Ludzie Tewdrika pokonają Irlandczyków.

– A jeśli nie? – zapytał Sagramor.

– Wtedy zapewne przegramy – przyznał spokojnie Artur. – Moja śmierć przyniesie Gorfyddydowi zwycięstwo, a Tewdrikowi pokój. Ceinwyn otrzyma w prezencie ślubnym moją głowę, a wy, przyjaciele, będziecie ucztować w Krainie Cieni i mam nadzieję, że zajmiecie tam dla mnie miejsce przy stole.

Znowu zapadła cisza. Artur nie wątpił, że Tewdrik przystąpi do walki, ale my nie byliśmy tego tacy pewni. Klęska Artura mogła mu być na rękę, bo pozbyłby się w ten sposób niewygodnego sojusznika, ale nie do mnie należało roztrząsanie takich spraw. Musiałem zadbać o to, by przeżyć następny dzień. Patrząc na zrobioną przez Morfansa prowizoryczną makietę pola walki, niepokoiłem się, że zachodnie zbocze, z którego mieliśmy atakować o świcie, może wykorzystać również nieprzyjaciel.

– Otoczą naszych włóczników – stwierdziłem z obawą.

Artur pokręcił głową.

– Od północy zbocza są zbyt strome, żeby mógł się tamtędy wspiąć człowiek w zbroi. Mogą co najwyżej wysłać pospolite ruszenie, czyli łuczników. Jeśli będziesz miał dosyć ludzi, Derfel, obsadź to zachodnie zbocze, ale w przeciwnym razie módl się, żeby Tewdrik szybko przyszedł ci z pomocą. Ubolewam, książę – powiedział, zwracając się do Galahada – że nie będziesz towarzyszył włócznikom, ale muszę wysłać cię jutro z poselstwem do króla Tewdrika. Cieszysz się autorytetem i tylko ty możesz go przekonać, że odniesie korzyści ze zwycięstwa, które zapewnię mu dzięki swojej niesubordynacji.

– Wolałbym stanąć do walki, panie – rzekł Galahad, wyraźnie zakłopotany.

– A ja wolałbym zwyciężyć, niż przegrać – stwierdził z uśmiechem Artur. – Dlatego ludzie Tewdrika muszą przyjść nam przed wieczorem z pomocą, a tylko ciebie, książę, mogę posłać do zagniewanego króla, żebyś przekonał go, prośbą, błaganiem albo pochlebstwem, że jeśli nie wygramy jutro wojny, będziemy walczyć do końca naszych dni.

Galahad zgodził się być emisariuszem Artura, zapytał jednak:

– Czy po wykonaniu zadania będę mógł wrócić i walczyć u boku Derfla?

– Oczywiście – odparł Artur, po czym zamilkł, wpatrując się w makietę z kopców ziarna. – Jest nas niewielu – stwierdził po prostu – a ich cała chmara, ale śmiałym sprzyja szczęście. Może jutro wywalczymy pokój dla Brytów. – Przerwał nagle, uzmysłowiwszy sobie zapewne, że Tewdrik także marzył o pokoju. Może zastanawiał się, czy w ogóle powinien walczyć. Przypomniałem sobie, jak po naszym spotkaniu z Aelle'em, gdy składaliśmy przysięgę pod dębem, Artur myślał o zrezygnowaniu z walki. Spodziewałem się, że znów odkryje przed nami duszę, ale w tę deszczową noc rządziła nim ambicja i nie chciał pokoju za cenę swego życia lub wygnania. Pragnął go osiągnąć na korzystnych dla siebie warunkach. – Niech wspomagają was jutro bogowie, do których się modlicie – powiedział cicho.

Aby dotrzeć do swoich ludzi, musiałem jechać konno. Spieszyłem się i trzy razy spadłem na ziemię. Nie stanowiło to pomyślnej wróżby, ale na szczęście droga była grząska i błotnista, więc ucierpiała tylko moja duma. Artur cały czas mi towarzyszył. Gdy byliśmy o rzut włócznią od miejsca, gdzie migotały w strugach deszczu rozpalone przez moich ludzi ogniska, wstrzymał konia i powiedział:

– Spraw się jutro dobrze, Derfel, a będziesz miał własny sztandar i godło na tarczy.

Na tym świecie albo w Krainie Cieni, pomyślałem, ale nie powiedziałem tego głośno, aby nie kusić bogów. Następnego dnia o brzasku mieliśmy stawić czoło całemu światu.

Żaden z moich ludzi nie próbował złamać żołnierskiej przysięgi. Kilku chciało może uniknąć walki, ale wstydzili się okazać słabość, wyruszyliśmy więc w środku nocy w drogę, nie bacząc na strugi deszczu. Artur pożegnał nas i podążył do obozu swoich jeźdźców.

Nimue chciała koniecznie nam towarzyszyć. Kiedy obiecała, że uczyni nas niewidzialnymi, moi ludzie nie chcieli już słyszeć o tym, by ją zostawić. Odprawiła stosowne obrzędy, zanim wyruszyliśmy w drogę, używając czaszki zagryzionej przez wilka owcy, którą znalazła w rowie w pobliżu obozu. Wydobyła ją przy świetle pochodni z krzaków i ściągnąwszy z odciętej głowy zwierzęcia resztki zrobaczywiałej skóry, przykucnęła na ziemi z cuchnącą czaszką, przykrywając się płaszczem. Przez dłuższą chwilę wdychała potworne wyziewy padliny, po czym wstała i z pogardą kopnęła czaszkę na bok. Sprawdziwszy, jak daleko się potoczyła, oznajmiła po namyśle, że nasz nocny przemarsz nie zostanie zauważony przez wrogów. Artur, zafascynowany czarami Nimue, zadrżał z przejęcia, słysząc jej słowa. Po chwili objął mnie i powiedział:

– Jestem twoim dłużnikiem, Derfel.

– Nic podobnego, panie.

– Dziękuję ci przede wszystkim za wiadomość od Ceinwyn. – Artur ucieszył się ogromnie, że mu przebaczyła. Wzruszył ramionami, gdy dodałem, że prosi o jego opiekę. – W Dumnonii nie musi się nikogo obawiać – stwierdził.

Poklepał mnie po plecach i rzekłszy: „Do zobaczenia o świcie", patrzył, jak znikamy w ciemnościach.

Szliśmy przez porośnięte trawą łąki i pola, z których zebrano niedawno plony. Marsz utrudniały nam jedynie ciemności, grząska ziemia i ulewa. Deszcz siekł nieubłaganie z lewej strony, od zachodu.

Był dokuczliwy i przenikliwie zimny. Początkowo maszerowaliśmy zwartą grupą, aby nikt nie zabłądził w ciemnościach. Przez cały czas nawoływaliśmy się po cichu, sprawdzając, gdzie są nasi towarzysze. Niektórzy próbowali chwytać się płaszczy kolegów, ale potykali się o ich włócznie. W końcu kazałem wszystkim stanąć i utworzyć dwuszereg. Każdy miał zawiesić sobie tarczę na plecach i trzymać się włóczni idącego przed nim żołnierza. Cavan szedł na końcu, pilnując, by nikt nie został z tyłu, a Nimue i ja byliśmy na czele. Trzymała mnie za rękę, aby się nie zgubić. To, co łączyło nas podczas Lughnasy, wydawało mi się teraz nierealnym snem. Nimue jakby o wszystkim zapomniała. Godziny, które spędziliśmy razem w altance, podobnie jak miesiące jej pobytu na Wyspie Umarłych, służyły określonemu celowi i teraz były już bez znaczenia.

Dotarliśmy do lasu. Po chwili wahania ruszyłem w dół po stromym, błotnistym zboczu. Panowały tam tak nieprzeniknione ciemności, że przeprowadzenie przez nie pięćdziesięciu ludzi wydawało się niewykonalne, ale Nimue zaczęła cicho zawodzić i wszyscy podążali za jej głosem. Byliśmy rozproszeni, lecz jakimś cudem wyszliśmy na łąkę po drugiej stronie lasu. Cavan i ja policzyliśmy ludzi, a Nimue krążyła wokół nas, szepcząc magiczne zaklęcia.

Ogarniała mnie coraz większa rozpacz, już nie tylko z powodu ciemności i deszczu. Sądziłem, że znam topografię terenu na północ od miejsca, gdzie obozowali moi ludzie, ale w trakcie naszego żmudnego marszu zupełnie straciłem orientację. Nie miałem pojęcia, gdzie jestem, ani w którym kierunku powinienem iść. Wydawało mi się, że szliśmy dotychczas na północ, ale nie widząc na niebie gwiazd ani księżyca, nie byłem tego pewny.

– Na co czekasz? – zapytała mnie szeptem Nimue.

Milczałem, nie chcąc się przyznać, że zgubiłem drogę. A może chciałem ukryć swoje przerażenie.

Nimue wyczuła moją bezradność i przejęła inicjatywę.

– Mamy przed sobą rozległą łąkę – oznajmiła. – Kiedyś wypasano tam owce, ale teraz ich nie ma, więc nie natkniemy się na pasterzy ani na psy. Będziemy szli cały czas pod górę, ale droga jest łatwa. Trzymajcie się tylko razem. Na końcu łąki jest las, w którym zaczekamy do świtu. Powinniśmy szybko tam dotrzeć. Wiem, że jesteście wszyscy przemoczeni i zmarznięci, ale jutro ogrzejemy się przy ogniskach naszych wrogów – oznajmiła z niezachwianą pewnością.

Nie sądzę, bym sam zdołał tej nocy doprowadzić moich ludzi bezpiecznie do celu, ale Nimue się to udało. Twierdziła, że swoim jednym okiem widzi w ciemnościach lepiej niż my. Może tak rzeczywiście było, a może po prostu znała dobrze tę okolicę, w każdym razie świetnie się spisała. Ostatnia godzina marszu upłynęła bez problemów. Szliśmy grzbietem zachodniego wzgórza nad doliną Lugg, widząc płonące w mroku ogniska wrogów. Dostrzegłem nawet barykadę ze zwalonych pni sosen i lśniącą wstęgę rzeki Lugg. Nasi wrogowie wrzucali do ognia wielkie kłody, aby oświetlić drogę, którą mogli przybyć z południa napastnicy.

Dotarłszy znowu do lasu, osunęliśmy się na mokrą ziemię. Niektórzy z nas zapadli w płytką drzemkę, z której człowiek budzi się zmarznięty, zmęczony i obolały. Nimue nie spała. Mruczała jakieś zaklęcia i rozmawiała z ludźmi, którzy nie mogli zasnąć. Nie traciła czasu na luźne pogawędki, lecz wyjaśniała im z zapałem, o co naprawdę walczymy. Nie w obronie Mordreda, mówiła, lecz o Brytanię wolną od cudzoziemców i obcych idei. Nawet chrześcijanie słuchali jej z uwagą.

Nie czekałem z atakiem aż do świtu. Gdy na pochmurnym niebie pokazała się blada poświata, obudziłem śpiących włóczników i poprowadziłem moich pięćdziesięciu ludzi na skraj lasu. Przyczailiśmy się w pobliżu porośniętego trawą zbocza, które opadało na dno doliny równie stromo, jak stoki góry Tor w Ynys Wydryn. Do lewego ramienia miałem przypasaną tarczę, u boku zwisał mi Hywelbane, a w prawej ręce ściskałem ciężką włócznię. W miejscu, gdzie z doliny wypływała rzeka, pokazała się mgła. Na skraju lasu przeleciała nisko biała sowa. Moi ludzie uznali to za zły znak, po chwili jednak usłyszeliśmy za plecami głos żbika i zdaniem Nimue w tym momencie niepomyślna wróżba straciła moc.

Zmówiłem modlitwę do Mitrasa, dedykując mu swoją walkę, po czym powiedziałem żołnierzom, że Frankowie byli o wiele groźniejszymi przeciwnikami niż ci rozespani włócznicy w dolinie. Wątpiłem, czy mówię prawdę, ale ludzie, których czeka bitwa, potrzebują przede wszystkim otuchy. Po cichu rozkazałem Issie i jeszcze jednemu człowiekowi, aby pilnowali Nimue, bo gdyby zginęła, moi żołnierze straciliby natychmiast bojowego ducha.

Deszcz zacinał od tyłu, przez co trawiaste zbocze było bardzo śliskie. Zachmurzone niebo coraz bardziej jaśniało. Świat miał szare i czarne barwy. W dolinie panował jeszcze mrok, ale skraj lasu był już wyraźnie widoczny. Obawiałem się, że wrogowie mogą nas zobaczyć, choć my ich nie widzimy. Ogniska płonęły teraz mniej intensywnie niż podczas mrocznej, upiornej nocy. Nie zauważyłem nigdzie wartowników. Uznałem, że czas ruszać w drogę.

– Schodźcie powoli! – rozkazałem swoim ludziom.

Początkowo planowałem, że zbiegniemy błyskawicznie po zboczu, ale zmieniłem zdanie. Mokra trawa była zdradliwa i uznałem, że będzie lepiej, jeśli zejdziemy na dół powoli i bezgłośnie jak widma. Szedłem na czele, stawiając ostrożnie kroki na coraz bardziej stromym stoku. Nawet podkute buty ślizgały się na mokrym podłożu, posuwaliśmy się więc wolno jak polujące koty i w półmroku słychać było tylko nasze oddechy. Podpieraliśmy się włóczniami. Dwukrotnie doszło do poważnych upadków, którym towarzyszył brzęk tarcz uderzających o pochwy lub włócznie. Nieruchomieliśmy wtedy w oczekiwaniu, czy nie usłyszy nas nieprzyjaciel. Nic się jednak nie stało.

Ostatni odcinek zbocza był najbardziej stromy, ale pokonując go, widzieliśmy już całe dno doliny. W oddali majaczył czarny nurt rzeki, a pod nami biegła rzymska droga, przy której stały kryte strzechą chaty – siedziby naszych wrogów. Zauważyłem tylko czterech ludzi. Dwaj siedzieli przy ogniskach, trzeci pod okapem jednej z chat, a czwarty przechadzał się tam i z powrotem wzdłuż barykady z pni drzew. Niebo na wschodzie jaśniało już zorzą, był zatem najwyższy czas, by moi włócznicy z wilczymi ogonami na hełmach ruszyli do walki.

– Niech bogowie mają was w opiece – powiedziałem. – Zabijajcie bez litości!

Ostatnie jardy zbocza przebyliśmy błyskawicznie. Jedni ludzie zjeżdżali na siedzeniach, nie chcąc ryzykować upadku, drudzy pędzili na złamanie karku, a ja, będąc ich dowódcą, biegłem wraz z nimi. Strach dodawał nam skrzydeł. Wrzeszczeliśmy jak opętani. Byliśmy wilkami z Benoic, które przybyły na pogranicze Powys, niosąc śmierć. Nagle, jak zawsze podczas bitwy, ogarnęło nas uniesienie. Dusze przepełniała nam radość. Wszelkie skrupuły, rozterki i obawy poszły w zapomnienie, pozostała tylko dzika rozkosz walki. Pokonałem jednym skokiem ostatni odcinek zbocza, przedarłem się przez krzaki malin i kopnąwszy puste wiadro, zobaczyłem wychodzącego z najbliższej chaty wystraszonego mężczyznę. Był w spodniach i kaftanie. Trzymał w ręce włócznię, mrużąc oczy przed światłem. Dopadłem go w jednej chwili, wyjąc jak wilk i prowokując kolejnych wrogów, by podbiegli i dali się zabić.

Moja włócznia utkwiła w brzuchu umierającego mężczyzny, zostawiłem ją więc i wyciągnąłem miecz. Z chaty wyjrzał następny żołnierz, chcąc zobaczyć, co się dzieje. Zdzielony mieczem w głowę padł na ziemię. Moi ludzie pędzili przed siebie, wyjąc i krzycząc. Wartownicy rzucili się do ucieczki. Jeden biegł w kierunku rzeki, nagle jednak zawrócił i zginął przeszyty dwiema włóczniami. Któryś z moich żołnierzy wyjął z ogniska płonącą żagiew i rzucił ją na mokre poszycie chaty. Pozostali poszli w jego ślady. W końcu chaty stanęły w ogniu, a wybiegający z nich w popłochu ludzie wpadali prosto na moich włóczników. Jakaś kobieta przeraźliwie krzyczała, gdy spadła na nią płonąca strzecha. Nimue, zabrawszy miecz martwemu wrogowi, przebiła nim szyję leżącego na ziemi mężczyzny. Jej upiorny, piskliwy lament przyprawiał o dreszcze.

Cavan rozkazał ludziom usunąć barykadę. Pospieszyłem im z pomocą, zostawiając moich włóczników, aby rozprawili się z żyjącymi jeszcze wrogami. Barykadę zbudowano z ponad dwudziestu sosnowych pni i do przesunięcia każdego z nich trzeba było kilkunastu ludzi. Gdy udało nam się zrobić przejście szerokości czterdziestu stóp, usłyszałem ostrzegawczy krzyk Issy.

Ludzie, których zabiliśmy, stanowili jedynie pikietę strzegącą barykady. Teraz nadciągał z głębi doliny główny garnizon.

– Uformować mur tarcz! – krzyknąłem.

Ustawiliśmy się w szeregu na północ od płonących chat. Dwóch moich ludzi skręciło nogi, schodząc po zboczu, a trzeci zginął na początku walki, ale wszyscy pozostali utworzyli zwarty mur. Schowałem do pochwy Hywelbane'a i tak jak moi żołnierze wysunąłem odzyskaną włócznię na odległość pięciu stóp od linii tarcz. Rozkazałem kilku ludziom zostać z tyłu i pilnować Nimue, gdyż w mroku mogli się jeszcze ukrywać wrogowie. Musieliśmy zaczekać, aż Cavan znajdzie sobie nową tarczę, bo w jego własnej pękły paski. Podniósłszy z ziemi tarczę z godłem Powys, odciął zręcznie skórzaną osłonę z symbolem orła i zajął miejsce na końcu szeregu z prawej strony. Było ono szczególnie niebezpieczne, gdyż każdy z wojowników osłaniał tarczą człowieka stojącego po swojej lewej, Cavan narażał się więc najbardziej na ciosy przeciwnika.

– Jestem gotowy, panie! – krzyknął do mnie.

– Naprzód! – zawołałem, uznając, że lepiej natrzeć na przeciwnika, niż pozwolić mu się zorganizować i przypuścić na nas atak.

W miarę jak podążaliśmy na północ, zbocza doliny Lugg stawały się coraz wyższe i bardziej strome. Stok po prawej stronie, za rzeką, był gęsto porośnięty drzewami, a na trawiastym wzgórzu po lewej zobaczyliśmy wkrótce zarośla. Dolina zwężała się, choć nie na tyle, by można nazwać ją wąwozem. Oddział żołnierzy miał tam wystarczające pole manewru. Jedynie bagnisty brzeg rzeki ograniczał nieco potrzebny do walki obszar suchej ziemi. Zachodnie wzgórza wyłoniły się już z mroku, ale szare światło poranka nie dotarło jeszcze w głąb doliny. Przestał wreszcie padać deszcz, lecz wiał zimny wiatr. Migotliwe płomienie ognisk oświetlały stojące wokół rzymskiego budynku kryte strzechą chaty i ciemne sylwetki biegnących ludzi. Usłyszeliśmy rżenie konia, a potem, gdy droga wyłoniła się nagle w bladym świetle dnia, zobaczyłem mur tarcz.

Tworzyło go co najmniej stu wojowników, a dołączali ciągle następni.

– Stać! – krzyknąłem do swoich żołnierzy i spojrzawszy na słabo jeszcze widoczny oddział wroga, stwierdziłem, że musi się składać z około dwustu ludzi. Widziałem lśniące groty ich włóczni. Była to elitarna gwardia Gorfyddyda.

Moich pięćdziesięciu ludzi nie mogło z pewnością obronić tak szerokiej doliny. Droga biegła tuż obok zachodniego zbocza, a po prawej mieliśmy rozległą łąkę i nieprzyjaciel mógł nas z łatwością otoczyć. Nakazałem więc odwrót.

– Cofajcie się powoli! – krzyknąłem. – Powoli, ale zdecydowanie! Wracamy do barykady! – Mieliśmy szansę powstrzymać natarcie przeciwnika w miejscu, gdzie leżały rozsunięte pnie drzew, choć i tam wrogowie mogli w ciągu paru chwil sforsować resztki barykady i nas otoczyć. – Cofajcie się powoli! – powtórzyłem. Nagle znieruchomiałem, zobaczywszy, że galopuje w naszym kierunku jakiś jeździec.

Emisariusz wroga był wysokim człowiekiem, miał zwieńczony łabędzimi piórami żelazny hełm, napierśnik, kopię i miecz, ale nie trzymał w ręku tarczy. Jechał na siodle z owczej skóry. Sprawiał imponujące wrażenie. Jego ciemne oczy, czarna broda i rysy twarzy wydały mi się znajome, ale rozpoznałem go dopiero wtedy, gdy zatrzymał się koło mnie, ściągając koniowi cugle. Był to Valerin, wódz, z którym zaręczyła się Ginewra, zanim poznała Artura. Spojrzał na mnie z góry i uniósłszy powoli włócznię, przytknął mi ją do gardła.

– Miałem nadzieję spotkać tu Artura – powiedział.

– Mój pan przesyła ci pozdrowienia, lordzie Valerinie – oznajmiłem.

Valerin splunął na moją tarczę z godłem niedźwiedzia.

– Powiedz, że je odwzajemniam i pozdrawiam także dziwkę, którą poślubił. – Przerwał, unosząc włócznię jeszcze wyżej, tak że miałem jej grot przed oczami. – Jesteś daleko od domu, chłopcze – powiedział. – Czy twoja mama wie, że jeszcze nie śpisz?

– Moja matka – odparłem – szykuje kocioł na twoje kości, lordzie Valerinie. Potrzebujemy kleju, a podobno robi się go najlepiej z kości owcy.

Valerin wydawał się zadowolony, że go rozpoznałem, sądząc, iż dowodzi to jego sławy. Nie zdawał sobie sprawy, że byłem jednym ze strażników, którzy przed laty przybyli z Arturem do Caer Sws. Odsunął włócznię od mojej twarzy i spojrzał na ludzi, którymi dowodziłem.

– Niewielu was jest – stwierdził. – Mamy dużą przewagę. Może wolelibyście od razu się poddać?

– Macie przewagę – przyznałem – ale moi ludzie są żądni walki i chętnie rozprawią się z dużym oddziałem wroga.

Dowódca powinien umieć szydzić z przeciwnika przed bitwą i zwykle sprawiało mi to satysfakcję, w przeciwieństwie do Artura, który jeszcze w ostatniej chwili próbował zaskarbić sobie sympatię nieprzyjaciół.

Valerin obrócił konia i zapytał na pożegnanie:

– Jak się nazywasz?

– Jestem lord Derfel Cadarn – oznajmiłem z dumą i miałem wrażenie, że mnie sobie przypomniał, zanim uderzył piętami wierzchowca i pogalopował na północ.

Pomyślałem, że jeśli Artur nie pospieszy nam z pomocą, wszyscy zginiemy, nim jednak dołączyłem do swoich ludzi, stojących obok barykady, zobaczyłem Culhwcha. Jego koń pasł się w pobliżu, skubiąc głośno trawę.

– Jesteśmy niedaleko stąd, Derfel – zapewnił mnie. – Kiedy ci szubrawcy was zaatakują, macie uciekać, rozumiesz? Niech was ścigają. W ten sposób się rozproszą. Kiedy nas zobaczycie, usuńcie się z drogi. – Chwycił mnie za rękę, a potem serdecznie objął. – Lepsze to niż rozmowy o pokoju, prawda? – stwierdził, po czym podszedł do swojego wierzchowca i wdrapał się na siodło. – Bądźcie przez kilka chwil tchórzami! – zawołał do moich ludzi i podniósłszy rękę, pogalopował na południe.

Wyjaśniłem włócznikom, co znaczyły jego słowa, po czym stanąłem w środku muru tarcz, który zajmował całą przestrzeń między leżącymi po bokach drogi pniami drzew. Nimue była za mną, nadal trzymając w ręce zakrwawiony miecz.

– Gdy zaatakują, mamy udawać, że uciekamy – krzyknąłem do swoich żołnierzy. – Nie potykajcie się i zejdźcie z drogi, kiedy ruszy konnica!

Poleciłem czterem ludziom, żeby pomogli ukryć się w zaroślach dwóm włócznikom, którzy skręcili nogi.

Teraz pozostało nam tylko czekać. Obejrzałem się za siebie, ale nie dostrzegłem ludzi Artura. Przypuszczałem, że muszą być ukryci ćwierć mili na południe, w miejscu, gdzie droga wchodziła w zagajnik. Z mojej prawej lśnił ciemny nurt rzeki, po której płynęły dwa łabędzie. Na brzegu polowała na ryby czapla, po chwili jednak rozpostarła leniwie skrzydła i odleciała na północ, co zdaniem Nimue stanowiło pomyślną wróżbę, gdyż przynoszący pecha ptak oddalił się w kierunku naszych nieprzyjaciół.

Włócznicy Valerina zbliżali się powoli. Byli jeszcze rozespani i ociężali. Niektórzy nie mieli na głowach hełmów. Domyślałem się, że dowódcy wyrwali ich ze snu i nie wszyscy żołnierze zdążyli założyć zbroje. Nie było wśród nich druida, mogliśmy więc przynajmniej nie obawiać się jego czarów. Podobnie jak moi ludzie odmawiałem po cichu modlitwy, kierując je do Mitrasa i Bela. Nimue wzywała Andraste, boginię zagłady, a Cavan prosił swoich irlandzkich bogów, aby dali jego włóczni moc skutecznego zabijania. Zobaczyłem, że Valerin zsiadł z konia i dowodził ludźmi, idąc w szeregu, ale służący prowadził wierzchowca tuż za nim.

Dym z płonących chat, niesiony silnymi podmuchami wiatru, przesłonił drogę. Pomyślałem, że widok ciał martwych towarzyszy rozbudzi na dobre maszerujących włóczników. I nie myliłem się. Usłyszałem ich gniewne okrzyki, a gdy dym się rozproszył, zobaczyłem, że atakujący żołnierze idą dużo szybciej, obrzucając nas obelgami. Czekaliśmy w milczeniu. Do błotnistej doliny przenikało już szare światło poranka.

Włócznicy wroga zatrzymali się pięćdziesiąt kroków od nas. Wszyscy mieli na tarczach orła, godło Powys, żaden nie był więc z Sylurii ani innych oddziałów, które gromadził Gorfyddyd. Przypuszczałem, że mamy do czynienia z doborowymi żołnierzami. Zabiwszy ich, moglibyśmy później łatwiej pokonać pozostałych wrogów, a bogowie tylko wiedzieli, jak trudna czekała nas walka. Wygraliśmy pierwszą potyczkę, ale nie można było zapominać, że miała ona jedynie na celu zwabienie głównych sił Gorfyddyda i jego sojuszników, którym Artur musiał stawić czoło z garstką oddanych mu wojowników.

Dwaj ludzie Valerina wybiegli naprzód i cisnęli włócznie, które poszybowały wysoko nad naszymi głowami i utkwiły w ziemi. Moi żołnierze szydzili głośno z nieprzyjaciela. Niektórzy rozsunęli nawet tarcze, jakby chcieli sprowokować kolejny atak. Dziękowałem Mitrasowi, że Valerin nie ma łuczników. Tylko nieliczni wojownicy używali łuków, bo żadna strzała nie przebiłaby tarczy ani skórzanego napierśnika. Łuk był bronią myśliwych. Nadawał się do polowań na dzikie ptactwo albo drobną zwierzynę, ale dysponujące lekkimi łukami pospolite ruszenie mogło dać się we znaki wojownikom, zmuszając ich do przykucania za murem tarcz.

Rzucono w naszym kierunku jeszcze dwie włócznie. Jedna utkwiła w tarczy któregoś z moich ludzi, druga znów poszybowała za wysoko. Valerin obserwował naszą postawę i musiał uznać, że brak nam ochoty do walki, skoro nie odpowiadamy na zaczepki. Uniósł ręce, uderzył włócznią o tarczę i rozkazał swoim ludziom atakować.

Gdy rzucili się z krzykiem do natarcia, my, zgodnie z poleceniem Artura, zaczęliśmy uciekać. Przez chwilę panowało zamieszanie, gdyż moi ludzie wpadali na siebie, ale po chwili rozpierzchliśmy się i popędziliśmy drogą. Nimue biegła przodem w rozwianym czarnym płaszczu, wciąż się jednak oglądała, chcąc wiedzieć, co dzieje się z tyłu. Wrogowie z okrzykiem triumfu ruszyli za nami w pościg. Valerin, widząc naszą bezładną ucieczkę, kazał służącemu przyprowadzić konia.

Nie mogliśmy biec szybko, gdyż przeszkadzały nam płaszcze, tarcze i włócznie. Pędząc za swoimi ludźmi na południe, czułem zmęczenie i przyspieszone bicie serca. Słyszałem, że wróg jest blisko. Obejrzawszy się dwukrotnie, zobaczyłem wysokiego rudego mężczyznę, który wykrzywiając z wysiłku twarz, próbował mnie dopaść. Biegł szybciej niż ja i zacząłem się już zastanawiać, czy nie będę musiał stanąć, odwrócić się i zabić go, gdy usłyszałem upragniony, cudowny dźwięk rogu Artura. Rozbrzmiał dwukrotnie, a zaraz potem spomiędzy zasnutych mgłą drzew wyłonili się zbrojni jeźdźcy.

Najpierw zobaczyłem samego Artura. Miał hełm z białymi piórami, lśniącą kolczugę, błyszczącą jak lustro tarczę i biały płaszcz, który przypominał rozpostarte na wietrze skrzydła. Siedział na koniu z pochyloną włócznią. Pięćdziesięciu towarzyszących mu jeźdźców miało osłonięte hełmami twarze. Groty ich włóczni lśniły w świetle poranka. Sztandary z podobiznami smoka i niedźwiedzia łopotały dumnie na wietrze, a ziemia drżała pod potężnymi kopytami galopujących koni. Błoto tryskało im spod nóg wysoko w powietrze. Moi ludzie rozbiegli się na boki i utworzyli dwa kręgi, osłaniając się tarczami i włóczniami. Uskoczyłem w lewo i odwróciwszy się, zobaczyłem, jak wojownicy Valerina próbują rozpaczliwie uformować mur tarcz. Valerin krzyczał z konia, aby wycofali się do barykady, ale było już za późno. Obrońcy doliny Lugg wpadli w naszą zasadzkę.

Artur przegalopował obok mnie na grzbiecie Llamrei, swojej ulubionej klaczy. Brzegi jego płaszcza i okrywającej konia derki były już przesiąknięte błotem. Kopia jednego z nieprzyjaciół drasnęła żelazną osłonę na brzuchu klaczy. Artur trafił włócznią najbliższego żołnierza, po czym wyciągnął z pochwy Excalibura. Pozostali jeźdźcy przemknęli z hałasem obok nas, bryzgając błotem na wszystkie strony. Ludzie Valerina krzyczeli przeraźliwie, widząc szarżujące zwierzęta. Jedni padali pod uderzeniami mieczy, drugich tratowały podkute stalą kopyta ciężkich koni. Rozproszeni włócznicy nie mieli jak się bronić, a nie było szans, by uformowali choćby najkrótszy mur tarcz. Mogli tylko uciekać. Valerin, widząc, że nie ma ratunku, zawrócił konia i pogalopował na południe.

Niektórzy ludzie podążyli jego śladem, zginęli jednak pod kopytami koni. Tych, którzy uciekali w kierunku rzeki albo na wzgórze, dosięgły włócznie. Darowaliśmy życie jedynie żołnierzom, którzy porzucili broń i podnieśli do góry ręce, ale gdy ktoś stawiał opór, był osaczany jak dzik w zaroślach i zakłuwany na śmierć. Jeźdźcy Artura zniknęli w dolinie, pozostawiając za sobą straszliwe spustoszenie. Wielu poległych miało porozcinane mieczami głowy. Powłóczący nogami ranni padali na ziemię. Nimue, widząc klęskę wroga, piszczała z radości.

Wzięliśmy prawie pięćdziesięciu jeńców. Nie mniej było martwych lub umierających. Kilku uciekło na wzgórze, z którego zeszliśmy o świcie, paru utonęło, próbując przejść przez rzekę, ale pozostali broczyli krwią, słaniali się na nogach, wymiotowali i nie mieli już ochoty walczyć. Gdy rozprawiliśmy się ostatecznie z oddziałem Valerina, nadciągnął Sagramor ze stu pięćdziesięcioma doborowymi włócznikami.

– Nie mamy ludzi do pilnowania jeńców – powiedział na powitanie.

– Wiem – odparłem.

– Więc zabij ich – rozkazał. Nimue skwapliwie go poparła.

– Nie – zaprotestowałem.

Sagramor był tego dnia moim dowódcą i nie chciałem mu się sprzeciwiać, ale Artur pragnął ofiarować Brytom pokój, a zabijając bezbronnych wrogów, nie zyskalibyśmy przychylności Powys. Poza tym jeńców pojmali moi ludzie, mogłem więc decydować o ich losie. Rozkazałem rozebrać wszystkich do naga i zaprowadzić do Cavana, który stał z ciężkim kamieniem obok dużego głazu i miażdżył każdemu z mężczyzn dwa palce prawej dłoni. Ludzie ci mogli po pewnym czasie posługiwać się znowu włócznią, ale tego dnia stawali się dla nas niegroźni. Właściwie byli wyłączeni z walki na dłużej. Odesłaliśmy ich na południe, nagich i broczących krwią, mówiąc, że jeśli nie znikną do wieczora, z pewnością zginą. Sagramor szydził z mojej wspaniałomyślności, ale nie interweniował. Moi ludzie zabrali jeńcom najlepsze buty i odzież, sprawdzili, czy nie mają w kieszeniach monet, po czym wrzucili ich ubrania do płonących jeszcze chat. Zdobytą broń ułożyliśmy przy drodze.

Pomaszerowawszy na północ, stwierdziliśmy, że Artur ścigał uciekinierów aż do brodu, a potem wrócił do wioski, położonej wokół dużego rzymskiego gmachu, który musiał być kiedyś zajazdem dla podróżnych udających się w góry. Zgromadzono tam pod strażą tłum przerażonych kobiet, które trzymały w objęciach swoje dzieci i nędzny dobytek.

– Naszym wrogiem był Valerin – powiedziałem do Artura. Dopiero po kilku sekundach uzmysłowił sobie, o kim mówię, i uśmiechnął się. Zdjąwszy hełm, zsiadł z konia, aby nas powitać.

– Biedny Valerin – stwierdził. – Przegrał dwukrotnie. – Uścisnąwszy mnie, podziękował moim ludziom. – Noc była tak ciemna, że wątpiłem, czy tu traficie.

– Nimue wskazała nam drogę.

– A więc jestem twoim dłużnikiem – zwrócił się do niej Artur.

– Spłacisz dług, jeśli dzisiaj zwyciężysz – odparła.

– Z pomocą bogów powinno mi się udać. – Odwrócił głowę i popatrzył na Galahada, który brał udział w natarciu. – Jedź na południe, książę, przekaż Tewdrikowi moje pozdrowienia i wybłagaj, aby przysłał nam włóczników. Niech Bóg da ci siłę perswazji.

Galahad spiął konia i pogalopował z powrotem przez cuchnącą krwią dolinę.

Artur odwrócił się i spojrzał na wzgórze, położone milę na północ od brodu. Na jego szczycie stał stary fort, pozostałość po naszych przodkach. Wyglądał na opuszczony.

– Nie byłoby dobrze – stwierdził z uśmiechem Artur – gdyby ktoś zobaczył, gdzie się ukrywamy. – Chciał zostawić gdzieś ciężki rynsztunek, zanim wyruszy na północ, by sprowokować do ataku ludzi Gorfyddyda, obozujących w Branogenium.

– Nimue uczyni was niewidzialnymi – powiedziałem.

– Naprawdę, pani? – zapytał z przejęciem.

Nimue poszła poszukać czaszki. Artur ponownie mnie uścisnął, po czym wezwał swego służącego Hygwydda, aby pomógł mu ściągnąć ciężką kolczugę.

– Zechciałbyś ją włożyć? – zapytał.

– Ja? – zdziwiłem się.

– Kiedy wrogowie zaatakują – powiedział – będą spodziewali się mnie tu zobaczyć. W przeciwnym razie nabiorą podejrzeń, że szykujemy jakąś zasadzkę. Poprosiłbym Sagramora – stwierdził z uśmiechem – ale jego twarz różni się trochę od twojej, lordzie Derflu. Będziesz tylko musiał przyciąć nieco te długie włosy i skrócić brodę. – Wystające spod hełmu jasne włosy natychmiast by mnie zdemaskowały.

Wziąłem kolczugę od Hygwydda. Byłem zaszokowany jej ciężarem.

– To dla mnie zaszczyt – powiedziałem.

– Jest ciężka – ostrzegł Artur. – Będzie ci w niej gorąco, a hełm ogranicza pole widzenia, więc potrzebujesz dwóch dobrych żołnierzy, żeby cię osłaniali. – Wyczuwając moje wahanie, zapytał: – Czy mam poprosić kogoś innego?

– Nie, panie. Włożę tę kolczugę.

– Będziesz narażony na niebezpieczeństwo – ostrzegł.

– Nie liczyłem dzisiaj na spokojny dzień, panie – odparłem.

– Zostawię ci sztandary – powiedział Artur. – Kiedy Gorfyddyd się zjawi, musi być przekonany, że wszyscy jego wrogowie są w jednym miejscu. Czeka nas ciężka walka, Derfel.

– Galahad sprowadzi pomoc – zapewniłem go.

Zabrał mój napierśnik i tarczę, dając mi w zamian własną. Dostałem też jego biały płaszcz.

– Najtrudniejsze dopiero przed nami – powiedział, dosiadając konia. Skinął na Sagramora, po czym odezwał się do nas obu. – Nieprzyjaciel dotrze tu przed południem. Dobrze się przygotujcie i walczcie jak nigdy dotąd. Liczę na zwycięstwo, ale gdybyśmy mieli się już nie zobaczyć, dziękuję wam za wszystko, pozdrawiam i wierzę, że będziemy ucztowali razem w Krainie Cieni.

Kazał swoim ludziom dosiąść koni i ruszył na północ. A my czekaliśmy, aż zacznie się prawdziwa bitwa.

Kolczuga była potwornie ciężka i uwierała mnie jak nosidła, na których kobiety dźwigały codziennie do domów wodę. Trudno mi było nawet unieść rękę. Ulżyło mi dopiero wtedy, gdy zacisnąłem mocno pas i dolna część kolczugi nie obarczała już moich ramion.

Nimue, skończywszy swoje gusła, obcięła mi nożem włosy i spaliła je, aby wróg ich nie znalazł i nie rzucił na mnie czarów. Potem, używając tarczy Artura jako lustra, skróciłem długą brodę i założyłem z trudem wysłany od wewnątrz skórą hełm, który szczelnie obejmował mi głowę. Mimo otworów, które miałem nad uszami, mój głos brzmiał głucho. Uniosłem ciężką tarczę, pozwoliłem Nimue, by zawiązała mi na ramionach zabłocony biały płaszcz, po czym próbowałem się oswoić z żelaznym rynsztunkiem. Kazałem Issie, aby atakował mnie drzewcem włóczni, i stwierdziłem, że reaguję o wiele wolniej niż zwykle.

– Strach zmusi cię do szybszej walki, panie – powiedział Issa, po raz dziesiąty zadając mi cios w metalowy hełm.

– Nie zniszcz pióropusza – ostrzegłem.

Żałowałem w duchu, że zgodziłem się włożyć kolczugę. Był to ciężki rynsztunek jeźdźca, który musiał przedzierać się jak taran przez szeregi wroga. My, włócznicy, o ile nie staliśmy ramię przy ramieniu w murze tarcz, polegaliśmy na szybkości i zręczności.

– Trzeba przyznać, że wspaniale wyglądasz, panie – rzekł z podziwem Issa.

– Jeżeli nie zapewnicie mi osłony, będę pięknym trupem – stwierdziłem. – Czuję się, jakbym miał na głowie wiadro. – Ściągnąłem z ulgą uciskający mnie hełm. – Kiedy zobaczyłem po raz pierwszy tę kolczugę – wyznałem Issie – pragnąłem jej jak niczego na świecie. Teraz oddałbym ją za przyzwoity skórzany napierśnik.

– Wszystko będzie dobrze, panie – stwierdził Issa, szczerząc zęby.

Czekało nas dużo pracy. Przepędziwszy kobiety i dzieci, które towarzyszyły pokonanym ludziom Valerina, przygotowaliśmy stanowiska obrony w pobliżu pozostałości drewnianej barykady. Sagramor obawiał się, że przeważające siły wroga mogą nas wyprzeć z doliny, zanim przybędą jeźdźcy Artura, przygotował więc teren najlepiej, jak mógł. Moi ludzie byli senni, musieliśmy jednak wykopać w poprzek drogi płytki rów. Nie chodziło o zatrzymanie natarcia nieprzyjaciela, lecz o to, by zbliżający się do nas włócznicy złamali szyki. Położona tuż za rowem barykada stanowiła linię, do której mogliśmy się cofać. Tego miejsca musieliśmy już bronić do upadłego. Sagramor kazał wbić w ziemię między gałęziami powalonych sosen zdobyczne włócznie, tworząc z nich najeżony grotami żywopłot. Pozostawiliśmy otwartą przestrzeń w miejscu, gdzie droga biegła przez środek barykady, aby móc się wycofać na nasze stanowiska obrony.

Niepokoiło mnie strome, odkryte zbocze, z którego atakowaliśmy o świcie. Natarcia Gorfyddyda należało się spodziewać w dolinie, ale jego pospolite ruszenie mogło okrążyć nas z lewego skrzydła, od strony wzgórz. Sagramor miał za mało wojowników, żeby się przed tym zabezpieczyć, ale Nimue stwierdziła, że nie jest to konieczne. Poprosiwszy o pomoc moich ludzi, zebrała dziesięć zdobycznych włóczni, wbiła je drzewcami w ziemię w poprzek zbocza i zatknęła na żelaznych grotach odcięte głowy poległych żołnierzy Valerina, które przybrała kępami splątanej trawy. Między tymi koszmarnymi strachami na wróble porozrzucała gałązki cisu. Żaden człowiek nie ośmieliłby się tamtędy przejść bez pomocy druida. Sagramor chciał, żeby Nimue zagrodziła również drogę na północ od brodu, ale nie zgodziła się na to.

– Ich wojownikom towarzyszą druidzi, którzy łatwo radzą sobie z taką przeszkodą – wyjaśniła. – Ale oddziały pospolitego ruszenia nie mają druida.

Przyniosła ze wzgórza naręcze werbeny i teraz rozdawała włócznikom drobne purpurowe kwiaty, które miały chronić ich podczas walki. Pod moją kolczugę wetknęła całą gałązkę.

Chrześcijanie zgromadzili się na modlitwy, a my, poganie, prosiliśmy o pomoc naszych bogów. Ludzie wrzucali do rzeki monety i przychodzili do Nimue ze swoimi talizmanami, aby ich dotknęła. Prawie wszyscy mieli zajęcze łapki, ale niektórzy przynosili małe krzemienne groty albo kolorowe kamienie. Groty, wystrzeliwane podobno przez duchy, były dla żołnierzy cennymi amuletami. Kamienie, które Nimue zanurzała w wodzie i przytykała do zdrowego oka, nabierały pod wpływem wilgoci jeszcze jaśniejszych barw. Przycisnąłem kolczugę, aby poczuć na piersi broszkę Ceinwyn, po czym uklęknąłem i ucałowałem wilgotną ziemię. Przyłożywszy do niej czoło, prosiłem Mitrasa o siłę, odwagę i, gdyby taka była jego wola, dobrą śmierć. Niektórzy z naszych ludzi raczyli się znalezionym w wiosce miodem, ale ja piłem tylko wodę. Skorzystaliśmy z żywności, którą wojownicy Valerina przygotowali sobie na śniadanie, a potem kilku włóczników pomogło Nimue łapać ropuchy i ryjówki. Zabiła je i położyła na drodze za brodem, aby stanowiły złą wróżbę dla nadciągających oddziałów wroga. Potem naostrzyliśmy ponownie broń i czekaliśmy. Sagramor znalazł w lesie za wioską ukrywającego się mężczyznę. Był to miejscowy pasterz. Sagramor wypytał go o okolicę i dowiedział się, że w górze rzeki jest drugi bród, który nieprzyjaciel mógł wykorzystać, aby nas okrążyć, gdybyśmy próbowali bronić się na brzegu po północnej stronie doliny. Istnienie tego brodu nie stanowiło na razie bezpośredniego zagrożenia, ale musieliśmy pamiętać, że wrogowie mają możliwość obejścia naszej najbardziej wysuniętej na północ linii obrony.

Denerwowałem się przed walką, natomiast Nimue nie okazywała wcale strachu.

– Nie mam się czego obawiać – stwierdziła. – Zadano mi już Trzy Rany, więc co może mi grozić? – Siedziała obok mnie w pobliżu brodu na północnym krańcu doliny. Była tam nasza pierwsza linia obrony, miejsce, skąd mieliśmy zacząć powolny odwrót, wciągając wroga w zastawioną przez Artura zasadzkę.

– Poza tym – dodała – Merlin sprawuje nade mną pieczę.

– Czy on wie, że tu jesteśmy? – zapytałem.

– Tak – odparła po chwili milczenia.

– Przybędzie nam z pomocą?

Nimue zmarszczyła brwi, jakby moje pytanie było beznadziejnie głupie.

– Zrobi to, co będzie konieczne – powiedziała powoli.

– A więc zjawi się tutaj – stwierdziłem z żarliwą nadzieją.

Nimue pokręciła głową ze zniecierpliwieniem.

– Merlin troszczy się tylko o przyszłość kraju. Wierzy, że Artur pomoże mu odzyskać Mądrość Brytanii, ale jeśli uzna, że Gorfyddyd zrobi to lepiej, stanie po jego stronie. Możesz być tego pewny.

Merlin wspominał o takiej możliwości w Caer Sws, ale nadal trudno mi było uwierzyć, że mógłby zawieść moje nadzieje.

– A co ty zamierzasz? – zapytałem Nimue.

– Mam tu do załatwienia pewną sprawę – odparła. – Potem będę pomagała Merlinowi.

– Chodzi o Gundleusa? – powiedziałem. Nimue skinęła głową.

– Chcę go dostać żywego, Derfel – rzekła, patrząc mi w oczy. – Błagam cię, niech będzie żywy. – Dotknęła skórzanej opaski na oku i zamilkła, jakby zbierając siły do upragnionej zemsty. Była nadal blada, a proste czarne włosy opadały jej na policzki. Delikatność, którą emanowała podczas Lughnasy, zastąpiły chłód i obojętność. Uznałem, że chyba nigdy jej nie zrozumiem. Kochałem Nimue, ale inaczej niż Ceinwyn. Podziwiałem ją jak piękne dzikie zwierzę, orła lub żbika, wiedziałem bowiem, że jej życie i marzenia pozostaną dla mnie na zawsze nieodgadnioną zagadką. – Sprawię, że dusza Gundleusa będzie krzyczała przez całą wieczność – oznajmiła cicho z wyrazem bólu na twarzy. – Cisnę ją w otchłań nicości, aby cierpiała, unosząc się ciągle na jej krawędzi.

Poczułem ciarki na plecach.

Usłyszawszy nagle krzyk, spojrzałem za rzekę. W naszym kierunku pędziło sześciu jeźdźców. Moi włócznicy stanęli w szeregu, osłaniając się tarczami, ale w tym momencie zobaczyłem, że na pierwszym koniu siedzi Morfans. Poganiał rozpaczliwie zmęczonego, spienionego wierzchowca. Przeraziłem się, że z oddziału Artura zostało tylko tych sześciu ludzi.

Sagramor i ja wyszliśmy na spotkanie galopującym przez bród jeźdźcom. Dotarłszy na brzeg rzeki, Morfans ściągnął koniowi cugle i krzyknął, z trudem łapiąc oddech:

– Wróg jest dwie mile stąd. Artur kazał wam pomóc. Tych drani są setki! – Otarł pot z czoła i uśmiechnął się szeroko. – Wystarczy łupów dla tysiąca naszych ludzi! – Zsiadł ciężko z konia. Zobaczyłem, że ma srebrny róg, i domyśliłem się, iż zadmie weń w odpowiednim momencie, aby wezwać Artura,

– Gdzie jest Artur? – zapytał Sagramor.

– Ukrył się w bezpiecznym miejscu – zapewnił nas Morfans, po czym spojrzał na moją kolczugę i na jego szpetnej twarzy pojawił się drwiący uśmiech. – Wciska cię w ziemię, co?

– Jak on może w czymś takim walczyć? – zapytałem.

– Świetnie mu to wychodzi, Derfel. I ty też sobie poradzisz. – Poklepał mnie po ramieniu. – Są jakieś wieści od Galahada?

– Żadnych.

– Agrykola nie zostawi nas samych, bez względu na to, co powiedzą ten chrześcijański król i jego bojaźliwy syn – stwierdził Morfans, po czym poprowadził swych pięciu jeźdźców za linię tarcz. – Dajcie nam pięć minut, żeby konie trochę odpoczęły – zawołał.

Sagramor wciągnął na głowę hełm. Miał na sobie kolczugę, czarny płaszcz i wysokie buty. Jego czarny żelazny hełm był ostro zakończony, co nadawało mu egzotyczny wygląd. Numidyjczyk walczył zwykle na koniu, ale nie okazywał rozczarowania, że musi tego dnia być piechurem. Przechadzał się spokojnie wzdłuż muru tarcz, zagrzewając do walki swoich ludzi.

Włożyłem na głowę ciasny hełm Artura i zapiąłem pasek pod brodą. Potem, ubrany jak mój pan, zacząłem również chodzić wzdłuż szeregu, ostrzegając włóczników, że czeka ich ciężka walka, ale na pewno zwyciężą, jeśli nie załamie się nasza linia obrony. Mur tarcz, utworzony miejscami tylko przez trzy rzędy ludzi, był niebezpiecznie cienki, lecz składał się z dobrych żołnierzy. Jeden z nich wystąpił z szeregu, gdy zbliżyłem się do miejsca, gdzie dołączyli do nas włócznicy Sagramora.

– Pamiętasz mnie, panie? – zapytał.

Przez chwilę sądziłem, że bierze mnie za Artura, odciągnąłem więc na bok osłaniające policzki metalowe płytki hełmu, aby zobaczył moją twarz, i wtedy go rozpoznałem. Był to Griffid, kapitan Owaina, człowiek, który próbował mnie zabić w Lindinis. Uratowała mi wtedy życie interwencja Nimue.

– Griffid ap Annan – powitałem go.

– Byłem ci wrogiem, panie – powiedział i upadł na kolana. – Wybacz mi.

Pomogłem mu wstać i uścisnąłem go. Miał teraz siwą brodę, ale był nadal postawnym mężczyzną o smutnej twarzy, jakiego pamiętałem.

– Moje życie jest w twoich rękach – powiedziałem – i z radością oddaję ci je pod opiekę.

– I wzajemnie, panie – odparł.

– Minac! – krzyknąłem, rozpoznając jeszcze jednego z moich dawnych towarzyszy. – Czy mi wybaczysz?

– A mam co, panie? – zapytał z zakłopotaniem.

– Właściwie nie – zapewniłem go. – Nie złamałem żadnej przysięgi.

Minac wystąpił naprzód i mnie uścisnął. Pozostali stojący w szeregu żołnierze również wybaczali sobie wzajemne urazy.

– Co porabiałeś? – zapytałem Griffida.

– Walczyłem, panie. Głównie z Saksonami Cerdika. To wyjątkowe kanalie. Dzisiaj mamy łatwiejszych przeciwników. Boję się tylko jednego – dodał z wahaniem.

– Czego mianowicie? – zapytałem.

– Czy dostaniemy z powrotem nasze dusze, panie? – zapytał Griffid, patrząc na Nimue. Pamiętał straszliwą klątwę, którą rzuciła na niego i jego ludzi.

– Ależ oczywiście – powiedziałem. Gdy Nimue dotknęła czoła Griffida i wszystkich pozostałych ludzi, którzy dawno temu w Lindinis nastawali na moje życie, i odwołała w ten sposób swą klątwę, ucałowali z wdzięcznością jej dłoń. Uścisnąłem ponownie Griffida i podnosząc głos, aby słyszeli mnie moi ludzie, oznajmiłem: – Bardowie będą przez tysiąc lat śpiewać pieśni o naszych dzisiejszych wyczynach! Dziś znów staniemy się bogaci!

Rozległy się owacje. Ludzie byli tak przejęci, że niektórzy płakali ze wzruszenia. Teraz wiem, że największą radość daje człowiekowi służenie Chrystusowi, ale jakże mi czasem brak towarzystwa wojowników. Tego ranka nic nas nie dzieliło. Czekając na wroga, mieliśmy serca przepełnione miłością. Byliśmy braćmi i czuliśmy się niepokonani. Nawet powściągliwy Sagramor miał w oczach łzy. Jeden z włóczników zaintonował pieśń wojenną o czynach Beli Mawra, hymn walczących Brytów. Zawtórował mu zgodny chór silnych męskich głosów. Niektórzy żołnierze tańczyli, przeskakując przez miecze. Byli w bojowym rynsztunku, więc wymagało to od nich sporego wysiłku. Nasi chrześcijanie rozpostarli szeroko ramiona, jakby śpiewając pogańską pieśń, modlili się do swojego Boga. Pozostali żołnierze uderzali włóczniami o tarcze w rytm muzyki.

Wrogowie nadeszli, gdy śpiewaliśmy jeszcze, że nasączymy naszą ziemię ich krwią. Kolejne oddziały pojawiały się na polach pod królewskimi sztandarami, jaśniejącymi na tle pochmurnego nieba. Nie przerywaliśmy pieśni, rzucając wyzwanie armii Gorfyddyda, ojca kobiety, którą kochałem.

Walczyłem nie tylko dla Artura, lecz także dlatego, że tylko w razie naszego zwycięstwa wróciłbym do Caer Sws i zobaczył znowu Ceinwyn. Nie miałem do niej żadnego prawa i na nic nie mogłem liczyć, bo byłem synem niewolnicy, a ona księżniczką, a jednak tego dnia czułem się tak, jakbym miał więcej do stracenia, niż kiedykolwiek posiadałem.

Hordy wroga ustawiały się przez ponad godzinę po drugiej stronie rzeki. Można ją było przekroczyć tylko w miejscu, gdzie znajdował się bród, co oznaczało, że w stosownej chwili wystarczy nam czasu na odwrót, ale teraz nasi przeciwnicy musieli zakładać, iż zamierzamy bronić cały dzień przeprawy, gdyż gromadzili na środku swoich najlepszych ludzi. Był wśród nich sam Gorfyddyd. Jego sztandar z wizerunkiem orła miał plamy od rozpuszczonej na deszczu farby i wyglądał tak, jakby został już zanurzony w naszej krwi. Chorągwie Artura, przedstawiające czarnego niedźwiedzia i czerwonego smoka, powiewały na środku naszej linii obrony. Stałem w tym właśnie miejscu naprzeciwko brodu. Towarzyszący mi Sagramor liczył sztandary wroga. Dostrzegliśmy godło Gundleusa – głowę lisa, czerwonego konia królestwa Elmet i kilka innych symboli, których nie rozpoznaliśmy.

– Jest tam około sześciuset ludzi – ocenił Sagramor.

– I nadciągają następni – stwierdziłem.

– Niestety. – Splunął w kierunku brodu. – Na pewno już zauważyli, że nie ma z nami Tewdrika. – Uśmiechnął się, co rzadko się zdarzało. – To będzie pamiętna bitwa, lordzie Derflu.

– Cieszę się, że mogę walczyć u twego boku, panie – powiedziałem szczerze. Nie było wspanialszego wojownika niż Sagramor. Wrogowie bali się go jak ognia. Nawet obecność Artura nie budziła takiego przerażenia jak niewzruszona twarz i straszliwy, zakrzywiony miecz Numidyjczyka, którym posługiwał się z niewiarygodną zręcznością. Zapytałem go kiedyś, dlaczego ślubował wierność Arturowi.

– Bo kiedy nie miałem nic, on dał mi wszystko – wyjaśnił.

Nasi włócznicy przestali w końcu śpiewać, gdy z szeregów armii Gorfyddyda wyszli dwaj druidzi. Tylko Nimue mogła stawić im czoło. Przeszła przez bród i czekała na zbliżających się w podskokach czarowników, z których każdy miał podniesioną do góry rękę i zamknięte jedno oko. Byli to Iorweth, druid Gorfyddyda, i Tanaburs, odziany w swą długą szatę z wyhaftowanymi księżycami i zającami. Wymienili z Nimue pocałunki i rozmawiali z nią przez chwilę. Wróciwszy do nas, oznajmiła z pogardą:

– Chcieli, żebyśmy się poddali. Zaproponowałam im to samo.

– Bardzo dobrze – mruknął Sagramor.

Iorweth, podskakując niezdarnie, krzyknął do nas zza rzeki:

– Bogowie przesyłają wam pozdrowienia! – Nikt mu nie odpowiedział. Zasłoniłem twarz, aby mnie nie rozpoznał. Tanaburs skakał wzdłuż brzegu, podpierając się laską, by utrzymać równowagę, Iorweth podniósł swoją laskę nad głowę, dając do zrozumienia, że chce jeszcze mówić. – Mój pan, władca Powys i Wielki Król Brytanii, Gorfyddyd ap Cadell ap Brychan ap Laganis ap Coel ap Beli Mawr oszczędzi waszym dzielnym duszom podróży do Krainy Cieni. Musicie tylko, mężni wojownicy, wydać nam Artura! – Wskazał laską na mnie. Nimue natychmiast wymówiła z sykiem ochronne zaklęcie i rzuciła w powietrze dwie garście ziemi.

Moje milczenie oznaczało odmowę. Iorweth zakręcił laską, splunął trzy razy w naszym kierunku i zaczął skakać wzdłuż brzegu rzeki, dodając swoje klątwy do czarów Tanabursa.

Król Gorfyddyd, podjechawszy bliżej w towarzystwie Cuneglasa i Gundleusa, obserwował poczynania druidów, którzy przeklinali nasze dusze, nasze kobiety, dzieci, pola i inwentarz, przepowiadając, że będziemy pokarmem dla dzikich zwierząt i pozostaną po nas tylko kości. Nimue neutralizowała ich czary, ale moich ludzi i tak przechodziły ciarki. Chrześcijanie wołali, że nie ma się czego obawiać, lecz nawet oni czynili znak krzyża, gdy klątwy szybowały przez rzekę na skrzydłach złych duchów.

Trwało to całą godzinę. Wszyscy drżeliśmy ze strachu. Nimue chodziła wzdłuż muru tarcz, dotykając grotów włóczni i zapewniając żołnierzy, że klątwy nie mają mocy, ale nasi ludzie bali się gniewu bogów. Nieprzyjaciel ruszył w końcu do natarcia.

– Podnieść tarcze i włócznie! – krzyknął ostro Sagramor.

Wrogowie zatrzymali się pięćdziesiąt kroków od rzeki i tylko jeden człowiek wystąpił naprzód. Był to Valerin, wódz, którego o świcie przepędziliśmy z doliny. Teraz zbliżał się do brodu, trzymając tarczę i włócznię. Rano został pokonany i duma nakazywała mu ratować swoją reputację.

– Arturze! – krzyknął do mnie. – Ożeniłeś się z dziwką!

– Nie odzywaj się, Derfel – ostrzegł Sagramor.

– To dziwka! – krzyczał Valerin. – Była nią już, kiedy do mnie przyszła. Chcesz wiedzieć, ilu miała kochanków? Nie starczyłoby godziny, żeby ich wszystkich wyliczyć! Ciekawe, z kim puszcza się teraz, kiedy patrzysz w oczy śmierci. Myślisz, że na ciebie czeka? Znam tę dziwkę! Oplata właśnie kogoś nogami! – Rozpostarł ręce, wykonując obsceniczne ruchy. Moi włócznicy szydzili z niego, ale Valerin nie zwracał na nich uwagi. – Dziwka! – krzyczał. – Stara zdzira! Zamierzasz bronić jej honoru, Arturze, czy straciłeś ochotę do walki?

Broń swojej dziwki, pluskwo! – Przeszedł przez wodę, która sięgała mu do ud, i zatrzymał się po naszej stronie rzeki, kilkanaście kroków ode mnie. Wpatrywał się w szczelinę mojego hełmu. – Twoja żona jest dziwką, Arturze – powtórzył i splunął na ziemię. Był bez hełmu, a w długie czarne włosy miał wplecione gałązki jemioły, chroniące od złego. Osłaniał go tylko napierśnik. Jego płaszcz ociekał wodą. Na tarczy miał wymalowane godło Gorfyddyda: orła z rozpostartymi skrzydłami. Roześmiał mi się w twarz, po czym zawołał do żołnierzy: – Wasz dowódca nie chce bronić honoru swojej dziwki, więc dlaczego wy mielibyście walczyć za niego?

Sagramor mruknął, żebym nie zwracał uwagi na te obelgi, ale zuchwalstwo Valerina drażniło moich ludzi, którzy byli już i tak zdenerwowani klątwami druidów. Czekałem, aż Valerin raz jeszcze nazwie Ginewrę dziwką, a gdy to uczynił, cisnąłem w niego włócznią. Rzut był nieporadny, gdyż kolczuga krępowała moje ruchy. Włócznia przeleciała obok Valerina i wpadła do rzeki.

– Ona jest dziwką! – krzyknął, podbiegając do mnie z uniesioną włócznią. Wyciągnąłem z pochwy Hywelbane'a i ruszyłem w jego kierunku. Zdążyłem zrobić tylko dwa kroki, nim natarł na mnie z furią.

Przyklęknąłem na jedno kolano i uniosłem lśniącą tarczę pod takim kątem, że grot włóczni ześlizgnął się ku górze. Widziałem stopy Valerina i słyszałem jego wrzask. Wysunąwszy miecz spod dolnej krawędzi tarczy, pchnąłem nim atakującego przeciwnika. Czułem, jak ostrze przeszywa jego ciało, zanim uderzył w moją tarczę i powalił mnie na ziemię. Krzyczał teraz przeraźliwie, bo podstępne pchnięcie miecza rozerwało mu wnętrzności. Wiedziałem, że ostrze weszło głęboko, bo czułem, jak pada na nie całym ciężarem ciała. Dźwignąłem się z wysiłkiem, aby zrzucić go z tarczy i mrucząc dziko, wyrwałem Hywelbane'a z jego trzewi. Krew spryskała leżącą obok włócznię. Valerin wił się z bólu, ale próbował jeszcze wyciągnąć miecz. Podniosłem się z ziemi i postawiłem mu nogę na piersi. Jego twarz pożółkła, a oczy zachodziły mgłą.

– Ginewra jest damą – powiedziałem. – Jeśli temu zaprzeczysz, twoja dusza będzie należała do mnie.

– Jest dziwką... – rzekł przez zaciśnięte zęby i krztusząc się, pokręcił lekko głową. – Strzeże mnie byk... – wydusił jeszcze. Oznaczało to, że jest wyznawcą Mitrasa. Przebiłem mu mieczem gardło, uwalniając go od cierpień. Krew wytrysnęła na klingę Hywelbane'a. Wątpię, by Valerin wiedział, że to nie za sprawą Artura jego dusza przeszła przez Most Mieczy w Jaskini Cruachana.

Nasi ludzie wiwatowali. Natychmiast odzyskali wiarę w siebie, nadwątloną przez klątwy druidów i obelgi Valerina. Odnieśliśmy pierwsze zwycięstwo. Podszedłem na brzeg rzeki i wykonałem triumfalny taniec, pokazując zdeprymowanym wrogom zakrwawione ostrze miecza. Gorfyddyd, Cuneglas i Gundleus, widząc porażkę swego czempiona, zawrócili konie. Moi ludzie wykrzykiwali, że są tchórzami i słabeuszami.

Gdy wróciłem do szeregu, Sagramor skinął głową, najwyraźniej chwaląc mnie w ten sposób za udaną walkę.

– Co chcesz z nim zrobić? – zapytał, wskazując na zwłoki Valerina.

Kazałem Issie ogołocić trupa z wszelkich kosztowności, po czym dwóch ludzi wrzuciło go do rzeki. Modliłem się, aby wodne duchy zawiodły współwyznawcę Mitrasa do Krainy Cieni. Issa przyniósł mi jego broń, złoty naszyjnik, dwie broszki i pierścień.

– Należą do ciebie, panie – oznajmił, wręczając mi łup. Dostałem też wydobytą z rzeki włócznię.

– Złoto jest twoje, Issa – powiedziałem, biorąc tylko broń. Pamiętałem, jak chciał dać mi swój naszyjnik, gdy wróciliśmy z Ynys Trebes.

– Z wyjątkiem tego, panie – stwierdził, pokazując mi pierścień Valerina. Był ciężki, pięknie wykonany i miał wygrawerowaną sylwetkę jelenia, biegnącego pod sierpem księżyca – godło Ginewry. Z tyłu wyryto na nim głęboki znak krzyża. Był to pierścień zaręczynowy. Issa okazał się dość spostrzegawczy, by to zauważyć.

Wziąłem do ręki pierścień i pomyślałem, jak długo Valerin go nosił. Próbowałem sobie wmówić, iż może chciał zemścić się na Ginewrze i sam wyrył ten krzyż, aby ludzie myśleli, że był jej kochankiem.

– Artur nie powinien się o tym dowiedzieć – ostrzegłem Issę i cisnąłem ciężki pierścień do rzeki.

– Co to było? – zapytał Sagramor, gdy do niego dołączyłem.

– Nic takiego – odparłem. – Amulet, który mógł sprowadzić na nas nieszczęście.

Za rzeką rozległ się głos rogu i nie miałem już czasu rozmyślać o pierścieniu.

Nadciągał nieprzyjaciel.

Bardowie nadal opiewają tę bitwę, lecz biorę bogów na świadków, że ubarwiają zbytnio swoje opowieści, bo słuchając ich pieśni, można by pomyśleć, iż żaden z nas nie powinien był ujść z życiem z doliny Lugg. Toczyliśmy rozpaczliwą walkę. Artur, choć bardowie tego nie przyznają, poniósł klęskę.

Pierwszy szaleńczy atak przypuścili włócznicy Gorfyddyda, którzy z dzikim krzykiem próbowali przeprawić się przez rzekę. Sagramor rozkazał nam wejść do wody i tam stawić im czoło. Szczęk uderzających o siebie tarcz rozbrzmiał w dolinie jak potężny grzmot. Wrogowie mieli nad nami liczebną przewagę, ale ich natarcie ograniczała szerokość brodu, mogliśmy więc ściągnąć ludzi ze skrzydeł i wzmocnić środek linii obrony.

Byłem z żołnierzami w pierwszym szeregu. Wykonawszy tylko pojedyncze pchnięcie włócznią, przykucnęliśmy za tarczami i napieraliśmy na nieprzyjaciela, podczas gdy wojownicy stojący w drugiej linii walczyli nad naszymi głowami. Miecze, tarcze i włócznie uderzały o siebie z ogłuszającym łoskotem, ale zginęło zaskakująco mało ludzi, gdyż trudno jest zabijać, gdy zwierają się dwa mury tarcz. Dochodzi wtedy do próby sił. Wrogowie chwytają drzewce włóczni, którymi się ich atakuje, brakuje miejsca, żeby wyciągnąć miecz, a druga linia nieprzyjaciela zadaje dotkliwe ciosy w hełmy i tarcze mieczami, toporami i włóczniami. Najbardziej niebezpieczne są pchnięcia klingą spod krawędzi tarczy. Ranni żołnierze padają na ziemię, utrudniając jeszcze bardziej walkę. Dopiero gdy jedna ze stron zaczyna się cofać, wojownicy drugiej strony dobijają okaleczonych przeciwników. Odparliśmy to pierwsze natarcie nie tyle dzięki naszej odwadze, ile raczej dlatego, że Morfans kazał swoim sześciu jeźdźcom przecisnąć się przez tłum walczących żołnierzy i zaatakować długimi lancami ukrytych za rzędem tarcz wrogów.

– Osłaniać konie! – krzyknął, gdy jego ludzie przedzierali się do przodu. Żołnierze stojący z tyłu unieśli wysoko tarcze, aby ochronić wierzchowce przed gradem włóczni, a my, przykucnąwszy w rzece, próbowaliśmy zabijać wrogów, broniących się przed atakami jeźdźców. Osłonięty lśniącą tarczą Artura zadawałem ciosy mieczem, gdy tylko w szeregach nieprzyjaciela powstawała jakaś luka. Otrzymałem dwa potężne uderzenia w głowę. Hełm je, na szczęście, zamortyzował, ale potem przez godzinę szumiało mi w uszach. Jedna z włóczni trafiła w moją kolczugę, lecz jej nie przebiła. Morfans zabił człowieka, który we mnie celował. Po jego śmierci wrogowie stracili ochotę do walki i wycofali się za rzekę, zabierając swoich rannych. Zostawili tylko tych, którzy byli zbyt blisko naszych linii. Zabiliśmy ich, wracając na brzeg. Sześciu naszych ludzi odeszło do Krainy Cieni. Kilkunastu odniosło rany.

– Nie powinieneś być na pierwszej linii – stwierdził Sagramor, przyglądając się, jak nasi żołnierze ewakuują rannych. – Zauważą, kim jesteś.

– Widzą przynajmniej, że Artur walczy – odparłem. – W przeciwieństwie do Gorfyddyda i Gundleusa. – Obaj królowie znajdowali się w pobliżu, ale nie brali udziału w potyczce.

Iorweth i Tanaburs głośno zagrzewali ludzi do walki, zapewniając, że bogowie ich wynagrodzą, ale nim Gorfyddyd zdążył przegrupować swoje oddziały, garść najemników zdecydowała się na samodzielny atak. Chcieli brawurową akcją zasłużyć na bogactwa i zaszczyty. Trzydziestu desperatów ruszyło z furią w naszym kierunku, gdy tylko przekroczyli rzekę. Musieli być pijani albo ogarnięci szaloną żądzą walki. W nagrodę za zwycięstwo otrzymaliby ziemię, złoto, darowanie win i status lordów na dworze Gorfyddyda, przecenili jednak swoje siły. Dali nam się we znaki, ale nie uszli z życiem. Sądząc po pierścieniach, które mieli na palcach, byli dobrymi włócznikami, lecz każdy z nich musiałby pokonać trzech albo czterech przeciwników. Zobaczywszy moją kolczugę i białe pióra, wszyscy natarli na mnie, spodziewając się, że w ten sposób najszybciej dostąpią chwały, ale zastąpił im drogę Sagramor i żołnierze z wilczymi ogonami na hełmach. Numidyjczyk zabił zakrzywionym mieczem nadbiegającego olbrzyma, po czym uśmiercił zabranym mu saksońskim toporem kolejnego wroga. Przez cały czas mruczał w swoim języku dziwną wojenną pieśń. Gdy zaatakował mnie ostatni wojownik, odparowałem cios jego miecza, wytrąciłem mu z ręki tarczę i kopnąłem go w krocze. Kiedy zgiął się wpół, zbyt obolały, aby krzyczeć, Issa wbił mu w kark włócznię. Zabraliśmy martwym napastnikom zbroje, broń i kosztowności, pozostawiając ich ciała na brzegu, aby utrudnić nieprzyjacielowi kolejny atak.

Nastąpił on wkrótce i był bardzo silny. Podobnie jak za pierwszym razem natarły na nas hordy włóczników, tyle że teraz czekaliśmy na nich na brzegu. Wrogowie idący w pierwszym szeregu, naciskani przez swoich towarzyszy, potykali się o stosy ciał, a wtedy mogliśmy ich łatwo zabijać. Krzyczeliśmy triumfalnie, wysuwając naprzód zakrwawione włócznie. Potem zwarły się znowu szeregi tarcz, umierający wojownicy wzywali głośno swoich bogów, a klingi mieczy dźwięczały jak uderzane młotami kowadła w Magnis. Byłem nadal w pierwszym szeregu, tak blisko wrogów, że czułem ich cuchnące miodem oddechy. Jeden z włóczników próbował ściągnąć mi z głowy hełm i stracił przez to rękę. Nieprzyjaciel znów na nas napierał i wydawało się, że będziemy musieli ulec jego liczebnej przewadze, ale Morfans wezwał ponownie swoich jeźdźców. Tak jak poprzednio wrogowie rzucali włóczniami, które odbijały się o nasze tarcze, a ludzie Morfansa kłuli przeciwników swymi długimi lancami, zmuszając ich do odwrotu. Bardowie śpiewają, że rzeka zabarwiła się na czerwono, co nie jest prawdą, choć faktycznie widziałem na powierzchni wody plamy krwi rannych żołnierzy, którym nie udało się przedostać na drugi brzeg.

– Możemy odpierać tu ich ataki przez cały dzień – stwierdził Morfans. Jego koń krwawił, zsiadł więc, by opatrzyć mu ranę. Pokręciłem głową.

– W górze rzeki jest drugi bród – oznajmiłem, wskazując na zachód. – Ich włócznicy wkrótce tutaj dotrą.

Stało się to szybciej, niż sądziłem. Dziesięć minut później usłyszeliśmy ostrzegawczy krzyk z lewej flanki, że grupa nieprzyjaciół przeszła przez rzekę i podąża wzdłuż brzegu w naszym kierunku.

– Czas się wycofać – powiedział Sagramor. Jego gładko ogolona czarna twarz była mokra od krwi i potu, ale w oczach miał radość. Wiedzieliśmy, że toczymy walkę, którą będą opiewać poeci, którą żołnierze będą wspominać każdej zimy przy ogniskach, która nawet w wypadku przegranej zapewni nam honorowe miejsca na uczcie wojowników w Krainie

Cieni. – Pora wciągnąć ich w zasadzkę – stwierdził Sagramor, nakazując powolny odwrót. Minąwszy otaczającą rzymski budynek osadę, zatrzymaliśmy się sto kroków dalej. Po lewej stronie mieliśmy teraz strome zachodnie zbocze doliny, a po prawej bagna, ciągnące się w kierunku rzeki. Groziło nam jednak o wiele większe niebezpieczeństwo niż w pobliżu brodu, gdyż mur tarcz był teraz rozpaczliwie cienki, a nieprzyjaciel mógł go atakować na całej długości.

Gorfyddyd potrzebował całej godziny, by przeprawić swoich ludzi przez rzekę i ustawić ich na nowo w szyku. Domyślałem się, że jest już popołudnie, spojrzałem więc za siebie, mając nadzieję ujrzeć Galahada albo oddziały Tewdrika, nikogo jednak nie zobaczyłem. Na szczęście nie dostrzegłem też żywego ducha na zachodnim zboczu, gdzie Nimue zatknęła włócznie z głowami wojowników, choć Gorfyddyd nie musiał wysyłać tam ludzi, bo jego armia była i tak liczniejsza niż kiedykolwiek. Dowódcy ustawiali w szeregu nowe oddziały, które dotarły z Branogenium. Obserwowaliśmy, jak wyrównują za pomocą długich włóczni kolumny żołnierzy, i mimo całej naszej zuchwałości zdawaliśmy sobie sprawę, że każdego zabitego nad rzeką wroga zastąpi teraz dziesięciu nowych.

– Nie zdołamy ich powstrzymać – stwierdził Sagramor, przyglądając się coraz liczniejszym zastępom nieprzyjaciela. – Będziemy musieli wycofać się do barykady.

Zanim jednak zdążył zarządzić odwrót, Gorfyddyd podjechał na koniu w naszym kierunku. Nikt mu nie towarzyszył, nawet jego syn. Nie miał tarczy, tylko włócznię i włożony do pochwy miecz.

Obramowany złotem hełm, który Artur zwrócił mu, zaręczając się z Ceinwyn, zdobił złoty orzeł z rozpostartymi skrzydłami, a czarny płaszcz Gorfyddyda okrywał zad konia. Sagramor mruknął, żebym nie ruszał się z miejsca, i wyruszył królowi na spotkanie.

Gorfyddyd, nie używając cugli, polecił koniowi stanąć i wierzchowiec zatrzymał się posłusznie dwa kroki od Sagramora. Król oparł drzewce włóczni o ziemię i odsłonił ukrytą pod hełmem ponurą twarz.

– Jesteś czarnym demonem Artura – powiedział z wyrzutem, spluwając na bok, aby odpędzić złe duchy. – Osłaniasz tego dziwkarza swoim mieczem. – Splunął ponownie, tym razem w moim kierunku. – Czemu się do mnie nie odzywasz, Arturze? – krzyknął. – Straciłeś mowę?

– Mój pan – odparł Sagramor, mówiąc językiem Brytów z silnym akcentem – zachowuje siły, aby odśpiewać hymn zwycięstwa.

Gorfyddyd uniósł długą włócznię.

– Pokonam cię nawet jedną ręką! – zawołał do mnie. Milczałem i nie ruszałem się z miejsca. Wiedziałem, że Artur nie walczyłby z kaleką, ale próbowałby na pewno nakłonić wroga do pojednania.

Gorfyddyd nie pragnął jednak pokoju. Chciał wojny. Przejechał wzdłuż naszego szeregu, ściskając konia kolanami i krzycząc do żołnierzy:

– Zginiecie, bo wasz pan nie potrafi trzymać się z dala od dziwki! Umrzecie z powodu zdziry z wilgotnym zadem! Z powodu suki, która bez przerwy ma cieczkę! Czeka was wieczne potępienie! Moi polegli żołnierze ucztują już w Krainie Cieni, a waszymi duszami będą grać w kości. Za kogo macie ginąć? Za tę rudą dziwkę? – Opuścił włócznię i ruszył w moim kierunku. Cofnąłem się, by nie zobaczył przez szczelinę w hełmie, kim jestem. Nasi włócznicy otoczyli mnie kołem. Gorfyddyd zaśmiał się z mojej pozornej bojaźliwości. Był na tyle blisko, że moi ludzie mogli dotknąć jego wierzchowca, ale nie okazywał strachu. Splunął i zawołał: – Jesteś kobietą! – Stanowiło to największą obelgę. Zawrócił konia, trącając go lewą nogą, i pogalopował do swoich żołnierzy.

Sagramor odwrócił się do nas i uniósł ręce.

– Wycofać się! – krzyknął. – Z powrotem na barykadę! Szybko!

Odwróciliśmy się plecami do wroga i zaczęliśmy biec. Nasi przeciwnicy zareagowali triumfalnymi okrzykami. Sądzili, że uciekamy, i ruszyli w pościg, łamiąc szyki. Byliśmy od nich dostatecznie daleko i dotarliśmy do barykady, zanim którykolwiek z ludzi Gorfyddyda zdążył nas dogonić. Ustawiliśmy się za zwalonymi pniami drzew. Zająłem należne Arturowi miejsce w środku szeregu. Droga przechodziła tam przez wyłom w barykadzie. Celowo go zostawiliśmy, mając nadzieję, że ściągniemy na siebie natarcie Gorfyddyda i damy naszym flankom czas na odpoczynek. Kazałem podnieść sztandary Artura i czekałem na atak.

Gorfyddyd krzyczał na rozproszonych włóczników, każąc im uformować nowy mur tarcz. Król Gundleus dowodził prawym skrzydłem armii, a książę Cuneglas lewym. Wyglądało na to, że Gorfyddyd nie da się złapać na naszą przynętę i zaatakuje na całej linii.

– Wytrwajcie! – wołał do włóczników Sagramor. – Jesteście wojownikami! Macie teraz okazję to udowodnić! Zabijajcie i odnieście zwycięstwo! – Morfans wjechał na swym rannym koniu na zachodnie zbocze i spojrzał w dolinę, aby sprawdzić, czy już pora zadąć w róg i wezwać Artura, ale ponieważ oddziały nieprzyjaciela nadal przechodziły przez rzekę, uznał, że należy jeszcze zaczekać.

Rozbrzmiał natomiast ochrypły dźwięk rogu Gorfyddyda. Nie był sygnałem do ataku, lecz sprawił, że z szeregów wroga wyskoczyło kilkunastu nagich szaleńców, którzy biegli teraz w naszym kierunku. Tacy ludzie, oddawszy dusze pod opiekę bogom, odurzali się miksturą z miodu i ziół: dziędzierzawy, mandragory i belladony. Uwalnia ona człowieka od strachu, ale powoduje koszmarne przywidzenia. Ci szaleńcy, choć pijani i nadzy, byli bardzo niebezpieczni, gdyż mieli tylko jeden cel; zabić dowódców wroga. Pędzili do mnie z pianą na ustach, trzymając uniesione nad głową włócznie.

Żołnierze z wilczymi ogonami na hełmach zastąpili im drogę. Obnażeni szaleńcy nie bali się śmierci. Natarli z furią na przeciwnika, jakby widok włóczni ich podniecał. Nagi dzikus rzucił się z pazurami do oczu naszemu wojownikowi, plując mu w twarz. Issa zabił go, ale inny napastnik zdołał uśmiercić jednego z moich najlepszych ludzi. Obwieścił krzykiem swoje zwycięstwo, stojąc w rozkroku, wznosząc ręce i pokazując zakrwawioną włócznię. Moi włócznicy sądzili, że bogowie musieli się od nas odwrócić, ale Sagramor rozpruł nagiemu dzikusowi brzuch i odrąbał mu pół głowy. Splunął na jego pokiereszowane zwłoki, a potem w kierunku muru tarcz nieprzyjaciela. Wrogowie, widząc chaos na środku naszej linii obrony, ruszyli do szturmu.

Przegrupowaliśmy się pospiesznie, zanim natarły na nas z impetem hordy włóczników. Ustawiony w poprzek drogi mur tarcz wygiął się jak pień młodego drzewa pod naporem wichru, ale przetrzymaliśmy jakoś atak wroga. Dodawaliśmy sobie wzajemnie otuchy, wzywając na pomoc bogów i walcząc zaciekle. Morfans i jego jeźdźcy przybywali z odsieczą, gdy tylko nieprzyjaciel zaczynał przełamywać w którymś miejscu nasz opór. Osłonięte barykadą flanki były łatwiejsze do obrony, ale pośrodku toczyliśmy rozpaczliwą walkę. Czułem, jak ogarnia mnie szalone podniecenie. Kiedy nieprzyjaciel wyrwał mi włócznię, wyciągnąłem Hywelbane'a, zadałem jednak cios dopiero wtedy, gdy tarcza napastnika uderzyła o moją. Zobaczywszy przez moment twarz wroga, pchnąłem go od dołu mieczem i poczułem, jak osuwa się na ziemię. Jego zwłoki stanowiły teraz przeszkodę dla nadciągających żołnierzy. Issa, zabiwszy jednego wojownika, dostał włócznią w ramię i miał rękaw przesiąknięty krwią. Mimo to nadal walczył. Wymachiwałem mieczem jak szalony, aby zrobić wyłom w murze tarcz przeciwnika. Tylko raz zobaczyłem Gorfyddyda. Obserwował z konia, jak walczę i prowokuję krzykiem jego ludzi, by podeszli bliżej i pozbawili mnie życia. Niektórzy przyjmowali wyzwanie, myśląc, że będą bohaterami pieśni, a w rzeczywistości stawali się trupami. Hywelbane ociekał krwią. Lepiła się od niej również moja prawa ręka i żelazna kolczuga. Ja nie byłem jednak nawet draśnięty.

W pewnym momencie pośrodku naszej linii obrony, w miejscu nieosłoniętym zwalonymi drzewami, powstała luka, ale wypełnili ją natychmiast dwaj jeźdźcy Morfansa. Jeden z koni został śmiertelnie zraniony. Rżąc i wierzgając kopytami, wykrwawiał się na drodze. Zlikwidowawszy szybko wyłom w murze tarcz, znów stawiliśmy czoło wrogom, których napór słabł coraz bardziej, gdyż przedzierali się z trudem przez stosy ciał martwych i umierających wojowników. Nimue, stojąc za nami, krzyczała i rzucała klątwy.

Nieprzyjaciel wycofał się i nareszcie mogliśmy odetchnąć. Dyszeliśmy ciężko, pokrwawieni i zabłoceni. Od walki bolały nas ręce. Przekazywaliśmy sobie wiadomości o losie naszych towarzyszy. Minac nie żył, ktoś był ranny, a ktoś inny umierał.

Żołnierze opatrywali rany swoim sąsiadom i przysięgali bronić się wzajemnie aż do śmierci. A ja próbowałem unieść trochę kolczugę, która odparzała mi ramiona.

Nieprzyjaciel był już zmęczony walką. Przeciwnicy poznali siłę naszych ciosów i odczuwali strach, ale znowu zaatakowali. Tym razem przypuściła szturm królewska straż Gundleusa. Czekaliśmy na nich przy krwawym stosie martwych i konających żołnierzy, który został po poprzednim ataku. To nas uratowało, gdyż włócznicy wroga nie mogli równocześnie przechodzić przez leżące ciała i się bronić. Kaleczyliśmy im nogi i przebijaliśmy ich włóczniami, gdy padali, tarasując jeszcze bardziej drogę swoim towarzyszom. Nad brodem krążyły czarne kruki z rozpostartymi szeroko skrzydłami. Zobaczywszy zdrajcę Ligessaka, który wydał Gundleusowi Norwennę, próbowałem go dopaść, ale nie mogłem przebić się przez tłum walczących. Potem nieprzyjaciel znowu zaczął się wycofywać. Rozkazałem kilku ludziom, aby przynieśli w bukłakach wodę z rzeki, gdyż wszyscy byliśmy spragnieni. Pot spływał z nas strugami, mieszając się z krwią. Miałem tylko jedno draśnięcie na prawej ręce. Skoro uciekłem kiedyś z wilczego dołu, musiało sprzyjać mi szczęście.

Nieprzyjaciel rzucił do walki nowe oddziały. Jedni żołnierze nieśli tarcze z orłem Cuneglasa lub lisem Gundleusa, drudzy mieli swoje własne godła. Usłyszawszy za plecami radosne okrzyki, odwróciłem się, sądząc, że zobaczę odzianych w rzymskie zbroje ludzi Tewdrika, ujrzałem jednak tylko samotnego Galahada. Przygalopował na spienionym koniu i zatrzymał go tuż obok nas. Spieszył się tak bardzo, że omal nie spadł z siodła.

– Myślałem, że nie zdążę – powiedział.

– Przybędą nam z pomocą? – zapytałem.

– Nie – odparł po chwili milczenia. Zanim zdążył się odezwać, wiedziałem już, że jesteśmy zdani na własne siły.

Zakląłem i spojrzałem znów na oddziały wroga. Podczas ostatniego ataku ocalili nas bogowie i tylko oni wiedzieli, jak długo jeszcze wytrzymamy.

– Nie przyślą żadnych posiłków? – zapytałem z goryczą.

– Może paru żołnierzy – Galahad przekazywał mi złe wieści zniżonym głosem. – Tewdrik uważa, że jesteśmy bez szans, Agrykola chciałby nam pomóc, a zdaniem Meuriga najlepiej pozwolić nam zginąć. Jeszcze się spierają, ale Tewdrik powiedział, że jeśli któryś z jego ludzi ma ochotę umrzeć, niech podąży moim śladem. Może ktoś się zjawi?

Modliłem się w duchu, by tak było, gdyż na zachodnim wzgórzu zobaczyłem obdartych żołnierzy z pospolitego ruszenia Gorfyddyda. Nie ośmielili się na razie minąć wbitych w ziemię włóczni. Pomyślałem, że wytrwamy jeszcze jakieś dwie godziny, a potem czeka nas śmierć. Wcześniej powinien jednak przyjść nam z pomocą Artur.

– Nie widać Czarnych Tarcz? – zapytałem Galahada.

– Nie, dzięki Bogu – odparł. Była to tego dnia nasza jedyna pociecha. Pół godziny po przybyciu Galahada otrzymaliśmy jednak w końcu posiłki. Z południa nadeszło siedmiu ludzi w bojowym rynsztunku. Mieli włócznie, miecze i tarcze z wizerunkiem jastrzębia, godłem królestwa Kernow, naszego przeciwnika. Ludzie ci nie byli jednak wrogami. Sześciu poznaczonych bliznami i zaprawionych w walce wojowników prowadził książę Tristan.

Gdy ucichła radosna wrzawa, wyjaśnił powód swego przybycia.

– Artur walczył kiedyś za mnie i od dawna chciałem spłacić mu dług.

– Narażając życie? – zapytał ponuro Sagramor.

– On też ryzykował – odparł Tristan. Pamiętałem go jako wysokiego, przystojnego człowieka. Nadal taki był, ale na twarzy miał wyraz zmęczenia, jakby doznał w życiu zbyt wielu rozczarowań. – Mój ojciec – dodał posępnie – zapewne nigdy mi nie wybaczy, że tu jestem, ale ja nie wybaczyłbym sobie, gdybym się nie zjawił.

– Jak się miewa Sarlinna? – zapytałem.

– Sarlinna? – Dopiero po chwili przypomniał sobie dziewczynkę, którą sprowadził do Caer Cadarn jako świadka zbrodni Owaina. – A, ta mała! Wyszła za mąż. Za rybaka. – Uśmiechnął się. – Dałeś jej wtedy kotka, prawda?

Pozwoliliśmy Tristanowi i jego ludziom zająć honorowe miejsca w środku szeregu, wrogowie przypuścili jednak kolejny atak na barykadę, osłaniającą nasze flanki. Przez jakiś czas płytki rów i splątane gałęzie drzew stanowiły dla napastników przeszkodę, ale szybko nauczyli się kryć za zwalonymi pniami i przedarłszy się przez nie w kilku miejscach, omal nie przełamali naszej obrony. Wytrzymaliśmy jednak napór nieprzyjaciela, a Griffid, mój niegdysiejszy wróg, wsławił się, zabijając Nasiensa, czempiona Gundleusa. Wyczerpani wojownicy nacierali na siebie z furią. Słychać było szczęk tarcz, odgłos łamanych włóczni, brzęk mieczy. Ze wzgórza obserwowało walkę pospolite ruszenie wroga. Morfans, zmusiwszy znów swego umęczonego konia, by wjechał na niebezpiecznie strome zbocze, spoglądał na północ, a my modliliśmy się, żeby zadął wreszcie w róg. Długo patrzył przed siebie, ale uznał chyba w końcu, że wszystkie siły wroga zostały wciągnięte w zasadzkę, bo przyłożył do ust srebrny róg i usłyszeliśmy upragniony sygnał.

Nigdy jeszcze dźwięk rogu nie sprawił nam takiej radości. Natarliśmy z nową energią na wroga, zadając ciosy wyszczerbionymi mieczami. Morfans zadął w róg kilkakrotnie, jak myśliwy obwieszczający krwawe łowy. Nasi ludzie przyparli nieprzyjaciela do barykady, siejąc spustoszenie w jego szeregach. Wrogowie, podejrzewając jakąś zasadzkę, rozglądali się niespokojnie wokół i stawiali zaciekły opór. Gorfyddyd rozkazał królewskiej straży zaatakować naszą środkową linię. Słyszałem bitewny krzyk żołnierzy z Kernow, spłacających dług swego księcia. Nimue walczyła w szeregach włóczników, trzymając w obu rękach miecz. Krzyknąłem, żeby się cofnęła, ale dzika żądza krwi zaćmiła jej umysł. Wrogowie bali się jej, wiedząc, że jest podopieczną bogów, i unikali walki, odetchnąłem jednak, gdy Galahad odciągnął ją na bok. Przybył nam w sukurs dopiero niedawno, ale walczył z szaleńczą pasją, zmuszając nieprzyjaciela do wycofania się poza stos ciał martwych i konających żołnierzy.

Róg zabrzmiał po raz ostatni i Artur ruszył w końcu do ataku.

Jego zbrojni jeźdźcy wyjechali z ukrycia na północ od rzeki i pędzili teraz jak burza przez bród. Tratując ciała, pozostałe na ziemi po pierwszych potyczkach, natarli z opuszczonymi włóczniami na tyły wroga. Żołnierze pierzchali w popłochu przed opancerzonymi wierzchowcami, które wdarły się głęboko w szeregi Gorfyddyda. Ludzie Artura, podzieleni na dwie grupy, siali spustoszenie w tłumie nieprzyjaciół, przeszywając ich włóczniami i siekąc mieczami.

Przez chwilę, przez jedną cudowną chwilę wydawało mi się, że wróg zostanie pokonany, ale Gorfyddyd zauważył, co mu grozi, i rozkazał swoim ludziom utworzyć na północy nowy mur tarcz. Spisawszy na straty walczące na tyłach oddziały, uformował linię obrony z ostatnich szeregów atakujących dolinę włóczników. Powstrzymali oni skutecznie szarżę konnicy.

Owain miał rację, gdy mówił mi przed laty, że nawet konie Artura nie przedrą się przez szczelny mur tarcz. Jedna trzecia armii Cuneglasa została doszczętnie rozbita, ale pozostali żołnierze przegrupowali się i stawili czoło garstce jeźdźców.

Nieprzyjaciel nadal miał nad nami liczebną przewagę. Naszą linię obrony za barykadą z drzew tworzyły dwa szeregi żołnierzy, a miejscami tylko jeden. Artur nie zdołał się do nas przebić i Gorfyddyd wiedział, że nigdy mu się to nie uda, jeśli konie nie sforsują muru tarcz. Dlatego zdecydował się spisać na straty jedną trzecią swojej armii i zaatakować ponownie oddziały Sagramora. Przejrzał taktykę Artura i znalazł na nią sposób, mógł więc z nową nadzieją rzucić do walki swoich włóczników. Tym razem jednak nie atakował na całej linii, lecz próbował zająć naszą lewą flankę po zachodniej stronie doliny.

Broniący jej żołnierze walczyli, zabijali i ginęli, ale nie mieli szans się utrzymać, gdy Syluryjczycy Gundleusa okrążyli nas, schodząc ze wzgórza poniżej zatkniętych przez Nimue włóczni. Napastnicy i obrońcy toczyli zaciekły bój. Pozostali przy życiu jeźdźcy Morfansa rzucili się na Syluryjczyków, Nimue sypała na nich klątwy, a pełni jeszcze sił wojownicy Tristana bili się jak czempioni, ale mając nawet dwa razy więcej ludzi, nie zdołalibyśmy powstrzymać ataku wroga. Nasz mur tarcz, jak wijący się wąż, został zepchnięty na brzeg rzeki, gdzie stanęliśmy półkolem, osłaniając sztandary i kilku rannych, których udało nam się zabrać. Była to straszna chwila. Widziałem, jak załamuje się nasza obrona i nieprzyjaciel zabija rozproszonych żołnierzy, a potem znalazłem się w tłumie zrozpaczonych niedobitków. Utworzywszy pospiesznie prowizoryczny mur tarcz, patrzyliśmy, jak triumfujący żołnierze Gorfyddyda ścigają i mordują uciekinierów.

Tristan uszedł z życiem, podobnie jak Galahad i Sagramor, ale było to mało pocieszające, bo przegraliśmy bitwę i pozostało nam tylko zginąć śmiercią bohaterów. Po północnej stronie doliny Artur nadal nie mógł sforsować linii obrony nieprzyjaciela, a nasz mur tarcz, który przez cały długi dzień powstrzymywał natarcie wroga od południa, przestał istnieć. Kiedy zaczynaliśmy walkę, było nas dwustu. Teraz pozostało niewiele ponad stu ludzi.

Książę Cuneglas podjechał do nas na koniu, proponując, byśmy się poddali. Jego ojciec, dowodzący oddziałami atakowanymi przez Artura, pozostawił swemu synowi i królowi Gundleusowi pokonanie ocalałych włóczników Sagramora. Cuneglas nie znieważał przynajmniej moich ludzi. Zatrzymawszy konia kilka kroków od nas, podniósł rękę, aby pokazać, że przybywa w pokojowych zamiarach.

– Wojownicy Dumnonii! – zawołał. – Dzielnie walczyliście, ale stawiając dalej opór, zginiecie. Chcę darować wam życie.

– Dobądź miecza, zamiast proponować kapitulację nieustraszonym żołnierzom! – krzyknąłem do niego.

– Boisz się walczyć? – szydził Sagramor, gdyż dotychczas nikt z nas nie widział Gorfyddyda, Cuneglasa ani Gundleusa w pierwszym szeregu. Król Gundleus siedział na koniu kilka kroków za księciem Cuneglasem. Nimue rzucała na niego klątwy, ale trudno było powiedzieć, czy ją zauważył. Na pewno by się tym zresztą nie przejął, bo byliśmy wszyscy osaczeni i skazani na pewną śmierć.

– Walcz ze mną! – krzyknąłem do Cuneglasa. – Jeden na jednego, jeśli nie brak ci odwagi!

Cuneglas patrzył na mnie ze smutkiem. Byłem umazany krwią, zabłocony, spocony, posiniaczony i obolały, podczas gdy on wyglądał elegancko w krótkiej kolczudze i hełmie zwieńczonym orlimi piórami. Uśmiechnął się pod nosem, mówiąc:

– Wiem, że nie jesteś Arturem, bo widziałem go przed chwilą, ale kimkolwiek byś był, dzielnie walczyłeś. Daruję ci życie.

Ściągnąłem z głowy zapocony, ciasny hełm i rzuciłem go do środka półkola.

– Znasz mnie, książę – powiedziałem.

– Lord Derfel – rzekł Cuneglas. – Lord Derfel Cadarn. Czy poddasz się, jeśli zagwarantuję bezpieczeństwo tobie i twoim ludziom?

– Nie dowodzę tu, książę – odparłem. – Musisz zapytać lorda Sagramora.

Sagramor stanął obok mnie, zdejmując przedziurawiony włócznią czarny spiczasty hełm. Jego kędzierzawe włosy były lepkie od krwi.

– Książę... – odezwał się znużonym głosem.

– Daruję wam życie, pod warunkiem, że się poddacie – powtórzył Cuneglas.

Sagramor wskazał zakrzywionym mieczem w kierunku, gdzie jeźdźcy Artura nadal atakowali wroga po południowej stronie doliny.

– Mój pan się nie poddał – oznajmił – więc i ja nie mogę. Zwalniam jednak moich ludzi z przysięgi, którą składali – dodał głośno.

– Ja także – zawołałem do swoich żołnierzy.

Jestem pewien, że niektórzy z nich mieli ochotę wyjść z szeregu, ale powstrzymał ich gniewny pomruk wyczerpanych towarzyszy. Książę Cuneglas odczekał kilka chwil, po czym wyjął z sakiewki przy pasie dwa cienkie złote naszyjniki i rzekł z uśmiechem:

– Podziwiam twoją odwagę, lordzie Sagramorze. I twoją także, lordzie Derflu. – Rzucił naszyjniki do naszych stóp. Podniosłem swój z ziemi i rozciągnąłem jego końce, aby go założyć. – Derflu Cadarn... – dodał Cuneglas.

– Słucham, książę? – powiedziałem, patrząc na jego okrągłą, przyjazną twarz.

– Moja siostra prosiła, żebym cię pozdrowił, więc niniejszym to czynię.

Choć byłem tak bliski śmierci, serce podskoczyło mi z radości.

– Pozdrów ją także, książę – odparłem – i przekaż, że czekam na nią w Krainie Cieni. – W owej chwili myśl, że już nigdy nie spotkam Ceinwyn na tym świecie, przyćmiła moją radość i zachciało mi się płakać.

– Nie musisz umierać, lordzie Derflu – stwierdził Cuneglas, dostrzegłszy moje przygnębienie. – Mogę darować ci życie i zagwarantować bezpieczeństwo. Proponuję ci również swoją przyjaźń, jeśli zechcesz ją przyjąć.

– To dla mnie zaszczyt, książę – rzekłem – ale będę walczył, dopóki walczy mój pan.

Sagramor założył hełm, krzywiąc się z bólu, gdy metal uraził ranę od włóczni na jego głowie.

– Dziękuję ci, książę – powiedział do Cuneglasa – ale nie zaniecham walki.

Cuneglas zawrócił konia. Spojrzałem na wyszczerbiony i lepki od krwi miecz, a potem na moich ocalałych ludzi.

– Osiągnęliśmy przynajmniej tyle – powiedziałem – że armia Gorfyddyda jeszcze przez wiele dni nie pomaszeruje na Dumnonię. A może nigdy! Kto chciałby walczyć dwa razy z takim przeciwnikiem jak my?

– Czarne Tarcze – mruknął Sagramor i skinął głową w kierunku zbocza, gdzie wezwane przez Nimue duchy powstrzymywały przez cały dzień ataki wroga. Stał tam oddział wojowników z okrągłymi czarnymi tarczami i strasznymi długimi włóczniami. Irlandczycy Oengusa Mac Airema przybyli ze Wzgórza Coela, aby wziąć udział w bitwie.

Artur nadal walczył. Rozprawił się krwawo z jedną trzecią armii wroga, ale ocalałe oddziały trzymały go teraz w szachu. Atakował wielokrotnie linie nieprzyjaciela, lecz żaden koń na świecie nie mógł sforsować najeżonego włóczniami muru tarcz. Zawiodła go nawet Llamrei. Pomyślałem, że pozostaje mu tylko wbić Excalibura głęboko w przesiąkniętą krwią ziemię i mieć nadzieję, iż bóg Gofannon przybędzie na pomoc z najgłębszej otchłani Krainy Cieni.

Nie zjawił się jednak ani żaden bóg, ani ludzie z Magnis. Dowiedzieliśmy się później, że wyruszyła nam na odsiecz garstka ochotników, ale dotarli na miejsce poniewczasie.

Pospolite ruszenie z Powys stało na wzgórzu, bojąc się przejść poza linię zatkniętych przez Nimue włóczni. Obok zgromadziło się ponad stu irlandzkich wojowników. Po chwili ruszyli na południe, zamierzając obejść strzeżone przez mściwe duchy zbocze. Pomyślałem, że za pół godziny dołączą do Cuneglasa i rozpoczną ostateczne natarcie, powiedziałem więc do Nimue:

– Przepłyń przez rzekę. Potrafisz pływać, prawda?

– Jeśli ty zginiesz, Derfel, to ja także – odparła, pokazując bliznę na lewej ręce.

– Musisz...

– Nic nie mów – przerwała mi, po czym stanęła na palcach i pocałowała mnie w policzek. – Zabij Gundleusa, zanim umrzesz.

Jeden z naszych włóczników zaintonował żałobną pieśń Werlinny, a pozostali podchwycili smętną melodię. Cavan, którego płaszcz był ciemny od krwi, uderzał kamieniem w grot włóczni, próbując go umocować.

– Nigdy nie przypuszczałem, że nas to spotka – powiedziałem do niego.

– Ani ja, panie – odparł, podnosząc wzrok. Lewe udo miał przewiązane szmatą, a zdobiący jego powyginany hełm wilczy ogon był przesiąknięty krwią.

– Myślałem, że los mi sprzyja – powiedziałem. – Zawsze byłem o tym przekonany, ale może każdy tak uważa.

– Nie, panie. Tylko najlepsi dowódcy. Podziękowałem mu uśmiechem.

– Chciałbym zobaczyć, jak spełniają się marzenia Artura – powiedziałem.

– Wojownicy nie mieliby wtedy co robić – stwierdził z przekąsem Cavan. – Bylibyśmy wszyscy urzędnikami albo rolnikami. Może tak jest lepiej. Stoczymy ostatnią walkę i zejdziemy do Krainy Cieni służyć Mitrasowi. Będzie nam tam dobrze, panie. Pulchne kobiety, pojedynki, mocny miód i mnóstwo złota przez całą wieczność.

– Cieszę się, że trafimy tam razem – powiedziałem, choć tak naprawdę wcale nie odczuwałem radości. Dopóki Ceinwyn żyła na tym świecie, nie spieszyło mi się do Krainy Cieni. Przycisnąłem kolczugę, aby poczuć na piersi jej broszkę, i pomyślałem, że tak oto skończy się moje szaleństwo. Ku zaskoczeniu Cavana wymówiłem na głos imię księżniczki.

Byłem zakochany, lecz miałem umrzeć, nie dotknąwszy nawet dłoni mojej wybranki ani nie zobaczywszy jej twarzy.

Po chwili musiałem zapomnieć o Ceinwyn, gdyż Czarne Tarcze z Demetii, zamiast ominąć nawiedzone zbocze, zdecydowały się przez nie przejść. Wkrótce zobaczyłem, z jakiego powodu. Na wzgórzu pojawił się druid, który przeprowadził Irlandczyków między wbitymi w ziemię włóczniami. Nimue stanęła obok mnie i spoglądała na wysokiego mężczyznę w białym kapturze i białej szacie, który schodził pewnie po stromym zboczu. Za nim podążali irlandzcy wojownicy z czarnymi tarczami i długimi włóczniami, a na końcu żołnierze pospolitego ruszenia królestwa Powys, uzbrojeni w łuki, oskardy, topory, dzidy, kije i widły.

Moi ludzie przestali śpiewać, unieśli włócznie i sprawdzili, czy brzegi tarcz szczelnie do siebie przylegają. Wrogowie, szykujący się właśnie do ataku, obserwowali druida, który prowadził w dolinę Irlandczyków. Iorweth i Tanaburs pospieszyli mu na spotkanie, ale druid pomachał laską, nakazując im zejść z drogi, po czym ściągnął z głowy kaptur. Zobaczyliśmy jego splecioną siwą brodę i związane w ogonek włosy. Był to Merlin.

Nimue pobiegła z krzykiem w jego kierunku. Nieprzyjaciele rozstąpili się, by ją przepuścić. Druidzi mogli poruszać się swobodnie nawet na polu walki, a Merlin był najsłynniejszym i najpotężniejszym z nich. Wyciągnął ręce do Nimue, która objęła go szczupłymi ramionami, płacząc z radości, że znowu się spotykają. Cieszyłem się razem z nią.

Merlin podszedł do nas, otaczając Nimue ramieniem. Gorfyddyd widział jego przybycie i przygalopował w naszym kierunku. Merlin podniósł laskę w geście pozdrowienia, ale nie odpowiadał na pytania króla. Irlandzcy wojownicy stanęli u stóp wzgórza i utworzyli złowrogi czarny mur tarcz.

Merlin zbliżył się do mnie majestatycznym krokiem, tak jak wtedy, gdy ocalił mi życie w Caer Sws. Na jego ciemnej twarzy nie było uśmiechu, a w oczach miał gniew. Osunąłem się na kolana i pochyliłem głowę. Sagramor uczynił to samo i w jednej chwili wszyscy nasi włócznicy klęczeli na ziemi przed druidem.

Dotknął czarną laską ramienia Sagramora, a potem mojego.

– Wstańcie! – powiedział niskim, surowym głosem, zanim odwrócił się do naszych wrogów.

Zdjąwszy rękę z ramienia Nimue, podniósł laskę nad głowę i trzymał ją w obu dłoniach. Spojrzał na żołnierzy Gorfyddyda, po czym powoli opuścił ręce. Jego zagniewana starcza twarz i tajemnicze gesty budziły taki respekt, że wrogowie padli na kolana. Nie uklęknęli tylko dwaj druidzi i siedzący na koniach nieliczni jeźdźcy.

– Od siedmiu lat poszukuję Mądrości Brytanii – oznajmił Merlin na tyle głośno, by Artur i jego ludzie usłyszeli go w głębi doliny. – Próbuję odzyskać utraconą z nadejściem Rzymian potęgę naszych przodków. Chcę przywrócić te ziemie ich prawowitym władcom, bogom, którzy nas stworzyli i których trzeba przekonać, by przybyli nam z pomocą – mówił powoli i wyraźnie, aby wszyscy go zrozumieli. – Teraz – ciągnął dalej – potrzebuję pomocy. Potrzebuję ludzi z mieczami i włóczniami, ludzi o nieustraszonych sercach, którzy podążą ze mną na terytorium wroga, by odnaleźć ostatni Skarb Brytanii: Kocioł z Clyddno Eiddyn. On przywróci nam utraconą siłę. W nim jedyna nadzieja, że Brytania stanie się znowu Wyspą Bogów. Czekają was same udręki, rozpacz, gorycz i śmierć, ale proszę, byście ofiarowali mi swoje miecze i dusze. Kto wyruszy ze mną na poszukiwanie kotła?

Zadał to pytanie znienacka. Spodziewaliśmy się, że powie o przelanej niepotrzebnie krwi, którą przesiąknięta była zielona dolina, nie wspomniał jednak w ogóle o bitwie, jakby była ona bez znaczenia, jakby wręcz nie zauważył, że znalazł się na polu walki.

– Kto? – zapytał ponownie.

Nim ktokolwiek zdążył odpowiedzieć, Gorfyddyd przedarł się na koniu przez szeregi klęczących włóczników i krzyknął gniewnie:

– Lordzie Merlinie!

– Słucham, panie.

– Czy mógłbyś rozpocząć swoje poszukiwania za godzinkę? – zapytał drwiąco.

– Nawet za rok, Gorfyddydzie ap Cadellu – odparł Merlin. – Albo za pięć lat. Mogę czekać choćby w nieskończoność, ale nie powinienem.

Gorfyddyd skierował konia na otwarte pole między murami tarcz. Widząc, że druid zagraża jego zwycięstwu i może pozbawić go tytułu Wielkiego Króla, odwrócił się do swoich żołnierzy, zasłonił policzki żelaznymi skrzydełkami hełmu i zawołał:

– Nadejdzie pora na poszukiwanie kotła, ale najpierw musicie ukarać cudzołożnika i zatopić włócznie w ciałach jego ludzi. Złożyłem przysięgę i nie pozwolę, by ktokolwiek, nawet lord Merlin, zmuszał mnie do jej złamania. Nie będzie pokoju, dopóki żyje Artur. Próbowałeś uratować tego dziwkarza? – zapytał, zwracając się do druida.

– Jeśli chodzi o mnie, Gorfyddydzie ap Cadellu – odparł Merlin – Artura i jego armię może pochłonąć ziemia. Twoją także.

– Więc walczmy! – krzyknął Gorfyddyd i wyciągnął miecz z pochwy. – Życie tych ludzi – powiedział do żołnierzy, wskazując na nasze sztandary – jest w waszych rękach. Ich ziemie, stada, złoto i domy należą do was. Posiądziecie ich żony i córki. Skoro są już prawie pokonani, czy pozwolicie im teraz odejść? Kocioł nie zniknie, kiedy polegną, ale jeśli nie dokończymy tego, co zaczęliśmy, stracicie swoje łupy. Walczmy!

Na moment zaległa cisza, po czym ludzie Gorfyddyda wstali i zaczęli uderzać drzewcami włóczni w tarcze. Gorfyddyd rzucił Merlinowi triumfalne spojrzenie, spiął konia i wrócił do swoich oddziałów.

Merlin zwrócił się do mnie i do Sagramora.

– Czarne Tarcze – powiedział jakby od niechcenia – są po waszej stronie. Przekonałem ich. Zaatakują armię Gorfyddyda i odniesiecie wielkie zwycięstwo. Niech bogowie obdarzą was siłą. – Znowu się odwrócił i objąwszy Nimue ramieniem, przeszedł przez szeregi wrogów, którzy rozstąpili się, aby go przepuścić.

– Zrobiłeś, co mogłeś! – krzyknął do Merlina Gorfyddyd. Król Powys oczekiwał wielkiego zwycięstwa i ta perspektywa napełniała go taką wiarą w siebie, że ośmielał się drwić z druida, ale ten zignorował zniewagę i oddalił się wraz z Tanabursem i Iorwethem.

Issa podał mi hełm Artura. Wcisnąłem go znowu na głowę, ciesząc się, że będzie mnie chronił w tych ostatnich momentach bitwy.

Nieprzyjaciel uformował na nowo mur tarcz. Mało kto wykrzykiwał teraz obelgi, gdyż wszyscy oszczędzali siły na śmiertelną potyczkę na brzegu rzeki. Gorfyddyd po raz pierwszy zsiadł z konia i zajął miejsce w szeregu. Nie miał tarczy, ale zamierzał poprowadzić ostatnie natarcie i zniszczyć znienawidzonego wroga. Uniósł miecz, trzymał go przez kilka sekund nad głową, a potem opuścił.

Nieprzyjaciel ruszył do ataku.

Wysunęliśmy do przodu tarcze i włócznie. Wrogowie natarli na nas z impetem. Rozległ się straszliwy łoskot uderzających o siebie tarcz. Gorfyddyd próbował pchnąć mnie mieczem, ale odparowałem jego cios i zamachnąwszy się Hywelbane'em odrąbałem mu z hełmu złote orle skrzydło. Potem zostaliśmy ściśnięci przez napierających z obu stron żołnierzy.

– Przyjcie z całej siły! – zawołał do swoich ludzi Gorfyddyd, po czym splunął na mnie zza tarczy. – Ten twój dziwkarz – powiedział, przekrzykując bitewny zgiełk – ukrywał się, kiedy ty walczyłeś.

– Ginewra nie jest dziwką, królu – odparłem, próbując bezskutecznie znaleźć w tłumie walczących trochę wolnej przestrzeni, by zadać mu cios mieczem.

– Dostała ode mnie dużo złota – powiedział Gorfyddyd – a nie płacę kobietom, które nie rozsuwają nóg.

Usiłowałem trafić Gorfyddyda w stopy, ale ostrze miecza ześlizgnęło się po jego zbroi. Zaśmiał się, znowu na mnie splunął, a potem podniósł nagle głowę, słysząc przeraźliwe krzyki.

Czarne Tarcze ruszyły do ataku. Irlandczycy Oengusa Mac Airema zawsze nacierali na wroga z dzikim wrzaskiem, jakby zabijanie sprawiało im niebywałą przyjemność. Gorfyddyd rozkazał swoim ludziom, aby przełamali jak najszybciej naszą obronę, i przez kilka sekund wojownicy z Powys i Sylurii walczyli z nową furią, przekonani, że Czarne Tarcze przybywają im w sukurs. Wkrótce zdali sobie jednak sprawę, że zostali zdradzeni. Irlandczycy wdarli się od tyłu w szeregi Gorfyddyda. Jego żołnierze stali się łatwym celem dla ich długich włóczni i padali jak muchy.

Zobaczyłem na twarzy Gorfyddyda wściekłość i strach.

– Poddaj się, królu! – zawołałem, ale jego straż natarła na mnie i przez kilka sekund byłem zbyt zajęty walką, by widzieć, co się z nim dzieje. Issa krzyczał, że Gorfyddyd jest ranny. Galahad był przy mnie, wymachując mieczem. Nagle, jakby za sprawą jakichś czarów, wrogowie rzucili się do ucieczki. Nasi ludzie ruszyli za nimi w pościg razem z Czarnymi Tarczami i zepchnęli żołnierzy Powys i Sylurii jak stado owiec w głąb doliny, gdzie czekali jeźdźcy Artura. Szukałem wzrokiem Gundleusa i zobaczyłem go przez moment w tłumie zabłoconych i zakrwawionych uciekinierów, potem jednak zniknął mi z oczu.

W dolinie zginęło już tego dnia wielu ludzi, ale teraz doszło do prawdziwej rzezi. Po sforsowaniu muru tarcz łatwo jest zabijać. Artur próbował zapobiec masakrze, ale nic nie mogło poskromić dzikiej żądzy krwi. Jego jeźdźcy galopowali jak mściwi bogowie wśród przerażonych tłumów nieprzyjaciela, a my ścigaliśmy i uśmiercaliśmy uciekinierów. Była to krwawa orgia. Wielu wrogom udało się przeprawić bezpiecznie przez rzekę, ale inni musieli szukać schronienia w wiosce, gdzie mieli w końcu dość czasu i miejsca, by utworzyć nowy mur tarcz. Teraz oni byli otoczeni. Gdy okrążyliśmy wioskę, zapadał już wieczór, a w zielonej dolinie pojawiły się pierwsze tego dnia blade promienie słońca. Dyszeliśmy z wysiłku, a nasze miecze i włócznie lepiły się od krwi.

Artur, którego miecz był czerwony tak jak mój, zsunął się ciężko z grzbietu Llamrei. Czarna klacz, mokra od potu, drżała ze zmęczenia i miała szeroko otwarte oczy. Artur był skrajnie wyczerpany po rozpaczliwej walce. Wielokrotnie próbował się do nas przedrzeć. Jego ludzie mówili, że walczył jak opętany, choć tego popołudnia wyglądało na to, iż bogowie go opuścili. Teraz, mimo odniesionego zwycięstwa, był przygnębiony. Uścisnąwszy Sagramora, a potem mnie, powiedział:

– Zawiodłem was, Derfel.

– Nie, panie – zaprzeczyłem. – Zwyciężyliśmy. – Wskazałem wyszczerbionym, zakrwawionym mieczem na ocalałych wojowników Gorfyddyda, którzy skupili się wokół sztandaru swego osaczonego króla. Była tam również chorągiew Gundleusa z wizerunkiem lisa, nie widziałem jednak żadnego z monarchów.

– Zawiodłem was – powtórzył Artur. – Nie zdołałem się przedrzeć. Wrogów było zbyt wielu. – W jego głosie brzmiało rozgoryczenie. Dobrze wiedział, że omal nie ponieśliśmy klęski. Uważał się właściwie za pokonanego, gdyż jego wspaniali jeźdźcy nie mogli sforsować muru tarcz i patrzyli bezradnie, jak wrogowie nas zabijają. Ale w rzeczywistości to on odniósł zwycięstwo. Spośród wszystkich wojowników Dumnonii i Gwentu tylko on, Artur, miał odwagę stanąć do walki. Jego plany się nie ziściły. Tewdrik nie przybył nam z odsieczą, a opancerzone konie powstrzymał mur tarcz Gundleusa, ale w sumie wygraliśmy, i to dzięki męstwu Artura. Pomógł nam, oczywiście, Merlin, lecz nigdy nie przypisywał sobie zwycięstwa. Należało ono do Artura. Był wówczas pełen poczucia winy, ale właśnie bitwa w dolinie Lugg, o której nie chciał później wspominać, uczyniła go władcą Brytanii. Artur opiewany przez poetów i bardów, Artur, o którego powrót modlą się wszyscy w dzisiejszych mrocznych czasach, stał się wielki dzięki tamtej krwawej batalii. Opowieści o niej nie są, oczywiście, zgodne z prawdą. Poeci przedstawiają ją tak jak późniejsze triumfalne zwycięstwa. Może i mają rację, bo w naszych ciężkich czasach pragniemy widzieć w Arturze niezłomnego bohatera, ale w istocie początkowo nim nie był. Rządził Dumnonią dzięki temu, że zabił Owaina i miał poparcie Bedwina, lecz w obliczu ciągnącej się bez końca wojny wielu ludzi chciało, by zniknął. Gorfyddyd miał w Dumnonii swoich zwolenników. Ponadto, niech Bóg mi wybaczy te słowa, zbyt wielu chrześcijan modliło się o porażkę Artura. Dlatego właśnie walczył. Wiedział, że ma za słabą pozycję i musi zwyciężyć albo wszystko straci. W końcu odniósł sukces, ale był na krawędzi katastrofy.

Artur uścisnął Tristana, a potem powitał Oengusa Mac Airema, irlandzkiego króla Demetii, którego oddział przesądził o losach bitwy. Artur, jak zawsze, padł na kolana przed królem, ale Oengus podźwignął go i objął. Gdy ze sobą rozmawiali, odwróciłem się i spojrzałem w głąb doliny. Przedstawiała wstrząsający widok. Była pełna okaleczonych ludzi, zdychających koni, porozrzucanych zwłok i resztek broni. Powietrze cuchnęło krwią. Słyszałem krzyki rannych. Nigdy w życiu nie czułem się bardziej wyczerpany. Moi ludzie także słaniali się ze zmęczenia. Gdy jednak zobaczyłem, że pospolite ruszenie Gorfyddyda zeszło ze wzgórza, aby ograbiać martwych i rannych żołnierzy, kazałem Cavanowi i grupie włóczników interweniować. Zza rzeki przylatywały kruki i szarpały leżące zwłoki. Zauważyłem, że chaty, które rano podpaliliśmy, nadal dymią. Potem pomyślałem o Ceinwyn i pośród tych wszystkich okropności moja dusza uniosła się nagle ku niebu jak na wielkich białych skrzydłach.

Odwróciwszy się, zobaczyłem, jak Merlin i Artur padają sobie w objęcia. Artur omal nie upadł, ale druid go przytrzymał. Potem ruszyli obaj w kierunku muru tarcz nieprzyjaciela.

Książę Cuneglas i druid Iorweth wyszli im na spotkanie. Cuneglas niósł włócznię, ale był bez tarczy. Artur miał w pochwie Excalibura. Szedł przed Merlinem i zbliżywszy się do Cuneglasa, ukląkł na jedno kolano i pochylił głowę.

– Książę… – powiedział.

– Mój ojciec umiera – oznajmił Cuneglas. – Dostał włócznią w plecy – powiedział to z wyrzutem, choć wszyscy wiedzieli, że gdy rozpadał się mur tarcz, wielu ludzi ginęło od ciosów zadawanych z tyłu.

Artur nadal klęczał. Przez chwilę jakby się zastanawiał, co odpowiedzieć, po czym spojrzał na Cuneglasa i zapytał:

– Czy mogę się z nim zobaczyć? Obraziłem was, książę, i choć nie zrobiłem tego celowo, chcę błagać twego ojca o wybaczenie.

Tym razem Cuneglas wydawał się zaskoczony. Wzruszył ramionami, jakby nie był pewien, czy podejmuje słuszną decyzję, ale w końcu wskazał ręką na mur tarcz. Artur wstał i poszedł z księciem do umierającego króla.

Chciałem krzyknąć, żeby tego nie robił, ale zniknął w szeregach wroga, nim zdążyłem oprzytomnieć. Zadrżałem na myśl, co usłyszy od Gorfyddyda. Wiedziałem, że król Powys obrzuci go tymi samymi plugastwami, które wykrzykiwał do mnie zza swej wyszczerbionej tarczy. Gorfyddyd nie należał do ludzi, którzy przebaczali nieprzyjaciołom i byli gotowi oszczędzić im cierpień. Nawet konając, a może szczególnie w tej sytuacji, musiał sprawić wrogowi ból. Sagramor podzielał moje obawy. Obaj patrzyliśmy z niepokojem, gdy Artur wyłonił się po chwili spomiędzy żołnierzy pokonanej armii. Jego twarz była ponura jak Jaskinia Cruachana. Sagramor wystąpił naprzód i rzekł cicho:

– On kłamie, panie. Zawsze kłamał.

– Wiem o tym – odparł Artur, nie mogąc opanować drżenia. – Ale niektórych kłamstw trudno słuchać i nie sposób ich wybaczyć. – Zapałał nagle gniewem i wyciągnąwszy Excalibura, odwrócił się do osaczonych wrogów. – Czy ktoś stanie do walki w obronie kłamliwych słów waszego króla!? – krzyknął z furią, idąc wzdłuż linii wroga. – Żaden z was? Nikt nie chce walczyć za tego konającego bydlaka? Nikt? Więc jego dusza będzie przeklęta na wieczność! Rzucam wam wyzwanie! – Wymachiwał Excaliburem w kierunku uniesionych tarcz wrogów. – Walczcie, kanalie! – Jego gniew był równie straszny jak wszystko, co zdarzyło się tego dnia w dolinie. – Ogłaszam w obliczu bogów – zawołał – że wasz król jest kłamcą, bękartem i pozbawionym honoru zerem! – Splunął na wrogów, po czym zaczął zdejmować jedną ręką mój skórzany napierśnik, który nadal miał na sobie. Rozpiął klamry na ramionach, ale nie w pasie, i napierśnik zwisał mu teraz na brzuchu jak fartuch kowala. – Ułatwię wam zadanie! – krzyczał. – Nie mam zbroi ani tarczy! Stańcie do walki! Udowodnijcie, że wasz król-dziwkarz mówi prawdę! Nie ma odważnych? – Nie kontrolował już swojego gniewu, gdyż owładnęli nim bogowie. Budził we wszystkich przerażenie. Splunął znowu w kierunku wrogów, krzycząc: – Stare zdziry! – Nagle obrócił się na pięcie, zobaczywszy w murze tarcz Cuneglasa. – Może ty, szczeniaku? – Wyciągnął ku niemu miecz. – Będziesz walczył za to ścierwo?

Cuneglas, podobnie jak wszyscy, był przerażony wybuchem wściekłości Artura, ale wyszedł bez broni zza muru tarcz i stanąwszy przed nim, padł na kolana.

– Jesteśmy zdani na twoją łaskę, lordzie Arturze – powiedział. Artur patrzył na niego, dysząc z gniewu i zmęczenia po całym dniu walki. Przez chwilę myślałem, że jednym cięciem miecza zetnie Cuneglasowi głowę. Książę podniósł wzrok i oznajmił: – Jestem teraz królem Powys, lordzie Arturze, i oddaję się pod twoją opiekę.

Artur zamknął oczy i nie otwierając ich, wsunął Excalibura do pochwy. Odwróciwszy się od Cuneglasa, spojrzał na nas, swoich włóczników, i zobaczyłem, że opuszcza go szaleństwo. Dyszał jeszcze z gniewu, ale był już opanowany i spokojnym głosem polecił Cuneglasowi wstać. Potem wezwał żołnierzy ze sztandarami, aby godła smoka i niedźwiedzia dodały powagi jego słowom.

– Oto moje warunki – powiedział na tyle głośno, by słyszano go w całej pogrążającej się już w mroku dolinie. – Żądam głowy króla Gundleusa. Zachował ją zbyt długo, a zabójcę matki mojego pana musi dosięgnąć sprawiedliwość. Poza tym domagam się jedynie pokoju między królem Cuneglasem, królem Mordredem i królem Tewdrikiem. Chcę, aby Brytowie ze sobą nie walczyli.

Zaległa pełna zdumienia cisza. Artur był zwycięzcą. Zabił wrogiego monarchę i pojmał następcę tronu, wszyscy spodziewali się więc, że zażąda królewskiego okupu za życie Cuneglasa, a on prosił tylko o pokój.

– Co będzie z tronem Powys? – zdołał wykrztusić Cuneglas, marszcząc brwi.

– Należy do ciebie, królu – odparł Artur. – A do kogóż by innego? Jeśli przyjmiesz moje warunki, panie, obejmiesz władzę.

– A tron Gundleusa? – dopytywał się Cuneglas, podejrzewając może, że Artur chce zająć Sylurię.

– Nie jest twój ani mój – odparł stanowczo Artur. – Zdecydujemy razem, kto na nim zasiądzie. Kiedy Gundleus będzie martwy – dodał złowieszczo. – Gdzie on jest?

Cuneglas wskazał w kierunku wioski.

– W jednym z tych budynków, panie.

Artur zwrócił się do pokonanych włóczników z Powys i oznajmił podniesionym głosem, aby wszyscy go słyszeli:

– Nie powinno było dojść do tej wojny! Przyznaję, że wybuchła z mojej winy, i zapłacę za to, ale nie swoim życiem.

Księżniczce Ceinwyn winien jestem coś więcej niż przeprosiny. Uczynię wszystko, czego ode mnie zażąda, lecz teraz proszę, żebyśmy byli sojusznikami. Codziennie przybywają nowi Saksonowie, którzy kradną nam ziemię i biorą do niewoli nasze kobiety. Powinniśmy walczyć z nimi, a nie między sobą. Pragnę waszej przyjaźni i na dowód tego nie pozbawię was ziemi, broni ani złota. Nie ma dziś zwycięzców ani pokonanych – rzekł, wskazując na zadymioną, zbroczoną krwią dolinę. – Od tej chwili zapanuje pokój. Proszę tylko o to i o życie jednego człowieka, Gundleusa. – Spojrzał ponownie na Cuneglasa i zniżył głos. – Czekam na twoją decyzję, królu.

Druid Iorweth podszedł spiesznie do swego pana i obaj przez chwilę się naradzali. Nie ufali chyba Arturowi, bo zwycięscy wodzowie nie byli zwykle wspaniałomyślni. Domagali się okupu, złota, niewolników i ziemi. Artur chciał tylko przyjaźni.

– A co będzie z Gwentem? – zapytał Cuneglas. – Czego zażąda Tewdrik?

Artur udał, że rozgląda się po mrocznej dolinie.

– Nie widzę tu żołnierzy z Gwentu, królu. Jeśli ktoś nie bierze udziału w walce, nie ma prawa głosu. Ale mogę cię zapewnić, że Gwent pragnie pokoju. Król Tewdrik oczekuje od ciebie i mojego króla tylko przyjaźni. Zawrzemy nierozerwalny sojusz.

– Więc jeśli spełnię twoje warunki, będę wolny? – zapytał podejrzliwie Cuneglas.

– Udasz się, królu, dokąd zechcesz, ale będę chciał odwiedzić cię w Caer Sws, aby jeszcze z tobą pomówić.

– I moi ludzie też będą wolni? – dopytywał się Cuneglas.

– Pozwolę im zatrzymać broń i złoto, daruję życie i ofiaruję moją przyjaźń – odparł Artur. Mówił z przejęciem, pragnąc gorąco, by była to ostatnia bitwa, jaką stoczyli ze sobą Brytowie. Zauważyłem jednak, że nie wspomniał ani słowem o Ratae. Te nowiny mogły zaczekać.

Cuneglasowi oferta Artura wydawała się podejrzanie hojna, ale przypomniawszy sobie łączącą ich kiedyś przyjaźń, stwierdził z uśmiechem:

– Będziesz miał swój upragniony pokój, lordzie Arturze.

– Stawiam jeszcze jeden warunek – dodał nieoczekiwanie Artur. Powiedział to stanowczo, ale niezbyt głośno, tak że tylko my słyszeliśmy jego słowa. Cuneglas czekał z niepokojem. – Przysięgnij, królu, na swój honor, że to, co mówił mi przed śmiercią twój ojciec, było kłamstwem.

Odpowiedź Cuneglasa miała zadecydować o pokoju. Zamknął na chwilę oczy, jakby bardzo cierpiał, a potem rzekł:

– Król Gorfyddyd nigdy nie dbał o prawdę, lordzie Arturze. Liczyły się tylko jego ambicje. Przysięgam, że mój ojciec był kłamcą.

– A więc mamy pokój! – wykrzyknął Artur. Tylko raz widziałem go bardziej szczęśliwym. Było to wtedy, gdy poślubił Ginewrę. Ale teraz, wśród dymów i pożogi, jego twarz promieniała radością niemal tak samo jak na owej kwiecistej polanie nad rzeką. Słowa więzły mu w gardle z emocji, bo zdobył to, czego pragnął najbardziej na świecie. Osiągnął pokój.

Posłańcy wyruszyli na północ i na południe, do Caer Sws i Durnovarii, do Magnis i Sylurii. Dolina Lugg cuchnęła krwią i dymem. Na polu bitwy umierało jeszcze wielu rannych. Ich straszne krzyki rozbrzmiewały w ciemnościach. Ci, którzy ocaleli, skupili się wokół ognisk i rozmawiali o wilkach schodzących ze wzgórz na ucztę.

Artur wydawał się oszołomiony rozmiarami zwycięstwa. Był teraz, choć nie bardzo zdawał sobie z tego sprawę, faktycznym władcą południa Brytanii, gdyż nikt nie ośmieliłby się stawić czoła jego sponiewieranej armii. Musiał pomówić z Tewdrikiem, wysłać włóczników do walki z Saksonami, przekazać jak najszybciej dobre wieści Ginewrze, a tu ciągle proszono go o jakieś przysługi, o ziemię, złoto i zaszczyty. Merlin mówił tylko o kotle, Cuneglas chciał rozmawiać o Saksonach Aelle'a, zamiast o Lancelocie i Ceinwyn, a Oengus Mac Airem domagał się ziemi, kobiet, złota i niewolników z Sylurii.

Ja miałem tej nocy do Artura tylko jedną prośbę i została ona spełniona.

Dostałem w swoje ręce Gundleusa.

Król Sylurii schronił się w wiosce, w przylegającej do rzymskiego budynku niewielkiej świątyni. Była ona zbudowana z kamienia. Nie miała okien, tylko otwór w szczycie dachu, przez który ulatywał dym, i pojedyncze drzwi, wychodzące na podwórze obok stajni. Gundleus próbował uciec z doliny, ale jeźdźcy Artura zabili jego konia i teraz krył się jak szczur, osaczony w norze. Garstka wiernych mu włóczników z Sylurii strzegła drzwi świątyni, ale na widok moich ludzi rzucili się do ucieczki.

Na straży został tylko Tanaburs, który umieścił na progu dwie głowy, odcięte poległym w walce wojownikom. Zobaczywszy lśniące groty naszych włóczni, uniósł swoją laskę z księżycem i zaczął rzucać klątwy. Wzywał bogów, aby pozbawili nas duszy, nagle jednak jego piskliwe wrzaski umilkły.

Stało się tak w momencie, gdy wyciągnąłem z pochwy Hywelbane'a i Tanaburs, rzuciwszy okiem na dziedziniec, gdzie stałem obok Nimue, mnie rozpoznał. Krzyknął przeraźliwie, jak zając schwytany przez żbika. Wiedząc, że mam władzę nad jego duszą, uciekł do świątyni. Ruszyłem za nim. Nimue kopnęła z pogardą dwie leżące na progu głowy i z mieczem w ręku podążyła moim śladem. Żołnierze zostali na zewnątrz.

W świątyni czczono dawniej jakiegoś rzymskiego boga, teraz jednak przy nagich kamiennych ścianach stały sięgające wysoko stosy czaszek, ofiarowanych bóstwom Brytów. Ciemne oczodoły spoglądały w kierunku dwóch ognisk, oświetlających wąską i wysoką niszę, w której Tanaburs ułożył z pożółkłych czaszek magiczny krąg. Stał tam teraz, mamrocząc zaklęcia, a za nim, w miejscu, gdzie znajdował się poczerniały od krwi ofiar niski kamienny ołtarz, opierał się o ścianę Gundleus. Miał w ręce miecz.

Tanaburs, którego haftowana szata była ochlapana błotem i krwią, uniósł laskę i zaczął rzucać na mnie potworne klątwy. Odwoływał się do wody i ognia, ziemi i powietrza, ciała i kamienia, rosy i księżyca, życia i śmierci, ale ja uparcie się do niego zbliżałem. Nimue szła w poplamionej białej sukni obok mnie. Rzuciwszy ostatnią klątwę, Tanaburs zwrócił laskę w kierunku mojej twarzy i krzyknął:

– Twoja matka żyje, Saksonie! Mam władzę nad jej duszą. Słyszysz, co mówię? – Łypał na mnie groźnie czerwonymi oczami ze swego magicznego kręgu. Płomienie ognia rzucały cienie na jego starczą twarz. – Słyszysz mnie? – ryknął ponownie. – Dusza twojej matki jest w moich rękach! Spółkowałem z nią! Podczas naszych dzikich orgii wysysałem z niej krew, aby ją od siebie uzależnić. Dotknij mnie, Saksonie, a dusza twojej matki scześnie w ogniu. Zmiażdży ją ziemia, spali powietrze, pochłonie woda. Nie tylko jej dusza będzie skazana na wieczne cierpienia. Także dusze tych, których wydała na świat. Nasączyłem ziemię jej krwią i zawładnąłem jej łonem. – Zaśmiał się i uniósł laskę wysoko w kierunku belkowanego dachu świątyni. – Dotknij mnie, Saksonie, a klątwa pozbawi życia i ją, i ciebie. – Opuścił laskę, znów celując nią w moją twarz. – Ale jeśli pozwolisz mi odejść, oboje ocalejecie.

Stanąłem na skraju magicznego kręgu. Czaszki miały w sobie jakąś straszliwą moc. Wydawało mi się, że czuję w powietrzu uderzenia potężnych niewidzialnych skrzydeł.

Pomyślałem, że wchodząc do środka kręgu, wtargnę na terytorium bogów i rzucę wyzwanie siłom, których nie rozumiem i nie ogarniam wyobraźnią. Tanaburs, spostrzegłszy moje wahanie, uśmiechnął się triumfalnie.

– Twoja matka jest w mojej mocy, Saksonie – mamrotał. – Należy do mnie duszą i ciałem. Ty także, bo nosiła cię w swoim łonie. – Przesunął laskę, tak że jej czubek w kształcie księżyca dotknął mojej piersi. – Chciałbyś ją zobaczyć? Wie, że żyjesz. W ciągu dwóch dni mógłbyś do niej dotrzeć. – Uśmiechnął się chytrze. – Należysz do mnie! – krzyknął. – Jestem twoim ojcem i matką, twoją duszą i życiem. Jednocząc się z kobietą, z której łona wyszedłeś, uczyniłem cię swoim synem! Zapytaj Nimue! – powiedział, zwracając laskę w jej kierunku. – Ona wszystko wie.

Nimue milczała, spoglądając nienawistnym wzrokiem na Gundleusa, ja zaś patrzyłem w straszne oczy druida. Bałem się wejść do środka kręgu, przerażony jego groźbami, nagle jednak ożyły mi w pamięci wydarzenia owej upiornej nocy sprzed wielu lat. Słyszałem krzyki mojej matki, błagającej żołnierzy, aby mnie nie zabierali, śmiechy wojowników, uderzających ją w głowę drzewcami włóczni, i chichot druida, który miał wplecione we włosy kości i nosił szatę z wyhaftowanymi zającami i księżycami. Przypomniałem sobie, jak wziął mnie na ręce, pogłaskał i powiedział, że będę ładną ofiarą dla bogów. Krzyczałem, wzywając matkę, ale ona nie mogła mi pomóc. Tanaburs niósł mnie między ogniskami, przy których tańczyli wojownicy i zawodziły kobiety. Potem, trzymając mnie wysoko nad głową, podszedł do wykopanego w ziemi okrągłego dołu, wokół którego płonął ogień. Było dość jasno, bym zobaczył w czarnej czeluści zbroczony krwią ostry pal. Wspomnienia tamtych chwil raniły boleśnie moją duszę. Pamiętałem widok wiszących na palu krwawych ludzkich szczątków i straszliwe męki okaleczonych ludzi, którzy wili się w powolnej agonii w mrocznym dole druida. Wzywałem nadal moją matkę, gdy Tanaburs uniósł mnie pod niebo, by złożyć ofiarę bogom.

Wykrzykiwał głośno ich imiona. Ja wrzeszczałem ze strachu przed śmiercią, a moja matka dlatego, że ją gwałcono.

– Oto ofiara dla Gofannona, Lleullawa, Cernunnosa, Taranisa, Sucellosa i Bela! – wołał Tanaburs. Wymówiwszy ostatnie z boskich imion, rzucił mnie do wilczego dołu.

Upadłem jednak obok zaostrzonego pala.

Miałem nadal w uszach krzyki mojej matki, które zmieszały się teraz z przeraźliwym wrzaskiem Tanabursa, gdy wtargnąwszy do jego magicznego kręgu, zawołałem, tak jak kiedyś on:

– Oto ofiara dla Bela!

Stalowe ostrze Hywelbane'a nie chybiło. Pałałem takim gniewem, że jednym ciosem miecza rozpłatałem Tanaburssowi ramię, żebra, zapadnięty brzuch i cuchnące wnętrzności. Jego ciało rozpadło się jak gnijące ścierwo. Cały czas przeraźliwie krzyczałem. Był to krzyk dziecka wrzucanego do wilczego dołu.

W kręgu czaszek powstała kałuża krwi, a moje oczy wypełniły się łzami, gdy spojrzałem na króla, który zamordował dziecko Ralli i matkę Mordreda, który zgwałcił Nimue i pozbawił ją oka. Pamiętając, ile wyrządził krzywd, chwyciłem oburącz rękojeść Hywelbane'a, wydobyłem jego ostrze z leżącego u moich stóp trupa i przeszedłem przez zwłoki druida, aby uśmiercić Gundleusa.

– On należy do mnie! – zawołała Nimue. Zdjęła z oka opaskę i w blasku ognia widać było jej krwawy oczodół. Uśmiechała się złowieszczo, mrucząc: – Jesteś mój. Tylko mój! – Gundleus zaczął przeraźliwie krzyczeć.

Może Norwenna usłyszała w Krainie Cieni ten krzyk i dowiedziała się, że jej syn, jej urodzony zimą chłopiec, jest nadal królem.

Od autora

Trudno się dziwić, że czasy króla Artura nazywane są w historii Brytanii „mrocznymi wiekami", gdyż nie wiemy niemal nic o wydarzeniach i postaciach z tamtej epoki. Nie ma nawet pewności, czy Artur naprawdę istniał, choć wydaje się prawdopodobne, że bohaterski Bryt zwany Arturem lub Artoriusem powstrzymał na początku VI wieku najazdy Saksonów. Walki te opisał około 540 roku święty Gildas w dziele *De Excidio et Conquestu Britanniae*. Można by oczekiwać, że będzie ono wiarygodnym źródłem informacji o wyczynach Artura, nie ma tam o nim jednak żadnej wzmianki, na co zwracają uwagę ci, którzy wątpią, czy był postacią historyczną.

Istnieją jednak pewne przesłanki, by wierzyć w jego istnienie. W zachowanych dokumentach z połowy VI wieku, czyli z czasów, gdy Gildas pisał swoją historię, figuruje zadziwiająco wielu ludzi o imieniu Artur, które nadawano zapewne synom na cześć jakiegoś sławnego i potężnego człowieka. Nie jest to, oczywiście, przekonujący dowód, podobnie jak najstarsza wzmianka o Arturze – w wielkim epickim poemacie *Y Gododdin* napisanym około 600 roku dla upamiętnienia bitwy między Brytami z północy (określanymi jako „armia pojona miodem") a Saksonami. Wielu uczonych uważa, że wzmianka ta została dodana do tekstu dużo później.

Po raz kolejny imię Artura pojawia się w zapisach historycznych dopiero po dwustu latach, co osłabia wiarygodność przekazu. Nenniusz, który spisał dzieje Brytów w ostatnich latach VIII wieku, poświęca Arturowi wiele uwagi. Co ciekawe, nigdy nie nazywa go królem, zawsze wodzem: *dux bellorum*. Nenniusz korzystał niewątpliwie z ludowych podań, będących niewyczerpanym źródłem coraz to nowych opowieści o Arturze, które osiągnęły szczyt popularności w XII wieku, kiedy to dwaj żyjący w różnych krajach pisarze uczynili z niego bohatera wszech czasów. W Brytanii Geoffrey of Monmouth napisał wtedy wspaniałe, mityczne dzieło *Historia Regum Britanniae*, a we Francji poeta Chrétien de Troyes wzbogacił arturiańską legendę między innymi o postać Lancelota i zamek Camelot. Nazwa Camelot mogła być całkowicie fikcyjna (albo też stanowiła arbitralną adaptację rzymskiej nazwy Colchesteru, Camulodunum), ale poza tym Chrétien de Troyes nawiązywał bez wątpienia do mitów Bretanii, które – podobnie jak walijskie podania wykorzystane przez Geoffreya – mogły dotyczyć żyjącego kiedyś naprawdę bohatera. Później, w XV wieku, sir Thomas Malory napisał powieść *Le Morte d'Arthur*, prototyp barwnej legendy o Arturze, w której pojawiają się Święty Graal, okrągły stół, smukłe damy, dzikie bestie, potężni czarownicy i zaklęte miecze.

Nie da się już zapewne ustalić, ile jest w tych opowieściach historycznej prawdy, choć wielu próbowało to uczynić i niewątpliwie wielu jeszcze spróbuje. Artur mógł pochodzić z północy Brytanii, z Essexu albo z zachodnich ziem Anglii. Autorzy opublikowanej niedawno pracy twierdzą, że był nim z pewnością żyjący w VI wieku walijski władca, który nazywał się Owain Ddantgwyn, ale ponieważ przyznają zarazem, iż „nie ma na jego temat żadnej dokumentacji", trudno uznać ich ustalenia za wiarygodne. Camelot umieszczano tam, gdzie dzisiaj znajduje się Carlisle lub Winchester, w południowym Cadbury, w Colchester i wielu innych miejscach. Mój całkowicie arbitralny wybór lokalizacji Camelotu wynika z przekonania, że nikt nie wie naprawdę, gdzie się znajdował. Określiłem Camelot fikcyjną nazwą Caer Cadarn i usytuowałem go w południowym Cadbury w hrabstwie Somerset nie dlatego, że miejsce to wydaje mi się najbardziej prawdopodobne (choć nie jest to również najmniej przekonująca opcja). Po prostu znam i kocham tę część Brytanii. Można snuć liczne spekulacje, ale z historii da się wywnioskować tylko tyle, że człowiek o imieniu Artur żył prawdopodobnie na przełomie V i VI wieku, był wielkim wodzem, choć niekoniecznie królem, i walczył ze znienawidzonymi saksońskimi najeźdźcami.

O Arturze wiemy może niewiele, lecz dysponujemy pewnymi informacjami o współczesnych mu czasach. W V i VI wieku Brytania musiała być okropnym miejscem. Rzymianie opuścili te ziemie na początku V stulecia, pozostawiając zromanizowanych Brytów na pastwę bezlitosnych wrogów. Na zachodzie grasowali Irlandczycy, będący ich celtyckimi krewniakami, ale równocześnie najeźdźcami, kolonizatorami i łowcami niewolników. Od północy zagrażali Brytom dziwni mieszkańcy szkockich gór, nękający ich ciągle niszczycielskimi napadami. Największy postrach budzili jednak znienawidzeni Saksonowie, którzy najpierw łupili, potem kolonizowali, a wreszcie zajęli wschodnie ziemie Brytanii, by z czasem zagarnąć jej centralne obszary i nazwać je Anglią.

Brytowie, którzy stawili im czoło, nie byli bynajmniej zjednoczeni. Ich królestwa walczyły ze sobą równie zaciekle jak z obcym najeźdźcą. Istniały również niewątpliwie podziały ideologiczne. Rzymianie pozostawili w spadku swoje prawo, rzemiosło, naukę i religię, ale dziedzictwu temu musiały się przeciwstawiać rodzime tradycje, które były brutalnie zwalczane podczas długiej rzymskiej okupacji, lecz nigdy całkowicie nie zaniknęły. Należał do nich przede wszystkim druidyzm, tępiony przez Rzymian ze względu na jego związki z brytyjskim (a więc antyrzymskim) nacjonalizmem i zastąpiony z czasem innymi religiami, między innymi, oczywiście, chrześcijaństwem. Zdaniem naukowców po okresie rzymskim było ono w Brytanii bardzo rozpowszechnione (choć miało zupełnie inną niż dzisiaj formę), lecz bez wątpienia istniało również pogaństwo, zwłaszcza na wsi (wyraz „poganie" pochodzi od łacińskiego słowa „wieśniacy"). Gdy po odejściu Rzymian załamały się struktury państwa, ludzie szukali pomocy nadprzyrodzonych sił. Jeden ze współczesnych uczonych twierdzi, że chrześcijaństwo nie zwalczało pozostałości druidyzmu i że obie religie pokojowo koegzystowały, ale Kościół nigdy nie słynął z tolerancji, nie podzielam więc tej opinii. Moim zdaniem Brytania z czasów Artura była wstrząsana konfliktami religijnymi, tak samo jak militarnymi i politycznymi. Z biegiem lat, oczywiście, opowieści o Arturze nabrały wyraźnie chrześcijańskiego charakteru, czego dowodzi przede wszystkim legenda o Świętym Graalu, choć należy wątpić, czy Artur słyszał kiedykolwiek o owym kielichu. Historia ta może jednak nie pochodzić w całości z późniejszego okresu, gdyż jest w niej uderzające podobieństwo do popularnych celtyckich baśni o wojownikach poszukujących magicznych kotłów. Chrześcijańscy pisarze wypełniali te pogańskie opowieści pobożnymi wątkami, fałszując tradycyjną wersję dziejów Artura, zachowaną do dzisiaj jedynie w bardzo starych i osnutych mgłą tajemnicy żywotach celtyckich świętych. O dziwo, wedle tej tradycji Artur uchodził za złoczyńcę i wroga chrześcijaństwa. Wygląda na to, że celtycki Kościół nie był mu przychylny. Z żywotów świętych wynika, że Artur konfiskował kościelne pieniądze na potrzeby wojny. Może dlatego Gildas, będący duchownym i żyjącym w tej samej epoce historykiem, nie chce przyznać, że to dzięki zwycięstwom Artura Brytowie powstrzymali czasowo najazdy Saksonów.

Cierniowe drzewo mogło, oczywiście, rosnąć w Ynys Wydryn (Glastonbury), jeśli wierzyć legendzie, według której Józef z Arymatei sprowadził tam w 63 roku Świętego Graala. Opowieść ta pojawia się jednak w istocie dopiero w XII wieku, święte drzewo należy traktować zatem jako jeden z wielu pozostawionych przeze mnie celowo anachronizmów. Zaczynając pisać tę książkę, byłem zdecydowany usunąć je wszystkie, łącznie nawet z fantazyjnymi wątkami, które wprowadza Chrétien de Troyes, ale takie radykalne podejście oznaczałoby konieczność wykluczenia Lancelota, Galahada, Excalibura i Camelotu, nie wspominając już o postaciach Merlina, Morgany czy Nimue. Czy Merlin był postacią autentyczną? Jest na to jeszcze mniej dowodów niż na istnienie Artura. Wydaje się w dodatku mało prawdopodobne, by żyli w tym samym czasie, a przecież stanowią nierozłączną parę, nie mogłem więc Merlina pominąć. Na szczęście wiele anachronizmów zdołałem wyeliminować. Żyjący w V wieku Artur nie nosi metalowej zbroi i nie walczy średniowieczną kopią. Nie ma również okrągłego stołu, choć jego ucztujący wojownicy (nie rycerze!) zwyczajem Celtów siadają często w koło na ziemi. Zamki, budowane z ziemi i drewna, nie przypominają kamiennych fortec z potężnymi wieżami. Wątpię też, by ze spowitych mgłą wód jeziora wyłoniło się jakieś tajemnicze, odziane w biały brokat ramię, żeby pochwycić miecz Artura i przenieść go do wieczności, choć wiadomo, że osobiste kosztowności wielkiego wodza wrzucano po jego śmierci do wody jako ofiarę dla bogów.

Imiona większości występujących w książce postaci pojawiają się w dokumentach z V i VI wieku, prawie nic jednak o tych ludziach nie wiemy, podobnie jak o królestwach Brytanii z czasów po odejściu Rzymian. Współcześni historycy nie są nawet zgodni co do tego, ile ich było i jak się nazywały. Dumnonia i Powys istniały naprawdę, narrator zaś opowieści Derfel (w języku Walijczyków: Dervel) jest we wczesnych podaniach jednym z wojowników Artura, który później zostaje mnichem, ale tylko tyle o nim wiadomo. Tacy ludzie jak biskup Sansum niewątpliwie żyli naprawdę i znamy ich dzisiaj jako świętych, choć wygląda na to, że nie byli wzorem cnót.

Zimowy monarcha jest zatem opowieścią o „mrocznych wiekach", w której legendarne przekazy i wyobraźnia muszą rekompensować brak dokumentacji historycznej. Znamy w miarę dobrze jedynie tło opisywanych wydarzeń. Brytania, w której istnieją nadal rzymskie miasta, drogi i posiadłości, a także pozostałości obyczajów Rzymian, jest rujnowana w szybkim tempie przez najeźdźców i wewnętrzne konflikty. Niektórzy Brytowie, zrezygnowawszy z walki, osiedlili się w Armoryce i w Bretanii, co wyjaśnia popularność legend o Arturze w tym regionie Francji. Ale ci, którzy pozostali na swej ukochanej wyspie, szukali rozpaczliwie sposobów ocalenia jej suwerenności i duchowej tożsamości. Wtedy właśnie pojawił się człowiek, który przynajmniej na jakiś czas odparł najeźdźców. Był nim Artur – bohaterski wódz walczący tak heroicznie z wielokrotnie silniejszym przeciwnikiem, że jeszcze dziś, po upływie tysiąca pięciuset lat, potomni mówią o nim z szacunkiem i czczą jego pamięć.

Wydawnictwo Otwarte sp. z o.o.,
ul. Smolki 5/302, 30-513 Kraków. Wydanie I, 2017.
Druk: Toruńskie Zakłady Graficzne „Zapolex" sp. z o.o.